Les Pardaillan

FAUSTA VAINCUE

Michel ZÉVACO

Les Pardaillan

Fausta vaincue

PARIS

LE LIVRE POPULAIRE

ARTHÈME FAYARD ET Cⁱᵉ, ÉDITEURS

18-20, Rue du Saint-Gothard (XIVᵉ Arrᵗ)

FAUSTA VAINCUE

I

La flagellation de Jésus

Une foule immense était rassemblée sur la Grève, non plus cette fois pour y voir un beau spectacle de pendaison, une jolie estrapade ou une intéressante grillade d'hérétiques, mais simplement pour assister au départ de la grande procession organisée pour porter au roi Henri III les doléances de la bonne ville de Paris.

Pour la grande majorité des Parisiens, il s'agissait de réconcilier le roi avec sa capitale, en obtenant bien entendu un certain nombre d'avantages parmi lesquels on plaçait au premier rang le renvoi du duc d'Épernon et du seigneur d'O qui avaient quelque peu abusé du droit de pressurer les bourgeois.

Pour une autre catégorie moins nombreuse et initiée à certains projets de monseigneur de Guise, il s'agissait d'imposer à Henri III une terreur salutaire et d'obtenir de lui, moyennant la soumission de Paris et son repentir de la journée des Barricades, une guerre à outrance contre les huguenots, c'est-à-dire leur extermination.

Pour une troisième catégorie, moins nombreuse encore et initiée plus avant dans les projets des chefs de la Ligue, il s'agissait de s'emparer du roi, de l'enfermer en quelque bon couvent, et de le déposer après l'avoir préalablement tondu.

Enfin, pour une quatrième catégorie réduite à une douzaine d'initiés, il s'agissait de tuer Henri III.

Tout le monde était donc content.

Non seulement la Grève était noire de monde, mais encore les rues avoisinantes regorgeaient de bourgeois qui, la salade en tête, la pertuisane d'une main, un cierge de l'autre et le chapelet autour du cou, se disposaient à processionner jusqu'à Chartres. Ajoutons qu'en dehors des ligueurs qui pour une des raisons énumérées plus haut voulaient pénétrer dans la ville où s'était réfugié Valois, en dehors de ces étranges processionneurs armés jusqu'aux dents, un nombre considérable de mendiants s'étaient mis de la partie.

En effet, le voyage à Chartres, en tenant compte des lenteurs d'un pareil exode, devait durer quatre jours. Le duc de Guise avait fait crier qu'il avait disposé trois gîtes d'étapes le long du chemin, et qu'à chacun de ces gîtes on tuerait cinquante bœufs et deux cents moutons pour nourrir le peuple en marche. Tout ce qu'il y avait de mendiant à Paris avait

donc vu dans cette procession une rare occasion à ripaille et
franche lippée

« Ce jour-là, donc, vers huit heures du matin, les cloches
des innombrables paroisses de Paris se mirent à carillonner.
Sur la place de Grève vinrent se ranger successivement les
délégués de l'Hôtel de Ville, les représentants des diverses
églises, curés ou vicaires, puis les confréries, les théories de
moines tels que feuillants, capucins, et enfin les Pénitents
blancs qu'on remarquait spécialement. En effet, c'était
Henri III lui-même qui un lendemain de débauche avait fondé
la confrérie des Pénitents blancs.

Enfin, vers huit heures, le *Te Deum* ayant été chanté à
Notre-Dame en présence du lieutenant général de la Ligue,
c'est-à-dire d'Henri le Saint, la procession s'ébranla parmi
d'immenses acclamations, des cris frénétiques de *Vive la Ligue ! Vive le Grand Henri !* et dans le tumulte des bombardes éclatant sur les remparts.

Parmi les files interminables de clercs et d'arquebuses,
on vit dans cette procession des choses magnifiques. D'abord
les douze apôtres en personne, revêtus d'habillements tels
qu'on en portait du temps de Jésus-Christ. Seulement ces
dignes apôtres, sous leurs tuniques à la romaine, laissaient
voir la cuirasse, et ils ne s'étaient pas gênés pour se coiffer de
casques à panaches, ce qui les faisait paraître bien plus
beaux.

Après les apôtres venaient quelques soldats romains portant les instruments de supplice de Jésus-Christ. L'un agitait
une lance ; un autre tenait une perche au bout de laquelle
était fixée une éponge ; un troisième portait un seau. Mais le
plus beau venait ensuite

En effet, Jésus-Christ lui-même était représenté par un
personnage qui traînait une immense croix. Ce personnage
n'était autre qu'Henri de Bouchage, duc de Joyeuse, lequel,
comme on sait, avait pris l'habit de capucin sous le nom de
frère Ange, et devait plus tard rejeter le froc pour guerroyer,
puis rentrer encore en religion.

Le duc de Joyeuse, donc, ou frère Ange, comme on voudra,
portait sur ses épaules une croix qui par bonheur était en
carton : sur sa tête, une couronne d'épines également en carton peint, et autour du cou, par un bizarre anachronisme, le
chapelet des ligueurs. Il avait la figure barbouillée de rouge
pour figurer le sang. Près de lui marchaient deux jeunes
capucins dont l'un représentait Madeleine et l'autre la
Vierge.

Derrière Joyeuse déguisé en Christ, venaient deux grands
gaillards qui le fouettaient ou faisaient semblant de le fouet-
ter, ce qui soulevait dans la foule des cris d'indignation. Et
cette indignation, vraie ou feinte comme le reste, prenait des
proportions de rage lorsque, par un attendrissement plus

bonne escure (mais on n'y regardait pas de si près), les deux flagellants, tous les quinze ou vingt pas, s'écriaient :

— C'est ainsi que les huguenots ont traité Notre-Seigneur Jésus !

— Mort aux parpaillots ! reprenait la foule, de très bon cœur cette fois.

Moines, prêtres, ligueurs, cierges, arquebuses, flagellants, apôtres et Jésus, tout ce monde sortit de Paris et prit la route d'Orléans, c'est-à-dire la route de Chartres, parmi les cantiques et les cris de guerre.

A une vingtaine de pas derrière Jésus, ou frère Ange, ou duc de Joyeuse, marchaient côte à côte quatre pénitents qui, se tenant par le bras, tête baissée, capuchon sur le visage, se faisaient remarquer par leurs énormes chapelets et par leur piété extraordinaire. Peu à peu le désordre s'étant mis dans les rangs de la procession, ces quatre pénitents finirent par se trouver derrière Jésus au moment où celui-ci, d'une voix retentissante, criait :

— Mes frères, mort aux huguenots maudits qui m'ont flagellé !...

Une acclamation salua ces paroles du Christ qui, ayant essuyé la sueur qui coulait de son front, continua :

— Puisque nous allons voir Hérodes...

— Le roi ! interrompit une voix impérieuse. Dites : le roi, messire, puisque Paris se réconcilie avec Sa Majesté !

— C'est juste, sire de Bussi-Leclerc ! reprit Jésus-Christ. Donc, mes frères, puisque nous allons voir le roi, nous devons avant tout obtenir qu'il renvoie ses *Ordinaires* !... Mort aux *Ordinaires* !

— Très juste, dit Bussi-Leclerc. Mort aux *Quarante-Cinq* !

— A mort ! A mort ! reprit la foule des pénitents.

— En route, donc, dit Jésus.

Et la procession dont la marche s'était trouvée interrompue, reprit son cours. Elle s'étendait sur une longueur d'une bonne lieue. Et quelques heures après avoir quitté Paris, tout ce monde marchait à sa convenance, sans ordre arrêté.

Bien en avant de ce troupeau, Guise, Mayenne et leur frère, à cheval, entourés d'une cinquantaine de gentilshommes bien armés, s'entretenaient à voix basse de choses mystérieuses.

Quant aux quatre pénitents que nous avons signalés, ils causaient entre eux sans précautions ; en effet, tels étaient les cris, les chants de guerre et les cantiques qu'il leur était difficile de s'entendre.

— Dis donc, Chalabre, disait l'un, as-tu entendu frère Ange ?

— Par les cornes du beau duc, je crois bien, Sainte-Maline !

— J'ai envie de frotter un peu les côtes de messire Jésus! dit un troisième pénitent.

— Calme-toi, Montsery, reprit Chalabre. Joyeuse nous payera son discours plus cher qu'il ne pense!

— Messieurs, dit le quatrième, jouons bien notre rôle jusqu'à ce soir, et puis nous verrons.

— Es-tu bien rétabli, mon cher Loignes?... la blessure ?

— Eh! le coup fut bien appliqué. Le cher duc n'y va pas de main morte quand il frappe. J'ai cru que j'étais mort. Et sans ce digne astrologue... n'importe! je veux que Guise reçoive de ma main le même coup qu'il m'a porté...

— Tu es ingrat, Loignes! dit Montsery. Comment serions-nous sortis de Paris s'il n'avait eu l'idée d'aller en procession voir notre sire ?...

— Oui, fit sourdement Loignes. Il va à Chartres. Mais du diable s'il en revient!

— Il y va pour demander nos têtes au roi! ricana Chalabre.

— Et les offrir ensuite à Bussi-Leclerc et à Joyeuse! continua Sainte-Maline.

— Messieurs, dit Loignes, Joyeuse a crié tout à l'heure: Mort aux Ordinaires! Bussi-Leclerc a crié : Mort aux Quarante-cinq!.. Joyeuse est un misérable fou et ne vaut pas son coup de poignard. Quant à Leclerc, il n'arrivera pas à Chartres. Es-ce dit ?..

— C'est dit! répirent les trois autres.

Laissant les quatre spadassins — quatre des *Ordinaires* d'Henri III — à leurs projets de vengeance et de meurtre, nous laisserons s'éloigner la fantastique procession en marche sur Chartres et nous rejoindrons une litière fermée qui vient à quelques centaines de toises derrière la colonne.

Cette litière était entourée par une douzaine de cavaliers qui jetaient sur quiconque approchait un regard si menaçant que les plus curieux ou les plus audacieux s'écartaient à l'instant même. Dans cette litière se trouvaient deux femmes: Fausta et Marie de Montpensier.

— L'homme ? demanda Fausta au moment où nous rejoignons la litière.

— Confondu dans la foule des pénitents, il chemine en silence, débattant sans doute avec lui-même comment il parviendra jusqu'à Hérodes.

— Vous êtes bien sûre que ce moine se trouve dans la procession ? insistait Fausta

— Je l'ai vu, répondit la duchesse, vu de mes yeux.

Fausta soupira et murmura :

— Pardaillan m'avait dit vrai. Jacques Clément, libre, marche à sa destinée. Allons! Valois est condamné. Rien ne peut le sauver maintenant..

— Que dites-vous, ma belle souveraine ? Il me semble que

vous avez prononcé un nom... celui du sire de Pardaillan...

— Oui ! dit Fausta en regardant fixement la duchesse.

— C'est que ce nom, mon frère et ses gentilshommes le prononcent bien souvent depuis trois ou quatre jours...

— Eh bien ! si vous voulez que votre frère ne prononce plus ce nom...

— M ? Cela m'est égal, je vous jure !... fit Marie en riant.

Elle était très gaie, la jolie duchesse. Elle gazouillait, fredonnait, jouait avec ses ciseaux d'or, et somme toute, marchait à l'assassinat d'Henri III comme à une fête. En revanche Fausta, dont le visage ne témoignait d'ordinaire d'aucune agitation, paraissait bien sombre.

— Oui, reprit-elle, cela vous est égal, à vous. Mais il est nécessaire que le duc de Guise ait l'esprit libre pour ce qui va être entrepris. Et pour qu'il ait l'esprit libre il faut qu'il n'ait plus ce nom de Pardaillan sur les lèvres. Et pour qu'il ne le prononce plus.

— Eh bien ? demanda Marie.

— Dites-lui, faites-lui savoir, dès que nous serons entrés dans Chartres, que Pardaillan est mort !... Et afin qu'il n'ait point de doute, dites-lui que c'est moi qui l'ai tué..

Ayant ainsi parlé, Fausta baissa la tête et ferma les yeux comme pour indiquer qu'elle voulait se renfermer dans ses pensées. Et ces pensées devaient être funèbres, car son visage, dans son immobilité, semblait refléter la mort..

Nos personnages sont donc ainsi disposés : En tête de ce long serpent de foule qui se déroule sur la route, un groupe de cavaliers. Guise, ses frères, ses gentilshommes. Près de lui, Maineville insoucieux et Maurevert inquiet, le regard sans cesse en alarme. Quant à Bussi-Leclerc, il s'intéresse à la procession, sans doute, car il en parcourt les rangs, et on le voit tantôt sur un point, tantôt sur un autre.

Puis, derrière cette bande de seigneurs, à une certaine distance, commence la procession, la théorie des moines et des prêtres escortés de ligueurs, flanqués de mendiants.

Puis vinrent les apôtres et Joyeuse qui continue à crier que les huguenots le meurtrissent. Puis, presque sur les talons de Jésus, marchent Loignes, Sainte-Maline, Chalabre et Montsery, déguisés en pénitents.

Puis, presque à la queue de la colonne, un moine marche seul, le capuchon sur la figure, et ses mains croisées serrent avec ferveur contre sa poitrine une dague solide : c'est Jacques Clément.

Enfin, très en arrière, c'était la litière de Fausta.

De ce peuple en marche montait une sourde rumeur composée de prières, de cris, d'éclats de rire, de chants bachiques et de cantiques religieux. Et cette rumeur attirait les gens des hameaux et des villages. De toutes parts, les manants accouraient pour voir ce spectacle extraordinaire.

Nous ne suivrons pas la procession sur tout le chemin qu'elle parcourut dans ces quatre journées de marche; disons seulement que le quatrième jour, vers onze heures du matin, elle apparut devant la porte Guillaume après avoir contourné une partie des murailles de Chartres. Mais avant de l'y rejoindre, signalons un événement qui se passa la veille.

Le troisième jour, la procession se reposa dans le village de Latrape, l'un des gîtes d'étape organisés par le sieur Crucé, promu au rang de maréchal des logis de cet exode. Les pénitents y étaient arrivés vers quatre heures, et aussitôt s'étaient mis à table, c'est-à-dire qu'ils avaient envahi une immense prairie où ils s'étaient assis dans l'herbe.

Naturellement, Guise et sa suite avaient pris leurs logis dans les meilleures maisons du village.

Dans la prairie, les gens de Latrape allaient et venaient, empressés à faire bon accueil aux pénitents. Ces braves gens avaient fait cuire d'innombrables fournées de pain, avaient mis en perce une trentaine de tonneaux de cidre ou de vin, et avaient allumé de grands feux dans la prairie. Devant ces feux rôtissaient des moutons entiers, des quartiers de bœuf suspendus à des cordes, des cochons qui, accrochés à des perches en faisceau, tournoyaient lentement au-dessus des flammes, et enfin un régiment de dindons et de poules.

Après cette énorme ripaille que nous regrettons de n'avoir pas le temps de décrire, chacun s'enveloppa de son manteau et chercha un coin pour dormir. La nuit était venue en effet, et c'était à la lueur des torches qu'on avait vidé les derniers brocs, poussé les derniers cris de : « Mort aux huguenots ! A bas d'Epernon ! Sus aux Ordinaires d'Hérodes ... Puis les dernières torches s'éteignirent. Dix heures sonnèrent au petit clocher du village.

A ce moment, dans l'avant-dernière maison en allant vers Chartres, deux hommes dormaient côte à côte, étendus sur des bottes de paille de la grange.

Ou du moins, si l'un de ces deux hommes, en proie à quelque insomnie, soupirait et se retournait sur la paille, l'autre dormait pour deux, et comme on dit, à poings fermés...

Dans cette même maison, non plus dans la grange ni sur la paille, mais dans une chambre assez convenable du rez-de-chaussée et sur un bon lit, dormait un autre personnage. Celui-ci ronflait à rendre des points au roi Henri de Navarre qui, comme chacun sait, était le plus terrible ronfleur de son époque. Et qui se fût approché de cet enragé dormeur pour qui le sommeil était une façon de musique à outrance, qui résonne l'un des plus fidèles, des plus solides et des plus utiles

tants gentilshommes du duc de Guise, c'est-à-dire messire de
Bussi Leclerc en personne.

Comme dix heures venaient de tinter lentement au clocher,
quatre hommes s'approchèrent de la maison que nous venons de signaler : c'étaient les quatre fidèles d'Henri III qui,
profitant de la procession pour rejoindre le roi sans danger
d'arrestation, avaient jusque-là voyagé avec elle. C'étaient
Montsery, Sainte-Maline, Chalabre et Loignes qui guet-
taient depuis le premier jour l'occasion d'exercer leurs talents
de spadassins sur la poitrine du sire de Bussi-Leclerc. Et
comme Bussi-Leclerc était considéré à bon droit comme la
première lame du royaume, il leur semblait qu'ils n'étaient
pas trop de quatre pour mener à bonne fin leur entreprise,
maintenant que l'occasion attendue semblait enfin se présenter à eux.

Ainsi que nous l'avons dit, la maison où Bussi-Leclerc
avait trouvé un gîte était l'avant-dernière, sur la grand'-
route. Elle était assez éloignée du reste du village pour qu'on
ne pût entendre le bruit d'une lutte, si lutte il y avait. Les
quatre spadassins marchèrent résolument à la maison.

— Tu es sûr que c'est là ? demanda Sainte-Maline.

— Je ne l'ai pas perdu de vue, répondit Chalabre. Sûrement, nous allons trouver le sanglier dans sa bauge.

Ils s'arrêtèrent devant la chaumière et tinrent conseil à
voix basse.

— Comment allons-nous procéder ? demanda Montsery.

— Moi je veux me battre avec lui, dit Sainte-Maline. Je
m'en charge.

— Et s'il te tue ?

— Vous me vengerez...

— C'est cela ! firent Chalabre et Montsery, bataille !...

— Messieurs, dit Loignes, je crois que vous perdez la tête.
Il s'agit bien de duel et de combat ! Il s'agit bien de faire ici
les mignons ! Parce que ce maroufle vous a injuriés de son
mieux, quand il vous tenait à la Bastille, vous voulez, par-
dessus le marché, qu'il nous étripe l'un après l'autre...

Loignes était le plus âgé des quatre ; c'était un homme sérieux et positif, exerçant en conscience son métier d'assassin
royal ; on l'eût bien surpris en lui parlant de pitié ou de
royauté ; la ruse la mieux ourdie, le coup de poignard le plus
sûr, voilà les garanties morales qu'il prisait par-dessus tout.

Les trois autres, tout jeunes, comme nous avons dit, avaient
encore quelques préjugés. Certes, ils pouvaient se vanter
déjà de plus d'un coup de dague doucement administré à
quelque détour de ruelle, dans le dos de quelque ennemi de
Sa Majesté, mais ils n'étaient pas au degré de perfection atteint par le comte de Loignes. Devant les sages observations
de leur aîné — leur maître en guet-apens — ils baissèrent
donc la tête.

— Que faut-il faire ? demandèrent-ils.

— C'est bien simple. Nous allons l'appeler comme si son duc le mandait à l'instant. Nous aurons nos dagues à la main. Et quand il sortira, nous le larderons proprement jusqu'à ce qu'il rende sa belle âme au diable

Il faut rendre cette justice aux trois jeunes écervelés qu'ils se rallièrent instantanément à ce plan si limpide.

— Par où entre-t on ? reprit le comte de Loignes.

— Il faut faire le tour, dit Chalabre qui toute la journée avait guetté pas à pas Bussi-Leclerc. Suivez-moi, messieurs !

Chalabre enfila aussitôt un sentier, et à vingt pas de la rou…, sauta lestement par-dessus une porte à claire-voie Les autres le suivirent. Ils se trouvaient alors dans une cour dont le sol disparaissait sous le fumier. Derrière eux, ils avaient une grange où, sur la paille dormaient les deux inconnus que nous avons signalés tout à l'heure. Sur leur droite, au fond, c'étaient des étables et un poulailler Devant eux, la maison, ou plutôt la chaumière, divisée en deux parties : à droite, le logis assez vaste des maîtres de céans, et à gauche une chambre isolée, avec sa porte particulière ; c'était là, dans cette pièce qui était comme la salle d honneur de cette pauvre maison de paysans, c'était là, donc, que de tout son cœur dormait Bussi-Leclerc. Chalabre désigna la porte du doigt.

— Il est bien capable de se sauver par la fenêtre) gronda Loignes.

— Il n'y a pas de fenêtre, dit Chalabre.

C'était vrai. Les fenêtres étaient alors un luxe. Dans la plupart des chaumières, la porte, divisée en deux parties, servait à éclairer et aérer les pièces enfumées ; il n'y avait pour cela qu'à laisser ouverte la partie supérieure.

— Admirable ! dit Loignes. Attention !

Tous les quatre dégainèrent leurs dagues ; Sainte-Maline et Montsery se placèrent à gauche de la porte, le long du mur, prêts à bondir sur Bussi Leclerc dès qu'il apparaîtrait. Chalabre se plaça à droite Puis Loignes, ayant jeté un coup d œil satisfait sur ce dispositif d'attaque, heurta rudement à la porte du pommeau de son épée. La lune, bien qu'en son dernier quartier, éclairait suffisamment ce tableau.

— Holà ! holà ! messire de Bussi-Leclerc ! vociféra le comte de Loignes.

— Qui va là ? dit une voix de l'intérieur.

— Vite ! éveillez-vous et courez à monseigneur qui vous mande à l'instant !

— Au diable monseigneur ! grommela Bussi Leclerc attendez-moi, monsieur, je m'habille…

— Non, non ! Je cours réveiller M de Maineville que le duc mande également. Hâtez-vous donc !…

Là-dessus, Loignes s'effaça contre le mur, près de Chalabre

Leclerc, habitué à ces alertes continuelles, ne pouvait avoir aucune défiance. Les quatre, ramassés sur eux-mêmes, la dague à la main, attendaient Tout à coup, ils entendirent le bruit que faisait Bussi-Leclerc en commençant à ouvrir la porte.

— Bonsoir messieurs ! dit à ce moment une voix très calme et sans nulle raillerie apparente. Il paraît que vous voulez meurtrir ce bon M. de Bussi-Leclerc, gouverneur de la Bastille ?...

— Ouais gronda Leclerc, qui à l'intérieur s'arrêta d'ouvrir, que veut dire cela ?

— Trahison ! Trahison ! hurla le comte de Loignes.

— A mort ! crièrent les trois autres en s'élançant le poignard levé sur l'homme qui venait de parler, et qui sortant de la grange, s'avançait en saluant poliment et répétait :

— Bonsoir monsieur de Chalabre ; bonsoir, monsieur de Sainte-Maline ; bonsoir, monsieur de Montsery.

Les poignards levés s'abaissèrent ; les trois jeunes gens s'arrêtèrent, reculèrent et saluèrent très bas. Un rayon de lune se jouait sur le fin visage audacieux et paisible de celui qui venait d'intervenir, et ce visage, ils venaient de le reconnaître...

Loignes, ne comprenant rien à cette scène imprévue, aussi rapide qu'un éclair, Loignes, ivre de fureur, fit un bond pour s'élancer sur ce défenseur de Bussi-Leclerc. Mais en même temps, il se sentit saisi à bras le corps et solidement soutenu par ses trois amis.

— C'est notre sauveur ! dit Chalabre...

— C'est celui qui nous a tirés de la Bastille ! dit Montsery.

— C'est le chevalier de Pardaillan ! dit Sainte-Maline.

Loignes recula d'un pas, se découvrit et dit :

— Eussiez-vous été le pape en personne que vous eussiez tâté de mon fer pour le mal que vous faites ici ; mais vous êtes M. de Pardaillan, et je n'ai rien à dire. Retirez-vous donc, chevalier, et laissez-nous accomplir notre besogne.

— Si je vous laisse faire, maintenant ! dit la voix narquoise de Bussi-Leclerc, derrière la porte.

— Bon, bon ! patiente un peu, et tu verras comme on défonce une porte et une poitrine ! répondit Loignes. Monsieur, ajouta-t-il en s'adressant à Pardaillan, c'est Bussi-Leclerc qui est là ; c'est votre ennemi autant que le nôtre, je pense que si vous ne voulez pas nous aider, vous nous laisserez au moins occire en paix ce sacripant.

— Messieurs, dit Pardaillan en s'adressant aux trois jeunes gens, lorsque j'eus le bonheur de vous tirer des mains du digne gouverneur de la Bastille, vous m'avez promis, en échange des vôtres, trois vies et trois libertés...

— C'est vrai ! firent d'une seule voix Chalabre, Montsery et Sainte-Maline.

— J'ai donc l'honneur de vous prier de payer cette nuit le tiers de votre dette : je vous demande la vie et la liberté de M. de Bussi-Leclerc.

Les trois spadassins, d'un seul mouvement, s'inclinèrent. Loignes lui-même rengaina aussitôt sa dague et son épée qu'il avait tirées : c'étaient des gens d'honneur. Et si ce mot vous choque, lecteur, mettez-en un autre à la place.

— Je n'ai rien à dire ! grogna Loignes, mais j'enrage.

— Monsieur, dit Sainte-Maline en saluant galamment, nous vous cédons Bussi-Leclerc.

— Reste à deux, observa tranquillement le chevalier.

— Très juste, dit Montsery, et nous tiendrons parole jusqu'au bout. Cependant, un bon conseil : réservez pour vous-même une des deux vies qui nous restent à payer ; car c'est un mauvais tour que vous jouez ce soir à Sa Majesté, et elle pourrait bien nous donner l'ordre de vous tuer, ce que nous serions désolés de faire si nous ne vous devions plus rien.

— Vous êtes trop bon, monsieur, dit Pardaillan qui salua de son geste le plus gracieux ; mais quittez tout souci en ce qui me regarde, et puisque vous êtes si bons payeurs, messieurs, veuillez me laisser le champ libre.

Les quatre hommes saluèrent et se retirèrent sans répondre à Bussi-Leclerc, qui derrière sa porte criait :

— Au revoir, messieurs ! Je vais vous faire préparer un cabanon digne de vous, à la Bastille !

Mais Sainte-Maline revint brusquement sur ses pas :

— Monsieur le chevalier, fit-il, y aurait-il de l'indiscrétion à vous demander pourquoi vous sauvez ce damné Leclerc, qui, somme toute, vous veut autant de mal qu'à nous ?..

— Aucune, monsieur, répondit Pardaillan. Je suis aussi bon payeur que vous, voilà tout le secret de ma conduite. J'ai formellement promis sa revanche à M. de Bussi-Leclerc. Or comment aurais-je tenu ma promesse, si je l'avais laissé tuer ce soir ?

Saint-Maline regarda avec étonnement le chevalier qui souriait, salua, et se hâta de rattraper ses compagnons.

— Maintenant, il s'agit de fuir, dit Loignes. Dans quelques minutes, Leclerc va ameuter toute la damnée procession.

Loignes était furieux contre Pardaillan, contre ses trois amis, contre lui-même ; mais comme la fureur ne pouvait remédier à rien, il la ravalait.. c'était un homme pratique.

— Eh bien ! fit Chalabre, prenons à pied le chemin de Chartres.

Loignes se mit à ricaner et conduisit ses trois compagnons à un champ où les chevaux de Guise et de son escorte étaient attachés au piquet par le bridon. Chacun d'eux se glissa vers un cheval, le détacha, et sans le seller sauta dessus. Quel ques instants plus tard, au milieu des vociférations, des cris de : « Arrête ! Arrête ! », les quatre spadassins s'élançaient ventre à terre sur la route de Chartres, et disparaissaient dans la nuit.

Pendant ce temps, Pardaillan s'était approché de la porte derrière laquelle se trouvait Bussi-Leclerc et avait frappé du poing en criant :

— Monsieur ! hé ! monsieur de Bussi-Leclerc !

— Que désirez-vous, sire de Pardaillan ? demanda Leclerc, goguenard.

— Moi ? Rien. Je veux simplement vous dire que maintenant je suis seul, très seul.

— Et alors ?

— Alors, s'il vous convient d'essayer de prendre cette revanche après laquelle vous courez depuis si longtemps, eh bien ! je suis votre homme.

— Bon ! je préfère attendre...

— Comme il vous plaira, monsieur.

— Soyez tranquille, vous n'y perdrez rien.

— Ce n'est pas bien sûr, monsieur le gouverneur, dit Pardaillan.

— Bah ! fit Leclerc toujours narquois, vous croyez donc que je n'oserai pas affronter votre rapière ?

— Non pas ! Je vous tiens pour aussi brave qu'habile aux armes. Mais j'ai tant de chances d'être tué par d'autres qu'il ne vous en reste guère de me retrouver. Qui sait si j'arriverai seulement jusqu'à Chartres ?

— Si vous mourez d'ici là, reprit Bussi-Leclerc avec, cette fois, une sorte de grondement haineux, soyez sûr que je le regretterai, car c'est ma plus douce espérance, maintenant, que de penser à l'heureux moment où je vous mettrai les tripes au vent !

— Merci, dit Pardaillan. Qui donc vous empêche, en ce cas, d'essayer de satisfaire cette douce envie à l'instant ?

— Ah ! reprit Leclerc, c'est que je ne suis pas égoïste, moi. Je vais vous dire. Nous sommes quatre qui vous haïssons, et nous avons lié partie pour vous mettre à mal. Je puis même vous dire comment les choses se passeront.

— Je serai flatté de l'apprendre...

— Vous allez voir comme c'est simple : d'abord, comme je vous l'ai dit, je vous passerai mon épée au travers du ventre, sans vous tuer toutefois ; puis Maineville vous attachera à l'aile du premier moulin ; c'est une manie, chez lui, vous comprenez ? Puis quand vous aurez tourné suffisamment c'est-à-dire jusqu'à ce que mort s'ensuive, Maurevert vous arrachera le cœur, car il a fait gageure de le manger sauté aux petits lards ; enfin, Monseigneur de Guise abandonnera votre carcasse au fosseau pour la tirer à quatre chevaux.

Pardaillan comprit que Bussi-Leclerc, en parlant ainsi, devait écumer. Il l'entendit grincer des dents.

— Vous comprenez, reprit Leclerc, que si je vous tuais tout de suite à moi tout seul, mes trois associés m'en voudraient la male mort. Tâchez donc de vivre encore quelques jours, jusqu'à ce que nous puissions mettre la main sur vous...

— Je tâcherai, fit doucement Pardaillan. Mais vraiment je vous répète que je crains de ne pas arriver vivant jusqu'à Chartres. Vous devriez profiter de l'occasion...

— Non ! rugit Bussi-Leclerc.

— Allons donc, c'est que tu as peur, Leclerc!

La porte, à l'intérieur, fut labourée de coups de poignard. Il y eut un trépignement, une série de grognements furieux.

— Bussi-Leclerc a peur ! cria Pardaillan à haute voix.

— Par le pied fourchu du démon! Par le sang du Christ! Par le ventre de ma mère !...

— Tu me fais pitié, à t'entendre pleurer et trembler la peur...

— Truand de sac et de corde! Si Maurevert te mange le cœur, je te mangerai le foie !...

Bussi-Leclerc se mit à frapper la porte à coups de dague. Pardaillan haussa les épaules, et dans la cour, sur le fumier, à la clarté de la lune, il vit les gens de la chaumière qui, réveillés par le bruit, étaient sortis et, livides d'effroi, assistaient à cette fantastique conversation. Au mouvement que fit Pardaillan, ces gens reculèrent jusqu'à l'étable. Sans s'inquiéter d'eux, sans les voir peut-être, le chevalier se dirigea vers la grange et à l'entrée, trouva son compagnon qui, l'épée à la main, attendait les événements.

— Oh ! murmurait le jeune duc d'Angoulême, c'est affreux.

— Quoi donc ?...

— Les menaces de cet homme.

— Oui, c'est assez hideux. Partons, monseigneur ; l'air de ce village est malsain pour nous maintenant. Et quant à Maurevert, nous le retrouverons sûrement à Chartres.

Les deux hommes s'enveloppèrent de leur manteau et, d'un pas rapide, prirent la route de Chartres. Bussi-Leclerc continuait à sacrer et à faire derrière sa porte un vacarme extraordinaire. Au bout de dix minutes, les paysans s'approchèrent de la porte, et le maître du logis, ôtant son bonnet, cria:

— N'ayez plus peur, monseigneur, il est parti !

— Par l'enfer ! vociféra Leclerc en entrouvrant la porte, qui a dit que j'ai peur ?... Est-ce toi, manant ?... Veux-tu que je te fasse pendre à cette branche pour t'apprendre qu'un gentilhomme n'a jamais peur ?

Les manants tremblèrent et se mirent à balbutier force excuses, car la menace n'était pas vaine; alors, Bussi-Leclerc, la dague et l'épée aux poings, sortit et grogna:

— Où est-il ?

Le paysan voulut rentrer en grâce et répondit :

— Je ne sais par où il a pris, monseigneur ; mais le fait est qu'il a fui, et il doit être loin.

Leclerc rengaina ses armes et grommela :

— Il n'a pas plus fui que je n'ai eu peur...

Bussi-Leclerc ne mentait pas : il n'avait pas eu peur... peur d'être blessé ou tué. C'était un de ces rudes batailleurs pour qui le mot « mort » était vide de sens .. mais il avait eu peur d'une nouvelle défaite. Son amour-propre saignait. Et l'effroyable explication qu'il avait donnée à Pardaillan était exacte : Guise, Maurevert. Maineville et Leclerc avaient résolu de s'unir pour terrasser Pardaillan et de ne rien tenter l'un sans l'autre.

Bussi-Leclerc sortit donc en toute hâte de la chaumière, et par un chemin de traverse que lui indiquèrent ses hôtes, gagna la place de l'église au coin de laquelle se dressait un grand calvaire. Autour de ce calvaire, quelques tentes avaient été dressées et le duc de Guise dormait dans l'une d'elles sur un lit de camp, tandis que Maurevert et un autre officier dormaient sur des bottes de paille. Quant à Maineville, il avait, comme Bussi, cherché gîte dans le village.

Leclerc envoya chercher Maineville qui, une demi heure plus tard, arriva en pestant fort contre l'interruption de son sommeil. Alors, il fit également réveiller le duc, et, ayant eu la permission d'entrer dans la tente, les quatre se trouvèrent réunis. Et Bussi-Leclerc fit le récit de ce qui venait de se passer. Guise proféra une imprécation de rage ; Maineville sortit sa dague et en tâta la pointe ; Maurevert prononça ces étranges paroles : .

— Puisqu'il en est ainsi, monseigneur, le voyage à Chartres est inutile nous fer ons mieux de retourner à Paris.

— Pourquoi ? s'écrièrent Maineville et Bussi-Leclerc.

— Parce que, dit sourdement Maurevert, si Pardaillan est dans la procession, la procession est maudite ! Parce que ce n'est pas Henri III qui sera tué, mais nous !

Et ces quatre hommes également braves, dont l'un était tout puissant, passèrent le reste de la nuit à discuter comment ils se débarrasseraient de l'aventurier Guise, sombre et pensif, écoutait sans rien dire ses trois fidèles conseillers. Mais comme le jour se levait, il donna l'ordre de se mettre en route.

— Pour Paris ? demanda Maurevert.

— Pour Chartres ! répondit le duc.

— Pardieu ! firent Bussi et Maineville. C'est tout simple !

Maurevert haussa les épaules et s'assura que sa cotte de mailles était solidement bouclée

La procession se mit en marche, dans le même ordre que nous avons dit, avec les mêmes chants et les mêmes cris ; tout ce monde s'engouffra par la porte Guillaume dans la bonne ville de Chartres et se dirigea vers la cathédrale.

Ce qu'on appelle aujourd'hui la ville haute n'existait pour ainsi dire pas à cette époque. En revanche, la ville basse a gardé à peu près l'aspect qu'elle avait alors, avec ses ruelles tortueuses, ses maisons à pignons gothiques, chargées de sculptures en bois, hérissées de tourelles.

Une fois la porte franchie, la tête de la procession se trouva en présence d'une nombreuse troupe armée. Guise reconnut Crillon à cheval, qui venait à sa rencontre

— Monseigneur, dit Crillon, Sa Majesté m'a fait l'honneu de me charger de vous venir souhaiter la bienvenue, ainsi qu'aux fidèles sujets qui vous escortent.

Un grand silence s'établit. Guise jeta un sombre regard sur les ruelles avoisinantes qui regorgeaient d'hommes d'armes. Crillon reprit :

— Sa Majesté, pour vous faire honneur, voulait absolument que je vinsse à votre rencontre avec huit mille arquebusiers et les trois mille cavaliers que nous avons assemblés autour de Chartres. Mais j'ai fait observer à Sa Majesté que deux ou trois mille hommes suffisaient pour escorter une procession...

— Vous avez bien fait, messire. Où et quand pourrai-je voir le roi avec les échevins de Paris?

— Le roi est en ce moment à la cathédrale.

— Allons donc à la cathédrale ! dit Guise.

— Monseigneur, je vous montre le chemin. Il serait inutile que ces dignes pénitents essayassent d'en trouver un autre que celui par où je vais avoir l'honneur de vous conduire. En effet, toutes les rues sont pleines de nos gens d'armes qu'a attirés une légitime curiosité, sans compter les bourgeois de cette bonne ville qui attendent le roi pour l'acclamer...

— Allez, messire ! dit Guise. Nous sommes venus en fidèles sujets, et nous joindrons nos acclamations à celle de la ville.

Et levant sa toque empanachée et ornée d'un triple rang de perles, Guise, d'une voix forte, cria :

— Vive le roi !

Mais derrière lui, une immense acclamation répondit.

— Vive Henri le Saint ! ..

C'était la procession qui donnait ainsi son avis, si bien que Crillon se demanda un instant s'il ne ferait pas mieux de fermer les portes et de laisser hors des murs les trois quarts des pénitents qui attendaient. Mais Crillon, brave amoureux du danger, se dit qu'il serait ridicule d'avoir l'air de redouter des porteurs de cierges. Ordonnant donc à ses hommes, d'un coup d'œil, de surveiller étroitement les arrivants, il se dirigea vers la cathédrale. Guise suivait avec ses gentilshommes. Derrière ce groupe venait la procession des Parisiens qui se gens de la ville, du haut de leurs fenêtres, examinaient curieusement, et non sans une certaine sympathie

L'apparition d Jésus, sous son énorme croix de carton et plus flagellé que jamais, fut saluée par un long murmure de pitié, d'autant plus que Jésus criait à pleine voix :

— Sire ! sire roi de France, où êtes-vous ? N'êtes vous pas le fils aîné de l'Église ? Me laisseriez-vous ainsi maltraiter par les damnés huguenots ?..

— Mort aux parpaillots ! crièrent d'enthousiasme les bourgeois à leurs fenêtres.

Guise devint radieux ; le front de Crillon s'assombrit.

Devant la cathédrale, la foule était plus serrée, plus nerveuse, et Guise put lire sur tous ces visages de bons provinciaux la curiosité passionnée qu'il inspirait. En effet, Henri III, après sa fuite avait été accueilli par les habitants de Chartres avec courtoisie, mais sans enthousiasme. Là comme dans tout le royaume le nom de Guise était populaire et celui du roi méprisé ou détesté. Le duc comprit alors la faute terrible qu'il avait commise en perdant un temps précieux. S'il s'était fait couronner le lendemain de la journée des Barricades, la France entière le reconnaissait et l'acclamait. Il avait cru ne tenir que Paris. Il avait eu peur des provinces.

— O Fausta, murmura-t-il, comme vous aviez raison ! Et pourquoi ne me suis-je pas confié à votre profonde sagesse ?... Mais il n'est pas trop tard !... Un coup de poignard peut tout réparer !

Et il jeta ses yeux autour de lui, comme pour chercher s'il n'apercevrait pas le moine. A ce moment, les portes de l'immense cathédrale s'ouvraient, et une foule de gentilshommes en sortaient, refoulant les bourgeois. En même temps les soldats de Crillon, par une habile manœuvre, coupèrent la procession et ne laissèrent autour de Guise qu'une dizaine de ses familiers.

— On se méfie de nous, ici ! dit le duc en fronçant le sourcil

— Non pas, monseigneur, on vous rend les honneurs, répondit Crillon.

Joyeuse, quelques-uns de ses apôtres et ses deux flagellants se trouvaient dans ce cercle formé par les gens d'armes, les gentilshommes royaux et la foule.

— Frappez ! Frappez ! dit Joyeuse.

Les deux flagellants se mirent à frapper à tour de bras, avec leurs fausses lanières,

— Sire ! s'écria Jésus, sire roi de France Où êtes-vous ? Voyez ce que font les huguenots ! et pourtant, je ne me plains pas !...

Un grondement de la foule des bourgeois répondit à ces paroles Et déjà, comme à Paris, les cris de : *Vive Henri le Saint* ! éclataient, lorsque Jésus, c'est-à-dire Joyeuse, se mit

à pousser des lamentations qui, cette fois, n'avaient rien de
feint. En effet, quatre pénitents venaient de s'approcher de
lui, et s'étaient mis à la flageller, non plus avec des lisières
de drap ou des lanières de carton, mais avec de bonnes et
solides étrivières de cuir. Du coup, Joyeuse laissa tomber
sa croix; il voulut bondir, s'échapper; mais les quatre le tenaient, et les coups tombaient sur ses épaules, sur ses reins,
sur sa tête...

— Miséricorde ! hurlait l'infortuné. Au meurtre ! Au feu!
À moi ! On me tue !...

Cela dura quelques minutes, pendant que les soldats contenaient la foule, pendant que Guise, pâle et stupéfait, se demandait s'il n'était pas venu se jeter dans la gueule du loup.
Les quatre enragés frappaient de plus belle, et Joyeuse ne
laissait plus entendre qu'un gémissement plaintif.

— Assez! dit tout à coup une voix forte.

Un homme venait de paraître sous le porche de la cathédrale et s'avançait vers Jésus. Les quatre flagellants cessèrent aussitôt leur besogne, et s'étant précipités dans l'église
où ils se dépouillèrent de leurs frocs, apparurent sous les traits
de Chalabre, Montsery, Loignes et Sainte-Maline ..

L'homme qui venait de surgir s'avançait avec une sorte de
dignité vers le malheureux Joyeuse. A son aspect un grand
silence s'établit, les gens de Crillon présentèrent les armes,
Guise mit pied à terre et, se découvrant, s'inclina profondément...

Cet homme, c'était le roi de France.

II

Henri III

Le roi, sans faire attention à Guise, s'arrêta devant Joyeuse
et, s'agenouillant, cria dans le silence :

— Mon seigneur Jésus, vous m'avez appelé, moi, pauvre
roi que ses sujets ont frappé, abandonné, chassé ! Me voici,
mon doux seigneur Jésus ! Et puisque vous avez tant fait
que de m'appeler à votre aide, laissez moi essuyer le précieux
sang qui coule de vos plaies !...

A ces mots, Henri III se releva, saisit son mouchoir et se
mit à essuyer Joyeuse qui balbutiait :

— Sire !... sire !... que d'honneur !..

La foule est mobile dans ses sentiments. A la vue du roi
s'agenouillant devant le figurant qui représentait Jésus, s'in-
corporant pour ainsi dire à la procession parisienne et adop-
tant d'emblée ses pensées, des applaudissements furieux éclatèrent. Le roi leva les bras pour commander le silence.

— Qu'on saisisse ces deux misérables ! cria-t-il en désignant les deux flagellants effarés ; qu'on les jette en prison et qu'on les flagelle à leur tour, et puis qu'on les pende haut et court !

— Mais, sire, bégaya Joyeuse, Votre Majesté fait erreur... ce ne sont pas eux...

— Mon seigneur Jésus vous fait grâce de la pendaison ! reprit Henri III. Vous serez donc seulement emprisonnés et flagellés ! Qu'on les emmène. .

Les deux infortunés figurants furent saisis, et malgré leurs cris de miséricorde, aussitôt entraînés.

— Ainsi seront traités les ennemis de Dieu et de l'Eglise ! cria Henri III.

Une immense acclamation salua ces paroles. et cette fois, ce fut un grand cri de vive le roi ! qui monta jusqu'au ciel. Henri III, à ce grand cri de Vive le roi ! qu'il avait fini par oublier. eut un éclair dans les yeux. Alors, il se tourna vers le duc de Guise :

— Mon cousin, dit-il, allons louer et bénir le Seigneur de la grande joie qu'il nous accorde en ce jour. Et puis, nous écouterons en l'hôtel de messieurs les échevins de cette bonne ville les plaintes que nos Parisiens vous ont chargé de nous transmettre. Qu'on laisse entrer mes chers Parisiens dans la cathédrale...

Et tournant le dos à Guise, avant que celui-ci eût ouvert la bouche pour répondre, il se dirigea le premier vers le portail central large ouvert à deux battants.

— Oh ! gronda Guise en lui-même, ce fantôme de roi ose me braver et se moquer de moi ! Et j'hésitais !... Patience ! J'aurai ma revanche, et elle sera terrible !...

Il suivit avec ses gentilshommes et pénétra dans l'énorme église, où la messe d'action de grâces fut aussitôt commencée. Le roi avait donné l'ordre de laisser entrer les pénitents venus de Paris. Mais en réalité, la cathédrale se trouvait si bien remplie de ses gentilshommes et de ses gens d'armes que c'est à peine si une vingtaine des familiers de Guise purent trouver place dans la nef.

Le roi s'était assis sur un trône couvert d'un dais et entouré de gardes. Dehors, la foule des pénitents parisiens et des bourgeois de Chartres confondus prenait de cette messe ce qu'elle pouvait en prendre, c'est-à-dire ce qui lui arrivait de cantiques et de bénédictions par les portes ouvertes.

Quand la messe fut terminée, Henri III, toujours entouré de gardes, sortit de l'église et se dirigea vers l'hôtel des échevins, où il recevait de la ville de Chartres une hospitalité sinon royale, du moins très suffisante pour un roi sans royaume. Il n'avait pas adressé un mot à Henri de Guise.

Sur le parvis, le duc s'était arrêté, incertain de ce qu'il ferait, dévorant sa rage et se demandant s'il n'allait pas reprendre à l'instant le chemin de Paris.

A ce moment, l'un des gentilshommes d'Henri III, le marquis de Villequier, s'approcha de lui et, l'ayant salué, lui dit :

— Monsieur le duc, le roi mon maître m'a chargé de vous dire qu'il vous recevra demain matin, à neuf heures, en audience à l'hôtel de ville, ainsi que les robins et bourgeois qui vous servent d'escorte...

Un murmure menaçant éclata parmi les gentilshommes de Guise. Mais celui-ci les calma d'un geste :

— Dites à Sa Majesté, répondit-il, que je la remercie de l'audience qu'elle veut bien m'accorder et que je m'y trouverai à l'heure dite. Mais dites-lui que je ne la remercie pas d'avoir choisi un messager tel que vous...

Villequier était en effet aussi haï et détesté des Guisards que d'Epernon lui-même.

— Je ferai votre commission, monsieur le duc, dit-il simplement avec un mince sourire.

Là-dessus, Guise et ses gens se dirigèrent vers l'hôtellerie du Soleil-d'Or, sise aux bords de ce bras de l'Eure qui traverse la ville, tandis que l'autre bras coule hors des murs. Quant au cardinal de Guise, quant à Mayenne, ils s'y étaient rendus directement et ne s'étaient pas montrés depuis l'entrée de la procession à Chartres. Au moment où Guise et ses gentilshommes entraient dans l'hôtellerie, Maurevert saisit le bras de Maineville près de lui, et lui montrant une figure dans la foule, lui dit en pâlissant :

— Regarde !...

— Qu'est-ce ? fit Maineville insoucieux.

— Non, ce n'est pas lui ! reprit alors Maurevert en passant la main sur son front... mais il m'a semblé d'abord que c'était Pardaillan...

Le duc entendit ces mots et tressaillit.

— Où est-il ? demanda-t-il d'une voix basse et rauque.

— Il est mort ! répondit quelqu'un près de lui. Ne vous en inquiétez plus !...

Guise, Maineville, Bussi-Leclerc, Maurevert, d'un même mouvement, se retournèrent et virent la duchesse de Montpensier qui souriait. Elle fit signe à Guise de la suivre.

— Pardieu ! grogna Bussi-Leclerc, s'il est mort, il n'y a pas longtemps !

Le duc, troublé, avait marché jusqu'à l'appartement qui lui était destiné, entraîné par sa sœur.

— Mon frère, lui dit celle-ci quand ils furent seuls, vous devez cesser désormais de vous enquérir de ce Pardaillan, qui plus que de raison vous a mis la cervelle à l'envers.

— Vous dites qu'il est mort ? Comment le savez-vous ?

— Je le sais par celle qui sait tout, qui jusqu'ici ne s'est jamais trompée, ne nous a jamais trompés...

— Fausta ? fit le duc en tressaillant.

— Voici ses paroles : « Dites au duc que Pardaillan est mort ; et s'il s'étonne, ajoutez que c'est moi qui l'ai tué. » Voilà les paroles que je devais vous répéter dès que vous seriez entré dans Chartres.

— Et depuis que nous sommes dans Chartres, elle ne vous a rien dit ?

— Elle vient de me confirmer la chose.

Guise demeura pensif. Bussi-Leclerc s'était il trompé ?... Mais après tout, Bussi Leclerc n'avait pas *vu* Pardaillan ; il l'avait *entendu* seulement. Non, Fausta ne se trompait jamais ! Sans doute, elle savait que Pardaillan était dans la procession. Sans doute elle avait établi quelque piège où cette nuit même le chevalier était tombé. Pardaillan avait donc été tué par les gens de Fausta au cours de la dernière nuit, après sa rencontre avec Leclerc.

Guise dissimula soigneusement ses impressions. Mais le profond soupir qui lui échappa prouva à sa sœur quel soulagement il éprouvait de cette nouvelle.

— Laissons cela, reprit il. Que cet aventurier soit mort ou vif, la question est de maigre importance. Où est l'homme ?

— Dans Chartres, répondit tranquillement la duchesse. Il est venu avec la procession.

Quelle que fut l'insensibilité de Guise, il ne put s'empêcher de frissonner à la pensée que l'assassin d'Henri III avait voyagé avec lui, et qu'à cette heure même, le moine s'apprêtait à porter le coup mortel au roi.

— Etes-vous prêt, mon frère ? reprit Marie de Montpensier.

— Prêt ?... Qu'entendez-vous par là ? fit le duc en frémissant. Je ne veux, d'aucune façon, être mêlé à ce qui va se passer. Je suis perdu si jamais on apprend...

— Soyez donc tranquille ! La mort du roi ne sera qu'un de ces accidents que Dieu permet parfois, que l'histoire enregistre aveuglément et que les peuples accueillent comme des événement de délivrance. Nul ne saura. Jacques Clément lui-même ne sait pas. Seulement soyez prêt, mon frère !...

— Quand aura lieu... l'accident ?

Marie de Montpensier regarda fixement son frère et répondit :

— Demain !..

La duc tressaillit, passa la main sur son front et murmura :

— Si tôt !...

— Le plus tôt est le mieux, fit sourdement la duchesse dont le visage si riant d'ordinaire prit une effrayante expression de haine. Les jours de Valois sont comptés. A quoi bon prolonger son agonie et la nôtre ?

— Oui, oui, vous avez raison... balbutia le duc.

— Demain, après l'audience, Valois se rendra à la cathédrale, en procession, les pieds nus, un cierge à la main et couvert d'un sac. C'est un vœu qu'il a fait s'il se réconciliait avec Paris. Or, demain la réconciliation sera faite. Le moine marchera près du roi, car dans ces processions, il est accessible à tous. Le coup lui sera porté devant la cathédrale. Vous, cependant, vous réunirez hors des murs ce que vous avez de gentilshommes et de ligueurs... le reste vous regarde!

Marie de Montpensier s'enveloppa alors d'une capuche qu'elle rabattit sur sa tête, fit un dernier signe à son frère et, étant sortie, retrouva dehors deux gentilshommes qui se mirent à l'escorter : c'étaient deux de ces cavaliers qui pendant le voyage de Paris à Chartres avaient entouré la mystérieuse litière qui marchait en queue de la colonne.

Quant au duc de Guise, ayant fait appeler Mayenne et le cardinal, il conféra longtemps avec eux. Puis, vers le soir, il se mit à table, et voulut que Maurevert, Leclerc et Maineville prissent place à ses côtés. Et malgré la gravité de la situation, malgré l'acte terrible qui se préparait dans l'ombre, ce fut encore de Pardaillan qu'ils causèrent. Bussi-Leclerc se rappela fort à propos que le chevalier lui avait dit :

— Je n'arriverai peut-être pas jusqu'à Chartres !...

Il ne fallait plus en douter : Pardaillan était mort et bien mort.

— Ma foi, je le regrette ! fit Maineville. J'eusse eu plaisir à le lier sur une aile de moulin.

— Moi aussi, dit Bussi-Leclerc.

Quant à Maurevert, il se contenta de sourire.

Vers cette heure-là, et comme la nuit tombait, celui qui faisait l'objet de ces pensées railleuses ou sinistres dînait tranquillement avec le duc d'Angoulême dans une petite auberge, à une table accotée contre une fenêtre basse. En face de l'auberge se dressait un de ces mornes hôtels comme on en voit encore à Chartres, et de temps à autre, Pardaillan, soulevant les rideaux de la fenêtre, jetait un rapide coup d'œil sur la façade de l'hôtel où tout était éteint et clos.

— A qui appartient cet hôtel ? demanda Pardaillan à la servante, en soulevant encore une fois le rideau.

La servante s'arrêta de marcher, regarda, sourit et dit :

— Cet hôtel ?... Ah ! dame... il appartient comme qui dirait à personne. C'est-à-dire, dans les temps jadis, c'était l'hôtel des sires de Bonneval, à ce qu'on dit du moins. Mais depuis que je vis, et il y a vingt-neuf ans de cela, je n'ai jamais vu personne entrer là-dedans, jamais la porte ou les fenêtres s'ouvrir.

— Oui, murmura Pardaillan, mais en ce moment, des gens sont rassemblés là-dedans. Et je voudrais bien savoir ce qu'ils font.

— Que voulez-vous qu'ils fassent, cher ami ? grommela le duc d'Angoulême. Que voulez-vous qu'ils fassent, si ce n'est de conspirer quelque mauvais coup, puisque c'est la Fausta qui les a assemblés là ?...

— C'est vrai. J'ai vu ma belle tigresse et ses gens se glisser dans l'hôtel par la porte du jardin. Sans doute, ils conspirent, mais quoi ?...

— Pardaillan, fit le jeune duc avec un soupir comme nous sommes loin de...

— De Violetta, hein ?... Patience, mon prince, patience! Il y a deux êtres au monde qui peuvent nous faire savoir de quel côté nous devons nous tourner : c'est Fausta... et c'est Maurevert. Nous les suivons. Nous les tenons. Il faudra bien que l'un ou l'autre tombe dans nos mains. En tout cas, nous sommes sur un lit de roses, si je compare notre situation à celle où je me trouvais quand j'étais *dans la nasse* de Mme Fausta.

Pardaillan eut une grimace de la bouche plissée, ce qui indiquait combien peu lui était agréable le souvenir qu'il venait d'évoquer.

— Cher ami, dit le duc d'Angoulême, voici trois ou quatre fois que je vous entends dire: Quand j'étais dans la nasse. En somme le prince Farnèse ne m'a rien dit, sinon que je devais vous attendre à la *Dernière*.

— Où je vous ai rejoint après être sorti de la nasse, fit Pardaillan qui jeta un nouveau regard dans la rue.

— La nasse ! reprit Charles. Encore la nasse ! Expliquez-moi...

— Comment, monseigneur, vous ne savez pas ce que c'est qu'une nasse ? Moi, j'en ai vu en Provence, aux environs de Marseille. Figurez-vous une grande cage en osier avec une porte par où l'on peut *entrer*, mais par où l'on ne peut plus *sortir*. Les pêcheurs plongent cette cage au fond de la mer, avec une corde au bout de laquelle se trouve un signal en liège qui flotte pour faire reconnaître l'endroit. Avez-vous mangé des langoustes, monseigneur ? C'est délicieux.

— Certes, fit Charles, qui ne s'habituait pas à suivre cet esprit en apparence audacieux et au fond si simple. Mais que viennent faire ici les langoustes ?

— C'est pour vous expliquer la nasse, dit Pardaillan vraiment étonné de la question. Suivez la langouste au fond de la mer, que fait-elle ? Elle sent l'appât que le pêcheur a mis dans la nasse. Elle s'approche de cette cage d'osier, elle tourne autour, très ennuyée de ne pouvoir entrer et s'emparer de l'appât. A force de tourner, elle se glisse à travers une ouverture. Mais notez que pour cela elle est obligée d'écarter les brins d'osier placés en entonnoir... Encore un petit effort, et l'entonnoir s'ouvre, les osiers s'écartent. Mais dès qu'elle est entrée, les osiers reprennent leur position primitive : elle ne peut plus sortir... elle est dans la nasse!... Eh bien, moi aussi, j'étais dans la nasse. Il y avait bien un trou pour y

entrez, mais il n'y avait plus moyen de sortir par la trou.
Maintenant, figurez-vous que la nasse, au lieu d'être en osier,
était en fer, un solide treillis en fer, et que, dans chaque
maille, je pouvais à peine passer les bras... Heureusement,
il y avait des cadavres, sans quoi je serais encore dans la
nasse. C'est une jolie invention de Mme Fausta, que Dieu
veuille me garder saine et sauve, car j'ai résolu de lui rendre
épouvante pour épouvante...

Le jeune duc frissonna. Il entrevoyait, à travers l'explication de Pardaillan, une de ces hideuses aventures auxquelles
succombent les esprits les plus fermes.

— Monseigneur, reprit le chevalier en soulevant son chapeau, dites-moi, est-ce que mes cheveux n'ont pas blanchi?

— Non, mon ami; je les vois tels que je les ai toujours vus,
d'un beau châtain foncé.

— Ah! Cela m'étonne! Car, j'ai eu peur, j'ai connu la peur
dans ce qu'elle a d'affolant, avec ce délire qu'elle fait monter
à la cervelle. Heureusement, comme je vous le disais, il y
avait les cadavres. . Ah! ah! s'interrompit Pardaillan, le
voici! Attention!...

Le chevalier n'avait cessé de regarder à travers les petits
vitraux ronds et verts de la fenêtre. Charles regarda, lui
aussi, et, dans la nuit de la ruelle, vit une ombre qui s'avançait.

— Je savais bien qu'il viendrait! Et qu'il viendrait là! murmura Pardaillan.

L'ombre se rapprochait de la grande porte de l'hôtel qui,
d'après la servante, était inhabité depuis de si longues années. C'était un homme enveloppé d'un manteau qui lui cachait la figure. Mais sans doute, Pardaillan le reconnaissait
à la taille et à la démarche, car il répéta :

— C'est lui !

L'homme ne heurta pas le marteau de la porte, mais frappa
dans ses mains. La grande porte s'entr'ouvrit aussitôt et l'inconnu se glissa dans l'intérieur. Pardaillan sourit comme un
homme enchanté de voir ses prévisions se réaliser.

— Qui est ce ? demanda Charles

— Vous le saurez tout à l'heure, dit Pardaillan en laissant
retomber le rideau Lorsque je m'éveillai, j'étais assis, vous
le savez, à califourchon sur deux poutres dont l'une plongeait
dans l'eau et dont l'autre partait en diagonale pour aller soutenir le plancher de la salle où se tenait le trou carré... l'entrée de la nasse. J'avais dormi Comment ? Je n'en sais rien,
mais je crois qu'il m'eût été impossible de ne pas dormir,
tant j'avais la tête fatiguée au moment où, pour éviter les cadavres J'atteignis la tour elle. Alors, je vis qu'il faisait à peu
près jour; la lumière entrait par-dessus le plancher qui était
au-dessus de ma tête, et je vis que j'étais entouré de poutres
qui s'enlaçaient comme les madriers d'un échafaudage. Par-

dieu ! me dis-je, je n'ai qu'à gagner de poutre en poutre jusqu'à l'extérieur ! » Et je me suis mis en chemin, c'est à dire que je voulus gagner la poutre voisine qui me rapprochait de la grande ouverture par où coulaient tout à la fois l'eau du fleuve et la lumière du jour. Ce fut alors que je me heurtai au treillis de fer... J'avais oublié la nasse !...

Charles vida son verre, comme pour se donner le courage d'entendre ce récit.

— Alors, continua Pardaillan, j'examinai cette machine à prendre les hommes. Et je vis que j'étais perdu. En effet, la nasse formait comme un puits en treillis de fer, qui partait du plancher même pour aller plonger dans l'eau. Je dus abandonner l'idée qui m'était venue de me hisser de maille en maille pour arriver à *passer par-dessus*, puisque, en me hissant, j'aboutissais au plancher. L'idée inverse me parut la bonne : c'est-à-dire que je m'accrochai aux mailles, et que je me mis à descendre, dans l'espoir que je pourrais passer *par-dessous* en plongeant. Arrivé au ras de l'eau, je fus heurté de nouveau par les cadavres. Mais je fusse passé à travers une légion de fantômes d'enfer. Je sentais ma gorge en feu et mes cheveux se hérisser sur ma tête ; j'avais une soif à vider un tonneau ; mais la seule pensée de m'humecter seulement les lèvres avec cette eau où les cadavres avaient dansé toute la nuit me donnaient d'insupportables nausées. Enfin, comprenant que la folie allait me gagner si je ne sortais au plus tôt, je me laissai glisser parmi les cadavres. Et alors, oh ! alors, je compris pourquoi les cadavres ne s'en allaient pas, pourquoi ils ne plongeaient pas !... Lorsque j'eus de l'eau jusqu'aux épaules, je sentis avec mes pieds que, de toutes parts, le treillis de fer se rejoignait dans l'eau et que cela formait comme le fond d'une bouteille !... Pas moyen de sortir par en haut ! Pas moyen de sortir par en bas !.. Je me hissai le long des mailles de fer pour éviter l'attouchement des cadavres, et, accroché à une certaine hauteur, je m'arrêtai, et j'eus la pleine horreur de ma situation : j'étais destiné à mourir lentement dans ce puits de fer !...

— C'est horrible ! dit Charles en frémissant.

— Justement. Comme vous dites, c'était horrible, *et je voudrais bien voir la figure que ferait Mme Fausta si elle se trouvait dans une situation pareille...* Je n'avais plus de souffle, plus de pensée, plus rien en moi qu'une sorte de sentiment de vertige, si bien qu'après quelques heures je pris la résolution de grimper jusqu'en haut et de frapper au plancher jusqu'à ce qu'on m'entendît, jusqu'à ce qu'on achevât de me tuer !

— Et comment êtes-vous sorti ? demanda Charles avec une sorte d'avidité.

Pardaillan se mit à rire et répondit :

— C'est bien simple : je suis sorti avec les cadavres.

— Avec les cadavres !... Oh ! mon ami, je vous écoute ; et il me semble entendre le récit d'un rêve fantastique, d'un hideux cauchemar !

— C'est à peu près l'effet que cela me produit à moi-même, dit Pardaillan. Je n'y pensais plus, aux cadavres ! Heureusement, Fausta y pensait elle ! Sans doute, cela ne devait pas lui être fort agréable de dormir au-dessus de ces morts. Pour cette raison, ou pour d'autres, il est certain que si les morts étaient prisonniers dans la nasse, Fausta devait avoir la pensée de leur rendre la liberté. Et comment rendre libres ces cadavres prisonniers ? En les repêchant l'un après l'autre ? Non, non ! Fausta est la femme des combinaisons simples ! Pour délivrer les morts, il n'y avait qu'à les laisser partir au fil de l'eau !

Pardaillan se mit à rire, puis jeta à l'extérieur un coup d'œil inquiet.

— Il ne faut pas manquer la sortie de notre homme, dit il.

— L'homme qui est entré là, dans cet hôtel ?

— Oui, il prend les derniers ordres de la belle Fausta... Donc, comme je vous l'ai dit, j'étais, depuis plusieurs heures, accroché au treillis de fer, à demi assis sur une poutre, et je luttais contre les pensées de folie, lorsque j'entendis au dessus de moi une sorte de grincement ; et en même temps, de l'autre côté du treillis, je vis une chose que je n'avais pas remarqué encore : une corde !... et cette corde montait ! D'en haut, on la tirait. Levant les yeux, je vis qu'elle passait à travers un trou pratiqué dans le plancher. Alors, d'un coup d'œil, je suivis la corde de haut en bas, et je fus à l'instant même rassuré. En effet, monseigneur, la corde soulevait un pan, un carré du treillis qui se rabattait en haut, et laissait ouverte, dans l'eau, une large ouverture. Dans le même instant, je vis les cadavres qui s'en allaient en se bousculant comme s'ils eussent eu hâte de sortir. Au bout de deux minutes ils étaient tous partis entraînés par le fleuve. Je pense que vous devinez le reste...

Pardaillan avala un grand gobelet de vin et ajouta :

— Je fis comme eux... voilà tout !

— Voilà tout ! murmura Charles tout pâle.

— Je fis ce que n'importe qui eût fait à ma place ; je descendis... non : je me laissai tomber dans l'eau, je franchis l'ouverture d'une brassée frénétique, et me trouvai hors de la nasse. Dix minutes plus tard, j'abordais au point où sont commencés les travaux du nouveau pont... (1).

Un long silence suivit ces paroles. Charles ne pouvait digérer la simplicité avec laquelle Pardaillan lui avait fait ce récit d'horreur et considérait ses compagnons avec une

(1) Le Pont-Neuf, dont la construction, interrompue alors, ne fut reprise que sous Henri IV.

sorte d'effroi. La servante s'était endormie au coin de l'âtre où elle avait commencé à filer une quenouille, assoupie par le ronflement ouaté de son rouet et le murmure des voix de ces deux étrangers. Le chevalier sifflotait entre ses dents, et regardait toujours par la fenêtre.

— Il est temps de sortir, dit-il enfin. Eh ! la belle enfant'

La servante se réveilla en sursaut et vint à l'appel.

— Dites-moi, mon camarade et moi, nous voudriez prendre l'air avant de nous coucher dans la chambre hospitalière que vous nous offrez. Comment ferons-nous pour rentrer ? Je dis : rentrer sans frapper, ni réveiller personne...

— Dame ! mon digne gentilhomme, vous passerez par les écuries, que je laisserai ouvertes ; et une fois dans la cour, vous n'aurez qu'à monter l'escalier de bois qui est à l'intérieur

Pardaillan s'était sans doute rendu compte de la disposition des lieux, car il approuva d'un signe de tête, s'enveloppa de son manteau et, suivi de Charles, sortit par la porte de l'auberge qui, aussitôt, se referma derrière eux. Dans la rue, ou plutôt dans la ruelle étroite et tortueuse où ils se trouvaient, Pardaillan fit une dizaine de pas, puis s'arrêta dans un renfoncement.

— Attendons ici, murmura-t-il ; notre homme ne saurait tarder à sortir.

— Qui est-ce ? demanda Charles pour la deuxième fois.

— Vous ne l'avez pas reconnu ? . C'est le moine ! C'est Jacques Clément ! C'est l'homme qui, à l'auberge du *Pressoir de Fer*, était assis près de nous et nous écoutait...

— L'homme qui a dit qu'il vous vengerait en se vengeant...

— Oui : de Catherine de Médicis !. .

— Qu'il se vengerait en frappant la vieille reine au cœur !...

— C'est-à-dire en assassinant son fils Henri III, dit froidement le chevalier. Qu'avez-vous à frissonner ainsi, monseigneur ?

— Pardaillan ! fit le jeune duc, ceci est affreux.

— Eh quoi ! vous vous plaignez ! Songez que votre père a été poussé au désespoir, à la folie, à la mort par trois êtres qui étaient : sa mère Catherine, son frère le duc d'Anjou, aujourd'hui roi de France, et enfin monseigneur le duc de Guise ! Le hasard veut qu'un homme, un de ces êtres que la fatalité marque dès leur enfance, se trouve et qu'il vous épargne la besogne ! Vous voulez, vous cherchez un terrible châtiment contre le roi ?

En parlant ainsi, Pardaillan cherchait à étudier le visage de Charles.

— Oui, dit celui-ci. J'ai toujours pensé que mon oncle Henri de France tomberait un jour sous la morsure imprévue de l'une de ces douleurs qu'il a semé sur la route de sa vie. Mais si cela dépend de moi, Pardaillan, Jacques Clément ne frappera pas le roi. Ce n'est pas cela que je voulais !...

— Ainsi, monseigneur, si vous le pouvez, vous arrêterez le bras du moine ?

— Je l'arrêterai, dit Charles sourdement.

Pardaillan hocha la tête, et, dans l'ombre, ses yeux brillèrent d'une malicieuse satisfaction

— Allons ! murmura-t-il, Guise n'est pas encore roi de France !

— Que voulez-vous dire ? balbutia le duc d'Angoulême.

Pardaillan saisit le bras du jeune homme, qu'il serra fortement. D'un signe, il lui montra la porte de l'hôtel qui s'ouvrait à ce moment, livrant passage à un moine encapuchonné qui sortit, et lentement s'avançait vers eux

— Je veux dire, reprit il froidement, que vous tenez en ce moment le sort du royaume et de la chrétienté dans vos mains, monseigneur. Voyez cet homme qui vient à nous. S'il passe, il marche au meurtre. Demain, votre oncle Henri III est poignardé, demain le duc de Guise est roi... Monseigneur, voici la destinée qui passe ! Un geste de vous, et la fortune du monde est changée... Mais je vous laisse faire et je regarde... Faites ou ne faites pas le geste !

Le moine arrivait à leur hauteur. Pardaillan se renfonça contre le mur et se croisa les bras. Le moine passait... Charles d'Angoulême eut un long frémissement, puis, secouant tout à coup la tête comme pour rejeter des objections, il fit deux pas rapides, posa sa main sur l'épaule de l'homme et dit :

— Holà, sire moine, deux mots, s'il vous plaît !..

Pardaillan eut un rire silencieux et songea :

— Dormez en paix, roi de France ! Le fils de Marie Touchet veille sur vous ....

Le moine s'était arrêté, avait relevé sa tête penchée, et avec cet étonnement dédaigneux de l'homme qui se sait protégé par les destins supérieurs et que rien ne peut empêcher d'arriver au but fatal, disait :

— Que me voulez vous ? Si vous en voulez à ma bourse, je vous préviens que je ne porte rien sur moi qui puisse tenter la cupidité du plus misérable truand. Si vous en voulez à ma vie, je vous préviens que vous vous attaquez à une chose qui n'est ni à moi, ni à vous, ni à personne.

— Je n'en veux ni à votre bourse ni à votre vie, dit le duc d'Angoulême. Je veux seulement vous prier de m'accorder quelques minutes d'entretien dans un lieu où nous puissions à l'aise, moi vous dire et vous écouter ce que j'ai à vous communiquer

— Passez donc au large, gronda le moine de ce ton de glaciale et sinistre solennité qui semblait naturel chez lui Passez au large, car cette nuit je ne puis avoir d'entretien qu'avec Dieu !..

Pardaillan, à ce moment, s'avança rapidement devant le

moine qui se mettait en marche, et de sa voix la plus joyeuse
s'écria :

— Eh quoi ! vous vous refusez donc à vous reposer un
instant avec des amis, messire Jacques Clément ?

Le moine tressaillit ; une joie profonde détendit ses traits
d'ivoire et colora son front ; son regard s'illumina : il tendit
la main.

— Le chevalier de Pardaillan ! fit-il d'une voix changée,
humanisée par une sorte de tendresse.

— Et monseigneur le duc d'Angoulême, dit Pardaillan.

— Deux victimes de la vieille Catherine et d'Hérodes !
Deux qui se réjouiront de voir couler le sang du dernier des
Valois sur les dalles de la cathédrale ! murmura Jacques
Clément. Oui, parvenu au bout de ma route, je puis me
reposer un instant parmi vous, car je renforcerai ma haine
de vos deux haines...

— Venez donc, fit simplement le chevalier. Que diable,
même en temps de procession, un verre de vin n'a jamais
fait peur à un moine !

Jacques Clément fit signe qu'il acceptait l'invitation,
et tous trois se dirigèrent vers la petite auberge close, aveugle
et muette à cette heure. Mais comme l'avait promis la servante il n'y eut qu'à pousser la porte des écuries voisines.
Les écuries franchies, les trois hommes se trouvèrent dans la
cour ; un escalier de bois grimpait extérieurement le long du
mur et aboutissait à un balcon. La porte de la chambre
s'ouvrait sur ce balcon. Quelques instants plus tard, ils
étaient assis autour d'une table qu'éclairait une chandelle
fumeuse et sur laquelle se trouvaient quelques bouteilles
d'un certain vin très estimé dans tout le pays et qui se
récoltait sur les bords de la Loire, autour de Beaugency.

Pardaillan remplit trois verres et vida le sien d'un trait.
Jacques Clément posa ses lèvres sur les bords de son verre
et le laissa presque plein : c'était un buveur d'eau... Cependant, ses yeux pâles étaient animés d'une espèce de cor-
dialité rayonnante.

— Ce vin réchauffe le cœur, dit-il. Mais bien plus encore
mon cœur se dilate près d'un ami tel que vous, chevalier.
Vous le dirai-je ? Dans ma triste vie, dans mes moments de
désespoir, quand je me sentais si seul au monde, c'est à vous
que je songeais. Peut-être ne s'est-il pas passé une journée
sans que votre sourire que j'évoquais ne soit venu me consoler.
Moi qui ne portais dans mes souvenirs ni l'image d'une mère
ni celle d'un père, il me semblait que vous aviez été pour
moi comme un grand frère, et je vous revoyais toujours tel
que je vous vis jadis... vous souvenez-vous du jour où je
fabriquais des aubépines en papier et où vous vous êtes
arrêté près de moi ?

— Certes ! fit Pardaillan ému et assombri de redescendre ainsi tout à coup dans son passé.

— Vous m'avez encouragé... puis, je vous ai revu le jour terrible... le jour où vous m'avez montré la tombe de ma mère ; et de ce jour-là, vos traits sont gravés dans mon cœur .. Savez-vous que vous avez à peine changé ? continua le moine en examinant affectueusement le chevalier, ce sont toujours les mêmes yeux de bonté claire et d'audace, c'est toujours ce même rayonnement de physionomie qui fait qu'il est impossible de vous oublier.. Aussi, dans l'auberge du *Pressoir de fer*, je vous ai aussitôt reconnu, j'ai reconnu l'homme qui avait essayé de sauver ma mère...

Jacques Clément frissonna, saisit la main du chevalier, et ajouta d'une voix grave :

— Dans cette nuit qui est sans doute une des dernières de ma vie, la dernière peut-être, si près de l'heure où un événement terrible va s'accomplir, c'est une étrange rencontre que celle-ci ! C'est la volonté de Dieu que j'aie eu cette dernière joie de rencontrer le seul homme au monde qui soit pour moi toute la famille de mon cœur !... Pardaillan, mon cœur tremble, pleure et frissonne à évoquer celle que j'ai tant aimée et que jamais je ne connus ! Pardaillan, mon cœur crie malheur à ceux qui ont tué ma mère. Pardaillan, versez-moi de la joie et de la haine en me parlant une dernière fois de ma mère ! ..

— Oui, vous ne l'avez jamais connue, fit Pardaillan pensif ; et qui sait si de là ne vient pas cet amour que vous conservez à sa mémoire !

— Je sais ce que vous voulez dire, gronda le moine en pâlissant. Je vous dis que j'ai confessé l'une des femmes de la vieille Catherine ! Je vous dis que j'ai su toute la vie de ma mère . et ses crimes !

— Alice ne fut pas criminelle, dit gravement le chevalier. Elle fut malheureuse, voilà tout !

— N'est-ce pas ? s'écria le moine radieux N'est-ce pas que ce n'est pas à ma mère qu'incombent les fautes qu'elle commit ?...

— Certes ! . La vieille Médicis fut seule coupable. Quant à votre mère, martyre d'un amour prise dans l'alternative ou d'être méprisée par l'homme qu'elle adorait ou de tuer ce même homme, sa vie fut une admirable défense ! Ce qu'elle dépensa de force et d'esprit pour lutter contre Catherine n'est pas supposable. Ce qu'elle souffrit dépasse les châtiments les plus cruels... Elle repose en paix au fond du cimetière des Innocents... Paix donc, paix et repos à cette mémoire !...

Pardaillan se découvrit d'un de ces gestes où il y avait comme une inconsciente emphase. Le duc d'Angoulême frissonnant l'imita. Jacques Clément avait rabattu son capuchon et on l'entendait sangloter doucement. Ce fut une de ces scènes rapides d'où se dégagent de profondes et larges émotions.

— Pardaillan, reprit le moine au bout de quelques minutes, je comprends votre pensée. Vous ne voulez pas dire au fils ce que fut la mère, et vous ne voulez pas mentir. Ainsi, sur cette tombe du cimetière des Innocents où vous m'avez conduit par la main, c'est encore un regard de pitié que vous laissez tomber...

— Nulle femme au monde autant qu'Alice de Lux ne mérita la pitié, dit Pardaillan.

— Ne parlons donc plus de ce qu'elle fut. Mais vous pouvez tout au moins me dire comment vous essayâtes de la sauver...

Pardaillan secoua la tête.

— Le passé est mort. dit il sourdement. Mort l'amour ! A vous comme à moi, il reste le présent, c'est-à-dire la haine, et l'avenir, c'est-à-dire le châtiment des scélérats...

Jacques Clément se leva et laissa retomber son capuchon sur ses épaules. La tête pâle et maigre. éclairée par la flamme sombre des yeux, apparut dans la demi-lueur de la chandelle.

— Chevalier. dit-il d'une voix morne, vous me rappelez à la réalité terrible. Demain, ma mère sera vengée. Demain, la vieille Catherine connaîtra le désespoir sans issue. Demain, son fils bien-aimé tombera pour ne plus se relever d'entre les morts ! Demain, les décrets seront accomplis !

— Ainsi, vous voulez tuer le roi de France !

C'est un secret entre moi. Dieu et deux de ses anges, dit Jacques Clément. Nul homme ne connaît ce secret. Mais plutôt que d'avoir pour vous l'ombre d'une défiance, je consentirais à mourir sans vengeance Oui, chevalier, demain je tuerai le roi de France !... Demain, vous aussi serez vengé du mal que Catherine vous a fait ! Demain, vous aussi, duc d'Angoulême, fils de Charles IX, serez vengé du mal que Catherine et Henri ont fait à votre père !... Priez donc pour moi, car toute prière pour le roi de France est désormais inutile...

Le moine demeura quelques instants pensif. Puis, comme il faisait un mouvement pour se retirer :

— Puisque vous avez tant fait que de nous confier ce secret, dit Pardaillan, achevez de nous instruire en nous disant comment vous comptez procéder...

— Soit ! fit le moine après avoir réfléchi. Je ne vois pas pourquoi je vous cacherais ces détails, à vous. Et puis cela vous permettra de suivre jusqu'au bout et de bien voir; notre vengeance fait corps... Demain, donc, à neuf heures du matin, Valois recevra le duc de Guise en audience à l'hôtel de ville. Après l'audience, il doit se rendre à la cathédrale. Je sais que le roi sera prévenu qu'un confesseur doit s'approcher de lui pour lui remettre indulgence plénière de ses

fauté. Ce confesseur viendra se mettre à ses côtés au moment où il entrera dans la cathédrale.. Ce confesseur, ce sera
moi !...

Charles d'Angoulême frémit et demanda d'une voix rauque :

— Mais vous suivrez donc le roi pendant la procession ?..

— Non, répondit le moine : je l'attendrai à la porte de la
cathédrale. Alors seulement je m'approcherai de lui, et quand
il s'agenouillera.. regardez bien alors... Valois s'agenouillera pour ne plus se relever.

Jacques Clément baissa la tête comme si le poids de sa
pensée eût été trop lourde Puis, d'une voix sourde, il répéta :

— Adieu, priez pour moi !...

Et se dirigea vers la porte. Charles se leva vivement pour
s'élancer entre cette porte et le moine. Mais Pardaillan le retint de la main, et, au moment où le moine ouvrait déjà la
porte :

— Jacques Clément, dit-il, j'ai un service à vous demander !...

Le moine s'arrêta court, tressaillit, revint rapidement sur
ses pas et, rayonnant d'une joie qui le faisait trembler,
s'écria :

— Aurais-je vraiment cet insigne bonheur de pouvoir être
utile avant de mourir! Cette joie m'était-elle réservée de
pouvoir, en mon dernier jour, acquitter un peu ma mère et
moi ?... Parlez, chevalier.. Vous avez parlé d'un service...

— Un grand, dit Pardaillan avec une simplicité qui avait
on ne sait quoi de solennel; voici : j'ai besoin qu'Henri III
vive encore quelque temps... je vous demande la vie d'Henri
de Valois, roi de France...

Jacques Clément devint livide. Il fut saisi d'un tremblement convulsif, et s'assit sur l'escabeau où tout à l'heure il
avait pris place.

— Vous avez besoin que Valois vive encore ? balbutia-t-il.

— Oui. Ma vie est liée à la vie de ce roi que vous voulez
tuer. Et puisque Dieu, dites-vous, a voulu notre rencontre
cette nuit, puisque c'est au fils d'Alice de Lux que je parle,
je vous dis : Clément..., je te demande de me laisser vivre en
laissant vivre Valois, roi de France !...

— Que maudite soit l'heure présente ! haleta le moine.

— J'attends la réponse du fils d'Alice, dit Pardaillan avec
une majesté qui fit trembler le duc d'Angoulême

— Que maudite soit la minute où je t'ai rencontré ! râla
Jacques Clément.

Il grelottait. Ses dents claquaient. Il fixait sur Pardaillan
des yeux hagards... Et si Pardaillan eût pu entendre la
pensée de ce moine, voici ce qu'il eût entendu :

— La vie du roi ! Il me demande cela !... Mais alors..
l'ange... l'ange d'amour... Mais elle va savoir ! Elle m'attend à minuit !... A minuit, j'aurai ma récompense terrestre

de son amou... ... Et Pardaillan me demande de renoncer à cela à l'amour de Marie !...

Comme Jacques Clément rugissait en lui-même ces choses, minuit sonna lentement dans le grand silence de la ville endormie.. Au premier coup, le moine se releva, frissonnant, la fièvre. Au sixième coup, il joignit les mains et murmura.

— Grâce, Pardaillan !..

Pardaillan assistait avec un prodigieux étonnement à ce drame qu'il ne pouvait comprendre. Pourquoi Jacques Clément lui demandait-il grâce ? Que se passait-il dans les ténèbres de cette âme ?... Le douzième coup de minuit sonna.

Puis il y eut un long silence. Puis le moine se laissa tomber à genoux, baissa la tête. Puis, cette tête, il la redressa vers Pardaillan... elle était sublime d'angoisse, d'orgueil et de sacrifice. Et dans un souffle, il murmura :

— Le roi de France vivra !... O ma mère, c'est pour le chevalier de Pardaillan !...

Il tomba à la renverse et s'évanouit.

— Je crois, dit Pardaillan, que ce moine vient de faire un acte héroïque...

Et tous les deux s'empressèrent à soigner Jacques Clément qui, au bout de quelques minutes, rouvrit les yeux, se releva et s'assit.

Si une expression de visage humain peut représenter le Désespoir, la figure du moine avait cette expression-là à ce moment.

III

Henri III (suite)

Le lendemain matin, le roi Henri III se réveilla de bonne heure dans la chambre qu'il occupait en l'hôtel de M. Cheverni, gouverneur de la Beauce. Il devait se rendre à neuf heures à l'hôtel de ville pour y recevoir selon sa promesse le duc de Guise et les députés de Paris.

M. de Cheverni, l'un des rares gouverneurs qui fussent demeurés fidèles à la fortune chancelante de Valois, avait cédé son hôtel à Sa Majesté, se logeant lui-même et les siens dans une simple maison bourgeoise. Il avait transformé son hôtel en une sorte de palais royal, qui avait pris tout à fait l'apparence d'un petit Louvre lorsque Crillon avait réussi à réunir six ou sept mille hommes d'armes qui constituaient maintenant toute l'armée de ce roi presque déchu.

Henri était parti de Paris en pleurant, et la mort dans l'âme. Mais lorsqu'il eut trouvé dans l'hôtel de ville de Chartres une députation de bourgeois venus pour le saluer, lorsqu'il eut vu l'installation que lui avait rapidement aménagée Cheverni, lorsqu'il eut enfin passé en revue les vieux et solides reitres de Crillon, il commença à se dire que le métier de roi en exil ne serait peut-être pas trop déplaisant.

Puis bientôt cette bonne impression s'était effacée a son tour. Le Louvre et ses fêtes perpétuelles lui manquaient. Il avait beau se distraire en procession, les mascarades lui faisaient défaut. Henri III menait donc à Chartres une existence des plus tristes et des plus monotones.

Plus d'une fois la pensée lui vint de s'en retourner à Paris, de rentrer dans son Louvre et de dire aux Parisiens :

— Me voilà... tâchons de nous entendre !

Car il ne manquait nullement de courage. Mais ses intimes, comme Villequier, d'Epernon et d'O, ne manquaient pas de lui faire observer que la reine-mère était restée à Paris pour arranger la situation, et que le roi gâterait tout par un retour précipité.

Il ne manquait pas non plus de finesse, et savait à l'occasion se moquer agréablement de ses ennemis : il l'avait prouvé en maintes circonstances, et une fois de plus, la veille, devant la cathédrale.

Ce matin-là, donc, le roi se leva fort joyeux, et avant de faire entrer la petite cour qu'il s'était composée, passa dans l'appartement voisin, où Catherine de Médicis arrivée depuis huit jours lui avait fait dire qu'elle l'attendait.

Henri avait ruminé une partie de la nuit sur la réponse qu'il ferait aux Parisiens. Il entra gaiement chez sa mère, et l'embrassa sur les deux joues, contre son habitude ; car Henri III, si prodigue de marques d'affection pour ses amis intimes, était aussi peu démonstratif que possible avec la vieille reine. Sous la filiale caresse Catherine frémit de bonheur jusqu'au fond du cœur. Sa bouche mince et serrée se détendit en un bon sourire ; ses yeux clairs et durs s'adoucirent, et une incroyable expression de tendresse s'étendit sur son visage : elle aimait son fils avec passion, et c'est sans doute uniquement pour le bonheur de ce fils qu'elle se couvrit de crimes.

— Mon fils, dit-elle avec une grande douceur, voilà bien longtemps que vous n'aviez embrassé ainsi votre vieille mère...

— C'est que je suis bien content, madame, fit Henri en se jetant dans un fauteuil. C'est que voilà bien longtemps que je n'avais éprouvé pareille joie, et je sais que c'est à vous que je dois cette joie... comme je vous dois tout ce qui m'est arrivé de meilleur dans la vie. Grâce à vous, ma mère, mes bons Parisiens veulent se réconcilier avec moi, et comme je ne vois pas d'obstacle à cette réconciliation, je veux être à Paris sous deux jours et y faire une entrée dont il sera parlé, j'ose le dire... Car, que veulent les Parisiens ? Que je renvoie

d'Epernon? Eh bien je le renverrai! Vous n'avez pas idée,
madame, comme d'Epernon m'assomme depuis quelque
temps...

— Ainsi, fit la vieille reine, vous pensez que c'est là tout
ce que veulent les Parisiens?..

— Eh! par Notre-Dame! que peuvent-ils vouloir de plus?

Catherine de Médicis regarda son fils avec étonnement;
mais elle vit qu'il était sincère.

— Henri, dit-elle, si je vous disais tout ce que veut le peuple de Paris. tout ce qu'attend le peuple de France, si je vous
disais ce qu'il y a au fond. tout au fond de la pensée des bourgeois. des artisans et des manants, je vous étonnerais; j'é on-
nerais sans doute M. de Guise aussi. et j'étonnerais peut être
ce peuple lui-même. Si près de la tombe, si loin déjà des
vanités du monde, j'ai jeté un regard plus clairvoyant sur
l'univers, mais je ne vous dirai rien de tout cela, sire... car
vous n'entendriez pas sans doute la langue que je parle... Je
vous dirai simplement que le renvoi de d'Epernon est une
bonne chose en soi. mais qu'il n'est qu'un pauvre morceau
jeté à des loups dévorants Par Notre-Dame, comme vous disiez tout à l'heure. je suis résolue à me défendre et à vous défendre. Tant que la vieille sera debout, Guises, Parisiens et
huguenots auront du fil à retordre. . Mon fils, écoutez-moi :
vous ne pouvez retourner à Paris maintenant.

Henri III bondit. Il connaissait la profonde prudence de
Catherine; mais il savait aussi qu'elle était mortellement
blessée dans son orgueil de reine et de mère, qu'elle préparait
avec une dévorante ardeur la rentrée à Paris et le châtiment
des Parisiens; il savait enfin qu'elle était femme à braver
tous les dangers. Pour qu'elle se fût décidée à parler ainsi. il
fallait donc que le retour à Paris fût réellement impossible.

— Pourquoi, demanda-t il avec une sourde irritation,
pourquoi ne pourrais je rentrer à Paris? Ne suis-je donc pas
le roi?...

— Vous étiez le roi, mon fils, et vous êtes sorti de Paris!..

— Soit, madame. C'est une faute que vous m'avez repro-
chée. Mais je suis décidée à la réparer : après-demain matin.
je serai au Louvre..

— Après-demain soir le trône de France sera donc vacant
dit la reine-mère d'une voix terrible dans sa calme assurance.

— Qu'est-ce à dire? balbutia Henri III en devenant livide.

— C'est-à-dire, mon fils, reprit Catherine en saisissant une
de ses mains, qu'on veut vous attirer dans un piège et vous
massacrer! Vous, moi, mes amis . je vous le dis .. Henri...
C'est une Saint-Barthélemy qui se prépare! Seulement. ce
n'est pas contre les huguenots qu'elle doit se faire!...

Henri III s'écroula dans son fauteuil et essuya son front

mouillé de sueur. Il se leva et se mit à arpenter la chambre
en disant :

. Que faut-il faire, ma mère?. . Rester à Chartres devient de plus en plus difficile. Chartres était assez près de
Paris pour que je pusse m'y rendre d'un bond. Dans la terrible conjoncture que vous m'exposez, Chartres est trop près de
Paris !...

Et comme à son départ, comme au moment de sa fuite, le
roi leva les bras au ciel et s'écria :

— Que faire?.. Où aller? Où me réfugier?...

— Calmez-vous, mon cher fils, dit la vieille reine. Chartres
est trop près ! Eh bien, nous avons Blois...

— Ah ! ma mère, vous me sauvez .

— Blois avec son château imprenable, où l'on soutiendrait
au besoin un siège de dix ans !. .

— Oui, oui !.   Partons, ma mère, partons! s'écria Henri.
Puis se frappant brusquement le front :

— Et ces gens qui sont là !... Ces misérables !... Ce Guise
imposteur!... Oh ! je ne veux pas les voir ! Qu'ils s'en al-
lent !... Je vais...

— Vous allez, mon fils, vous rendre à l'hôtel de ville comme c'est convenu, interrompit Catherine. Vous aurez votre
air le plus confiant pour écouter les doléances des bourgeois
de Paris. Et quand vous verrez Guise triomphant, quand
déjà il croira vous tenir, alors vous lui déchargerez le coup
que je lui ai préparé... Pas de réponse ! Le silence ! Un mot:
un seul !... Et ce mot... ce mot qui sera l'écrasement de
Guise vous ramènera le royaume presque tout entier...

— Dites ! dites ! ma mère... Quel sera ce mot que je devrai
prononcer?...

— Le voici : Le roi convoque les Etats-Généraux à Blois !...
Les Etats Généraux ! Comprenez-vous ? Guise n'est plus rien!
Les Parisiens ne sont plus rien ! Le roi discute avec les ordres assemblés... sans compter que nous gagnons du temps
ajouta Catherine avec un mince sourire.

Henri III respira bruyamment et éclata de rire.

— Pardieu ! fit-il, le tour est bien joué.... Oui, vous avez
raison, madame ! Les Etats Généraux arrangent tout ! En les
convoquant, je détruis la puissance de Guise, puisque je discute directement avec mon peuple, et je deviens l'ami, le
père de mon peuple, puisque je consens à discuter avec lui

Catherine hocha doucement la tête, et dit en souriant :

— Allez donc, mon fils, allez porter ce coup à Guise... Et
quant à celui qu'on voulait vous porter, à vous, dès ce soir
mes espions auront achevé de me renseigner. En attendant,
que pas une ombre de défiance ne semble descendre sur notre
front.. Allez à l'hôtel de ville, puis faites votre procession,
comme si rien ne vous menaçait .. Allez, mon fils, votre mère
veille sur vous !...

Henri embrassa de nouveau sa mère en lui disant :

— Je vous ai parfaitement comprise, madame...

Et il regagna son appartement où toutes portes ayant été ouvertes, les courtisans et les familiers entrèrent aussitôt en daubant sur Guise et la grande procession des Parisiens.

— Sire, murmurait d'Epernon, si Votre Majesté voulait...

— Quoi donc, duc?...

— Quel beau coup de filet ce serait !... Vous n'avez qu'à donner l'ordre à Crillon de fermer les portes de la ville; moi je me charge du reste.

D'Epernon l'eût fait comme il le disait. Cet enragé de jouissances, ce fou furieux du luxe, ce seigneur qui dépensait plus d'argent que le roi était l'homme des entreprises extraordinaires, des coups d'audace et des aventures téméraires. Sa bravoure était aussi étonnante que son bonheur à se tirer des plus mauvais pas. Plus tard, poursuivi, traqué, sur le point d'être arrêté, il se jeta dans Angoulême. La ville se révolta contre lui et voulut le massacrer : seul dans une chambre où il s'était barricadé, d'Epernon soutint un siège de trente heures, tua ou blessa une centaine des assaillants et finit par sortir sain et sauf de cette algarade. Tel était l'homme qui conseillait à Henri III ce qu'il appelait un beau coup de filet, c'est-à-dire de passer au fil de l'épée tout ce qui était venu de Paris à Chartres, depuis Guise jusqu'à Joyeuse.

Mais Henri III était bien le fils de Catherine, et comme il le disait, il l'avait parfaitement comprise : s'il ne reculait pas devant un coup d'épée à donner ou à recevoir, la ruse lui semblait la meilleure des armes. Il fit donc la sourde oreille, donna l'ordre de porter douze cierges à Notre Dame de Chartres pour la mettre dans ses intérêts, puis déclara qu'il était temps de se rendre à l'hôtel de ville.

D'Epernon haussa les épaules et murmura à l'oreille de Crillon :

— Vous verrez que le roi nous laissera tous égorger quelque jour. Compère, prêtez-moi cinquante de vos arquebusiers, et je rétablis l'ordre, moi ! Le roi fera semblant d'être furieux, mais il sera sauvé, et nous aussi.

Crillon hésita une seconde.

— Allons, brave Crillon, dit à ce moment le roi, en route!

Crillon tira son épée et cria :

— Les gardes de Sa Majesté !...

Et d'un regard, il fit comprendre au duc d'Epernon qu'il n'était, lui, qu'un soldat esclave de la consigne. Dix minutes plus tard, le roi entouré de ses gentilshommes marchait à l'hôtel de ville dans une double haie de soldats que Crillon avait disposés le long du chemin. De chaque côté chaque haie, la foule silencieuse et presque hostile regardait; les fenêtres étaient noires de monde. Pas un vivat, pas un cri. C'était sinistre.

— D'O, fit d'Epernon qui marchait derrière le roi, dis-moi, que sens-tu ?

D'O renifla et répondit :

— Je sens ce nouveau parfum que Ruggieri a composé pour Sa Majesté et qui est bien la plus suave odeur que j'aie jamais eue dans le nez. Ruggieri est un grand homme, n'est-ce pas, sire ?

Le roi sourit et secoua son manteau comme pour faire exhaler de ses plis le parfum dont il était imprégné.

— Et moi, reprit d'Epernon, je sens la trahison !

Henri III pâlit, mais se redressa et appuya sa main sur son épée, comme pour dire : S'il y a trahison, nous en découdrons, voilà tout. Mais la route s'acheva sans le moindre incident, et le roi étant entré à l'hôtel de ville, prit place sur un trône qui lui avait été élevé dans la grande salle. Ses courtisans se rangèrent à ses côtés. Crillon disposa ses gens de façon à être prêt à tout événement. Puis Henri III donna l'ordre d'introduire la députation des Parisiens.

Il semblait que Guise eût compris les soupçons et eût voulu rassurer complètement le roi. En effet, ce n'était pas à l'hôtel de ville que devait se jouer le drame combiné par Fausta : c'était dans la cathédrale que Jacques Clément devait frapper Henri III. Guise avait donc rassemblé hors des murs tout ce qu'il avait de gens en état de se battre, ligueurs et gentilshommes. Aussitôt après la réception, il devait les rejoindre et attendre le signal : douze coups de la grosse cloche devaient signifier que le roi était mort ; six coups que Jacques Clément avait manqué son attaque.

Le chef de la Ligue entra donc accompagné seulement de quelques bourgeois que conduisait Maineville. A l'aspect de cette si faible troupe, le roi respira, d'Epernon se mit à ricaner. Les courtisans l'imitèrent. Guise traversa la salle dans toute sa longueur. Il était calme et grave. Il marchait avec cette sorte de majesté rude qui lui était particulière. Parvenu devant le trône, il s'inclina profondément.

— Mon cousin, dit gracieusement le roi, il paraît que quelque sujet de discorde s'est élevé entre mes bons Parisiens et moi. On m'affirme que vous avez bien voulu recueillir les plaintes de mes sujets pour me les apporter. Parlez donc hardiment, et soyez sûr que je suis résolu à donner pleine satisfaction à toute plainte. Car c'est le premier devoir du roi de s'éclairer sur les besoins de son peuple.

— Oui, sire, répondit Guise, mais c'est aussi le premier devoir de la noblesse de soutenir le roi... le premier gentilhomme du royaume. C'est pourquoi, sire, je suis resté à Paris pour représenter aux bourgeois combien il était nécessaire de rétablir une paix durable entre le roi et ses sujets. Là se borne mon rôle. Et quant aux plaintes des Parisiens, je n'ai pas eu à les recueillir. Je n'ai pas à vous les apporter. Si j'ai eu le bonheur de décider les Parisiens à se réconcilier avec Votre Majesté, il ne m'appartient pas de connaître sur quelles bases doit se faire la paix..

Ces paroles à la fois modestes et fières produisirent un excellent effet sur la plupart des gentilshommes qui entouraient le roi. Mais d'Épernon continua à sourire et Henri III demeura impassible.

— Sire, continua le duc de Guise, voici les députés du corps de ville. Ils vous diront, si cela plaît à Votre Majesté, quels sont les désirs de votre peuple.

Les députés s'inclinèrent en signe d'assentiment. Et le roi prononça :

— Parlez, messieurs : je suis prêt à vous entendre.

Alors, du groupe des bourgeois, se détacha un homme qu'Henri III reconnut aussitôt.

— Est-ce vous, monsieur de Maineville, qui parlerez au nom des Parisiens ?

C'était Maineville, en effet. Et sa présence à cette conférence est le seul acte politique que l'on connaisse de cet homme, plus habitué à manier l'épée ou la dague que la parole. Il s'inclina et dit :

— Si Votre Majesté y consent, c'est moi qui parlerai.

— Faites, monsieur.

Maineville, alors, se redressa.

— Sire, dit-il la requête que je vais avoir l'honneur de vous soumettre est adressée à Votre Majesté par MM. les cardinaux, princes, seigneurs et députés de la ville de Paris et autres villes catholiques, associés et unis pour la défense de la religion ..

Le roi tressaillit. Car ces paroles élargissaient soudain la dispute et contenaient une menace. Il ne s'agissait plus de quelques doléances des Parisiens. C'était tout le royaume, prélats, seigneurs et peuple, qui parlait par la voix de Maineville.

— Voyons la requête, dit le roi d'un ton bref.

— Sire, reprit Maineville, lesdits associés dont j'ai l'insigne honneur d'être ici le représentant, ont décidé et décident de supplier Votre Majesté :

« Premièrement, d'éloigner M. le duc d'Épernon comme fauteur d'hérésie, perturbateur et dilapidateur de finances.

D'Épernon éclata de rire

— Sire, dit-il, faut-il partir tout de suite ?...

Il se fit un silence terrible. Le roi eut un pâle sourire, tourna à demi la tête vers d'Épernon et dit :

— Comme il vous plaira, monsieur le duc...

A ces mots, d'Épernon devint livide. Guise regarda le roi avec stupéfaction, et les bourgeois députés crièrent :

— Vive le roi !

Pâle de rage, d'Épernon saisissait déjà son épée, et il allait se livrer à quelque acte de folie, lorsqu'il vit le regard du roi fixé sur lui, avec le même sourire. Il comprit ou crut comprendre qu'Henri III jouait la comédie, et se croisant les bras :

Sire, dit-il, je m'en irai, non pas quand il me plaira ni quand il plaira aux bourgeois de Paris, mais quand Votre Majesté, pour prix de mes services et du sang versé pour elle, m'en donnera l'ordre. En attendant, je reste !

Et il rendit au duc de Guise regard pour regard. Et ces deux regards mortels se croisèrent avec un flamboiement d'acier.

— Continuez, monsieur de Maineville, dit le roi.

— Lesdits cardinaux, princes, seigneurs et députés supplient Votre Majesté :

« Deuxièmement, de marcher de votre personne contre les hérétiques de Guyenne et d'envoyer M. le duc de Mayenne contre ceux du Dauphiné; Sa Majesté la reine-mère tiendrait Paris en repos pendant l'absence du roi.

« Troisièmement, d'ôter au sieur d'O tout gouvernement ou commandement dans la ville de Paris.

« Quatrièmement, d'approuver les élections des nouveaux échevins et prévôts qui ont été faites tant à Paris qu'en diverses villes.

« Cinquièmement, de rentrer en votre dite ville de Paris, et de tenir tous gens de guerre éloignés de la capitale d'au moins douze lieues. »

Maineville se tut; son rôle était terminé.

Les députés, les gentilshommes du roi et jusqu'aux soldats de garde attendaient avec un frémissement d'impatience la réponse d'Henri III. De cette réponse, en effet, devait sortir la paix ou la guerre civile. Quant à Guise, il semblait indifférent. Il l'était en effet : pour lui, toute cette scène était simplement destinée à en préparer une autre. Et tandis que chacun le croyait absorbé dans l'attente, lui disait :

— Maintenant le moine se prépare... Dans une heure, le roi sera mort !...

Tout à coup le roi se redressa dans son fauteuil et jeta sur cette assemblée ce coup d'œil froid et vitreux qu'il tenait de sa mère :

— Monsieur de Maineville, dit-il lentement d'une voix claire, et vous, messieurs les bourgeois de Paris, et vous, mon cousin de Guise, écoutez-moi. Ce qui vient de nous être exposé ne touche pas seulement aux divisions qui ont si malheureusement éclaté entre nous et notre bonne ville de Paris. Puisque ce sont les cardinaux, les princes, seigneurs et députés des villes catholiques qui me parlent, c'est tout le royaume qui ait entendu sa voix. En ce cas, il ne sied pas que je réponde ici : c'est devant tout le royaume que le roi doit trancher la réponse !

ici Henri III prit un temps, comme pour mieux porter à Guise le coup qu'avait préparé Catherine :

— C'est en présence des députés des trois ordres que nous devons parler, reprit le roi d'une voix plus forte.

Un frémissement de joie parcourut les bourgeois.

— Messieurs, veuillez donc porter, en attendant, cette réponse, la seule qui soit digne de nous et de notre peuple, le roi assemblera les États Généraux...

Un tonnerre d'applaudissements éclata, roula dans la salle et se propagea au dehors, où la nouvelle se répandit avec une foudroyante rapidité : le roi consent à réunir les États Généraux!... Guise avait légèrement souri. D'Épernon s'était incliné en signe d'admiration.

— Les États-Généraux, continua le roi, auront lieu dans notre ville de Blois, et nous en fixons l'ouverture au quinzième de septembre.

— Vive le roi ! répétèrent les députés avec un sincère enthousiasme.

Et dans la ville, bourgeois de Chartres et pénitents de Paris reprenaient ce cri, avec une sorte d'orgueil : la convocation des États-Généraux, c'était en effet une victoire qu'on n'eût osé espérer ; c'était la monarchie discutant directement avec la noblesse, le clergé, le peuple, les intérêts du royaume...

Henri III, sur les conseils de sa mère, s'étant avisé de proclamer la convocation des États-Généraux, changea la tempête en bonace ; la discussion se trouva arrêtée net, la séance fut levée, tout fut renvoyé aux États-Généraux, et le roi se prépara à se rendre en procession à la cathédrale.

Dans la rue, les bourgeois de Chartres se rangèrent, des cierges à la main ; les moines et pénitents venus de Paris se formèrent en rangs. Mais les ligueurs qui étaient venus armés n'étaient pas là. Où étaient ils? Bientôt on vit apparaître Henri III. qui ayant quitté son pourpoint de soie, son mantelet de satin, sa toque ornée de diamants, s'avançait nu tête, pieds nus et revêtu d'une longue chemise de toile grossière. Il portait le chapelet autour du cou et tenait un grand cierge à la main. Il n'était pas entouré de gens d'armes, ni de gentilshommes, mais il marchait seul dans un vaste espace vide ; à quelques pas derrière lui, venaient deux moines soigneusement encapuchonnés.

Hors des murs, Mayenne et le cardinal de Guise attendaient. Ils avaient réuni là trois ou quatre cents ligueurs bien armés. Dans une plaine, l'armée de Crillon était au repos, et Mayenne à cheval essayait de dénombrer ces soldats en comptant les tentes.

Le duc de Guise arriva au moment où toutes les cloches de la ville se mettaient à carillonner, c'est-à-dire au moment où la procession se mettait en marche. Le cardinal l'interrogea du regard.

— Eh bien, fit le duc en haussant les épaules, il convoque les États Généraux pour le 15 de septembre, à Blois.

— Oh ! oh ! dit le cardinal, voilà qui pourrait bien sauver Valois si..

— Si sa destinée ne devait s'accomplir aujourd'hui même, dans quelques minutes, dit Guise froidement.

— Comment saurons-nous la chose ? reprit le cardinal en palpitant, tandis que Mayenne roulait de gros yeux vers le camp de Crillon...

— La grosse cloche sonnera douze coups... Six coups voudront dire que le coup est manqué... mais il ne peut manquer ! .

Et Guise ne put s'empêcher de frissonner à la pensée qui l'agitait.

— Je l'ai vu, reprit-il d'une voix basse, je l'ai vu se mettre en route. Il ne prend nulle précaution. Il est vêtu d'un sac. Derrière lui se trouve notre sœur Marie, et près d'elle, marche l'intrépide Fausta .. Elles sont habillées en capucins. Elles seront là pour soutenir le courage du moine si par hasard il tremblait à la dernière minute... Je vous le dis, Henri de Valois va mourir !..

— Et Crillon ? demanda Mayenne en étendant le bras vers les troupes royales

— Crillon ! Il est dévoué jusqu'à la mort, mais il ne saurait être au delà de la mort ! Lorsque Valois sera tombé, que voulez-vous qu'il fasse ? A qui obéira-t-il ? C'est lui-même qui viendra me donner assurance de fidélité .. et me présentera à ses troupes... Fausta a tout prévu. . Attendons !

— Attendons ! fit Mayenne paisiblement.

— Oh ! s'écria à ce moment le cardinal, voici les cloches qui se taisent... le roi est à la cathédrale... c'est la minute tragique...

Et tous trois, penchés sur l'encolure de leurs chevaux, écoutèrent ce grand silence frissonnant qui venait de la ville. Une indicible angoisse les étreignait.

Quelques minutes se passèrent. . Les trois frères se regardaient. . La grosse cloche de la cathédrale se taisait ..

— Approchons-nous du camp royal, dit Guise pour échapper à cette impression de terrible attente qui lui serrait la gorge ..

A ce moment, dans le silence de la campagne, une sorte de mugissement aux larges et profondes sonorités s'épandit dans les airs... c'était le premier coup de la grosse cloche de la cathédrale !... Les trois frères demeurèrent pétrifiés. Le duc de Guise eut ce même tressaillement funèbre, violent, remuant l'être jusqu'au plus profond des entrailles, ce tressaillement qu'il avait eu jadis, dans la nuit formidable, lorsque la cloche de Saint-Germain-l'Auxerrois avait donné le signal de la grande extermination.

— Un ! murmura le cardinal en tourmentant le manche de sa dague.

— Deux ! fit Mayenne dont les yeux s'exorbitaient.

— Trois !... quatre !... cinq !... comptait le cardinal, livide.

— Six ! gronda le duc de Guise. Attention !...

Et alors une espèce de gémissement râla dans sa gorge ; le cardinal baissa la tête, Mayenne grommela entre les dents un furieux juron... Et tous les trois se regardant encore, virent qu'ils avaient des visages convulsés de criminels qui ont peur !...

Le septième coup ne sonnait pas !... La grosse cloche se taisait !... Le sourd mugissement du sixième et dernier coup haletait dans l'espace en s'affaiblissant de plus en plus, et bientôt il n'y eut plus dans la plaine qu'un lourd silence d'été...

Henri III n'était pas mort !... Le moine n'avait pas frappé !...

Pendant près d'une demi-heure encore, les Guises attendirent, muets, terribles, immobiles et livides. Enfin, le cardinal éclata d'un rire étrange et dit :

— Allons-nous-en. C'est fini !...

— C'est à recommencer ! gronda Mayenne.

Le duc de Guise se tourna vers la ville de Chartres et tendit son poing comme Henri III s'était tourné vers Paris, comme il avait tendu le poing à Paris !...

— A recommencer ! bégaya-t-il d'une voix étranglée par la fureur. Oui ! à recommencer !... Par le sang de mon père ! Valois, tu nous as donné rendez-vous à Blois !... Eh bien ! nous irons ! Prends garde ! Car cette fois, ce n'est pas à la main d'un fou, d'un lâche moine que je confierai le poignard !

Il baissa la tête, et demeura pensif quelques minutes. Puis les veines de ses tempes se dégonflèrent ; ses yeux striés de fibrilles sanglantes reprirent leur éclat normal ; le souffle rauque qui soulevait sa poitrine s'apaisa.

— Mes frères. dit-il alors, c'est un immense malheur qui nous frappe...

— D'autant que la situation va changer, puisque Valois promet les Etats-Généraux ! dit le cardinal.

— Oui, et nous avons besoin de nous recueillir, d'examiner cette situation avec le courage et la froideur de gens dont la tête ne tient plus que par miracle sur les épaules.

— Bah ! fit Mayenne, Paris sera toujours à nous !...

— C'est vrai ! Allez donc m'attendre au village de Latrape où mes gentilshommes doivent me rejoindre. Là nous saurons ce qui s'est passé, et nous pourrons alors parler de l'avenir avec plus de certitude.

Le cardinal et Mayenne firent un geste d'assentiment et, gagnant leurs chevaux, s'éloignèrent sur la route de Paris.

Guise s'avança sur les ligueurs, essayant de donner à son

visage l'expression d'un triomphe qui était bien loin de sa
pensée.

— Mes bons amis, dit-il, nous venons de décider Sa Majesté à un acte qui est plus qu'une grande victoire pour Paris :
le roi promet d'assembler les États Généraux...

— Vive le grand Henri !... hurlèrent les ligueurs

— Vive le roi ! reprit le duc avec une rage concentrée. Sa
Majesté témoigne une bonne volonté pour laquelle nous lui
devons toute notre reconnaissance. En une semblable et si
heureuse conjoncture, mes bons amis, vous n'avez plus qu'à
retourner paisiblement à Paris pour y préparer vos cahiers.
Vous savez que je vous aiderai de tout mon cœur, lorsqu'il
s'agira de les présenter à Sa Majesté que Dieu garde !...

Et soulevant son chapeau, il cria pour la deuxième fois :

— Vive le roi !...

— Vive Lorraine ! Vive le pilier de l'Église ! vociférèrent
avec frénésie les ligueurs.

Mais déjà le grand Henri avait mis son cheval au petit galop et s'enfonçait vers le nord, laissant derrière lui cette
ville de Chartres où il était venu chercher une couronne.

Il était sombre. Bientôt, ce calme qu'il s'était imposé se
fondit comme la glace au soleil. La fureur se déchaîna en lui.
Seul, pareil à un fugitif, il courait sur la route mal entrete-
nue, espèce de large sentier où poussaient les herbes folles.
Il labourait de coups d'éperon les flancs de son cheval. Et le
pauvre animal, qui n'en pouvait mais, bondissait hennissait
de douleur. Au bout d'une heure de cette course folle la bête
s'abattit.

Guise, cavalier consommé, sauta, se retrouva sur ses pieds.
Autour de lui des vastes plaines, montait une paix profonde.
L'infinie sérénité de la nature l'enveloppait. Et dans cette sérénité des choses, la colère de cet homme, de ce roi manqué,
de cet audacieux qui n'osait pas, eût pu paraître pitoyable à
quelque philosophe observateur.

Et ce qui le rongeait surtout, c'était de ne pas savoir pourquoi le moine n'avait pas frappé. La chose était si bien com-
binée !... Il avait fallu quelque miracle pour sauver Henri III.

— Mais qui avait fait le miracle ?...

— Oh ! ce moine ! rugit-il. Ce moine stupide et lâche !
S'il a eu peur, s'il a trahi, malheur à lui !.. Et si quelqu'un
l'a arrêté au dernier moment... oh ! connaître ce quelqu'un
pour le faire brûler à petit feu !...

Comme il parlait ainsi, une quinzaine de cavaliers apparurent à l'horizon et se rapprochèrent de lui, rapidement. Bientôt il les distingua clairement : c'était une partie de ses gentilshommes qui le rejoignaient. A leur tête couraient aussi
Leclerc, Maineville et Maurevert. En apercevant le duc de
Guise à pied, debout près de son cheval fourbu, ils s'arrêtèrent.

L'un des gentilshommes mit pied à terre et céda sa monture au duc, qui aussitôt se mit en selle. Toute la troupe repartit en silence. Chacun de ces cavaliers voyait qu'une effrayante colère se déchaînait dans l'âme du maître et tous tremblaient, et nul n'osait lui adresser la parole, de crainte de recevoir les éclaboussures de cette colère.

Une heure plus tard, on rejoignit le duc de Mayenne et le cardinal. Alors seulement le duc de Guise interrogea ses familiers :

— Vous étiez à la cathédrale ; vous avez tout vu... que s'est-il passé ?... Le moine...

— Le moine n'est pas venu, monseigneur, dit Bussi-Leclerc.

— Il a trahi ! Je m'en doutais !... Il faut me trouver cet homme et...

— Le moine n'a pas trahi ! interrompit Bussi-Leclerc. Il est simplement arrivé que quelqu'un s'est emparé de lui cette nuit...

— Et l'a détenu prisonnier ! ajouta Maineville.

— Ce quelqu'un, gronda le duc d'une voix tremblante de rage, qui est-ce ?... Vous ne le savez pas ?... A quoi êtes-vous bons, tous les trois ?

— Pardon, monseigneur, nous le savons parfaitement, puisque nous l'avons vu !

— Eh bien ?..

Maurevert s'avança alors, et avec un étrange sourire qui courait sur son visage livide, comme certains éclairs courent sur une nuée d'orage :

— Eh bien, monseigneur, c'est Pardaillan !

IV

Pardaillan et Fausta

Nous avons signalé qu'au moment où la procession royale se mit en marche vers la cathédrale, deux capucins vinrent se placer derrière Henri III. Et par les bribes d'entretiens que nous venons de rapporter, nous savons que ces frocs couvraient l'un la personne gracieuse et quand même toujours souriante de la duchesse de Montpensier, l'autre la personne majestueuse, sombre et fatale de Fausta.

Fausta, l'organisatrice du meurtre d'Henri III, tenait naturellement à y assister, comme un bon dramaturge qui surveille jusqu'au lever du rideau les moindres détails du drame qui va se jouer.

Nul ne songeait à se défier de ces deux moines, et d'ailleurs, le roi avait positivement ordonné qu'on ne mît pas de gardes autour de lui pendant la procession. En effet, d'abord il n'avait aucun motif de soupçonner un meurtre ou une trahison, malgré les recommandations de sa mère, qui était, elle, la défiance incarnée ; ensuite, il était brave, et il ne lui eût pas déplu de braver un danger, s'il avait cru à ce danger ; enfin, autant il aimait à s'entourer d'un apparat imposant ou formidable lorsqu'il se montrait en roi, autant il voulait faire preuve d'humilité lorsqu'il se montrait en pénitent. C'était sa manière à lui de faire ce que nous appelons de la popularité.

Revêtu de son sac, les pieds nus, le cierge à la main et la tête basse, le roi de France s'acheminait donc vers la cathédrale, donnant l'exemple d'une piété d'autant plus contagieuse qu'elle était sincère. On arriva devant la cathédrale.

A la porte de l'église, le roi devait trouver un père confesseur qui venait en ligne droite de Rome et lui apportait force indulgences plénières. Les deux capucins, en approchant de la cathédrale, jetèrent un avide regard sous le portail. Là, tout le clergé de Chartres attendait Sa Majesté.

Mais à gauche, un peu isolé, sous une statue, pareil lui-même à une statue, se tenait immobile un moine dont le chapelet se terminait par une croix d'or, destinée sans doute à le faire reconnaître.

— Le voici ! murmura Marie de Montpensier.

Et elle tressaillit d'une joie sauvage. A ce moment le moine se détacha de l'angle de pierre où il s'était immobilisé et, s'approchant du roi, se mit à marcher près de lui.

— Enfin ! murmura encore la duchesse avec un frisson de haine satisfaite.

— Silence ! dit Fausta d'une voix grave qui se perdit dans le tumulte des cantiques.

Elles étaient presque sur les talons du roi. Marie de Montpensier était si émue, qu'elle avait peine à contenir son sein. Un cri voulait sortir de sa gorge haletante :

— Frappe ! mais frappe donc !...

Elle dévorait le moine du regard et, à travers les deux trous de la cagoule qui masquait son visage, ses yeux, ses beaux yeux qui semblaient faits pour ne refléter que de l'amour, jetaient des flammes...

Lorsque le roi parvint près du cœur, s'agenouilla, elle sentit ses jambes fléchir. Le moment terrible était venu... C'était à l'instant précis de l'agenouillement que Jacques Clément devait frapper.

Le roi s'agenouilla... Marie se pencha comme pour mieux voir... Et à ce moment, une sorte de terreur s'empara d'elle...

Le roi s'agenouillait... et le moine ne frappait pas !... Le

moine s'agenouillait près du roi !... Le moine, à voix basse,
parlait au roi !...

— Oh ! grinça la duchesse en elle-même, quel vertige !
Pourquoi n'est-ce pas fait déjà !... Pourquoi n'est-il pas venu
cette nuit ?... Que fait-il ?.. Que dit-il ?... Que pense-t il ?..;
Oh ! mais frappe donc, misérable !...

— *O salutaris hostra !...* entonnait alors le roi à pleine voix.

Le cantique se déroulait avec lenteur. La duchesse tombait
à genoux, n'ayant plus la force de se soutenir.

Que pensait Fausta pendant cette tragique minute où son
regard glacial demeurait invinciblement rivé sur le moine
qui ne frappait pas ?... Quelles étranges idées tourbillon-
naient dans sa tête ? Quelle terrible préoccupation l'empêchait
de s'apercevoir qu'elle était encore debout, quand tout le
monde se prosternait sous la bénédiction du Saint-Sacrement
promené lentement aux mains de l'archidiacre ?... Elle regardait le moine, et elle songeait dans un râle de sa pensée :

— Ce n'est pas lui !.. Qui est là ?... Qui est ce moine ?...
Oh ! je le saurai !.. Je veux le savoir !...

La cérémonie de l'adoration était terminée... le roi se relevait... le roi se remettait en marche .. le roi s'en allait...
Et le moine s'étant redressé, lui aussi, demeurait à la même
place !...

Marie de Montpensier jeta une sorte de gémissement rauque. Et comme la foule s'écoulait, Fausta marcha au moine...
s'arrêta devant lui... Une longue minute, ils se regardèrent,
tandis que la duchesse de Montpensier affolée, éperdue, cherchait le sonneur pour lui donner l'ordre de sonner les six
coups.. le signal de la défaite...

— Qui es-tu ? demanda Fausta d'une voix rude.

En même temps, elle chercha sous son froc le poignard
qu'elle portait toujours sur elle.

Au son de cette voix, le moine avait eu un mouvement, et
Fausta perçut comme une espèce d'éclat de rire.

— Qui es-tu ? répéta-t-elle, tandis que la folie du meurtre
passait dans son cerveau comme un éclair.

— Pardieu, madame, répondit alors le moine, moi je n'ai
pas besoin de voir votre visage ! Rien qu'à votre voix, je vous
devine. Car votre voix est de celles qu'on n'oublie jamais,
surtout quand on a été dans la nasse !... Vous voulez savoir
qui je suis ?... Regardez, madame, et remerciez-moi de ne pas
vous forcer à vous découvrir ici, et à montrer aux gens de
Crillon la figure d'une belle dame venue pour assassiner le
roi !... Regardez, madame, puisque vous le voulez... regardez tout à votre aise !...

Aux premiers mots, aux premiers sons de cette voix, Fausta
avait reculé de deux pas. Sous son capuchon, son visage devint d'une pâleur de morte. Et pendant que le moine parlait,
elle se disait :

— C'est sa voix ! C'est lui ! Et il est mort ! Et c'est sa voix de raillerie et de force ! C'est sa voix que je hais et... que j'aime !...

Elle demeurait immobile, frappée d'une stupeur affreuse, transportée dans le délire d'un rêve, et se répétant :

— Il est mort ! Je suis sûr qu'il est mort !... Et c'est lui qui me parle !...

A ce moment, et comme le moine prononçait les derniers mots, il rabattit son capuchon, et la tête de Pardaillan apparut.

Fausta vit cette tête pâle, où éclatait une formidable ironie nuancée de pitié. Un frémissement la bouleversa Pendant quelques secondes, le sang des Borgia qu'elle portait dans ses veines reprit cette force impétueuse qu'il avait eue chez Lucrèce Sa raison s'effondra. Le délire du meurtre, l'appétit de tuer se déchaînèrent en elle. Et elle se ramassa comme pour bondir et frapper.

Pardaillan ne fit pas un geste Un geste !... Et il était mort peut être !... Cela dura un éclair.

Cette immobilité de spectre sauva Pardaillan. Les bras de Fausta se détendirent L'esprit de Lucrèce qui venait de palpiter en elle la quitta Elle redevint ce qu'elle était en réalité : un être de sérénité surhumaine, une âme de croyante convaincue de sa destinée, sûre qu'elle s'accomplirait dans les temps voulus par Dieu.

Cependant cette âme exceptionnelle était enchaînée à la chair. Et cette chair palpitait... Fausta vaincue encore une fois par cet homme qui n'était rien dans le gouvernement des hommes, s'appuya à un pilier pour ne pas défaillir.

Pardaillan s'approcha d'elle. Sur son visage, il n'y avait plus d'ironie.

— Madame, dit-il d'une voix basse, mais pénétrante, laissez-moi vous répéter ce que je vous ai dit à notre première rencontre : Vous êtes belle, vous êtes la jeunesse radieuse, la beauté flamboyante. Retournez en Italie... Voyez-vous, madame, dans la simplicité de mon cœur, je ne suis pas grand clerc aux sublimes spéculations où vous vous complaisez. Mais je vois clair... Si vous cherchez le bonheur, vous ne le trouverez pas dans l'effroyable domination que vous rêvez Soyez simplement une femme..., et vous trouverez ce bonheur. Je vous dirai ce que me disait mon père, qui était un grand philosophe, le digne homme ! Vivez, me répétait-il, vivez la vie. Prenez de la vie tout ce qu'on en peut prendre en ce court passage. Aimez le soleil et les étoiles, aimez la chaleur de l'été, les neiges de l'hiver, les grands arbres feuillus et aussi les arbres dépouillés par la bise, aimez la vie énorme qui grouille sur l'univers : tout est beau, tout est aimable... il ne s'agit que de savoir découvrir la beauté des choses. Voilà ce que me disait M. de Pardaillan. Moi j'ajoute : Aimez l'amour. L'amour, c'est toute la femme et tout l'homme. Le reste n'est que simulacre. Qu'est-ce que cela peut vous faire, au fond, que des êtres semblables à vous vous obéissent ? Être roi, empereur, pape, reine ou papesse, la belle affaire ! Allez-vous en, madame ! Et laissez-nous nous débrouiller ici contre ceux qui sont rois, princes ou ducs, car nous voulons notre part de soleil et de vie. Ce discours pourra vous sembler étrange. Vous avez voulu me tuer. Mais en me tuant, vous pleuriez. C'est pourquoi, madame, avant de parvenir aux luttes irrémédiables, j'ai voulu vous donner un fraternel avis. Plus tard, trop tard ! Maintenant, j'ai encore le droit de vous parler en ami, du fond de ma pitié... Plus tard, ma pitié serait un crime ..

Fausta demeurait muette. Il semblait que rien ne palpitât en elle. Pas un frisson n'agitait les plis rigides de la robe de moine qui l'enveloppait toute entière... Qui sait quelles mortelles pensées traversaient à ce moment son esprit ?... Pardaillan continua :

— A ce sujet, madame, je dois vous dire que je me suis mis trois choses dans la tête : d'abord que M. de Guise ne sera pas roi. Depuis ma rencontre avec lui devant la *Devinière*, le compte que j'ai à régler avec lui s'est encore chargé ; ensuite, que je tuerai M. de Maurevert. Si vous voulez savoir pourquoi, interrogez-le. Enfin, que M. le duc d'Angoulême et la petite Violetta seront unis.. Quoi, madame, n'avez-vous pas pitié de ces deux enfants ? Si vous aviez vu pleurer le pauvre Charles, comme je l'ai vu pleurer, vous iriez prendre la jolie bohémienne par la main, vous l'ameneriez au petit duc, et vous diriez : Aimez-vous, soyez heureux. Et d'avoir fait cela, madame, du spectacle de ce bonheur créé par vous, vous seriez si heureuse vous même, que la couronne royale ou la tiare des papes vous sembleraient de pitoyables moyens d'être heureuse. Voyons, un mot de vous, un pauvre petit mot, et voilà deux êtres bien heureux.. Voyons, madame, qu'avez-vous fait de Violetta ? Où est elle ?... J'ose vous assurer que si vous ne me répondez pas, je serai forcé d'en venir à de rudes extrémités...

Pardaillan se tut. L'église, comme il disait, fut pleine de silence. Des parfums d'encens flottaient encore, et seuls, deux enfants de chœur allaient et venaient éteignant les cierges.

— Madame, reprit Pardaillan, songez que j'attends votre réponse : où est la petite bohémienne Violetta ?

Fausta jeta un rapide regard autour d'elle. Elle se vit seule, à la merci du chevalier. Et comme elle avait résolu de ne pas mourir encore...

— Je l'ignore, dit-elle dans un souffle. Cette enfant ne m'intéresse pas. Elle n'est rien pour moi...

Pardaillan tressaillit. Fausta reprit de sa voix morne :

— Ne vous l'ai-je pas dit à Paris, dans mon palais, alors

que je n'avais nul besoin de déguiser la vérité ? Ce qu'est devenue cette enfant, je l'ignore depuis qu'elle appartient à M. de Maurevert.

Pardaillan pâlit Il n'y avait pas moyen de douter de ce que disait Fausta. D'abord, il lui semblait qu'elle était incapable de *mentir*. Et ensuite il était bien évident qu'elle n'avait eu aucun intérêt à mentir dans leur rencontre à Paris Ce n'était donc plus du côté de Fausta qu'il fallait chercher: seul Maurevert pouvait parler.

— Adieu, madame, dit-il d'une voix altérée par l'émotion J'éprouve ici une cruelle déception. Mais dois-je vous le dire Je suis encore heureux de savoir que du moins, dans cette recherche, je ne vous ai point pour ennemie.

Et il fit un mouvement pour se retirer.

— Je ne suis pas votre ennemie, dit Fausta à ce moment.

Et ce mot, elle le prononça avec une telle douceur que Pardaillan s'arrêta. Fausta se rapprocha de lui, jusqu'à le toucher de sa main, qu'elle dégagea des larges manches et posa sur le bras du chevalier.

— Attendez un instant, dit-elle avec la même étrange douceur.

— Que me veut-elle ? grommela Pardaillan en lui-même. Est-ce qu'il y aurait aussi une nasse dans les caveaux de la cathédrale de Chartres ?

Fausta semblait hésiter. Sa main posée sur le bras du chevalier tremblait légèrement.

— Vous avez parlé, dit-elle enfin d'une voix oppressée, à mon tour, voulez vous?...

Fausta s'arrêta soudain, comme si elle eût regretté d'avoir parlé Et dans cette minute où un double flot de passions contraires venait se heurter en elle, humiliée dans son rêve de pureté extrahumaine et de divine domination, soulevée par l'amour féminin qu'elle portait dans son sein, elle vit qu'elle n'était qu'un pauvre fétu d'humanité pris dans le tourbillon de cette sorte de confluent... Fausta comprit avec terreur qu'elle était double, qu'il y avait deux êtres en elle... Elle était de la lignée des Borgia ; le sang impétueux et sauvage de César et de Lucrèce coulait rudement dans ses veines ; toute la passion des Borgia se déchaînait dans son âme, passion de despotisme, passion de meurtre, passion d'amour . Et elle était aussi ce qu'elle avait voulu être, ce qu'elle était devenue par la puissance de sa volonté. . la Vierge immaculée dans son corps, dans son cœur, dans son âme. l'ange l'Envoyée, la prêtresse des nouvelles destinées de l'Eglise

Il y avait en elle un orgueil sublime et un amour dévorant. Et par un effort vraiment digne d'admiration, l'orgueil, jusqu'ici. a. it vaincu l'amour... Ces deux êtres, donc, ces deux âmes contradictoires qui habitaient le même corps se livraient une effroyable bataille. Il fallait le triomphe de l'un ou de l'autre ; ils ne pouvaient plus coexister.

Ou Fausta demeurerait la vierge la prêtresse, la dominatrice plus que reine,   et il fallait la mort de Pardaillan.

Ou Fausta renoncerait à son rêve, redeviendrait *une femme* — et il fallait l'amour de Pardaillan...

Fausta, donc, ayant posé sa main sur le bras de Pardaillan, ayant annoncé qu'elle voulait parler, Fausta se taisait. Une dernière lutte se livrait en elle. Toute droite dans les plis roides de sa robe monacale, invisible grâce à son capuchon rabattu, elle luttait avec un courage désespéré contre l'amour qui bouillonnait dans son sein. Puis, peu à peu, cette forme de statue s'anima : la raideur s'effaça ; l'attitude devint féminine, et enfin, Pardaillan, avec un étonnement mêlé de crainte et de pitié, entendit que Fausta sanglotait doucement

Fausta pleurait sur son rêve!... Elle ne pleurait plus, comme dans le palais de la Cité, su. Pardaillan qui allait mourir, sur le sacrifice de son amour à son orgueil de vierge et prêtresse... elle pleurait sur la déroute de son orgueil. L'amour, une fois de plus dans l'éternelle histoire de l'humanité, l'amour était vainqueur.

Elle se rapprocha un peu plus de Pardaillan. Sa main se crispa sur son bras. Et dans un murmure d'une douceur désespérée, elle prononça :

— Écoute-moi. Mon cœur éclate. Je dois dire aujourd'hui des choses définitives Et si je te les dis, à toi, alors qu'il me semblait que jamais aucun homme ne les entendrait, c'est que tu n'es semblable à aucun homme... ou plutôt non ! ceci est une excuse in ligne... Si je dis que j'aime, c'est que malgré moi, l'amour est en moi. Pourquoi est-ce toi que j'aime ? Je ne sais pas et ne veut pas le savoir... mais c'est toi que j'aime... Dans mon palais, je te l'ai dit sans crainte. Car alors, j'étais sûre de tuer mon amour en te tuant . Je te croyais mort, et je pleurais sur toi avec la joie profonde de me dire que j'avais triomphé de moi même et que j'avais le droit de pleurer... Tu es vivant! Et lorsque je veux te crier que je te hais, mes lèvres, malgré moi, te disent que je t'aime... Me comprends-tu, Pardaillan ?

— Hélas, madame ! dit Pardaillan.

— Moi aussi, continua Fausta, moi aussi, par les printemps embaumés, par les soirs chargés de mystérieuse beauté, moi aussi, jeune, belle, adulée, je me disais: N'aimeras-tu pas? Laisseras-tu s'écouler le printemps de ta vie sans cueillir la fleur qui, sur sus les chemins, se penche vers toi ? Non, tu n'aimeras pas comme les autres femmes Tu monteras plus haut que ces étoiles, plus haut que ce ciel dont l'œil humain n'ose mesurer la hauteur, et dans ton orgueil de vierge, tu planeras au-dessus de l'humanité... Voilà ce que je me disais,

Pardaillan. Je l'ai vu, et d'une seule secousse violente et douce, tu m'as ramenée du ciel sur la terre...

Fausta se tut. Pardaillan baissa la tête, et après quelques secondes de silence, il dit doucement :

— Madame, pardonnez-moi ma simplicité d'esprit, Je ne suis qu'un coureur de routes. prenant de la vie, en passant, tout ce qui en est bon à prendre ; j'ai le malheur de voir l'existence humaine comme une chose très simple et très belle que gâtent les chercheurs de complications : que chacun fasse ce qu'il veut en se gardant comme de la peste d'attenter à la volonté du voisin. A ce prix, je crois que l'humanité serait heureuse. Pourquoi diable vouliez-vous chercher le bonheur si haut et si loin, alors qu'il est partout autour de vous ?

— Pardaillan, reprit Fausta, comme si elle n'eût pas entendu, avec cette même voix de douceur désespérée, Pardaillan, tu connais maintenant ma pensée mieux que jamais nul de l'a connue. Or, écoute-moi Tu m'as dit, tu me répètes que je trouverai le bonheur autour de moi si je veux renoncer à la domination sublime que je rêvais. Pardaillan, j'y renonce ! Je ne suis plus qu'un être vivant parmi d'autres êtres. Je renonce à conduire Guise...

Le chevalier tressaillit et ne put s'empêcher de respirer.

— Je renonce à tout ce que j'avais lentement et patiemment élaboré. Demain, je dis adieu à la France. Je vais chercher au fond de l'Italie la paix, la joie. le bonheur et l'amour... mais...

Pardaillan frémit

— Mais, continua Fausta, c'est toi qui me conduiras !... Voilà ce que je t'offre.... Là-bas, j'ai des domaines, des richesses. La vie nous sera miséricordieuse. Si tu veux, demain nous partons. Pardaillan, poursuivit-elle avec une espèce de fièvre, celle qui s'offre à toi ne s'offrira plus jamais ni à toi ni à personne. Cette minute est unique. (*Elle rabattit, arracha plutôt son capuchon*). Regarde-moi ! Lis dans mes yeux que celle qui a rêvé une destinée surhumaine peut rêver un surhumain amour !...

Elle était belle... non plus de cette beauté tragique et fatale qui inspirait autant d'effroi que d'admiration, mais d'une beauté de douleur, d'espoir et d'amour qui la transfigurait. Elle rayonnait et palpitait. Pardaillan soupira et songea :

— Que de malheur va semer encore cet incomparable esprit de malfaisance !... O Loïse, ma pauvre petite Loïse ! Tu n'étais pas habile aux sublimes discours, mais comme un seul regard de tes yeux bleus était plus sublime encore, puisqu'après tant d'années, c'est le souvenir de ton dernier regard qui me pénètre et me charme. tandis que la flamme de ces magnifiques yeux noirs ne me donne que malaise et frisson !... Madame, reprit-il, que voulez-vous qu'un pauvre aventurier comme moi réponde aux choses admirables que vous me dites ? Ma réponse, madame, est dépouillée de toute beauté, je ne puis l'envelopper de paroles magiques. Que puis-je donc vous dire, sinon ceci que vous savez déjà : j'aimais une enfant, une jolie petite fille d'amour qui s'appelait Loïse. Elle est morte.

Pardaillan pâlit. Un râle roula dans sa gorge, et avec une douceur où son être entier paraissait se fondre, acheva :

— Elle est morte... et je l'aime toujours... et toujours l'aimerai...

Il baissa la tête.

Fausta, d'un geste lent et raide, ramena son capuchon sur visage livide. Elle n'ajouta pas un mot et s'éloigna. Quand elle fut à quelques pas, elle se retourna et vit que Pardaillan pleurait... Alors une sorte de rage, une jalousie furieuse contre la morte éclata dans son cœur.

Oui, Pardaillan, sans s'en apercevoir, ayant oublié Fausta, Guise, Henri III et jusqu'à Maurevert, Pardaillan pleurait au fond de l'immense cathédrale. Peut-être par un phénomène de suggestion, l'amour de Fausta, ces étranges paroles qu'elle avait prononcées d'une voix brûlante, la situation où il se trouvait, les événements qui venaient de s'écouler, peut-être tout cela avait-il ébranlé son courage et rendu plus vivante, plus pénétrante l'exquise sensibilité de son pauvre cœur, si simple et si grand ! Peut-être l'image de Loïse se présentait-elle à lui, dans cette minute que Fausta avait appelée unique, plus précise, plus vraie, mieux éveillée d'entre les morts... Il la voyait !... Et comme il savait qu'elle était morte, il pleurait... comme il avait pleuré jadis sur le lit de mort de la bien aimée..

Lorsqu'il releva la tête, Pardaillan vit qu'il était seul et que Fausta s'en était allée. Il secoua la tête, et rapidement sortit à son tour.

Quant à Fausta, elle était rentrée dans le mystérieux hôtel qui, comme nous l'avons indiqué, se trouvait en face de l'auberge du *Chant du Coq*, c'est-à-dire cette petite auberge où Pardaillan et Charles d'Angoulême avaient pris leur logis.

Nul dans l'entourage de Fausta ne put se douter des émotions terribles qu'elle venait d'éprouver. Peut-être même, ces émotions, ne les éprouvait-elle plus, car rentrée dans la chambre qu'elle occupait, elle murmura froidement :

— Soit ! la lutte continue !... En fin de compte, la victoire doit me rester. Et pour commencer, frappons ce misérable moine qui a trahi !...

Elle saisit une plume et écrivit en hâte :

« Majesté, une amie dévouée du roi vous prévient qu'un moine de l'ordre des Jacobins, nommé Jacques Clément, est venu à Chartres pour tuer le roi. C'est un miracle du Sei-

gneur Dieu que Sa Majesté n'ait pas été assassinée pendant
la procession. »

Quelques minutes plus tard, un gentilhomme inconnu déposait cette lettre à l'hôtel de Cheverni et disparaissait aussitôt.

V

L'auberge du Chant du Coq

Henri III, cependant, après avoir accompli ses dévotions à
la cathédrale, était rentré dans l'hôtel de M. de Cheverni où,
s'étant débarrassé de sa chemise de bure et ayant revêtu les
habits qu'il portait avec une grande élegance, il se mit aussitôt à table et dîna de grand appétit en présence de ses gentilshommes les plus intimes. Parmi eux se trouvaient Sainte-
Maline. Chalabre et Monsery.

Le roi, de belle humeur, causait familièrement avec eux,
tout en dirigeant contre une excellente volaille une attaque
soutenue par les vins de Bourgogne qu'il affectionnait. Il faisait avec beaucoup de verve le récit de ce qui s'était passé à
l'hôtel de ville et interrogeait ensuite Chalabre sur le séjour
qu'il avait fait à la Bastille. lorsque tout à coup parut un envoyé de la reine-mère qui lui dit quelques mots à l'oreille

— Dites à madame la reine que je me rendrai auprès d'elle
aussitôt après la réfection, répondit tout haut Henri Ier

Et il continua de dîner, riant et plaisantant, s'extasiant
sur l'adresse avec laquelle Chalabre et ses deux amis étaient
sortis de la Bastille. Car les trois spadassins se gardèrent bien
de raconter qu'un certain Pardaillan leur avait ouvert les
portes.

Comme le roi se levait de table, le même envoyé de Catherine reparut.

— La reine est impatiente de connaître la déconfiture de
M. de Guise, dit le roi. Allons, j'y vais...

Et cette fois en effet, il se dirigea vers l'appartement de
sa mère.

— Dieu soit loué ! s'écria la vieille reine en le voyant.

— Qu'avez vous donc, madame ? s'écria le roi. Vous voilà
toute pâle, comme si vous veniez de courir quelque grand
risque.

— Le risque était pour vous, mon fils... risque de mort!

Henri III pâlit et regarda autour de lui avec inquiétude.
Mais la vieille reine le serra dans ses bras en lui disant:

— Rassurez-vous, Henri, tout danger est conjuré, pour l'instant...

— Pour l'instant !... Mais ce danger, madame, pourrait donc se représenter ?...

— J'espère que non, si vous écoutez mes avis. Au nom du ciel, mon fils, ne paraissez plus seul et sans armes dans ces processions. Savez-vous que vous avez failli être tué tout à l'heure ?

— Tué ! balbutia le roi. Et par qui ?... Par M. de Guise ?...

— Sinon par lui, du moins par une de ses créatures. Lisez ceci, mon fils.

La reine tendit à Henri III la missive qu'elle venait de recevoir. Le roi s'assit dans un fauteuil pour lire plus à son aise, dit-il, mais en réalité parce qu'il sentait ses jambes se dérober sous lui.

— Un moine ! murmura le roi quand il eut lu. Et un moine de l'ordre des Jacobins ! Il n'est pas de monastère ou couvent qui puisse se vanter d'avoir échappé à mes bienfaits. Les Jacobins en particulier ont reçu plus d'or qu'on ne reproche à Épernon d'en avoir gaspillé. Je connais le prieur Bourgoing : c'est un homme qui a le mot pour rire et qui est incapable d'avoir trempé dans une aussi noire trahison... Qu'en pensez-vous, madame ?

— Je pense, dit Catherine, que votre confiance est la chose la plus étonnante que j'aie vue. Vous parlez de vos bienfaits. Pauvre enfant ! En êtes-vous encore à ignorer que le bienfait engendre la haine, et qu'il est plus facile de pardonner à la main qui frappe qu'à la main qui donne ? Vous avez fondé la confrérie des Pénitents blancs. Il n'est pas un seul de vos confrères que vous n'ayez caressé par quelque cadeau ou quelque prébende. Et vous avez vu les Pénitents blancs se mettre dans la procession des Guises !

— C'est pardieu vrai ! gronda sourdement le roi qui tomba dans une rêverie profonde... Jacques Clément ! Qu'est-ce que j'ai bien pu faire à ce Clément ? Ah ! ma mère, si on se met à tuer les rois, que vont devenir le peuple et la religion ?

— Si on se met à tuer les rois, dit Catherine de Médicis, les rois n'ont qu'à se défendre. Défendez-vous, mon fils. Chartres, vous l'avez dit vous-même, est trop près de Paris. Eh bien, que dès demain votre départ pour Blois se prépare. Une fois en sûreté dans le vieux château, une fois votre personne à l'abri des fossés, des grilles, des remparts et des gardes, vous pourrez avec plus de sang-froid chercher le moyen de sauver la religion, le peuple... et la monarchie. En attendant, il faut à tout prix retrouver ce moine, s'il est encore dans Chartres, et en faire un exemple terrible.

Henri III sourit. L'idée d'une chasse à l'homme le séduisait, et il rentrait là dans son élément.

— Soyez tranquille, ma mère, dit-il en se levant et en se

retirant. Si l'homme est encore dans Chartres, il ne m'échappera pas. Je vais lancer sur lui trois limiers qui ont suivi à la piste et forcé plus d'un gibier autrement redoutable qu'un moine jacobin.

La vieille reine, demeurée seule, pressa son front ridé dans ses doigts maigres et jaunes comme de l'ivoire.

— Clément ! murmura-t-elle. Où ai-je entendu déjà ce nom ?.. Il y a longtemps... bien longtemps... Qu'est-ce que ce Clément ?.. faut que je le sache... allons voir Ruggieri !

Elle traversa rapidement deux pièces et aboutit à un escalier qu'elle se mit à monter. L'escalier conduisait aux combles de l'hôtel Cheverni.

Là, dans un de ces combles aménagés en chambre, assis à une table couverte de papiers, la tête dans les deux mains, rêvait ou lisait un personnage que nous avons entrevu au début de cette histoire : c'était l'astrologue Ruggieri, alors bien vieux, bien fatigué, mais travaillant toujours à son rêve, courant toujours après la chimère, l'insaisissable chimère, qui fuyait dès qu'il croyait la tenir enfin... La pierre philosophale !... L'élixir de vie éternelle !...

Ruggieri, ayant levé la tête, vit Catherine assise devant lui et sourit Il aimait la vieille reine. Ces deux existences étaient liées. L'une, reine de nom et de fait, maîtresse dans un royaume qu'elle gouvernait sous le nom de son fils ; l'autre, roi des songes prestigieux, si loin et si près l'un de l'autre, si dissemblables et si pareils, tous deux assoiffés d'impossible.

— Eh bien, Majesté, fit Ruggieri en repoussant les papiers qu'il avait devant lui, vous avez vu Loignes ? Guéri, bien guéri, tel qu'il était aux jours où il donnait des rendez-vous à Mme la duchesse de Guise, mais avec quelque chose de nouveau dans son cœur : une belle haine bien féroce contre le duc... En vérité, ajouta-t-il plus lentement, si Guise doit mourir bientôt, ce ne peut être que de la main de Loignes...

— Je ne suis venue te parler ni de Loignes ni de Guise, dit sourdement la vieille reine. Ruggieri, on veut tuer le roi !...

— Et cela vous étonne, madame ?...

— On veut me tuer mon fils, reprit la reine en frissonnant. Pourquoi ne cherche-t-on pas à me percer le cœur ?... Tu le sais... mon fils, c'est ma vie. J'ai pleuré, j'ai versé plus de larmes que la dernière des malheureuses dans sa chaumière. Mais j'avais une consolation. Si on me tue mon Henri, qu'est-ce que je vais devenir, moi ?

Ruggieri s'était levé et se promenait, la tête penchée.

— Les misérables ! continua Catherine avec un accent sauvage. Ils n'ont jusqu'ici frappé que la reine. S'ils osent s'en prendre à la mère, je veux que dans les siècles on se rappelle avec épouvante la vengeance de Catherine, mère d'Henri !...

Ruggieri, ce sont les Guises, vois-tu. Quel cauchemar! Lorraine et Béarn sont deux fantômes qui assiègent mes derniers ans.. Malheureuse! Jusqu'ici, du moins, je n'avais qu'un trône à défendre, et maintenant, c'est la vie de mon fils qui est menacée!...

— Je ne crois pas, dit Ruggieri, que le roi de Navarre veuille recourir à de tels moyens : il a la partie trop belle! ..

— Ce sont les Guises, te dis-je... J'en suis sûre!... Ils ont armé contre Henri le bras d'un moine...

— Un moine?...

— Oui. Un jacobin. Le moine devait frapper aujourd'hui. Il n'a pas osé peut-être. Mais une autre fois, il osera! Et si ce n'est lui, ce sera quelque autre... Mais ce n'est pas cela qui m'épouvante le plus... Ruggieri, ce moine, ce jacobin porte un nom qui me ramène au passé... nom que je crois avoir entendu et prononcé moi-même... Où?... Quand?... Ta mémoire, ton admirable et féconde mémoire va m'aider.

Ruggieri, étonné, considérait la vieille reine qui froissait dans ses mains pâles la lettre dénonciatrice.

— Ce moine reprit-elle brusquement, s'appelle Jacques Clément... Ce nom, Ruggieri, ce nom ne te dit-il rien?...

L'astrologue tressaillit. Son visage devint plus pâle. Ses yeux lancèrent un éclair qui s'éteignit aussitôt. Il se rapprocha de la reine et lui tendit la main, se pencha sur elle, et d'une voix où il y avait de la terreur et de la pitié :

— Vous dites que cet homme qui veut tuer votre fils s'appelle Jacques Clément?

— Oui, balbutia Catherine, c'est bien là son nom...

Ruggieri lâcha la main de la reine, se recula, se croisa les bras, et murmura sourdement :

— En ce cas, madame, vous avez raison d'avoir peur!... Oui, l'heure est venue pour vous de trembler, et pour le roi de se garder!.. Tremblez, Catherine! Organisez autour de vousmême et de votre fils une incessante surveillance! Faites goûter devant vous le vin, l'eau, le pain, le fruit qui vous sont destinés, à vous ou au roi! Faites surveiller toute personne qui vous approchera, vous ou le roi! ou plutôt, que nul ne vous approche, si ce n'est vos plus fidèles serviteurs! Et encore!.

— Ruggieri, Ruggieri, tu m'épouvantes!... Cet homme!... Oh! cet homme!... qui est-ce?...

— Je vous épouvante, Catherine. Dans un instant, vous serez plus épouvantée encore. Car vous allez savoir! Car cet homme ne vient au nom ni des huguenots ni des Lorrains, il vient en son propre nom! Car cet homme, puisqu'il vécut, a fait d'avance le sacrifice de sa vie, et rien au monde ne pourra l'empêcher de frapper s'il peut vous rejoindre, vous ou le roi!... Car cet homme, madame, vient pour venger sa mère martyrisée et tuée par vous!... Catherine, rappelez-vous ! L'amant d'Alice de Lux s'appelait Clément ! Et Jacques Clément. c'est le fils d'Alice de Lux !...

La reine demeura immobile, les yeux exorbités, les mains jointes nerveusement, comme si elle eût vu tomber la foudre à ses pieds. Puis elle poussa une espèce de soupir rauque et râla :

— Le fils d'Alice de Lux !... mon fils condamné !...

Alors, avec un gémissement, elle leva les bras au ciel, et à pas tremblants qui voulaient en vain se hâter, elle gagna la porte et disparut.

Ruggieri était demeuré à la même place et méditait. Au bout de quelques minutes, il ouvrit une petite boîte dans laquelle se trouvaient quelques pilules — probablement une substance fortifiante qu'il avait composée — et il en avala une. Puis il s'enveloppa d'un manteau et descendit.

Dans le grand vestibule de l'hôtel, une trentaine de gentils-hommes bavardaient et riaient tandis que dans la cour, des gardes montaient leur faction. Lorsque Ruggieri traversa le vestibule, les rires cessèrent. Il traversa les groupes deve ius soudain silencieux et qui s'écartaient de lui.

Ruggieri, sans daigner s'apercevoir de l'impression qu'il produisait, cherchait des yeux quelqu'un dans cette foule, et a ant enfin aperçu Chalabre, marcha droit à lui et lui dit:

— Monsieur de Chalabre, je voudrais vous parler, ainsi qu'à vos deux amis.

— A vos ordres, seigneur.

Il suivit donc l'astrologue en faisant signe à Sainte-Maline et à Montsery de l'accompagner. Dans la rue, les trois jeunes gens rejoignirent Ruggieri qui s'arrêta:

— Messieurs, dit il, je pense que vous êtes dévoués à Sa Majesté le roi... Je sais que vous êtes de ses plus fidèles... Je sais aussi que vous êtes braves, hardis, et que vo is n'avez pas peur, à l'occasion, de trouer une poitrine humaine...

— Quand c'est pour le service du roi, firent les trois spadassins en s'inclinant.

— Justement, reprit vivement Ruggieri, c'est de cela qu'il s'agit... Messieurs, voulez-vous sauver le roi ? Un grand danger menace Sa Majesté... un homme est venu à Chartres, dans l'intention...

— De tuer le roi ! interrompit Sainte Maline. Nous le savons.

— Et Sa Majesté vient de nous charger de retrouver cet homme ! ajouta Montsery.

— C'est cela même, fit Chalabre.

— Voilà qui simplifie beaucoup ce que j'avais à vous dire, reprit Ruggieri avec un geste de satisfaction. Messieurs, il faut que cet homme meure !

— C'est ce qui se fera dès que nous aurons mis la main sur lui, seigneur astrologue, dit Sainte-Maline.

— Toute la question est là, dit Ruggieri. Connaissez-vous ce moine ? Comment allez-vous le retrouver ? Par où allez-vous commencer vos recherches ? Comment vous y prendrez-vous pour qu'elles aboutissent dès aujourd'hui... s'il n'est pas trop tard... si ce moine n'est pas déjà sur la route de Paris ?...

Les trois jeunes gens se regardèrent. Ces questions de Ruggieri répondaient en effet à leur occupation.

— Nous étions en train de dresser notre plan de campagne, dit Chalabre, quand vous m'avez abordé. Auriez-vous un bon renseignement à nous donner ?

— Messieurs, fit Ruggieri, encore une question : connaissez-vous l'homme ?

— Non !...

— Vous ne l'avez jamais vu ?...

— Non !...

— En ce cas, messieurs, il faut suivre mes avis. Je connais le moine, moi ! S'il est encore dans la ville, je réponds de le trouver. Restez donc à l'hôtel, ne vous écartez pas du roi, ne le perdez pas de vue un instant, empêchez d'entrer chez lui quiconque vous ne connaissez pas... Si le roi vous demande pourquoi vous n'êtes pas en campagne répondez-lui que la reine-mère vous a donné l'ordre de veiller sur lui, et si la reine vous interroge, répondez que je suis à la recherche du moine. Attendez-moi dans l'hôtel, et quand vous me verrez revenir, c'est que ma besogne à moi sera terminée et que la vôtre commencera. Allez, messieurs...

Ruggieri ayant parlé, s'éloigna aussitôt. Pas un instant l'idée ne vint aux trois spadassins de s'étonner du ton d'autorité qu'avait pris l'astrologue et de résister aux indications ou plutôt aux ordres qu'il venait de leur donner. Ruggieri passait pour entretenir des cordiales relations avec les puissances infernales, et il leur semblait que seul, ce sorcier pouvait, parmi tant de moines venus à Chartres, retrouver celui qu'il s'agissait d'expédier *ad patres* en bonne et due forme. Ils rentrèrent donc à l'hôtel, et se conformant aux instructions qu'ils avaient reçues, se mirent à monter la garde devant la porte du roi.

Toute la journée ils attendirent le retour de Ruggieri. La nuit tomba. Le roi reçut ses gentilshommes comme d'habitude, et leur annonça le départ pour Blois. La présence des trois spadassins qu'il avait chargés de retrouver le moine lui fit froncer le sourcil. Mais habitué à garder pour lui ses impressions, il ne souffla mot de cette affaire et supposa que le moine avait réussi à fuir.

Le résultat de ses réflexions fut qu'il modifia la date du départ pour Blois, et décida que dès le lendemain on se mettrait en route. Puis il s'alla coucher en recommandant à Caillon de doubler partout les gardes. Chacun se retira. Seuls,

avec les gens d'armes qui veillaient. Chalabre, Sainte Maline
et Montsery demeurèrent dans l'antichambre.

A onze heures, et comme tout dormait dans l'hôtel,
Ruggieri parut, et du seuil de la porte, fit signe aux trois
jeunes gens. Ils tressaillirent. Chacun s'assura qu'il avait
bien son poignard, et s'enveloppant en hâte de leurs longs
manteaux de nuit, ils suivirent l'astrologue... Dans la rue,
il leur dit simplement :

— Venez...

Pas une autre parole ne fut échangée. Ils marchèrent en
silence, Ruggieri devant, les trois autres venant ensuite de
front. Ils étaient insoucieux et n'éprouvaient nulle émotion
à la pensée qu'ils allaient supprimer une existence humaine.
Ruggieri entra enfin dans une ruelle, et s'arrêta devant une
assez pauvre maison élevée d'un seul étage.

La nuit était noire. Une faible lumière, d'une fenêtre de
l'étage, jetait dans cette nuit de vagues lueurs qui éclairaient
confusément une enseigne qui se balançait au bout de sa
tringle. Cette maison était une auberge, et cette auberge,
c'était celle du *Chant du Coq*.. Ruggieri leva le bras vers
la fenêtre éclairée et dit :

— Il est là...

— Bon ! grogna Chalabre, par où entre-t-on ?

— Cette porte, fit Ruggieri. Elle donne dans une écurie.
Vous franchissez l'écurie. Vous arrivez dans une cour. Il y a
un escalier de bois. En haut de l'escalier, une porte vitrée.
C'est là !...

Chalabre, Sainte-Maline et Montsery se glissèrent vers la
porte de l'écurie, souples, nerveux. Et qui les eût vus à ce
moment n'eût pas reconnu les physionomies insouciantes et
au demeurant assez fines et spirituelles des trois jeunes gentilshommes. Leurs poignards à la main, ramassés et courbés,
ils se glissèrent dans l'écurie ; Chalabre avait un sourire qui
découvrait ses canines aiguës ; Sainte-Maline, pâle et le
visage convulsé, venait derrière Chalabre, et enfin Montsery
qui riait silencieusement, d'un rire féroce... Ruggieri, en les
voyant disparaître dans l'écurie, murmura :

— Jacques Clément est mort !... Un de plus !... A qui la
faute ?... Puisque la mère est morte, le fils peut bien
mourir !...

Il écouta un instant, tout frissonnant. Et il s'en alla à
grands pas et rentra à l'hôtel Cheverni, où ayant trouvé la
reine-mère qui veillait, il lui dit :

— Rassurez-vous, Catharine. Si le roi doit mourir, ce ne
sera pas de la main de Jacques Clément...

— On a tué le moine ? demanda la vieille reine palpitante.

— On le tue ! répondit Ruggieri, qui alors regagna les
combles de l'hôtel et se remit au travail... car c'est à peine
s'il dormait deux ou trois heures par jour.

Il s'assit donc à sa table et reprit son travail au point précis où Catherine l'avait interrompu. Quelques instants plus tard, il avait oublié qu'il y eût au monde une Catherine de Médicis, un roi Henri III et un Jacques Clément que des assassins conduits par lui étaient en train d'égorger.

Sainte-Maline, Chalabre et Montsery avaient rapidement traversé l'écurie et se trouvèrent dans une cour. La lumière qu'ils avaient remarquée de la rue se reproduisait dans la cour par la porte vitrée.

Ils commencèrent à monter l'escalier extérieur, et leur habitude de marcher en silence, sans faire crier le sable ou le bois sous leurs pas, était grande sans doute, car ils étaient déjà en haut sans que le moindre craquement eût trahi leur présence.

Chalabre, doucement, très doucement, essaya d'ouvrir la porte. Mais la porte était fermée au verrou à l'intérieur. Les trois meurtriers n'eurent pas besoin de se consulter. Ceci était encore pour eux une manœuvre familière. Chalabre, d'un coup de coude, fit sauter une vitre, passa la main, tira le verrou ; la porte s'ouvrit. Tous les trois, le poignard au poing, firent irruption dans la pièce. Cela avait duré la durée d'un éclair...

— Voilà, pardieu, une nouvelle mode d'entrer chez les gens ! cria une voix.

— Monsieur de Pardaillan ! murmurèrent les trois spadassins en s'arrêtant court, effarés d'étonnement.

— Ça, messieurs, reprit le chevalier, êtes-vous enragés ? Ou bien est-ce que vous venez me demander à boire ? Dans le premier cas, je vais vous jeter par la fenêtre ; dans le deuxième, asseyez-vous et aidez-moi à vider cette dame-jeanne de beaugency...

Chalabre, Sainte-Maline et Montsery demeuraient hagards. Assis autour d'une table, Pardaillan, Charles d'Angoulême et un troisième personnage les regardaient. Ils ne s'étaient même pas levés ; seulement Pardaillan, qui était placé le dos à la porte, s'était retourné vers les assaillants en pivotant sur son escabeau.

Les trois séides du roi avaient donc directement devant eux le chevalier de Pardaillan, sur leur gauche le duc d'Angoulême, sur leur droite un lit de fer, et de l'autre côté de la table, vers la fenêtre, ce troisième personnage sur lequel leurs yeux se fixèrent. Le premier moment de surprise passé, ils saluèrent ; mais ils gardaient leurs poignards à la main.

— Monsieur de Pardaillan, dit alors Sainte-Maline, excusez-nous de la façon un peu vive avec laquelle nous sommes entrés chez vous ; mais ce n'est pas vous que nous comptions trouver ici, et ce digne révérend que nous voyons là pourrait peut-être nous renseigner sur celui que nous cherchons...

— Qui cherchez-vous ? demanda le moine ainsi interpellé.

tandis que Pardaillan faisait signe à Angoulême de se tenir prêt à dégainer

— Nous cherchons, dit Montsery, un certain frocard coupable de haute trahison envers Sa Majesté le roi... un frocard du nom de Jacques Clément.

— Et que lui voulez-vous ? reprit le moine avec un livide sourire.

— Nous voulons, dit Chalabre, lui faire faire connaissance avec les trois dagues que voici : une pour le Père, une pour le Fils, une pour le Saint-Esprit. On a des égards, dès qu'il s'agit d'un saint homme.

Ils avaient tous les trois à ce moment des figures de tigres. Le moine se leva et, d'une voix très calme, prononça :

— Jacques Clément, c'est moi !...

Les trois saluèrent encore, et Sainte-Maline se tourna vers le chevalier :

— Monsieur de Pardaillan, dit-il, êtes-vous fidèle et dévoué à Sa Majesté ?

— Ma foi, monsieur, dit Pardaillan avec sincérité, cela dépend des jours et des moments... Ainsi, aujourd'hui, j'étais dévoué au roi, puisque j'ai pris la précaution de l'accompagner jusqu'à la cathédrale, faute de quoi il lui fut sans doute arrivé malheur.. Est-ce vrai, messire Clément ?

— C'est vrai, fit gravement le moine.

Les trois spadassins se regardèrent avec stupéfaction.

— La nuit dernière reprit Pardaillan, j'étais encore tout dévoué à Sa Majesté, puisque j'ai obtenu la faveur spéciale que le roi ne fût point tué aujourd'hui. Est-ce vrai, messire ?

— C'est vrai, répéta le moine.

— Et maintenant ? demandèrent Chalabre, Montsery et Sainte-Maline.

— Maintenant ?...

— Oui, gronda Chalabre, êtes-vous assez dévoué pour nous laisser accomplir notre besogne et sauver le roi en tuant ce moine ? Déclarez-vous, monsieur : Êtes-vous pour le roi ? Laissez-nous faire ! Êtes-vous contre ? Nous allons vous charger !...

— Ce soir, messieurs, dit tranquillement le chevalier, pas plus qu'hier, pas plus que demain, je ne prends conseil de personne. Il m'a paru bon, hier, d'éviter au roi le coup qui le menaçait. Il me paraît bon cette nuit d'éviter à ce même roi un assassinat de plus sur la conscience. Messieurs, moi vivant, aucun de vous ne touchera un cheveu du révérend jacobin qui est mon hôte...

Au même instant, Pardaillan et Charles d'Angoulême furent debout, l'épée à la main.

Les trois spadassins tombèrent en garde, et les épées allaient se croiser lorsque Sainte-Maline s'écria :

— Une minute, messieurs !... Chevalier, je dois vous pré-

venir que nous comptons faire du bruit. La ville est sillonnée
par les patrouilles de M. de Crillon. Sans aucun doute, vainqueur ou non, vous serez pris. Et ce sera une réelle mortifi-
cation pour nous... Réfléchissez, il en est temps encore...

— Ce que vous dites là est plein de sens, fit Pardaillan en
abaissant la pointe de son épée.

— Ah !... vous êtes raisonnable, enfin !

— Oui ! j'ai besoin de quitter Chartres au point du jour, et
je me soucie peu d'être arrêté. Aussi, messieurs, ne me bat-
trai-je pas contre vous, à moins que vous ne me forciez à vous
tuer, ce dont j'aurais le plus vif regret ..

— Vous nous laissez donc faire ? s'écria Chalabre.

— Non pas !... Seulement, j'avais marqué dans ma tête
deux existences que je comptais vous demander en payement
de votre dette. Je renonce à l'une d'elles, et je vous demande
la vie de messire Clément... C'est le deuxième tiers de votre
dette, messieurs.

En parlant ainsi, Pardaillan rengaina paisiblement sa rapière et reprit place à table, tant il paraissait certain que les
spadassins tiendraient parole.

Il ne se trompait pas. Ces trois assassins, ces trois *bravi*,
qui sur un signe de leur maître tuaient sans scrupules, nous
avons dit qu'ils étaient gens d'honneur. Devant la soudaine
requête de Pardaillan, sans la moindre hésitation, sans une
seconde de réflexion, les trois assassins remirent poignards
et épées au fourreau... Ils étaient blancs de fureur, ils tremblaient de rage, mais ils tenaient parole...

— Moine, dit Chalabre en frémissant, remercie le ciel de
ce que tu sois sous la sauvegarde du seul homme au monde
qui pouvait, d'un tel mot, faire rentrer nos dagues en leurs
gaînes...

— Monsieur de Pardaillan, fit Montsery, cela fait deux
existences payées !

— Reste à une, dit Pardaillan.

— Nous serons heureux, dit Saint-Maline, que cette une
et dernière que vous avez à nous réclamer soit la vôtre !

Pardaillan hocha la tête. Un sourire se joua sur ses lèvres,
et il répondit ces étranges paroles qui correspondaient sans
doute à quelque pensée :

— Quand je n'aurai plus que ma propre vie à demander,
c'est que tout ira bien...

Et comme les trois faisaient un mouvement pour se retirer :

— Une minute, messieurs ! faites nous donc la grâce de
boire avec nous ..

— Pourvu que ce soit à la santé du roi ! fit Sainte-Maline.

— Ma foi ! dit Pardaillan en remplissant les verres, buvez
à la santé de qui vous voudrez, moi je bois à la nôtre de tous
ici présents...

Les trois spadassins se regardèrent, puis prenant leur part

de la situation, s'assirent en éclatant de rire. Quelques moments plus tard, ils choquaient leurs verres contre celui de l'homme qu'ils étaient venus tuer !...

— Ce n'est pas tout, reprit Chalabre, que dirons-nous au roi ?... Nous ne pouvons pas lui dire que nous n'avons pas trouvé celui que nous cherchons, puisqu'on a eu soin de nous conduire jusqu'à sa porte !...

— Nous pouvons encore moins lui raconter que, venus pour verser le sang, nous nous sommes contentés de verser du beaugency en compagnie de messire Clément ? fit Montsery.

— Je connais Sa Majesté, ajouta Sainte-Maline, nous aurions beau lui assurer que le Beaugency était excellent, le roi serait capable d'être de mauvaise humeur contre nous, et cette mauvaise humeur ne se passerait que du moment où il nous aurait vus nous balancer au bout d'une potence, avec une cravate de chanvre autour du cou...

— Messieurs, intervint Pardaillan, voulez-vous me permettre ?...

— Dites, dites ! s'écrièrent les trois, car un homme comme vous doit être de précieux conseil...

— Voici le conseil : débarrassez-vous de messire Jacques Clément

Charles d'Angoulême regarda Pardaillan avec stupeur. Quant au moine, il ne fit pas un geste. On eût cru d'ailleurs, dans toute cette scène, qu'il ne s'agissait pas de lui Avec la même morne indifférence il avait vu les trois séides se ruer sur lui, il s'était vu sauvé, et il écoutait même l'étrange proposition de Pardaillan

— Quoi ! s'écria Chalabre, est-ce que vous auriez la générosité de nous rendre le digne père jacobin ?

— Est-ce que nous pouvons l'occire ? fit Sainte-Maline en préparant déjà son poignard.

— N'ayez pas peur, messire, ajouta Montsery, la chose sera faite si vivement que vous n'aurez pas le temps de vous en apercevoir.

— Messieurs, vous faites erreur, dit Pardaillan.

— Ah ! ah ! firent les spadassins désappointés.

— Sans doute !... Malgré tout le désir que j'ai de vous être agréable, et de puis vous rendre ce que je tiens de votre bonne roi, c'est-à-dire la vie et la liberté du révérend.

— Mais vous nous conseillez de vous en débarrasser.

— C'est le meilleur conseil que je puisse vous donner. Écoutez, je prévois ce qui va arriver. Le roi sachant que messire Clément n'est pas mort, va faire fermer les portes et commence les recherches qui ne tarderont pas à aboutir Vous serez alors dans l'alternative ou d'encourir la disgrâce du roi, c'est-à-dire la potence ou l'échafaud... ou de tuer mon hôte, ce qui fera de vous des félons et des parjures de la plus vile qualité, et ce qui ne se fera pas, d'ailleurs, sans que vous ayez à me passer sur le ventre.

— Et sans au préalable m'avoir tué moi-même, ajouta doucement le duc d'Angoulême.

— Tout cela est fort juste, s'écrièrent les trois. Nous ne voulons pas être félons, encore moins être pendus!..

— Voici donc ce que je vous propose, reprit Pardaillan. Procurez-nous trois bons chevaux. Conduisez-nous jusqu'à la première porte. Et comme vous avez sûrement le mot de passe, faites-nous ouvrir... Alors, nous disparaissons... le révérend rentre dans son couvent, vous n'entendez plus parler de lui, et il vous est possible de dire au roi que vous l'avez débarrassé de Jacques Clément.

— Par Notre-Dame, comme dit Sa Majesté la reine, le conseil est excellent! s'écria Sainte-Maline. Qu'en-dis-tu, Chalabre ?

— Je dis qu'il faut l'exécuter à l'instant même. Montsery et moi, nous nous chargeons d'amener les chevaux. Il n'en manque pas dans les écuries du roi. Toi, Sainte-Maline, tu conduiras M. de Pardaillan...

L'œil de Pardaillan brilla d'un éclair malicieux.

— Ouf ! songea-t-il, je crois que voilà de la diplomatie. Monsieur mon père me disait toujours qu'on gagne autant avec de bonnes paroles qu'avec une bonne rapière. Je vois bien maintenant qu'il avait raison...

Chalabre et Montsery vidèrent un dernier verre de beaugeny et s'éloignèrent aussitôt. Sainte-Maline demeura avec Pardaillan, le duc d'Angoulême et Jacques Clément.

— C'est dommage, dit Sainte-Maline, que le digne père jacobin n'ait pas un habit de cavalier..

Pour toute réponse, Jacques Clément se défit de son froc, le roula et le jeta sous le lit. Il apparut alors en cavalier, mais sans épée. Seulement à sa ceinture était passé le poignard que lui avait donné l'ange : le poignard avec lequel il devait frapper Henri III. Il était ainsi méconnaissable, et plus d'un gentilhomme lui eût envié la naturelle élégance qui étonnait en ce moment Sainte-Maline et Pardaillan.

Charles d'Angoulême déposa sur la table un écu d'or en payement de la dépense qu'ils avaient faite. Puis tous les quatre descendirent sans faire de bruit. Quelques instants plus tard, ils se trouvaient dans la rue. Sainte-Maline marchait à quelques pas en avant.

— Voulez-vous que je vous dise? murmura le jeune duc à l'oreille de Pardaillan. Nous allons à un bon guet-apens. Les deux autres ont été chercher du renfort, et nous allons avoir tout à l'heure une vingtaine d'assaillants sur les bras.

— Vous faites injure à ces dignes gentilshommes, dit Pardaillan ; ce sont des assassins au service du roi de France,

mais s'ils sont parfaitement dressés à tuer, ils sont encore
incapables de manquer à la parole donnée.

Charles hocha la tête d'un air de doute et continua de
marcher la main à la garde de l'épée. Ils arrivèrent ainsi à
vingt pas d'une porte et Sainte Maline leur fit signe d'arrêter. Un quart d'heure se passa dans le silence et l'attente. Au
bout de ce temps, deux cavaliers débouchèrent d'une rue voisine Charles d'Angoulême tressaillit et murmura :

— Vous aviez pardieu raison ! Ce sont eux !..

Chalabre et Montsery étaient à cheval. Montsery conduisait une troisième monture par la bride. Les deux spadassins mirent pied à terre. Pardaillan, Charles d'Angoulême et
Jacques Clément enfourchèrent les trois bêtes. Alors Chalabre se détacha en avant et alla parlementer avec l'officier
du poste qui gardait la porte. Une minute plus tard, on entendit le grincement des chaînes du pont-levis, et Chalabre,
de loin, cria :

— Quand il vous plaira, messieurs !

Le cœur de Charles battait avec violence. Tout cela lui
semblait exorbitant. Jacques Clément, tout insensible qu'il
fût, murmurait une prière. Pardaillan souriait :

— Messieurs, dit-il, jusqu'au plaisir de vous revoir...

— Tâchez que ce soit bientôt, dit Sainte-Maline. Tâchez
que nous ayons vite achevé de vous payer notre dette. Vous
n'avez pas idée, monsieur de Pardaillan, du plaisir que j'aurai alors à vous tuer... car avec un homme comme vous, il
n'y a plus moyen de vivre.

— Nous en serions réduits à prier le roi de nous exiler,
ajouta Montsery. Faites donc que nous puissions bientôt
croiser le fer.

— J'y tâcherai, messieurs. dit Pardaillan.

Ils se saluèrent...

Les trois cavaliers passèrent sous la porte, et Chalabre leur
fit un geste d'adieu ou de menace... Quelques instants après,
Jacques Clément, escorté par Charles d'Angoulême et Pardaillan, galopait sur la route de Paris, après avoir été escorté
jusqu'à la porte de Chartres par ceux-là mêmes qui avaient
été chargés de l'assassiner.

Tant qu'il fit nuit, les trois cavaliers continuèrent à galoper en silence. A l'aube, ils s'arrêtèrent dans un bourg pour
laisser souffler les chevaux, et entrèrent dans un bouchon.

— Je vous quitte ici, dit Jacques Clément qui n'avait pas
ouvert la bouche depuis Chartres.

— Bon ! Pourquoi nous quitter ? . dit Pardaillan.

— Il faut que je rentre en mon couvent, dit le moine d'une
voix sourde. Je n'étais sorti que pour accomplir les ordres
de Dieu..

— Et de la signora Fausta ! grommela Pardaillan entre
les dents.

— Il a plu au Tout-Puissant, continua Jacques Clément, de vous mettre sur ma route : c'est que l'heure de Valois n'est pas sonnée encore. Puisque entre le roi et moi s'est placé le seul homme qui pouvait d'un mot détourner cette arme qui ne me quitte pas, c'est que Dieu avait décidé de laisser vivre encore quelques jours Hérodes le tyran... Je rentre donc dans ma cellule, et j'attendrai qu'un ordre nouveau me soit donné. Car je ne doute pas que l'ange ne revienne me voir...

— Tenez, fit Pardaillan ému, voulez-vous que je vous dise? Vous devriez quitter votre couvent, votre cellule, vos prières, vos macérations, votre solitude. C'est tout cela, ce sont ces jeûnes auxquels vous vous soumettez, ce sont ces visions nées de l'isolement qui vous mettent dans la tête ces pensées de tristesse et de désolation. Vous êtes jeune... vous pouvez aimer... être aimé...

Jacques Clément pâlit horriblement et de sa main crispée comprima son cœur.

— Vous seriez un brave et hardi cavalier... vous reprendriez plaisir à tout ce qui fait la joie de l'homme... restez avec moi, je vous guérirai...

— Pardaillan, dit le moine en secouant la tête, ma destinée doit s'accomplir. Je ne suis pas seulement l'envoyé de Dieu, chevalier! Si Dieu m'a choisi pour débarrasser le monde de ce monstre qu'on nomme Valois, c'est sans doute à l'intercession de celle qui a souffert, pleuré, qui est morte en maudissant Catherine de Médicis... Pardaillan, c'est la voix de ma mère qui me guide!...

Pardaillan demeura songeur.

— Allez donc, fit-il enfin. Je vois que rien ne saurait vous détourner de la voie étroite...

— Rien! dit le moine.

— Seulement, reprit le chevalier, puisque vous êtes décidé à frapper le roi de France... car vous êtes décidé plus que jamais?

— Il serait mort à cette heure si vous ne m'aviez dit : J'ai besoin qu'il vive encore... Valois vivra donc tant que vous aurez besoin de sa vie... Je suis patient... j'attendrai!

— Je vous l'ai dit et vous le répète : la vie du roi de France m'est indifférente. Seulement, je ne veux pas que sa mort puisse servir les intérêts de M. de Guise. Je vous l'ai expliqué cette nuit...

— Oui... Tant que Guise peut devenir roi par la mort de Valois, vous ne voulez pas que Valois meure!... Mais après, Pardaillan? Si le moment arrive où la mort du roi ne peut plus être utile au duc?

— Oh! alors... je vous assure bien que la mort ou la vie de Valois seront le dernier de mes soucis.

— Bien. Recevez donc mon serment, dit le moine d'une voix solennelle. Pardaillan, par la mémoire de ma mère, je

vous jure que ce poignard ne sortira pas de sa gaine tant que
votre main sera étendue sur la tête de Valois... Adieu !...
S'il vous arrive de songer parfois au moine de l'auberge du
Chant du Coq, priez pour lui !...

A ces mots, Jacques Clément sauta sur son cheval et s'é-
loigna rapidement dans la direction de Paris Pardaillan le
suivit des yeux tant qu'il put voir le nuage de poussière que
soulevait le cheval lancé au galop.

Alors il murmura :

— Il est donc dit que le fils doit venger la mère ! Ce fut
une rude bataille que celle qui mit aux prises Catherine et
Alice... les deux mères ! Voici maintenant Jacques et Henri...
les deux fils... qui en viennent aux mains !... Que les destinées s'accomplissent donc !...

Avec un soupir, il rentra alors dans le bouchon, pauvre
cabaret de grand'route où il se reposa une heure avec Charles.

Sainte-Maline, Chalabre et Montsery étaient tranquillement rentrés à l'hôtel de Cheverni. Comme quelques autres
familiers très intimes du roi, ils avaient leur appartement
dans l'hôtel. Comme ils allaient rentrer chez eux, une porte
s'ouvrit dans le corridor qu'ils longeaient, et un homme parut, une lampe à la main. Ils reconnurent Ruggieri...

— Bonsoir, messieurs, dit l'astrologue.

— Bonsoir, monsieur *de* Ruggieri, firent très poliment les
trois spadassins.

— Eh bien, messieurs... est-ce fait ?... Le roi peut-il dormir tranquille ?...

— Sur les deux oreilles ! fit Chalabre.

— Le moine est trépassé ! ajouta Sainte-Maline.

Ruggieri sourit.

— Qu'avez-vous fait du corps ? fit-il au bout de quelques
instants. Car je vous sais gens de précaution...

— Le corps ?... Ma foi, si vous avez envie de le ressusci-
ter, ce qu'on vous dit très capable de faire, allez le redeman-
der aux flots de l'Eure...

— Bien, bien... vous êtes de bons et fidèles serviteurs...
Bonsoir, messieurs, bonsoir...

Les trois jeunes gens rentrèrent chez eux et se hâtèrent de
pousser les verrous. Quelques minutes plus tard, la vieille
reine était informée que le moine Jacques Clément était
mort !... Et le lendemain, lorsque le roi se mit en route pour
Blois, sa mère lui dit :

— Bénissez le ciel, mon fils. Un des plus terribles dangers
qui vous aient menacé est à jamais écarté... Le moine...

— Ce Jacques Clément ?...

— Oui. nous l'avons tué cette nuit... vous en êtes débarrassé.

Le roi fit compter à Chalabre, à Sainte-Maline et à Montsery soixante doublons pour chacun d'eux. Et au son des trompettes et en une cavalcade fort brillante, le roi et sa cour sortirent de Chartres et prirent aussitôt le chemin de Blois, où
ils arrivèrent sans encombre le soir du troisième jour et où
nous les retrouverons bientôt.

VI

La vie de cocagne

Nous avons laissé Croasse et Picouic au moment où ils
venaient de faire un repas de glands, c'est-à-dire de se com-
porter en véritables pourceaux. Ils avaient une excuse que
nous osons qualifier de péremptoire : ils mouraient de faim.

C'est donc après ce repas, après avoir dévoré tous les glands
tombés du chêne sous lequel ils s'étaient assis, après s'être dé-
saltérés à un ruisselet qui allait se perdre dans les marécages
de la Grande-Batelière, que Croasse avait eu une idée magnifique

Picouic jurait qu'il ne voulait plus désormais manger que
du gland, trouvant qu'après tout c'est une raisonnable pitance, et que les hommes s'en peuvent nourrir, puisque les
pourceaux en vivent. Quant à Croasse, magnifique dédaigneux et superbe comme tous les imbéciles, il méprisait profondément le gland en tant que nourriture humaine, et en
montant les rampes de Montmartre, il expliquait à son compagnon l'idée merveilleuse qui lui était venue. Cette idée, dans
sa simplicité, tenait dans ce raisonnement :

— Il y a là haut, dans ce couvent de bénédictines, une
sainte femme à qui j'ai inspiré un amour extraordinaire : de
par cet amour, c'est bien le moins que sœur Philomène me
nourrisse !

Picouic avait des doutes sérieux et les appuyait de solides
raisons.

— Il est impossible, disait-il, que tu aies inspiré une telle
passion à cette Philomène.

— Et pourquoi ? demandait Croasse sans se vexer.

— Parce que tu es hideux.

A quoi Croasse répondait :

— C'est peut-être pour cela qu'elle m'aime !

Quoi qu'il en soit, les deux compères atteignirent le couvent
des bénédictines et passèrent par la brèche. C'était un magnifique journée de soleil. Cependant, Croasse, la main
en abat-jour sur les yeux, étudiait attentivement le terrain
de culture des bénédictines.

Il vit bien passer deux ou trois sœurs, mais non celle que désiraient à la fois son cœur et son estomac. Philomène n'apparaissait pas...

Deux heures se passèrent. Ils avaient fini par s'asseoir sur les pierres éboulées du mur d'enceinte. Croasse d'autant plus triste que plus vive avait été son espérance. Croasse tout à coup, se frappa le front, et désignant l'enclos que nous avons eu l'occasion de signaler:

— Approchons-nous de ces palissades, dit-il, je suis sûr que nous allons trouver là celle que je cherche.

Mais dans l'intérieur des palissades, il y avait un bâtiment et c'est dans ce bâtiment, si l'on s'en souvient, que Croasse avait reçu de Belgodère une volée de coups de gourdin qu'il ne pouvait avoir oubliées, lui. Belgodère était-il encore là?

Ce n'était pas possible, puisque le bohémien n'était là que pour surveiller Violetta. Or, Violetta n'y était plus, puisque lui, Croasse, avait prevenu le chevalier de Pardaillan qui était parti pour la délivier. Malgré ces raisonnements, Croasse n'approchait de l'enceinte qu'avec prudence, prêt à demander le salut à la rapidité de ses immenses jambes si le profil du redoutable bohémien lui apparaissait au loin...

Cependant, il parvint à la palissade, toujours escorté par Picouic, et glissa un regard entre les planches mal jointes... L'enclos était solitaire. Le bâtiment où il avait été rossé paraissait abandonné

— Eh bien, demanda Picouic, ta belle Philomène ?... Une chimère de ton imagination!...

— Non, de par tous les diables ! Elle existe bien, et je suis sûr de sa tendresse... Où peut-elle être ?...

Tout à coup, il tressaillit, pâlit et se recula vivement.

— Qu'y a-t-il ? fit Picouic. Est-ce elle, enfin ?...

— Regarde ! répondit lugubrement Croasse.

Picouic, à son tour, mit son œil à la fenêtre.

— Eh bien, fit-il après un instant d examen, mais je ne vois rien que deux jeunes filles qui viennent de sortir de ce bâtiment...

— Oui... mais les connais-tu ?... ou du moins reconnais-tu l'une d'elles ?...

— Attends... elles me tournent le dos... elles se promènent... ou plutôt ou dirait qu'elles marchent avec précaution... elles regardent autour d'elles... elles semblent effrayées... Sur ma foi ! on dirait des prisonnières qui cherchent à se sauver... ce so sans doute des religieuses qui en ont assez du couvent... les pauvres filles !...

Le digne Picouic semblait très ému par la supposition qu'il venait de formuler, et nous portons cette émotion à son actif.

— Oh ! oh ! fit il tout à coup en se reculant, lui aussi.

Les deux jeunes filles signalées venaient de se retourner.

— Tu l as reconnue ? demanda Croasse.

— Violetta !..

— Allons nous-en ! reprit Croasse.

— Pourquoi cela ? .

— Parce que du moment que la petite Violetta est là, Belgodère y est aussi !. . J'aime encore mieux me nourrir de glands que de coups de trique...

— Qui peut-être l'autre ? fit Picouic, suivant son idée.

— Peu importe... détalons !...

Croasse allait joindre l'acte à la parole lorsqu'il demeura cloué sur place par ces mots prononcés derrière lui par une voix criarde :

— Que faites-vous là ?...

— Je suis mort ! songea Croasse tendant déjà le dos au coup de gourdin qu'il attendait. Mais comme le coup ne tomba pas, comme la voix criarde ne ressemblait guère à celle de Belgodère, il se retourna timidement et poussa un cri de joie :

— Philomène !...

— Ah ! ah ! fit Picouic en écarquillant les yeux d'admiration. C'est là la conquête de messire Croasse !...

C'était en effet Philomène qui, en reconnaissant Croasse, baissa pudiquement ses paupières de vieille fille. Mais Philomène n'était pas seule : elle était accompagnée d'une vieille, sorte de paysanne mal vêtue, aux yeux défiants, à la voix revêche, et c'était elle qui venait de crier :

— Que faites-vous là ?...

Cette vieille, c'était sœur Mariange.

— Mais, dit Croasse, nous venions voir Belgodère, notre cher Belgodère, notre excellent ami Belgodère... il va bien ?

— Belgodère ?... Qu'est-ce que Belgodère ? fit Mariange d'un air pointu.

— Le bohémien... vous savez bien... qui logeait là...

— Oui. Eh bien, il est parti. Dieu merci, le couvent est débarrassé de ce païen !...

— Parti ! exclama Croasse. Ah ! Philomène, ma chère Philomène, que je suis donc heureux de vous revoir !...

Et avant que Philomène eût pu s'en défendre, il la saisissait, la soulevait, l'embrassait sur les deux joues et la reposait ensuite sur le sol. Philomène, de ce double baiser, le premier qu'elle eût reçu de sa vie, demeura abasourdie, pantelante, stupide d'émoi. Elle avait quarante ans passés, la pauvre Philomène.

Mais si la gloire n'attend pas le nombre des années aux âmes « bien nées », l'amour, dans le cœur d'une nonne qui a vieilli en rongeant son frein et en maudissant le célibat, ne compte pas non plus le nombre des hivers.

— C'est pourtant la vérité pure ! grommela Picouic. Elle l'aime !... Croasse a trouvé une femme qui l'aime !

Mariange était indignée.

— Sortez, dit-elle, hâtez-vous de sortir des terres du couvent, mauvais sacripants que vous êtes...

— Oh ! ma sœur, ma sœur ! dit doucement Philomène, M. Croasse n'est pas un sacripant... il a une si belle voix !...

— Ah ! ah ! murmura Picouic, c'est donc cela !... A la bonne heure !...

— Enfin, que faites-vous ici, mauvais drôles ? reprit la mégère qui pourtant s'apaisait.

— Je vais vous le dire, madame, fit Picouic en tirant son chapeau et en essayant de faire comme il avait vu faire à Pardaillan.

— Appelez-moi sœur Mariange, dit la vieille.

— Eh bien, ma sœur, ma digne sœur Mariange, bien nommée, car vous devez être un ange de vertu...

— La Vierge m'en est témoin !...

— Voici donc ce qui m'amène, ce qui nous amène... Je dois vous dire que je suis l'ami intime de M. Croasse que vous voyez ici, à tel point qu'on nous prend pour les deux frères...

— Oui-dà !... Eh bien ?...

— Eh bien, depuis qu'il est venu ici, mon ami ne dort plus, ne mange plus, il n'est plus que l'ombre de lui même, et s'il continue à maigrir ainsi, il n'en restera plus rien, pas même l'ombre.

Le fait est que Croasse était d'une exorbitante maigreur.

— Et tout cela, demoiselles et seigneurs... je veux dire : ma sœur, ma digne sœur Mariange, tout cela parce que mon ami, mon frère a oublié ici, en partant, un trésor...

— Un trésor ! fit Mariange dont les petits yeux pétillèrent.

Croasse ouvrait des yeux énormes.

— Oui, un trésor, le plus précieux, le plus riche, le plus impayable, demoiselles, bourgeois et seigneurs... je veux dire : ma sœur... ma digne sœur Mariange.

— Et quel est ce trésor, mon cher monsieur ? demanda Mariange tout à fait radoucie.

— Son cœur ! Oui, son cœur qu'il a laissé entre les mains de la belle Philomène ici présente !...

— Quelle infamie ! cria sœur Mariange.

— Ma sœur... ma sœur... supplia Philomène palpitante.

Sœur Mariange allait répliquer vertement, lorsque tout à coup elle s'élança vers la porte de l'enclos qui venait de s'ouvrir, livrant passage aux deux jeunes filles.

— Sainte Vierge ! cria-t-elle, les deux païennes vont fuir !

Et elle se mit à courir de toute la force de ses jambes courtes... Violetta et sa compagne, légères comme des biches, bondissaient déjà vers la brèche... Sœur Philomène était demeurée sur place, pétrifiée. Quant à Croasse, il ne comprenait rien à ce qui se passait en ce moment.

Picouic, avec le coup d'œil sûr et prompt de l'homme

...mé qui entrevoit un moyen de s'assurer le gîte et la pitance, étudia la situation.

— C'est ici le moment de faire coup double ! songea-t-il.

En un instant, sa décision fut prise : Il ouvrit l'immense compas de ses jambes, et se mit à arpenter le terrain, gagnant sur les deux fugitives pour leur couper la retraite. En quelques enjambées, il eut atteint la brèche avant qu'elles n'y fussent arrivées elles-mêmes.

Violetta et sa compagne s'arrêtèrent. Une expression de désespoir envahit leurs visages ; Violetta baissa la tête avec un soupir de détresse, et celle qui l'accompagnait se prit à pleurer.

— Chère Jeanne, dit la pauvre petite bohémienne, vous le voyez, toute tentative est inutile...

— Hélas ! fit celle qui s'appelait Jeanne, c'est moi qui vous ai entraînée... Je crains qu'il n'en résulte quelque malheur... pour vous, chère et douce amie, car pour moi, j'ai subi déjà tant de douleurs que j'en suis arrivée à n'en plus redouter aucune...

Les deux pauvres petites se jetèrent dans les bras l'une de l'autre.

— Holà ! coquines ! faisait à ce moment Picouic, où couriez-vous si vite ? On voulait donc fausser compagnie à ces bonnes et saintes religieuses pour courir la prétantaine ?... Çà ! réintégrez à l'instant votre logis !...

— Monsieur.. balbutia Violetta...

Et comme elle levait ses beaux yeux sur Picouic, elle le reconnut. Et elle frissonna de terreur. Non pas que Picouic ou Croasse lui eût jamais fait du mal quand elle faisait partie de la troupe vagabonde.. les deux hères n'étaient eux-mêmes que des victimes du terrible bohémien.. Mais du moment qu'elle voyait Picouic, elle pouvait supposer que Belgodère n'était pas loin...

— Ah ! murmura-t-elle avec accablement, je suis perdue... Belgodère rôde par ici...

A ce moment Picouic les rejoignait et les saisissait chacune par un bras. A voix basse, rapidement, il murmura :

— Ne craignez rien, n'ayez pas peur, mais surtout feignez de me considérer comme un ennemi... et pourtant, par le ciel qui nous éclaire, je suis votre ami et je vous sauverai.. car je suis un serviteur fidèle de M. de Pardaillan et de monseigneur le duc d'Angoulême..

Violetta demeura saisie, extasiée... A ce nom que venait de prononcer l'hercule, elle poussa un cri de joie et ses beaux yeux étincelèrent.

— Silence ! fit Picouic. Çà ! reprit-il à haute voix, suivez-moi, que je vous remette ès mains de cette digne, de cette sainte, de cette excellente religieuse !...

Maritange arrivait à ce moment toute essoufflée.

— Ouais ! grommelait elle, sans ce digne cavalier, les deux païennes se sauvaient, et je ne sais trop ce qui serait advenu de moi...

Le digne cavalier c'était Picouic. Continuant à tenir Jeanne et Violetta chacune par un bras, il les conduisit jusqu'à la porte de l'enclos, les fit entrer, et referma la porte. Les deux jeunes filles rentrèrent aussitôt dans le bâtiment qui leur servait de prison.

Mariange, alors, leva la tête pour apercevoir le visage de Picouic, et ce nez pointu, ces yeux en trous de vrille, cette expression de ruse qui dominait sur ce visage lui plurent sans doute, car étant elle-même une paysanne madrée, matoise et astucieuse, elle tenait la ruse pour une qualité de premier ordre.

— Comment vous appelez vous ? demanda-t-elle.

— Picouic, pour vous servir, ma sœur, ma chère sœur, Picouic, nom harmonieux de l'homme le plus catholique de tout Paris, à telles enseignes qu'il sait chanter au lutrin, connaît la musique sacrée, et en voici la preuve !

Sur ce mot, Picouic, d'une voix de fausset qui n'avait rien de désagréable aux oreilles de Mariange, entonna :

— *Tantum ergo sacramentum...*

Sœur Mariange joignit les mains avec une béate admiration, et finit par se mettre à genoux, se croyant au *salut*. A ce moment, la voix de basse-taille profonde de Croasse se joignait à celle de Picouic. Ce fut un tonnerre, cela faisait un ensemble comme jamais les voûtes de Saint-Magloire n'en avaient entendu.

— Quelle voix ! Quelle voix ! répétait sœur Philomène également agenouillée.

— *Genitori genitoque...* reprenaient les deux anciens chantres.

Il y avait bien longtemps que sœur Mariange, religieuse revêche, acariâtre et pointue, mais religieuse dans l'âme, n'avait eu un tel régal. Quand les deux versets liturgiques furent achevés, les deux nonnes se relevèrent. Sœur Mariange considérait du coin de l'œil sœur Philomène qui, palpitante, ne pouvait détacher son regard de Croasse, lequel relevait en crocs ses moustaches et se dandinait sur ses maigres jambes.

— A coup sûr, songeait sœur Mariange, si je fais accueil à ces deux hommes, la pauvre sœur Philomène va être induite en tentation de péché mortel... Mais grâce à ce grand bon homme, les deux païennes n'ont pu se sauver... Ecoutez, maître Picouic, puisque tel est votre nom, bien que je ne le trouve pas aussi harmonieux que vous le dites...

Picouic prit un air excessivement humilié et murmura :

— J'en changerai, si cela peut vous plaire, ma digne sœur.

— Non, non, c'est inutile. Mais écoutez. Je vois que je

m'étais trompée sur votre compte. Vous êt... un homme de cœur, un homme considérable... un brave homme! d...ntant que vous avez de la religion et que vous chantez à rav...

— Ma sœur.. vous me rendez confus... vous m'accablez...

— Non, je fais réparation. Enfin, en arrêtant ces deux malheureuses hérétiques au moment où elles s'enfuyaient, vous avez rendu à la révérende supérieure Mme de Beauvilliers un service qu'elle ne saurait oublier... Je vais de ce pas lui en parler, et vous serez récompensés.

— Et quelle sera notre récompense, ma sœur?... si toutefois cette question ne vous semble pas indiscrète...

— Je ferai en sorte que vous soyez choisis comme chantres de notre chapelle, bien qu'on n'y dise plus guère la messe qu'aux jours de fêtes et dimanches...

— Ma sœur, dit Picouic, excusez encore cette question : quel est le payement que vous accordez à vos chantres en ce couvent ?

— Nous ne les payons pas, dit Mariang... avec dignité ; les ressources du couvent sont trop réduites pour le moment mais le couvent ne saurait manquer de devenir très riche dans peu de temps... dès qu'un grand événement qui se prépare sera accompli... Alors, vous serez payé double pour le temps où vous aurez chanté au lutrin... et en attendant, vous aurez mérité la faveur du ciel et la mienne.

— Tenez, ma sœur, dit Picouic, j'aime autant vous le dire tout de suite : je suis d'une modestie dont vous n'avez pas idée, je souffre d'avance à l'idée de recevoir les éloges de la sainte et révérende mère abbesse... je vous en prie, ne lui parlez pas de nous.

— Vraiment ? fit Mariange, qui d'ailleurs, chargée de veiller sur Violetta, ne tenait nullement à raconter à l'abbesse la tentative de fuite due à sa négligence.

— C'est tel que je vous le dis. Ni mon ami M. Croasse, ni moi-même, nous ne voudrions accepter les hautes fonctions de chantres, dont nous ne sommes pas dignes. Nous nous contenterons de ce que vous venez de nous promettre, c'est-à-dire la faveur du ciel, et la vôtre...

— Ah ! s'écria Croasse, nous ne vous quittons plus ! Je me suis toujours senti un faible pour la vie de couvent.

— Comment, vous ne nous quittez plus ! s'écria sœur Mariange interloquée.

— Mon Dieu oui nous nous installons ici... Ne craignez rien, ma sœur ! vous serez amplement dédommagée de l'hospitalité que vous allez nous donner. D'abord, nous chanterons pour vous ; ensuite, nous surveillerons étroitement les deux païennes, et enfin, nous aurons pour vous les bonnes manières auxquelles vous avez droit...

Croasse jeta sur Philomène un regard incendiaire. Mais Philomène était tout acquise à la proposition de Picouic.

la vieille voix. Elle en palpitait, la pauvre vieille fille ! Quant
à sœur Mariange, eu quelques rapides réflexions, elle entrevit tout le parti qu'elle pouvait tirer de deux serviteurs fidèles qu'elle aurait toujours sous la main, qui feraient sa besogne, et surtout qui deviendraient deux geôliers pour les drô-
lesses hérétiques dont elle avait la garde.

— C'est dit ! fit-elle tout à coup.

— Quoi ! s'écria Picouic, vous consentez à nous donner
l'hospitalité ?

— Certes... et de grand cœur...

— Et à... nous... nourrir ?

— Sans aucun doute !...

Picouic eut un coup d'œil d'admiration pour Croasse qui
avait eu l'idée de cette aubaine inespérée, invraisemblable,
ou du moins qui lui paraissait telle. Philomène et Croasse
nageaient dans la joie, Croasse à l'idée de manger tous les
jours, Philomène à la pensée amoureuse qui faisait battre
son cœur.

— Venez, dit sœur Mariange aux deux hercules ravis.

Toute la bande se dirigea alors vers le pavillon voisin de
la brèche, et y entra.

— Voilà, reprit Mariange, vous habiterez là ; ce soir, à la
nuit, avec sœur Philomène, nous vous apporterons votre lit,
c'est-à-dire une demi-douzaine de bottes de bonne paille fraîche, que nous prendrons dans les écuries de l'abbesse... Voilà,
vous ne vous montrerez pas lorsque quelques-unes de nos
sœurs seront dans le jardin ; de plus, vous surveillerez l'enclos et la brèche..

— Pardon, ma sœur, dit Picouic, vous venez de nous promettre un excellent lit de paille. Mais quelle sera notre nourriture ? C'est là un point capital, voyez-vous...

— Vous mangerez ce que notre industrie nous procure tous
les jours, à sœur Philomène et à moi, car s'il fallait compter
sur les vivres du couvent, Dieu merci, il y a longtemps que
nous serions morte ... Dans un recoin caché nous élevons
des poules... nous avons donc des œufs en quantité...

— Excellent ! dit Croasse, j'ai un faible pour l'omelette...

— Et le dimanche, ajouta Mariange, nous tordons le cou à
un poulet.

— Admirable ! fit Picouic.

— Enfin, nous avons les légumes que nous cultivons, et
dont nous faisons une soupe presque tous les jours. Quand
nous pouvons y joindre un quartier de bœuf ou de lard, nous
n'y manquons pas.

Croasse pleurait de félicité.

— Et le vin ! s'écria tout à coup Picouic, qui avait maintenant des appétits exagérés.

— Nous avons de l'eau, fit modestement sœur Philomène.

— Il n'y a de vin que dans la cave de la révérende abbesse, ajouta Mariange.

Les deux hercules firent la grimace. Mais sœur Philomène, les yeux baissés, ajouta du même ton de modestie :

— Vous savez, ma sœur, que je sais le moyen d'entrer dans la cave de l'abbesse... Je crois donc que nous pouvons espérer au moins une bouteille ou deux par jour... pas pour nous... la règle le défend... mais pour ces dignes et honnêtes cavaliers...

— Une dernière question, ma sœur ?... fit Picoulo en extase, à quelle heure dinez-vous ?

— Midi est l'heure que nous consacrons au repas et au repos.

— Il doit être bien près de midi, affirma aussitôt Picoulo.

— Huit heures viennent de sonner...

— Tiens !... J'aurais cru...

— Peut-être ces braves cavaliers ont-ils faim ? insinua Philomène.

— C'est-à-dire que nous avons fait un magnifique repas, sous un chêne de la porte Montmartre, mais comme nous nous sommes levés de très bonne heure... et que la course nous a aiguisé l'appétit...

— Ma sœur, dit Philomène, je vais quérir quelques œufs que j'accommoderai et que j'apporterai avec ce restant de venaison dont nous fit hier cadeau ce révérend frère quêteur qui passa par ici...

Et sans attendre cette fois l'assentiment de sa compagne, Philomène s'éloigna rapidement. Un quart d'heure plus tard, elle revenait avec les provisions annoncées, plus un pain de froment.

— Quant au vin, dit-elle en rougissant, il faut attendre la nuit pour s'en procurer.

Les deux nonnes s'éloignèrent alors pour vaquer à la grande occupation qui leur était dévolue, c'est-à-dire pour aller espionner et surveiller les deux jeunes filles enfermées dans l'enclos. Picoulo et Croasse, tout aussitôt, se mirent à table, c'est-à-dire qu'ils s'assirent à califourchon sur les deux bouts d'un vieux tronc et placèrent entre eux les provisions qu'ils devaient à la munificence de sœur Philomène.

— Qu'est-ce que je te disais ! fit Croasse en dévorant avec frénésie.

— Croasse, je te proclame le plus adroit compagnon. Je n'aurais jamais cru cela de ta part...

— C'est comme cela que je suis... je suis intelligent et brave ; seulement je ne le savais pas autrefois... Mais maintenant que je le sais, tu vois !...

— Si nous sommes habiles, notre fortune est faite quand nous nous en irons d'ici ! fit Picoulo, qui tout en dévorant réfléchissait.

— Comment cela?... Le fait est que je ne serais pas fâché
de faire un peu fortune à mon tour...

— Écoute. la petite Violetta est ici, détenue prisonnière.

— Oui... bien que je l'aie délivrée une première fois.

— Toi ! s'écria Picouic stupéfait.

— Sans doute ! fit Croasse avec une noble simplicité ; ne
te l'ai-je pas raconté?... ainsi que la bataille que je dus
soutenir...

— C'est vrai, c'est vrai... Donc Violetta, bien que délivrée
par toi, est ici prisonnière. Si M. le chevalier de Pardaillan
et M. le duc d'Angoulême sortent de la Bastille, comme ils en
sont bien capables, notre fortune est faite, car c'est nous qui
leur aurons rendu la petite bohémienne...

— Oui, dit Croasse, mais sortiront-ils jamais de la Bastille ?...

— En ce cas, dit Picouic, j'aviserai d'autre manière ; il
faut que je voie la petite Violetta et que je l'interroge... J'ai
toujours pensé que cette petite était de haute famille. Qui
sait si cette famille ne la cherche pas?... Je te dis que Violetta, c'est notre fortune, Croasse !... il faut ici faire un
coup de génie et nous emparer de cette petite...

— Veux-tu que j'aille la chercher et que je l'amène ? fit
superbement Croasse...

Picouic haussa les épaules.

— Non, dit-il. Ne te mêle de rien. Laisse-moi faire. Tu
m'aideras seulement quand il en sera temps... d'ici là, puisque nous sommes en pays de cocagne, contente-toi d'engraisser un peu, tu en as besoin.

— Au fait, dit Croasse, il fait bon vivre ici... et la venaison de sœur Philomène vaut bien les glands de la porte
Montmartre et les cailloux de Belgodère.

VII

Marie de Montpensier

Jacques Clément, rentré à Paris, se dirigea tout droit vers
son couvent, situé dans le haut de la rue Saint-Jacques. L'idée
ne lui fût pas venue de s'attarder hors du monastère quand
rien ne l'y obligeait. Et il avait hâte d'être seul dans sa cellule pour examiner avec lui-même la situation qui lui était
faite. Mais il lui fallait d'abord rendre compte au prieur
Bourgoing du résultat de son voyage. Il n'avait d'ailleurs aucune appréhension de cette entrevue. Le prieur des Jacobins
s'était toujours montré pour lui d'une extrême affabilité si

lui avait accordé une liberté dont les autres moines étaient bien loin de jouir.

Il était sept heures du soir lorsqu'il arriva devant la porte du couvent, ayant accompli dans sa journée les vingt lieues qui séparent Chartres de Paris. Son cheval — le cheval qu'il tenait de la générosité de ceux qui devaient l'occire!... — était blanc d'écume

— Ayez donc soin de cette noble bête, dit-il au frère portier, faites la conduire dans les écuries de notre abbé qui sera fort aise de cette acquisition : c'est un présent des Philistins ! ..

Le frère portier obéit sans répliquer, car Jacques Clément jouissait dans le couvent d'une considération et d'une autorité dues à la bienveillance particulière dont l'honorait le prieur. Il appela donc deux frères lais qui remplissaient l'office de valets d'écurie et leur remit le cheval emprunté au roi.. Jacques Clément, s'étant assuré que sa monture était placée dans une bonne litière et qu'elle avait bonne provision d'avoine, se dirigea vers l'appartement de l'abbé, — appartement fastueux, très mondain, nullement ascétique.

Le prieur Bourgoing était à table. Il lisait et relisait une lettre qui venait de lui être remise il y avait un quart d'heure à peine, et fronçait les sourcils, donnant des signes d'une vive agitation, ce qui ne l'empêchait pas de faire honneur à l'excellent repas que le frère sommelier et deux autres lui servaient avec un respectueux empressement

Bourgoing n'aimait pas beaucoup qu'on le dérangeât dans une aussi importante occupation que le dîner. Mais lorsqu'il sut que le frère Clément était dans son antichambre, il replia vivement la lettre qu'il lisait, donna l'ordre d'introduire le jeune moine et, d'un signe, renvoya ses serviteurs.

— Quoi, mon frère ! s'écria Bourgoing en apercevant Jacques Clément. Dans ce costume si peu conforme aux règles de notre ordre ! Que signifie ?...

Jacques Clément, on s'en souvient, s'était débarrassé de son froc dans l'auberge du *Chant du Coq*. Mais vingt fois, déjà, le prieur l'avait vu dans ce costume de cavalier sans en témoigner ni de la surprise, ni surtout l'indignation qu'il manifestait à ce moment. Le moine demeura donc stupéfait de la question.

— Ce n'est pas tout, reprenait déjà le prieur. Voilà cinq jours que vous êtes absent du monastère et que je vous fais chercher partout dans Paris !... C'est là une étrange manière de remplir vos devoirs !... Vous n'êtes pas frère quêteur, ni prédicateur vous n'avez reçu aucune mission qui puisse expliquer une si longue absence...

— Pardon, *reverendissisme* seigneur, dit froidement Jacques Clément, ou vos esprits sont frappés d'un trouble que je ne conçois pas, ou vous devez vous souvenir...

— Je ne me souviens de rien ! interrompit violemment le prieur.

— Quoi ! vénérable père... vous ne m'avez pas vous-même donné votre bénédiction à mon départ !. .

— Le malheureux délire ! s'écria Bourgoing en levant les bras au ciel.

— Vous n'y avez pas joint votre absolution pour tout acte que je pourrais commettre en mon absence !...

— Fou !... L'infortuné est fou ! .. Par Notre-Dame, quel acte eussiez-vous donc pu commettre dont, par avance, je vous eusse absous ?...

— Je vous l'ai confié, mon père !... Rappelez-vous ce que vous m'avez dit !... Rappelez-vous que vous m'avez cité l'exemple de Judith et de Jéhu !...

— C'est à vous, mon frère, qu'il faut recommander de rappeler vos esprits !

— Que ne suis-je devenu fou, en effet ! dit amèrement Jacques Clément. Mon digne père, votre attitude à mon egard me plonge dans un abîme de stupéfaction... Quoi !... ne m'avez-vous pas encouragé vous-même, m'affirmant que l'Ecriture autorise certains actes irréguliers, quand il s'agit du service du seigneur Dieu !...

— Mais au nom du ciel ! cria le prieur en agitant son couteau, de quels actes irréguliers voulez-vous parler ?

— D'un seul, mon révérend père, d'un seul ! fit Jacques Clément d'une voix sombre...

— D'aucun ! d'aucun ! interrompit le prieur en essayant de couvrir la voix du moine et en lui jetant en dessous un regard anxieux. Vous puisiez dans votre imagination malade des pensées qui sont sans aucun doute la suggestion du malin esprit...

Bourgoing fit un grand signe de croix par dessus la serviette immaculée qui était étalée sur sa poitrine.

— C'en est trop ! dit Jacques Clément. Je suis parti avec votre approbation, avec votre bénédiction, avec votre absolution ! je suis parti, dis-je, avec la grande procession de frère Auge, pour rejoindre à Chartres le roi de France, et le tuer avec le poignard que voici !...

Le père Bourgoing, d'un geste brusque, repoussa la table, arracha sa serviette, et se rapprochant du moine :

— Que dites-vous là ? dit-il d'une voix basse et tremblante. Tuer le roi !... Quel crime épouvantable osez-vous concevoir !...

— Par le Dieu vivant, mon père, je jure que...

— Ne jurez rien !... Estimez-vous heureux que je ne vous remette pas au bras séculier ! Allez, mon frère, allez. Mettez vous réciter les psaumes de la pénitence... je me... veillez... priez... et moi, cependant, je réfléchirai au meilleur moyen de faire sortir de votre âme le démon qui l'habite en ce moment !...

Jacques Clément baissa la tête: il comprenait!... Oui, il comprenait que le coup étant manqué, Henri III n'ayant pas été tué, le digne prieur voulait garder le silence sur cette tentative... Il comprenait cela... mais il se trompait !... Il supposa que le prieur le renvoyait dans sa cellule pour y faire pénitence, mais dans l'antichambre, il trouva une douzaine de moines, solides gaillards qui l'entourèrent.

— Mon frère, dit l'un d'eux, il faut nous suivre au cachot de pénitence !..

Alors seulement Jacques Clément comprit que non seulement on voulait lui imposer silence, mais encore qu'on le punissait d'avoir manqué le coup !.. Il voulut pousser un cri, se débattre... car le cachot de pénitence était une horrible chose.. une oubliette dont rarement on sortait vivant... mais au même instant, il fut bâillonné, lié, entraîné... et quelques minutes plus tard, il était jeté dans le cachot.

Cependant le prieur Bourgoing s'était remis tranquillement à table et disait aux moines servants :

— Je ne sais ce que peut avoir notre malheureux frère Clément, ni quel péché mortel il a pu commettre, mais il est possédé... il profère d'horribles et extravagants blasphèmes. Aussi, comme les paroles que lui inspire le démon pourraient porter le trouble dans la communauté, si elles étaient entendues, je fais défense expresse qu'aucun de nos frères ne descende jusqu'au cachot pour essayer de surprendre ces paroles. J'irai moi-même visiter cet infortuné, et si je parviens à l'exorciser, je le ferai sortir... mais j'en doute!...

Le cachot de pénitence se trouvait au dessous des caves du couvent. On y descendait par un escalier de quarante marches en spirale, après avoir descendu l'escalier qui aboutissait aux caves.

Ce cachot était assez spacieux. Ses voûtes surbaissées et sculptées, les colonnettes qui s'élançaient des angles, les pierres qui malgré la moisissure conservaient la trace des dentelures dont on les avait ornées à l'origine, tout prouvait que cette sombre demeure avait dû avoir jadis une autre destination que celle qu'on lui affectait à cette époque. Et en effet, le sol se composait d'un certain nombre de dalles rectangulaires de grande dimension. A la tête de chacune de ces dalles était fixé un gros anneau de fer rouillé par l'humidité. Et sous chacune de ces dalles, il y avait un cercueil.

Le cachot du monastère des jacobins était un ancien tombeau !... Et c'est ce tombeau qui, maintenant, servait de cachot aux moines qui avaient commis quelque crime secret qu'il fallait punir sans le révéler aux juges laïques.

Il n'y avait là ni banc, ni escabeau, ni meuble quelconque, ni même de paille pour se coucher. Il n'y avait en tout qu'une vieille cruche que Jacques Clément trouva pleine d'eau, ce qui lui fit supposer que le prieur avait dû donner des ordres

avant son arrivée. Cette supposition se confirma dans son esprit, lorsque près de la cruche, en tâtonnant il trouva un
pain

Ainsi, sa mise au cachot était décidée avant qu'il n'eut vu
le prieur !... La situation était terrible !... Jacques Clément
l'envisagea froidement.

Il avait été délié et débâillonné au moment où il avait été
poussé dans le cachot de pénitence Il était donc libre de ses
mouvements. Mais l'obscurité était opaque. Jacques Clément
demeura donc immobile, s'accroupit dans cet angle où du
pied il avait heurté la cruche et le pain, et la tête sur les
genoux, se mit à méditer.

Il y avait trois êtres en Jacques Clément : le visionnaire,
l'amoureux, le vengeur. C'était la triple manifestation d'un
cœur passionné. C'était trois états procédant d'une même
ardente activité d'esprit et d'âme trois branches du même
tronc.

Il croyait en Dieu et en ses anges avec une sincérité qu'on
retrouve chez tous les visionnaires. Oui, c'était un illuminé,
c'est-à-dire qu'il y avait en lui exaspération de foi, et par
conséquent une part à la folie. Mais il raisonnait admirablement
sa folie, ce qui est le propre de bien des fous Il n'eût pas pu
ne pas croire à l'existence des anges qui venaient le visiter;
mais il leur demandait la logique, la suite de ses idées; en
somme, il les perfectionnait à son usage particulier.

Jacques Clément aimait Marie de Montpensier, mais il l'aimait d'un amour lointain et mystique ; si elle était femme
à ses yeux, elle était certainement une femme supérieure
aux autres, à qui il devait obéissance absolue puisqu'elle
était semblable à l'ange... à l'envoyé de Dieu.

En ce qui concerne sa mère, là encore nous retrouvons ce
caractère de passion profonde, et emportée, et concentrée. Sa
mère avait souffert par Catherine de Médicis : donc il frappe-
rait Catherine de Médicis...

La vision, l'amour et la vengeance étaient donc parfaitement d'accord dans son esprit, son cœur et son âme.

Henri III, tyran de la religion catholique parce qu'il ne consentait pas à recommencer la Saint-Barthélemy, Henri III
haï par lui parce qu'il était détesté par Marie de Montpensier
Henri III, fils de Catherine de Médicis, ne devait mourir que
de sa main.

L'ange le lui ordonnait... et c'était Dieu.

Marie le lui criait... et c'était l'amour.

Sa mère le lui murmurait du fond de sa tombe... et c'était
la vengeance.

Il était logique qu'il tuât le roi. Il eût été contraire au bon
sens qu'il l'épargnât.

Le premier résultat de cette logique et de ce bon sens fut
que Jacques Clément, au fond du cachot de pénitence, n'eut

pas un instant de doute ou de terreur. Après les premiers
mouvements irraisonnés et nerveux de la répulsion qu'il éprouvait à se trouver dans cette tombe, il se dit qu'il n'avait rien
à redouter *puisque le roi était encore vivant...* Puisqu'il
était, lui, *désigné* pour tuer Henri III, rien ne pouvait l'atteindre tant que l'acte ne serait pas accompli.

Jacques Clément était donc parfaitement sûr d'être délivré
soit par l'ange, soit par Marie de Montpensier, soit même par
l'esprit de sa mère. Il n'éprouva qu'un peu de mépris pour
les effrontés mensonges de son prieur, en qui jusque-là il avait
eu la confiance pieuse d'un moine pour son abbé, et il attendit tranquillement la venue de l'être quelconque qui devait
le délivrer, ange, femme ou esprit.

Quelques heures s'écoulèrent, au bout desquelles il se sentit
faim et soif. Il mangea donc une moitié de pain qu'on lui avait
laissé, et but à la cruche. Puis fidèle à la règle, obéissant aux
ordres qu'il avait reçu du prieur, bien que ce prieur lui parût
maintenant indigne, il se mit à réciter les psaumes de la pénitence. Il se jugeait en effet en état de péché mortel. Ce péché, c'était son amour pour Marie de Montpensier...

Il finit par s'endormir d'un sommeil sinon paisible, du moins
exempt de crainte. Lorsqu'il se réveilla, il eut encore faim
et soif ; il mangea le reste du pain et but une partie de l'eau
qui restait dans la cruche. Il pensait que le moment n'était
pas éloigné où l'un des moines du couvent viendrait renouve-
ler sa provision.

Cependant les heures s'écoulèrent sans qu'il entendît le
moindre bruit. Il commença par se dire qu'il s'était sans
doute trop hâté, qu'il avait dû dormir peu de temps ; enfermé
le soir, il jugea qu'il devait sans doute se trouver au lendemain matin. En réalité, la nuit, la journée et une nuit encore
s'étaient écoulées.

Un moment vint où il n'y eut plus une goutte d'eau dans
la cruche... Il avait faim et soif. Mais ce n'était pas encore
la souffrance véritable qui tord les entrailles.

— D'où vient que j'ai un tel appétit, moi si sobre d'habitude ?... Sans doute cette longue course à cheval, pendant laquelle je n'ai rien pris... et puis, peut-être est-ce la fièvre qui
me donne soif ?

Depuis des heures, déjà, il marchait autour du cachot. Les
ténèbres étaient toujours aussi complètes, aussi absolues. Mais
par le toucher, par le frôlement de son épaule contre les murailles, par la régularité des pas toujours posés de même, il
avait pris connaissance de son cachot, et il y marchait avec
une certaine assurance. Cette marche monotone finit par le
briser de fatigue, et une fois encore, il s'endormit. Cette fois
son sommeil fut peuplé de rêves...

— Oh ! que j'ai soif ! râla Jacques Clément en se réveillant.
Seigneur ! que j'ai soif !...

Il se leva, et pour tromper la soif, il voulut se remettre à marcher. Et alors, il s'aperçut que ses jambes tremblaient... et qu'elles lui refusaient tout service... Et alors il comprit l'horrible vérité : il était en train de mourir de faim et de soif !...

Il voulut crier, et ses lèvres tuméfiées ne laissèrent sortir aucun son... Il se traîna vers l'endroit où il savait que se trouvait la porte, et essaya de frapper ; mais ses poings affaiblis heurtèrent à peine le chêne... Il retomba épuisé... Alors, la souffrance se déclara avec une sorte d'impétuosité... Il sentit sa gorge s'enfler jusqu'à ne plus laisser passer l'air ; il entendait un souffle rauque, un souffle étrange de bête qui meurt ou un râle d'enfant qui pleure... et il comprit que c'était son souffle, à lui... Puis au bout d'un temps qu'il ne put apprécier, les souffrances s'apaisèrent, et il n'éprouva plus qu'une infinie faiblesse.

Il essaya alors de mesurer le temps qui s'était écoulé, et finit par trouver qu'il devait être là depuis plus d'un mois, et que c'était miracle qu'il ne fut pas mort. En réalité, il en était à son troisième jour à compter du moment où il avait bu sa dernière goutte d'eau et à son cinquième jour à compter du moment où il avait été enfermé.

Combien d'heures demeura-t-il ainsi, pantelant et râlant, étendu en travers des dalles ?... Il n'eût su le dire... Il lui sembla enfin qu'il s'endormait, et perdit la notion des choses. Dans cette sorte de sommeil, ou plutôt d'évanouissement, son rêve prit une forme... C'était Marie de Montpensier qui lui apparaissait.

Il se trouvait dans un appartement où régnait une exquise fraîcheur. Comme dans tous les rêves, les détails de la pièce où il se trouvait lui échappaient, mais il distinguait confusément qu'il était étendu dans un lit d'une rare magnificence, avec ses quatre colonnes d'ébène précieusement sculptées et sa quadruple retombée de rideaux de brocart. Dans cette chambre Marie de Montpensier allait et venait, légère, gracieuse comme une apparition qu'elle était.

Du fond de son rêve, Jacques Clément la suivait des yeux, extasié, tremblant de se réveiller bientôt, ainsi qu'il arrive souvent dans ces songes où l'esprit se dédouble.

Ainsi Jacques Clément, qui dans son rêve voyait Marie de Montpensier et, l'âme ravie, suivait tous ses mouvements, songeait amèrement :

— Tout à l'heure, elle va disparaître... puisque je rêve...

Cependant, il lui parut que les tortures de la faim et de la soif s'étaient apaisées en lui. Il avait la sensation qu'on avait dû lui faire absorber quelque nourriture, l'arrière-goût d'une boisson délicieuse qui avait dû le désaltérer depuis peu de temps.

— Tout à l'heure, songea-t-il, je vais recommencer à souffrir... puisque tout ceci n'est qu'un rêve.

Et il recommença à regarder Marie de Montpensier... Il fit un effort pour joindre les mains, ce qui était chez lui le geste naturel non seulement de l'amour, mais de la prière. Et alors, dans ce mouvement qu'il fit, il s'aperçut que ses mains froissaient réellement une étoffe très fine et très fraîche ; dans le même instant, il s'aperçut que ses yeux étaient réellement ouverts et que cette étoffe c'étaient les draps du lit, et que ces colonnes d'ébène étaient réelles, et réel le lit. , réelle la chambre somptueuse... réelle Marie de Montpensier...

Il ne rêvait pas !... Et il n'était plus sur les dalles du vieux tombeau !...

Comment se trouvait-il dans cette chambre?... Comment au lieu de l'atmosphère épaisse et humide du cachot de pénitence, respirait-il un air léger tout plein de parfums suaves? .. Quand, comment et par qui avait-il été transporté?...

Son esprit affaibli par les souffrances énumérait vaguement ces questions, auxquelles il ne trouvait qu'une solution raisonnable et logique : Un miracle s'était accompli...

A ce moment, et comme il venait de joindre les mains, elle se rapprocha de lui en souriant. Jacques Clément haletait. Pour ce sourire, il fût mort en affrontant les peines éternelles. Elle tenait à la main un gobelet d'or, tandis que de l'autre elle soulevait légèrement la tête pâle, ascétique et pourtant belle encore du jeune moine.

— Buvez encore un peu, dit-elle d'une voix de tendresse et de pitié, en présentant à ses lèvres les bords du gobelet.

A mesure qu'il buvait, Jacques Clément sentait une fraîcheur suave l'envahir et chasser la fièvre de sa poitrine, en même temps qu'il se ranimait et que la faiblesse se dissipait.

Lorsque sa tête retomba sur les doubles oreillers, il voulut balbutier un mot... Mais elle plaça sa main sur sa bouche comme pour lui recommander le silence. Et sur cette main, il déposa un baiser qui le fit frissonner et frémir jusqu'au fond de l'être...

— Dormez maintenant, reprit-elle doucement. Dormez... il le faut...

Il obéit... il ferma les yeux, et presque aussitôt tomba dans un profond sommeil. La conscience de toutes choses fut abolie en lui jusqu'à ne pas même lui laisser la faculté de rêver. Seulement, à diverses reprises, il lui sembla qu'on lui versait une boisson réconfortante.

Quand il se réveilla, il se revit à la même place. Il faisait jour — le même jour qu'au moment où il s'était endormi En effet, il avait dormi tout le jour et toute la nuit. Il se sentit fort, l'esprit dégagé, les membres souples. Sur un fauteuil, près de lui, il aperçut les vêtements de cavalier qu'il avait lorsqu'il avait fait la route de Chartres à Paris. Il s'habilla promptement et alors chercha des yeux son poignard ; mais le poignard avait disparu.

Il n'eut pas le temps de s'inquiéter de cette disparition, car à ce moment ses yeux tombèrent sur une table toute servie où deux couverts étaient dressés, et presque aussitôt une porte s'ouvrit. Marie de Montpensier parut.

Jacques Clément frissonna. Avec cette démarche sautillante qui lui servait à dissimuler sa boiterie et qui était un charme de plus chez elle, la sœur du duc de Guise s'approcha et lui dit en souriant :

— Eh bien, messire, comment vous trouvez-vous ?

— Madame, balbutia le moine, suis-je au ciel ? L'éternel bonheur a-t-il commencé pour moi ?... Je dois bien le penser, puisque c'est un ange de Dieu que je vois ici...

Marie eut un joli éclat de rire.

— Hélas, non ! fit elle. Ce n'est pas ici le paradis !... C'est tout bonnement l'hôtel de Montpensier .. et l'ange que vous voyez messire, bien loin d'être un ange, n'est qu'une pauvre pécheresse qui a bien besoin d'indulgences... Mais asseyez-vous là... et moi ici... je vous veux traiter... ne vous refusez pas, ce m'est un grand plaisir et une sainte joie que de dîner en tête à tête avec le plus pieux de nos religieux...

Elle accentua ces mots d'un clignement si malicieux et d'une coulée de regard si fascinante que Jacques Clément, éperdu, se laissa tomber plutôt qu'il ne s'assit sur le siège qu'elle lui désignait.

La table était admirablement servie en mets et friandises de haut goût, en vins généreux dont les sombres rubis étincelaient dans des carafes de cristal. Nul n'était là pour servir les deux convives : c'était la duchesse elle-même qui avec une dextérité savante et gracieuse découpait pâtés, venaison de chevreuil et pigeonneaux, remplissait les verres de ses blanches mains chargées de diamants.

C'était comme un rêve qu'eût fait le jeune homme. Il mangeait et buvait sans s'en apercevoir, et peu à peu l'ivresse montait à son cerveau. Mais cette ivresse provenait surtout du spectacle merveilleusement impur qu'il avait sous les yeux

En effet, Marie de Montpensier portait un costume que lui eût envié quelque opulente ribaude. C'est à peine si les gazes légères qui flottaient autour d'elle dissimulaient ses formes délicates. Ses bras un peu graciles, mais admirablement modelés et d'un rose léger, ses bras étaient nus. Son corsage, largement et profondément échancré, laissait voir ses seins de neige et son cou flexible qu'ornait un collier de perles d'une inestimable valeur.

Il eût été impossible a Jacques Clément de détacher son regard de cette femme qu'il adorait d'un amour mystique, d'un amour religieux, et qui s'ingéniait à éveiller en lui l'amour le plus temporel. Une flamme ardente, peu à peu, brillait dans les yeux de la tentatrice, et Jacques Clément se sentait devenir tantôt pourpre et tantôt très pâle. Alors il buvait il vidait d'un trait le verre que la noble et jolie ribaude lui remplissait sans cesse.

Ces vins, ces mets savamment épicés, ces parfums, la vue de cette adorable femme, tout contribuait à pousser le moine au vertige du péché mortel dont, jusqu'à ce jour, il avait pu sauver et sa chair et son âme...

Un rire pervers, une volonté malicieuse de faire enfin succomber cette chair étincelaient dans les yeux de Marie de Montpensier. Cependant, dès l'instant où ils s'étaient assis, ils s'étaient mis à causer de choses fort intéressantes sans doute, mais qui ne se rattachaient pas à leur principale pensée en ce moment, — pensée de séduction chez la duchesse, pensée de délire, d'énivrement et de défense chez le moine. Toute la scène était pour la séduction. Les paroles n'étaient là qu'un prétexte Et pourtant, ces paroles elles-mêmes avaient une certaine gravité pour Jacques Clément.

— Je suis bien heureuse, disait en effet Marie de Montpensier, que vous soyez revenu à la vie et à la santé. Vous voici maintenant hors d'affaire. Mais depuis neuf jours que vous êtes ici... que de fois j'ai tremblé !...

— Neuf jours !... Il y a neuf jours, madame, que je suis dans cet hôtel ?...

— Sans doute !... Ne vous en souvenez-vous plus ?... Au surplus, la fièvre a dû vous faire oublier...

— Je ne me souviens de rien, madame...

— Quoi ! vous ne vous souvenez même pas de l'instant où je vous ai trouvé à demi mort...

— Vous m'avez trouvé ? balbutia Jacques Clément.

— Dans la Cité, derrière Notre-Dame Il était environ dix heures du soir. Je regagnais mon hôtel en sortant d'une maison que vous connaissez... Soudain, un de mes porte-torches s'écria qu'il y avait un gentilhomme évanoui ou mort sur la chaussée. Je me penchai de ma litière... Je vous reconnus.. alors j'éprouvai je ne sais quelle vive douleur au cœur ..

Jacques Clément eut un soupir qui ressemblait à un cri d'espérance insensée.

— Je descendis, continua Marie en l'examinant malicieusement. Et comme je me penchais sur vous, vous revîntes au sentiment, et vous me dîtes que des truands vous avaient attaqué et laissé pour mort. .

— Je vous ai dit ?... je vous ai vue ?... je vous ai parlé ?

— La preuve, c'est que je vous fis placer dans ma litière et transporter ici...

Jacques Clément était stupéfait. Mais au fond, il admettait sans discussion l'événement, le miracle. L'ange l'avait enlevé du cachot de pénitence et déposé sur la route où Marie de Montpensier devait infailliblement passer.

— Et quel jour cela est-il arrivé ? demanda-t-il.

— Je vous l'ai dit, il y a neuf jours, c'est-à-dire le lendemain même de la procession à Notre-Dame de Chartres.

Jacques Clément passa lentement une de ses mains sur son front : le rêve le reprenait. Il ne vivait depuis quelque temps qu'au milieu des mirages et des illusions... Quand il tenait une réalité, soudain elle se dissipait, s'enfuyait et redevenait fantôme insaisissable.

D'abord son entrevue avec Bourgoing *le lendemain soir de la procession de Chartres* ; le prieur soutenant avec virulence qu'il ne l'avait pas autorisé à sortir du couvent ; puis le séjour au cachot de pénitence, qui d'après ses calculs avait duré six ou sept jours ; puis, ce réveil dans l'appartement de Marie de Montpensier...

Ou bien le cachot était un rêve, ou bien c'était l'heure présente qui ne pouvait être qu'une illusion !...

En effet, Marie de Montpensier affirmait qu'elle l'avait trouvé évanoui dans la Cité le *lendemain soir de la procession*, c'est-à-dire au moment où il entrait au cachot de pénitence où il avait séjourné au moins une semaine !... Où était la chimère ? Où était la réalité ?...

— Madame, s'écria-t-il hors de lui, frappé d'une sourde terreur, je sens mes pensées s'enfuir de mon cerveau, et la folie peu à peu m'envahir... Je vous supplie de rappeler exactement vos souvenirs... C'est bien le lendemain de la procession de Chartres que vous m'avez trouvé ?...

— Exactement, messire ; le lendemain de ce jour où Valois devait mourir !

Jacques Clément tressaillit. Ceci, du moins, n'était pas une illusion !... Le roi devait mourir !...

— Et vous m'avez trouvé dans la Cité ? reprit-il.

— Privé de sens, étendu de votre long, non loin de l'auberge du *Pressoir de fer*.

— Que Dieu me conserve le jugement !...

— *Amen !* fit Marie de Montpensier en riant. Mais vraiment, messire, songez-vous que j'ai dû adresser la même prière au Seigneur lorsque dans la cathédrale de Chartres, au lieu de Jacques Clément, c'est le chevalier de Pardaillan que j'ai vu près de Valois ?... Ne croyez pas que je vous en ai une rancœur... Sans quoi vous aurais-je fait transporter dans mon hôtel et soigné moi-même au risque de ma réputation ?...

— J'ai reconnaissance déborde de mon cœur, dit ardemment Jacques Clément ; mais il n'est pas besoin de cette gratitude pour vous assurer que la vie de Valois est seulement prolongée de quelques jours... Ce qui ne s'est pas fait à Chartres, madame, se fera ailleurs...

Marie de Montpensier pâlit. Son rire frais et sonore se

figea sur ses lèvres, et un éclair funeste jaillit de ses yeux. Elle quitta vivement sa place, repoussa la table et vint s'asseoir sur les genoux de Jacques Clément dont elle entoura le cou de ses deux bras. Ils étaient ainsi placés comme dans la nuit où le duc de Guise avait surpris sa femme dans les bras du comte de Loignes... comme dans la salle d'orgie du *Pressoir de fer*.

Jacques Clément, comme alors, sentait la double ivresse du vin et de l'amour monter à son front brûlant. Son cœur battit à grands coups sourds: il défaillait presque; la passion le faisait vibrer tout entier, et au fond de son âme, la terreur, la honte, le remords du péché mortel grondaient...

— Vraiment? murmura la séductrice, la jolie fée aux ciseaux d'or... vraiment? vous seriez prêt à frapper?... Ce n'est donc pas la peur qui vous a retenu à Chartres?...

— La peur! gronda Jacques Clément. Est-ce que je puis connaître la peur?... Plût au ciel que je puisse la connaître!... Non, non, madame, ce n'est pas la peur qui m'a empêché de frapper Valois, car la vie me pèse et j'aspire au supplice qui vengera la mort du tyran... Ce n'est pas la pitié non plus, car ni lui ni les siens n'ont eu pitié des miens... Ce n'est pas le remords non plus, car c'est Dieu lui-même qui m'ordonnait de frapper.

— Alors... pourquoi?... fit Marie d'une voix mourante et en resserrant son étreinte.

— Pourquoi?... Ah! madame, je dois penser que Dieu a voulu prolonger la vie du tyran dans un but que seule connaît sa suprême sagesse, car il a placé sur mon chemin le seul être qui pouvait saisir mon bras et me dire : Clément, je ne veux pas que tu frappes aujourd'hui!...

— Et cet être.. cet homme?...

— Cet homme, madame! S'il m'ordonnait de tourner contre moi-même l'arme qui doit frapper Valois, je mourrais à l'instant! Cet homme, c'est le seul qui puisse disposer de ma volonté et de ma vie... car lorsque ma mère misérable, méprisée, douloureuse, souffrait la plus effroyable agonie, cet homme est le seul qui ait eu pitié de ma mère!...

— Votre mère? dit la duchesse étonnée. N'est-elle donc pas vivante et heureuse, retirée à Soissons où vous êtes né?...

Jacques Clément sourit.

— La femme de Soissons n'est pas ma mère, dit-il. Peut-être m'a-t-elle élevé... encore n'est-ce pas bien sûr... Ma mère est morte, madame. Et comme je vous l'ai dit, elle a souffert affreusement, et si elle a eu quelques heures de répit dans sa misérable existence, elle les a dues à l'homme que Dieu a interposé entre Valois et moi...

— Pardaillan! s'écria Marie de Montpensier avec une soudaine inspiration.

— Je n'ai pas dit que ce fût lui! fit soudainement Jacques

Clément. Seulement, écoutez bien, madame : l'homme dont
je parle a étendu sa main sur le roi de France, et dès lors le
roi m'est sacré... Mais bientôt, dans quelques jours peut-être,
cette main se retirera, cette protection s'effacera... et alors, je
le jure sur Dieu qui me juge, sur ma mère à qui j'ai parlé
là-bas dans le cimetière des Innocents, sur votre tête à vous
qui êtes la source de mon bonheur, ce jour-là, le roi de France
mourra de ma main !...

— Je vous crois, fit Marie frissonnante, je vous crois...

Et comme si, dès lors, elle n'eût eu plus rien à dire, elle se
leva vivement, fit un geste gracieux et disparut, pareille à un
sylphe

Jacques Clément demeura seul, en proie à un trouble inexprimable. Jamais il n'avait éprouvé pareille angoisse de douleur et de passion. Il avait la tête perdue, et c'est en vain que
se mettant à genoux, il commença à réciter les prières recommandées comme souveraines pour chasser le démon de la
chair...

La journée se passa sans que la duchesse reparût Il avait
essayé de sortir, mais il avait trouvé les portes fermées. Il
n'en ressentit d'ailleurs ni crainte ni contrariété. Peu à peu
il reprit son sang-froid, n'ayant plus qu'une inquiétude : celle
de retrouver le poignard sacré qui lui avait été confié par
l'ange dans la chapelle des jacobins...

Vers le soir, il se sentit quelque appétit, ce qui était bien
naturel après le jeûne prolongé qu'il avait subi. La table était
encore là, offrant en vins et en mets des restes que Pardaillan
eût jugé fort estimables. Jacques Clément dîna donc tout
seul, puis n'ayant rien de mieux à faire, se mit au lit. La nuit
vint, assombrit la chambre et la remplit enfin de ses ténèbres.

Longtemps, l'esprit de Jacques Clément erra au seuil des
rêves. Il repassait les derniers événements qui l'avaient si
violemment frappé... la fuite de Chartres, son entrée au cachot de pénitence, les tortures de la faim et de la soif, puis ce
réveil dans la chambre même de celle qu'il aimait... le dîner
en tête à tête... Où était le songe ? Où était la réalité dans
tout cela ?

Peu à peu ces pensées diverses se fondirent, ces visions fusionnèrent; puis il n'eut plus conscience du monde vivant, et
il tomba dans un profond sommeil... Rêve peut-être ?... Chimère !.. Il lui sembla tout à coup qu'une étrange sensation
le réveillait... dans le lit, près de lui, se glissait une femme
qui l'enlaçait de ses bras... il sentait, il reconnaissait son
parfum préféré !... et soudain, il eut sur les lèvres l'impression violente et douce à en mourir d'un baiser d'amour...

Alors, il entr'ouvrit les yeux... Une pâle lumière voilée
comme celle d'une veilleuse était éparse dans la chambre et
indiquait mollement les contours des meubles... et à cette lu-

mière, il reconnut les yeux rieurs et malicieux de Marie de
Montpensier

Il voulut balbutier quelques mots : elle étouffa ses paroles
sous ses baisers... Une immense griserie monta au cerveau de
Jacques Clément ; un souffle ardent et encore inconnu de lui,
le souffle vivant et puissant qui palpite dans tous les êtres.
depuis la fleur jusqu'à l'homme, l'emporta sur ses ailes

Lorsqu'il redescendit sur terre, lorsque, éperdu, il parvint à
rassembler ses idées, il portait au cœur un souvenir impérissable, et il se murmurait à lui-même que pour une autre
nuit semblable, pour retrouver celle que ses mains brûlantes
de fièvre cherchaient encore, il donnerait plus que sa vie...
il damnerait son âme.

Marie, en effet, avait disparu. La lumière s'était éteinte...
mais les premières lueurs de l'aube blanchissaient les vitraux
de la fenêtre.

Une soif ardente desséchait la gorge de Jacques Clément.
Près du lit, près de lui, sur une petite table, il vit le gobelet
d'or, le saisit et but, reconnaissant le goût et la reposante
fraîcheur de la boisson qu'on lui avait versée pendant son délire. Presque aussitôt après avoir bu, et à peine eut-il la force
et le temps de reposer le gobelet lourdement sur la table, il
retomba lourdement sur les oreillers et perdit la connaissance des choses... et cette fois le sommeil était si profond
qu'il ressemblait à la mort...

De rêve en rêve !.. Jacques Clément vivait sans doute une
partie d'existence dans le fantastique. Rêve ou réalité ?...
Oh ! où était le rêve ?.. Ou était la réalité ?...

Il venait de se réveiller... Une étrange torpeur engourdis-
sait ses membres et sa pensée... Il venait d'ouvrir les yeux
qu'il promenait lentement sur ce qui l'entourait... Et ce n'é-
tait plus le cachot de pénitence !... Mais ce n'était plus le lit
à colonnes d'ébène... la chambre de délice et de volupté...

Il était dans un lit étroit, sur une dure couchette. Les murs
étaient nus Il apercevait seulement un crucifix, une petite
table chargée de livres... Et il tressaillit violemment : Sur
cette table, cet objet qui jetait une vive lueur . c'était son
poignard !.. Et il reconnut qu'il était dans sa cellule du couvent des jacobins.

Il se leva, s'habilla de son froc jeté au pied du lit sur un escabeau, car ses vêtements de cavalier avaient disparu. D'un
geste rapide, il saisit le poignard et le baisa... Puis il le remit dans la gaine qu'il trouva sur la table et l'accrocha à sa
ceinture, sous le froc Alors un profond soupir gonfla sa poitrine, et comme il sentait sa tête tourner, il s'assit au bord du
lit, les yeux perdus dans le vague, évoquant *l'autre* chambre,
l'autre lit... la vision de volupté... la créature d'amour qu'il
avait tenue dans ses bras... rêve ou réalité ?..

A ce moment la porte de sa cellule, entrebâillée selon la

règle, s'ouvrit tout à fait, et le prieur Bourgoing parut Jacques Clément se leva et s'inclina profondément.

— *Deo gratias* ! fit le prieur en entrant. Recevez ma bénédiction, mon frère. Vous voici donc debout ? Cette mauvaise fièvre vous a donc quitté ?.. Ah ! depuis dix jours que vous êtes rentré au couvent, que de soucis nous avons eus !...

— Depuis dix jours ? fit Jacques Clément.

— Certainement, mon frère. C'est-à-dire depuis le soir où vous êtes revenu de ce voyage à Chartres, que vous aviez entrepris pour la plus grande gloire du Seigneur...

— Ainsi, reprit le moine, je suis dans le couvent depuis mon retour de Chartres ?...

— Et vous n'avez pas bougé de votre cellule, mon frère... Seulement, le délire ne vous a pas quitté ; vous avez, comme on dit, battu la campagne... mais grâce au ciel, je vois que c'est fini...

— Tout à fait fini, mon digne père, répondit Jacques Clément pensif. Permettez-moi seulement de vous poser une question ..

— Toutes les questions que vous voudrez, mon frère ! dit Bourgoing en fronçant le sourcil.

— Une seule, *reverendissime domine*. Avant mon entrée au cachot... je veux dire avant mon délire, votre haute et sainte bienveillance m'avait accordé certaines libertés compatibles avec un projet dont je crois me rappeler que je vous ai fait part...

— Je ne me souviens nullement de ce projet, fit Bourgoing ; mais poursuivez, mon frère.

— Eh bien mon digne père, je voudrais savoir si vous me continuez encore cette même bienveillance ; en d'autres termes, si je jouis encore des mêmes privilèges... des mêmes libertés...

— Toujours, mon frère, toujours ! s'écria le prieur. Vous êtes libre d'aller et de venir le jour ou la nuit, de vous absenter du couvent, et même sans m'en prévenir en cas de nécessité urgente. Car je sais que vous travaillez dans la vigne du Seigneur... Venez donc, mon frère, venez... Tous nos frères sont rassemblés à la chapelle afin de louer Dieu de votre heureux retour à la santé et à la raison...

Jacques Clément suivit le prieur à la chapelle et alla s'agenouiller à sa place habituelle. Mais tandis que les moines attaquaient un cantique d'actions de grâce, lui, prosterné, sa tête pâle dans ses mains, se murmurait :

— Où est le rêve ?... Où est la réalité ?...

VIII

Le calvaire de Montmartre

Nous avons laissé le chevalier de Pardaillan et le duc d'Angoulême sur la route de Chartres à Paris, arrêtés dans une pauvre auberge pour s'y restaurer de leur mieux, et surtout pour y laisser reposer leurs chevaux. La halte dura deux heures au bout desquelles ils se remirent en selle et poursuivirent leur chemin. Le jeune duc était sombre. Pardaillan paraissait insoucieux comme d'habitude.

En somme, le voyage à Chartres n'avait donné aucun résultat, du moins en ce qui concernait l'amour du pauvre petit duc qui se morfondait et entrait dans la phase du désespoir. En effet, la Fausta n'avait pu donner aucune indication sur Violetta. Pardaillan avait raconté à Charles la scène de la cathédrale, et flegmatiquement ajouté qu'il n'avait aucune raison de supposer que Fausta avait menti. Donc toute trace de la petite bohémienne était perdue. De là l'attitude découragée du jeune duc qui, les rênes flottantes, la tête penchée, laissait son cheval marcher au pas côte à côte avec celui de Pardaillan.

Quant au chevalier, il était allé à Chartres pour deux motifs : D'abord pour retrouver la piste de Violetta, — et il n'avait pas réussi ; ensuite pour arracher des mains de Guise le sceptre royal que le duc eût saisi aussitôt après la mort d'Henri III. Sur ce point-là, il avait remporté une éclatante victoire : Valois était vivant et Guise rentrait à Paris, en pleine déroute.

— Ah çà ! monseigneur, dit à un moment Pardaillan, pourquoi tant de tristesse et de soupirs ?... Faites attention monseigneur, que naguère vous étiez enfermé à la Bastille, et que moi-même j'étais dans la nasse de Mme Fausta... Or, nous voici chevauchant, sains de corps et d'esprit, parfaitement capables de réaliser l'impossible, même de retrouver Violetta... Que vous faut-il de plus ?

— Retrouver Violetta ! fit amèrement le petit duc. Comme vous dites, Pardaillan, il faudrait pour cela réaliser l'impossible !... Et c'est pourquoi, mon cher ami, je vous attriste de mes soupirs...

— Et qui vous dit que c'est une œuvre impossible que de retrouver une jeune fille qui de son côté ne demande qu'à voler vers vous ?

— Nous n'avons aucune indication. Où tourner nos pas ?... Faut-il aller au nord, au midi ?

— Nous irons simplement où va Maurevert, dit Pardaillan.

— Maurevert ! gronda sourdement Charles. Voilà plusieurs fois déjà que vous mêlez le nom de cet homme à celui de Violetta... En quoi ce Maurevert peut-il nous aider à retrouver la pauvre petite ?..

Pardaillan s'était bien gardé de raconter au duc d'Angoulême ce que Maurevert lui avait raconté à lui-même dans le cachot de la Bastille Charles ignorait donc l'étrange mariage qui s'était accompli dans l'église Saint-Paul. Il ignorait que Maurevert eût sur Violetta des droits de mari.

— Maurevert, reprit Pardaillan, c'est l'âme damnée du duc de Guise. Or, vous pouvez tenir pour certain que Guise est pour quelque chose dans la disparition de votre jolie petite bohémienne. Pouvons-nous directement nous attaquer à Guise, entourée dans son hôtel de nombreux hommes d'armes et qui ne sort jamais sans une imposante escorte ?... Nous serions broyés et vous auriez joué un jeu de dupe, puisque, vous et moi morts, Violetta appartiendrait à Guise sans conteste.

— C'est vrai, Pardaillan, c'est vrai... mais Maurever...

— Eh bien ! nous rentrons à Paris ! nous retrouvons facilement Maurevert ; nous l'attirons dans un endroit bien clos, à l'abri de tout regard indiscret ; et quand nous le tenons, nous lui mettons la dague sur la gorge et si nous ne lui demandons pas la bourse ou la vie, nous lui disons au moins : « Mon ami, dans une minute vous passerez de vie à trépas si vous ne nous dites pas ce que votre illustre maître a fait de Mlle Violetta. » Que dites-vous de mon plan ?

— Je dis, cher ami, que vous êtes le cœur le plus généreux, le bras le plus terrible, l'esprit le plus fécond en ressources...

— Vous pouvez continuer longtemps sur ce ton là, interrompit Pardaillan qui se mit à rire. Mais vous oubliez qu'en faisant vos affaires, je fais surtout les miennes, car j'ai un intérêt plus puissant que le votre à tenir le sire de Maurevert dans la position que j'avais l'honneur de vous exposer...

— J'ai un intérêt d'amour, dit ardemment Charles d'Angoulême.

— Et moi un intérêt de haine, fit froidement Pardaillan. Charles baissa la tête, pensif.

— Fiez-vous donc à moi, reprit Pardaillan, du soin de mettre la main sur Maurevert. Je sens que le moment approche où je vais pouvoir liquider avec lui une vieille dette.

— Allons donc, cher ami, et puissiez-vous dire vrai ! s'écria Charles un peu réconforté. Mais où descendrons nous à Paris ?

— Trouvez-vous que nous étions mal à la *Dernière* ?

— Non pas, mais l'endroit ne vous semble-t-il pas dangereux ?...

— Monseigneur, dit Pardaillan, dans ma carrière j'ai eu

plus d'une fois occasion de me cacher, et j'ai pu faire cette constatation qu'on ne trouve rapidement que les gens qui se cachent. Ni Guise, ni aucun des siens ne s'avisera de penser que nous sommes rentrés à Paris, bien loin de supposer que c'est à la *Devinière* que nous chercherions un refuge.

— Va donc pour la *Devinière* ! dit Charles.

Les deux cavaliers, en devisant ainsi, continuaient à marcher au pas ou au trot de leurs chevaux, sans se hâter. Le lendemain, ils entraient dans Paris et filaient tout droit sur la *Devinière*, où ils arrivèrent sans encombre sur le coup de midi, c'est-à-dire à l'heure où la grande salle était encombrée de buveurs et de dîneurs. Pardaillan s'assit à une table inoccupée, et d'un geste, invita Charles à y prendre place.

Huguette était dans la cuisine, surveillant en dépit de son chagrin, les allées et venues des domestiques, jetant un coup d'œil sur les casseroles, encourageant le tourne-broche.

Elle était fort pâle et triste, la bonne hôtesse de la *Devinière*. Elle croyait Pardaillan toujours à la Bastille. Pour le sauver, elle avait essayé une de ces tentatives désespérées comme l'idée n'en peut venir qu'aux femmes qui ont l'instinct du dévouement le plus pur. Cette aventure avait avorté comme on va le voir. Et la pauvre Huguette se désespérait. Tout en veillant à la vieille renommée de sa maison par une surveillance assidue des casseroles, du four à pâtés ou du tourne-broche, elle discutait avec elle-même les chances qu'elle avait de sauver le chevalier, et ces chances devaient lui paraître bien maigres, car de temps à autre elle essuyait du coin de son tablier ses beaux yeux rougis par les larmes.

Enfin le moment vint où le flot des dîneurs s'écoula peu à peu. Officiers, gentilshommes et écoliers qui n'hésitaient pas à franchir la Seine de temps en temps pour faire un bon dîner à la *Devinière*, tous ces gens s'en allèrent les uns après les autres, et finalement il n'y eut plus dans la grande salle qu'une table encore occupée, où deux retardataires achevaient sans se presser une bouteille de vin d'Espagne.

Huguette passa dans la grande salle pour veiller à ce que tout fût remis en bon ordre : la vaisselle à fleurs sur les dressoirs de chêne, les escabeaux rangés le long des murs, les brocs d'étain accrochés à leurs clous, et ce fut tout en passant cette inspection qu'elle aperçut tout à coup Pardaillan, qui la regardait aller et venir avec un sourire attendri. Huguette demeura pétrifiée et se mit à trembler. Pardaillan se leva alla à elle, lui saisit les mains.

— Ah ! monsieur le chevalier, murmurait Huguette toute pâle, je n'ose en croire mes yeux...

— Croyez-en donc alors ces deux baisers, fit Pardaillan qui l'embrassa sur les deux joues.

Huguette se mit à rire en même temps que les larmes coulaient de ses yeux.

4

— Ah ! monsieur, reprit-elle, vous voilà donc libre !...
Mais comment avez-vous pu sortir de la Bastille ?...

— C'est bien simple, ma chère hôtesse, j'en suis sorti par
la grande porte...

— M. de Bussi-Leclerc vous fit donc grâce ?...

— Non. Huguette. C'est moi qui ai fait grâce à M. de
Bussi-Leclerc. Mais peu importe. L'essentiel est que je sois
dehors. Seulement je vous préviens que beaucoup d'honora-
bles gentilshommes enragent de ce que je ne sois plus dedans.
Je m'en rapporte à vous, ma chère, pour que M. le duc et
moi soyons ici aussi peu reconnus que possible.

— Mon Dieu ! Mais vous serez donc toujours en alarme !...

— Comme l'oiseau sur la branche, Huguette ! Et ce n'est pas
ma faute.

— Si au moins j'avais su que vous étiez ici ! reprit Huguette, qui revenant à son instinct de bonne hôtesse, jetait
un coup d'œil inquiet sur la table desservie. Vous avez dû
dîner comme si vous étiez les premiers venus...

— Rassurez vous, fit Pardaillan en reprenant sa place, les
premiers venus à la *Devinière* sont encore traités comme des
princes.

Cependant, Huguette rassérénée, joyeuse, épanouie par ce
sentiment où il y avait peut-être autant l'affection d'une
mère retrouvant son enfant que l'humble amour d'une amante
dévouée, Huguette courait elle-même à la cave et en rappor-
tait bientôt une vénérable bouteille couverte de poussière
authentique.

— C'est de celui que préférait monsieur votre père, dit
Huguette ; il n'en reste plus maintenant que cinq bouteilles...

— De celui que M. Dorat appelait nectar et que M. de
Ronsard nommait ambroisie des dieux, au temps où ces messieurs de la Pléiade venaient ici discourir en vers, dit Pardaillan qui déboucha lui-même le glorieux flacon.

Il remplit trois verres et avança un siège pour l'hôtesse.

— Jamais je n'oserai, dit Huguette en rougissant et en jetant un coup d'œil au duc d'Angoulême.

— M. le chevalier m'a bien souvent parlé de vous, dit
Charles ; soyez sûre, dame Huguette, que je me tiens pour
aussi honoré de choquer mon verre contre le vôtre que contre
celui d'une princesse de la cour.

Huguette pâlit de plaisir ; d'abord parce que Pardaillan
avait souvent parlé d'elle, et ensuite parce qu'un tel compliment venant d'un personnage comme le duc d'Angoulême
avait alors un prix extraordinaire.

— Ma chère Huguette, reprit Pardaillan lorsque les verres
furent vides, vous me parliez tout à l'heure du sire de Bussi-
Leclerc. Vous connaissez donc ce digne gouverneur de la
Bastille ?

Huguette devint pourpre. Le chevalier nota cet émoi.

— Pourquoi rougissez vous avec cette bonne simplicité si fraternelle.

— M. d Bussi-Leclerc, balbutia Huguette, est souvent venu ici avec des maîtres d armes qu'il traitait magnifiquement après les avoir battus en quelque passe d'escrime...

— Voilà qui est d'un galant homme... Et alors ?

— Alors... murmura Huguette en baissant la tête, je comptais sur lui... pour vous délivrer...Il m'a si souvent affirmé...

— Quoi donc, chère amie ?... Vous savez qu'on peut tout me dire, à moi...

— Qu'il était tout prêt... à se mésallier !...

Elle redressa la tête. Un sourire d'une charmante fierté se jouait sur ses lèvres.

— Veuve, reprit-elle avec plus de fermeté, sans enfant, libre de ma personne, sinon de mon cœur, j'eusse pu accepter la proposition qu'il me fit à diverses reprises et m'engager à être une épouse fidèle... Ma vie en eût été un peu plus triste, voilà tout...

Huguette disait ces choses très simplement, n'ayant pas conscience de ce qu'il y avait de sublime dans son dévouement. Le chevalier la considérait avec un inexprimable attendrissement.

— Donc, reprit-il, vous êtes allé trouver ce Bussi-Leclerc ?

— Oui, mais le premier jour que j'y allai, je ne pus entrer à la Bastille où une sorte d'émeute venait de se produire, et la deuxième fois, on me dit que le gouverneur était à Chartres avec la procession de M. de Guise.. J'attendais son retour.

— Il doit être rentré, fit Pardaillan, et cette fois vous le trouverez sûrement.

— Pourquoi faire, puisque vous voilà libre? dit Huguette.

Pardaillan vida son verre d'un trait et murmura :

— Au fait... puisque me voilà libre !...

Nous avons dit que devant l'admiration ou le sacrifice qu'on lui faisait, il se trouvait *tout bête*, ne comprenant pas qu'on pût l admirer ou qu'on put se sacrifier pour lui. Le duc d'Angoulême avait assisté à cette scène avec l'étonnement qu'on aurait à entendre tout à coup une langue étrangère. Et ce qui le surprenait le plus, ce qui lui causait une émotion profonde, une sorte d'angoisse qui le serrait à la gorge et remplissait ses yeux de larmes, c'était justement cette simplicité naïve avec laquelle l'une disait son dévouement et avec laquelle l'autre acceptait ce dévouement.

Il y a donc des gens qui vont dans la vie s'appuyant l'un sur l'autre tout naturellement ?... Et comme la vie serait belle, si cela était vrai pour tous ! Ainsi songeait le jeune duc, et comme il était amoureux, sa pensée faisant un bond se reportait à celle qu'il adorait, et il se disait que lui aussi, s'il le fallait, se dévouerait au bonheur de Violetta sans chercher la récompense...

Pardaillan et Charles d'Angoulême reprirent dans l'hôtellerie les chambres qu'ils y avaient occupées : Pardaillan, celle-là même où Croasse avait livré une si terrible bataille à une horloge et à divers autres meubles, c'est-à-dire la chambre d'où pour la première fois, jadis, il y avait bien longtemps de cela, il avait aperçu Loïse de Montmorency. Quant à Charles, en sa qualité de duc, on lui offrait le plus bel appartement de l'auberge, mais il préféra se loger dans la chambre voisine de Pardaillan, qu'il avait déjà occupée.

La journée, la nuit, et encore la journée et la nuit se passèrent paisiblement. Ce repos n'était pas de trop après les secousses de toute nature qu'avaient subies Pardaillan et son compagnon. Il était d'ailleurs nécessaire pour leur permettre d'établir un plan d'opérations.

Le troisième jour au matin, ils sortirent de bonne heure. Et pour mettre un peu d'ordre dans la chronologie de ces divers événements qui se croisent, il n'est peut-être pas inutile de faire remarquer que ce matin-là, il y avait quatre jours que Jacques Clément se trouvait dans le cachot de pénitence du couvent des Jacobins ; que ce matin-là, il y avait dix jours que Picouic et Croasse menaient la vie de cocagne dans l'abbaye des bénédictins de Montmartre.

Pardaillan se précipita vers la vieille rue du Temple.

— Nous allons donc à l'hôtel de Guise? demanda Charles, chemin faisant.

— Sinon à l'hôtel, du moins aux abords, pour y rencontrer, si possible, le sire de Maurevert.

— Toujours Maurevert, gronda le jeune duc avec une évidente inquiétude. Pourquoi Maurevert, enfin ?...

— Je vous l'ai dit, monseigneur. Maurevert n'ignore rien de ce que fait, dit ou pense le duc de Guise. Or, vous admettrez que si quelqu'un au monde sait où se trouve la dame de vos pensées, c'est Guise. Après tout, peut-être pensez-vous qu'il vaut mieux s'adresser à Dieu qu'à ses saints. Donc, si vous le voulez, nous allons entrer dans l'hôtel et pénétrer jusqu'au duc à travers les deux cents gardes ou gentilshommes qu'il a autour de lui.

— Ce que vous dites là est impossible, dit le jeune duc. Mais enfin, pourquoi nous adresser de préférence à Maurevert plutôt qu'à tel autre familier de Guise, Maineville, par exemple

— Parce que je veux faire coup double, arranger à la fois vos affaires et les miennes ; vous savez que j'ai un vieux compte avec Maurevert et que je cours après lui depuis fort longtemps...

L'explication était plausible, et soulagea le jeune duc de la vague inquiétude qu'il commençait à éprouver. Bientôt, les deux compagnons arrivèrent près de la grande porte de l'hôtel où stationnait toujours une certaine foule de badauds.

En effet, l'hôtel de Guise était alors le centre de l'agitation parisienne. Les bourgeois venait là aux renseignements et tâchaient de savoir ce que pensaient le chef de la Ligue. Depuis qu'on préparait les cahiers pour les États-Généraux que le roi avait promis de réunir à Blois, cette agitation était encore augmentée tout en changeant de forme. On voyait peut-être un peu moins d'hommes d'armes autour de l'hôtel, mais force robins, procureurs, avocats, tous d'ailleurs cuirassés et la lourde rapière leur battant les talons, entraient et sortaient par la grande porte où un poste de vingt-quatre arquebusiers était installé, sans compter les sentinelles et patrouilles qui faisaient incessamment le tour de l'hôtel par les rues de Paradis et des Quatre-Fils.

Dans ce va-et-vient de gens qui discutaient en gesticulant dans cette foule, Pardaillan et Charles d'Angoulême passèrent parfaitement inaperçus et se glissèrent dans un groupe assez épais au centre duquel pérorait un homme qui exposait ses idées.

Pendant deux heures, le chevalier et le petit duc demeurèrent les yeux fixés sur cette porte grande ouverte à tout venant, et Charles commençait à trouver que l'idée d'aller trouver le duc lui-même n'était déjà pas si mauvaise, quitte à y laisser ses os, lorsque Pardaillan le poussa du coude, et d'un signe de tête lui montra trois gentilshommes qui entraient dans l'hôtel.

C'étaient Bussi-Leclerc, Maurevert et Maineville. Maurevert marchait au milieu des deux autres. Un terrible sourire crispa les lèvres soudain pâlies de Pardaillan. Mais déjà les trois avaient disparu dans l'hôtel.

— Attendons! murmura alors Pardaillan.

Charles avait jeté un coup d'œil sur les trois familiers de Guise; puis, ce regard, il l'avait ramené sur le chevalier, et il avait frissonné. Cependant le temps s'écoulait. Midi sonna. Devant l'hôtel, l'affluence était toujours grande, et nul ne faisait attention aux deux patients guetteurs... Une heure encore tinta...

— Qui sait s'ils sortiront aujourd'hui... ou même s'ils ne sont pas déjà sortis par une autre porte? murmura Charles.

Comme il disait ces mots, il aperçut Bussi-Leclerc, Maineville et Maurevert. Il toucha Pardaillan comme Pardaillan l'avait touché... mais le chevalier les avait déjà vus... Dans la rue, les trois gentilshommes s'arrêtèrent, causant entre eux à voix basse. Puis Bussi-Leclerc et Maineville, se donnant le bras, s'en allèrent ensemble. Maurevert demeura un instant à la même place, puis se mit en marche

— Cette fois, nous le tenons, dit Charles.

Pardaillan ne répondit pas. Il continuait à sourire, et ses

yeux ne quittaient pas Maurevert qui se dirigeait vers la porte du Temple... Il la franchit. Et alors Pardaillan poussa un soupir... Il attendit quelques instants, puis à son tour franchit la porte, accompagné du jeune duc.

Maurevert marchait tranquillement, tournant le dos aux marécages du Carême-Prenant, et suivant le chemin battu qui contournait l'enceinte de Paris, chemin coupé de bosquets et parfois de masures qui permettaient aux deux suiveurs de s'effacer.

Maurevert passa ainsi devant la porte Saint-Martin, puis devant la porte Saint-Denis, et laissant sur sa droite les hauteurs de Montfaucon où se dressait la masse énorme et sinistre du vieux gibet, il marcha comme s'il eût voulu se diriger vers la Grange-Batelière, mais avant d'arriver à la porte Montmartre, il obliqua tout droit vers les massifs de chênes et de châtaigniers dont le feuillage d'un vert sombre moutonnait au pied de la colline.

Maurevert allait à Montmartre... Il contourna le pied de la montagne, puis commença à monter... Pardaillan et Charles suivaient à distance ne le perdant pas de vue, et sûrs maintenant de n'être aperçus de lui que lorsqu'ils le voudraient bien.

Lorsque Maurevert commença à monter, un sourire plus livide crispa les lèvres de Pardaillan, et une sorte de frémissement nerveux l'agita tout entier ; Maurevert se dirigeait vers le hameau, vers cette partie de la colline où se trouve aujourd'hui le Calvaire du Tertre... C'était le chemin qu'il avait suivi, seize ans auparavant, avec Loïse, avec le maréchal de Montmorency, avec son père mourant dans une voiture !... Il leva les yeux vers un point qu'il reconnaissait bien pour y être souvent revenu ! ..

C'était près d'un champ de blé qu'on venait de faucher depuis quelques jours... C'était là, non loin de la source qui formait un ruisseau, c'était là qu'il avait arrêté la voiture... là que son père était mort dans ses bras... là que Maurevert apparaissant tout à coup avait frappé Loïse avec le poignard empoisonné de Catherine de Médicis !... Oui !... C'était vers ce point à jamais inoubliable dans la mémoire de Pardaillan que Maurevert, ce jour-là, se dirigeait !...

Pardaillan était devenu plus pâle. D'un geste plus rapide il s'assura qu'il portait sa dague et son pistolet à la ceinture. Il s'arrêta un instant, amorça le pistolet et assura la mèche qui, d'après un système nouveau, prenait feu au moyen d'une amorce.

— N'est-vous donc l'abattre de loin ? murmura Charles.

— Non, fit le chevalier en souriant, mais comme il va essayer de se sauver, comme il détale avec une rapidité de cerf... je l'ai vu à l'œuvre, et je veux m'assurer qu'il ne nous échappera pas ; il suffira de lui casser une jambe, et nous pourrons alors causer...

Maurevert montait toujours... Pardaillan se remit en marche et soudain, à un détour de roches éboulées, il aperçut la croix de bois qui marquait l'endroit où il avait enterré son père.

Contre cette croix, Pardaillan entrevit une forme immobile. Qu'était-ce que cette forme ?... Une femme ?... Que faisait-elle là ?... Pardaillan n'y prêta aucune attention et la vit à peine ; son regard était rivé sur Maurevert...

Maurevert, en passant près de la tombe du vieux Pardaillan, s'était arrêté. Lui aussi, sans aucun doute, songeait à cette lointaine journée d'août, rayonnante comme celle-ci, où dans ce coin paisible, dont la paix souveraine formait un si étrange contraste avec les sanglants tumultes de la ville, il avait bondi d'un buisson pour frapper Loïse de Montmorency !...

Sans doute ces souvenirs s'éveillaient en lui, brûlants et terribles... Et sans doute, il songeait à cette vengeance de Pardaillan qui le poursuivait depuis lors et à laquelle, à diverses reprises, il n'avait échappé que par miracle... Et peut-être se disait-il que cette vengeance finirait par l'atteindre... qu'il était condamné... puisque l'infernal Pardaillan avait pu sortir de la Bastille, puisqu'il était venu à Chartres... puisqu'il était sur ses traces !...

— Sur mes traces ? murmura-t-il avec un sombre sourire. Pas encore !... Qui sait s'il a osé rentrer à Paris ?... Et qu'il y rentre donc ! C'est ce qui peut m'arriver de mieux !... Ce soir, je serai loin !... Loin de Paris !... Loin du Guise imbécile qui croit à mon dévouement !... Imbécile ! Oui !... Puisqu'avec toutes les forces dont il dispose, il n'arrive pas à se débarrasser d'un Pardaillan !...

Maurevert jeta les yeux au loin, vers un point de la pente où se trouverait aujourd'hui la place Ravignan. Là, il vit un cheval attaché à un arbre, et près de ce cheval, une voiture solidement attelée de deux bêtes vigoureuses. Un laquais surveillait le tout, assis à l'ombre des châtaigniers.

— Bon ! fit Maurevert. Tout est prêt !... Dans vingt minutes la petite bohémienne est à moi... Ce que j'en ferai, peu importe, pourvu qu'elle ne soit ni à l'imbécile duc incapable de me protéger, ni surtout à l'ami de Pardaillan !... Je l'enferme dans la voiture, je saute à cheval... Dans quatre jours au plus, je suis à Orléans... et là nous verrons !... Allons ! Adieu, Paris ! Adieu, Guise ! Adieu, Pardaillan !...

En prononçant ces mots, Maurevert s'était tourné vers Paris avec un sombre regard...

Pardaillan était devant lui, à vingt pas !...

Sur un signe de Pardaillan, le duc d'Angoulême qui marchait près de lui s'arrêta, et saisissant l'intention de son compagnon, se croisa les bras, pour exprimer que dans ce qui allait se passer, il allait être témoin et non acteur.

Le chevalier continua de s'avancer seul ; mais quand il fut à dix pas de Maurevert, il s'arrêta également.

Un fait remarquable, c'est que tous les condamnés à mort, au moment où on les conduit au supplice, font le même geste instinctif... tous... tous, à la seconde fatale, *tournent la tête à droite et à gauche...* ils regardent ceux qui les regardent...

C'est ce geste que fit Maurevert lorsque Pardaillan s'arrêta à six pas de lui. Il eut ce regard à droite et à gauche... Mais les rampes de la montagne étaient désertes ; une paix énorme régnait sur les marécages de la plaine ; il était seul... seul en face de Pardaillan !...

Il comprit que vainement il tenterait de fuir, car ses jambes tremblaient, et il n'eût pu faire deux pas sans tomber.

Il comprit que toute tentative de défense était vaine, car Pardaillan, c'était plus que le Droit et la Justice, c'était la Représaille vivante qui se dressait au nom des morts, pour un combat loyal, à armes égales !...

Et dans un combat à armes égales, Maurevert contre Pardaillan, c'était le chacal contre le lion.

Maurevert, donc, ayant regardé à droite et à gauche, avec cette expression d'épouvante qui décomposait son visage, fixa la terre à ses pieds comme pour signifier :

— Ici, tout à l'heure, sera ma sépulture !...

Puis, lentement, il releva sa tête hagarde vers Pardaillan et murmura quelque chose de confus qui voulait dire :

— Que me voulez-vous ?..

Pardaillan parla alors... Charles d'Angoulême ne reconnut pas cette voix un peu basse, un peu sifflante, qui contenait un monde de souvenirs, de douleurs, d'amours et de haines... et pourtant cette voix demeurait très simple, et ce qu'elle disait était également très simple :

— Remarquez, monsieur, que j'ai ma rapière et ma dague, mais que vous avez aussi votre poignard et votre épée... Il est vrai que j'ai un pistolet, mais je ne m'en servirai que si vous essayez de fuir. Ceci, me semble-t-il, nous met sur un pied d'égalité parfaite...

Maurevert fit un signe d'assentiment, et Pardaillan continua :

— Vous me demandez ce que je vous veux. Je veux vous tuer. Je le ferai d'ailleurs le plus proprement possible, et sans vous faire souffrir, estimant que la terreur où je vous fais vivre depuis seize ans balance la douleur où je vis, moi, depuis le même laps de temps. En vous tuant, monsieur, je crois bien sincèrement débarrasser la terre d'un être qui doit lui procurer de l'horreur. J'ai souvent frémi de pitié en frappant un ennemi et en lui ôtant la vie pour sauver la mienne.

Mais vous, monsieur, vous n'êtes pas mon ennemi : vous êtes une force malfaisante qu'il est bon de détruire. Ce que vous m'avez dit dans le cachot de la Bastille m'a prouvé une chose dont je pouvais encore douter : c'est que vous êtes ce venimeux reptile qu'il faut écraser. Je vous jure donc que trois minutes après vous avoir tué, j'aurai oublié jusqu'à votre nom... Je vais donc vous tuer. Mais pas ici. Je vous pousserai un peu plus loin et si cela ne vous désoblige pas trop, je vous prierai de m'accompagner jusqu'à Montfaucon. Vous ne voudriez pourtant pas que votre sang.. votre sang .. à vous ! tombât comme une rosée maudite sur ce coin de terre qui recouvre la dépouille de mon père !... Montfaucon me paraît un endroit favorable au combat que je vous propose et au repos de vos os. Consentez-vous à m'accompagner jusque là ?

Maurevert fit un nouveau signe d'assentiment. Une espérance se levait dans son esprit. La route était assez longue de Montmartre à Montfaucon. Peut-être une occasion de fuite se présenterait-elle. En tout cas, c'était plus d'une demi-heure de gagnée... un siècle ! Trente à quarante minutes dont chacune pouvait lui apporter le salut. Ce fut donc avec une sorte de joie empressée qu'il répondit :

— Montfaucon, soit ! Là ou ailleurs, soyez sûr que je ne me laisserai pas tuer sans essayer de vous envoyer d'abord rejoindre M. votre père... Il y a assez longtemps qu'il vous attend !...

Un peu rassuré, Maurevert reprenait la forme de courage qui lui convenait, c'est-à-dire l'insolence. En même temps, il se sentit plus fort, et d'un coup d'œil rapide, examina encore les environs toujours solitaires.

— Je ne sais si je succomberai dans le duel que je vous offre, dit Pardaillan : c'est possible. Mais ce qui est sûr, c'est que je vous tuerai. Aussi sûr que le soleil nous éclaire, si nos fers se croisent aujourd'hui (*Maurevert tressaillit et dressa l'oreille*), vous êtes un homme mort. Il me paraît donc convenable de vous dire en deux mots pourquoi j'ai résolu de vous tuer. En même temps, je vous poserai une question à laquelle j'espère que vous voudrez bien répondre...

— Mille questions, monsieur de Pardaillan, répondit Maurevert.

Au moment même où il prononçait ces mots il fit un bond terrible en arrière et se plaça derrière la croix qui surmontait la tombe du vieux Pardaillan. Aussitôt, il se mit à courir frénétiquement vers le cheval et la voiture qu'il avait tout à l'heure examinés.

— Ah ! misérable ! hurla le duc d'Angoulême en s'élançant.

Pardaillan sourit tira son pistolet et visa Maurevert qui était déjà à vingt pas... Il allait lâcher le coup... A cet instant, au pied de la croix où elle était comme accroupie, une ombre... cette forme que nous avons signalée... se dressa, s'interposa entre le canon du pistolet et Maurevert... Cette forme, c'était une femme... Pardaillan eut un regard terrible vers le ciel... Son bras retomba...

Que faisait là cette femme ?... Qui était-elle ?...

Toute droite, toute raide, appuyée à la croix, ses magnifiques cheveux d'or déroulés sur ses épaules, elle semblait ne voir ni Pardaillan, ni rien de ce qui était autour d'elle...

Pardaillan la regarda à peine : ses yeux étaient fixés sur Maurevert qui fuyait et sur Charles qui le poursuivait... Cela dura quelques secondes à peine... Maurevert faisait des bonds insensés. Tout à coup, il eut l'impression que quelqu'un... un être plus agile encore que lui... passait à son côté, le devançait, se retournait, et soudain, il trouva devant lui le jeune duc qui dégainait en disant :

— Arrière, monsieur, ou vous êtes mort !...

La rapière de Maurevert flamboya au soleil ; au même instant il tomba en garde et fonça furieusement, non pour tuer, mais pour passer... L'épée de Charles le piqua au visage... Il recula !...

Alors, pendant quelques minutes, ce fut un spectacle terrible.

Silencieux tous deux, les deux adversaires se tenaient, les épées engagées, sans un geste... Soudain un bras se détendait... Puis tous deux reprenaient la garde...

Mais à chaque coup porté par Maurevert, Charles, après une parade, demeurait en place ; tandis qu'à chaque fois que son bras, à lui, se détendait, la pointe touchait presque le visage de Maurevert qui bondissait en arrière... Et alors, le jeune duc avançait vivement de plusieurs pas... Écumant, livide, d'une pâleur mortelle, Maurevert essayait alors de passer à droite ou à gauche... Mais toujours, devant son visage, il trouvait la pointe menaçante. Il reculait, il remontait vers la croix... et comme il y arrivait enfin, il entendit un étrange éclat de rire qui semblait sortir de la tombe...

Alors, un frisson glacial le saisit, et il jeta ou plutôt laissa tomber son épée et se retourna : il vit Pardaillan qui n'avait pas bougé de sa place... Il vit la femme aux cheveux d'or qui venait de pousser cet éclat de rire funèbre... Et il se jugea perdu sans rémission.

— Chevalier, dit le duc d'Angoulême, tolérez que je me tienne près de monsieur pour le cas où il lui prendrait fantaisie de faire encore jouer ses jambes et les miennes...

— Monseigneur, répondit Pardaillan, veuillez remettre à cet homme son épée...

Le duc obéit, ramassa la rapière par la pointe et la présenta par la poignée à Maurevert qui la prit machinalement et la rengaina.

— Maintenant, monseigneur, reprit Pardaillan, veuillez

retourner à votre place. Cet homme ne tentera pas de fuir, maintenant.

Sans hésitation, le duc d'Angoulême s'écarta, et comme il avait fait précédemment, il se croisa les bras. Alors, comme si rien ne se fût passé, comme si rien n'eût interrompu les paroles qu'il adressait tout à l'heure à Maurevert, Pardaillan continua :

— La question que j'ai à vous poser, monsieur, la voici. Que vous avait-elle fait, *elle* ? Que vous ayez essayé dix fois, vingt fois, de me frapper à mort, c'était tout naturel. Que vous m'ayez cherché dans l'hôtel Coligny, que vous ayez lancé contre mon père et moi une troupe de tueurs que le grand carnage rendait tous furieux, je le comprends encore. Que vous ayez tenté de nous écraser sous les ruines fumantes de l'hôtel de Montmorency, c'était encore de bonne guerre ! Mais *elle* !... (Il sentait que s'il prononçait le nom de Loïse, il allait éclater en sanglots.) *Elle* ! . Que vous avait elle fait ? Pourquoi est-ce elle que vous avez touchée de votre poignard, lame de poison... et non pas moi... ou le maréchal de Montmorency... ou mon père ?... Que vous n'ayez pas eu pitié de tant d'innocence, de jeunesse et de beauté, voilà ce que je cherche à comprendre depuis seize ans sans y parvenir !

Et si fort qu'il fût, quelle que fût à ce moment la haine qui ravageait son cœur, Pardaillan ne put étouffer un râle de détresse et d'amour. .

— Voilà ma question, reprit-il au bout de quelques instants... Vous ne répondez pas ?...

Maurevert se taisait en effet... Et qu'eût-il pu dire ?... Quelle explication eût-il pu donner ?... Mais ce n'était pas là ce qui lui fermait ses lèvres crispées par l'épouvante. Ce qui l'empêchait de parler, ce qui faisait qu'il entendait à peine Pardaillan, c'était l'horreur de la mort qu'il sentait proche et qui déjà, de son doigt glacé, le touchait au front.

Pardaillan s'approcha de lui jusqu'à le toucher presque. Maurevert laissa échapper un sourd gémissement. Il oubliait que Pardaillan lui offrait un combat loyal ; il oubliait que ce combat devait avoir lieu loin de Montmartre, loin de la tombe où dormait son éternel et paisible sommeil le vieux routier qu'il avait aidé à tuer...

Il songeait seulement qu'il allait mourir, et qu'il était jeune encore... et que la vie eût pu être belle encore... et qu'il souhaitait ardemment de vivre encore, ne fût-ce qu'un jour... une heure !...

— Vous ne répondez pas, dit alors Pardaillan. Eh bien, il faut que je vous le dise : c'est pour cela... c'est pour cette égratignure au sein de cette enfant que j'ai résolu de vous tuer. Car c'est cela qui fait de vous un être à part dans les annales de l'infamie et de la lâcheté. Voilà ce que je voulais vous dire, monsieur. Tout le reste vous est pardonné. M

cela, j'ai voulu vous le faire expier par seize ans d'épouvante.
Et aujourd'hui je trouve que vous avez assez eu peur de la
mort pour mourir enfin; et puisque je vous rencontre sous mon
pied, je vous écrase... Maurevert, vous allez mourir...

Maurevert s'abattit à genoux, leva son front ruisselant de
sueur glacée et gronda d'une voix rauque:

— Laissez-moi vivre... Faites-moi grâce de la vie... Grâce!...
Ne me tuez pas aujourd'hui !...

— Un homme en vaut un autre, dit Pardaillan. Tirez votre
épée... Le hasard peut-être vous fera grâce !

— Je ne veux pas me défendre ! Je ne veux pas ! Je ne
peux pas !..

— Vous dites que vous ne pouvez pas vous défendre ?...

— Non !... oh ! non !...

— Vous êtes donc bien sûr de mourir ?

— Mourir !... oui !... Je sens... je sais que vous allez me
tuer ! râla Maurevert au paroxysme de la terreur.

— Vous êtes donc bien sûr que j'ai le droit de vous tuer ?..
que votre vie m'appartient ?

— Oui !... gémit Maurevert dans un souffle d'agonie.

Et il courba la tête avec une sorte de long hurlement.

— Grâce ! Grâce !... Au nom de Loïse ! Ne me tuez pas !...

Pardaillan, à ce nom, frissonna. Il se pencha vers Maurevert et le toucha à l'épaule. Puis jetant vers le duc d'Angoulême un regard que le jeune duc eût trouvé sublime s'il
eût compris le sacrifice qu'exprimait ce regard, il dit:

— Relevez-vous... écoutez-moi... peut-être puis-je vous
faire grâce comme vous me le demandez...

D'un bond, Maurevert fut debout. Ses mains crispées se
serrèrent convulsivement l'une contre l'autre.

— Oh ! râla-t-il, que faut-il faire ? Parlez !... Ordonnez !...
Oui, vous avez droit de vie et de mort sur moi ! Oui, j'ai été
infâme !... Mais vous... vous dont on dit que vous êtes le
dernier chevalier de notre âge... vous qui êtes la bravoure et
la générosité... oh ! vous serez aussi le pardon !..

Le rire de la femme aux cheveux d'or, le rire étrangement
funèbre de cette femme debout, toute raide, appuyée à la
croix, retentit de nouveau. . Et Pardaillan tressaillit... Quant
à Maurevert, il n'entendait plus. Toute sa vie était suspendue
à la parole qu'allait dire Pardaillan.

— Vous parlez de pardon, fit celui-ci en secouant la tête.
Je puis faire grâce, mais non pardonner. C'est à vous-même
qu'il faut demander pardon... Quant à moi, voici ce que je
puis faire...

Ici, un soupir s'étrangla dans la gorge de Pardaillan. Mais
reprenant aussitôt toute sa volonté, il continua :

— Vous avez assassiné une jeune fille... Il en est une autre
à laquelle vous pouvez rendre la vie et le bonheur : contre la
vie de Violetta, je vous fais grâce pour la mort de Loïse.

Charles se rapprocha d'un bond, saisit la main du chevalier, et le cœur débordant, murmura :

— Pardaillan !... mon frère !...

— Violetta" fit Maurevert. Vous dites que si je vous rends Violetta. vous me faites grâce de la vie ?...

— Je le dis, répondit simplement Pardaillan. Vous avez tué un amour, rendez la vie à un autre amour. Vous avez brisé une existence : la mienne. Assurez-en une autre, celle de M. le duc d'Angoulême ici présent. Et je vous oublierai j'oublierai jusqu'à votre nom... comme si vous étiez mort de ma main... ainsi que je l'avais convenu avec moi-même depuis seize ans !... Parlez donc : où est cette jeune fille ?

Maurevert répondit :

— *Je l'ignore !...* Sur Dieu qui m'entend, par ce soleil qui nous éclaire je l'ignore !... Tout ce que je vous ai dit à la Bastille ? Mensonge ! Toutes mes menaces ? Mensonge ! Simple *es* _ir_ de vous faire souffrir ! J'ignore ! Oui, sur le salut de mon âme, j'ignore où est cette jeune fille... *mais...*

À ce dernier mot, Pardaillan respira. Charles, qui sentait le désespoir l'envahir, se reprit à espérer. Et tous deux s'écrièrent :

— Mais ?... Vous dites : *mais...* vous savez donc quelque chose ?

— Il ne sait rien ! C'est un imposteur ! Qui peut savoir où est la bohémienne ?...

C'était la femme aux cheveux d'or qui parlait ainsi. Et elle se mit à rire. Mais ni Pardaillan, ni le duc d'Angoulême, ni Maurevert ne firent attention à elle...

Maurevert, pantelant, avait fermé les yeux pour ne pas laisser éclater la joie frénétique et la pensée infernale qui était la source de cette joie. Au fond de lui-même grondait un rugissement de haine sauvage, de haine plus forte que l'épouvante...

— Oui ! fit-il d'une voix haletante. oui, messieurs, je sais quelque chose... Je puis... par une trahison, il est vrai... mais qu'importe une trahison, puisque vous me faites grâce !... Je puis dès ce soir... en trahissant les intérêts de mon maître le duc de Guise... je puis savoir où se trouve celle que vous cherchez... je puis le savoir facilement... je n'ai qu'à vouloir... et je voudrai !...

Maurevert baissa la tête.. Il n'avait qu'une peur à ce moment : c'est que l'accent de sa voix ne parût pas assez émouvant, c'est que son geste ne révélât la joie hideuse qui l'inondait...

Mais ce qu'il disait, les paroles qu'il venait de prononcer et dont chacune apportait un élément de probabilité et de conviction dans l'esprit de Pardaillan, cela était si plausible, cela paraissait si vrai — jusqu'à cette précaution qu'il avait d'avaler ingénument sa trahison avec Guise — que Charles d'Angoulême, la gorge serrée d'angoisse, implora Pardaillan du regard.

— Vous dites, fit le chevalier, que vous ignorez où se trouve cette jeune fille ?

— Maintenant, oui ! haleta Maurevert. Je le jure par les saints et la Vierge !

— Mais vous dites que vous pouvez le savoir ?

— Dès ce soir, monsieur !... Que dis-je ?... Dans une heure, si je veux !... Cela ne tient qu'à moi !... Oh ! que n'ai-je eu la précaution de m'en enquérir avant de sortir de Paris !... C'était si simple !... Mais pouvais-je savoir ?... Pouvais-je deviner, malheureux, que ma vie tenait à si peu ?...

— Pardaillan ! supplia ardemment le jeune duc.

— Messieurs, messieurs ! continua Maurevert en se tordant les mains, je vous jure sur mon âme que je puis vous donner cette satisfaction... Tenez !... que l'un de vous m'accompagne !... Ou plutôt non !... Vous pourriez vous défier... Je sens que vous n'avez que trop de raisons de me tenir en suspicion !... Comment faire ?... Seigneur, une inspiration, Seigneur, mon Dieu !...

Pardaillan jeta un nouveau coup d'œil sur Charles, qu'il vit bouleversé d'espoir et de désespoir...

— Calmez-vous, monsieur, dit-il.

— Oh !... il y aurait donc un moyen ?... Parlez !... Dites !... Je suis prêt à tout !...

— Si ce que vous dites est vrai...

— Je le jure sur le paradis !...

— Je vous crois. Eh bien, nous ne pouvons en effet vous accompagner. M. le duc d'Angoulême et moi, nous sommes résolus à ne plus mettre les pieds dans Paris où il y a trop de dangers pour nous...

Maurevert écoutait avec une profonde attention.

— Nous nous sommes installés à la Ville-l'Evêque, continua Pardaillan. Non pas ce soir, car la nuit est traîtresse, mais demain, en plein jour, à dix heures du matin, vous pouvez nous apporter l'indication moyennant laquelle vous avez vie sauve... Viendrez-vous, monsieur ?...

— Je viendrai ! fit résolument Maurevert, blême de joie, comme tout à l'heure il avait été blême de terreur. Je viendrai... et vous saurez ce que vous désirez savoir... Je le jure !...

Maurevert regarda autour de lui, bondit jusqu'à la croix, étendit la main, et dit :

— Je le jure sur celui qui dort ici... Je le jure sur la tombe de votre père !...

— C'est bien, dit Pardaillan. Allez : vous êtes libre...

Pour la troisième fois s'éleva le rire funèbre de la femme aux cheveux d'or... Maurevert souleva son chapeau, salua du même geste Pardaillan et Charles immobiles.

— A demain, messieurs ! dit-il.

Et il s'éloigna... Tant qu'il sentit peser sur lui les regards des deux hommes, il put, par un effort de volonté, marcher d'un pas calme et mesuré. Mais dès qu'il fut sous les châtaigniers, dès qu'il pensa qu'on ne pouvait plus le voir, il se mit à bondir d'une course insensée, et enfin, hors d'haleine, il arriva près de la porte de Montmartre.

Alors il se retourna vers la colline... Et il éclata de rire... Un rire terrible, un rire de délire, plus effroyable que la plus effroyable imprécation...

— Il viendra ! disait pendant ce temps le duc d'Angoulême.

— Je le crois ! fit Pardaillan avec un soupir.

Et Charles était si heureux qu'il lui eût été impossible de comprendre tout ce qu'il y avait d'amertume dans le soupir de cet homme qui venait de renoncer à une haine vieille de seize ans pour assurer le bonheur de son jeune ami...

— Mais pourquoi, reprit le duc, avez-vous dit que nous étions installés à la Ville-l'Evêque, et que nous n'entrerions plus dans Paris ?...

— Précaution suprême... Maurevert viendra... je le crois... Maurevert ne trahira pas ceux qui viennent de lui donner vie sauve... je le crois !... Mais enfin, est-ce qu'on sait ?...

Ils demeurèrent quelques minutes pensifs. Charles se demandait si Maurevert viendrait au rendez-vous. Pardaillan n'avait aucun doute à cet égard. La sincérité de Maurevert lui semblait évidente. Il lui paraissait impossible que cet homme, au prix d'un si faible service, ne consentît pas à retrouver la paix de la vie. En tout cas, si Maurevert trahissait, encore une fois, lui, Pardaillan, saurait le retrouver...

Mais non... Maurevert ne trahirait pas cette fois !... Il viendrait le lendemain, à dix heures, à la Ville-l'Evêque et apporterait le renseignement demandé... puisque, pour si peu, il avait vie sauve et s'affranchissait du cauchemar de terreur où il se débattait depuis seize ans. Et Pardaillan soupira. C'était bien le moins qu'il donnât un soupir à cet abandon qu'il faisait de sa haine et de sa vengeance.

— Maurevert tiendra parole, songeait-il, ce n'est que trop certain. Et alors, ce sera à moi de tenir la mienne !... J'ai juré de l'oublier !... Et ainsi ferai-je, par la mort-dieu !... Quoi ! pour racheter la vie de cette petite bohémienne, je renonce donc à tout ce que je portais dans le cœur ? Pour assurer le bonheur de ces deux enfants, je me condamne donc moi-même à ce supplice : pardonner à Maurevert ? Que maudit soit le jour où la mère de Charles sauva mon père et moi-même !

Il frémissait. Et maintenant que Maurevert n'était plus devant lui, il se demandait comment il avait pu l'épargner.

— Allons, allons, reprit-il en secouant la tête, le sacrifice est dur ! je vois que j'aurai quelque mal à oublier... Pourquoi diable faut-il que le fils de Marie Touchet ait justement placé son bonheur dans cet amour?... Pourquoi a-t-il fallu que sa mère me confie ce jeune homme? Et pourquo me suis-je attaché à lui?... Ah! mon père, mon digne père, comme vous aviez raison!...

Il jeta un coup d'œil chagrin vers la tombe.

— Vous que j'ai enseveli de mes mains et couché sous cette terre, que me diriez vous, si vous étiez là? Que la vie ou la mort d'un Maurevert importe bien peu sans doute! Et qu'en tuant ce misérable, je ne vous aurais pas ressuscité... ni vous... ni Loïse!...

En songeant ainsi, il s'était rapproché de la tombe et chapeau bas, la tête penchée, se disait à lui-même des choses par quoi il espérait atténuer la douleur de son sacrifice. Et comme il relevait les yeux, il vit la femme aux cheveux d'or qui le regardait fixement.

Alors seulement il la reconnut. C'était Saïzuma la bohémienne... C'était la mère de Violetta..

Charles d'Angoulème, lui aussi, l'avait reconnue et s'était approché. Mais voyant que Pardaillan *priait* sur la tombe de son père, il avait respecté sa méditation et gardé le silence.

Peut-être le lecteur n'a-t-il pas oublié qu'après sa première visite au couvent des bénédictines, Pardaillan avait amené la bohémienne à l'auberge de la *Devinière*, où il l'avait confiée aux soins de dame Huguette. Mais dès le soir même du jour où le chevalier s'était rendu au duc de Guise. Saïzuma avait disparu de l'auberge.

Avait-elle été effrayée par le tumulte? Avait-elle profité de ce tumulte même pour s'en aller? Qu'était elle devenue depuis ce temps? Comment avait-elle vécu?... Où avait-elle trouvé un gîte?... Autant de questions que se posait Pardaillan, mais auxquelles il lui eût été impossible de répondre.

Saïzuma le regardait en souriant. Il était évident qu'elle le reconnaissait et qu'elle se souvenait parfaitement de la scène de l'auberge de *l'Espérance*.

— Prenez garde au traître! dit-elle d'une voix d'une infinie douceur. Prenez garde à ceux qui font des serments! A moi aussi, jadis, quelqu'un me faisait des serments.. Qu'en est-il resté?... Du malheur!

Charles considérait avec une poignante émotion celle qui s'était appelée Léonore de Montaigues.

— Madame, dit Pardaillan, venez avec nous. Il n'est pas séant qu'une Montaigues soit ainsi errante par les chemins...

— Montaigues! fit-elle frémissante. Quel est ce nom?...

— Léonore, baronne de Montaigues, c'est le vôtre!

— Léonore? Qui vous dit que je m'appelle Léonore?... Léonore!... Quelle folie!... J'ai connu une pauvre fille qui s'appelait ainsi... Elle est morte!...

La bohémienne était devenue toute blanche. Malgré le

chaud soleil qui versait sa lumière sur les flancs de la butte, ses mains tremblaient.

Charles saisit une de ces mains et la pressa dans les siennes.

— Vous êtes Leonore, répéta-t-il, vous êtes la mère de celle que j'aime !.. Ah ! madame, écoutez-nous... rappelez-vous !... Souvenez-vous du pavillon de l'abbaye où nous vous avons trouvée... Vous étiez avec celui qui vous a aimé.. avec celui qui nous a dit votre nom et le sien... le prince Farnèse... l'évêque !...

Elle eut un grondement, quelque chose comme un sanglot... un instant la lueur de raison éclaira ses yeux splendides .. car dans ces yeux, il y avait de la haine !... Charles la fixait avec une angoisse de douleur, d'amour et de pitié ..

Reconquérir la raison de cette infortunée ! Retrouver Léonore de Montaigues dans la bohémienne Saïzuma ! Et rendre sa mère à Violetta, retrouvée elle-même... A cet instant il put faire ce rêve, tandis que palpitant, il fouillait le regard de Saïzuma... Mais ce regard s'éteignit soudain. .

— L'évêque est mort ! dit-elle en secouant la tête.

— Votre fille, madame ! cria le jeune duc. Votre fille !... Votre Violetta !...

— Je n'ai pas de fille... dit-elle d'une voix morne.

Charles laissa retomber sa main et détourna son regard vers Pardaillan comme pour lui dire :

— Qui donc au monde pourrait lui rendre la raison, puisque le nom de sa fille la laisse indifférente ?...

En effet, si Charles et Pardaillan avaient su, dans le pavillon de l'abbaye, le vrai nom de la bohémienne et qu'elle était la mère de Violetta, ils ignoraient encore en quelles terribles circonstances l'enfant était née... et que cette enfant... la mère ne l'avait jamais vue ! Folle avant d'être mère, Léonore s'était réveillée en prison *sans savoir* qu'elle était mère !...

— Madame, reprit alors Pardaillan, ne parlons donc pas de votre nom, puisque cela semble provoquer en vous une douleur que nous sommes bien loin de vouloir vous causer...

— Je suis Saïzuma .. la bohémienne Saïzuma, et je dis la bonne aventure, ne le savez-vous pas ?

— Soit. Mais venez avec nous... N'êtes-vous pas lasse de vivre ainsi, à l'abandon, toujours seule avec vos tristes pensées ?

— Oui, fit-elle en hochant la tête, mes pensées sont bien tristes... Si je vous disais .. si je vous racontais l'histoire de cette pauvre Léonore dont vous me parliez !... Vous comprendriez pourquoi mes yeux n'ont plus de larmes à force d'avoir pleuré !

Elle s'était appuyée à la croix et, d'un geste lent, s'était drapée dans les plis de son manteau bariolé, parsemé de médailles. Sous le grand soleil, ses cheveux dénoués rutilaient

Ses yeux se perdaient au loin sur la campagne solitaire, et elle était belle ainsi, toute raide, adossée à cette croix, dans l'éclatante et chaude lumière, d'une beauté tragique d'épouvante, qui faisait frissonner les deux hommes immobiles...

— Affreuse histoire, reprit-elle de sa voix monotone aux inflexions d'une étrange douceur, histoire d'un cœur brisé, que Saïzuma est seule à connaître. Écoutez donc la bohémienne, et vous saurez pourquoi elle a tant pleuré sur la pauvre Léonore, pleuré jusqu'au jour où ses yeux n'ont plus eu de larmes. Connaissez-vous la cathédrale, la sombre et vaste église qui se dresse en face de l'antique hôtel ? C'est là !... c'est là que le Malheur accourant des horizons inconnus avec la force de l'ouragan s'abattit sur la fille maudite... c'est là qu'elle vit celui qu'elle appelait son Dieu... c'est là qu'elle reconnut en lui l'imposture, la trahison et l'infamie... et puis... écoutez...

Saïzuma s'était arrêtée court. Son regard fixé sur des choses mystérieuses qu'elle seule voyait, cherchait sans doute à retenir les images rapides qui passaient comme d'insaisissables songes...

Le duc d'Angoulême frissonnait. Pardaillan, bouleversé de pitié, reconnaissait cette voix d'amertume et de douleur qu'il avait entendue à l'auberge de l'*Espérance* le soir où Saïzuma, devant l'assemblée des truands et des ribaudes, avait dit une partie de son histoire.

— Qui a crié ainsi ? reprit-elle, secouée d'un frisson. De quel abîme de honte et de désespoir a jailli ce cri, ce cri atroce que j'entends, que j'entendrai toujours ?... C'est là dans la vaste cathédrale, qu'a retenti cette clameur... Oh ! cela me déchire !... grâce pour elle !... Non ! pas de grâce ! Malheur à la sorcière !... Oh ! tous les poings qui se tendent sur elle ! Tous les yeux qui la menacent !... et puis... plus rien ! Rien que le silence de la tombe, la nuit du cachot... le délire de l'agonie... Et puis, tout à coup, elle revoit le jour, un jour sombre où le ciel voile sa face... Et voici la bohémienne que l'on conduit là-bas, parmi les foules d'hommes qui grondent... vers la hideuse machine de mort... et là... là... au pied du poteau terrible, qui a encore crié ?... De quelles entrailles a jailli cette clameur de martyre et d'espérance... Quoi ! d'espérances ?... Oui !... Pourquoi espérance ?... Qui le sait, puisqu'elle même ne le sait pas et ne le saura jamais ?... Et puis... plus rien encore !... L'agonie d'un cœur qui se meurt, une fatigue monstrueuse d'un corps brisé... une pensée qui entre dans les ténèbres...

Saïzuma s'interrompit soudain. Et sur ces lèvres décolorées, le rire que Pardaillan avait entendu tout à l'heure, ce même rire funèbre éclata.

— Adieu, dit-elle. Et surtout ne vous avisez pas de suivre la bohémienne, car sa route est celle du malheur. Elle est partie du malheur pour aboutir au malheur. . adieu !...

A ces mots, elle s'éloigna de son pas majestueux. Hors de lui, haletant, le duc d'Angoulême s'élança en criant:

— Léonore !

Elle se retourna, leva un doigt vers le ciel, et dit :

— Pourquoi appelez-vous la morte ? Si vous cherchez Léonore, allez au pied du gibet.

— Le gibet ! balbutia Charles éperdu, cloué sur place. Pourquoi la mère de Violetta parle-t-elle du gibet ?

A ce moment, Saïzuma disparut derrière les roches éboulées. Le duc d'Angoulême revint à Pardaillan, lui saisit la main et murmura :

— Chevalier, il faut la suivre... l'emmener avec nous... la guérir...

Pardaillan secoua la tête. Mais voyant combien cette scène saisissante en son imprévu avait frappé l'esprit de son compagnon :

— Venez, dit-il.

Tous les deux s'élancèrent sur le sentier qu'avait pris Saïzuma pour s'éloigner. Mais lorsqu'ils eurent contourné les roches, ils ne la virent plus. Charles d'Angoulême et Pardaillan battirent en vain les environs. Saïzuma demeura introuvable, et après deux heures de recherches, ils reprirent le chemin de Paris où ils rentrèrent par la porte Montmartre.

Ils passèrent à la *Devinière* une nuit exempte de toute alerte et le lendemain, à la première heure, se rendirent au rendez-vous que Maurevert avait accepté, mais ils s'arrêtèrent à mi-chemin de la Ville-l'Evêque. Pardaillan était persuadé que Maurevert, enfin vaincu dans son esprit de trahison, tiendrait parole. Mais bien que Maurevert eût accumulé les serments il pouvait bien, en une nuit, les avoir oubliés.

C'est en faisant cette réflexion que le chevalier résolut de se tenir sur ses gardes. C'est pourquoi, sans aller jusqu'à la Ville-l'Evêque, il prit position avec le jeune duc dans un épais bosquet de chênes. De là, ils pouvaient surveiller tout ce qui venait de Paris. Vers neuf heures et demie, ils aperçurent un cavalier qui s'avançait rapidement.

— C'est lui ! dit tranquillement Pardaillan.

C'était Maurevert en effet. Le chevalier l'avait reconnu, bien qu'il fût encore à longue distance.

— C'est ma foi vrai ! dit Charles lorsque Maurevert fut pleinement visible. Comment avez-vous pu le reconnaître ?

— Maurevert et moi, nous nous reconnaissons toujours quelle que soit la distance, dit Pardaillan avec la même tranquillité.

Il frémissait pourtant. Et si le duc l'eût regardé, il eût vu sur son visage cette même expression livide que la veille lorsqu'ils suivaient Maurevert... mais cette fois avec une sorte de désespoir. Mais le jeune homme ne regardait que

Maurevert... Et il tremblait de joie... car Maurevert, c'était
la certitude de revoir Violetta !... sans quoi cet homme serait-
il venu ?.

— C'est lui ! reprit Charles. Le voici bien seul... sans armes .. Ah ! Pardaillan ! le bonheur m'étouffe !...

— Avançons, dit Pardaillan.

Ils sortirent alors du bosquet et rejoignirent le sentier. Bien.
tôt Maurevert fut sur eux. Il sauta à terre, se découvrit et
dit :

—Me voici, messieurs...

IX

La parole de Maurevert

Après être rentré dans Paris, la veille, à la suite de sa ren
contre avec Pardaillan, Maurevert s'était mis à parcourir la
ville, au hasard, pour le besoin de marcher. Il allait d'un pas
rapide et souple, d'une démarche de tigre, et les passants le
regardait avec effarement , mais lui n'y prenait pas garde

Parfois, une sorte de rugissement grondait dans sa gorge,
et il se mordait les lèvres jusqu'au sang pour ne pas hurler
la joie effroyable qui le soulevait. D'autres fois, au contraire,
venant à reconstituer cette minute horrible où s'étant retourné sur Paris il s'était vu en face de Pardaillan il éprouvait le
choc en retour de l'épouvante, et se sentait défaillir. Alors il
entrait dans le premier cabaret, buvait d'un trait un verre de
vin, jetait sur la table une pièce de monnaie, puis reprenait
sa marche..

Il tenait Pardaillan !... Enfin ! Enfin ! Enfin !...

Oh ! il le tenait bien, cette fois ! Le démon ne pouvait lui
échapper. Pas une seconde il ne douta que Pardaillan viendrait au rendez-vous.... Le tout, l'essentiel était de bien
combiner cette fois le coup, la trahison suprême...

Pardaillan viendrait !... Il le tenait !... Le long, le terrible
cauchemar de terreur enfin effacé !.. La revanche ! Une revanche infaillible !... Car lui, lui Maurevert ! lui ne se fierait
à la Bastille, ni à Bussi, ni à rien !... Il tenait Pardaillan !.
Enfin !... Il allait l'écraser !.. En formulant ce cri dans sa
pensée, Maurevert frappait violemment du pied, comme
du talon, il eût écrasé une tête...

Où allait-il ? Où se trouvait-il ?... Maurevert ne se le de
mandait pas... Il allait, allait toujours, affolé par cet irrésistible besoin d'aller, de dépenser le trop plein. qui pousse
l'homme à qui vient d'incomber un bonheur imprévu, un

bonheur si grand, qu'il en est terrible et ressemble à une catastrophe...

Il n^ méditais pas, encore comment il s'emparerait de Pardaillau. Il le tenait !... Et cela, pour le moment, suffisait à à cette joie indicible, insensée, qui le soulevait.

Le soir tomba sur Paris... bientôt il fit nuit... Maurevert allait toujours, passant et repassant vingt fois par les mêmes rues sans s'en apercevoir, poussant d'un coup d'épaule le bourgeois qui ne se rangeaient pas assez vite... Et ce fut ainsi que vers les neuf heures, il heurta tout à coup à coup un passant attardé...

— Insolent ! hurla Maurevert, non pour insulter le bourgeois mais pour le besoin de crier.

Et il continua sa route.

— Holà ! cria le bourgeois. C'est moi que vous appelez insolent ?... Halte ! ou je frappe par derrière !...

Maurevert se retourna en grinçant : ce bourgeois était un gentilhomme — un gentilhomme de Guise... un de ses amis...

— Lartigues ! gronda Maurevert.

— Maurevert ! s'écria le gentilhomme. Quoi ! c'est toi ?...

Maurevert, les yeux sanglants, considérait cet homme qui était son ami. Cette pensée, comme un éclair, traversa son cerveau

— Guise me croit à sa mission. Si Guise sait que je suis à Paris, tout est perdu... Lartigues, demain, racontera qu'il m'a vu...

— C'est toi ! reprenait le gentilhomme en riant. J'allais, ma foi, te faire un mauvais parti !... heureusement, je t'ai reconnu à temps .

— Je crois, dit Maurevert froidement, que vous m'avez bousculé et appelé insolent ?

— Ah ça !. . es-tu fou ?...

— Monsieur de Lartigues, quand on m'appelle insolent, il me faut du sang !...

— Hé ! par la mort-diable, monsieur de Maurevert, puisqu'il vous faut du sang, je vous attendrai demain à huit heures avec deux de mes amis, sur le Pré aux Clercs !

— Ce n'est pas demain, c'est tout de suite ! grinça Maurevert.

Ce Lartigues, que nous notons ici en passant, était un noble et brave gentilhomme, bon escrimeur comme tous ceux de son temps ; la provocation insensée de Maurevert lui fit monter le rouge à la figure...

— Monsieur, dit-il, je crois que vous avez perdu la tête. En tout cas vous n'êtes pas poli Dégainez donc à l'instant !

Dans la même seconde, les deux épées sortirent des fourreaux et les deux adversaires tombèrent en garde.

Il y eut quelques battements brefs, puis Maurevert, avec

un juron, se fendit à fond. Lartigues lâcha son épée, tournoya sur lui-même, et sans un cri s'abattit, rendant le sang par la bouche... Il était mort.

L'épée de Maurevert l'avait atteint au sein droit et avait traversé le poumon de part en part.

Maurevert essuya sa rapière et la remit au fourreau. Alors il regarda autour de lui, et s'aperçut qu'il était dans la Cité, sur les bords du fleuve. Il se baissa, constata que Lartigues ne respirait plus, et le trainant par les jambes jusqu'à la berge, il le poussa dans l'eau.

Maurevert, alors, remonta tranquillement la berge. Chose étrange : ce duel imprévu, ce meurtre l'avait calmé...

Nous avons dû rapidement signaler cet incident bien qu'il ne fasse pas corps avec notre récit, et cela pour ce motif: c'est que nous avons pu noter chez Maurevert une bravoure, une insouciance de la mort, une brutale et violente décision...

Lartigues pouvait très bien le tuer. Maurevert le savait. Pour simplement ne pas compromettre son plan, il n'avait pas hésité à dégainer et s'était battu fort bravement. Il n'en était pas d'ailleurs à son premier, ni même à son dixième duel. Maurevert était donc brave !....

Et la seule idée de se trouver devant Pardaillan, nous l'avons vu maintes fois, le faisait trembler de terreur.

Comment ces deux états d'âme dans le même personnage étaient-ils conciliables ?...

C'est ce que nous aurons à montrer.

Maurevert, donc, ayant tué Lartigues, se dirigea tranquillement vers l'auberge du *Pressoir de fer* ; en même temps qu'il recouvrit son calme, il s'était aperçu qu'il avait grand appétit.

Il entra donc à l'auberge au moment où on allait fermer les portes. Et comme la Roussotte lui faisait observer que l'heure du couvre-feu était passée, et qu'elle ne voulait pas s'attirer une visite du guet, Maurevert répondit par ce même signe mystérieux qu'avait fait Jacques Clément. Puis il ajouta :

— Maintenant, vous pouvez clore fenêtres et porte, et me préparer un bon souper, car je meurs de faim.

La Roussotte et Pâquette, fascinées sans doute par le signe, se hâtèrent d'obéir. Bientôt tout fut cadenassé, et les deux hôtesses, rallumant leurs feux, s'empressèrent de préparer un dîner que Maurevert dépêcha de grand appétit et d'excellente humeur, car tout en mangeant et buvant, il ne cessa de lutiner les deux hôtesses et de plaisanter avec elles.

Puis, brusquement, il laissa inachevée sa bouteille, l'assiette qui était devant lui, et tomba dans une sombre méditation que la Roussotte et Pâquette respectèrent, étonnées et même effrayées qu'elles étaient de ce soudain changement d'attitude.

Enfin, Maurevert se leva et rajusta son épée. Déjà la Rousotte se précipitait pour lui ouvrir la porte. Mais il l'arrêta d'un geste en disant :

— Ce n'est pas par là que je m'en vais...

Et il refit le signe. L'hôtesse s'inclina, marcha devant Maurevert et parvint à cette salle qui communiquait avec le palais de Fausta... Maurevert frappa sur les clous disposés en forme de croix .. La porte s'ouvrit... il passa...

Lorsqu'il fut entré, la porte se referma d'elle-même. Dans la lumière douce qui régnait toujours en cette pièce Maurevert aperçut les deux suivantes favorites, Myrthis et Léa, jolies et gracieuses Chimères qui gardaient l'antre de cette redoutable Chimère qu'était Fausta.

— Votre maîtresse peut-elle me recevoir ? demanda-t-il. Est elle endormie ?

Elles le regardèrent d'un air étonné, comme s'il eût été étrange de supposer que Fausta pût se reposer et dormir. Et en effet, à peine avait-il fini de parler, que Fausta parut et prit place dans son fauteuil. Les deux suivantes disparurent à l'instant. Comme toujours, l'entrée de Fausta avait été soudaine et silencieuse.

— Je ne m'attendais pas à voir ce soir le sire de Maurevert, dit-elle.

— En effet, madame, je devrais être à cette heure bien loin de Paris.

— Vous deviez attendre mes ordres à Orléans...

— C'est vrai, madame...

— Un cheval et une voiture vous attendaient sur les pentes de Montmartre : la voiture pour elle, le cheval pour vous.

— J'ai vu le cheval et la voiture, madame; ils étaient bien au rendez-vous que vous m'avez indiqué.

— Je vous avais fait donner une mission par M. de Guise, afin que vous soyez libre de toute entrave, et puissiez gagner huit jours.

— C'est vrai, madame. Et le duc me croit sur la route de Blois où j'ai ordre de noter l'installation du roi et les forces dont il peut disposer à l'occasion.

— Donc, tout était parfaitement combiné pour légitimer votre absence et préparer votre départ. Le duc vous confie une mission qui couvre celle que je vous ai donnée, moi. Je fais disposer pour vous vos relais pour une marche rapide. Tout est prêt. Vous n'avez qu'à partir... Et vous voici ! Monsieur de Maurevert, vous jouez un jeu dangereux.

— C'est vrai, madame. La partie que je joue en ce moment est dangereuse. Ma vie n'a tenu qu'à un fil aujourd'hui, et peut-être demain serai-je mort. Mais ici, à cette heure, je suis en sûreté, madame. Car d'un mot vous allez comprendre pourquoi la petite bohémienne est encore à l'abbaye, pourquoi le cheval et la voiture ont été inutiles, et inutile la mission de Blois, et pourquoi je suis ici au lieu de courir sur la route d'Orléans : madame, sur les pentes de Montmartre au moment où je me dirigeais vers l'abbaye, je me suis heurté à un obstacle.

— Il n'y a pas d'obstacle, dit sourdement Fausta, quand j'ai donné un ordre.

— C'est encore vrai, madame. Mais cette fois, l'obstacle était de ceux qui peuvent arrêter non seulement la marche du pauvre gentilhomme qui vous est dévoué corps et âme, mais de grands desseins d'Etat comme celui qui devait s'accomplir à Chartres... l'obstacle, madame, s'appelle Pardaillan.

Fausta rougit légèrement, ce qui chez elle indiquait une violente émotion. Elle demeura quelques instants silencieuse, sans doute pour que sa voix ne trahît pas son trouble, et son sein se gonfla sous l'effort d'une palpitation qu'elle parvint bientôt à dominer.

— Vous avez rencontré Pardaillan ? demanda-t-elle froidement.

— Oui, madame.

— Il vous a vu ?

— Il m'a parlé ! fit Maurevert avec un frisson. Madame, je vois dans vos yeux l'étonnement de me voir vivant, ici, le soir du jour où j'ai rencontré Pardaillan, où je l'ai vu de près, où il m'a parlé !... Je vais vous étonner davantage : Pardaillan est à nous !

Cette fois, en effet, la stupéfaction fut si réelle et si profonde chez Fausta qu'elle ne songea pas à la déguiser. Joie intense et furieuse de tenir encore l'ennemi... douleur peut-être... mais surtout stupéfaction...

Qu'un homme comme Maurevert eût pu s'emparer d'un homme comme Pardaillan, cela lui semblait contraire au sens naturel des choses. Elle jeta sur Maurevert un sombre regard de doute où s'il y avait un espoir, il y avait aussi la colère qu'on peut éprouver contre un malfaisant pygmée qui détruirait une œuvre d'art.

Fausta, avec sa passion violente, avec son âme haussée à des conceptions surhumaines, conservait un sens d'artiste raffiné. Pardaillan pris par Maurevert !... C'est une autre fin qu'elle eût souhaitée à une telle carrière ! Il lui semblait hideux que le dernier chant de ce poème vivant qu'était le chevalier fût de si piètre envergure... Et pourtant !... Pardaillan pris — repris plutôt — par Maurevert ou un autre — c'était vraiment l'obstacle enfin écarté de sa route !

— Vous l'avez blessé ? fit-elle sans pouvoir dominer un sentiment que Maurevert prit pour de la joie, et où il y avait en effet de la joie.

Maurevert secoua la tête.

— Vous l'avez pris?... pris vivant?... Non ?... Mais vous avez dit : Pardaillan est à nous !...

— Nous le tenons, madame, dit Maurevert chez qui éclata alors la haine enfin assouvie, nous le tenons ! Demain à dix heures, nous n'avons qu'à le prendre ! Il ne s'agit que de combiner une bonne embuscade, et il y viendra tête baissée...

Un rire terrible secoua Maurevert Fausta le vit livide, un mousse au coin des lèvres, avec des yeux de folie, avec un voix rauque semblable au grondement d'impatience de chiens à la minute de la curée. Et elle comprit Maurevert comme elle ne l'avait pas encore compris...

— Pardonnez-moi, haleta l'homme, je ne puis m'empêcher de rire !... Je ris depuis cet après-midi... je ris comme jamais je n'ai pu rire depuis seize ans !... il me serait impossible de ne pas rire... Ah ! par l'enfer ! par la damnation de mon âme !... comme c'est bon de rire enfin *de bon cœur* ! Je dois vous paraître insensé !... Ecoutez-moi, madame, nous n'avons qu'à préparer l'embuscade : une centaine d'hommes solides et bien armés suffiront. Car le duc ne se doute de rien. Sa confiance, voyez-vous, est prodigieuse ; au fond, c'est un imbécile... Il viendra, vous dis-je! Il sera seul, avec son niais d'Angoulême dont je ne ferai qu'une bouchée... Madame, je viens de tuer un homme pour être libre demain, un de mes amis, quelqu'un que j'aimais bien ! Je tuerais dix, vingt de mes amis pour être libre demain !... C'est bien simple : il m'a donné rendez-vous, demain, à dix heures, à la Ville-l'Evêque ; le reste nous regarde!...

Fausta, appuyée sur le bras de son fauteuil, passive, considérait cette manifestation de haine avec une curiosité effrayante. Maurevert souffla fortement et continua un peu plus calme

— Ils étaient tous deux sur les pentes de Montmartre... car ils n'osent rentrer dans Paris. Ils sont à la recherche de la petite bohémienne. Je marchais, je montais, j'allais à l'abbaye... et tout à coup, j'ai vu Pardaillan... Et j'ai vu que j'allais mourir, madame! j'ai vu cela dans ses yeux... Alors, la peur, la hideuse peur qui me tient depuis tant d'années, m'a mordu au cœur, et je suis tombé à genoux... et j'ai demandé grâce !... Ah ! il ne manquait que cela à ma haine !... Cette chose plus affreuse que tout ce que j'avais pu supposer : il m'a fait grâce..

Fausta eut un bref tressaillement.

— Il m'a fait grâce de la vie! continua Maurevert. Et je vous le dis, madame, cela manquait à ma haine !... Voici ; il m'a fait grâce pour que je puisse lui dire demain où se trouve la petite bohémienne! . A dix heures, demain, je dois me trouver au rendez-vous, à la Ville-l'Evêque... J'y serai, madame !... Nous y serons !...

Maurevert fut secoué de nouveau par son effroyable rire.

— Demain ! murmura Fausta. Demain... à dix heures,. à la Ville-l'Evêque...

— Oui, dit Maurevert frémissant, demain... demain nous le tenons !...Nous n'avons donc qu'à prendre les dispositions nécessaires. Je connais parfaitement les plaines de la Ville-l'Evêque et je me charge de disposer l'embuscade...

Un geste de Fausta lui imposa silence. Elle songeait... elle cherchait une solution... Comme pour indiquer à Maurevert qu'il eût à ne pas la déranger, elle lui fit signe de s'asseoir, car il était encore debout depuis l'entrée de Fausta... Maure vert obéit.

— Il faudrait pourtant se hâter ! gronda-t-il en lui-même Il faut qu'à l'aube tout soit prêt... le filet tendu...

Une solution !... Quelle solution cherchait Fausta ?... Ah' certes, ce n'était pas la solution *extérieure* qui l'occupait !... Prendre Pardaillan ? S'emparer de lui ? C'était facile en l'occurrence !... Comme l'avait indiqué Maurevert, il n'y avait qu'à préparer une embuscade avec une centaine d'hommes bien armés... Quels que fussent le courage, la force et la ruse de Pardaillan, il succomberait infailliblement...

Non ! ce n'était pas là ce qui l'inquiétait ! La solution qu'elle cherchait était *intérieure*.

Depuis la scène de la cathédrale de Chartres, un travail étrange se faisait dans le cœur de cette femme. Il y avait en elle de la haine et de l'amour à poids égaux... Qu'on excuse cette comparaison : l'âme de Fausta était une balance. Dans un des plateaux, il y avait de l'amour ; dans l'autre, de la haine...

La haine, c'était l'orgueil.

L'amour, c'était la vérité.

Avant la scène de la cathédrale, ces plateaux étaient immobiles. L'amour et la haine étaient dans un état stagnant. Cette scène avait imprimé aux plateaux un violent mouvement de bascule : tantôt l'amour était en haut... Ainsi, dans la cathédrale même, cet amour avait triomphé jusqu'à arracher Fausta à son rêve d'orgueil : elle avait consenti à redevenir femme. Un mot de Pardaillan, et Fausta quittait la France avec lui. Tantôt c'était la haine qui remontait Et dans ces moments, Fausta eût avec ivresse tué Pardaillan de ses propres mains.

Une seconde avant que Maurevert n'eût indiqué le moyen de s'emparer de Pardaillan, Fausta songeait à le tuer. Une seconde après que Maurevert eut parlé, cette décision n'existait plus.

Placée devant la certitude exposée par Maurevert, la question se posait dans l'âme de Fausta avec une violence et une urgence qui affolaient les deux plateaux .. Dans les dix minutes qui suivirent, elle voulut livrer, puis sauver, puis livrer encore Pardaillan, et elle comprit avec une terrible augoisse qu'elle n'était plus maîtresse d'elle-même, qu'elle ne se dirigeait plus.

Voilà la solution que cherchait Fausta... Haïr ?... Aimer ?... Tuer, et reprendre son rôle d'ange, de vierge, de statue ?... Sauver Pardaillan... et vivre dans la honte de cette défaite ?..

Maurevert tâchait de suivre sur son visage le reflet de ses pensées, mais il la voyait si calme, qu'il lui eût été impossible de deviner quel orage se déchaînait en elle.

— Elle combine l'embuscade, songeait-il.

Tout à coup, Fausta releva la tête... Et alors, Maurevert frémit. L'éclair qui jaillit une seconde des yeux de Fausta lui donna l'impression qu'elle venait de prendre une résolution terrible... Et c'était vrai!... La haine l'emportait!... Fausta venait de condamner Pardaillan !...

Elle eut un long soupir, comme un être qu'on délivre enfin d'un mal lancinant. Et Maurevert qui venait de la voir si calme, la vit un instant pâle comme une morte...

La solution était trouvée... la solution *intérieure*. Quant à la solution *extérieure*, ce n'était qu'un jeu pour Fausta.

Une fois la mort de Pardaillan résolue, rapidement elle combina le lieu de la mort et le mode... En finir d'un coup!... Et en même temps, débarrasser le duc de Guise de l'amour qui l'obsédait et le paralysait. Voilà la question qui se posa alors dans cet esprit si terriblement lucide... Oui, faire disparaître d'un coup, dans la même catastrophe, tout ce qui entravait sa marche au grand triomphe. Pardaillan et le duc d'Angoulême!... Et Violetta !... Et le cardinal Farnèse !... Et le bourreau... maître Claude ! Tous ces êtres à la fois !... Les frapper d'un même coup, les anéantir ensemble !...

Et alors, délivrée, oublier cet épisode, et plus forte, plus puissante, son orgueil fortifié par cette victoire, reprendre le vaste projet de domination. Devenir à la fois reine de France en épousant Guise, roi par la mort de Valois .. et maîtresse de l'Italie... maîtresse de la chrétienté en écrasant le vieux Sixte-Quint !... Voilà ce qu'avec sa foudroyante promptitude de conception, elle entrevit à ce moment. Et ce fut sur cette idée qu'elle échafauda son plan .. le plan qui devait faire disparaître de sa vie tous les obstacles ensemble, Violetta Farnèse, Claude, Angoulême et Pardaillan !...

— Monsieur de Maurevert, dit-elle alors, vous avez reçu une mission du duc de Guise?

— Grâce à vous, oui, madame, fit Maurevert étonné.

— Eh bien, cette mission, il faut la remplir. Vous allez prendre le chemin de Blois. Vous étudierez le château, les forces de Crillon et leur disposition... l'installation du roi, et les précautions qu'on a pu prendre pour le mettre à l'abri d'un coup de main... Quand vous aurez vu tout cela, vous reviendrez en rendre compte à votre maître...

Maurevert était stupéfait. Il considérait Fausta avec une sorte de rage. .

— Tout cela, reprit-elle, peut vous demander huit jours, mettons dix...

— Madame, gronda Maurevert, je crois que vous n'avez pas. .

— Je crois, interrompit Fausta froidement, que votre tête tient à peine sur vos épaules et que je puis la faire tomber rien qu'en la désignant à M. le duc... Croyez-moi, monsieur de Maurevert, obéissez sans discussion...

— J'obéis, madame! murmura Maurevert livide. Mais ma tête que vous menacez, madame, je la donne!... Oui, je consens à mourir pourvu que je le voie d'abord mourir, lui !...

— Prenez patience, dit Fausta. Obéissez, et vous le verrez mourir...

— Ah ! madame !... pardon !... je croyais, je supposais... que peut-être vous lui faisiez grâce !...

— Comme il vous a fait grâce !... Non, monsieur de Maurevert, tranquillisez-vous.

— Et le rendez-vous à la Ville-l'Evêque ? fit Maurevert haletant.

— Eh bien, vous irez...

— Accompagné ?...

— Vous irez seul...

Maurevert frissonna.

— Cela est nécessaire. Il faut que la confiance de l'homme que vous voulez tuer soit absolue...

— Oh !... je comprends... Oui, oui, j'irai seul... Et que dirai-je ?...

— Puisque votre voyage à Blois durera huit jours... mettons dix... eh bien, vous direz à ces deux hommes que s'ils veulent revoir la petite bohémienne, ils doivent se trouver, le dixième jour, à dater d'aujourd'hui, à la porte Montmartre, d'où vous la conduirez ..

— Et où les conduirai-je alors ? haleta Maurevert.

— A la mort ! dit Fausta d'une voix si calme et si glaciale que Maurevert fut secoué d'un frisson... Quant au lieu exact du supplice, vous le saurez en rentrant à Paris. Toute satisfaction vous est donc donnée, puisque c'est vous même qui conduirez ces hommes au supplice auquel vous assisterez...

Maurevert étouffa un rugissement de joie et demanda :

— Quelle heure devrai-je désigner ?...

— Midi, répondit Fausta après un instant de réflexion. Ainsi donc : le dixième jour, à midi, hors Paris, près de la porte Montmartre, ils devront vous attendre. Vous pouvez leur faire serment, cette fois sans parjure, qu'ils verront Violetta. Allez, monsieur de Maurevert !...

A ces mots, Fausta se leva, et avant que Maurevert eut pu ajouter un mot, disparut. Quelques instants après, les deux

suivantes, Myrthis et Léa entrèrent et lui firent signe de les
suivre. Elles l'escortèrent jusqu'à la porte, et bientôt Maurevert se trouva dans la rue.

Longtemps, il demeura là, songeant à ce qui venait de se
passer. Pas une seconde l'idée ne lui vint que Fausta avait
pu le tromper. Il pensait seulement qu'elle avait dû méditer un effroyable supplice qu'il fallait préparer, et il admirait
qu'elle eût ainsi perfectionné sa vengeance : Lui n'avait entrevu qu'une embuscade où Pardaillan tomberait sous un
coup de poignard ou sous quelque balle d'arquebuse...

Le petit jour le surprit ainsi, tout frissonnant devant la
grande porte de fer.

Maurevert regagna son logis entra sans faire de bruit à
l'écurie, sella son cheval et, laissant les portes ouvertes derrière lui, s'éloigna, traînant la bête par la bride.

Il marcha ainsi à pied jusqu'à la porte Neuve où il attendit
l'heure de l'ouverture.. Vers huit heures du matin, Maurevert se retrouva dans la campagne, galopant éperdûment
pour se briser de fatigue, repris d'une crise d'allégresse effrayante comme celle de la veille... toute une nuit passée
sans dormir n'ayant pas épuisé sa force de haine et de joie ..

Enfin, il revint sur Paris, et comme l'heure du rendez-
vous approchait, il se mit à trotter dans la direction de la
Ville-l'Evêque, employant alors tout ce qu'il avait d'énergie
à se composer un visage paisible. Il vit alors combien une
embuscade eût été difficile et, en lui-même, ardemment, il
remerciait Fausta, lorsqu'il aperçut Pardaillan et le duc d'An
goulême qui, étaient sortis du bosquet, arrivaient sur le sentier.

Ce fut encore une minute de terrible angoisse pour Maurevert. Qui sait si Pardaillan ne s'était pas repenti de sa
générosité !... Il marcha cependant, et, étant arrivé près d'eux,
mit pied à terre en disant :

— Me voici, messieurs...

La physionomie de Charles s'éclaira d'un sourire et son
cœur se mit à battre. Quant à Pardaillan, il ne fit ni un
pas ni un geste. Maurevert évitait de regarder Pardaillan.
Il tenait ses yeux fixés sur le duc d'Angoulême. Mais du
coin de l'œil, il surveillait le chevalier.

— Messieurs, dit il d'une voix sourde, à peine intelligible,
ma présence au rendez-vous que vous m'aviez assigné doit
vous prouver que j'ai songé à tenir ma parole. Si j'avais
voulu vous échapper pour toujours, je n'avais qu'à ne pas
venir...

Il s'arrêta un instant comme pour attendre un mot, un
geste d'approbation. Mais Pardaillan demeurait dans la
même immobilité; quant à Charles, il était trop ému pour
avoir une autre pensée que celle-ci :

— Vais-je savoir?... Cet homme m'apporte-t-il la vie ou le
désespoir ?...

— Messieurs, reprit Maurevert, en acceptant votre merci,
je m'engageais ou à vous donner satisfaction, ou à revenir me
mettre à votre disposition. Je dois vous déclarer que 'e n'ai
pas réussi aussi complétement que je l'espérais. Et c'est
pourquoi, si vous ne m'accordez un nouveau crédit, je serai
ici ce que 'étais hier à Montmartre, c'est-à-dire votre
prisonnier...

Charles avait affreusement pâli. Pardaillan, aux derniers
mots de Maurevert, le regarda avec étonnement.

— Votre attitude, monsieur, rachète bien des choses, dit-il
avec une sorte de douceur. Si nous devons mettre l'épée à
la main, je serai heureux de vous dire qu'il y a toujours de
la haine dans mon cœur contre l'homme qui m'a fait tant de
mal, mais que le mépris où je vous tenais s'est atténué...

Maurevert s'inclina sous cet outrage qui était un compliment sincère.

— Mais, reprit Pardaillan, vous disiez que vous n'aviez pas
entièrement réussi. Ceci laisse supposer que vous avez
réussi tout au moins en partie.

— Oui, messieurs...

Le jeune duc était haletant.

— Voici, de très exacte façon, continua Maurevert, ce que
j'ai pu savoir, et ce que je n'ai pas pu savoir : la jeune fille
dont vous me parliez n'est plus à Paris ; cela est certain. Mais
en quel lieu monseigneur le duc l'a-t-il fait conduire ? Voilà
ce que je n'ai pu établir. Et pourtant, messieurs, j'ai passé
ma nuit à cette recherche.

— Perdue ! Perdue pour toujours ! murmura Charles.

— Monsieur, dit Maurevert avec une apparente émotion,
vous pouvez croire que je n'ai aucun motif de haine contre
cette jeune fille et que, depuis hier, j'ai pour vous un motif de
reconnaissance Laissez-moi donc vous dire que peut-être
tout n'est-il pas dit !...

— Parlez !... oh ! si vous avez un indice... si faible qu'il
soit !...

— Monsieur, dit Maurevert en se tournant vers Pardaillan,
je vous appartiens : pensez-vous que nous devons nous battre,
ou bien m'accordez-vous un nouveau crédit de quelques
jours ?...

— Parlez, dit Pardaillan.

— Eh bien, voici, messieurs : je me fais fort, dans dix
jours, non seulement de vous dire où se trouve la jeune fille
mais de vous mettre en sa présence... Dix jours, messieurs,
cela peut vous sembler long. Mais c'est juste le temps qu'il
me faut pour aller dans une ville où je suis sûr de trouver
l'indication cherchée, et d'en revenir.

— Quelle est cette ville ? demanda Pardaillan.

— C'est Blois, répondit Maurevert du ton le plus naturel.
L'homme à qui la jeune fille a été confiée est à Blois.

Pourquoi ? Ceci, messieurs, est un secret politique. Or, si je puis trahir le duc sur une question d'amour, j'aimerais mieux être tué sur place que de le trahir sur une question d'Etat...

Ceci était admirable... Ceci confirmait si bien la bonne volonté de Maurevert, cela concordait si exactement avec tout ce que pouvait supposer Pardaillan de nouvelles tentatives que ferait Guise contre Henri III, qu'en effet la chose parut limpide au chevalier et au jeune duc.

— Que la jeune fille soit à Blois, continua Maurevert, ceci est de toute impossibilité. Le duc ne l'aurait pas envoyée si loin de lui, ni en un lieu où peuvent surgir... des dangers de toute nature. Mais à Blois, messieurs, je trouverai l'homme qui sait. Or cet homme, messieurs, n'a rien à me refuser, et quand je lui aurai dit que ma vie dépend du renseignement que je lui demande, à l'instant même j'aurai l'indication voulue... Et alors, messieurs, je vous le répète; je me fais fort de vous conduire auprès de celle que vous cherchez...

Charles regarda Pardaillan. Et ce regard voulait dire :

— Il n'y a pas à hésiter...

C'était aussi l'avis du chevalier.

— Vous dites dix jours ? demanda-t-il à Maurevert.

— Jour pour jour... dans dix jours à partir d'aujourd'hui, à midi sonnant, vous me reverrez à Paris... tenez... je vous attendrai hors des murs, aux environs de la porte Montmartre.

— Nous sommes au douze d'octobre... le vingt et un, à midi, aux environs de la porte Montmartre, nous y serons, monsieur...

— Je puis donc partir, messieurs? demanda Maurevert avec une sorte d'humilité.

— Partez, monsieur, répondit Pardaillan, de cette voix rude qu'il avait depuis quelques minutes.

Maurevert sauta en selle.

— A vous revoir, messieurs, le vingt et un d'octobre à midi, dit-il alors J'entreprends une besogne difficile et périlleuse. Mais y eût-il mille difficultés, mille dangers, ce serait encore avec joie que je l'entreprendrais car le souvenir de la journée d'hier ne s'effacera jamais de mon cœur.

Aussitôt, il mit son cheval au petit galop et s'éloigna pour rejoindre directement la route de Blois. Pardaillan, pensif, le regarda tant qu'il put le voir.

— Que dites-vous de cela ? lui demanda alors le jeune duc.

— Je dis, fit Pardaillan en passant une main sur son front, que cet homme est moins mauvais que je n'avais supposé...

— Il prend bien la route de Blois...

— La route du pardon ! murmura Pardaillan.

Maurevert, en effet, avait bien pris la route de Blois... il n'était nullement pressé d'arriver... Pour la première fois

depuis de longues années, il respirait librement... Il s'en
allait donc tantôt au pas, tantôt au petit galop de chasse,
parfois tombant dans une méditation profonde, tantôt considérant avec une sorte d'étonnement joyeux la campagne
inondée par le beau soleil d'automne, les frondaisons d'un
vert sombre où déjà apparaissaient quelques feuilles cuivrées
qui faisaient des taches de rouille sur les feuillages... Il
découvrait la nature. Il se surprenait à arrêter son cheval
pour contempler quelque site... Et tout cela, c'était la joie
de se sentir vivant, de comprendre qu'il avait longtemps à
vivre encore... vivre sans terreur !...

Le soir, à l'auberge où il s'arrêta pour passer la nuit, il se
montra plein de gaieté, tapota les joues de la servante, paya
généreusement, but des meilleurs vins, en sorte que les gens
de l'auberge se dirent :

— Voilà, certes, un galant gentilhomme ; c'est bénédiction
de servir des gens aussi heureux de vivre et qui mettent du
bonheur partout où ils passent...

A peine au lit, Maurevert s'endormit profondément. Il
eut ce sommeil charmant où l'on se sent dormir sans crainte.
Il ne mit ni pistolet ni poignard sur une table près de lui.
Il laissa la porte ouverte. Il ne se réveilla pas en sursaut le
visage inondé de sueur en criant d'une voix rauque : Qui va
là !... Il ne s'assura pas qu'on ne pouvait pas le surprendre
tandis qu'il dormait. Enfin, il s'endormit sans soucis...

Lorsqu'il se réveilla, le soleil inondait sa chambre. Il
s'habilla sans hâte, sifflottant entre ses dents. Et il repartit.

En route, il saluait le bucheron qui passait, ou la paysanne
trainant son âne par la bride, d'un mot joyeux et quelquefois
d'une pièce de monnaie. Jamais il ne s'était vu ainsi... Ce
furent les jours les plus charmants de sa vie. Seulement, parfois il frissonnait tout à coup ; ses yeux s'ensanglantaient ;
un rire abominable crispait ses lèvres... Et alors il murmurait :

— Le vingt et un d'octobre, à midi ! Ah ! comme c'est encore loin !...

X

Le Cardinal

Le lendemain du jour où Maurevert s'était mis en route sur
Blois, Fausta sortit de son palais en litière fermée, sans escorte. Elle portait un vêtement sombre ou il y avait comme de
la modestie.

La litière s'arrêta sur la place de Grève, près du fleuve.

Fausta, sans y rendre les précautions dont elle s'entourait toujours, marcha vers la maison où nous avons à diverses reprises introduit le lecteur. Elle allait, seule et lente, comme si elle eût espéré être aperçue des fenêtres de cette maison.

Elle heurta le marteau, patiemment, à plusieurs reprises, jusqu'à ce qu'un homme, enfin, vint ouvrir. Cet homme, ce n'était pas celui qu'elle avait placé là, naguère; dans la maison, il n'y avait plus une créature à elle...

— Je viens, dit-elle, pour consulter Son Éminence le cardinal Farnèse...

Le serviteur la regarda avec étonnement et répondit :

— Vous vous trompez, madame. Celui que vous dites n'est pas ici. Il n'y a d'ailleurs dans toute la maison que moi qui suis chargé de la garder.

Fausta sourit.

— Mon ami, dit-elle, allez dire à votre maître que la princesse Fausta veut lui parler...

— Madame, reprit l'homme en s'inclinant profondément, je vous jure que vous vous trompez...

— Mon ami, dit Fausta, allez dire à votre maître que je viens lui parler de Léonore de Montaigues...

Alors, du fond de l'ombre que formait la voûte du porche, quelqu'un se détacha, s'approcha lentement, écarta le serviteur, et d'une voix qui tremblait :

— Laissez entrer, madame, dit-il.

— Je vois, cardinal, que vous êtes bien gardé, dit Fausta en souriant.

Et elle tendit au serviteur une bourse pleine d'or.

Cette ombre, qui venait de s'avancer, cet homme aux yeux pleins de feu et de passion, mais aux cheveux et à la barbe devenus entièrement blancs, ce cavalier vêtu de noir qui portait sur son visage la trace d'une incurable douleur, c'était, en effet, le prince Farnèse. Il offrit la main à sa visiteuse qui s'y appuya, et, ensemble, ils montèrent au premier étage, dans cette large salle spacieuse qui donnait sur la place de Grève.

Fausta, tout naturellement et comme s'il n'y eût pas d'autre place possible pour elle, alla s'asseoir dans le fauteuil d'ébène recouvert d'un dais qui avait des allures de trône. Quelques instants, elle contempla avec mélancolie le cardinal qui, debout devant elle, frémissant, attendait qu'elle parlât... qu'elle parlât de Léonore !..

— Cardinal, dit Fausta de cette voix d'une si enveloppante douceur, en vain vous essayez de me fuir. Oh ! je sais que vous ne craignez pas la mort. Vous avez voulu vivre pour la revoir... elle !... Mais pourquoi vous écarter de moi ? Vous étiez en mon pouvoir. Notre tribunal vous avait condamné. Je n'avais qu'à vous laisser mourir... Et cependant, je vous ai rendu à la vie et à la liberté... C'est que je vous aimais

encore malgré votre trahison, Farnès !... C'est que je me
souvenais que, le premier, vous avez cru à mes destinées, le
premier, vous m'avez salué d'un titre qui m'écrase... C'est
vous enfin qui m'avez conduite au sein du conclave secret!...

Elle s'arrêta un instant, puis, plus âprement, reprit

— D'ailleurs, si j'avais voulu me saisir de vous, je le pouvais, cardinal !... Comment, ayant si longtemps vécu près
de moi et connaissant l'organisation de notre espionnage,
avez-vous pu penser que vous m'échapperiez si j'avais tenu
à vous reprendre ? . Voulez-vous que je vous dise ce que
vous avez fait depuis que, presque mort de faim, je vous ai
fait ouvrir la porte de votre prison ?... Vous êtes resté trois
jours dans l'auberge de la *Devinière*... Puis, lorsque les
forces vous sont un peu revenues, vous avez accepté l'hospitalité dans le logis de maître Claude... Puis, sachant que
j'étais revenue d'un voyage que je fis à Chartres, vous avez
trouvé sans doute que la rue Calandre était trop près du palais Fausta ; vous vous êtes dit que je ne pourrais pas supposer que vous chercheriez un refuge ici même... chez moi...
Et, voyant la maison vide, vous êtes venu l'occuper...

— De terribles souvenirs m'y attiraient ! murmura sourdement le cardinal.

— Je suis bien éloignée de vous en faire un reproche. J'ai
seulement voulu vous prouver que si j'avais voulu, je savais
où vous prendre... et qu'il était inutile de vous garder contre moi.

— Oui... je sais... vous avez des espions partout, et il
semble que vous en ayez jusque dans le cœur des hommes...
mais je ne vous fuyais pas... car vous êtes la Mort... et je ne
fuis pas la mort!...

Un sourire livide glissa sur les lèvres de Fausta, qui continua :

— Remarquez encore, Farnèse, que je suis venue seule.
Aucune escorte n'est apostée dans le voisinage. En sorte que
vous pourriez facilement me tuer... vous me tueriez peut-
être?

Le cardinal leva sur elle des yeux sans colère, d'une
étrange clarté.

— Oui, dit-il, je vous tuerais ! Je profiterais de cette folie
qui vous fait vous livrer à moi ! ..

— J'en suis bien sûre, dit Fausta. Mais je vous ai dit que
j'avais à vous entretenir de Léonore...

Farnèse tressaillit de la tête aux pieds.

— Et c'est cela, acheva Fausta, qui fait que votre poignard
ne sort pas du fourreau. C'est cela qui fait que nous allons
pouvoir nous dire paisiblement des choses nécessaires à notre commun bonheur.

— Il n'est plus de bonheur pour moi, dit le cardinal.

— Qu'en savez-vous ?   ne encore, un rayon d'amour

peut faire fondre cette glace qui pèse sur votre cœur... Que
Léonore revienne à la santé... à la raison... qu'elle vous pardonne le passé.. que vous soyez relevé de vos vœux religieux, et voilà le bonheur qui commence pour vous !..

Le cardinal écoutait en frémissant Un immense étonnement le stupéfiait, le paralysait... et dans cet étonnement, il
y avait une lueur d'espérance !...

— Revoir Léonore ! murmura-t-il.

Un éclair illumina l'œil noir de Fausta.

Elle comprit qu'elle venait de porter au cardinal un coup
décisif. Cet homme était donc encore ce qu'il avait toujours
été... le faible qui n'ose prendre une décision, l'irrésolu qui
se laisse ballotter au gré des événements comme une épave
par les flots de la vie ..

Et c'était un Farnèse !... C'est-à-dire un membre de cette
famille d'aigles qui avait étonné l'Italie par son audace, par
sa magnificence et parfois son génie... c'est à-dire un parent
de cet Alexandre Farnèse qui, à ce moment même, exécutait
pour le compte de Philippe d'Espagne une des expéditions
les plus hardies que seuls les éléments déchaînés devaient
faire avorter.

Le cardinal était bien toujours l'homme dont Fausta connaissait admirablement la faiblesse. Elle savait que quelle
que fût sa destinée, Farnèse courberait la tête, ne se révolte-
rait pas contre le malheur.. elle savait qu'il y avait en lui
une sorte de fatalisme à la façon des anciens qui disaient :

— Il est inutile et dangereux d'essayer d'échapper aux décrets du Destin ..

— Cardinal, reprit Fausta, je n'essayerai pas de vous écraser sous une générosité qui n'existe pas ; si je vous ai laissé
vivre, si je viens à vous, si je vous propose de vous faire libre
de faire tomber la barrière qui vous sépare de Léonore, si je
vous offre de vous la rendre et de vous rendre votre fille, c'est
que j'ai besoin de vous. Avec un homme tel que vous, Farnèse, dans les circonstances graves où je me trouve, rien ne
peut nous sauver tous deux qu'une franchise, une sincérité
une loyauté dignes de vous et de moi...

— Violetta ! murmura Farnèse ébloui !... Léonore et Violetta !... Toute ma vie !...

Et une espérance plus ferme, plus lucide rentra dans ce
cœur. Car il connaissait l'orgueil et l'ambition de Fausta, e
il fallait qu'elle eût en effet bien besoin de lui pour parler
comme elle venait de faire.

— Parlez, madame, dit-il d'une voix frémissante, et s'il
ne faut que de la loyauté pour atteindre au bonheur que vous
me laissez entrevoir .

— Il faudra aussi du courage... exposer votre vie peut-être..

— Ah ! s'il ne faut que risquer ma vie, moi qui ai risqué
le salut de mon âme... à quoi ne m'exposerai-je pas si req-

lement je puis espérer, sinon d'effacer le passé inoubliable, du moins de donner un peu de bonheur à ces deux êtres que j'adore !

— Eh bien, dit Fausta, j'ai besoin de vous, Farnèse ! Voilà la vérité... Tandis que je suis ici, tandis que je prépare les grands événements que vous connaissez, Sixte, rentré en Italie, travaille avec sa prodigieuse activité... Notre plan initial qui était d'attendre la mort de ce vieillard pour nous déclarer, ce plan est renversé... D'abord, Sixte ne meurt pas ! Ensuite ce qui se passe en Italie nous oblige à précipiter les choses... En France, tout va bien... Guise est docile... Guise a repris l'énergie nécessaire... Valois va succomber et bientôt ce royaume aura le roi de notre choix.

Farnèse écoutait avec une attention profonde. L'abandon avec lequel Fausta lui faisait part de pareils secrets lui était un garant de sa sincérité. Et sa simplicité de parole et d'attitude la rapprochait du cardinal en la faisant plus humaine.

— Donc, continua Fausta, ici, en France, Dieu se déclare pour nous...

— C'est donc en Italie que ma faible puissance pourrait vous être utile ?...

— Oui, Farnèse. L'Italie m'échappe. Plusieurs de nos cardinaux ont fait leur soumission au Vatican. Une grande quantité d'évêques demeurent dans l'attente, prêts à se retourner contre moi au premier coup qui me frappera. Quant aux prêtres qui feignent d'ignorer les engagements qu'ils ont pris, et dédaignent même de répondre à mes messagers, ils sont innombrables... Or, c'est vous, Farnèse, qui aviez entraîné la plupart de ces évêques et de ces cardinaux... C'est lorsqu'ils vous ont su séparé de moi qu'ils ont tourné leur sourire vers le vieux Sixte.

Un profond soupir de sourde joie souleva la poitrine du cardinal. Oui, tout cela était vrai ! Tout cela, lui-même l'avait prévu ! Fausta avait bien réellement besoin de lui, et elle était prête à tous les sacrifices pour s'assurer son aide !...

— Voici donc que je suis venue vous demander... Vous me direz si vous vous sentez de taille à accomplir une telle mission, et je vous dirai ensuite tout ce que je puis faire pour votre bonheur... Il s'agirait, cardinal, de vous rendre en Italie, de voir les hésitants, et surtout ceux qui se déclarent contre nous. Vous avez sur eux une autorité, un ascendant qu'ils ont tous reconnus. Pour les faire rentrer dans le devoir, je m'en rapporte aux arguments que vous trouverez dans votre grand cœur, vous qui avez pu les décider une fois déjà !... Mais pour frapper leurs esprits d'une terreur salutaire, vous leur direz ce qui est la stricte et impitoyable vérité...

Ici, Fausta s'arrêta comme si elle eût eu quelque hésitation.

— Parlez, madame, dit Farnèse, parlez sans crainte : même si nous devons être ennemis, les secrets sacrés que vous me confiez demeureront scellés dans mon cœur comme dans une tombe jusqu'à l'heure où je devrai m'en servir pour ces intérêts.

— Eh bien, s'écria Fausta emportée par un mouvement de passion qui eût achevé de convaincre Farnèse s'il ne l'eût été déjà, dites-leur donc, à ces prêtres orgueilleux et rebelles, dites-leur d'abord ce que vous savez déjà : qu'Henri de Valois va mourir ! qu'Henri 1er de Lorraine va être roi de France... qu'il va répudier Catherine de Clèves... que je serai moi, la reine de ce grand et puissant royaume !.. Mais dites-leur aussi une chose que vous ignorez .. Alexandre Farnèse a préparé et réuni dans les Pays-Bas une armée, la plus forte, la plus terrible qu'on ait vue depuis la grande armée de Charles-Quint !... Ces troupes devaient être embarquées à bord des vaisseaux de Philippe d'Espagne pour être jetées en Angleterre... Une tempête a détruit l'Invincible Armada... Mais Alexandre Farnèse demeure avec son armée intacte puisqu'elle n'a pu être embarquée .. Et maintenant, écoutez ! Alexandre, sur un signe de moi, est prêt à entrer en France... Il attend... et dès que Valois sera mort, ses troupes, comme un torrent, viendront se joindre aux troupes de la Sainte Ligue.   ( ) Vous savez l'admiration et la terreur que le nom d'Alexandre Farnèse inspirent en Italie .. Dites-leur donc qu'il m'est tout dévoué ! Que ce torrent, je le précipiterai sur l'Italie ! que j'en dirigerai à mon gré la course et les ravages ! Malheur ! malheur aux insensés qui auront appelé sur eux ce nouveau fléau de Dieu !...

Fausta s'arrêta frémissante, palpitante... Et le cardinal, subjugué comme il l'avait été si longtemps par cette femme, courba la tête et murmura :

— Que Votre Sainteté veuille bien me donner ses ordres : ils seront exécutés ..

Une fois de plus, Farnèse était vaincu !...

— Cardinal, dit Fausta avec cette émotion qu'elle savait non pas imiter, mais éprouver réellement quand il le fallait, et que surtout elle savait communiquer, cardinal, vous êtes donc de nouveau avec nous, vous rentrez donc dans le giron de notre Église ?

— Madame, dit sourdement Farnèse, je vous ai promis de vous obéir, mais c'est parce que vous m'avez promis, vous, de me donner le moyen de sortir de cette Église, de toute l'Église...

— C'est vrai, murmura Fausta pensive, la passion est plus forte chez vous que la loi. Mais Dieu a ses voies qui nous

____

(1) Projet historique. Alexandre Farnèse était réellement prêt à entrer en France.

demeurent secrètes et ses intentions qui nous sont impénétrables... Qui sait si hors de son Eglise vous ne le servirez pas avec plus de force efficace ?... Farnèse, vous êtes donc résolu à partir pour l'Italie ?..

— Dès que vous m'en donnerez l'ordre.

— Et à remplir la mission que je viens de vous exposer ?

— Quand faut-il partir ?

Fausta parut calculer un instant, puis elle dit.

— Tenez-vous prêt à partir le vingt-deux de ce présent octobre.

Elle se leva alors. Farnèse l'interrogeait du regard, comme s'il eût attendu une communication encore.

— Vous vous demandez pourquoi le vingt-deuxième jour de ce mois, n'est-ce pas, cardinal? dit Fausta avec un sourire.

— Non, madame, dit le cardinal palpitant, mais vous m'avez fait tout à l'heure une promesse.

— Celle de vous rendre Léonore et son enfant... Je m'explique, Farnèse : je ne prétends pas vous rendre la pauvre folle que le bohémien Belgodère, un jour, rencontra, errante et sans gîte, et qu'il attacha à sa pitoyable destinée; non, ce n'est pas de la diseuse de bonne aventure que je parle; ce n'est pas de la bohémienne Saïzuma ; ce n'est pas de l'infortunée que vous avez entrevue dans le pavillon de l'abbaye... Celle dont je parle, Farnèse, c'est Léonore de Montaigues, c'est la fiancée du prince Farnèse...

Le cardinal ébloui, palpitant, écoutait comme il eût écouté le Dieu auquel il croyait.

— Je connais, continua Fausta, le moyen de rappeler la raison et la mémoire dans cet esprit... Je puis y jeter le germe du pardon qu'elle vous accordera... Quant à ramener l'amour dans son cœur, ceci vous regarde !...

— Léonore... ô Léonore !... balbutia Farnèse éperdu.

— Je vous rendrai Léonore, reprit Fausta avec une sorte de gravité, et avec elle, je vous rendrai cette enfant qui est comme le trait d'union entre vous et celle que vous aimez. Cette Violetta, Farnèse, c'est votre fille qui peut, qui doit sauver et guérir votre fiancée... sa mère... non seulement de la folie, mais encore de la haine... C'est par Violetta vivante sauvée par vous, que Léonore vous pardonnera, et c'est pour Violetta... pour sa fille... que la mère vous aimera encore...

— Ma fille ! ô mon enfant adorée! bégaya Farnèse enivré.

— Donc, continua Fausta, vous partez le vingt-deuxième d'octobre... mais vous ne partez pas seul... vous partez avec elles !.. Elles vous accompagnent !... Et si j'ai choisi ce jour là pour votre départ, c'est que le vingt-et-un d'octobre sera rassemblé le saint concile qui vous relèvera de vos vœux, qui fera du cardinal un homme, et qui vous dira : Voici ton épouse, voici ta fille !...

Farnèse tomba à genoux... Il saisit une main de Fausta et y appuya ardemment ses lèvres... Et il éclata en sanglots...

Longtemps il pleura, prosterné, écroulé aux pieds de cette femme qu'une heure avant il rêvait d'étrangler. Et cependant, elle le considérait d'un regard si sombre qu'il eût frissonné d'épouvante s'il eût vu ce regard. Lorsque Farnèse se releva enfin, il ne vit plus devant lui qu'un visage empreint d'une douce pitié...

— Majesté, murmura-t-il, puisse luire bientôt pour moi le jour où vous aurez besoin de ma vie... Si je dépouille l'habit de cardinal, si je cherche à réparer le malheur dont j'ai frappé une innocente, si je deviens époux et père, je n'en resterai pas moins un serviteur à vous!... le plus ardent, le plus dévoué, le plus heureux d'assurer la réalisation de votre rêve sublime!

Farnèse s'inclina profondément et, courbé devant Fausta, tendit sa main sur laquelle elle s'appuya légèrement. Il la reconduisit ainsi jusqu'à la porte du logis.

— Le vingt et un d'octobre, à neuf heures du matin, murmura encore Fausta, tenez-vous prêt en grand costume de cérémonie : vous suivrez simplement celui que je vous enverrai et qui prononcera simplement ce mot : Léonore!...

Sur ce mot, elle s'éloigna, laissant le cardinal ébloui, fasciné, éperdu d'étonnement et de bonheur... Il la vit rejoindre sa litière qui bientôt disparut. Alors il poussa un profond soupir et remonta dans la pièce du premier étage. Un homme était là, debout qui l'attendait. Cet homme, c'était maître Claude.

— Vous avez entendu? demanda Farnèse.

— Tout! dit Claude d'une voix sombre.

L'ancien bourreau regarda le cardinal :

— Je vous admire, dit-il avec un sourire d'une effrayante tristesse, vous êtes plus jeune de vingt ans...

— Oh! murmura ardemment Farnèse, revoir Léonore et Violetta!... ma fiancée... ma fille... Toutes deux les emmener!... M'évader de cet effroyable cauchemar où je vis depuis plus de seize ans!...

— Et me laisser, moi, dans mon enfer!...

Farnèse tressaillit.

— Que voulez-vous dire?...

— La vérité, monseigneur! dit humblement maître Claude. Vous allez partir, vous! Partir avec celle que vous adorez... et, ajouta-t-il avec un soupir étouffé, avec *elle*... avec l'enfant...

Farnèse rayonnait. Comme l'avait dit Claude, il semblait rajeuni. Un rayon d'amour et d'espoir faisait fondre la vieillesse prématurée, et n'eût été la blancheur de ses cheveux, il eût été en ce moment tel qu'il était à l'époque où, cavalier élégant, alerte, audacieux, il escaladait la nuit le balcon de Léonore.

— Maître, dit-il, j'ai assez souffert dans ma vie. Dieu me pardonne. N'est-il pas juste que je connaisse une heure de joie après tant d'années de désespoir ?

— Oui, dit lentement Claude sans quitter Farnèse du regard, Dieu vous pardonne, à vous qui avez fait le mal. Mais il ne me pardonne pas, à moi qui n'ai pas fait le mal. Ceci est juste...

— L'amertume déborde de votre âme, dit Farnèse, et c'est pourquoi vous blasphémez... mais achevez ce que vous vouliez dire.

— Simplement ceci : vous partez... et moi, je reste...

Le cardinal baissa les yeux, mais ne dit pas un mot. Claude se fit plus humble encore. D'une voix plus basse où tremblait un sanglot, il reprit :

— Je reste, monseigneur... Ne me direz-vous rien ?... Cette enfant que j'adore... qui est ma fille... car enfin, elle est ma fille !.. vous partez avec elle... vous me l'enlevez... Monseigneur, n'avez-vous rien à vous dire ?...

— Que puis-je donc vous dire, fit sourdement le cardinal sinon que je compatis à votre douleur..

— Eh quoi, monseigneur, dit Claude avec plus d'humilité encore, est-ce vraiment tout ce que vous trouvez comme consolation ?.. Cette enfant, dès que je l'eus prise dans mes bras, dès que son premier sourire informe et si doux m'eut remercié de l'arracher à la mort, eh bien, je me mis à l'aimer ! J'étais seul au monde ; elle fut le monde pour moi... Pendant des années je vécus de ses sourires et de ses caresses. Je ne l'aimais plus, je l'adorais !... Comprenez-vous ce que cela veut dire ?. Oui, sans doute !.. Or, imaginez maintenant que cette adoration même n'est plus en moi... que ce qui est en moi, c'est le sentiment que ma vie existe seulement dans la vie de l'enfant, que les battements de mon cœur sont les battements du cœur de Violetta ! Monseigneur, de grâce... ayez pitié de ma détresse !... Pourquoi voulez-vous m'arracher le cœur en m'arrachant ma fille ?...

De nouveau il se courbait. Et maintenant, il pleurait chaudes larmes.

— Parlez, balbutia le cardinal, que puis-je ?... Qu'avez-vous espéré ?... Qu'avez-vous entrevu ?...

Un lointain espoir fit tressaillir maître Claude qui, d'une voix rapide répondit :

— Pendant que cette femme parlait, j'ai entrevu... j'ai espéré que le bonheur vous rendrait généreux, monseigneur. Que vous auriez une minute assez de courage pour me dire : Tu es le bourreau, c'est vrai ! Mais tu es le père, le vrai père de Violetta !... Viens donc avec nous et prends ta part de bonheur !...

— Jamais ! gronda violemment le prince Farnèse... Maître, perds-tu la tête ? Oublies-tu ce que tu as été ? Com ment pourrais-je te laisser vivre dans l'ombre de ma fille, sachant ce que tu fus!...

— Monseigneur, murmura Claude dans un soupir qui était un râle de douleur, vous me dites ce que je me suis dit maintes fois. Mais sachez qu'elle sait, vous dis-je, ce que je fus! Et cet ange ne m'a pas repoussé...

— Mais moi, moi !... je mourrais de honte et d'horreur à voir ma fille te donner la main...

— Monseigneur .. vous ne me comprenez pas... Qu'est-ce que je demande?... De vivre près de Violetta? D'être toujours à ses côtés? Oh ! non, ne croyez pas cela !... Je serais simplement un de vos serviteurs. Je ne vivrais même pas dans votre palais. Tenez, vous pourriez m'employer à cultiver vos jardins.. je suis un excellent jardinier, je vous le jure... Et alors, il me suffirait que de temps en temps j'aperçoive l'enfant... de loin... sans me montrer...

— Jamais ! gronda le cardinal

— Je vous jure que je ne lui parlerais pas... qu'elle ne me verrait jamais .. il me suffirait, vous dis-je, de voir qu'elle est heureuse ..

— Maître Claude, dit froidement Farnèse, renoncez a ces idées. Vous-même vous sentez et comprenez que l'ancien bourreau juré de Paris ne peut vivre auprès d'une princesse Farnèse, même parmi ses serviteurs. Seulement, je m'engage sur le salut de mon âme à vous faire tenir tous les trois ou six mois une lettre qui vous parlera d'elle... qui vous dira sa vie...

Claude, encore une fois, se redressa et se croisa les bras.

— Vraiment? Vous me jurez cela ?... dit-il.

— Sur le salut de mon âme !

— Et c'est tout?... C'est bien toute la part que vous me faites ! .

— Sur mon âme, aussi, c'est tout!...

— Vous dites que jamais vous ne consentirez à me laisser vivre près de mon enfant ?

— Jamais !

Il y eut une longue minute de silence. Et le cardinal put croire qu'il avait dompté le bourreau. Mais maître Claude, les sourcils contractés, semblait faire un effort de mémoire... Enfin, lentement, il alla à la porte et poussa les verrous.

Farnèse eut un livide sourire et s'apprêta à combattre par le poignard comme il venait de combattre par la parole. Mais au lieu de marcher sur lui, Claude s'adossa à la porte, les bras croisés Un instant encore, la tête baissée, il sembla chercher dans sa mémoire. Puis relevant tout à coup son vaste front ridé par la douleur, d'une voix changée, très calme, mais rude, où il y avait une menace contenue, il prononça:

— Monseigneur, écoutez. Voici la teneur exacte du papier que je vous ai signé :

« Ce quatorze de mai de l'an 1588, moi, maître Claude, bourgeois de la Cité, ancien bourreau juré de Paris, demeuré bourreau par l'âme, déclare et certifie : Pour atteindre la femme nommée Fausta, je m'engage pendant un an à dater de ce jour, à obéir aveuglément à monseigneur et cardinal-évêque Farnèse, je répugnant à tel ordre qu'il me donnera, et suivant ses instructions sans autre volonté que d'être son parfait esclave. Et que je sois damné dans l'éternité si une seule fois dans le cours de cet an, je lui refuse obéissance. Et je signe... »... Et j'ai signé, monseigneur... j'ai signé de mon sang !...

Le cardinal, pendant cette sorte de récitation, était demeuré immobile, fixant sur Claude des yeux exorbités, cherchant surtout à dominer le tremblement convulsif qui l'agitait.

Claude, d'un geste lent, se toucha la poitrine et continua :

— Voici maintenant, monseigneur, le papier que vous m'avez signé, vous !... Celui-là, je n'ai pas besoin de le chercher dans ma mémoire. Celui-là, je le sais bien, allez, car je l'ai relu mille fois... Il est là... Il ne me quitte pas !... Et voici ce qu'il dit : « Ce quatorze de mai de l'an 1588, moi, prince Farnèse, cardinal-évêque de Modène, déclare et certifie : dans un an jour pour jour ou avant ladite époque, si la femme nommée Fausta succombe, m'engage à me présenter devant maître Claude, bourreau, à tel jour ou telle nuit qui lui plaira, à telle heure qui lui conviendra, m'engage à lui obéir quoi qu'il me demande, et lui donne permission de me tuer si bon lui semble. Et que je sois damné dans l'éternité, si je tente de me refuser ou de fuir. Et je signe: Jean, prince Farnèse, évêque et cardinal par la grâce de Dieu »

Un silence terrible suivit cette deuxième récitation. Puis une sorte de gémissement gonfla la poitrine du cardinal. Et il baissa la tête, comme s'il eût attendu le coup fatal.

— Monseigneur, reprit alors Claude, vous ai-je fidèlement obéi ?... Ai-je été l'esclave que je devais être ?... Me suis-je bien conformé à ce que j'avais signé de mon sang ?...

— Oui ! répondit Farnèse sourdement.

— Puisque notre pacte prend fin aujourd'hui par votre réconciliation avec la femme nommée Fausta, suis-je bien dans mon droit en vous rappelant que vous m'appartenez, quels que soient le jour et l'heure ?...

— Oui ! répondit Farnèse d'une voix d'épouvante.

Claude s'avança de quelques pas, s'arrêta devant Farnèse, sans le toucher, et prononça :

— Monseigneur, ce jour et cette heure sont venus. Vous m'appartenez, et je vais user de mon droit !...

— Soit ! râla le cardinal avec un accent de farouche désespoir... puisque vous avez acquis droit de vie et de mort sur moi... tuez-moi !... Bourreau, exerce une fois encore ton métier !...

Simplement Claude répondit :

— Monseigneur, ce n'est pas vous que je dois tuer. Vous faites erreur...

— Et qui donc ? balbutia le cardinal en tressaillant.

— Fausta ! dit Claude.

— Fausta !... Pourquoi elle, bourreau ? pourquoi elle et non moi ?...

— Parce que je veux que vous viviez, monseigneur ! Tandis qu'en tuant Fausta, je ne fais qu'exécuter le pacte qui nous lie !... Ne suis je pas... je ne dirai plus dans mon droit, mais dans mon devoir ?... Ensemble nous avons convenu que cette femme doit mourir. Ecoutez, monseigneur, je tuerai Fausta. je la tuerai devant vous... mais vous, je vous laisserai vivre !

— Démon ! gronda le cardinal. Oh ! je te comprends !...

— Le vingt et un d'octobre, on doit vous venir chercher de la part de Fausta, continua Claude, pour vous conduire devant le concile. Ce jour-là, vous devez sortir de l'Eglise et recouvrer votre liberté... Le lendemain, monseigneur, vous devez quitter Paris avec Léonore et Violetta... Eh bien, écoutez ceci : le vingt et un d'octobre, il n'y aura pas de concile ! Nul ne viendra vous chercher de la part de Fausta, parce que Fausta sera morte !... Et vous, monseigneur, vous vivrez ! Libre à vous, alors, de rechercher celle que vous aimez... et .. mon enfant !...

Le cardinal haletait. Claude lui appuya sa large main sur l'épaule.

— Vous les chercherez donc, comme je cherche de mon côté.. Mais écoutez encore ceci, monseigneur ! Lorsque vous aurez trouvé, alors, mais alors seulement, il sera temps pour moi d'user du droit que j'aurai de vous tuer... Adieu, monseigneur !

— Grâce ! hurla Farnèse en tombant à genoux.

— Me faites-vous grâce, vous ?...

— Oui ! rugit Farnèse avec un terrible soupir.

— Vous consentez donc ?...

— Je consens ! ..

— Le vingt et un d'octobre, nous allons ensemble au rendez-vous de Fausta ?...

— Oui ! oui !... Ensemble !...

— Et le lendemain, nous partons ensemble pour l'Italie ?...

— Oui. oui ! .. Nous partons ensemble ! Tout ce que tu m'as demandé, je l'accorde !...

Le cardinal se releva alors et darda vers le ciel un regard où il y avait une interrogation suprême .. Claude, lui, avait baissé les yeux. D'une voix redevenue humble, avec une douceur et une tristesse étranges, il murmura :

— Je vous remercie, monseigneur !... D'ici là, je ne vous quitte pas !

— Oh ! gronda Farnèse en lui-même, honte affreuse ! Ma
fille vivant avec le bourreau !...

Et à ce moment, maître Claude le bourreau songeait ceci :

Ma Violetta, ma douce violette d'amour, mon pauvre
ange bien-aimé, ne crains rien de moi ! Ne redoute pas que je
t'inflige la honte de vivre près du bourreau !... Que j'assure
seulement ton bonheur !.. Que je te voie une fois resplendissante de ta félicité près du jeune prince que tu aimes...
que tu tiendras de moi !. . Et alors... adieu pour toujours...
je disparaîtrai... dans la mort !...

XI

La mère

La matinée était pure. Huit heures venaient de sonner à
la vieille abbaye aux murs à demi écroulés, d'où, plus tard,
Henri de Béarn devait contempler Paris assiégé par son armée. Dans les fourrés des pentes de Montmartre, les rouges-
gorges, les pinsons et les moineaux chantaient à cœur-joie ;
les fleurs sauvages s'ouvraient au soleil, les grands châtaigniers balançaient au souffle des brises matinales leurs branches d'où tombaient des feuilles roussies ; il y avait dans
l'air cette inexprimable gaieté qui, au réveil des choses, est
pour l'homme un enchantement dont jamais il ne se lasse.

Pourtant, Fausta, qui montait à ce moment les rampes de
la montagne, était sourde à ces cris des oiseaux, aveugle à
cette lumière douce, un peu pâle et si exquise des ciels parisiens. Fausta, malgré la gaieté rayonnante de cette jolie
matinée, demeurait parfaitement sombre et tenait avec elle-
même de ces terribles colloques dont nous en avons surpris
quelques-uns.

Quand on fut arrivé vers le sommet, la litière s'arrêta.
Fausta descendit. Mais au lieu d'aller sonner à la grande
porte de l'abbaye elle se dirigea vers ces quelques chaumières
qui s'étaient bâties autour du couvent des bénédictines, et
qui constituaient le hameau de Montmartre.

Elle entra dans une de ces pauvres maisons au toit de
chaume, aux poutres saillantes, dont les intervalles étaient
remplis d'une sorte de plâtras de terre glaise simplement séchée au soleil. L'intérieur était aussi misérable que l'annonçait l'extérieur de cette chaumière.

C'est là que Fausta entra.

Une femme âgée, assise assez près de la porte pour jouir de la
lumière et de l'air, filait une quenouille. A la vue de Fausta,

cette femme ne se leva précipitamment ; mais la visiteuse, d'un geste gracieux, l'obligea à se rasseoir.

— La bonne dame de Paris ! avait murmuré la paysanne.

Fausta, sans façon, et avec une charmante condescendance, prit elle-même un escabeau et s'assit près de la paysanne.

— Eh bien, bonne femme ? dit gaiement la visiteuse. Déjà, de si bonne heure à l'ouvrage ?

— Hélas, ma bonne dame ! fit la paysanne. Voilà que je me fais vieille et que l'heure approche où il faudra que je dise adieu à ce monde.

— Et alors ? dit Fausta.

— Alors... la toile coûte bien cher... et pourtant, je veux me présenter dignement dans l'autre monde...

— Et alors ? répéta Fausta.

— Alors, je file mon linceul, dit simplement la paysanne. (1)

Fausta demeura saisie. La vieille la regardait, surprise de son étonnement, et continuant à faire tourner son rouet..

— Grâce à vous, ma noble dame, reprit-elle, grâce aux pièces d'or que vous m'avez données, mon linceul sera du plus beau lin, et il me restera encore assez d'argent pour payer d'avance les messes nécessaires au salut de mon âme, et encore il en restera assez pour la layette de l'enfant que ma fille va mettre au monde...

Tout naturellement, cette vieille faisait passer les affaires de la mort avant celles de la naissance : le linceul d'abord, la layette ensuite.

— Je vous en donnerai d'autre, dit alors Fausta en secouant cette sorte d'impression pénible qu'elle venait d'éprouver : je vous en donnerai assez pour vous assurer une heureuse vieillesse, à vous, et une heureuse enfance à l'être que vous attendez...

— Que Notre Dame vous bénisse...

— Amen ! dit gravement Fausta. Mais, dites-moi, bonne femme, avez-vous fait ce que je vous ai demandé ?

— Oui, ma noble dame. Depuis votre visite bénie, mon fils ne quitte plus la bohémienne ; il la suit pas à pas, selon vos ordres, partout où elle va... sans se montrer à elle, c'est bien entendu...

— Et depuis, elle n'a pas essayé de s'écarter de cette montagne ?...

— Non. La bohémienne rôde autour de la sainte abbaye sans jamais y entrer, mais sans jamais s'en éloigner non plus... Quand elle a faim, elle vient ici ; le soir bien tard, quand la terre est noire, nous entendons son pas qui s'approche, et puis

____

(1) On voudra bien croire que ceci n'est pas une anecdote, mais la notation, en passant, d'un usage de ces temps lointains, où les gens fabriquaient eux-mêmes leur linge, leurs meubles, leurs habits, leur dernière toilette.

que vous témoignez tant d'intérêt à cette créature du diable,
nous lui avons fait un lit, un bon lit de sainfoin dans le four-
nil... Votre Excellence peut juger si nous pouvions faire plus
et si des chrétiens comme nous pouvaient admettre plus près
la compagnie d'une damnée...

La paysanne fit un signe de croix et Fausta l'imita.

— Je vous tiendrai compte de votre zèle, dit-elle, et croyez
bien que si cette compagnie peut vous attirer quelque désa-
grément dans l'autre monde, je saurai vous en récompenser
dans celui-ci.

— Que la volonté du ciel s'accomplisse ! dit la vieille en
saisissant les trois ou quatre écus d'or que lui tendait la
visiteuse. J'espère en être quitte avec une ou deux messes de
plus.

— Et où est maintenant la bohémienne ? demanda Fausta.

La vieille esquissa un geste vague :

— Partie dès le chant du coq. Elle va et vient, descend, re-
monte, et aime souvent à se reposer auprès de cette croix noire
que vous n'aurez pas manqué de remarquer, ma noble dame.
Le plus souvent elle rôde autour du couvent...

— Mais elle n'y entre jamais ?...

— Du moins, mon fils ne l'a jamais vue y entrer.

— C'est bien, bonne femme. Voulez-vous envoyer quelqu'un
à la recherche de votre fils ?

La paysanne se leva, serra soigneusement dans le bahut
les pièces d'or qu'elle venait de recevoir, et sortant sur le pas
de sa porte, dit quelques mots à un marmot qui partit en courant. Vingt minutes plus tard, le fils de la paysanne arrivait
et, le bonnet à la main, attendait que la noble dame lui donnât ses ordres.

— Où est la bohémienne ? demanda Fausta.

— Là bas, fit le jeune homme en étendant le bras dans la
direction du couvent.

— Conduis-moi auprès d'elle...

Le paysan s'inclina et se mit à marcher devant Fausta. Il
contourna les murs du couvent et parvint à la brèche située
près du pavillon. Là, Fausta aperçut Saïzuma qui, assise sur
une pierre du mur éboulé, et dominant ainsi les terrains de
culture du couvent, regardait fixement devant elle.

— Tu peux te retirer, dit-elle à son guide qui s'empressa
d'obéir.

Alors Fausta franchit la brèche sans que la bohémienne
parût prendre garde à elle. Quand elle fut dans le jardin, ou
du moins ce que les nonnes appelaient le jardin, car tout était
à l'abandon dans cette abbaye, elle se retourna vers Saïzuma,
et d'une voix très douce :

— Pauvre femme... pauvre mère...

Saïzuma abaissa son regard sur la femme qui lui parlait
ainsi, et la reconnut aussitôt, car il semble que, dans la folie,

si la direction générale de la pensée est abolie dans le cerveau, certaines facultés particulières demeurent intactes. Saïzuma n'avait vu Fausta que peu d'instants dans la chambre de l'abbesse Claudine de Beauvilliers ; un laps de temps assez long s'était écoulé ; Fausta ne portait pas le même costume : et pourtant elle la reconnut.

— Ah ! dit-elle avec une sorte de répulsion, c'est vous qui m'avez parlé de l'évêque !...

Fausta fut stupéfaite, mais résolut de profiter de ce qu'elle prenait pour un accès de lucidité.

— Léonore de Montaigues, dit-elle, oui, c'est moi qui vous ai parlé de l'évêque. C'est moi qui vous ai conduite vers lui, dans ce pavillon. Mais je croyais que peut-être vous l'aimiez encore...

— L'évêque est mort, dit Saïzuma d'une voix sourde. Comment pourrai-je l'aimer !... Et puis c'est un crime, un crime atroce que d'aimer un évêque. Si vous aimez un évêque, madame, prenez garde au gibet...

Fausta baissa la tête, réfléchissant à ce qu'elle pourrait dire pour éveiller une étincelle de raison dans ce cerveau. Elle voulait une Léonore consciente. Saïzuma la folle... la bohémienne lui était inutile. Et elle avait résolu que Léonore servirait au projet qu'elle échafaudait pièce par pièce.

Projet de vengeance. Drame violent et terrible dont elle devait sortir fortifiée à jamais, victorieuse d'elle-même et des autres .. de Farnèse et de Pardaillan !

— Ainsi, reprit-elle, vous croyez que l'évêque est mort ?...

— Sans doute ! fit Saïzuma avec une tranquillité farouche. Sans quoi, serais-je vivante, moi ?...

— Eh bien, vous avez raison plus que vous ne croyez peut-être. Mais écoutez-moi, pauvre femme... Vous avez bien souffert dans votre vie...

— Vous me plaignez donc ? Il y a donc vraiment des créatures humaines qui peuvent me plaindre ?... Dites !... Vous me plaignez ?

— De toute mon âme... mais à quoi bon une importune pitié si on no cherche à soulager le mal que l'on plaint ?...

— Mon mal n'est pas de ceux qu'on peut soulager, dit Saïzuma avec douleur, et il suffit que vous m'ayez plainte avec votre âme... Comme vous êtes belle ! ajouta la pauvre folle avec une profonde admiration. Oui, étant si belle, vous devez sans doute être pitoyable aux malheureux.

— Léonore, vous avez été plus belle encore, vous ! dit sourdement Fausta. Peut-être même aujourd'hui, êtes-vous plus belle que moi qui suis pourtant bien belle, je le sais. Vous avez souffert dans votre cœur, Léonore ! Et c'est pourquoi vous ne croyez plus au bonheur .. Mais si je vous disais que le bonheur est encore possible pour vous !

— Je ne suis pas Léonore ; je suis Saïzuma, bohémienne

qui v par le monde lisant dans la main des gens... Et quant
au bonheur, ce mot prononcé devant moi me fait maintenant
frissonner comme l'aspect d'une bête hideuse..

— Tu es Léonore, affirma Fausta avec force. Et tu seras
heureuse... Écoute, maintenant. Oui, l'évêque est mort!
Oui celui là ne te fera plus souffrir... Mais il est quelqu'un
qui est vivant encore, qui te cherche. et qui t'adore...

— Quelqu'un qui me cherche? fit Saïzuma indifférente.

— Celui qui t'a aimée. Celui que tu as aimé. Souviens-
toi !.. Tu l'as aimé... tu l'aimes encore... et lui te cherche
et il t'adore ..

— Qui est-ce? fit la bohémienne avec la même indifférence.

— Jean...

Saïzuma tressaillit et prêta l'oreille comme à une voix qui
lui eût parlé de très loin.

— Jean? murmura-t-elle. Oui... peut être... oui... je crois
que j'ai entendu ce nom...

— Jean ! duc de Kervilliers! répéta Fausta avec plus de
force

Saïzuma pâlit.

Elle se leva toute droite, la tête penchée en avant comme
pour mieux écouter cette voix qui lui parvenait de très loin
et qui sans doute se rapprochait, retentissait plus distincte
à son oreille... Elle interrogea Fausta de son regard plein de
trouble et d'angoisse

— Quel est ce nom? balbutia-t-elle avec une telle expression de douleur et de crainte, qu'une autre que Fausta eût eu
pitié et eût renoncé à cette torture...

— Le nom de celui que tu as aimé! reprit Fausta avec une
douceur et une autorité croissantes Jean de Kervilliers, c'est
celui qui devait être ton époux... regarde en toi-même ! Tu
vois bien que tu l'aimes encore, puisque tu frémis et pâlis à
ce seul nom . Souviens-toi, Léonore...

Saïzuma, lentement, était descendue jusqu'auprès de
Fausta. Elle l'écoutait comme elle eût écouté une voix venue
d'elle-même, tant les paroles de cette femme correspondaient
à ses sentiments obscurs et les éclairaient. Fausta lui saisit
les deux mains pour lui communiquer sa propre pensée.

— Souviens-toi, continua-t-elle ardemment. Souviens toi
comme tu étais heureuse lorsque tu l'attendais .. lorsque du
balcon du vieil hôt l de Montaigues, tu guettais son arrivée.

— Oui, oui... murmura la bohémienne dans un souffle.

— Souviens toi comme il te prenait dans ses bras et comme
tu te sentais défaillir sous ses baisers. Il te jurait un éternel
amour et tu le croyais, tu fusses morte plutôt que de le soupçonner.

— Oui... morte ! répéta Saïzuma dans un gémissement.

— Et c'était vrai, Léonore ! Léonore de Montaigues, c'était
vrai ! Jean de Kervilliers t'adorait... et si une fatalité vous

séparés, il en a souffert autant que toi. Je le sais. Lui-même me l'a dit. Lui-même m'a raconté son amour et son malheur... Il n'a cessé de t'aimer !... Il te cherche .. ne veux-tu pas le voir ?...

Saïzuma arrachant ses deux mains à l'étreinte de Fausta les avait placées devant ses yeux comme si une lumière trop vive les eût éblouis. Elle palpitait. De rapides frissons la secouaient. De confuses images de son passé lui revenaient par lambeaux, et ces lambeaux, peu à peu, se juxtaposaient dans sa mémoire et reconstituaient des scènes.

Un violent travail commencé le jour où elle avait été mise en présence du cardinal continué par Charles d'Angoulême et Pardaillan, ce travail s'accomplissait en elle avec une rapidité croissante. Ce mot, ce nom Jean de Kervilliers, était un flambeau qui éclairait bien des recoins ténébreux dans son esprit.

Fausta la considérait avec l'attention passionnée qu'elle apportait à tout ce qu'elle entreprenait. Le moment lui parut arrivé de présenter à cet esprit encore vacillant un autre tableau.

— Suis-moi, dit-elle, je te jure qu'un jour, bientôt, tu reverras celui que tu aimes.

Palpitante et docile, Saïzuma suivit cette femme qui exerçait sur elle un prodigieux ascendant. Elle ne savait pas exactement qui était ce Jean de Kervilliers. Mais elle savait que ce nom provoquait en elle une douleur mêlée de joie. Elle ne savait pourquoi elle eût voulu revoir l'homme qui s'appelait ainsi. Mais elle constatait qu'il y avait un vide affreux dans son cœur depuis bien longtemps, et que ce vide serait comblé si elle revoyait cet homme.

Fausta entra dans le pavillon. Saïzuma l'y suivit en tremblant.

— Oh ! dit-elle, c'est ici que j'ai revu l'évêque !...

Et elle regarda avidement autour d'elle, mais le pavillon était vide.

— Oui, dit Fausta, c'est ici que tu as revu l'évêque, et c'est pour cela, pauvre femme, que tu rôdes depuis ce jour autour de ce couvent, et c'est pour cela que tout à l'heure je t'ai trouvée assise sur les pierres de la brèche...regardant ce pavillon .. espérant malgré toi...

— Non ! oh non ! gronda la bohémienne. Si vous avez pitié de moi, faites que jamais plus je ne revoie l'évêque...

— Et Jean de Kervilliers ? ..

Un sourire illumina le charmant visage de la folle :

— Je voudrais le voir, lui !... Pourtant je ne le connais pas... et je dois l'avoir connu... Je me le représente éclatant de jeunesse et de beauté ; il me semble que je sens sur mes yeux la douceur ineffable de son regard et que j'entends sa voix caressante...

— Tu le reverras, je te le jure !...

— Quand ?... Est-ce bientôt ?...

— Oui, certes... bientôt... dans quelques jours... si tu ne t'éloignes pas...

— Oh ! je ne m'éloignerai pas... non, non... quoi qu'il arrive.

— Bien. Maintenant, écoute-moi, Léonore... Ce n'est pas seulement Jean de Kervilliers que tu reverras, mais ta fille.. comprends-tu ?... ta fille...

Saïzuma baissa la tête, pensive.

— Ma fille ! murmura-t-elle. Mais je n'ai pas de fille, moi... Les deux gentilshommes m'ont dit aussi que j'avais une fille... Voilà qui est étrange...

— Les deux gentilshommes ? interrogea Fausta avec une sourde inquiétude.

— Oui. Mais je ne les ai pas crus. Je sais que je n'ai pas de fille...

— Et pourtant, Léonore, tu te souviens de Jean de Kervilliers... son nom et son image sont dans ton cœur !...

— Peut-être ! Oui... je crois en effet que cette image, qui depuis si longtemps habite mon cœur, peut porter un nom, et que ce nom c'est Jean...

Elle jeta autour d'elle des yeux hagards et frissonna soudain...

— Silence, madame, supplia-t-elle avec angoisse. Ne prononcez plus ce nom... Si mon père entrait tout à coup... s'il entendait !... que lui-dirais-je ?... Il faudrait donc ici jurer encore qu'il n'y a personne dans la chambre !...

— Oui, gronda Fausta, ce serait terrible, Léonore !... Mais combien plus terrible encore si le vieux baron se doutait de la vérité que tu caches...

— Quelle vérité ? balbutia la folle. Quelle vérité ? Il y a donc quelque chose que je cache à mon père !...

— Mais que tu ne caches pas à Jean de Kervilliers ! dit Fausta d'une voix impérieuse.

Saïzuma, brusquement, porta les mains à son visage. Un faible cri jaillit de ses lèvres.

— Mon masque ! murmura-t-elle. Mon masque rouge comme la honte de mon front !... Je l'ai perdu !... oh ! si je pouvais couvrir la honte de mon visage !... Si je pouvais cacher ma honte !... Par grâce, madame, ne me regardez pas . vous ne savez pas... vous ne saurez jamais...

— Je sais ! interrompit rudement Fausta. Je sais quelle est ta honte et quel est ton bonheur, Léonore ! .. Ton secret, ton cher secret que tu caches à ton père, mais que tu as dit, tremblante et confuse, à celui que tu aimes, je l sais !.. Tu vas être mère, Léonore !. ,

Saïzuma laissa tomber ses mains. Une immense stupéfaction se lisait sur son visage bouleversé.

— Mère ? demanda-t-elle. Vous avez dit cela ?

— N'est-ce pas là ton secret ?... N'est-il pas vrai que Jean le sait ?... et qu'il va t'épouser...

— Oui, oui, haleta la pauvre infortunée. Car il ne faut pas que mon père connaisse notre faute... Mon enfant, madame, mon pauvre chérubin, si vous saviez comme je l'aime... comme je lui parle... Il aura un nom, un beau nom dont il sera fier.

— Ton enfant... ta fille !... Oh ! mais souviens-toi ! Fais un effort !... Mère ! tu l'as été !.. Cette enfant, cette fille... elle est venue au monde... Souviens-toi, Léonore !... Souviens-toi la place noire de monde, la foule, les cloches qui sonnent le glas, les prêtres qui te soutiennent... tu marches... tu arrives sur la place.

— Le gibet !... hurla Saïzuma en reculant affolée jusque dans un angle du pavillon... Le gibet ! La monstrueuse machine de mort !... Grâce ! laissez vivre l'enfant que je porte dans mon sein !...

La malheureuse tomba à genoux et frappa son beau front sur les dalles. Toute à son infernale besogne, toute à son projet, transformée en tourmenteuse sans pitié, Fausta courut à elle et la releva

— Écoute !... On t'a fait grâce ! puisque tu vis !...

— Oui.. oui !... Je vis !... Par quel miracle ? N'ai-je pas vu la corde se balancer sur ma tête ?... N'ai-je pas senti sur mes épaules les mains du bourreau ?... Je vis !... mais pourquoi cette lassitude immense de mes membres ?... Que s'est-il passé en moi ?.

Fausta, comme tout à l'heure, saisit ses deux mains qu'elle serra fortement.

— Il s'est passé que tu es mère !... Il s'est passé que l'enfant de ta faute et de ton secret, l'enfant de Jean de Kervilliers, est venu au monde !... Et que pour cette enfant, pour ta fille innocente, on t'a fait grâce !...

— Quoi ! balbutia la bohémienne. Cela est donc !... Je suis mère !.. J'ai une fille !...

Un éclat de rire, brusquement, résonna sur ses lèvres ; et presqu'aussitôt, elle se mit à pleurer. Elle ne regardait plus Fausta. Peut-être oubliait-elle sa présence. Peut-être cette scène qui venait de se dérouler sortait-elle déjà de son esprit. Mais ce qui y demeurait fortement, c'était cette idée qu'elle était mère... qu'elle avait une fille...

Elle s'était affaissée sur elle-même, et adossée à cet angle, les coudes sur les genoux, le menton sur les deux mains, les yeux fixés dans le vague, elle sanglotait doucement. Des calculs confus s'échafaudaient dans son esprit.

— Eh bien, reprit alors Fausta, ne voulez-vous pas voir votre enfant, Léonore de Montaigues ?... Dites... n'éprouvez vous rien dans le cœur pour cette innocente que vous ne connaissez pas... et qui est votre fille ?

— Je l'ai appelée bien souvent ! murmura la folle à travers ses sanglots. Je ne savais pas que j'étais mère, e ne savais pas que j'avais une fille, et pourtant, bien souvent je l'ai appelée, lorsque la douleur m'étouffait, lorsque je sentais qu'une seule caresse de mon enfant m'eût sauvée du désespoir...

— Voulez-vous la voir ? répéta Fausta avec une grande douceur.

— Où peut-elle être ? continua Saïzuma comme si elle n'avait pas entendu. Si j'ai une fille, comment se fait-il qu'elle n'est pas avec moi ?... Comment a-t-elle pu vivre sans sa mère ?...

— Je le sais, moi ! dit Fausta.

— Oh ! vous savez donc tout ! gronda Saïzuma d'une voix plus naturelle, et sûrement une lueur de raison s'allumait dans ses yeux. Qui êtes-vous donc ? Et que me voulez-vous, vous qui me dites que j'ai une fille ?... Une fille ! Je sais maintenant que j'ai une fille... Et, ajouta-t-elle avec une immense amertume, je vais sans doute savoir que, mère, je vais souffrir plus que je n'ai souffert, amante !..

— Ah ! éclata Fausta, tu reviens donc à toi ! La raison s'éveille donc dans ton esprit !... Tu me demandes qui je suis ? Une femme qui a pitié, voilà tout ! Est-ce que cela ne te paraît pas suffisant ? Un hasard m'a fait connaître les secrets de ta pauvre vie, et m'a fait rencontrer deux êtres que j'ai voulu remettre en ta présence : ton amant et ta fille...

— Ma fille ! murmura la bohémienne en joignant les mains avec force.

— Écoutez, pauvre femme. Vous êtes devenue mère en un temps où la douleur avait égaré votre esprit et où vous étiez en prison...

— Je me rappelle la prison, dit Saïzuma en frémissant. Je me rappelle ce temps de souffrance...

— Des méchants s'emparèrent de votre enfant... comprenez-vous ?..

— Oui, oui... ceux qui me persécutaient, ceux qui me détenaient prisonnière, fit Saïzuma qui faisait un effort terrible pour suivre attentivement ce qu'elle entendait.

— Ils s'emparèrent donc de votre fille.

— Pauvre petite !... Comme elle a dû souffrir !...

— Non ! Rassurez-vous. Elle vécut au contraire très heureuse. Il se trouva un homme de bien, un homme de cœur qui put soustraire l'enfant à ses persécuteurs et qui l'éleva comme sa propre fille...

— Cet homme, madame ! Son nom, pour que je le bénisse à jamais ! Sa demeure, pour que j'aille me mettre à ses genoux !...

— Il est mort, dit Fausta.

— Mort !... Ce sont donc toujours les bons que frappe la destinée. Mais au moins est-il mort chargé d'ans et de bonheur ?   dit Salzuma d'une voix étranglée.

— Il est mort misérable, au fond d'une prison...

Salzuma baissa la tête en pleurant

— Son nom ? fit-elle Que je saie au moins son nom, puisque je ne pourrai jamais le voir...

— Il s'appelait Foureaud... c'était un procureur... Retiendrez-vous ce nom ?...

— Foureaud !... Ce nom est maintenant gravé dans mon cœur pour toujours... Mais comment un homme si bon a-t-il pu mourir misérable ? Qu'avait-il fait pour aller en prison ?... Qui fut cause de son malheur ?...

— Votre fille...

— Impossible !.. Ceci est impossible !... Quoi ! j'apprends que j'ai une fille !... et j'apprendrais en même temps que ma fille est un monstre !... Ne parlez pas ainsi, madame, ou je croirai que vous mentez affreusement.

— Vous ne me comprenez pas. Votre fille fut la cause du malheur et de la mort de Foureaud. mais la cause bien innocente, hélas ! Car elle adorait celui qu'elle croyait son père... Me suivez-vous bien ? me comprenez-vous ?

— Oui, oui ! fit Salzuma haletante. Mais expliquez-moi, alors..

— Voici. Le procureur Foureaud. ce digne homme, voulut élever votre fille dans une religion qui était la vôtre...

— Une religion ? balbutia la bohémienne en passant ses mains sur son front Il y a bien longtemps que je n'ai entendu parler de cela...

— Souvenez-vous. Votre père n'était pas catholique...

— Non... non... nous n'allions jamais à l'église des catholiques...

— Vous étiez ce qu'on appelle des huguenots... Le procureur Foureaud voulut donc que Jeanne...

— Jeanne ? interrompit la bohémienne.

— Votre fille. C'est le procureur Foureaud qui lui donna ce nom.

— Jeanne ! répéta Salzuma dont le visage s'illumina d'un sourire

— Foureaud voulut donc que votre fille, Jeanne, fût élevée dans la religion des huguenots, qui était celle de votre père et la vôtre.. religion proscrite..

— Oui, oui, hélas !.. Combien des nôtres sont morts !... Combien d'autres ont subi d'effrayants supplices !...

— Eh bien, imaginez maintenant la haine qui devait entourer le procureur Foureaud et votre fille Jeanne ! ..

— La même haine qui nous entourait !...

— C'est vrai. Foureaud a donc été dénoncé comme hérétique, et jeté dans une prison où il est mort...

— Dénoncé !... Oh ! si je connaissais le dénonciateur !...
J'irais lui arracher le cœur

— Je sais par qui cet homme de bien a été dénoncé, dit
alors lentement Fausta. Ce ne fut pas par un homme, mais
par une femme... une jeune fille..

— C'est atroce ! Comment une jeune fille a-t-elle pu avoir
le courage de livrer ce malheureux à la mort, et peut-être à
quelque horrible supplice ..

— Oui... vous avez raison... c'est atroce... car le pauvre
Fourcaud fut réellement supplicié... on l'attacha sur une
croix .. et on l y laissa mourir...

— Affreux ! Affreux ! murmura Saïzuma frémissante. Cette
jeune fille si méchante mériterait le même supplice !...

— N'est-ce pas ? dit Fausta en tressaillant.

— Et vous dites que vous la connaissez ? haleta la bohémienne.

— Certes !... C'est elle-même une hérétique, une de ces
filles sans feu ni lieu... une sorte de chanteuse qui suivait
une troupe de bohèmes... son nom est Violetta...

— Violetta !..

— Oui ! Pourquoi ce nom vous surprend-il ?...

— Vous dites que c'est cette Violetta qui a dénoncé le
malheureux Fourcaud ?...

— J'en suis sûre ! .

— Et c'est elle qui l'a fait mourir sur une croix ?...

— C'est elle !... Mais il semble que ce nom de Violetta ne
vous soit pas inconnu ? ..

— Je la connais en effet, dit Saïzuma d'une voix sombre.
J'ai vécu avec elle. Car moi même je suivais cette troupe de
bohèmes. Elle cha ̣tait. J aimais à l'entendre chanter, pendant que je disais la bonne aventure. Sa voix m'allait au
cœur. Quelquefois, quand je la regardais, j'avais envie de la
serrer dans mes bras... mais elle semblait avoir peur de
moi...

— Ou plutôt, c'était une créature perverse, dit sourdement
Fausta. Une de ces filles qui n'ont pitié de rien ni de personne, puisqu'elle n'avait pas pitié de votre malheur...

— C'est vrai, dit Saïzuma avec un soupir, il fallait que ce
fût une créature bien perverse pour dénoncer et livrer le
bienfaiteur de ma fille... Tenez, madame, ne parlons plus
d'elle ! .

— Elle mérite pourtant un châtiment !...

— Oui ! oh ! un châtiment terrible !...

— Vous le disiez ; elle mérite de mourir sur une croix comme
le malheureux Fourcaud, puisqu'elle a causé le malheur de
votre fille Jeanne !...

— Malheur à cette fille du démon si mon enfant a souffert
par elle !...

— Certes elle a souffert, puisqu'elle-même a été en prison !..
Elle vous le dira...

— Elle me le dira ! murmura la bohémienne extasiée. Je la
verrai donc ?...

— Je vous l'ai promis...

— Quand ?... Ah ! madame... si cela était !... Si je pourais seulement savoir le jour...

— Dès demain, dit Fausta, si c'est possible. Certainement
d'ici quelques jours...

— Vous dites certainement... Oh ! prenez garde de me
rendre *folle*... folle de joie !...

— Je vous jure que vous reverrez aussi la Violetta maudite... Seulement, il faut faire ce que je vous dirai...

— Tout ce qu'on voudra ! s'écria Saïzuma avec exaltation.

— Il est nécessaire que pendant ces quelques jours, tandis
que j'irai chercher votre Jeanne pour l'amener.. il est nécessaire qu'on ne vous voie pas... vous comprenez ?...

— Je resterai cachée !...

— Mais où ?

Saïzuma sourit.

— Là, sur le haut de la montagne, je connais des braves
gens qui me donnent à manger quand j'ai faim, à boire quand
j'ai soif, et qui me laissent dormir la nuit chez eux... C'est
là que je me retirerai... j'y serai bien cachée, et nul ne me
verra...

— Et c'est là que je vous amènerai votre fille Jeanne !

— Venez donc ! dit Saïzuma radieuse, transfigurée, venez
que je vous montre la demeure de ces gens ..

La bohémienne s'élança, repassa par la brèche, fit le tour
des murs du couvent et arriva enfin à la chaumière où Fausta
était entrée tout à l'heure...

— Maintenant, gronda Fausta en elle-même, je crois que
Dieu même ne pourrait pas les sauver... je les tiens tous !..

XII

La fille

Fausta entra alors dans le couvent par la grande porte et
se fit conduire chez l'abbesse, laquelle la reçut comme toujours
avec ce mélange d'inquiétude et de respect qu'elle avait pour
ce personnage énigmatique.

Fausta était-elle vraiment la puissance mystérieuse devant
laquelle il faut s'incliner ? Ou simplement une intrigante ?...
Plus d'une fois Claudine de Beauvilliers s'était posé cette

question. Or, que voulait Claudine ? Que son couvent fût
enrichi, ce qui signifiait qu'elle même serait riche.

Nature légère, insoucieuse, incapable de méchanceté, plus
incapable encore d'approfondir, la future maîtresse d'Henri IV
bornait son ambition à une existence de luxe et de jouissances.
Elle adorait la bonne chère, les bijoux, le linge délicat,
les vêtements somptueux, enfin tout ce que peut aimer une
femme de cour, mais ce que l'abbesse, de par sa profession et
ses vœux, n'eût pas dû désirer.

Aimant tout cela, on conçoit donc l'impatience avec laquelle
la jolie abbesse attendait la réalisation des promesses que lui
avait faites Fausta.

Elle était dans le secret de la grande conspiration. Elle
savait que Valois était condamné et que le duc de Guise devait régner. De l'avénement de Guise devait dater sa fortune.

Ils étaient ainsi une foule, dans la sainte Ligue, qui attendaient la fortune d'un changement de roi. A cet égard, il n'y
a rien de changé et dans chaque parti qui se forme, on es-
compte le prochain changement de gouvernement.

Claudine de Beauvilliers savait que son abbaye serait ri-
chement dotée par le nouveau roi. Elle savait d'autre part
l'influence certaine de Fausta sur le duc de Guise. C'était plus
qu'il n'en fallait pour témoigner à la mystérieuse Fausta un
respect et une obéissance très sincères. Mais, au fond, elle ne
comptait guère sur cette fortune à venir que comme on compte
sur un héritage problématique.

De là chez elle cette inquiétude, ces soudaines familiarités,
ces respects exagérés, lorsqu'elle se trouvait en présence de
Fausta. De cet état d'esprit, il résultait que Claudine de Beauvilliers avait accepté de se constituer la geôlière de la petite
bohémienne Violetta, mais qu'en somme elle n'exerçait
qu'une surveillance sans conviction sur sa prisonnière. Elle
s'était déchargée de ces soins humiliants sur deux vieilles
nonnes qu'elle avait jugées très aptes au métier de surveil-
lantes.

Ces vieilles sœurs à qui il ne restait presque rien de leur
profession, pas même le costume, le lecteur les a vues à l'œuvre : c'étaient Mariange et Philomène. Elle avait vaguement
entendu dire que les deux geôlières se faisaient aider par
deux grands diables de truands d'aspect assez terrible ; mais
la présence de ces deux hommes dans l'enclos ne l'avait que
médiocrement effarouchée.

Il est probable que si Fausta avait parfaitement connu
l'insouciance de Claudine elle ne lui eût pas confié la garde
d'une prisonnière à laquelle elle tenait tant. Mais Fausta était
comme tous ceux qui sont armés d'un pouvoir, et qui, rapidement, en arrivent à se figurer que tous leurs serviteurs leur
sont dévoués.

Lorsque Fausta entre chez l'abbesse, celle-ci était en train d'établir ses comptes. Et, navrée, elle constatait qu'il lui manquait six mille livres pour arriver à gagner la fin de l'année.

Le couvent était doté de deux mille livres par an, mais depuis la fuite d'Henri III, le trésor royal était fermé. Ce n'était plus la pauvreté.. C'était la misère. En sorte que très bravement, mais non sans ennui, Claudine passait en revue les noms des gentilshommes fortunés auxquels elle pouvait faire appel.

Cette liste... de financiers était sous ses yeux, et Claudine la lisait attentivement lorsque Fausta parut. Claudine se leva et fit la révérence.

— Que faisiez-vous là, mon enfant? demanda Fausta qui, plus jeune que Claudine, pouvait cependant employer ce terme sans qu'il étonnât dans sa bouche.

— Hélas! madame, dit Claudine en poussant elle-même un fauteuil dans lequel Fausta s'assit, je revisais les comptes de l'abbaye..

— Et vous trouviez?...

— Que nos pauvres sœurs mourront de faim sûrement, s'il ne nous tombe quelque manne du ciel. .

— Dieu a nourri son peuple dans le désert, dit gravement Fausta.

— Nous ne sommes plus au temps où Moïse d'un coup de baguette faisait jaillir l'eau des rochers, et j'ai beau chercher je ne vois pas comment je pourrai donner quelque satisfaction aux innombrables créanciers de ce malheureux couvent.

— Ne parlons que de vous, dit Fausta. Combien dépensez-vous en une année?...

— Hélas! j'ai perdu l'habitude du luxe... c'est tout au plus si pour ma personne et mon entourage direct, je dépense vingt-mille livres par an...

— Le couvent étant doté de deux mille et en supposant qu'il en dépense dix. où trouvez-vous les vingt-huit mille livres dont vous avez besoin?..

Claudine ne put retenir un léger rire. La question que Fausta lui posait si gravement n'avait qu'une réponse possible. Elle ne la fit pas, et sous le regard clair, ferme et lumineux de celle qui lui parlait ainsi, se contenta de hausser légèrement les épaules. En même temps, ses yeux tombèrent sur la liste qu'elle avait rejetée sur la table, où elle écrivait. Fausta vit la direction de ce regard, saisit la feuille dans ses mains, la parcourut, reposa lentement le papier sur la table et doucement murmura:

— Pauvre femme!...

Ce mot de pitié empourpra les joues de Claudine comme l'eût fait un outrage. Peut-être Fausta avait elle voulu et cherché cette révolte de l'orgueil naturel.

— Madame, dit Claudine d'une voix tremblante, tandis que deux larmes perlaient à ses paupières, est-ce ma faute <.

Riche, je serais libre tout au moins de mon corps ; pauvre,
d'une telle pauvreté que souvent il n'y a pas de pain ici, je...

Elle s'interrompit brusquement, puis reprit en se redressant :

— Lorsque la cellerière vient me dire que ces pauvres filles
ne dîneront pas le soir, lorsque je sais que depuis deux, quelquefois trois jours, le feu est éteint dans la cuisine du couvent,
alors, madame, je regarde autour de moi, et comme je n'ai
plus de bijoux à vendre, je vends... ce que je puis !

Parole sublime, ô jolie Claudine de Beauvilliers !

— Au surplus, continua l'abbesse, il est certain que j'ai fait
beaucoup pour M. de Guise. Qu'a-t-il fait pour moi ?.. J'ai
amené à la Ligue des gentilshommes dont le concours lui est
précieux. Je lui ai donc donné tout ce que je pouvais lui donner. Que m'a-t-il donné, lui ? Des promesses... C'est peu,
madame !

— Pour un peu, dit froidement Fausta, vous passeriez au
parti royal...

— Au parti de Valois ! Et même à celui de Navarre ! Nous
voulons vivre, madame ! Je veux vivre ! Qui donc saurait
m'en faire un crime ?...

Claudine était au point où l'avait voulue Fausta.

— Mon enfant, dit celle-ci avec une grande douceur, vous
êtes donc à bout de forces et de patience ?

— Je crois que beaucoup, dans la Ligue, sont comme moi,
madame ! Et que serais-je devenue depuis ces temps de trouble où... pardonnez-moi, madame !...

— Parlez franchement. Je le veux !...

— Eh bien, vous avez deviné la nature de mes ressources.
Mais depuis que M. de Guise tient Paris...

Claudine s'arrêta encore ..

— Vos amants songent plus à se harnacher ou à courir aux
conciliabules qu'à chercher les joies de l'amour, dit tranquillement Fausta.

— C'est cela même, madame, fit Claudine stupéfaite et
souriante. Que serais-je donc devenue si vous n'aviez eu pitié de moi et de ma pauvre abbaye ?...

— Voyons, dit Fausta avec une sorte de bonhomie, vous
disiez qu'il vous manquait...

— Je ne le disais pas, madame, mais il me manque six
mille livres. .

— En sorte que si je mettais encore à votre disposition une
vingtaine de mille livres...

— Ah ! madame ! je serais sauvée... pour cette fois encore ! s'écria Claudine dont les yeux étincelèrent de joie.

— Et vous pourriez attendre patiemment le grand événement !...

— Certes !... surtout s'il ne se fait pas trop désirer, ajouta
Claudine en riant.

— Eh bien, écoutez, mon enfant. Dans peu de jours... prenons une date : le vingt-deux d'octobre, par exemple...

— Ce jour me convient, madame.

— Eh bien, ce jour-là, envoyez en mon palais un homme sûr : il vous rapportera les deux cent mille livres convenues.

Claudine fit un bond.

— Qu'avez-vous, mon enfant ? demanda paisiblement Fausta

— Vous venez de dire... balbutia Claudine... mais c'est une erreur...

— J'ai dit deux cent mille livres, et ce n'est pas une erreur...

Claudine de Beauvilliers devint très pâle et murmura :

— Cette somme... cette somme énorme...

— Elle est à vous le jour que je vous ai dit, à condition que la veille de ce jour, c'est-à-dire le vingt-unième d'octobre, vous m'aidiez dans une petite opération que j'ai résolu de mener à bien...

— Ah ! madame, est-ce que je ne vous appartiens pas tous les jours !...

— N'en parlons donc plus. Au moment voulu, je vous expliquerai mon opération et vous assignerai votre rôle. Pour le moment, veuillez m'envoyer chercher celle de vos petites prisonnières qui s'appelle Jeanne.

Claudine, encore tout éblouie, s'élança. Quelques minutes plus tard, elle revenait, conduisant par la main la compagne de captivité de Violetta, c'est-à-dire Jeanne Fourcaud.

Depuis qu'elle était enfermée dans l'enclos du couvent, Jeanne Fourcaud s'attendait toujours à voir apparaître sa sœur Madeleine, ainsi qu'on le lui avait promis. Elle avait cent fois répété à Violetta sa triste histoire et sa merveilleuse délivrance.

Condamnée à mourir avec sa sœur Madeleine, une nuit, dans son cachot de la Bastille, elle avait vu soudain entrer des gens. Alors elle avait cru que sa dernière heure était venue et qu'on venait la chercher pour la conduire au supplice. Mais une femme, un ange descendu dans cet enfer, où la pitié l'avait guidée, s'était penchée sur elle en disant :

— Jeanne Fourcaud, vous ne mourrez pas. Et non seulement vous vivrez, mais encore vous êtes libre...

— Et Madeleine ? s'était écrié Jeanne.

— Madeleine, avait répondu la femme, est déjà délivrée et en sûreté...

Alors, ivre de joie, pareille à une morte qu'un miracle ferait sortir du tombeau, elle avait suivi sa libératrice. On l'avait conduite jusqu'à une litière qui se trouvait dans la sombre cour de la forteresse ; on l'avait fait monter dans cette litière ; un homme s'était installé près d'elle, la tenant toujours par le bras..., la litière s'était mise en route, et ne s'é-

bait arrêtée que devant la porte de l'abbaye de Montmartre.
Là, on l'avait enfermée dans le pavillon de l'enclos...

Et depuis, elle attendait... tantôt songeant à cette inconnue qui l'avait délivrée avec un sentiment de reconnaissance exaltée, tantôt au contraire ne se la rappelant qu'avec une confuse terreur. Qui était cette femme ? Elle pouvait à peine e soupçonner. Quelque dame de la cour, sans doute, qui avait eu pitié d'elle...

Lorsque Jeanne Fourcaud parut devant Fausta, elle ne la reconnût pas, puisque Fausta portait un masque la nuit où elle était descendue dans les cachots de la Bastille. La pauvre petite était toute tremblante. Elle était bien jolie aussi. Fausta la considéra quelque temps d'un œil sombre et murmura :

— Oui... c'est bien la fille de Belgodère... Me reconnaissez-vous ? demanda-t-elle à haute voix.

Jeanne Fourcaud — ou plutôt Stella — secoua la tête

— Je suis, dit doucement Fausta, celle qui est descendue dans votre cachot de la Bastille et vous a délivrée...

Jeanne jeta un cri de joie. Ses yeux s'illuminèrent. Elle s'avança rapidement, saisit une main de Fausta et la baisa...

— Oh ! madame, murmura-t-elle, combien je suis heureuse de pouvoir vous remercier ! Depuis cette nuit si terrible et si douce, il n'est pas une heure où je n'aie songé à vous... et avec quelle anxiété j'attendais ce moment où je puis vous dire que mon cœur vous bénit, mais...

Elle s'arrêta, hésitante, et timidement leva sur Fausta ses yeux noyés de larmes.

— Parlez sans crainte, mon enfant, dit Fausta avec une douceur qui bouleversa la pauvre petite.

— Oui, dit-elle, je sens, je devine combien vous devez être bonne... je puis donc vous dire que si je vous ai bénie à chaque minute de ma vie depuis cette nuit-là, j'ai aussi beaucoup pleuré... Madeleine, madame, ma sœur Madeleine... quand dois-je la retrouver ?

Si impassible que fût Fausta, si terrible que fût la pensée qui la guidait, elle ne put s'empêcher de frissonner. Ces quelques mots de Jeanne venaient d'évoquer en elle une effrayante vision : Madeleine Fourcaud, dont le corps se balançait au dessus des flammes du bûcher et tombait enfin dans la fournaise, tandis que Violetta, aux mains du bourreau, s'approchait pour subir le même supplice... et alors Pardaillan apparaissant tout à coup, la mêlée, les chevaux qui se cabrent et fuient, et enfin Violetta sauvée... A ce souvenir, un amer soupir gonfla son sein.

— Vous reverrez votre sœur Madeleine, dit-elle.

— Est-ce bien vrai ? palpita Jeanne. Et sera-ce bientôt ?...

— Bientôt, oui, je le crois... mais, mon enfant, je suis venue vous trouver ici où je vous ai mise à l'abri, pour vous

entretenir d'un sujet bien grave .. Dites-moi, vous rappelez-
vous votre père ?...

— Hélas ! madame, balbutia la malheureuse enfant qui
éclata en sanglots, comment pourrais-je l'avoir oublié alors
qu'il y a quatre mois à peine, mon pauvre père plein de vie
nous prodiguait encore ses caresses à ma sœur et à moi ?...

— Et votre mère ?

Jeanne considéra Fausta avec un regard de douloureux
étonnement.

— Ma mère? murmura t-elle.

— Oui. Je vous demande si vous vous rappelez votre
mère. .

— Madame, vous ne savez donc pas que ma mère est morte
peu de temps après m'avoir donné le jour ? Ma sœur Madeleine, plus âgée que moi, pourra sans doute vous parler
d'elle... car elle m'en a parlé bien souvent... mais moi. . je
ne l'ai vue qu'à un âge dont je n'ai pas conservé le souvenir. .

— Et qu'en disait votre sœur ?... Quelle femme était votre
mère ?... Belle, n'est-ce pas ?

— Très belle, madame ; Madeleine me disait que notre mère
était d'une admirable beauté...

— N'avait-elle pas des yeux bleus ?...

— Oui, madame, fit Jeanne étonnée.

— De grands cheveux blonds ?...

— C'est bien le portrait que m'en a souvent tracé Madeleine... Mais, madame... auriez-vous connu ma mère ?...

— Je la connais, dit Fausta simplement.

— Mon Dieu, madame, s'écria Jeanne tremblante, que dites-vous là ?...

— Je dis que je connais votre mère...

— Oh! .. mais... vous parlez comme si ma mère n'était
pas morte depuis de longues années déjà... mais c'est une
folie... une imagination que je me crée?

— Dites-moi, mon enfant, reprit Fausta sans répondre,
est-ce que votre père vous parlait souvent de votre mère?...

— Jamais, madame...

Fausta eut un tressaillement de joie.

— Sans doute mon pauvre père cherchait à écarter de lui
de pénibles souvenirs : sans doute il souffrait cruellement de
la mort de notre mère... c'est du moins l'explication que me
donnait ma sœur...

— Et si je vous disais qu'il y a une autre explication plus
naturelle, plus juste au silence de votre père?... Si je vous
disais que votre mère n'est pas morte, mais simplement
disparue?..

— C'est un rêve ! murmura Jeanne en secouant la tête.

— Pourquoi un rêve? . Ecoutez-moi !... Supposez qu'à la
suite d'une grande terreur, votre mère soit tombée malade...

Supposez qu'elle soit... par exemple... devenue folle...

Jeanne frémissait de tout son être. Elle entendait. Elle écoutait. Et elle se refusait à croire à la réalité de la minute qu'elle vivait à ce moment.

— Si cela est, continua Fausta, si votre mère a la suite de quelque catastrophe, a perdu la raison ; si votre père a désespéré de la guérir, si enfin dans un accès de sa folie, elle a disparu, et si votre père, après l'avoir longtemps cherchée, a dû renoncer à la retrouver, n'est-il pas naturel qu'il vous ait fait croire qu'elle était morte ?...

— Madame! madame! balbutia la jeune fille, c'est moi qui crains de devenir folle en ce moment! ..

— Eh bien, Jeanne, tout ce que je viens de vous dire est l'exacte vérité !...

— Impossible! oh ! impossible!...

— Cela est pourtant ! reprit Fausta avec force.

Jeanne tomba à genoux et se prit à sangloter doucement. Claudine de Beauvilliers avait assisté à cette scène avec satisfaction. Elle se demandait avec une sorte d'épouvante quel but poursuivait cette femme. Mais si nous avons donné à l'abbesse le juste tribut de notre admiration, force nous est d'avouer maintenant qu'elle était trop éblouie par la perspective des 200,000 livres pour songer à approfondir les actes et les projets de sa terrible protectrice. Fausta se pencha vers Jeanne Fourcaud, la releva et lui dit doucement :

— Ne pleurez pas, pauvre petite... Ou plutôt... oui pleurez... car votre mère, hélas! n'est pas encore guérie... Seulement je sais, moi le moyen de lui rendre la raison.. C'est de vous conduire à elle... C'est vous, vous seule, qui pouvez guérir votre mère...

XIII

Fin de la vie de cocagne

Quelques jours se passèrent et l'on arriva à la veille de ce vingt et unième d'octobre où Fausta devait détruire d'un seul coup ses ennemis, ou plutôt (puisqu'en réalité elle n'éprouvait pas de haine véritable) les obstacles qui avaient suspendu l'exécution de ses projets.

Pardaillan et le duc d'Angoulême devaient être amenés à midi par Maurevert et succomber sous les coups des gens d'armes de Guise.

Fausta se réservait de faire prévenir à onze heures le duc de Guise que le chevalier et son compagnon d'aventures se trouvaient dans l'abbaye de Montmartre ; les gens de Guise arriveraient à l'abbaye presque en même temps que les deux gentilshommes qu'il s'agissait d'occire en douceur.

Fausta avait parfaitement calculé son affaire : prévenir le duc plus tôt, c'était le mettre en présence de Violetta vivante encore, et tout son plan s'écroulait alors, puisque Guise, amoureux de la petite bohémienne, était tout à fait capable de la sauver.

L'exécution de Violetta était donc fixée à six heures, en présence de son père et de sa mère. Fausta comptait que la mort de Violetta serait aussi la mort du cardinal Farnèse et de Léonore.

Donc, dans la matinée, avec la complicité et l'aide de l'abbesse, elle prenait ses dispositions. A dix heures, Violetta était suppliciée. Si Farnèse s'obstinait à vivre après le coup qu'elle allait lui porter au cœur, on l'aiderait à trépasser, voilà tout. A midi, Pardaillan et Charles d'Angoulême arrivaient, conduits par Maurevert, et étaient massacrés par les gens de Guise.

Après cette hécatombe, il ne resterait plus à Fausta qu'à consoler le duc de Guise de la mort de Violetta, chose facile, pensait-elle.

Et alors on marcherait sur Blois. Alors, c'était la mort d'Henri III. Alors, c'était la royauté de Guise... le triomphe de la Ligue... l'entrée en France d'Alexandre Farnèse... la marche sur l'Italie, l'écrasement de Sixte-Quint... la souveraineté assurée sur le monde chrétien !...

On a vu avec quel soin, quelle prodigieuse entente du mensonge, Fausta avait préparé son œuvre... Tout tenait maintenant à la mort d'une pauvre petite chanteuse de bohème. Fausta avait donc ourdi autour de la malheureuse enfant une trame serrée ; elle y avait mis une patience, une souplesse, une volonté qui faisaient de cette œuvre hideuse une œuvre de génie.

Rien maintenant ne pouvait sauver ni Violetta, ni le cardinal, ni Pardaillan...

Il nous faut assister aux derniers préparatifs de cette étrange machination demeurée l'un des épisodes les plus inconcevables de cette époque pourtant si fertile en incidents d'une sombre et violente étrangeté.

La veille, donc, du vingt-un octobre, Picouic et Croasse virent avec étonnement un certain nombre d'ouvriers pénétrer dans le terrain de culture. Depuis quelques jours, à leur grande surprise, l'une des deux petites prisonnières avait disparu. Nos lecteurs ont vu que Jeanne Fourcaud avait été conduite à Fausta. Que devint cette jeune fille pendant ces quelques jours ? Il est vraisemblable qu'elle fut menée à Saïzuma dans la chaumière où habitait celle-ci.

Picouic et Croasse ne s'étaient que médiocrement alarmés

du départ de Jeanne. Ils surveillaient surtout Violetta, avec
un zèle qui enchantait sœur Mariange, laquelle eût d'ailleurs
frémi d'indignation et expulsé les deux anciens chantres, si
elle avait pu connaître les véritables motifs de ce zèle.

En effet, Picouic avait mis dans sa tête que Violetta serait
l'instrument de sa fortune. Il avait donc tout mis en œuvre à
s'opposer à une fuite de la jeune fille, mais s'il la surveillait
aussi étroitement, c'est qu'il voulait la garder pour lui...
non, voulons dire qu'en ramenant la petite chanteuse soit à
Pardaillan, soit à des parents qu'il comptait bien retrouver,
il espérait se faire payer très cher son dévouement. Son plan
était simple, à la fois naïf et rusé comme tout ce qu'il entreprenait.

Malheureusement pour la pauvre petite Violetta, Picouic
ne mit aucune hâte à réaliser les espérances qu'il fondait sur
elle. A quoi bon ?... Tant qu'il aurait le vivre et le couvert
assuré, tant que l'amoureuse Philomène les gorgerait de
victuailles assez viles, mais abondantes, pourquoi lui,
Picouic, eût-il contrarié le destin ?... Il passait son temps à
engraisser, chose qui lui arrivait pour la première fois de sa
vie et qui était chez lui un sujet de stupeur admirative.

Quant à Croasse, il nageait en pleine félicité. Soit que
Philomène eût pour lui des attentions gastronomiques plus
empressées et plus ardentes, soit que Croasse fût un goinfre
plus dévorant que Picouic, il est certain qu'il éclipsait son
ami en splendeur rubiconde.

Il avait rapidement dressé Philomène à un manège qui se
renouvelait toutes les nuits. La tendre Philomène venait-elle,
le cœur battant, frapper à la porte du pavillon où Croasse
avait élu domicile ? Croasse entr'ouvrait la porte et son cœur,
puis jetait un œil attentif sur les mains de l'amoureuse vieille
fille. S'il apercevait une bouteille dans chaque main de
Philomène, il ouvrait et son cœur et la porte. Si les mains de
Philomène étaient vides, il refermait le tout : conduite peu
recommandable, et que, de nos jours, nous appellerions le
chantage à l'amour.

Philomène accomplissait donc des prodiges et dévalisait la
cave de l'abbesse. Il en résultait que Croasse avait pris une
face vermeille qui le faisait paraître encore plus irrésistible ;
sa voix était devenue plus creuse, plus profonde. Picouic
engraissait donc simplement. Croasse gonflait à vue d'œil.

— Pourvu que tu puisses repasser par la brèche quand nous
partirons d'ici, lui disait Picouic.

Devenu superbe dans la bonne fortune, Croasse répondait
qu'il ne voyait pas la nécessité de s'en aller, et que cette
nécessité se présentât-elle, il en serait quitte pour faire
abattre un pan de mur. Picouic n'était pas sans quelque
inquiétude. Il pensait que la passion exorbitante qu'une
vieille nonne éprouvait pour le fastueux Croasse finirait bien

un jour ou l'autre par s'évanouir, et qu'alors il faudrait décamper, reprendre le collier de misère, recommencer la vie d'aventures et de jeûnes forcés...

— Oui, mais ce jour là, ruminait-il je ne partirai pas sans emmener la petite chanteuse... La brèche est toujours là !...

Quelles ne furent donc pas sa stupeur et son inquiétude lorsque la veille du 21 octobre, avons-nous dit, il aperçut des ouvriers maçons entrer dans ce que Philomène appelait le jardin, se diriger justement vers la brèche en question et commencer à la boucher au moyen de grosses pierres cimentées très convenablement.

— Mais il me semble qu'on nous enferme, dit-il a Croasse, qui comme lui assistait de loin et sans se montrer à ce travail imprévu.

— Tant mieux, répondit Croasse, de cette façon, nous ne pourrons plus nous en aller.

Les deux compères s'étaient placés de façon à tout voir sans être vus. Lorsque la brèche fut entièrement bouchée, ils durent constater — Croasse avec une magnifique insouciance, et Picouic avec un commencement de terreur — qu'en effet ils ne pouvaient plus s'en aller, sinon par la grande porte du couvent.

Les murs de cette abbaye étaient ce qu'étaient alors tous les murs : de véritables fortifications, très élevées, fort difficiles à franchir, même avec des échelles. Maintenant, s'il était possible à Picouic à la rigueur de franchir les murailles, il lui serait sans doute presque impossible de les faire escalader à Violetta.

Cette impossibilité d'emmener avec lui la jeune fille qui devait assurer sa fortune devint une évidence lorsque Picouic aperçut six hommes d'armes portant des piques se diriger vers l'enclos où était enfermée la petite chanteuse. Deux d'entre eux s'arrêtèrent à la porte de l'enclos, deux autres se mirent à faire les cent pas dans l'enclos, et les deux derniers, enfin, se placèrent à la porte même de la bâtisse qui servait de prison.

Cette fois, Picouic pâlit. Il se passait quelque chose de nouveau et d'anormal dans le couvent. Il se préparait quelque événement dont Picouic ne pouvait soupçonner la nature ?... Que pouvait-il résulter de tout cela ?

— Rien de bon ! s'affirmait Picouic.

La journée presque entière s'écoula pourtant sans qu'aucun incident nouveau fût venu justifier les craintes de Picouic. Mais vers le soir, il y eut dans le jardin de nouvelles allées et venues d'autant plus mystérieuses que pas une nonne n'apparaissait.

Philomène et Mariange avaient disparu. Qu'étaient-elles devenues ?.. Picouic était pâle d'inquiétude, Croasse lugubre.

— Tu as peur ? demanda Picouic.

— Non, j'ai faim, dit Croasse étonné.

En effet, leurs deux approvisionneuses ayant disparu, Picouic et Croasse étaient menacés de sortir maigres de ce grenier d'abondance où maigres ils étaient entrés, — si encore ils parvenaient à en sortir !

Mais de quoi aurais-je peur? reprit Croasse devenu blême à la pensée qu'un danger quelconque pût les menacer. D'ailleurs, ajouta-t-il en claquant des dents, il est impossible que j'aie peur, depuis que je sais que je suis brave.

— Moi, j'ai peur, dit Picouic. C'est pourquoi, attends-moi ici. Je vais tâcher de savoir ce qui se passe là-bas derrière le pavillon, près de la brèche maintenant bouchée, hélas !

Et laissant là son compagnon terrorisé, Picouic s'élança. Croasse regarda autour de lui pour tâcher d'apercevoir un trou où se fourrer. Mais l'enclos entouré de planches était maintenant gardé par des hommes d'armes. Sur sa droite, c'étaient les bâtiments du couvent, et il eût préféré mourir sur place plutôt que de se diriger vers ces bâtiments qu'il supposait envahis par une troupe mystérieuse. Sur sa gauche, vers le pavillon, c'étaient les ouvriers qui s'occupaient à une besogne inconnue ; c'était le côté que Picouic avait jugé dangereux. Croasse poussa donc un soupir qui ressemblait à un gémissement et s'assit dans l'herbe ; bientôt même il s'allongea de son long, et cachant sa tête dans ses bras, attendit le coup de grâce.

Quant à Picouic, se faufilant d'arbre en arbre, il ne tarda pas à gagner le pavillon, et il le contourna en prenant les précautions que lui suggérait sa prudence habituelle. Un étrange spectacle frappa alors ses yeux. Derrière le pavillon une vingtaine d'ouvriers s'occupaient activement, sous les ordres de l'abbesse Claudine de Beauvilliers elle-même, à diverses besognes.

— Il se prépare ici une fête religieuse...

Telle fut la première pensée de Picouic. En effet, voici ce qui se passait.

Derrière le pavillon s'étendait une assez large esplanade bornée d'un côté par le pavillon lui-même, d'un autre par le mur d'enceinte qui se perdait au loin, et bordée au fond par un massif de cyprès entourant le cimetière spécial des bénédictines.

Sur le derrière du pavillon s'ouvrait une porte : en sorte qu'une personne entrée dans ce vieux bâtiment par la porte située près de la brèche (maintenant bouchée) pouvait, par cette porte de derrière, aboutir directement sur cette esplanade face au massif de cyprès clôturant le cimetière.

Maintenant, qu'on se figure que ce pavillon lui-même n'était que le prolongement ou pour mieux dire le vestibule d'une bâtisse plus vaste qui avait du jadis s'élever sur cette esplanade.

Cette bâtisse avait disparu ; elle s'en était allée en ruine. Mais quelques débris encore debout permettaient de supposer que le bâtiment, ruiné par le temps et l'incurie, avait dû être sans doute affecté au service religieux ; là, sûrement, s'était élevé jadis une sorte de temple, une façon d'élégante chapelle comme en témoignaient deux ou trois colonnes qui s'élevaient dans le ciel pur de cette soirée.

Là aussi, entre deux colonnes, Picouic put apercevoir les restes d'un exhaussement dallé de marbre, et qui avait peut-être supporté le maître autel.. Il regarda avec anxiété.

Or, à quoi s'occupait cette compagnie d'ouvriers dont Picouic suivait attentivement les faits et gestes ? Une partie d'entre eux râclait l'herbe qui avait poussé, nettoyait les marches de marbre, et cette sorte d'estrade dallés sur laquelle, sans doute, s'était élevé le maître-autel. Ils raclaient également et lavaient à grande eau une stalle de marbre .. une de ces stalles réservées à l'officiant, dans les grandes cérémonies de Pâques et de Noël, comme on peut encore en voir dans quelques vieilles chapelles très riches, la stalle en marbre sculpté ayant été jadis un ornement plus somptueux que la stalle en bois.

Au dessus de cette stalle, de ce siège marmoréen, d'autres ouvriers dressaient un dais en étoffe brochée Et la stupéfaction de Picouic fut à son comble et confina à la terreur, lorsqu'il eut constaté que sur la retombée de ce dais se croisaient les clefs symboliques de saint Pierre...

Qui donc allait s'asseoir là !... Et cette terreur du brave Picouic devint plus aiguë lorsque l'abbesse ayant constaté que tout s'ait en ordre, que tout semblait prêt pour une étrange cérémonie nocturne, dit à ceux qui travaillaient sous ses ordres :

— Maintenant, suivez-moi au cimetière...

Picouic, poussé par une curiosité mêlée d'une épouvante superstitieuse, se glissa vers le rideau de cyprès. Le soir enveloppait maintenant la colline Montmartre, et les premières étoiles commençaient à clignoter dans un ciel pâle. Deux ou trois torches s'allumèrent, et ce fut à la lueur de ces torches que Picouic put assister au travail bizarre qui se faisait dans le cimetière,

Quelques ouvriers, en effet, allaient de tombe en tombe, se baissaient, se relevaient, allaient plus loin

— Par saint Magloire ! murmura Picouic en suant de terreur, quelle besogne est-ce là ?...

Tout simplement, ces gens cueillaient les dernières fleurs poussées sur les tombes, roses d'automnes pâles et morbides qui commençaient à s'effeuiller au souffle des premières brises froides.

Si Picouic eût été esprit poétique, il eût pu se demander à quoi devaient servir ces fleurs cueillies sur des tombes... A quelle mourante ou à quelle morte elles étaient destinées. Mais Picouic s'étonnait, et voilà tout. D'ailleurs, son attention à ce moment était sollicitée par un groupe d'ouvriers qui tandis que leurs camarades arrachaient des roses, accomplissaient un autre travail.

Au centre du cimetière s'élevait en effet une grande croix de bois qui étendait dans l'ombre ses larges bras moussus, verdis par l'eau du ciel... C'était cette croix que déplantaient les travailleurs nocturnes, à la lueur des torches.

— Pourquoi arrache-t-on cette croix ? se demanda Picouic.

Il ne tarda pas à le savoir. La croix fut transportée sur l'esplanade qu'on venait de si bien nettoyer, et on la dressa debout contre le mur du pavillon, près de la porte.

— Creusez là le trou ? commanda alors l'abbesse.

L'endroit qu'elle désignait était juste en face la porte de derrière le pavillon, et à quelques pas sur le flanc de la stalle de marbre. La croix fut alors portée au trou qui venait d'être creusé, et essayée : elle s'y tenait parfaitement debout, et l'ayant déplantée, les travailleurs de cette scène nocturne la couchèrent sur le sol. En sorte qu'il sembla à Picouic qu'il n'y avait plus qu'à attacher ou à clouer un condamné sur l'instrument de supplice, et à dresser ensuite cette croix en la plantant dans le trou, pour transformer la colline de Montmartre en un Golgotha funèbre.

Quand tous ces préparatifs furent achevés, les ouvriers macabres disparurent, et l'abbesse elle-même regagna les bâtiments de l'abbaye.

Pour si peu disposé à la rêverie que fût Picouic, il demeura longtemps à la même place, se demandant s'il ne rêvait pas. La lune qui se levait lui montra l'esplanade, l'estrade de marbre, la stalle surmontée de son dais, la croix couchée, autour de laquelle, par un trait qui tenait plutôt des mystères païens, on avait enroulé une guirlande de fleurs... des roses arrachées au cimetière des nonnes.

Non, il ne rêvait pas... Il essuya la sueur qui coulait à grosses gouttes sur son visage et murmura :

— Pour qui cette croix ?...

Ne trouvant aucune réponse à cette question, il regagna l'endroit où il avait laissé Croasse et le trouva étendu dans l'herbe. Picouic avait son idée, comme on va voir. Il frappa sur l'épaule de son compagnon qu'il croyait endormi. Mais si Croasse dormait, il ne dormait que d'un œil ; il poussa un gémissement.

— Il faut fuir, dit Picouic.

Croasse reconnaissant la voix de son compagnon, se releva, instantanément rassuré.

— Fuir ? s'écria-t-il. Attendons au moins le jour, et achevons la nuit dans l'enclos.

Picouic jeta un coup d'œil vers le bâtiment où Violetta

était enfermée, et le vit éclairé. Alors il songea à ces six hommes armés qui étaient venus prendre position dans l'enclos Et ce souvenir se juxtaposa pour ainsi dire à celui des preparatifs sinistres auxquels il avait assisté derrière le pavillon. .

— Oh ! murmura-t-il, est-ce que ce serait possible ?...

— Quoi donc ? As-tu vu quelque chose ? fit Croasse en regardant avec inquiétude autour de lui.

— Rien Fuyons, si nous pouvons. Quant à l'enclos, il n'y faut pas songer, il est gardé...

Croasse, sans plus d'objection, suivit machinalement son compère qui, traversant avec rapidité le terrain de culture, parvint au mur d'enceinte.

— Cher ami, dit alors Picouic, colle-toi contre ce mur, tu feras la courte échelle ; grâce à Dieu, si tu as gagné en épaisseur, tu n'as rien perdu en hauteur ; j'espère donc en grimpant de tes mains sur tes épaules, atteindre le faîte de ce mur après quoi. je te hisserai en haut et nous n'aurons qu'à nous laisser tomber de l'autre côté.

Croasse répondit :

— Le conseil est bon. Hâtons-nous donc...

Et il prit aussitôt la position indiquée par Picouic, lequel en quelques instants se trouva hissé sur les épaules du haut desquelles il put en effet atteindre, non sans peine, le sommet du mur sur lequel il s'assit à cheval.

— A mon tour, dit Croasse ; penche-toi et me tends les mains.

— Excellent moyen de me faire retomber à l'intérieur, dit tranquillement Picouic ; tâche de trouver une issue : quant à moi, il faut que je parte à l'instant ; mais sois tranquille, je reviendrai te délivrer.

Là dessus, laissant son compagnon stupéfait, effaré et épouté, Picouic se suspendant par les mains, se laissa tomber de l'autre côté du mur et se mit à descendre bon train la colline.

XIV

Monsieur Peretti

Or, dans cette soirée même, un cavalier qui venait de franchir la Porte-Neuve un peu après le coucher du soleil se dirigeait au pas de son cheval vers le moulin de la butte Saint-Roch, où nous avons eu naguère occasion de conduire le lecteur. Moulin abandonné maintenant, silencieux, jamais éclairé la nuit, et dont les ailes jamais ne tournaient sous la brise du jour. Parvenu au pied de la butte Saint-Roch, le cavalier descendit de sa monture, qu'il attacha à un arbre et se mit à monter vers le moulin.

— Halte-là ! fit une voix tout à coup.

Un homme armé d'un poignard et d'un pistolet surgit d'une haie et braqua le canon de son arme sur le cavalier, qui pour toute réponse montra sa main, à un doigt de laquelle brillait un anneau d'or.

— C'est bien, passez, dit alors respectueusement la sentinelle après avoir jeté un coup d'œil sur l'anneau.

Par trois fois encore avant de pouvoir pénétrer dans le moulin, le cavalier fut arrêté de cette façon, et à chaque fois, grâce à l'anneau, signe mystérieux devant lequel on s'inclinait avec un respect qui tenait de la vénération, il put continuer son chemin. Dans le moulin, on l'introduisit dans une pièce bien éclairée dont les fenêtres étaient soigneusement dissimulées sous des rideaux épais, afin que du dehors nul ne pût voir la lumière.

A cette lumière, quelqu'un qui se fût intéressé aux faits et gestes du cavalier, eût reconnu en lui l'un des principaux acolytes de Fausta, celui-là même en qui elle avait placé toute sa confiance et qui remplaçait Farnèse dans la hiérarchie nouvelle instituée par la sombre conspiratrice.

C'était le cardinal Rovenni. C'était celui-là qui, dans le palais Fausta, avait lu l'acte d'accusation contre Farnèse et maître Claude. Il portait un costume de gentilhomme armé en guerre.

Dans la pièce où il venait de pénétrer, un vieillard était assis, enfoui au fond d'un vaste fauteuil de bois sur une pile de coussins. Courbé, replié sur lui-même, très pâle, secoué par des accès de toux, le vieillard semblait bien près de sa fin. Le cardinal Rovenni s'approcha du fauteuil, se courba, s'inclina, s'agenouilla et murmura :

— Saint-Père, me voici aux ordres de Votre Sainteté...

— Relevez-vous, mon cher Rovenni, râla d'une voix bien faible le vieillard, relevez-vous, et causons en bons amis... Il n'y a pas ici de Saint-Père... il n'y a que votre bon, votre excellent ami Peretti qui est bien heureux de vous revoir...

Ce mourant, c'était en effet le meunier qui dans cette pièce même avait eu, sous le nom de M. Peretti, un entretien avec le chevalier de Pardaillan. C'était Sixte-Quint... Le cardinal Rovenni obéit à l'invitation du pape, se releva, et sur un signe à la fois amical et impérieux du vieillard, prit place sur une chaise.

— Peretti, continua le pape ; simplement Peretti !... Hélas ! que ne suis-je vraiment le bon Peretti !... J'ai voulu goûter à la grandeur suprême, et voilà que la tiare m'écrase... Je meurs sous le fardeau... Ah ! si je pouvais déposer le pouvoir !... mais il est trop tard maintenant. Ce sera lorsque je mourrai..

— Vous avez encore de longues années à vivre, heureusement pour l'Église, dit Rovenni en examinant avec attention les signes manifestes de la décrépitude qui démentait cet espoir.

Sixte-Quint haussa les épaules.

— Six mois, mon bon Rovenni... voilà ce que j'ai devant moi... et encore !... six mois tout au plus ! .. Et tant d'affaires encore à arranger !... Cette conspiration dans laquelle vous vous êtes laissé entraîner...

— Saint-Père !...

— Ce n'est pas un reproche. Vous et d'autres n'avez péché que par ma faute... je me suis montré un peu dur... je croyais bien faire... n'en parlons plus ! Vous voici revenu au bercail vous et les meilleurs de ceux que cette satane suscitée par le malin esprit avait réussi à convaincre... Il faut donc, avant que je ne m'en aille rendre compte à Dieu, il faut, dis-je, que je puisse arriver là-haut en disant : Voilà ! Je me suis laissé surprendre par l'ennemi, c'est vrai. Mais tout est en ordre, maintenant et j'ai laissé les clefs à un vigilant gardien de la Maison.

Rovenni tressaillit et considéra le vieillard avec plus d'attention.

— Celui qui doit me remplacer... continua Sixte

Un accès de toux l'interrompit, si déchirant que Rovenni se leva pour appeler du secours.

Mais le pape l'arrêta d'un geste. Et lorsque l'accès se fut calmé :

— Vous voyez, dit-il tristement... Quand je dis six mois... je crains d'exagérer... mais ne parlons plus de moi... L'essentiel, dis-je, est que j'écrase cette conspiration avant de mourir, et puis, que j'assure ma succession à quelqu'un qui en sera digne... aura compris mon œuvre... et me jurera de la continuer.

Le pape darda un pâle regard sur Rovenni palpitant.

— Ce quelqu'un, ajouta-t-il, vous le connaissez... c'est un de vos amis... votre meilleur ami... car ici-bas, il n'est meilleur ami que soi-même...

— Saint-Père ! balbutia Rovenni en pâlissant de joie.

— Chut !... Je n'ai pas dit que ce fût vous que je destine à me remplacer, interrompit le pape avec un sourire ; j'ai seulement dit que c'était votre meilleur ami...

— Je sais que je suis indigne d'un tel honneur, dit Rovenni dont les mains tremblaient d'une joie profonde, et dont le regard s'éclairait d'une flamme ardente.

— Pourquoi donc ? dit Sixte. Parce que vous m'avez trahi ?... *Per bacco*, d'abord cela prouve que vous avez de l'énergie, et j'aime les gens énergiques, moi ! Ensuite, vous

êtes revenu à temps dans le giron de la véritable église...
Plus tard, Rovenni, dans un mois ou deux, nous causerons
de cela ; mais dès maintenant. je vous défends de dire que
vous êtes indigne. Eh ! j'ai gardé des pourceaux, moi, si vous
avez fréquenté des traîtres !...

Pendant cette tirade, le cardinal avait rougi, pâli, coup sur
coup, balbutié de confuses paroles.

— Mon successeur, termina le pape, sera celui qui m'aura
aidé à vaincre la terrible ennemie que m'a suscité Satan. Or,
c'est vous, mon cher, mon bon Rovenni, qui m'apportez cette
joie inespérée...

Plus convaincu que jamais, Rovenni s'inclina en frémissant d'espoir. Mais il garda le silence dans la crainte de s'attirer encore un de ces terribles éloges dont le pape venait de
le gratifier.

— Sait-elle où je suis ? reprit tout à coup le vieillard.

— Elle vous croit en Italie, Saint Père, bien loin de supposer que vous êtes aux portes de Paris. Elle a connu votre
entrevue avec le roi de Navarre et en a usé avec une grande
habileté pour décider le duc de Guise.

— Navarre ! murmura Sixte-Quint. Le huguenot ! L'hérétique !...

— Que vous avez excommunié Saint-Père, et exclu de
tout droit à quelque trône ou principauté que ce soit !..

— Certes! dit Sixte avec un sourire. Mais si l'hérétique rentrait dans le sein de l'Eglise !...

— Impossible !...

— Si Henri de Béarn adjurait, continua le pape, l'excom-
munication serait levée, entendez-vous, Rovenni !.. Henri de
Béarn reprendrait tous ses droits. Je lui aurais ainsi donné
la couronne de France... mais j'aurais du même coup déca-
pité l'hérésie !...

— Vos vues sont sages et profondes, murmura Rovenni en
s'inclinant.

Sixte-Quint haussa les épaules.

— Les hommes sont des pourceaux, dit-il avec ce ricane-
ment sinistre qui était si effrayant sur sa bouche de moribond. Il faut donc leur promettre ample glandée si on veut
les faire entrer, au soir... Le soir est venu pour moi, Rovenni
Il faut que je fasse rentrer mon troupeau avant de me coucher... Mais laissons Navarre pour le moment. Vous dites
donc qu'elle ne sait pas que je n'ai pas quitté la France?

— Elle vous croit en Italie, répéta Rovenni.

—Oui.   Et vous me disiez donc, mon bon Rovenni, que
peut-être une occasion pouvait se présenter... tandis qu'elle
me croit bien loin... que me disiez vous à votre dernière visite ?... J'ai la tête si faible... la mémoire commence à
m'échapper...

Un nouvel accès de toux secoua le vieillard qui finit par râler d'une voix éteinte :

— Il est temps... il est grand temps...

Je vous disais, Saint-Père, reprit le cardinal Rovenni, qu'une circonstance devait se présenter bientôt où Votre Sainteté pourrait trouver les conspirateurs rassemblés.

Sixte-Quint, affaissé dans son fauteuil, les yeux fermés, hocha de la tête, doucement, comme un moribond à qui on parle de choses qui déjà lui échappent.

— Votre Sainteté m'entend-elle? demanda Rovenni avec une certaine anxiété.

— Oui, oui... allez, mon bon Rovenni... les conspirateurs doivent se rassembler... tous, n'est-ce pas ?

— Du moins tous ceux qui l'ont suivie en France pour y préparer les événements que vous connaissez...

— C'est-à-dire la chute d'Henri III...

— Oui, Saint-Père... et pour y préparer ainsi des événements qui sont encore dans la main de Dieu...

— C'est-à-dire la mort de Valois et l'avènement des Guise au trône de France.

— Oui, Saint-Père !... Je vois que Votre Sainteté a l'esprit plus alerte qu'elle ne veut bien le dire.

Un pâle sourire glissa sur les lèvres de Sixte-Quint, qui murmura :

— Continuez, mon cher ami...

— Donc, les principaux d'entre les conspirateurs, cardinaux ou évêques, doivent s'assembler pour une de ces cérémonies qu'elle sait organiser avec son infernal talent. Vous saurez que nul comme elle ne s'entend à frapper l'imagination de ceux qui l'entourent.

— Oui. C'est un point que j'ai trop négligé. Il faut aux hommes de la pompe, du théâtre, des spectacles magnifiques ou terribles. N'oubliez pas cela quand vous serez pape, Rovenni...

— Ah ! balbutia le cardinal, qui pâlit et joignit les mains, que dit là Votre Sainteté?...

— Cela m'a échappé... mais pas un mot !... Mettez que je n'aie rien dit... car si on savait... poursuivez, mon bon ami poursuivez...

— Eh bien, Saint-Père, je disais que rien ne serait plus facile que de profiter de cette réunion...

— Mais Guise ? interrogea le pape dans l'œil duquel s'alluma un éclair.

Rovenni eut un sourire de triomphe.

— Le duc de Guise, dit-il, doit venir à cette cérémonie avec ses gentilshommes et ses gens d'armes... Il doit en être prévenu à une certaine heure précise, ni trop tôt ni trop tard... Or, savez-vous qui doit le prévenir?... C'est moi, Saint-Père !

— Eh bien ! fit le pape comme s'il n'eût pas déjà compris.

— Eh bien, je ne le préviendrai pas, voilà tout ...

Sixte-Quint leva ses bras au ciel et murmura :

— Mon Dieu, c'est un grand bonheur que vous avez fait à votre serviteur et à votre Église en me ramenant ce digne, ce brave, cet excellent Rovenni un instant égaré. . La tiare conviendra merveilleusement à cette noble tête... de traître, de judas, d'imposteur!

Ces trois derniers mots, le pape les prononça en lui-même, et Rovenni rayonnant demeura sous l'impression qu'avait voulu produire le vieillard.

— Toute la question, reprit le cardinal, est de savoir si Votre Sainteté pourra...

— Rassurez-vous, mon cher ami. Pour cette circonstance, Dieu fera un miracle et me rendra les forces nécessaires. D'ailleurs je dispose de quelques hommes décidés... je serai bien escorté...

— Et vous pouvez ajouter, Saint-Père, que grâce à moi, la plupart des conspirateurs sont maintenant indécis, hésitants, et qu'il faudrait bien peu de chose pour les ramener à vous...

— Bien, mon ami... bien... Et où doit avoir lieu cette réunion ?... Dans Paris ?...

— Non, heureusement : dans un endroit solitaire, écarté, assez éloigné de Paris pour permettre d'agir sans avoir à craindre d'intervention des ligueurs : à l'abbaye de Montmartre.

— *Va bene*...J'enverrai en avant un homme à moi qui vous portera mes instructions. Arrangez-vous pour qu'il puisse entrer...

— A quoi le reconnaîtrons-nous, Saint-Père ?...

— Il portera au doigt un anneau semblable à celui que je vous ai donné... Il ne vous restera plus, mon bon Rovenni, qu'à me prévenir du jour...

— C'est de cela que je suis venu vous informer, Saint-Père...

— Et c'est ?

— Demain! fit Rovenni triomphant. Si demain vers dix heures du matin, Votre Sainteté entre à l'abbaye de Montmartre, elle y trouvera rassemblés autour de la révoltée les cardinaux qui persistent encore en ce schisme étrange.

Un imperceptible tressaillement agita le vieillard. Rovenni s'était levé, et ce ne fut pas sans angoisse qu'il demanda :

— Moi et ceux qui sont prêts à rentrer dans le devoir, devons-nous attendre Votre Sainteté ?

— Oui, dit nettement Sixte-Quint. Lors même que je serais plus malade encore, Dieu fera un miracle... j'irai !

— Ainsi donc, Saint-Père, nous vous attendrons. Et nous attendrons d'abord l'homme porteur de l'anneau, que Votre Sainteté doit nous envoyer...

— Et vous lui obeirez comme à moi-même, dit le pape qui leva sa dextre pour bénir.

Le cardinal Rovenni tomba à genoux, reçut la bénédiction, puis, se relevant, sortit du moulin. Au bas de la butte Saint-Roch, il retrouva son cheval où il l'avait laissé. Il se hissa sur la selle et reprit au pas le chemin de la Porte-Neuve. Mais comme il allait tourner le sentier, il s'arrêta, considéra le moulin qui se profilait sur le front pâle de la nuit et murmura :

— Pape !... Avant deux mois je serai pape !... Il croit qu'il en a encore pour six mois... Mais il faudrait vraiment un miracle... et nous ne sommes plus au temps des miracles !...

Là-dessus, le cavalier se dirigea vers le pont-levis, et sans doute il avait quelque mot d'ordre, car à son appel le pont s'abaissa, la porte s'ouvrit... bientôt le cardinal Rovenni se perdit dans Paris.

A peine le cardinal était-il sorti de la pièce où M. Peretti l'avait reçu, que le vieillard affaissé dans son fauteuil redressa sa taille, puis se releva et ricana :

— C'est trop facile décidément de jouer les hommes ! Avec une promesse, on leur ferait trahir Dieu... Judas ! Imposteur !... Toi, pape !... Allons donc !... Et puis... patience. je ne suis pas mort !... Six mois ?... Six ans !... Patience par la Madone, patience, mon bon Rovenni, mes dignes traîtres !... que je vous amène seulement à Rome... et je me charge de vous enterrer tous avec les honneurs qui vous sont dus, sacripants !... Hôlà, Cajetan !...

En appelant ainsi, le pape frappa d'un marteau d'argent sur un timbre. Cajetan, l'intime et le véritable confident de Sixte, Cajetan que nous avons entrevu un instant au début de cette histoire dans l'hôtel de Catherine de Médicis, Cajetan donc apparut aussitôt.

— Combien d'hommes avons-nous ? demanda le pape ; j'entends des hommes d'armes.

— Vingt... que l'on peut porter à trente-cinq en armant les laquais.

— Les vingt suffiront. Qu'ils se tiennent prêts à m'escorter demain. Et quant à toi, Cajetan, je vais te confier une mission où tu risques peut-être ta vie...

— Ma vie appartient au Seigneur et à mes supérieurs, dit Cajetan.

— Bon ! Tu me précéderas donc, tu entreras dans l'endroit que je vais te désigner ; tu y trouveras une femme... cette femme, en mon nom et au nom de Dieu, tu lui mettras la main à l'épaule et tu l'arrêteras...

— Je l'arrêterai, dit froidement Cajetan. Qui est cette femme ?

— Fausta, répondit Sixte.

XV

Le 21 Octobre 1588

Vers huit heures du matin, le prince Farnèse attendait
dans la maison de la place de Grève l'envoyé de Fausta
Maître Claude, sombre et pensif, allait et venait lentement,
Botté, cuirassé de buffle, le grand manteau de voyage agrafé
aux épaules, il était prêt pour le départ. Parfois, sa main,
machinalement, s'arrêtait à l'aumônière de cuir qu'il portait
suspendue à son ceinturon. L'aumônière contenait un petit
flacon ; dans le flacon il y avait du poison.

— Pourtant, songeait maître Claude, il ferait bon vivre
dans ce bonheur qui va commencer pour elle et qui pourrait
recommencer pour moi. Qu'ai-je fait de mal ? Est-ce ma faute
si mon père et le père de mon père ont été bourreaux et s'ils
m'ont transmis leur fonction ? N'ai-je pas réparé autant qu'il
fut en mon pouvoir ? Et lorsque le divin sourire de l'enfant
me fit comprendre l'horreur de tuer, n'ai-je pas renoncé à
être bourgeois notable en même temps que je déposais la
hache ?... Tout cela est bel et bon... je n'en suis pas moins
l'ancien bourreau de Paris. M. le duc d'Angoulême, s'il apprend la chose, verrait des taches de sang sur les mains de
la petite, parce que je les ai tenues dans mes mains... Tandis
que moi mort . oui... mais pas avant de la voir vraiment en
sûreté, heureuse et libre... et alors... petit flacon de mon
aumônière, tu feras ton office !...

Le prince Farnèse, assis près de la fenêtre ouverte, contemplait sans terreur cette grève dont si souvent il avait détourné
son regard, épouvanté par les souvenirs qu'elle évoquait.
Plus de malheur ! Plus de désespoir ! Il allait revoir Léonore
et Violetta, partir avec elles, les emmener en Italie.

Ce fut avec un sourire enjoué qu'il reporta ses yeux sur la
robe rouge, sur les insignes cardinalices qu'il avait revêtus
selon la recommandation de Fausta. Cette robe, il allait la
dépouiller pour toujours ! Dans quelques heures, il ne serait
plus le cardinal-évêque de Parme et Modène, mais simplement le prince Farnèse... un homme comme un autre que
n'enchaînaient plus les vœux, qui avait le droit d'aimer...
d'être époux et père !

Le ciel était pur ; un souffle de brise un peu froide faisait
frissonner les beaux peupliers qui bordaient alors les berges
de la Seine. C'était une de ces exquises matinées d'automne
où il semble que la nature veuille donner aux hommes une

ds ses dernières fêtes. Dans l'azur d'un ciel de soie changeante, passaient comme des sourires de légères vapeurs blanches, et il semblait au cardinal Farnèse que ces sourires du ciel fêtaient sa bienvenue, son retour à la vie heureuse...

Ainsi, de ces deux hommes, par le même coup de la destinée, le meilleur était poussé à la mort, tandis que l'autre atteignait au bonheur. Tout à coup le cardinal se leva.

— Voici qu'on vient nous chercher, dit-il en frémissant de joie.

Claude poussa un soupir et, s'étant approché de la fenêtre, vit une litière qui s'arrêtait devant la porte de la maison.

— Descendons ! fit-il d'une voix rauque.

Quelques instants plus tard, ils étaient sur la place, et un homme remettait à Farnèse un billet qui contenait ces mots :

« Suivez le porteur du présent ordre et conformez-vous à ses indications. »

— Veuillez monter, monseigneur, dit l'homme.

Farnèse et Claude prirent place dans la litière qui se mit aussitôt en route. Mais au lieu de se diriger vers le palais Fausta, comme l'avait pensé le cardinal, elle gagna la porte Montmartre et commença à monter vers l'abbaye : circonstance qui eût achevé de rassurer Farnèse s'il eût pu avoir des soupçons. D'ailleurs, aucune escorte. Rien que l'homme qui servait de conducteur et activait les deux mules nonchalantes de la litière. Personne en vue. Le calme et le silence d'une telle matinée. La litière arriva sans incidents à l'abbaye et s'arrêta devant le grand portail surmonté d'une croix. Farnèse et Claude ayant mis pied à terre se dirigèrent vers la porte.

— Pardon, monseigneur, dit alors l'envoyé de Fausta, j'ai l'ordre d'introduire dans l'abbaye Son Éminence le cardinal Farnèse, mais non aucune personne de sa suite.

— Vous entendez, maître Claude ? dit le cardinal avec une sourde joie.

— Soit ! répondit humblement l'ancien bourreau. Je vous attendrai sous ce chêne.

Farnèse fit vivement un geste d'approbation et pénétra aussitôt dans l'abbaye dont la porte se referma lourdement. Dans le couvent, c'était le même calme, le même silence qu'au dehors. Farnèse, rongeant son impatience, suivait son guide qui traversait les bâtiments, et entré sur le terrain de culture, se dirigeait tout droit vers le vieux pavillon.

— Entrez, monseigneur, dit le guide.

Farnèse, frémissant, reconnut l'endroit où il avait vu Léonore. Il poussa la porte en tremblant, et se vit en présence d'une quinzaine de personnages qu'il connaissait tous : cardinaux en rouge ou évêques violets, ils avaient tous des visages d'une gravité funèbre. Ils étaient comme dans la terrible nuit où, avec Claude, ils l'avaient condamné à mourir par la

faim. Assis sur des fauteuils placés en demi-cercle, ils formaient une imposante assemblée dans ce vieux pavillon au
mur duquel on avait cloué, au fond, un grand Christ qui dominait cette scène.

Farnèse chercha des yeux Fausta et ne la vit pas. Avec un
vague sourire où commençait à percer de l'inquiétude, il fit
le tour de ces personnages ; mais leur silence était effrayant
et leurs regards fixes pesaient sur lui comme une réproba-
tion.

— Messeigneurs, balbutia Farnèse avec ce même sourire
d'angoisse, j'attendais... j'espérais une autre réception, et je
m'étonne de trouver des visages aussi sévères...

L'un d'eux, alors, se leva et dit :

— Cardinal Farnèse, ce n'est pas de la sévérité que vous
voyez sur nos visages : c'est de la tristesse, et n'est-elle pas
bien naturelle à l'heure où le plus distingué, le plus énergique de nous tous va nous quitter pour toujours ?...

Farnèse respira... Non ! Rien de funèbre dans ce qu'il
voyait...

— Veuillez donc attendre, continua celui qui parlait ; la
présence de l'éminent et très révérend Rovenni est nécessaire
pour la cérémonie de renonciation qui nous assemble ici...

Farnèse s'inclina ; et à ce moment même, une porte qu'il
n'avait pas encore remarquée dans le fond du pavillon s'ouvrit, et Rovenni parut. Il était pâle et agité ; mais Farnèse
attribua cette pâleur aux motifs qui venaient de lui être exposés. A l'entrée de Rovenni, tous les assistants se levèrent,
puis se tournant vers le grand Christ, s'agenouillèrent, tandis que Rovenni récitait une prière.

Farnèse, lui aussi, s'était agenouillé. Il avait incliné la
tête, et certes sa prière fut aussi fervente. Lorsque Rovenni
eut terminé son oraison, Farnèse se releva, et il vit que les
assistants s'éloignant lentement à l'exception du cardinal
Rovenni, sortaient tous par la porte du fond.

— Que signifie ? balbutia-t-il. Où est Sa Sainteté ?... Elle
seule a qualité pour...

— Vous allez la voir, dit Rovenni. Prenez patience... Ce
qui est dit est dit.

— Mais la cérémonie de renonciation ?... Pourquoi sommes-nous seuls ?

— Elle va avoir lieu. Et si nous sommes restés seuls, Farnèse, c'est que j'ai à vous demander tout d'abord si vous avez
bien consulté votre conscience.

— Que voulez-vous dire, Rovenni ?... Vous me connaissez
depuis longtemps...

— C'est parce que je vous connais, c'est parce que je sais
votre attachement à la foi et au dogme que je vous demande :
Farnèse, est-il bien vrai que vous vouliez quitter le sein de
l'Église ?

— J'y suis décidé, répondit fermement le cardinal. Celle qui est la maîtresse de nos destinées a dû vous dire qu'à cette condition et à d'autres qu'elle connaît, j'ai accepté la dangereuse mission de me rendre en Italie...

Rovenni avait écouté ces derniers mots avec une grande attention. Il se rapprocha vivement de Farnèse, et d'une voix plus basse :

— Vous savez que je vous aime. Vous n'ignorez pas d'autre part, qu'il est impossible à un prêtre de sortir de l'église avec le consentement de l'Église même... Fausta s'est engagée à vous relever de vos vœux : elle inaugure là une œuvre de maléfice qu'aucun pape n'a osé consommer. .

— Vous prononcez d'étranges paroles, murmura Farnèse en pâlissant.

— Soyez franc, reprit Rovenni en jetant un rapide regard vers la porte. Pour quelle mission êtes-vous envoyé en Italie ?... Hâtez-vous... les minutes, les secondes même sont précieuses...

— J'ai accepté d'aller en Italie pour parler aux principaux d'entre nos affiliés, réveiller leur zèle, faire des promesses ou des menaces à ceux qui semblent vouloir revenir à Sixte.

— Est-ce là tout ce que vous devez faire en Italie ?

— C'est tout ! dit Farnèse.

— Et contre votre aide en cette circonstance, que vous a-t-on promis ?

Farnèse garda le silence. Une vague terreur l'envahissait maintenant. Il ne soupçonnait pourtant aucune trahison et n'eût pu assigner aucune cause à cette terreur mystérieuse qu'il sentait monter en lui.

— Parlez donc ! gronda Rovenni en lui saisissant le bras. Dans un instant il sera trop tard.

— Eh bien, palpita Farnèse, on m'a promis...

À ce moment une sorte de gémissement s'éleva au dehors... un cri qui traversa l'espace comme une plainte... puis tout retomba au silence.

— Trop tard ! murmura Rovenni.

— Avez-vous entendu ? bégaya Farnèse que l'épouvante gagnait.

— Farnèse, écoute-moi, écoute ton vieux camarade... Veux-tu rentrer dans le devoir et implorer ton pardon de Sixte ?...

Un sanglot, du dehors, parvint au prince Farnèse, qui répéta :

— M'entendez-vous pas ?... Qui vient de crier ?... Qui pleure là !...

— C'est toi qui ne m'entends pas ! gronda Rovenni. Écoute. Bientôt Sixte va mourir. Je sais qui sera désigné aux votes du conclave dans le testament de Sixte ! Nul doute que sa volonté suprême ne soit écoutée... Farnèse, il en est temps !

Fais ta paix avec le pape mourant et avec celui qui va la remplacer !

Dehors, le silence régnait à nouveau. Farnèse passa une main sur son front et murmura :

— Que me proposez-vous ?... Est-ce bien vous qui venez de parler ainsi ?

— Je te propose la fortune, les grandeurs... Fausta ne peut rien te donner, et tu l'avais bien compris, puisque le premier tu l'as quittée !... Un mot !.. Un seul !... Hâte-toi !...

— Fausta peut me donner l'amour, dit gravement Farnèse. Fausta est pour moi l'archange de la félicité suprême puisqu'elle fait de moi un homme, puisqu'elle m'arrache au néant de mes vœux, puisqu'elle me fait époux en me rendant celle que j'adore, puisqu'elle me fait père en me rendant ma fille !..

— Votre fille ! prononça Rovenni d'une voix si glaciale que Farnèse en frissonna, et que cette épouvante de tout à l'heure l'envahit de nouveau.

Pourtant, il se cabra contre cette terreur qu'il jugeait puérile, et d'un ton assuré... qui voulait être assuré :

— Sans doute !... J'ai la parole de la souveraine... et...

Rovenni éclata de rire.

— La parole de la Souveraine !... tu crois en Fausta et en sa parole sacrée !... Eh bien, écoute !...

Un son de cloche, grave et funèbre, tomba dans le silence ; lents, mortellement tristes, les appels du bronze funéraire se succédaient avec de sourdes vibrations.

— Le glas ! murmura Farnèse éperdu. Pour qui sonne-t-on le glas ?...

— Ecoute ! Ecoute encore ! gronda Rovenni en le saisissant par le bras.

Des voix, alors, derrière la porte du fond, s'élevèrent en un chant de deuil... un chant aux larges modulations, qui tantôt semblait se perdre en gémissements d'horreur et tantôt se gonflait, éclatait en imprécations menaçantes... Farnèse, d'une violente secousse, se dégagea de l'étreinte de Rovenni, et sa voix hurla son épouvante, sa voix couverte par le chant funèbre et les tintements du glas :

— Le glas de mort ! Le chant des suppliciés !... Qui meurt ici ?... Qui est mort ?...

— Farnèse ! prononça Rovenni d'un accent d'ironie terrible la souveraine Fausta t'attend là, derrière cette porte... Va donc lui demander ton amante et ta fille !...

— Ma fille ! rugit Farnèse.

Et il se rua vers la porte du fond. Il crut se ruer... Il y alla à pas chancelants, les jambes brisées, le cœur noyé d'horreur, comprenant qu'il entrait dans la mort, dans le prodigieux cauchemar des épouvantes surhumaines, et voulant quand même se raccrocher à quelque espoir insensé...

— Ma fille ! répéta-t-il avec un sanglot déchirant au mo-

ment où il atteignait la porte, et où, dehors, le chant des
suppliciés éclatait en un lugubre grondement.

Il trébucha ; furieusement, il se raccrocha à la porte, et
d'une sauvage poussée, d'un geste frénétique, l'ouvrit toute
grande . Et un instant, il demeura hagard, plus livide qu'un
mort, les cheveux hérissés, pris de vertige ; ses muscles cra-
quèrent ; dans sa tête, un foudroyant travail se produisit ;
il eut la sensation que sa cervelle éclatait, que son crâne
s'ouvrait, que son cœur se déchirait, et que des griffes de fer
s'incrustaient à sa gorge. .

Dans le plein air, il put faire trois pas rapides, et soulevant les bras vers la suppliciée, rêvant un rêve fantastique
et hideux, devant l'indescriptible spectacle qui violentait sa
raison et faisait vaciller son regard, d'une voix sans accent
humain hurla le même mot :

— Ma   !...

Et c'était . sa fille ! C'était bien Violetta ! C'était bien
pour sa fille que tintait le glas, comme jadis en place de
Grève il avait tinté pour Léonore ! .. C'était bien pour sa
fille que s'élevaient dans l'air pur et léger de cette radieuse
matinée les chants de mort, comme jadis pour Léonore !...
Et comme jadis pour Léonore, c'était un spectacle d'affreuse
agonie qui heurtait ses yeux égarés !...

En effet, là, sur cette esplanade, se dressait l'estrade de
marbre à demi ruinée sur laquelle s'étaient rangés les cardinaux et les évêques du schisme ; et au centre de cette assemblée, lui faisant un entourage d'une solennité angoissante
dans ce décor aux tons de pourpre et de violet, sous son dais
rouge, frangé d'or, en son costume de somptuosité orientale,
belle, fatale, terrible, ses yeux de velours noir étrangement
calmes, d'un calme funeste, Fausta la souveraine, la papesse,
lui montrait Violetta la suppliciée !...

Et c'était, devant lui, une grande croix verdie par la mousse
des pluies... la croix du cimetière, que par une réminiscence
païenne, ou par un secret hommage à la beauté l'abbesse
Claudine avait enguirlandée de fleurs ! ..

Et sur cette croix, attachée par les poignets et les chevilles
couronnée de fleurs, toute blanche dans sa robe de suppliciée,
robe de lin légère comme une gaze, pâle, probablement déjà
étourdie par quelque narcotique, évanouie... morte peut-être..
c'était Violetta ! c'était sa fille !...

Tout cet ensemble exorbitant, toute cette mise en scène
somptueuse et tragique passa dans l'œil de Farnèse avec la
rapidité fantastique de ces rêves impossibles qui naissent et
meurent dans la même seconde. En effet, à l'instant même
où il sortait du pavillon, à l'instant où ce cri jaillissait de ses
entrailles :

— Ma fille !...

A cet instant, disons-nous, une femme placée près de cette

sorte de trône sur lequel était assise Fausta se retourna vers
lui... Au cri de Farnèse, un autre cri, une clameur d'horrible
angoisse répondit... Et cette femme, d'un bond, fut sur le
cardinal, lui intercepta la scène hideuse, et comme jadis sur
les marches de l'autel de Notre-Dame, ses deux mains crispées s'appesantirent sur les épaules de Farnèse... Car cette
femme, c'était Léonore de Montaigues.

Le cardinal eut un râle, une sorte de hoquet convulsif semblable à ceux de l'agonie.

Léonore, flamboyante et livide à la fois, Léonore, belle
comme une belle lionne déchaînée, planta son regard dans
les yeux de Farnèse...

Puis, ce regard, avec une stupéfaction où il y avait de la
rage, de la haine, du doute, du désespoir, se tourna vers
Jeanne Fourcaud, agenouillée, écroulée elle-même de stupeur
et d'effroi...

— Que dis-tu ? fit-elle dans une sorte de grognement bref.
Ma fille... notre fille... Jean ! Jean Farnèse !... notre fille... La
voici !...

— La voilà ! râla Farnèse en étendant les bras vers la suppliciée...

— Violetta !...

— C'est ta fille....

— La bohémienne ?... La petite chanteuse que je repous-
sais ?

— C'est ta fille !...

Léonore se retourna vers la croix. Une indicible expression
s'étendit sur son beau visage ravagé, convulsé à ce moment
par la tempête de sentiments qui se déchaînait dans son
cœur. Ses mains tremblantes se levèrent, et d'une voix faible, dans un gémissement très doux, elle balbutia :

— Ma fille !... Est-ce vrai ?.. Est-ce toi, dis ?... Oui, oui,
c'est toi... je te reconnais !... Ma fille... mon enfant. . Oh !
aidez-moi à la descendre de là...peut-être n'est-elle pas morte...
attends, ma fille .. attends... voici ta mère ..

Le cardinal Farnèse demeurait à la même place. L'effort
qu'il faisait pour se mettre en marche était énorme ; mais il
demeurait sur place ; il lui semblait qu'il était de bronze ;
que ses membres avaient acquis la dureté, l'inflexibilité du
bronze, et que dans ce corps de bronze les veines charriaient
du plomb fondu. . L'effort qu'il faisait pour crier était éno me
mais sa bouche entr'ouverte ne laissait échapper qu'un souffle
bref et rauque. En réalité, il n'y avait plus de vivant en lui
que les yeux...

Les yeux rivés sur l'adorée enfin retrouvée... la bien-aimée
qui l'avait reconnu !... Léonore, il ne voyait que l' or rel...
Ses yeux ne se levaient pas sur la croix... Ses yeux exorbités rougis par l'afflux du sang au cerveau, ses yeux étaient
rivés sur Léonore, et il ne voyait, il ne pouvait voir qu'elle.

et dans son cœur à défaut de ses lèvres, il n'y avait qu'un
mot, un cri, gémissement, plainte, hurlement farouche :

— Léonore !..

Et voici ce qu'il voyait : La mère avait étreint de sa fille
tout ce qu'elle pouvait en étreindre, c'est-à-dire le bas du
corps ; elle ne pleurait pas, elle ne gémissait pas ; sa parole
brève et saccadée jaillissait comme jaillit le sang d'une blessure mortelle ; elle disait en quelques secondes ce qu'elle eût
pu dire en seize ans ; elle ne s'arrêtait que pour baiser furieusement les adorables petits pieds tout nus que les cordes faisaient enfler et marbraient de noir Et de toutes ses forces décuplées, poussées à l'exaspération de la force, elle tentait de
secouer la croix, de l'arracher du trou.

Sans doute elle ne reconnaissait pas les gens qui l'entouraient, car parfois elle tournait la tête vers les visages funèbres des cardinaux, vers l'effroyable statue qui s'appelait
Fausta. Et elle râlait :

— Aidez-moi donc... par pitié, aidez-moi... je vous dis
qu'elle n'est pas morte, et si elle est morte, je la réchaufferai,
je la réveillerai. Je suis sa mère... Messieurs, ayez pitié...
je n'ai jamais vu mon enfant... je ne savais pas que c'était
elle .. Cela m'étonnait aussi de sentir que j'aimais la petite
bohémienne... Attends, ma fille... je saurai bien trouver la
force...

Elle fit un plus rude effort, et dans cet effort même, brisa
ses forces... Elle s'abattit à genoux... Ses ongles s'incrustè-
rent alors au pied de la croix, puis labourèrent le sol ; puis
tout à coup, elle se leva toute droite, et dans le même instant, retomba en arrière de toute sa hauteur, sans un mouvement, livide, les yeux grands ouverts tournés vers sa fille.
Et elle ne respira plus... Pour toujours, elle fut immobile...

Voilà ce que vit le cardinal Farnèse dans cette exorbitante
minute d'horreur qui suivit son entrée sur l'esplanade.

Lorsqu'il vit tomber Léonore, lorsqu'il eut au cœur ce choc
qui lui apprenait qu'elle était morte, il lui sembla que ses
jambes se déliaient enfin... Il put marcher... Il se traîna
vers elle, se pencha, se releva, porta les deux mains à son
front et dit :

- Morte !...

Et ce fut un tel râle que les hallebardiers rangés en arrière
du trône de marbre frissonnèrent et que les cardinaux baissèrent la tête. Seule l'effroyable statue blanche et noire, seule
Fausta demeura immobile.

Alors le cardinal tira le poignard qu'il portait à côté de la
croix. Son bras se tendit vers Fausta, et un long hurlement
jaillit de ses lèvres tuméfiées :

— Maudite !... Maudite !... A ton tour !...

Il crut qu'il s'élançait, qu'il se ruait, qu'il allait frapper
Fausta.. En réalité, il demeura sur place ; encore une fois, il

comprit que tout mourait en lui, que dans une sorte de cataclysme de son être, tout s'effondrait, s'émiettait... et qu'il ne pouvait plus faire un pas... Alors il répéta son cri sinistre et, levant le poignard, d'un geste foudroyant se frappa à la poitrine. Presque aussitôt, il tomba non loin de Léonore.

Il n'était pas mort encore. Dans le spasme suprême de l'agonie, il put se traîner jusqu'à elle, et il la saisit dans ses deux bras... il chercha à rapprocher ses lèvres des lèvres décolorées de la morte... mais au moment où il allait les atteindre, au moment où il allait trouver ce baiser de mort sur la bouche de l'adorée, il se raidit tout à coup, et le souffle glacé de sa bouche fut le dernier...

Ils demeurèrent ainsi enlacés dans la mort, et l'étreinte de l'amant fut telle qu'il fut ensuite impossible de les séparer...

Quelle que fût l'impassibilité des gens qui assistaient à cette scène, un frémissement d'horreur, de pitié peut-être parcourut cette assemblée. Peut-être aussi un autre sentiment agitait-il les dignitaires schismatiques; leurs regards pleins d'une sourde anxiété allaient de Fausta au cardinal Rovenni, qui lui-même, pâle et frémissant, jetait avidement les yeux du côté des bâtiments de l'abbaye et murmurait :

— Pourquoi Sixte n'arrive-t-il pas? Où est l'homme qui devait le précéder ici, porteur de son anneau?...

Fausta, en voyant tomber Léonore, puis le cardinal Farnèse, avait eu un mystérieux sourire et prononcé en elle-même :

— Deux!... Que Maurevert maintenant m'amène les autres! Que Guise arrive, et tout est fini!...

Alors, jetant un long regard sur les deux cadavres, elle se leva lentement ; sous l'éclatant soleil de cette matinée, toute droite dans son lourd et somptueux costume, elle réalisait une apparition de rêve : ce n'était plus une femme, ni même la souveraine aux attitudes d'irrésistible autorité ; elle incarnait la Puissance dans ce qu'elle a d'inhumain, dans sa synthèse délivrée de tous les sentiments qui assiègent les hommes, elle représentait ici la Fatalité antique, statue sans âme, essence de pouvoir... D'une voix où il n'y avait ni pitié, ni colère, ni agitation, elle prononça :

— Prions pour les âmes de ces deux malheureux, et demandons au Très-Haut de pardonner à la trahison du cardinal Farnèse, mais aussi de frapper les traîtres comme celui-ci vient d'être frappé. Ainsi périront tous ceux qui...

Elle s'arrêta brusquement. Ses lèvres devinrent blanches. Un tressaillement de stupeur la parcourut tout entière, son regard noir, son regard stupéfié se fixa sur un point du mur d'enceinte à vingt pas devant elle, et, au fond d'elle-même, il y eut un cri de rage, de détresse et d'épouvante, — un cri... un mot.. un nom :

— Pardaillan !...

Dans le même instant, Pardaillan sauta du mur ; presque aussitôt, Charles d'Angoulême sauta derrière lui... Pardaillan s'avança sur Fausta.

— Gardes ! commanda Fausta, faites saisir ces deux hommes !...

Sur un signe du cardinal Rovenni, les hallebardiers s'élancèrent. Pardaillan porta la main à la garde de son épée.

— Il paraît, madame...

Un cri atroce l'interrompit : c'était Charles qui venait de reconnaître Violetta sur la croix et qui, fou d'horreur et de désespoir, se ruait sur l'instrument de supplice...

— ... Qu'à toutes nos rencontres, continuait Pardaillan sans se retourner, je suis destiné à vous prendre en flagrant délit de meurtre ! Comme dans la rue Saint-Denis, comme aux bords de la Seine, comme dans la cathédrale de Chartres, j'espère arriver à temps... Arrière, vous autres, tonnait-il en tirant sa rapière.

— Qu'on le saisisse ! gronda Fausta.

Les hallebardiers l'entourèrent Pardaillan avait Rovenni directement devant lui. Il tomba en garde, et il allait de la pointe de sa rapière porter quelques coups destinés à le dégager, lorsqu'il demeura immobile et stupéfait... Rovenni, au lieu de fuir, s'inclinait très bas devant lui !... Sur quelques mots brefs du cardinal, les hallebardiers reculaient !... Et Rovenni murmurait :

— Quels sont vos ordres ?... Dites vite !...

Que se passait-il ?

Il était impossible à Pardaillan de le soupçonner.

Il se passait simplement ceci : qu'au moment où Pardaillan était tombé en garde, les yeux de Rovenni s'étaient fixés sur sa main droite... et qu'à l'index de cette main brillait l'anneau d'or... l'anneau de forme spéciale... l'anneau que Sixte Quint seul pouvait lui avoir donné !...

Aux yeux de Rovenni, et presque aussitôt aux yeux de tous ceux qui entouraient Fausta, tout prêts à la trahir, Pardaillan était l'homme envoyé par le pape !.. Et cet anneau c'était celui que M. Peretti, il y avait cinq mois, lui avait donné dans le moulin de la butte Saint-Roch en reconnaissance de l'immense service que lui rendait Pardaillan.

— Vos ordres ! répéta Rovenni.

— Qu'on arrête cet homme ! rugit Fausta Rovenni !... gardes !.. Que faites-vous ?... Oh ! êtes-vous donc tous des traîtres !...

— Mes ordres ? dit Pardaillan à tout hasard : maintenez cette femme, en attendant...

Fausta livide, rugissante, pantelante de ce qu'elle entrevoyait descendit de son trône et marcha sur Pardaillan; mais dans ce moment, un chant éclata parmi les cardinaux,

un chant qui la glaça d'épouvante comme le chant des sup
pliciés avait glacé Farnèse... Et c'était :

Domine, salvum fac
Sixtum Quintum
Pontificem summum...
Et exaudi nos in die
Qua vocaverimus te!...

Fausta porta les deux mains à son front. Ses yeux lancè
rent des éclairs. Un frisson convulsif l'agita... Ses propres
gardes l'entouraient !... Et derrière le rempart des hallebardes, les évêques, les cardinaux entonnaient à pleine voix le
chant de leur trahison !...

— Trahie !.. Trahie !... murmura-t-elle d'une voix qui
même dans cette seconde fatale gardait une sorte de dignité
sauvage et farouche.

A ce moment, au fond du terrain de culture, une fanfare
de trompettes éclata, une trentaine d'hommes d'armes apparurent, s'avançant à grands pas...

— Le duc de Guise ! hurla Fausta. A moi, mon duc, à
moi !...

— Cajetan ! répondit le cardinal Rovenni. Sa Sainteté
Sixte Quint !... *Domine, salvum fac Sixtum Quintum !...*

Fausta leva vers le ciel rayonnant un regard où il y avait
une malédiction suprême, puis elle baissa la tête ; et, immobile, dédaigneuse, redevenue la statue impassible, elle ne
prononça plus un mot...

Toute cette scène, depuis l'instant où Pardaillan s'était
laissé glisser du haut de la muraille, avait duré moins d'une
minute... Lorsqu'il eut constaté la soudaine, l'inexplicable et
fantastique volte-face des gardes qu'il s'apprêtait à charger,
Pardaillan rengaina tranquillement sa rapière et grommela
entre les dents :

— Je veux qu'on m'étripe et qu'on me pende par les pieds
comme le fut le pauvre Coligny si je comprends ce qui se
passe ici... mais le sieur Picouic nous a affirmé que nous
trouverions la jolie petite bohémienne...

En parlant ainsi, Pardaillan se retourna. En ce moment,
c'était à peu près celui où Charles d'Angoulême venait de
jeter ce cri déchirant que nous avons signalé.

Pardaillan, d'un coup d'œil, embrassa le terrible spectacle
qu'il avait sous les yeux: les deux cadavres enlacés dans la
suprême étreinte ; la croix fleurie ; sur la croix, la jeune fille
attachée par les poignets et par les chevilles ; au pied de la
croix, Charles agenouillé, écrasé, tombait à la renverse...

Pardaillan se rua sur la croix... Il l'enlaça de ses deux
bras puissants, la secoua, cherchant à la soulever, à arracher
le pied de son alvéole... La croix basculait, se balançait
comme si le souffle haletant de Pardaillan eût été l'orage

qui courbait l'arbre du supplice... Et plus fort à ce moment
où un vieillard apparaissait sur la scène, la dextre levée,
plus violemment les cardinaux et les évêques prosternés
tonnaient :

— *Domine, salvum fac pontificum nostrum !*

Fausta seule était debout. Ses regards se croisèrent avec
ceux de Sixte-Quint...

— A genoux, fille d'orgueil ! dit le pape en levant ses trois
doigts... bénédiction ou malédiction.

— Fils de la trahison, répondit Fausta en se redressant, ce
front d'orgueil ne se courbera que sous la hache de ton
bourreau !

A ce moment, la croix frénétiquement secouée s'inclinait,
arrachée de son alvéole. Pardaillan la soutenait dans ses
bras, et doucement la posait sur le sol. En un instant il eut
coupé les cordes qui attachaient les poignets et les chevilles
de Violetta. Il posa sa main sur le sein de la jeune fille...

A ce moment aussi, Charles d'Angoulême renaissait de son
évanouissement, et hagard, à genoux, se trainait vers
Violetta. Et comme il lui semblait qu'elle était morte et
qu'il allait mourir là, comme l'angoisse des douleurs mortelles
déjà noyait son regard, il eut soudain une secousse de joie
furieuse, un bond, un cri d'extase... Pardaillan venait de lui
jeter un mot. Et ce mot c'était :

— Vivante !...

Charles regarda autour de lui, et à ses pieds vit Léonore
enveloppée dans son grand manteau de bohémienne. Il ne
la reconnut pas. Dans cette minute, il n'eût pas reconnu sa
propre mère... Mais se penchant sur la morte, il prit le
manteau bariolé, parsemé de cuivreries et de médailles, et il
en enveloppa son amante.

Alors, sans un mot, n'ayant plus en lui que cette idée:
elle vit !... et cette volonté : *fuir ce lieu maudit...* oubliant
jusqu'à Pardaillan, il souleva la jeune fille dans ses bras et
se mit en marche, traversant le terrain de culture dans la
direction des bâtiments de l'abbaye. Nul ne s'opposa à son
départ.

Il marchait, les yeux fixés sur son visage pâle comme un
lys, et il voyait distinctement qu'elle respirait. Peu à peu,
le sein de Violetta se soulevait avec moins d'effort, et il lui
semblait que lui-même respirait mieux, ce qui était vrai ;
car sa respiration se réglait sur celle de l'amante, sans qu'il
en eût conscience, et il est probable qu'il fût mort de sa
mort.

Lorsqu'il eut atteint la voûte qui aboutissait à la grande
porte d'entrée, il comprit que ses forces allaient l'abandonner ;
un brouillard s'étendit sur ses yeux ; ses mains se crispèrent
pour soutenir encore la jeune fille, ses lèvres balbutièrent des

paroles vagues, et il sentit que la terre manquait sous ses
pas et qu'il tombait...

XVI

Devant l'abbaye

Pour que Violetta fût mise en croix, il avait fallu que
Fausta trouvât un exécuteur, un bourreau secret : ce bourreau
elle l'avait sous la main... c'était le bohémien Belgodère
c'est-à dire le père de celle qui s'appelait Jeanne Fourcaud ..
de Stella. Pour décider Belgodère à accomplir la hideuse
besogne, Fausta lui avait dit :

— Une de tes filles est morte, c'est vrai ; mais l'autre est
vivante. Si la petite chanteuse meurt, tu reverras Stella...

Mais si puissant que fût dans l'âme farouche et inculte du
bohémien cet éveil de paternité que nous avons constaté,
point n'était besoin d'y faire appel pour décider Belgodère :
sa haine contre Claude suffisait...

Le bohémien s'était donc trouvé à l'abbaye, derrière le
vieux pavillon, à l'heure précise qui lui avait été fixée. On
avait amené Violetta, ou plutôt, on l'avait apporté, car
étourdie sans doute par quelque boisson qui avait brisé ses
forces, elle n'eût pu se soutenir, et elle avait à peine conscience de ce qui se passait. Belgodère, avec un mouvement
de joie hideuse, avait saisi la malheureuse, l'avait couchée
sur la croix, et l'avait fortement attachée par les bras et les
pieds. Puis, avec l'aide de quelques hallebardiers, la croix
avait été solidement plantée dans le trou préparé la veille
par les gens de l'abbesse.

Fausta, à ce moment, était seule avec une douzaine de
gardes sur l'esplanade. Léonore et Jeanne Fourcaud (Stella)
étaient enfermées dans le pavillon avec Rovenni et les autres
schismatiques. Une fois que l'effroyable besogne fut terminée :

— C'est bien, dit Fausta à Belgodère, tu peux te retirer.
Va m'attendre devant la porte du couvent.

— Stella ? grogna le bohémien qui jeta un regard sanglant
sur Fausta.

Et elle comprit alors pourquoi Belgodère n'avait plus
voulu la quitter !... Elle comprit que cet homme la tuerait
sûrement si elle ne tenait parole ! .. Mais Fausta était bien
décidée à rendre Stella au bohémien. Sur ce point-là, du
moins, elle avait dit la vérité.

— Écoute, dit-elle, jamais je ne fais de serment, car c'est

offenser Dieu... Retire-toi en toute confiance à l'endroit que je te dis, et dans une heure, tu verras celle que tu me demandes. Mais si je m'aperçois que tu doutes, si la pensée te vient d'espionner ce qui va se passer ici, pour une fois je ferai un serment, et je te jure que ta fille va remplacer sur cette croix celle que tu viens d'y attacher...

A ces mots, Fausta monta lentement, sans se retourner, les marches de marbre. Un instant Belgodère demeura sombre, la tête basse, ruminant des pensées de haine ; puis, esquissant un geste de violente menace, il se retira. Ayant jeté un regard sur la crucifiée, il eut un rire silencieux et terrible, puis à grands pas, franchit le terrain de culture, et sortit du couvent comme il en avait reçu l'ordre.

A ce moment même, il vit une litière s'arrêter devant le grand portail. Il reconnut aussitôt les deux hommes qui en descendirent : c'étaient Farnèse et maître Claude.

On a vu que le cardinal seul avait pu pénétrer dans l'abbaye et que Claude s'était retiré sous l'ombrage d'un grand chêne, attendant que le cardinal reparût avec Léonore et Violetta.

Nous avons dit quelle était la tristesse de l'ancien bourreau. Claude avait toujours vécu dans cette atmosphère glaciale de la terreur qu'il inspirait, habitué à entendre sur son passage les hommes grommeler une malédiction, les enfants lui crier des insultes, et les femmes murmurer une prière en faisant un signe de croix et en hâtant le pas...

Il savait parfaitement que cette répulsion qu'il inspirait pouvait et devait s'étendre à tous ceux qui vivaient avec lui... Il frémissait à la pensée que Violetta serait réprouvée comme lui s'il vivait près d'elle. La seule idée que le duc d'Angoulême pût apprendre qu'il était le bourreau lui causait une sorte de vertige.

Claude, à cette situation, avait trouvé une issue : Disparaître. Mais si bien disparaître que plus jamais Violetta ne pût être éclaboussée du reflet rouge qui l'escortait... c'est-à-dire mourir !...

Ce bourreau avait un cœur de père, voilà tout. Le sentiment de la paternité avait pris en lui sa forme la plus violente et la plus délicate : se dévouer, mourir pour Violetta, cela paraissait tout simple à maître Claude. Mais mourir, c'était se condamner à ne plus la voir... et ne plus la voir lui semblait bien amer...

Voilà quelles pensées roulaient dans la tête de Claude, tandis qu'appuyé au tronc du vieux chêne, les yeux fixés sur le grand portail, il attendait Violetta, et que machinalement sa main se crispait sur l'aumônière de cuir où il avait enfermé un flacon de poison.

— A quoi peut-il bien songer ? ricana Belgodère qui l'examinait de loin.

Et le bohémien gronda :

— Voilà donc celui qui a pendu celle que j'aimais... la mère de mes filles... ma pauvre Madga !... Voilà celui qui a refusé à un père de lui dire où se trouvait se enfants ! Un mot ! Il n avait qu'un mot à dire ! Et je lui pardonnais la mort de Madga !... Et je me suis traîné à ses pieds et j'ai pleuré !.. Il n'a pas eu pitié de la douleur de ce père .. il est vrai que ce père n était qu'un bohémien, un jongleur... Par les étoiles funestes ! ai-je assez souffert ai-je assez attendu cette minute !... Je le tiens !...

Belgodère eut un souffle rauque, secoua sa tête sauvage et s'avança vers Claude.

Le bourreau, en le voyant s'arrêter devant lui, eut un imperceptible tressaillement et pâlit. La présence de Belgodère à l'endroit et à l'heure mêmes où il devait revoir Violetta fit passer sur son échine le frisson des pressentiments mortels.

— Que veux-tu ? demanda-t-il rudement.

— Ne t'en doutes-tu pas ? dit le bohémien d'une voix non moins rude.

Ils étaient l'un devant l'autre, pareils à deux dogues énormes, tous deux formidables, livides tous deux.

— Passe ton chemin ! gronda le bourreau.

— Mon chemin est le tien ! grogna le bohémien. D'ailleurs je n'ai que peu de chose à te dire.

— Parle donc, mais hâte-toi ! Ou sinon...

— Tu veux que je me hâte, et c'est bien. Voici donc mon maître : lorsque je t'ai vu récemment dans la maison de la place de Grève, je croyais tenir ma vengeance.

Claude, à ce souvenir, serra ses poings monstrueux.

— Il se trouva que tu m'échappas encore ! Violetta fut sauvée... Stella était perdue pour moi... et mon autre fille, Fiora, mourait sous mes yeux dans le brasier... tu triomphais une fois de plus de ma douleur...

— Monsieur, dit Claude avec une sorte de douceur humiliée, quant à vos deux filles, je vous ai expliqué...

— Bon ! ricana Belgodère l'interrompant, voilà que tu m'appelles monsieur tout comme si j'étais chrétien et même gentilhomme...

— Je vous ai expliqué, dis-je, qu'en les confiant au procureur Fourcaud, je croyais agir pour le mieux de leur bien... Hélas ! pouvais-je prévoir ce qui devait arriver à ce digne homme ! ..

— Moi qui n'étais que le père, je n'étais pas digne homme ! gronda Belgodère.

— J'eus tort, je l'avoue. Mais maintenant que j'ai subi vos reproches, passez votre chemin, croyez-moi.... ne me tentez pas en cette matinée.

— Vraiment, *monsieur* tu avoues que tu as eu tort d'arracher au père ses deux enfants !...

— Oui, murmura Claude, comme s'il se fut parlé à lui mê

me, là fut peut être le crime que j'ai expié par tant de désolation.

— Ton crime, dit Belgodère dans un rauque grondement, tu as bien dit le mot, cette fois : ce fut ton crime ! Plus que d'avoir supplicié ceux de ma tribu, plus que d'avoir tué Magda, pauvre malheureuse qui ne t'avait rien fait, rien fait à personne, ce fut vraiment là ton crime... Quant à l'avoir expié, c'est autre chose !

— N'ai-je pas pleuré comme tu as pleuré ? dit maître Claude en frissonnant.

— Ce n'est pas assez.

— Ne m'as-tu pas enlevé Violetta comme je t'avais enlevé Flora et Stella ?...

— Ce n'est pas assez ?...

— N'ai-je pas subi la douleur même que tu as subie ? N'es-tu pas assez vengé pour avoir livré mon enfant à celle que tu sais, le jour même où je la retrouvais ?...

— Ce n'est pas assez !...

A mesure qu'il faisait ces trois réponses, Belgodère s'était redressé, sa voix avait fini par rugir. Le bourreau, au contraire, semblait se courber, de plus en plus écrasé.

— Parle donc, dit maître Claude. Dis-moi ce qu'il te faut. Ce que tu me demanderas, je te le jure par cette journée solennelle, par cette heure où renaît mon cœur pour bientôt mourir, je te l'accorderai !... Mais ensuite, va-t'en !... Par Notre-Dame, je te le dis, bohème, n'abuse pas de ma patience en un tel moment !... Voyons, dis vite : que te faut-il ?

— Sang pour sang ! Vie pour vie ! Mort pour mort !...

Maître Claude releva lentement la tête et répondit :

— Soit donc satisfait. Car bientôt je ne serai plus !...

— Tu plaisantes, bourreau ! Ah çà ! que veux-tu que ta mort me fasse? Maître Claude, le supplice de Flora appelle le supplice de Violetta !...

Claude saisit une branche de chêne qui pendait au-dessus de sa tête, la brisa, la tordit, l'arracha, et, monstrueux, terrible, la matraque serrée convulsivement dans sa main, grogna :

— Va-t'en !...

— Je m'en irai tout à l'heure, dit Belgodère, quand ma fille Stella sortira de ce couvent. Car je puis bien te l'annoncer : ça va me rendre ma fille... celle qui me reste ; c'est déjà quelque chose... Et quant à la petite chanteuse...

Claude fit un pas, leva la matraque et gronda :

— Je te conseille de ne pas proférer ici de menace contre elle. On va te rendre ta fille : c'est bon. Tu dois à ces mots que tu viens de dire de ne pas être assommé déjà. Mais maintenant, va-t'en sans menacer contre ma fille, à moi !

— Des menaces ! hurla Belgodère avec un éclat de rire insensé. Tu ne me connais pas Claude ! Je ne menace pas, moi !

Je tue !... Et si je te dis qu'il me fallait le supplice de la
Violetta, c'est qu'à cette heure elle est suppliciée !

Claude rejeta sa branche de chêne. Sa main énorme s'abattit sur l'épaule du bohémien qui ne plia pas et continua à le
regarder les yeux dans les yeux, convulsé par la haine les
dents découvertes par l'effroyable sourire de la vengeance
satisfaite.

— Tu dis ? ut Claude presque à voix basse, tandis qu'un
tremblement l'agitait tout entier.

— Je dis, rugit Belgodère avec un juron terrible, je dis que
moi, Belgodère, j'ai attaché ta fille sur la croix, que vingt hommes d'armes gardent cette croix, et qu'à cette heure elle expi-
re ! Je dis .. Tiens ! Ecoute !... Voici le glas qui sonne ! En
ce moment, ta fille...

La parole expira soudain sur ses lèvres. Claude venait de
le saisir à la gorge. Ses deux mains, tenailles vivantes, s'in-
crustèrent dans les chairs... Il ne disait pas un mot. Il était
pâle comme un mort, rigide comme une monstrueuse caria-
tide ; seulement, de ses yeux exorbités et rouges d'afflux sanglants, les larmes coulaient l'une après l'autre, et l'on eût
dit qu'il pleurait du sang...

Le bohémien, vigoureux et trapu, ses forces décuplées par
la haine, essayait, par violentes secousses, d'échapper à l'é-
treinte. A chaque secousse, il reculait d'un pas et entraînait
Claude... Et lui aussi empoigna le bourreau à la gorge ; ses
deux bras nerveux, dans un geste foudroyant, se levèrent, ses
doigts velus s'enfoncèrent dans la gorge de Claude..

Alors, ils demeurèrent immobiles sous le ciel rayonnant,
dans le grand silence paisible où les tintements du glas tombaient un à un comme des gouttes de tristesse mortelle... Debout l'un contre l'autre, pétrifiés dans leur attitude, ils s'é-
tranglaient l'un l'autre.

Cela dura quelques instants... Enfin, les doigts de Belgodère se desserrèrent .. sa tête tomba mollement sur ses épaules.

Une seconde encore Claude le tint dans ses doigts, et quand
il eut vu les yeux du bohémien devenus tout blancs, quand
il eut vu sa face violette, il le lâcha... Belgodère s'affaissa
sur place.. Il était mort.

Claude se pencha sur lui et posa sa main sur son cœur. Il
semblait très calme, si ce n'est qu'il respirait à coups précipités
à demi étouffé qu'il était. Lorsqu'il eut constaté que le bohémien était bien mort, il se releva et regarda autour de lui
avec cet étonnement stupide de l'homme qui se fait éveillé
et croit faire un méchant rêve.

Les tintement funèbres de la cloche de l'abbaye arrêterent
son attention ; mais il ne comprenait pas encore pourquoi
sonnait cette cloche. Brusquement un reflux de la mémoire le
ramena dans la réalité.

— Le glas ! rugit-il en saisissant ses cheveux à pleines mains
Le glas !...

Et il se rua vers la porte du couvent. La porte était toute
grande ouverte. En effet, depuis dix minutes, une troupe assez nombreuse venait d'arriver et avait pénétré dans l'abbaye
Ni Belgodère ni maître Claude n'avaient fait attention à cette
troupe qui, étant entrée, laissa un homme de garde sous la
voûte.

— Halte-là ! cria la sentinelle en voyant arriver Claude
hagard, échevelé, hurlant et lancé en bonds furieux.

Claude, sur son passage, renversa l'homme sans s'arrêter
sans le voir peut-être, simplement en le heurtant. Et presque aussitôt il s'arrêta, avec une atroce clameur de mortel
désespoir :

Il venait de reconnaître Violetta dans les bras du duc d'An
goulême qui l'emportait. Violetta blanche comme une morte
Morte sans aucun doute !...

A ce moment, le petit duc chancelait... il allait tomber..
Claude ouvrit ses bras noueux, ses bras de géant, et reçut le
double fardeau : Charles d'Angoulême portant Violetta

Et d'un furieux effort, il les enleva tous les deux, il les
emporta, le pas à peine alourdi par la charge, s'élança au dehors, ses yeux rouges fixés sur Violetta, mordant ses lèvres
jusqu'au sang pour ne pas crier, courant, bondissant d'instinct
vers la petite source du calvaire... la source près de laquelle,
jadis, Loïse de Montmorency avait été frappée par Maurevert...

Et là, il les déposait tous deux sur le gazon, s'agenouillait
trempait ses mains dans l'eau et baignait le front de la jeune
fille qui presque au même instant poussait un soupir, ouvrait
les yeux, et, dans un sourire comme elle avait souri dans la
salle des exécutions du palais Fausta, comme alors, murmurait :

— Mon pere... mon bon petit papa Claude !

Les minutes qui suivirent furent pour Claude, pour Vi-
letta et pour Charles, promptement revenu de son évanouissement, d'intraduisibles minutes d'extase. Ces trois êtres,
pendant la période qui suivit la délivrance de Violetta et
leur réunion, doutaient encore de leur bonheur. Les questions,
les exclamations, les mains serrées cent fois, les baisers éper-
dus, les larmes, toute cette mimique des gens qui ont longtemps souffert apaisa enfin leur angoisse, et ils purent, avec
plus de calme, envisager leur situation.

Pour Charles et pour Violetta, elle était rayonnante ; leur
félicité les enivrait, ils resplendissaient de leur pure joie
comme le soleil resplendissait dans le ciel. Pour Claude elle
était sombre..

Puisque Violetta était sauvée, puisqu'elle était réunie enfin
à celui qu'elle aimait, l'heure de disparaître allait sonner

pour lui.. l'heure de mourir !... Et c'était maintenant, c'était en présence de son enfant qu'il comprenait tou' l'horreur contenue dans ce mot: Mourir !...

Le duc d'Angoulême avait reconnu en Claude l'homme qu'il avait vu dans sa maison de la rue des Barrés, l'homme au myst..e inquiétant qu'il aurait si ardemment souhaité de déchiffrer. Mais à ce moment, le pauvre amoureux ne voyait que Violetta, et il lui semblait que jamais il n'arriverait à rassasier ses ye '.

Mais Violetta, elle, ne perdait de vue ni son fiancé, ni celui qu'elle persistait à appeler son père. Certes, c'était pour elle un bonheur inouï que de revoir celui qu'elle aimait et c'est à peine si elle osait croire à la réalité de cette heure adorable. Mais l'affection filiale qu'elle avait pour Claude avait en elle des racines bien profondes...

Violetta, dans ce moment, vit s'assombrir le visage de Claude. Elle vit que les yeux du réprouvé se fixaient sur Charles... sur le fiancé !... Et par une soudaine intuition du cœur, cette fille charmante comprit la douloureuse vérité !... Elle attacha sur lui un regard attentif, puis dégageant doucement ses mains que le petit duc tenait dans les siennes, elle se jeta dans les bras de maître Claude et posa sa tête sur sa vaste poitrine.

— Mon père, dit-elle, mon bon père, qu'avez-vous ?... Pourquoi, en un pareil moment, n'êtes-vous pas rayonnant de joie comme vous l'étiez lorsque vous m'avez retrouvée dans la salle des supplices... lorsque vous m'avez prise dans vos bras ?...

— Silence ! silence, mon enfant ! bégaya Claude en regardant le duc avec terreur.

— Vous pleurez, père !... Vous sanglotez !

— C'est la joie !... Je te le jure...

Elle secoua la tête ; ses beaux yeux bleus de violette, avec une étrange sérénité, se posèrent sur son fiancé, tandisque sa joue se reposait encore sur la poitrine de l'ancien bourreau. Peut-être, avec la bravoure d'âme des femmes dans les circonstances d'où leur vie entière peut dépendre, voulait-elle mesurer d'un coup l'amour du duc d'Angoulême. Et ce fut avec une sorte d'héroïsme qu'elle se jeta à corps perdu dans l'explication que Claude voulait éviter en mourant.

— Non, dit-elle avec une fermeté pleine de douceur, tandis qu'elle pâlissait légèrement : non, non, père, ce n'est pas la joie qui vous fait pleurer en ce moment... c'est la douleur Vous n'êtes pas comme ce jour, où, dans la salle des supplices, vous m'avez prise dans vos bras et où vous vous êtes jeté dans la trappe...

— Silence, malheureuse enfant ! gronda Claude.

— La salle des supplices ! murmura Charles d'Angoulême.

Et il eut dès lors la conviction qu'il allait connaître le secret... que Claude allait cesser d'être un mystère pour lui et qu'il allait apprendre quelque chose de terrible. Claude d'une main cachait ses yeux, et de l'autre cherchait la bouche de Violetta pour la fermer. Pâle de sa résolution, forte de son courage, une flamme d'héroïsme dans les yeux, Violetta reprit :

— Oui... la salle des supplices où je devais périr... Monseigneur duc, écoutez... Voici mon père...

— Monseigneur, râla Claude eperdu, ne la croyez pas : son père, vous le savez, c'est le prince Farnèse...

— Mon père, continua Violetta, c'est celui qui m'a prise, enfant, dans ses bras protecteurs, qui m'a consacré sa vie et m'a donné le meilleur de lui-même... Monseigneur, je vous aime. Dans le secret de mon cœur, j'ai uni ma destinée à la vôtre... Je ne pense pas que je puisse jamais vous oublier, et je crois que s'il fallait jamais nous séparer, ajouta-t elle d'une voix altérée, je serais bientôt morte...

— O mon enfant ! fille adorée de mon cœur ! sanglota maître Claude.

— Nous séparer ! balbutia le duc d'Angoulême en frissonnant. Chère fiancée, vous voulez donc que je meure ?...

— C'est pourtant ce qui arriverait, dit Violetta, s'il fallait que mon bonheur fût au prix du malheur de mon père !... Ecoutez, mon cher seigneur, mon père s'appelle maître Claude.

— Mon enfant... par pitié !... oui, par pitié pour ton vieux père Claude... tais-toi !...

— Mon père, continua Violetta avec l'intrépidité des héroïnes de jadis qui marchaient à l'ennemi la hache à la main, mon père est un bourgeois de Paris. Le voici. Je n'en connais pas d'autre. C'est lui qui m'a élevée... avec quelles tendresses, avec quels soins délicats, nul ne le saura jamais que moi... c'est toute sa vie qu'il m'a donnée, monseigneur. Si je vis, c'est à lui que je le dois... Or, après une longue séparation, quand il me retrouva, ce fut encore pour sauver ma vie. Et maintenant, écoutez, mon cher seigneur... Ce jour-là, après m'avoir sauvée, il sanglotait comme maintenant... Et quand je voulus savoir quel chagrin il y avait dans l'existence de ce juste, quelle douleur il m'avait cachée à force de tendresse et de dévouement, il m'apprit qu'il n'était pas digne de s'appeler mon père, parce qu'il était autrefois bourreau juré de la ville de Paris. Monseigneur, regardez-moi, je suis la fille de maître Claude !...

Charles d'Angoulême, livide, frissonnant, les cheveux hérissés, recula de deux pas, cacha son visage dans ses mains, et jeta une sorte de gémissement lamentable :

— Le bourreau !...

— Puissances du ciel, je puis mourir heureux ! cria en

lui-même maître Claude, transfiguré, le visage rayonnant d'une joie surhumaine...Ange de ma pauvre vie! Bénie sois-tu pour cette minute d'ineffable orgueil que tu donnes au cœur de ton père

A ces mots, il prit rapidement le flacon de poison qu'il portait dans son aumonière et en avala le contenu. Violetta, les yeux fixés sur Charles, attendant sa décision avec la vertigineuse anxiété de l'être au bord d'un abime, Violetta n'avait pas vu ce geste!... Et Charles, comme assommé par cette révélation, ne l'avait pas vu davantage !...

Pendant quelques secondes, les yeux fermés sous ses mains demeurèrent pourtant comme éblouis par de sinistres lueurs... Quand il laissa retomber ses mains, quand son regard se posa sur Violetta, la jeune fille poussa un grand cri de joie éperdue... Car dans les yeux de son fiancé, elle venait de voir que l'amour était vainqueur de la révélation, de l'horreur, de l'épouvante, de tout au monde!...

Dans le même instant, les deux amants étaient dans les bras l'un de l'autre et échangeaient l'étreinte par laquelle ils étaient désormais unis à jamais.. Charles prit une main de Violetta dans sa main, s'avança vers Claude, et pâle encore, mais la physionomie rayonnante de mâle loyauté, prononça :

— Monsieur, laissez-moi saluer en vous le père de celle que j'adore et à qui, devant vous, je consacre ma vie... Ce que vous fûtes, je l'ignore. Ce secret s'est déjà évanoui de mon cœur... Que ceci ne vous étonne pas, monsieur. J'ai été quelques mois à l'école d'un homme dont le contact m'a transformé, qui a aboli en moi d'anciennes croyances et m'a fait une âme nouvelle. Le chevalier de Pardaillan, monsieur, m'a appris qu'un homme est hideux, même sous le manteau royal quand il ignore la justice et la bonté ; qu'un homme est vénérable quand il porte un cœur d'homme battant à tous les sentiments d'amour, de pardon, de suprême indulgence. C'est ce que vous êtes, et voici ma main !...

Charles tendit sa main en frémissant malgré lui. Claude la saisit et poussa un long, un profond soupir, en murmurant :

— Maintenant, je suis sûr du bonheur de ma fille !...

— O mon noble Charles, balbutia Violetta. Comme je vous bénis !...O mon bon père... tu auras donc, toi aussi, ta part de bonheur !...

Claude sourit d'un sourire qui contenait sûrement tout le bonheur et tout l'amour...Presque au même instant, il sentit une sueur glaciale pointer à la racine de ses cheveux, il chancela, tomba sur les genoux, puis, comme tout se mettait à tourner autour de lui la ronde vertigineuse de l'agonie, il s'allongea sur le sol, les mains crispées sur l'herbe.

— Père ! père ! cria Violetta en s'agenouillant et en soutenant la tête de Claude.

— Ne t'inquiète pas... c'est... c'est la joie.

— Oh ! bégaya la jeune fille souriant... mais son visage se décompose... ses mains se glacent... Seigneur ! est-ce que mon père va mourir ?...

Claude se raidit.

Un sourire ineffable illumina son visage monstrueux et, dans un râle haletant, d'une voix infiniment douce, il répondit :

— Mourir... oui !.. je meurs... Mon enfant, *je meurs de joie*... quelle belle et heureuse fin !... Ne pleure pas... il est impossible... de mourir... plus heureux.. puisque je meurs de joie !... Seigneur, ma bénédiction vous accompagnera dans la vie.. Je vous donne cette enfant... ce cher trésor... Adieu... ta main, mon enfant.. ta main...

Dans un dernier effort il saisit la main de Violetta... Il l'appuya sur ses lèvres et ferma les yeux...

— Mon père est mort ! sanglota la jeune fille..

— Mort !... râla Claude dans un sourire d'indicible bonheur... mort de joie !...

Et il expira...

A ce moment, et comme Violetta, affaissée sur elle-même, étouffait ses sanglots dans un pan de son manteau ramené sur son visage, le duc d'Angoulême, jetant les yeux autour de lui, aperçut le petit flacon qui avait roulé presque au bord de la source. Il tressaillit et jeta sur le mort un regard de pitié profonde... Il avait compris de quoi maître Claude était mort !..

Alors, il se baissa ; et pour que ce flacon ne fût pas vu de sa fiancée, pour qu'elle pût garder à jamais cette touchante illusion qu'avait voulu créer le bourreau dans le dernier souffle de son dévouement, il plongea la petite et frêle capsule dans l'eau pure de la source...

Le flacon se remplit d'eau, coula à pic et disparut au fond de la source, qui continua à s'échapper avec un bouillonnement très doux, s'épanchant et formant le joli ruisseau qui murmurait sur les pierres polies des rampes de Montmartre...

. . . .

A ce moment, une jeune fille sortit de l'abbaye en courant, s'arrêta un instant non loin du chêne sous lequel gisait Belgodère étranglé, jeta autour d'elle des yeux égarés, et apercevant enfin le groupe formé par Charles d'Angoulême et Violetta agenouillée près de Claude, elle descendit d'un pas affolé par la terreur, et reconnaissant Violetta, se pencha sur elle et jeta un cri de joie folle.

— Chère et douce compagne de captivité, murmura-t-elle. Nous sommes donc libres !.. Au prix de quelles horreurs, hé-

las !... Mais comment avez-vous échappé à l'abominable supplice ? ..

Violetta levant son visage baigné de larmes reconnut Jeanne
Fourcaud, se leva et se jeta dans ses bras en sanglota it :

— Mon père est mort !...

C'était en effet la fille de Belgodère (1)

Au moment où se produisait la collision entre Fausta et
Sixte Quint, elle s'était relevée, épouvantée du rôle incons-
cient qu'elle avait joué dans cette tragédie Le cri du cardinal Farnèse, les plaintes déchirantes de Léonore prosternée
au pied de la croix, lui avaient appris que Fausta avait
menti, qu'elle n'était nullement la fille de la bohémienne
Saïzuma... Alors, affolee par le spectacle qu'elle avait sous
les yeux, elle avait traversé le jardin en courant, était arrivée à l'abbaye, avait trouvé une porte ouverte et, sans savoir,
poussée par l'épouvante se retrouva sous la voûte, vit le grand
portail ouvert et s'elança au dehors. Elle passa près du cadavre de Belgodère — son père ! — sans le voir.

Le duc d'Angoulême vit un secours dans l'arrivée de cette
belle enfant qu'il ne connaissait pas, mais qui semblait aimer
tendrement sa fiancée. Il glissa quelques mots à l'oreille de
Jeanne Fourcaud, qui entraîna Violetta loin du pauvre corps
du bourreau enfin rendu à la paix qu'il avait en vain cherchée toute sa vie.

Quelques paysans du hameau s'étaient approchés... Charles
leur fit signe, et moyennant une pièce d'or, obtint qu'ils en-
levassent le cadavre, qui fut déposé dans une chaumière.
Quant à celui de Belgodère, il fut enterré à l'endroit même
où il était tombé.

Tandis que Jeanne Fourcaud, dans la chaumière où reposait le corps de maître Claude, essayait de consoler Violetta,
Charles d'Angoulême s'était rapproché de l'entrée de l'abbaye.
Inquiet de Pardaillan, il allait pénétrer dans l'intérieur du
couvent lorsqu'il le vit apparaître.

Le chevalier semblait fort calme. Mais Charles connaissait
bien cette physionomie. Et à certains signes, il vit que Pardaillan devait être bouleversé par quelque violente émotion,
qu'il attribua à la scène de l'esplanade. Il se contenta donc de
le mettre au courant de ce qui venait de se passer près de la
source.

— Bien, dit Pardaillan, qui hocha la tête, vous n'avez
plus, monseigneur, qu'à conduire votre fiancée à Orléans.

---

(1) Stella devait toujours ignorer la vérité sur sa naissance,
puisque Belgodère était mort. Elle ne sut jamais ce que sa
sœur Flora (Madeleine Fourcaud) était devenue. Elle vécut, par
la suite, dans la conviction qu'elle s'appelait Jeanne Fourcaud,
qu'elle était bien la fille du procureur huguenot. En 1591, elle
épousa M. de Virac, officier des armées d'Henri IV.

Votre figure radieuse sous le mince bistre de tristesse qui la
couvre, me dit assez que vous êtes au seuil du bonheur. Le
bonheur, mon cher, est un fantastique palais où il faut se
hâter d'entrer dès qu'on le peut. Si on hésite un instant, le
palais s'effondre comme les nuages qu'on voit quelquefois,
château maintenant, désert tout à l'heure... Rendez donc les
derniers devoirs à ce malheureux, et partez avec Violetta...

— Et vous, cher ami ?... Je vous préviens que je ne pars
pas sans vous...

— Il le faut, dit Pardaillan. Vous partez, moi je reste.
D'ailleurs, notre séparation ne sera pas longue. Dès que j'aurai terminé à Paris certaine affaire qui m'y retient, je viendrai vous chercher à Orléans. Mais, au nom du diable, n'hé-
sitez pas...

Après une brève discussion, Charles dut se rendre à l'évidence. Il lui fallait, de toute nécessité, mettre Violetta en
sûreté parfaite ; et sur la promesse que le chevalier viendrait
le chercher bientôt à Orléans, il se jeta dans ses bras pour lui
faire ses adieux. Puis, non sans se retourner plusieurs fois
vers le chevalier demeuré près du portail, il s'éloigna le cœur
serré, les larmes aux yeux et, malgré toutes les promesses
de Pardaillan, avec le triste pressentiment qu'il ne le rever-
rait plus...

Il regagna la chaumière ou Violetta pleurait près du corps
de Claude, tandis que Jeanne Fourcaud essayait en vain de
la consoler.

Le duc d'Angoulême passa cette journée à se procurer une
litière pour sa fiancée et un cheval pour lui. Le lendemain
matin, au lever du soleil, maître Claude fut enterré. Sur le
tumulus qui recouvrait son corps, Violetta agenouillée pleura
longtemps. Enfin, Charles parvint à l'arracher à ce coin de
terre et la fit monter dans la litière où Jeanne Fourcaud prit
également place. Lui-même sauta en selle. Et la petite troupe
se mit en route pour contourner Paris et rejoindre la route
d'Orléans.

Comme la litière s'ébranlait, le duc d'Angoulême vit surgir près de son cheval deux grands diables qu'il reconnut aussitôt, surtout Picouic, grâce auquel il avait pu arriver à
temps pour sauver Violetta.

Picouic, en effet, avait eu la pensée de se rendre à tout hasard à l'auberge de la *Devinière*, et étant entré dans Paris à
l'ouverture des portes, il avait trouvé dans l'auberge Pardaillan et Charles qui s'apprêtaient déjà en vue du rendez-vous
que Maurevert leur avait assigné pour ce jour là même... Nos
lecteurs devinent le reste.

Picouic et Croasse, donc, après la scène terrible qui s'était
déroulée près du pavillon de l'abbaye, s'étaient rejoints,
avaient vu le duc d'Angoulême dans ses allées et venues et
avaient fait leur plan en conséquence. Ils assistèrent à l'en-

terrement de Clau'e, et lorsqu'ils virent le jeune duc prêt à partir s'approchèrent de lui.

— Monseigneur, cria Picouic, ne nous abandonnez pas!...

Charles fut ému de pitié, et après tout, c'était à Picouic qu'il devait en partie son bonheur présent.

— Vous voulez donc venir avec moi?

— Au bout du monde! dit Picouic.

— Eh bien, dit Charles, qui avec un sourire leur jeta quelque argent, voici pour faire la route d'ici à Orléans. Une fois à Orléans, venez me trouver, et si mon service vous plaît, eh bien, vous resterez avec moi...

Les deux compagnons se confondirent en bénédictions et prirent d'un pas allègre le chemin que Charles suivait à cheval. La litière qui contenait Violetta et Jeanne Fourcaud arriva sans incident à Orléans, escortée par Charles, le soir du cinquième jour. Trois jours plus tard, les deux compagnons de misère y faisaient également leur entrée, et Picouic disait à Croasse :

— Je crois que cette fois, nous entrons vraiment dans la vie de cocagne...

XVII

La reconnaissance de Fausta

Force nous est maintenant de revenir de quelques heures en arrière, c'est-à-dire au moment même où Pardaillan voyait Charles envelopper Violetta dans le manteau de la bohémienne Saïzuma, la soulever dans ses bras et l'emporter.

Le premier mouvement du chevalier fut de suivre le jeune duc. En effet, Violetta sauvée, le reste ne le regardait plus. Une pensée, à cet instant, fulgura dans son cerveau :

— Maurevert!...

Maurevert, sans aucun doute, savait ce qui devait se passer dans l'abbaye. Maurevert lui avait donné rendez-vous pour ce jour là, à midi, près de la porte Montmartre, et lui avait dit :

— Non seulement je vous dirai où se trouve la petite chanteuse, mais je vous conduirai à elle... vous la verrez!...

Dans un éclair, Pardaillan vit la pensée de Maurevert avec cet effroyable clarté qui peut, dans la nuit, montrer les bords du précipice où l'on s'acheminait.

Si Maurevert lui avait donné rendez-vous près de la porte Montmartre, c'était pour le conduire à l'abbaye! Si le rendez-vous était à midi, c'était pour qu'il arrivât trop tard!...

Oui, dans le plan de Maurevert, lui et le jeune duc devaient voir la petite chanteuse .. mais ils ne devaient la voir que vers une heure de l'après midi, alors qu'elle avait été crucifiée à neuf heures du matin !... Ils ne devaient la voir que sur la croix... piranta, ou même déjà morte !...

Pardaillan frissonna. Un flot de haine monta à son cerveau à la pensée de cette trahison si misérable Il voulut savoir de Fausta la vérité tout entière. Il resta. . A ce moment, son regard se reporta sur Fausta et sur l'homme qui, vêtu comme un bourgeois de la classe moyenne, était acclamé par ces évêques et ces cardinaux Et il reconnut M. Peretti... le meunier dont il avait sauvé les sacs d'or !...

— *Domine, salvum fac Sixtum Quintum !* chantaient les cardinaux massés sur l'estrade de marbre.

— Le pape ! murmura Pardaillan. Le pape et la papesse en présence !... Il faut avouer, ajouta-t il avec un sourire d ironie, que j'ai une fière chance de pouvoir contempler deux Saintetés à la fois, tandis que tant de pélerins sont obligés d'aller à Rome pour n en voir qu'une et encore !...

— A genoux ! répéta Sixte-Quint en levant sa dextre menaçante. A genoux ! ou je te fais saisir et attacher sur cette croix... ou plutôt... car ton contact sur le signe de rédemption serait un sacrilège. je te livre aux piques de tes propres hommes d'armes !...

Fausta ne s'agenouilla pas. Elle redressa sa tete orgueilleuse dont le calme faisait un étrange contraste avec le visage du vieillard, bouleversé de fureur. Et du bout des lèvres, avec un dédain qui prouvait tout au moins un courage à toute épreuve elle laissa tomber ces mots :

— Pape du mensonge, grand-prêtre de la trahison, tu l'emportes aujourd'hui ! Tu peux donc achever la victoire que tu dois à la lâcheté humaine, non à la protection divine. Fais-moi mettre à mort si tu l'oses ; je ne te précéderai que de peu dans la tombe mais tu n'obtiendras de moi ni la soumission que tu espères, ni le respect dû seulement aux envoyés de Dieu... Allons, vous autres ! troupeau de traîtres ! gagnez vos trente deniers en assassinant votre souveraine ! Frappe ! premier, Rovenni, si tu veux mériter de régner par le crime comme ton maître Sixte règne par l'imposture !

Sa voix s'était à peine élevée au diapason du mépris. En prononçant les derniers mots, elle remonta sans hâte les degrés de marbre et reprit sa place sur son trône, si majestueuse vraiment, si sculpturale dans les plis immobiles de sa lourde robe, avec un tel éclair jailli de ses yeux noirs que tous reculèrent pour la laisser passer et que nul n'osa lever son regard sur elle quand elle se fut assise.

— Par le Dieu vivant ! gronda Sixte Quint, voilà l'audace de l hérésie ! voilà le frénétique orgueil du schisme !... Seigneur, pardonne-moi de répandre le sang d'une créature hu-

maine sans lui laisser le temps de se réconcilier avec toi !...
Gardes !... que cette femme meure!...

Il y eut un tumulte; les cardinaux refluèrent; les gens
d'armes de Sixte et les hallebardiers de Fausta s'avancèrent
précipitamment sur l'estrade de marbre... Fausta, dans cette
suprême seconde où la mort était sur elle, ne fit pas un geste
de défense; elle vit l'éclair des piques et des poignards, elle
entendit le hurlement de la meute qui se ruait sur elle... Elle
murmura :

— Trahison !...

Et ferma les yeux...

Dans cet instant où elle s'apprêtait à mourir comme elle
avait vécu, en une attitude d'indestructible orgueil, un long
frémissement l'agita; une flamme embrasa son cœur glacé;
sa pensée oscilla violemment du pôle de la haine au pôle de
l'amour, et son sein palpita... Un homme, d'un bond, venait
de se jeter devant elle...

Cet homme, avec un de ces gestes qui imposent l'effroi de
la mort aux multitudes, d'un geste qui l'avait enveloppé d'un
éclair d'acier, tirait du fourreau une longue, large et solide
rapière ; la pointe de cette rapière, il la dirigeait sur la poitrine même de Sixte-Quint debout sur la dernière marche de
l'estrade, et cet homme disait :

— Saint-Père, je serai au regret de vous tuer ; mais si vous
n'arrêtez cette bande de loups, vous êtes mort!...

Sixte fit un signe désespéré... Les gardes s'arrêtèrent net,
n'osant plus faire ni un pas ni un geste, car il était trop évident que l'homme à la rapière n'avait qu'à pousser sa pointe...
et c'en était fait du pape ..

— Pardaillan ! murmura Fausta dans un soupir de joie,
d'espoir, de renaissance à la vie, et d'admiration.

— Monsieur, dit Sixte d'une voix qui ne tremblait pas,
oseriez-vous bien frapper le suprême pontife de la chrétienté ?...

— Aussi vrai que vous osez frapper cette femme !... Ne
bougez pas, saint et vénérable père !... Un pas de vous en
arrière, ou un pas de ces gens en avant, et nous partons tous
de compagnie *ad patres*!... Madame, veuillez vous lever...

Fausta, l'esprit perdu, haletante devant cette scène imprévue, obéit sans se rendre compte de ce qu'elle faisait. Dans
le même instant, Pardaillan se rapprocha du pape, se colla
à lui pour ainsi dire, tandis que les gardes frémissants cherchaient s'ils ne pourraient le frapper à l'improviste sans danger pour Sixte.

— Ne bougez pas, enfants ! dit le pape. Dieu terminera
cette querelle au mieux de ses intérêts!...

— C'est sûr! dit froidement Pardaillan, je ne comprends
pas que les hommes se veuillent à toute force mêler des intérêts de Dieu... Madame, veuillez descendre... Pas un geste,
vous autres... écartez-vous ! ..Descendez, madame!... (*Fausta*

éblouie, domptée, dominée, obéissait.) Bien .. Gagnez maintenant la porte de ce pavillon. Vous y êtes ?... Attention, vous autres !...

Au même moment, Pardaillan lâcha Sixte-Quint. D'un saut, il fut en bas de l'estrade. Vingt poignards se levèrent ; vingt piques ou hallebardes se croisèrent...

— A mort ! vociféra Rovenni qui, haletant, avait assisté à toute cette scène avec le secret espoir de voir tomber le pape.

— A mort ! hurlèrent les gardes...

Pardaillan fonça comme il fonçait toujours dans les foules, c'est-à-dire droit devant lui, sans un mot, la pointe de l'épée partout à la fois ; devant, à gauche, à droite, du sang gicla, des imprécations sauvages retentirent, et presque dans la même seconde, le chevalier, sans une blessure, mais son pourpoint déchiré en deux ou trois endroits, atteignait la porte du pavillon, se ruait à l'intérieur, et s'enfermait... Barricader les deux portes fut pour lui l'affaire de quelques minutes.

Fausta s'était assise dans l'un des fauteuils qui avaient été placés là pour les cardinaux, et ramenant son voile sur son visage, en proie à cette terrible émotion qui l'avait saisie dans la cathédrale de Chartres, méditait... toutes ses pensées concentrées sur lui...

Lui qui venait de lui arracher Violetta !... Et qui la sauvait elle-même !... Lui ! L'éternel obstacle à ses desseins !... Lui par qui elle était vivante !.. Amour ou haine ?...

Pardaillan, cependant, achevait sa besogne, tandis qu'au dehors les cris de mort retentissaient plus violents et que déjà les gardes de Sixte cherchaient à enfoncer la porte. Quand il fut certain d'avoir gagné au moins une heure de répit, Pardaillan se mit à frapper du poing sur la porte en criant d'une voix qui couvrit les hurlements de mort :

— Un peu de silence, que diable! on ne s'entend pas !... Je veux parler à votre maître !...

Sans doute, Sixte-Quint dut faire un signe, car bientôt le silence se rétablit par degrés.

— Vénérable et saint père de la chrétienté, dit Pardaillan, êtes-vous là ?

— Que voulez-vous? dit une voix rude qu'il ne connaissait pas et qui était celle de Rovenni.

— Je ne veux rien, reprit Pardaillan. Veuillez seulement rappeler à M. Peretti qu'en certaine circonstance et en certain moulin, il n'a pas eu à se plaindre de moi...

— Le service que cet homme nous rendit alors est aboli par son insolence et ses criminelles menaces d'aujourd'hui, dit la voix du pape. Cardinal, demandez-lui si c'est là tout ce qu'il a à nous dire, et ajoutez qu'en reconnaissance de ce service passé, je lui accorde une heure pour dire ses prières...

— Vous avez entendu ? gronda Rovenni.

— Eh ! par la mort-dieu, je ne suis pas sourd, et Sa Sainteté, pour un vieillard qui s'en va mourant (*Rovenni tres-saillit, frappé au cœur*), a une voix de trompette. Dites-lui donc, monsieur, dites-lui à ce vénérable et saint père qu'il me faut au moins trois heures pour dire mes prières... je ne prie pas souvent, mais quand je m'y mets, il faut que tout le chapelet y passe.

— Est-ce tout ?...

— Non, de par les clefs de Saint Pierre !... Dites-lui aussi monsieur, qu'avant que je n'aie terminé mes prières, c'est-à-dire avant les trois heures que vous mettrez certainement à défoncer cette porte, vu que je l'ai barricadée en toute conscience... avant ce temps, dis-je, ce couvent sera envahi par des gens qui n'auront peut-être pas pour le Saint Père tout le respect que j'ai pour lui... c'est encore un service que je rends à Sa Sainteté ! Un dernier mot, monsieur : vous avez vu que nous étions deux en sautant le mur... demandez-vous où est mon compagnon, et dites-vous qu'il ne faut pas plus de deux heures pour aller à Paris et en revenir avec bonne escorte de truands, francs-bourgeois et mauvais garçons, tous gens capables de manquer au respect dû au Saint-Père, à ses gardes, évêques, cardinaux, chanoines, ce qui serait la désolation de l'abomination dans les siècles des siècles. *amen* J'ai dit !...

— Misérable et insolent impie ! vociféra Rovenni. Gardes enfoncez cette porte !...

Mais le pape fit un geste, et la meute s'arrêta court. Sombre, frappé de funèbres pressentiments, Sixte-Quint conféra au pied de l'estrade avec trois ou quatre des principaux de son escorte.

— J'ai vu, étudié, pesé cet homme, dit-il. C'est l'audace incarnée. Au moulin de la butte Saint-Roch, il a accompli des prodiges. Depuis, il m'est revenu de lui des récits stupéfiants. Il est de ceux que Dieu suscite parfois pour faire sentir aux princes le néant de leur grandeur et dont la main foudroyante n'apparaît que pour tracer sur les murs des palais les mots à jamais redoutables : *Mane, Thecel, Pharès*.. Partons ! Rovenni, je vous attendrai avec vos compagnons à Lyon. De là nous gagnerons ensemble l'Italie et Rome. .Mon cher Rovenni, dites à vos compagnons qu'il y a pour tous indulgence plénière... sans compter le reste. Quant à vous, vous savez ce qui vous attend... Partons maintenant Il serait horrible que sur la fin de mes jours, j'aie la douleur de voir les meilleurs d'entre les nôtres égorgés par des truands !...

Sixte-Quint, alors, s'avança jusqu'à la porte du pavillon.

— Mon fils, dit-il, êtes-vous là ?...

— Certes, Saint-Père ! Tout à votre dévotion ! répondit Pardaillan.

— Recevez donc ma bénédiction : c'est la seule vengeance que je veuille exercer contre vous. Adieu. Si les hasards de votre vie aventureuse vous conduisent un jour à Rome et que je sois encore de ce monde, venez sans crainte frapper aux portes du Vatican. A défaut de Sixte-Quint, vous y trouverez sûrement M. Peretti, le meunier de la butte Saint-Roch.

— Saint-Père, cria Pardaillan, je reçois avec joie votre bénédiction, mais avec plus de plaisir encore l'invitation de M. Peretti, que j'ai toujours considéré comme un très habile homme ! En rentrant au Vatican, dites-le-lui de ma part, je vous en prie !...

— Brigand ! murmura Sixte-Quint qui pourtant ne put s'empêcher de sourire.

Et il s'éloigna, suivi de ses gens d'armes et gentilshommes, tandis que le chœur des schismatiques enfin réconciliés, Rovenal en tête, entonnait avec plus d'ardeur que jamais le *Domine salvum fac pontificem*... Sixte-Quint, en s'éloignant, murmurait :

— Oui, oui... misérables traîtres... deux fois traîtres !... Je vous ferai chanter, à Rome, sur un autre air...

En somme, si bien que Fausta lui échappât, le but de son voyage était atteint : il venait de détruire le schisme en le frappant au cœur même. Et ce fut avec un pâle et ironique sourire qu'il regagna la litière de voyage qui l'attendait au pied de la colline.

Une demi-heure après le départ du pape, Pardaillan, n'entendant plus rien, se hasarda à démolir en partie les fortifications qu'il avait élevées dans le pavillon. Ayant entr'ouvert la porte, il vit que l'esplanade et l'estrade étaient également vides. Alors il sortit, inspecta rapidement l'étendue du terrain de culture et ne vit plus personne.

— Ils sont ma foi partis, fit-il.

Alors il revint à l'esplanade et, pensif, s'arrêta près de la croix couchée sur le sol... la croix sur laquelle Fausta avait fait attacher Violetta par Belgodère.

— Pauvre petite chanteuse ! murmura-t-il, attendri. Pourquoi un tel supplice ? Elle n'est coupable que d'être trop jolie... Tiens ! qu'est-ce que ce papier ?...

Il se baissa, et arracha de la tête de la croix un large parchemin qui y avait été planté au moyen d'un clou, et sur lequel ce mot était tracé en caractères grecs :

— AIRESIS.

— Qu'est-ce que cela veut dire ? grommela Pardaillan.

— Cela signifie : *Hérésie !* dit près de lui une voix grave.

Pardaillan se retourna et vit Fausta. Cette femme extraordinaire semblait n'éprouver aucune émotion ni des scènes tragiques qui venaient de se dérouler, ni du danger auquel

elle venait d'échapper. Mais Pardaillan n'était pas homme
à se laisser étonner par cette attitude.

— Hérésie? fit-il aussi simplement que s'il se fût agi d'un
entretien de table. Tiens ! hérésie !... Ma foi, je ne m'en serais pas douté. Et que veut dire « hérésie » ?

Fausta ne répondit pas. Elle le considéra quelques instants,
cherchant peut-être à percer du regard cette enveloppe d'ironie et d'insouciance qui masquait la physionomie du chevalier.

— Vous m'avez sauvé la vie, dit-elle enfin. Pourquoi ?

Pardaillan releva sa tête fine sur laquelle les rayons du soleil mettaient à ce moment une sorte d'auréole.

— Ah ! fit-il, si vous me parlez ainsi, madame, si nous
sortons de la folie furieuse des hérésies, des mises en croix,
si nous échappons au cauchemar devenu mortel pour cette
malheureuse et ce prêtre (*il montrait les cadavres de Léonore et de Farnèse*), si nous rentrons enfin dans le naturel,
dans la vie par la question que vous me posez, je vous répondrai seulement ceci: J'ai vu une femme qu'on allait tuer;
j'ai vu des fauves se ruer avec des cris de mort sur un être
sans défense, et sans me demander ni pourquoi ni comment,
je me suis trouvé le fer au poing devant les fauves...

— Ainsi, reprit Fausta, si tout autre que moi se fût trouvée
à ma place, vous l'eussiez défendue comme vous m'avez défendue *moi* ?...

— Sans doute ! ô.. Pardaillan étonné. Notez, madame,
que si j'avais pu hésiter, c'est surtout à vous défendre, *vous*,
que j'eusse pu raisonnablement hésiter... Le temps n'est pas
éloigné où vous m'avez fait faire dans une certaine nasse en
treillis de fer un séjour dont j'aurais pu en somme, vous garder quelque rancune.

Fausta, pensive, baissa la tête, peut-être pour cacher la
pâleur qui envahissait son visage et ses lèvres tremblantes
où palpitaient des paroles qu'elle étouffait.

— Maintenant, madame, continua le chevalier, voulez-
vous me permettre de vous poser à mon tour une question ?...
Oui?... La voici : Pourquoi le sire de Maurevert m'avait-il
donné rendez-vous aujourd'hui à midi, près de la porte
Montmartre ?...

— Parce que je lui en avais donné l'ordre, dit Fausta avec un
calme farouche ; parce que Maurevert devait vous amener ici
à un moment où mon triomphe était assuré ; parce que, sans
la trahison des miens, vous eussiez été enveloppé ici par des
gens de Guise ; parce qu'enfin je devais sortir de ce couvent
laissant votre cadavre près de ces deux corps...

Un frémissement agita Pardaillan. Dans son cœur se déchaîna la furieuse envie de sauter sur cette femme, de la renverser d'un coup et de lui écraser la tête comme à une vipère... Et qui sait si dans l'effroyable désespoir qui noyait

son âme, Fausta n'avait pas espéré, n'avait pas voulu provoquer quelque explosion qui lui eût été mortelle !

Pendant quelques secondes, elle put croire que Pardaillan allait la tuer... Pourtant il ne bougeait pas... Il ne faisait pas un geste... Presque aussitôt, Fausta le vit s'apaiser. Elle vit s'évanouir cette lividité qui avait recouvert son visage ; cette figure reprit son apparence d'insouciante audace, et le bon Pardaillan se mit à rire, s'inclina, et, d'une voix exempte d'amertume, répondit :

— Je suis vraiment au regret, madame, que vos vœux n'aient pas été mieux accueillis par le Ciel. Mais laissons ces fadaises. puis-je, avant de nous quitter, vous être bon en quoi que ce soit ?

Fausta devint blême. Son orgueil souffrit plus qu'il n'avait jamais souffert. Elle fut écrasée par cette générosité simple et souriante, qui lui apparut comme un prodigieux dédain. Des larmes perlèrent à ses cils.

Vaguement ses bras se soulevèrent. Une force inconnue la poussait vers cet homme qu'elle eût voulu tuer et qu'elle adorait. Peut-être allait-elle dans un sanglot laisser éclater son amour. Peut-être allait-elle tomber à genoux, palpitante de sa défaite et du bonheur d'aimer, et crier les mots qui râlaient sur sa bouche silencieuse... Le souvenir de la cathédrale de Chartres passa comme la foudre dans son esprit... Elle entendit la réponse de Pardaillan :

— J'ai aimé... j'aime à jamais la morte... morte au monde, vivante toujours dans mon cœur ! Et vous, je ne vous aime ni jamais ne vous aimerai...

Et les paroles qu'elle criait au fond d'elle-même se figèrent sur ses lèvres blanches. Elle demeura glacée dans son attitude d'orgueil... Et la haine, avec la honte de sa défaite, une fois de plus triompha en elle !... Quoi !... Tant de dédain après ce qu'elle venait de dire !

Eh bien, donc, elle allait vraiment disposer de lui !... Puisqu'il la sauvait, l'insensé, elle en profiterait pour le tuer, comme la bête fauve qu'épargne le chasseur, et qui d'un coup de sa griffe puissante, lui ouvre le crâne !... Sa vie, peu à peu, se trouvait circonscrite à ce duel !... Pardaillan tuerait Fausta, ou Fausta tuerait Pardaillan !...

— Monsieur de Pardaillan, dit-elle avec un sourire, j'aurais en effet un dernier service à vous demander : je crains que le départ des gens de Sixte ne soit un piège... Sous la garde de votre épée, je ne redouterais pas une armée. Mais peut-être ne voudriez-vous pas m'accompagner jusque dans Paris ?...

Pardaillan comprit-il le sens du sourire livide qui jouait à ce moment un funeste reflet sur la physionomie de Fausta ?... Son âme se haussa-t-elle jusqu'à braver la mortelle menace qu'il devinait peut-être?... Les yeux dans les yeux de Fausta, il répondit :

— Pourquoi non, madame? Puisque vous me faites l'honneur d'agréer mes services, je vous escorterai jusqu'à la porte de votre palais...

— Merci, monsieur, dit Fausta sans un tressaillement. Veuillez donc m'attendre devant le portail de cette abbaye. Je vous y rejoindrai dans quelques instants...

Le chevalier salua en soulevant son chapeau, mais sans s'incliner ; puis, d'un pas tranquille, sans retourner la tête, il s'éloigna et traversa le terrain de culture.

— Oh ! grondait Fausta en le regardant partir, rejoindre cet homme... un bon coup de ma dague entre les deux épaules... ce serait fini !...

Mais il était trop tard : Pardaillan, déjà, disparaissait au fond du jardin. Alors Fausta ramena son regard près d'elle et vit les deux corps abattus près de la croix : Farnèse et Leonore enlacés dans l'étreinte du suprême baiser qu'avait cherché l'amant... Un pâle sourire vint crisper ses lèvres.

— Celui-là, du moins, a reçu le châtiment de sa trahison. murmura-t-elle. Quant aux autres, quant à ce misérable Rovenni, quant à ces lâches, ces fous, trois fois fous ..

Son sourire devint terrible.

— Pour leur châtiment. acheva-t-elle, je m'en rapporte à Sixte-Quint !...

A ce moment l'abbesse, Claudine de Beauvilliers, parut toute pâle et tremblante.

— Ah ! madame, dit-elle, quelle catastrophe!... Vaincues... nous sommes vaincues ! ..

— Qui vous dit que je sois vaincue! gronda Fausta. Est-ce que je puis être vaincue!... Allons, ma pauvre fille, la terreur vous fait perdre l'esprit. Mais moi je ne perds pas la mémoire de ce que je dois...

— Que voulez-vous dire ? balbutia l'abbesse.

— Que vous m'avez bien servie, et que ce n'est pas votre faute si un incident de médiocre importance en vérité recule de quelques jours l'exécution de mes projets. Envoyez donc à mon palais dès aujourd'hui, la somme convenue vous sera remise...

Claudine s'inclina avec un cri de joie, saisit une main de Fausta et la baisa ardemment.

— Vous êtes plus que la puissance, murmura-t-elle, vous êtes la générosité !

— Vous vous trompez, dit froidement Fausta; je sais seulement payer mes dettes, d'argent, d'amitié... ou de haine, ajouta-t-elle en regardant du côté où Pardaillan avait disparu. Prenez soin de ces deux corps, madame l'abbesse, et veillez à ce qu'ils soient dignement enterrés dans le cimetière de l'abbaye...

— Ce sera fait demain, madame.

— Bien Veuillez m'accompagner jusque chez vous où je me dépouillerai de mon costume de cérémonie.

Fausta se dirigea alors vers l'appartement de l'abbé qui marchait près d'elle, stupéfaite, atterrée par ce calme que cette femme conservait en un pareil moment, après ce qui venait de se passer. Claudine l'aida elle-même à se dévêtir de ce lourd et splendide costume, à la fois religieux et royal, comme elle l'avait aidée à s'en revêtir. Puis Fausta descendit, et devant le portail de l'abbaye, trouva Pardaillan qui l'attendait.

La litière qui avait amené le prince Farnèse et maître Claude, était toujours là. Le cheval de l'homme qui était venu les chercher, était attaché à un anneau Pardaillan sauta sur le cheval; Fausta monta dans la litière; et ce groupe se dirigea vers Paris. Tant que l'on fut hors des murs, Fausta, par une fente des rideaux, tint son regard fixé sur le chevalier, qui se tenait à dix pas en avant de la litière. Pardaillan entrerait-il... oserait-il entrer dans Paris? ..

On arriva à la porte : Pardaillan franchit le pont-levis, passa sous la voûte, et tranquille comme s'il n'eût pas risqué à chaque pas d'être reconnu par quelque guisard, poursuivit son chemin vers la Cité, c'est-à-dire vers le palais Fausta. Alors, haletante. un terrible éclair de joie aux yeux, elle retomba sur les coussins en murmurant :

— L'insensé !...

XVIII

Maurevert

Tant que Pardaillan avait descendu les pentes de la colline, il avait regardé au loin et inspecté les abords de la porte Montmartre. L'heure que Maurevert lui avait assignée était passée. Et Pardaillan ne doutait pas que cet homme ne fût déjà au courant de ce qui s'était passé à l'abbaye. Il ne fut donc nullement surpris de ne pas apercevoir Maurevert.

— Bon ! murmura-t-il, nous nous retrouverons toujours si loin qu'il aille, si bien qu'il se cache !... Il n'est pas là... donc, il sait ! Et il se doute de ce qui l'attend .. C'est dommage : j'eusse voulu en finir dès aujourd'hui. Au fond il vaut mieux que les choses soient ainsi : je ne suis pas libre puisque je me suis fait le féal chevalier de la belle tigresse qui me suit... mais à sa porte, bonsoir, madame ! Et au plaisir de ne plus jamais vous revoir !... C'est égal. c'est une rude lutteuse... et elle est bien belle....

En monologuant ainsi de choses et autres avec cette placidité qu'il conservait toujours vis-à-vis de lui-même, Pardaillan avait franchi la porte et s'était mis à suivre la rue Montmartre. Au moment où il disparaissait sous la voûte, une tête pâle surgit d'entre les touffes d'un buisson, deux yeux flamboyants l'escortèrent quelques instants, et l'homme, sortant de sa retraite, demeura immobile et pensif, agité par un tressaillement de joie sauvage.

C'était Maurevert...

Il eut le même mot qu'avait eu Fausta :

— L'insensé !...

Maurevert avait accompli son voyage à Blois ; il y avait consciencieusement rempli la besogne d'espionnage que Guise lui avait confiée. Puis, une fois en possession de renseignements précis sur la garnison du château, sur les habitudes d'Henri III, sur l'appartement qu'il occupait, enfin sur la possibilité d'un coup de main à tenter contre la personne et l'entourage du roi, il avait repris le chemin de Paris de façon à se trouver le 21 octobre à midi, aux environs de la porte Montmartre.

Le retour fut pour Maurevert ce qu'avait été l'aller : un charmant voyage, sans autre préoccupation que de trouver à l'étape bon souper et bon gîte. Maurevert n'eût pas été reconnu par ses meilleurs amis. Il était gai, généreux avec les servantes bon gentilhomme avec les hôtesses... il ne craignait plus rien au monde, n'ayant plus qu'un souci : celui d'assister au supplice de Pardaillan.

Le 20 octobre au soir, il était à Paris. Le lendemain matin, de très bonne heure, il s'apprêta, s'arma soigneusement et quand il fut habillé, revêtu de sa cotte de mailles sous le pourpoint et de sa cuirasse de cuir sur le pourpoint, quand il fut prêt, il s'aperçut qu'il avait encore quatre heures devant lui. Mais il ne tenait plus en place et, étant sorti, il gagna directement la porte Montmartre et choisit un endroit d'où il pouvait tout voir sans être vu.

S'étant assis dans l'herbe, à l'abri d'un fourré, il se ménagea une ouverture à travers les feuillages épais, et dès lors ne bougea plus, son regard fixé sur la porte. Il souriait vaguement et s'ingéniait à compter le temps qui le séparait encore de midi. Puis il combinait la scène :

Pardaillan et Charles d'Angoulême apparaissant... et lui, marchant à leur rencontre, le visage empreint d'une gravité convenable, et disant :

— Messieurs, je vous ai promis qu'aujourd'hui à midi je me trouverais ici... m'y voici ! Je vous ai promis que vous verriez aujourd'hui celle que vous cherchez... Suivez-moi et oue allez la voir !...

Et il se mettait aussitôt en marche vers l'abbaye... Il y entrait... et là, que se passerait-il ? Il ne savait pas... Mais ce qu'il savait bien, c'est que Fausta avait dû préparer un traquenard où Pardaillan devait succomber Ce qui était sûr, c'est que le chevalier détesté et son non moins détestable compagnon trouveraient Violetta morte ; ce qui était sûr enfin, c'est que l'abbaye était remplie de gens d'armes, et que Pardaillan y entrerait pour n'en plus sortir.

— Il y a un cimetière à l'abbaye, murmura-t-il à un moment.

Dans le même instant, il devint livide, fut secoué d'un grand frisson et faillit jeter un cri de terreur : Trois hommes venaient de sortir de la porte Montmartre et s'élançaient vers l'abbaye !...

Il reconnut aussitôt les deux premiers : c'étaient Pardaillan et Charles d'Angoulême ; quant au troisième, il ne le connaissait pas, et c'est à peine d'ailleurs s'il le vit... il n'avait de regards que pour Pardaillan qui, déjà, disparaissait au loin, derrière la Grange-Batelière...

Maurevert demeura stupéfié par l'horreur de ce qu'il entrevoyait. Si Pardaillan se montrait à cette heure, bien avant le rendez-vous, ce n'était pas pour le chercher ! Bien mieux! Pardaillan montait à cette abbaye où il devait le conduire !... Pardaillan était donc prévenu !... Mais comment ?... Mais par qui ?...

— Oh ! gronda Maurevert en se mordant les poings, c'est à devenir fou ! Le démon m'échapperait encore !... Qui sait si Fausta ne me trahit pas ?... Qui sait si ce n'est pas moi qu'attend le traquenard ?...

Il essuya son front ruisselant de sueur, et comme Pardaillan avait disparu, il se leva, sortit de sa cachette et fit précipitamment quelques pas comme pour rentrer dans Paris.

— Mais non ! fit-il en s'arrêtant. Ce n'est pas possible. Fausta le hait... non pas autant que moi, certes ! mais il y va pour elle d'immenses intérêts !... Suis-je fou ?... Non !... Sans doute Fausta a changé son plan pendant mon absence !... Sans doute elle a oublié sa promesse de me faire assister au supplice du démon !... C'est elle qui vient de l'envoyer chercher... Parbleu ! J'y assisterai !...

Et à son tour, avec un éclat de rire, il s'élança vers l'abbaye...

Mais tandis qu'il cherchait à se rassurer, tandis qu'il s'affirmait qu'il courait au supplice de Pardaillan il sentait, il devinait que ce n'était pas vrai, et son cœur battait à grands coups, son visage ruisselant se convulsait, et il étouffait des imprécations de rage.

.   .   .   .

Lorsque deux heures plus tard il redescendit les pentes de Montmartre, Maurevert pleurait... des larmes furieuses qui lui brûlaient les yeux et qu'il n'essuyait pas. La secousse était

terrible. Il se sentait faible comme un enfant. Plus d'espoir.
Tout était fini...

Comment eut-il l'idée de reprendre sa place dans ce
buisson où il s'était abrité le matin ? Qu'espérait-il encore ?...
Rien, sans doute. Peut-être voulait-il simplement attendre le
retour de Fausta, la voir, lui parler... Quant à Pardaillan,
il était sûr qu'il ne rentrerait pas dans Paris... Et tout à
coup, il le vit qui marchait devant la litière !

. . . .

Maurevert ne se demanda pas pourquoi Fausta et Pardaillan rentraient *ensemble*. Il ne chercha pas à calculer si une
réconciliation avait pu se produire... Dès qu'il eu vu Pardaillan franchir la porte, il rentra dans Paris ; un héraut
d'armes passait. Maurevert l'obligea à descendre de son
cheval, sauta en selle, et ventre à terre prit le chemin de
l'hôtel de Guise.

Le duc était en conférence dans son cabinet. Maurevert
haletant, livide, renversa, écarta violemment gardes et
domestiques, ouvrit la porte, s'avança précipitamment vers
Guise stupéfait, et dit :

— Monseigneur, Pardaillan est dans Paris !

Guise qui s'apprêtait à rudoyer l'intrus pâlit à ces mots.

— Maurevert! cria t il. Quoi ! c'est vous. . Et vous dites ?...

— Je dis, monseigneur, que votre ennemi acharné, celui à
qui vous devez votre défaite de Chartres, vient d'entrer dans
Paris... Je l'ai vu de mes yeux... le sire de Pardaillan est
entré par la porte Montmartre, seul, tranquille. et si monseigneur veut..

— Par la sembleu! dit l'un des conseillers de Guise
présent à cette scène.

— Par les boyaux du diable! grommela un autre.

— Il faut saisir le drôle !

— Et l'empaler sur la flèche de la Sainte Chapelle!...

— Paix, Maineville ! dit le duc de Guise. Silence, Bussi !..
Voyons, Maurevert, précise : quand, comment l'as tu rencontré ?... Et d'abord, depuis quand es-tu de retour ?...

— Depuis une heure, monseigneur Je me rendais ici tout
à la douce, et j'étais passé par la rue Montmartre pour y
prendre des nouvelles de Lartigues...

— Il est mort, dit Bussi, et le diable seul peut savoir qui
lui a fourni ce coup de rapière dont il est trépassé...

— C'est ce qu'on m'avait dit. fit Maurevert d'une voix
calme, et je voulais m'en assurer, donc, lorsqu'au moment
d'entrer chez Lartigues, qu'est-ce que je vois ?... Pardaillan
qui cheminait le plus paisiblement du monde, venant de la
porte Montmartre qu'il venait de franchir Ah ! mons. gueur,
vous pouvez croire que j'ai dû me faire violence pour ne pas
provoquer sur le-champ ce démon... mais j'ai pensé que ce
gibier vous appartenait... Dès lors, j'ai oublié Lartigues pour

accourir vous prévenir.... Mais j'y songe ! Ne serait-ce pas le damné truand qui aurait occis notre pauvre ami ?.. Vous savez que ce drôle a juré la male mort contre tous vos plus fidèles.

Guise grinça des dents. Cette insolente audace de Pardaillan pénétrant dans Paris en plein jour et sans se donner la peine de se cacher l'humiliait et l'exaspérait.

— Il faudrait se hâter, monseigneur ! reprit Maurevert qui trépignait et en oubliait toute étiquette.

A ce moment, un valet de chambre du duc entra et annonça :

— Un homme est là, chargé d'un important message de Mme la princesse Fausta.

Maurevert recula de quelques pas en frémissant. Si le duc connaissait ses secrètes accointances avec Fausta, il était perdu ! Guise avait fait un signe. L'homme annoncé pénétra dans la pièce et s'inclina devant le duc.

— Parle ! dit celui-ci.

— Voici, monseigneur, dit l'homme. Mme la princesse est sortie ce matin de Paris pour une affaire que j'ignore. Selon la coutume, divers serviteurs étaient échelonnés de distance en distance sur le trajet que devait suivre Sa Seigneurie au cas d'un ordre à recevoir.

— Bonne coutume ! grommela le duc. J'en userai à l'avenir.

— J'étais, reprit l'homme, posté près de la porte Montmartre (Maurevert dressa les oreilles). J'ai vu revenir la litière de Sa Seigneurie. Naturellement, je n'ai pas bougé. Mais lorsque la litière est passée près de moi, j'ai vu les rideaux s'entr'ouvrir, et ce papier roulé en boule est tombé à mes pieds, en même temps que ces mots me parvenaient : Hôtel de Guise !... Alors, je suis venu, monseigneur, et voici le papier...

Guise déroula rapidement le papier, et lut ces mots au crayon :

« Faites cerner la Cité : j'y conduis Pardaillan. — F. »

— Ah ! ah ! tu avais raison, Maurevert ! s'écria Guise. En chasse donc !.. Bussi, prends cent hommes au Châtelet, postés en cinquante au pont Notre-Dame, et cinquante au Petit-Pont !.. Maineville, prends cent hommes à l'Arsenal : cinquante au pont aux Changeurs, cinquante au pont Saint-Michel... Maurevert, prends cent hommes au Temple, dont tu mettras cinquante au nouveau pont et cinquante au pont des Colombes (1). Moi je vais me poster sur le parvis Notre-Dame avec tout ce que j'ai de monde ici. Le drôle est dans

____

(1). Le nouveau pont : le Pont-Neuf dont les travaux de construction permettaient de franchir le bras droit de la Seine ; le pont aux Colombes était une passerelle qui existait entre le pont au Change et les travaux du Pont-Neuf.

la Cité!... Dussé-je démolir l'île entière, cette fois il ne m'échappera pas!... Maurevert, tu me rejoindras sur le parvi' pour me rendre compte de ta mission.

Maurevert, Bussi-Leclerc et Maineville s'élancèrent. Cinq minutes plus tard, le duc de Guise sortait de son hôtel à la tête d'une soixantaine de cavaliers. Lorsqu'il arriva à la Cité, il dissémina aussitôt cette troupe pour garder les ponts en attendant l'arrivée des renforts. Moins d'une heure après, tous les points indiqués par lui étaient fortement occupés et les cavaliers de Guise le rejoignaient sur le parvis ; si bien que les membres du parlement crurent qu'on les voulait exterminer et se barricadèrent dans le palais.

On sait que le parlement et le duc de Guise gardaient une sourde méfiance l'un contre l'autre.

XIX

L'échauffourée de la Cité

Pendant que le duc de Guise mettait sur pied près de 400 gens d'armes pour s'emparer d'un seul homme, que devenait le chevalier de Pardaillan, cause involontaire de toute cette émotion ?

Pardaillan avait traversé Paris, chevauchant toujours à une quinzaine de pas devant la litière de Fausta. Il était entré dans la Cité et avait fini par s'arrêter devant la sinistre maison à porte de fer. Il sauta en bas de sa monture et tendit le bras pour que Fausta pût s'y appuyer en descendant de sa litière. Et Fausta, en effet, s'appuya quelques instants sur ce bras, puis sauta légèrement sur la chaussée.

Pardaillan alla soulever le heurtoir et ne put s'empêcher de tressaillir au bruit sourd qui se répercuta à l'intérieur. Ce bruit, il le reconnaissait. Et cela lui rappelait des souvenirs à tout le moins désagréables. La porte s'ouvrit. Fausta regarda fixement Pardaillan.

— Oserai-je vous prier, dit elle, de vous reposer quelques instants en mon logis ?

Une seconde, Pardaillan fut tenté de pousser la bravade jusqu'au bout ; mais décidément le souvenir assez hideux de la nasse en treillis de fer ne lui inspirait que les réflexions de défiance.

— Madame, fit-il avec un sourire qui en disait long, je connais déjà l'intérieur de ce magnifique palais, je ne gagnerais donc rien à une nouvelle visite, et d'ailleurs, depuis certaine aventure qui m'arriva justement dans une

maison de la Cité, vous n'avez pas idée comme j'ai horreur
d'être enfermé, c'est à un tel point que je passe maintenant
mes nuits à la belle étoile...

— Je vous souhaite donc que les étoiles vous soient propices,
dit Fausta qui cependant, prêtait l'oreille au loin et ne
rentrait pas, comme si elle eût voulu retenir Pardaillan
quelques minutes encore.

— Que dois-je faire de ce cheval ? dit Pardaillan qui cherchait un moyen de prendre congé.

— Gardez le ! fit vivement Fausta, sinon en amitié, du moins
en souvenir de moi.

Pardaillan attacha la bête à un anneau et répondit :

— Hélas ! madame, je ne suis qu'un pauvre gentilhomme
sans maison ni écurie... J'ai déjà une monture équipée ; si
j'acceptais celle que vous voulez bien m'offrir, je serais forcé
de la laisser mourir de faim. Sur ce, madame, daignez me permettre de prendre congé...

— Je ne vous retiens pas, monsieur, dit Fausta. Adieu, et
soyez remercié !...

Pardaillan s'inclina profondément, tandis que Fausta rentrait à l'intérieur de son palais. Tant que la porte ne fut pas
refermée, le chevalier s'attendait à quelque attaque soudaine,
et se tenait sur ses gardes.

— Allons, je deviens mauvais, murmura-t il en s'en allant.
Pourquoi cette femme que j'ai sauvée aujourd'hui me voudrait-
elle du mal ?... Je lui ai parlé un peu bien cavalièrement...
je ne suis qu'un rustre.

Tout en s'adressant ces reproches qui avaient le mérite
d'être sincères, Pardaillan longeait sans hâte les bords du
fleuve, et ce fut ainsi qu'il parvint non loin du pont Notre-
Dame au moment même où une troupe d'une quinzaine de
cavaliers prenait position sur ce pont. De l'endroit où il se
trouvait, Pardaillan ne pouvait voir ces cavaliers, la chaussée
du pont lui étant masquée par les maisons qui la bordaient.
Mais il vit parfaitement qu'on tendait les chaînes.

— Qu'est-ce que cela veut dire ? pensa-t-il. Garons-nous, à
tout hasard !

Il fit donc un crochet à gauche et parvint dans la rue de la
Juiverie, d'où il put constater que le pont Notre-Dame était
gardé. Il était d'ailleurs bien loin de supposer que c'était à
lui qu'on en voulait ; mais dans la situation où il se trouvait,
il ne devait nullement souhaiter d'avoir à parlementer avec
des hommes d'armes qui portaient le blason de Lorraine.

— J'en serai quitte pour entrer dans l'Université par le
Petit-Pont, songea-t-il, et une fois dans l'Université j'attendrai que les passages soient libres.

Il fit volte face et, suivant la rue de la Juiverie, se dirigea
vers le Petit-Pont. A cent pas il s'arrêta. Là encore, il y avait
une troupe de cavaliers, et la chaîne était tendue !

— Diable ! fit Pardaillan. Voilà qui va me faire perdre du temps... Et pourtant, ajouta-t-il rudement, je ne veux pas passer ma journée dans la Cité... M. de Maurevert pourrait s'impatienter de ne pas me voir.

Comme on peut le constater, Pardaillan ne songeait guère que ces mesures pouvaient avoir été prises contre lui. A supposer même que le duc de Guise connût sa rentrée à Paris, comment en effet eût-il pu savoir précisément que le chevalier était dans la Cité ?

Sans autre inquiétude que celle du temps perdu, Pardaillan se dirigea donc vers la rue de la Barillerie ; de ce côté, il pourrait déboucher soit sur le quai de la Mégisserie par le pont aux Changeurs, soit sur la rue de la Harpe par le pont Saint-Michel. Ce ne fut pas sans frémissement que le chevalier vit ces deux ponts également barrés.

Enfin lorsqu'il eut constaté qu'il n'y avait pas davantage moyen de passer par le pont aux colombes, ni même par les échafaudages des constructions du Pont-Neuf, il dut bien s'avouer qu'il était prisonnier dans la Cité.

Il songea alors à essayer de traverser la Seine soit en démarrant une barque, soit même à la nage. Mais s'étant approché de la berge à peu près à l'endroit où avait eu lieu le duel de Maurevert avec Lartigues, il constata qu'un singulier mouvement se faisait sur les berges.

Du pont Notre-Dame au pont aux Changeurs, des hommes d'armes s'étaient détachés et s'échelonnaient de façon à former une haie. Pardaillan vit qu'il était entièrement cerné dans l'île.

A ce moment même, il s'aperçut que de toutes parts, ces troupes pénétraient dans les rues de la Cité... Non seulement il était cerné, mais il allait être reconnu !...

Il était évident qu'on traquait quelqu'un. Une sorte de battue s'organisait. Des bourgeois et des femmes passaient en courant et se hâtaient de regagner leur logis. Pardaillan, dans la rue de Calandre avisa un fripier qui, pris de peur, fermait sa boutique.

— Attendez, dit le chevalier je vais vous aider...

Et il aida en effet le pauvre homme ; mais ce n'était pas simplement par charité que Pardaillan prêtait ainsi le secours de son bras à cet inconnu.

— Que se passe-t-il ? lui demanda-t-il.

— Ma foi, monsieur, le diable le sait ! Ah ! nous sommes bien heureux d'avoir la Ligue et c'est un bien grand honneur pour le peuple de Paris que monseigneur ait chassé Valois et ses suppôts ! Mais enfin, ce ne sont qu'alertes continuelles, et moi qui vous parle, monsieur, je ne vis plus ! Quant à ma femme, elle en a attrapé la fièvre quartaine...

— Ainsi, fit Pardaillan désappointé, vous ne savez pas pour-

quoi la Cité est envahie par les troupes de monseigneur que
Dieu garde !...

— Qu Dieu confonde ! maugréa le boutiquier. Je crois, reprit-il tout haut, qu'il s'agit de quelques huguenots qui se seront cachés par ici .. On dit aussi que M. le duc en veut
fort à messieurs du parlement...

— Ah ! ah ! voilà donc l'explication. Merci, mon brave !

— C'est moi qui vous remercie, monsieur, de votre honnê-
teté... Tenez ! les voici qui entrent dans les maisons pour
faire perquisition !... Seigneur, ayez pitié de nous !...

Le fripier se hâta de rentrer dans la maison. Et sa terreur
était d'ailleurs pleinement justifiée, car les gens d'armes de
Guise, toutes les fois qu'ils avaient à perquisitionner, ne se
faisaient pas faute de s'enrichir aux dépens du bourgeois

Tous les passants, d'ailleurs, n'étaient pas aussi effarés que
ce digne boutiquier. Une foule s'amassait peu à peu pour voir
saisir et peut-être pendre ou brûler le ou les huguenots re-
cherchés. A cette foule vinrent se mêler des mariniers ; des
figures louches se montrèrent ; des gens empressés à aider les
soldats dans leurs perquisitions .. et empressés également à
faire main-basse sur tout ce qui était facile à enlever bon à
manger, à boire ou à vendre..

Pardaillan marchait, pour ainsi dire poussé par ce flot humain qui montait et débordait. Et ce fut à ce moment qu'il
entendit prononcer son nom.

Pardaillan, sans s'arrêter, écouta. Son nom prononcé d'a-
bord par l'un des officiers qui dirigeaient l'opération le fut ensuite par un autre, puis par d'autres encore ! ..

Pardaillan sentit un frisson le parcourir. C'était lui qu'on
cherchait ! C'était pour lui que la Cité était envahie, boule-
versée, c'était contre lui que retentissait les cris de mort !...

Il jeta un regard à droite, à gauche, devant et derrière. Devant, c'était une troupe qui s'avançait lentement, s'arrêtant
de logis en logis. Derrière, c'était une troupe pareille devant
laquelle il fuyait. A gauche, c'étaient les maisons de la rue
Calandre, avec des gens penchés aux fenêtres. A droite, enfin, c'était un terrain vague pelé, galeux, à l'herbe rare, au
fond duquel se dressait l'arrière-bâtisse du Marché Neuf. Et
vers le milieu de ce terrain vague s'élevait une maison solitaire aux fenêtres hermétiquement closes.

Mais de son coup d'œil sûr et prompt, Pardaillan remarqua
aussitôt que si les fenêtres de ce logis étaient fermées, il n'en
était pas de même de la porte, qui était entre-bâillée .. Il
s'y dirigea de son pas le plus tranquille. La situation était
affreuse... Et de l'effort qu'il faisait pour paraître paisible et
ne pas se précipiter, Pardaillan sentait la sueur couler de son
front à grosses gouttes... Mais il s'était trouvé déjà à plus
d'une aventure de ce genre, et savait conserver une allure et

un visage de sang-froid, alors même que son cœur battait la chamade et qu'il se disait :

— Maintenant, c'est la fin de tout ! Le diable lui-même ne saurait me tirer de ce mauvais pas, si toutefois le diable consentait à s'occuper de moi...

Au moment où il atteignait la porte entre-bâillée de cette singulière maison, les gens d'en face le virent de leurs fenêtres et lui crièrent :

— Prenez garde ! N'entrez pas !...

Mais Pardaillan n'entendit pas : il poussa la porte, pénétra dans une sorte de vestibule, et ayant tranquillement poussé la porte derrière lui, cria :

— Ne craignez rien, qui que vous soyez qui habitez ce logis...

A son grand étonnement, personne ne répondit. Et sa voix répercuta de sourds échos, comme si la maison eût été déserte. Pardaillan avança jusqu'au fond du vestibule, et avant d'ouvrir la porte devant laquelle il se trouvait alors, cria encore

— Y a-t-il quelqu'un dans ce logis ?...

Aucune réponse ne lui parvint. Alors il se décida à ouvrir il se trouva dans une pièce assez vaste, garnie de quelques meubles d'aspect sévère; pour tout ornement aux murs, il n'y avait qu'un crucifix.

— C'est le logis de quelque chanoine de Notre-Dame, songea Pardaillan. Si ce brave prêtre rentre, je suppose qu'il ne me trahira pas... hum !... j'ai vu dans ma vie bien des chanoines qui n'en étaient pas à une trahison près... Quel qu'il soit, il ne tardera pas à rentrer sans doute, car il avait laissé la porte de son logis ouverte...

Mais pendant qu'il songeait ainsi, Pardaillan remarqua qu'une épaisse couche de poussière couvrait les meubles. Il y avait d'ailleurs un certain désordre dans cette pièce. Il y régnait une atmosphère de moisi...

— Qui diable peut habiter là?...

Pardaillan sentait une sorte d'angoisse étreindre son cœur. Il lui semblait respirer du mystère et de l'horreur. Il en arrivait à oublier qu'il était suivi, traqué, et que la grande chasse à l'homme, la grande battue organisée dans toute la Cité comme pour un fauve aboutirait sans aucun doute à sa découverte... à sa mort !...

Enfin, ne pouvant plus supporter cette pesante tristesse qui semblait descendre des murs nus de cette pièce, il se secoua et alla pousser une porte par où il pénétra dans une chambre voisine. Cette chambre était plus claire que la première. En effet, dans la pièce qu'il venait de quitter, les fenêtres fermées ne laissaient filtrer qu'un faible rayon de jour.

Dans celle où il venait d'entrer, il n'y avait pas de fenêtre, mais un œil-de-bœuf placé très haut, et que du dehors on

ne pouvait certainement pas atteindre. La lumière entrait
par là sans obstacle.

— Ouf! respira Pardaillan. J'ai cru que j'étouffais! C'était
sans doute l'oratoire de ce chanoine.. ici, au contraire, ce doit
être son lieu de récréation...

Comme il murmurait ces mots, son regard tomba sur un
certain nombre d'objets qui garnissaient les murs. Car si,
dans la première pièce, il n'y avait aux murs qu'un crucifix, dans celle-ci, les murailles étaient très ornées... Mais
ces ornements firent pâlir le chevalier.

C'était toute une collection de haches. C'étaient des couteaux d'une certaine forme, larges et effilés comme des couteaux
de boucher. C'étaient des masses de fer, hérissées de clous.
C'étaient des paquets de corde accrochés en bon ordre. C'é-
taient enfin de bizarres instruments, des pinces, des tenailles.
Tout cela méthodiquement rangé, et d'ailleurs couvert d'une
épaisse couche de poussière.

Pardaillan se sentit tressaillir, et un étrange malaise s'empara de lui. Sur une table, au milieu de cette pièce, quelques
parchemins étaient demeurés.

A ce moment, ce murmure énorme et confus de la foule,
qui ressemble si bien au grondement de la mer, se rapprocha
de la maison solitaire, comme si en effet elle eût été battue
par les flots d'une marée montante... Mais Pardaillan n'entendait rien... Le mystère de cette maison l'oppressait ; il
lui semblait qu'elle avait un secret à dire, et que sa pesante
tristesse venait de ce secret... Il s'approcha de la table pous-
siéreuse sur un coin de laquelle, en bon ordre, s'entassaient
l'un sur l'autre une trentaine de parchemins... Et ayant jeté
les yeux sur celui de ces parchemins qui recouvrait les autres, il vit qu'il portait le sceau de la grande-prévôté.

Sous la poussière, il put déchiffrer les premiers mots... Et
alors il recula, pris d'un frisson... La maison solitaire et triste
venait de lui révéler son secret !... Ces parchemins, c'étaient
des ordres d'exécution ! Ces haches, ces tenailles, ces cordes,
c'étaient des instruments de supplice ! Cette maison, c'était
le logis du bourreau !

Comme il reculait, glacé, frémissant, n'ayant plus qu'une
idée : sortir, se trouver au grand air, revoir le soleil, fuir l'horreur ambiante... comme il atteignait le vestibule, des coups
violents ébranlèrent la porte d'entrée, et une voix, dehors,
dominant le tumulte, cria:

— Il est là, monseigneur ! Nous le tenons !

Pardaillan reconnut la voix de Maurevert !...

— Qu'on cerne cette maison ! commanda une autre voix que
le chevalier reconnut pour être celle de Guise.

Il jeta un regard d'angoisse sur la porte. Elle était solide,
heureusement, bardée de fer à l'intérieur. Il comprit qu'il
avait quelques minutes devant lui pour prendre une décision.

D'un bond, il fut dans la pièce où il était entré d'abord, courut à la fenêtre, leva le châssis, et par une fente des lourds volets fermés, put voir ce qui se passait dehors :

Guise à cheval, au milieu d'une troupe de cavaliers. Devant la porte, une vingtaine de gens d'armes qui soulevaient un madrier pour s'en servir comme d'un bélier. Maurevert était là !... C'était lui qui dirigeait l'opération.

Près de Guise, Pardaillan reconnut Bussi-Leclerc et Maineville. Derrière cette troupe de cavaliers, c'était la foule, qui ayant appris qu'on poursuivait quelqu'un, s'était rassurée, et sans savoir pourquoi, pour le plaisir de voir tuer sans doute, vociférait.

Ce fut dans les yeux de Pardaillan une rapide vision : le tableau entier entra dans son regard, et dans le même instant il recouvra son sang froid. Les cris de mort, le bruit des coups de madrier sur la porte, les craquements du chêne qui se fendait, la rumeur confuse et violente dont s'emplissait la Cité formaient une de ces formidables musiques auxquelles son oreille et son esprit étaient accoutumés.

Au loin retentissaient des coups d'arquebuse et des cris perçants de femmes : simples incidents des multiples perquisitions qu'avaient lieu dans l'île entière. A chaque instant, on amenait devant Guise des gens déchirés et sanglants...

— Monseigneur, ce doit être le sire de Pardaillan... nous l'avons trouvé sous un lit ..

Guise secouait la tête, haussait les épaules, et l'homme était relaché, non sans force bourrades, pour lui apprendre que l'autorité ne perdait jamais ses droits, surtout quand elle se trompe. Mais le duc n'ordonnait pas d'interrompre les perquisitions, bien que le gîte de la bête traquée fut connu : la paye des soldats était fort en retard et il fallait bien les laisser se refaire un peu sur le bourgeois. Il y eut donc des logis dévastés, des hommes roués de coups, quelques morts et de nombreux blessés...

Pardaillan revint dans le vestibule au moment où un grand cri, dehors, saluait un coup de madrier qui venait de fendre la porte du haut en bas.

— Allons, murmura-t-il, c'est la fin ! Je vais laisser ici mes os... Et quand je pense que ce Maurevert...

Il s'arrêta court, les poings crispés ; une pâleur de désespoir s'étendit sur son visage...

Ayant franchi le vestibule, il parvint dans une étroite pièce qui servait de cuisine à la servante du bourreau, dans le temps où maître Claude habitait ce logis. La cuisine s'ouvrait sur une cour entourée de hautes murailles. Mais contre le mur du fond se dressait une échelle.

Pardaillan monta. De la tête, il dépassa la crête du mur... Il vit alors qu'il dominait une infecte et étroite ruelle, un boyau qui se subdivisait en deux branchements dont l'un

faisait communiquer la rue Calandre avec le Marché-Neuf,
et dont l'autre, perpendiculaire à ce dernier, s'enfonça, vers
Notre-Dame et contournait le parvis pour aboutir à la Seine.

Pardaillan vit tout cela d'un coup d'œil. Mais vit aussi
qu'une quinzaine de gens d'armes gardaient la ruelle.
Alors il redescendit, rentra dans la maison du bourreau,
et quelques instants après, reparut une hache à la main.
Presque aussitôt il se trouva de nouveau en haut de l'é-
chelle.

A ce moment, dans la rue Calandre, une furieuse clameur
s'éleva : la porte était défoncée ; les troupes de Guise se ruaient
dans la maison... mais Maurevert n'était pas entré !. Derrière lui, Pardaillan entendit les hurlements, le bruit des armes. le tumulte des pas précipités, les vociférations...

— Sus ! Sus !... Pille !.

— Tue ! Tue ! .. Au tru ...!...

— A mort ! hurlait la foule en acclamant le duc de Guise.
Pardaillan s'assit sur le mur. Au même instant, il sauta...

— Place ! rugit-il en tombant sur ses pieds.

Les gardes postés là, un instant stupéfaits, cherchèrent
à se réunir, et déjà Pardaillan se ruait sur le groupe, la hache
levée s'abattit encore, toute rouge, il y eut des trépignements,
des grognements, une trouée se fit, et pareil au sanglier qui
avant de mourir fonce à travers la meute, Pardaillan passa ..

D'un bond il s'écarta, se rua en avant, et se retournant
tout à coup, lança sa hache à toute volée... Trois hommes
tombèrent, blessés ou morts...

— Alerte ! alerte ! vociféraient les gardes.

En un clin d'œil, les gens d'armes de la rue Calandre enva-
hissaient la ruelle ; du haut du mur de la maison de Claude,
d'autres se lançaient. Le boyau en quelques secondes fut
rempli de gens qui se heurtaient, se pressaient, s'étouffaient...

— Il se sauve !... Arrête ! Arrête !..

— Au truand ! A la hart ! A la mort !...

Pardaillan s'était élancé d'un bon pas. Il avait mis l'épée à
la main, et marchait droit devant lui, sans tourner la tête...

De deux ou trois maisons, dans ce parcours, des gens sortirent pour lui barrer la route. Mais sans doute cet homme dut
leur paraître terrible ; sans doute sa physionomie hérissée,
flamboyante les épouvanta... car les uns rentrèrent précipitamment dans leurs trous, et les autres. n'en ayant pas le
temps, se collaient au mur en gémissant :

— Grâce, monsieur le truand !

Toujours droit devant lui, toujours poursuivi par la meute
hurlante, Pardaillan déboucha tout à coup sur le derrière de
Notre-Dame. La meute était sur ses talons, il sentait des
souffles rauques sur sa nuque ; il se disait :

— Si je fais un faux pas, si je m'arrête, si je me retourne,
je suis mort !

Et pourtant, il fallait que cela finit !... La Cité tout entière était cernée ; les berges gardées... où aller ?... que faire ?... Il n'avait qu'une ressource unique : descendre sur une berge, et passer coûte que coûte, se jeter dans la Seine !... Mais en aurait-il le temps ?... Et pût-il même se jeter à l'eau, est-ce qu'il n'y serait pas repris aussitôt !...

Comme il débouchait du boyau dont l'étroitesse même l'avait sauvé il comprit que sur cet espace plus large il allait être enveloppé par les poursuivants et qu'il allait tomber là, avec cette dernière espérance de se faire tuer plutôt que de retomber aux mains de Guise et de Maurevert... Le désespoir l'envahit.

Dans ce suprême regard d'adieu au monde qu'il jetait autour de lui, il se vit devant une maison sinistre à la porte de fer. Le palais Fausta !... Il était venu mourir devant le palais de Fausta !...

Un éclat de rire insensé gronda sur ses lèvres blanches, et il fit un dernier bond vers l'auberge du *Pressoir de Fer*, escalada les marches, renversa à coup de pommeau quelques buveurs qui lui barraient le passage, et toujours droit devant lui, de pièce en pièce, il fonça... sans savoir, éperdu, enragé de mourir avant Maurevert !...

Dans le même moment, l'auberge fut pleine de tumulte... Les poursuivants s'y jetaient tous ensemble... De pièce en pièce, les hurlements frénétiques poursuivaient Pardaillan ; fermer les portes lui était impossible... déjà, il avait senti les rapières ou les piques des plus avancés le heurter... Une clameur de mort, sinistre, affreuse, emplit ses oreilles... et reculé dans la dernière pièce de l'auberge, continuant sa course éperdue, il vit une fenêtre ouverte, l'enjamba... sauta dans le vide !...

A la fenêtre, des coups d'arquebuse éclatèrent. Quelques instants, l'auberge fut pleine de vociférations, puis toute cette foule reflua, l'auberge se vida rapidement, et tous se précipitèrent au bord de l'eau

A ce moment arrivait Maurevert, haletant, livide sa dague à la main. Il jeta autour de lui des regards sanglants, ne comprenant pas ce qui se passait Mais derrière lui le duc de Guise arriva et gronda :

— Où est le truand ? Pourquoi n'est-il pas arrêté ?..

— Monseigneur, cria un officier sur les bords de la Seine, le sire de Pardaillan s'est jeté dans la Seine ; il est d'ailleurs blessé.

— Qu'on détache toutes ces barques —, ordonna Guise ; qu'on surveille le fleuve, et dès que l'homme apparaîtra, un bon coup d'arquebuse dans la tête !...

Et se tournant vers Maurevert :

— Je crois que nous le tenons bien, pour le coup !

Maurevert ne répondit pas Un sourire crispa ses lèvres, et

l'un des premiers, il se jeta dans une barque avec trois ou
quatre hommes armés d'arquebuses. Quelques secondes après
la chut ou plutôt le saut de Pardaillan, la Seine était sillonnée de barques, tandis que sur les rives, la foule attendait.
Trois ou quatre cents hommes étaient prêts à faire feu sur Par-
aillan dès qu'il se montrerait à la surface de l'eau.

Une heure se passa... Pardaillan ne reparut pas. Il fut évident pour tous qu'il s'était noyé et que son corps roulé par le
courant avait dû aller se perdre au loin, à moins qu'il n'eût
été retenu par le lit du fleuve. Cependant les recherches continuèrent jusqu'au soir, mais sans aucun résultat.

XX

Où Fausta se contente d'une couronne

Pardaillan, lorsqu'il sauta par la fenêtre de l'auberge, ne
se doutait pas qu'elle donnait sur la Seine. En se sentant s'enfoncer dans l'eau, la pensée lui vint qu'il pourrait peut-être
essayer de remonter le courant et de prendre pied sur les berges de l'île Notre-Dame (île Saint-Louis).

Mais dans cette rapide seconde où l'eau bourdonnait dans
ses oreilles, où ses vêtements collés à son corps le paraly-
saient, et où déjà la nécessité de remonter respirer lui apparaissait imminente et terrible, car remonter à la surface, c'é-
tait courir au-devant des balles, dans cette seconde, disons-
nous, ses mouvements devinrent désordonnés ; de tout son
effort, il lutta à la fois contre le courant qui l'entraînait et
contre la poussée naturelle de bas en haut ; il suffoquait ; il
tournoyait sur lui-même, puis dans les remous du fleuve venant se briser à cette pointe de la Cité... Bientôt la respiration lui manqua... et il étendit les bras dans un dernier
spasme...

Dans cet instant, il éprouva le violent tressaillement de
l'homme qui va mourir et qui entrevoit un moyen de salut...
En effet, dans ce mouvement suprême que ses bras venaient
de faire sous l'eau, sa main crispée venait de heurter quelque chose... il ne savait quoi .. c'était un poteau enfoncé
dans le fleuve... Ses doigts raidis s'amarrèrent à cette chose,
et tout aussitôt, il s'y cramponna... En même temps, il se
laissa remonter, se glissant, et grimpant le long de ce poteau
ou de cette poutre, et l'instant d'après, toujours cramponné à
la poutre, il émergea.

Son premier regard fut pour chercher la fenêtre d'où il s'é-
tait jeté et essayer une dernière défense... Mais il ne vit rien
au-dessus de sa tête... rien qu'un plancher de bois... Tout au-

tour de lui, c'étaient des poutres qui émergeaient, se croisaient, formaient l'échafaudage qui soutenait ce plancher...

Pardaillan étouffa un rugissement de joie; il comprit que dans sa lutte contre le courant, il s'était jeté sous la prison du palai ·Fausta ! sous cette pièce où il y avait un trou par où Fau. t faisait jeter dans l'eau les cadavres des condamnés! Au même moment il aperçut le treillis de fer... la nasse où il avait failli périr !...

Pardaillan se hissa le long de la poutre à laquelle il s'était accroché, sortit complètement de l'eau et s'assit sur la première bifurcation de poteaux. Il était sauvé ... ou presque

Du dehors, on ne pouvait le voir... il entendait les cris de ceux qui le cherchaient et à qui, naturellement, l'idée ne pouvait venir de remonter le courant... En effet, peu à peu les cris s'éloignèrent. Pardaillan eut alors un rire silencieux et murmura :

— Il se pourrait bien que je me tire de ce nouveau plongeon... je voudrais bien voir la figure de M. de Guise et de cette digne Mme Fausta, la perle de la reconnaissance...

En prononçant à demi-voix ce nom de Fausta, Pardaillan demeura soudain frappé par une idée qui lui traversait le cerveau.

En effet, il se doutait bien que la Seine allait être surveillée dans son cours et sur ses berges, et qu'il lui serait très difficile de s'éloigner du refuge où il se trouvait. D'autre part, la pensée pouvait parfaitement venir à ceux qui le cherchaient de venir voir ce qui se passait sous ce plancher qui surplombait la Seine. Et comme, chez lui, l'exécution suivait toujours de près la pensée, Pardaillan, de poutre en poutre, gagna le treillis de fer.. la nasse de Fausta.

Il constata que le panneau qui formait ouverture était relevé; il l'était sans doute depuis le jour où on avait ouvert le passage aux cadavres... A ce souvenir, il ne put s'empêcher de pâlir. Mais redescendant le long du treillis avec la fermeté d'une résolution bien arrêtée, il plongea, et bientôt se retrouva dans l'intérieur de la nasse. Alors il remonta jusqu'en haut, jusqu'au plancher même.

Cramponné d'un bras à la poutre à laquelle il s'accrochait, de l'autre bras allongé il parvint à soulever la trappe qui fermait le trou carré. Alors il se suspendit des deux mains aux bords de ce trou, et se souleva par un tour de force musculaire connu en gymnastique sous le nom de « rétablissement » Quelques secondes plus tard, il était dans la pièce où il s'était battu contre les gens de Fausta, dans la salle des supplices.. Elle était obscure, silencieuse...

La première pensée de Pardaillan fut de refermer la trappe. Puis il se secoua, s'ébroua, se défit de son pourpoint qu'il tordit, et enfin prit toutes les mesures propres à le sécher autant qu'il était possible de le faire en pareille situation.

Plusieurs heures se passèrent ainsi... Pardaillan rhabillé, à peu près séché, commençait à sentir la faim le gagner. En effet, parti le matin de bonne heure de la Devinière, il n'avait rien pris de la journée

La nuit vint. Dans le mystérieux palais, aucun bruit ne se faisait entendre. Pardaillan se rendait compte que cette demeure devait être à peu près déserte, puisque Fausta, le matin même, avait été trahie, abandonnée par tous ceux qu'elle avait amenés à l'abbaye...

Deux plans se présentaient donc au chevalier. Le premier, c'était de profiter de la nuit pour redescendre au fleuve et gagner le bord. Le deuxième, c'était purement et simplement de sortir du palais Fausta par la porte. S'il ne restait là que quelques domestiques, Pardaillan se faisait fort de les obliger à lui ouvrir cette porte ! Il attendit donc deux ou trois heures encore, et ce fut la faim qui le décida à agir. La pensée de s'attabler devant quelque pâté, escorté de quelque volaille et flanqué d'un bon flacon, près du grand feu que Huguette lui allumerait dans la cuisine de la Devinière, cette pensée l'attendrissait, le faisait sourire et claquer de la langue. À ce moment, certes, il ne songeait ni à Guise, ni à Fausta, ni à Maurevert: il ne songeait qu'au bon dîner qu'il entrevoyait, suivi d'un excellent somme... Nous avons toujours dit que Pardaillan était la simplicité même.

Se mettant donc en marche, sur la pointe des pieds, il gagna la porte de la salle des supplices. Elle était ouverte... Pardaillan passa, referma derrière lui et traversa cette pièce que nous avons eu occasion de décrire et qui ressemblait à l'avant cachot de la mort... Après quoi, il se trouva dans une galerie qu'il se mit à suivre

— Le premier que je rencontre, se disait-il, je lui mets la pointe de ma dague sur la gorge, et je lui dis : « Mon ami, je suis égaré comme par hasard dans cette maison. Veuillez donc me conduire jusqu'à la grande porte que vous m'ouvrirez, et vous aurez un bel écu pour votre peine. Sinon, je serai forcé de vous tuer. » Nul doute que le brave homme ne choisisse l'écu...

Cependant, il était plongé dans une obscurité profonde et marchait vers un vague reflet de lumière qu'il apercevait une quinzaine de pas devant lui dans la galerie... Lorsqu'il eut atteint ce rai de lumière, il s'aperçut qu'il venait de l'entre-bâillement d'un double rideau de velours qui formait une large baie ouverte à cet endroit. Pardaillan glissa un regard par cet entre bâillement, et vit une vaste salle éclairée par quelques flambeaux allumés de place en place.

Cette salle, il la reconnut aussitôt... C'était la magnifique pièce aux colonnales, aux statues, aux torchères d'or... la salle du trône !..

— Trône sans souveraine ! murmura Pardaillan en hochant

la tête avec un singulier sentiment d'ironie où il y avait
presque de la pitié pour cette femme qui avait voulu le
faire tuer deux ou trois heures après qu'il l'avait sauvée...
Car quel autre que Fausta avait pu prévenir Guise ?

Pardaillan allait s'éloigner et continuer son excursion, en
se disant que s'il trouvait moyen d'arriver jusqu'à la porte
d'entrée sans rencontrer personne, il trouverait bien le moyen
de l'ouvrir ; il allait donc reprendre sa marche, lorsqu'il demeura cloué sur place... Il lui semblait qu'il venait d'en
tendre comme un léger bruit de pas.

Ce bruit venait de la grande salle du trône. Pardaillan colla
son œil à la fente des rideaux et aperçut une sorte de fantôme vêtu de blanc qui marchait, ou plutôt glissait d'un pas
majestueux...

— Fausta ! murmura le chevalier.

C'était Fausta en effet, calme, grave, sereine comme à son
habitude. Derrière elle venait un homme qui, en entrant dans
la salle, laissa retomber le manteau dont il se couvrait à
demi le visage.

— Le duc de Guise ! fit Pardaillan en lui-même.

Fausta s'était arrêtée vers le milieu de la salle et, prenant
place dans un fauteuil, avait indiqué un siège à Guise, qui
s'assit lui-même.

— Voilà donc, gronda Pardaillan dont le visage flamboya,
voilà la femme qui a voulu me tuer à chacune de nos rencontres . et aujourd'hui même ! Voici l'homme qui a jeté
une meute enragée à mes trousses et à bouleversé la Cité pour
me faire assassiner !... Voici l'homme qui a dit que j'étais un
lâche parce que je me rendais à lui, parce que je voulais
sauver une malheureuse !... Je les tiens là, tous deux... Ils
sont seuls... Si je me montrais tout à coup, et si profitant
de leur stupeur, je les frappais mortellement l'un et l'autre,
ne serait-ce pas mon droit ?

Pardaillan tourmentait le manche de son poignard. Mais
bientôt sa physionomie s'apaisa, sa main retomba, et pensif,
il murmura :

— Ce serait mon droit peut être... mais alors j'aurais mérité ce mot dont Guise m'a souffleté rue Saint-Denis... je serais un lâche ! Non, ce n'est pas ainsi que je dois me venger... Ce mot, Guise doit en mourir... Il en mourra. Je l'ai
juré... mais il faut qu'il sache qu'un Pardaillan ne frappe
pas à l'improviste ou par derrière !... Attendons... écou-
tons !...

Et Pardaillan se mit à écouter et à regarder, oubliant ce
qu'il y avait d'étrange et de périlleux dans sa situation.

Fausta, au moment où elle avait quitté Pardaillan sur le
seuil de son palais, avait pu, à certains signes impercepti-
bles, à une lointaine rumeur, se douter que Guise avait bien

pris ses précautions contre Pardaillan. La présence du messager qui avait porté son billet au duc changea cet espoir en certitude. L'homme lui assura que tous les ponts étaient occupés.

Ce fut pour Fausta une minute de joie, un court répit dans la douleur affreuse qu'elle était parvenue jusque-là à cacher sous un visage immuable. Mais à peine fut-elle enfermée, verrouillée dans sa chambre, seule, et sûre que nul ne pouvait ni la voir, ni l'entendre, sa physionomie se décomposa, ses yeux noirs lancèrent des éclairs, et des imprécations tordirent ses lèvres. Tout ce que la rage et la fureur à leur paroxysme peuvent suggérer à un esprit affolé de blasphèmes, de menaces, de projets hideux, Fausta le hurla dans sa pensée, Fausta le bégaya en paroles rauques.

Elle s'était jetée tout habillée sur son lit, et la tête dans les dentelles des oreillers qu'elle déchirait de ses ongles et de ses dents, elle luttait contre la crise de désespoir qui s'abattait sur elle et la terrassait. Elle eut des sanglots qui ressemblaient à des halètements de panthère prise au piège. Les noms de Sixte, de Rovenni, de Farnèse, de Violetta, de Pardaillan se succédaient parmi des cris inarticulés, des invectives, des larmes, des gestes de folie...

La statue devenait femme...

Fausta payait un terrible tribut aux sentiments qui gouvernent l'esprit humain.

Quelle situation !... Quel effondrement !... Avoir rêvé, organisé, combiné le bouleversement social le plus prodigieux, avoir conquis, séduit, acheté ou terrorisé la moitié des princes de l'Eglise, avoir tenu dans ses mains la puissance absolue, avoir mis sur sa tête cette tiare qui l'eût faite reine du monde, devant laquelle s'inclinaient rois et empereurs, être parvenue au but, le toucher enfin, avoir tout prévu... tout... sauf la lâcheté et la trahison de quelques comparses !... Avoir dépensé sans compter les millions des Borgia, les trésors qui lui venaient de son aïeule Lucrèce, avoir prodigué le génie d'un diplomate consommé, la force d'un conquérant, s'être haussé à la plus hautaine ambition, et finir misérablement, bassement, dans l'humiliation d'un guet-apens, dans une escarmouche sans gloire, dédaignée au point qu'on la laissait libre. et que Sixte ne cherchait même pas à la supprimer !... Simplement, d'un geste, on l'écartait !...

Ces gentilshommes qu'elle avait enrichis, qui le matin même tremblaient devant elle, il avait suffi que Sixte apparût, sans pompe, vêtu comme un pauvre bourgeois, pour qu'ils tournassent contre elle les épées qu'elle avait solennellement distribuées en les bénissant !... Ces cardinaux qui s'agenouillaient à ses pieds !... avec quelle lâche ardeur ils avaient entonné le *Domine salvum fac Sixtum...*

Seule, maintenant !... Seule ou presque !... Quelques fem-

mes, quelques domestiques, voilà tout ce qui lu restait d
sa cour pontificale !...

Pendant des heures, Fausta pleura, rugit, sanglota, se tor
dit dans une crise. Puis lorsque son corps abattu, sans forces
demeura inerte en travers du lit, lorsqu'elle eut compris que
lentement la tempête s'apaisait, que les idées redevenaient
plus claires comme les étoiles qui recommencent à briller
dans un ciel lavé par l'ouragan, lorsqu'elle put penser enfin,
elle chercha comment avait pu se produire la trahison.

Des détails qu'elle avait dédaignés lui revinrent en mémoire. Elle revit toute l'attitude de Rovenni dans les trois
derniers mois, elle pesa ses paroles, mesura ses gestes, et acquit la conviction que Sixte avait acheté Rovenni dès le moment où il était venu à Paris pour reprendre les millions
destinés à Guise. Rovenni avait fait le reste, détaché d'elle,
l'un après l'autre, tous ceux qu'elle avait entraînés...

Et elle comprit qu'elle avait commis une faute d'inexpérience et d'orgueil. Inexpérience, parce qu'elle n'avait jamais envisagé la possibilité humaine, permanente, univer-
selle, de la trahison. Orgueil aussi ! parce qu'en voyant des
hommes s'agenouiller, se prosterner devant elle, elle avait
fini par croire qu'on l'adorait vraiment... que c'était elle
qu'on aimait, et non la puissance, les faveurs, les jouissances
qu'elle pouvait distribue

Et dans ce cœur le fiel s'amassa goutte à goutte.

Fausta redevint plus femme, peut-être, et rejetée du rang
des anges, reprit sa place dans l'humanité. Lorsqu'elle remonta de cette descente aux enfers, lorsqu'elle eut éclairé ce
passé de trahison avec la torche de la souffrance, Fausta sentit le calme revenir dans son esprit, et elle songea à l'avenir,
elle établit la balance de ses pertes et de ses profits, elle jeta
sur le champ de bataille de sa vie le coup d'œil de l'impera-
tor vaincu qui cherche s'il doit battre en retraite ou violen-
ter la fortune, et voici ce qu'elle put nettement établir en
passant de l'analyse à la synthèse :

Elle venait de subir une défaite: elle perdait du coup
toute possibilité de réaliser son rêve. Jamais elle ne serait à
Rome la grande prêtresse reprenant la tradition de la papesse Jeanne. Mais si elle ne pouvait être la papesse, et si
elle comprenait qu'elle userait en vain ses forces à soulever
ce rocher de Sisyphe qui retomberait sans cesse et l'écraserait
enfin, elle pouvait, elle devait être reine...

Reine de France, c'était encore un magnifique et ruttant
hochet pour une imagination pareille ! Reine de France par
Guise, roi de France !.. Et plus tard, peut-être, reine absolue par la mort de Guise !...

D'abord la mort d'Henri III lui donnant la moitié de la
royauté. Puis la mort de Guise lui donnant la royauté tout
entière. Et en attendant, c'était la vengeance assurée !...

Avec Guise, avec Alexandre Farnése, elle entreprenait la conquête de l'Italie, enfermait le pape dans Rome, ne lui laissant qu'une puissance illusoire... tout le rêve de Machiavel, de César Borgia, de tant de penseurs et de tant de reîtres conquérants...

Fausta rouvrait ses ailes toutes grandes. Elle s'élançait à un vol éperdu dans une chimère cette fois réalisable... cette fois réalisée en grande partie ; et mathématiquement, elle posait la marche du problème à résoudre :

D'abord la mort de Valois. Puis, le couronnement d'Henri de Guise La répudiation de Catherine de Clèves, femme du duc. Le mariage de Guise avec la princesse Fausta. La conquête de l'Italie. La mort de Guise. Le règne de Fausta, seule maîtresse de la France et de l'Italie...

Voilà par quels degres elle se hausserait maintenant à la suprême puissance !... Et le premier échelon de cette progression, c'était un assassinat : tout cet échafaudage était bâti sur une mare de sang. En haut, la couronne. En bas, un poignard. Tout reposait sur le meurtre d'Henri de Valois !... Il fallait donc commencer par tuer le roi de France.

Fausta, ayant ainsi établi la marche nouvelle qui rendait immédiatement nécessaire la mort de Valois, raya de son esprit tout le passé, éteignit d'un souffle son rêve de souveraineté pontificale, convint avec elle-même que si elle ne pouvait régner sur la chrétienté elle devait régner sur les deux plus beaux pays du monde chrétien, et résolut d'agir à l'instant même.

Elle sauta à bas de son lit, s'assit devant une glace, chef-d'œuvre des fabriques de Venise, et pendant une heure, par des lotions réitérées, par le secours des fards auxquels elle recourait bien rarement, s'étudia à effacer de son visage ravagé jusqu'à la moindre trace de larmes, jusqu'au dernier vestige de souffrance, de fureur ou de désespoir.

Lorsqu'elle y fut parvenue, elle écrivit une lettre qui fut aussitôt portée à l'hôtel de Guise. Deux heures plus tard, le duc de Guise était au palais de Fausta.

— Je vous écoute, madame, dit le duc de Guise lorsqu'il eut pris place sur le fauteuil que Fausta venait de lui désigner. Mais avant de commencer ce grave entretien, car à la solennité du lieu où vous m'avez conduit, au ton de votre missive, à l'heure où il vous a plu de m'appeler, à votre physionom enfin, je pense que d'irrémédiables choses vont se dire ici avant donc que de commencer, princesse, peut-être serait il bon que je m'assure... que nous sommes bien seuls.

Et Guise, d'un regard, fouilla non seulement les coins d'ombre amassés au fond de la vaste salle presque funèbre dans sa somptuosité, mais aussi le visage de Fausta.

— Oui, dit celle-ci, vous vous souvenez d'un entretien que

vous avez eu avec la reine Catherine où vous vous êtes cr[...]
bien seul, où vous avez dit tout ce que vous aviez sur le cœur..[...]
et vous pensez que peut-être, moi aussi, j'ai aposté derrièr[...]
un rideau quelque Sixte qui recueillera vos paroles.

Guise protesta du geste.

— Rassurez-vous, reprit gravement Fausta. Nous somme[...]
ici sous le regard de Dieu qui seul peut nous voir et nou[...]
entendre...

— Peste ! pensa Pardaillan, me voilà promu au rang d[...]
divinité, puisque je suis seul ici à regarder et à écouter l..[...]
Eh bien, soit ! Jouons de notre mieux le rôle que nous at[...]
tribue cette noble dame !...

— Monsieur le duc, continua Fausta, lorsque, voici troi[...]
ans de cela, vous vîntes à Rome pour implorer l'assistanc[...]
de Sixte-Quint, Sa Sainteté vous donna sa bénédiction..[...]
moi je vous donnai deux millions en vieil or un peu brun[...]
par le temps, mais qui n'en avait pas moins cours... Vou[...]
me demandâtes alors ce que je voulais en échange et je vou[...]
répondis : Plus tard, vous le saurez !...

— C'est vrai, dit Guise en s'inclinant et ma reconnais[...]
sance...

— Ne parlons pas de reconnaissance, duc ; parlons de no[...]
intérêts, des miens, des vôtres... Je continue. A notre deu[...]
xième entrevue, vous m'exposâtes vos espérances, ou du[...]
moins, à travers vos réticences, je parvins à comprendr[...]
quelle noble et haute ambition vous portiez dans l'esprit, e[...]
quel tourment vous rongeait depuis de bien longues années[...]
Vous vouliez être roi !...

Guise pâlit et jeta autour de lui des regards inquiets.

— Nous sommes souls, reprit Fausta non sans une pointe de
dédain et d'impatience. Donc, vous vouliez être roi. Et vous
n'osiez pas !... Vous aviez la Ligue, mais la Ligue était faible, la Ligue ne demandait pas un changement de dynastie,
mais seulement une autre Saint-Barthélemy... Ce que vous
n'osiez pas faire, je l'ai fait !... Tous ces fils ténus de la Ligue
je les ai rassemblés. J'ai jeté mes agents sur la France. Pen
dant un an et demi, je vous ai montré les progrès de l'œuvre
qui s'accomplissait, et comment on prépare une tempête capable de broyer un trône. En même temps, je vous montrais
ce que coûtait chaque homme, chaque dévouement, chaque
pensée acquise ; en sorte qu'avec les deux millions que je
vous ai remis à Rome, vous savez maintenant que vous m'êtes
redevable de dix millions...

— C'est vrai, dit Guise en passant une main sur son front.

— Par dix fois, par vingt fois, vous m'avez demandé ce
que j'exigeais en retour. Et je vous ai répondu : Vous le saurez plus tard !... Ce long et pénible travail a porté ses fruits,
monsieur le duc : la journée des Barricades est mon œuvre.

alois s'est enfui. Et si vous n'êtes pas déjà sur le trône, ce
n'est pas ma faute... c'est la vôtre !...

— C'est encore vrai, dit le duc en frémissant.

— Après la fuite d'Henri de Valois, reconnaissant que
vous me deviez votre magnificence, votre victoire et votre
future couronne, vous m'avez encore demandé quel était mon
but et ce que j'attendais de vous. Je vous ai répondu : Vous
le saurez quand l'heure sera venue... Monsieur le duc, l'heure
est venue !

— Ah ! ah ! fit le duc, tranquillement, d'un air qui voulait
dire : C'est donc devant la créancière que je me trouve ? Eh
bien, j'aime mieux cela ! Car, Dieu merci, je connais l'art
d'expédier une dette !

Fausta comprit peut-être. Mais elle n'en laissa rien voir.
Seulement un sourire plus livide glissa sur ses lèvres, pareil
à ces reflets de foudre qui, dans la nuit, illuminent parfois
les vitres d'une fenêtre. De son côté, le duc de Guise sentit
que sa manière d'accueillir l'ouverture de celle qui l'avait
tant et si puissamment aidé était peut-être dangereuse, car il
reprit, sans conviction :

— Demandez-moi ma vie, madame, je serai heureux de
vous l'offrir.

— Votre vie, duc, vous est à vous trop précieuse et me serait à moi de trop peu d'utilité. Gardez-la donc...

Guise se mordit les lèvres.

— Ce que j'ai à vous demander en revanche de tout ce que
j'ai fait pour vous, continua Fausta, pourra vous sembler
plus difficile à donner que votre vie. Aussi, comme vous pourriez me refuser la seule chose à laquelle je tienne, je vais
d'abord vous démontrer qu'il vous est impossible de me la
refuser...

— Je vous écoute madame ! dit Guise avec une sourde inquiétude. Mais cette chose...

— Vous avez noblement patienté des mois et des années
pour la savoir... vous pouvez bien patienter quelques minutes. Voici d'abord mes preuves. Vous voulez être roi. Pour
cela, il faut : d'abord que le roi régnant meure ; ensuite que
vous puissiez écarter le prétendant naturel et légitime, qui
est Henri de Bourbon, roi de Navarre ; enfin, que vous puissiez éviter une guerre civile et régner avec l'assentiment des
parlements de Paris et des provinces. Tout cela est-il juste ?

— Parfaitement juste, madame ! dit le duc d'une voix altérée. Vous avez le raisonnement en coup de hache...

Fausta daigna sourire et continua :

— Je vais vous prouver, monsieur le duc, qu'aucun de ces
événements ne peut arriver que par mon assentiment exprès
et que si je le veux, vous ne serez pas roi de France ; que si
je le veux, vous serez traité comme rebelle et soumis au châtiment qui frappe les rebelles en ce beau pays de France...

— Je disais bien, madame, balbutia Guise devenu livide,
que vous raisonnez à coups de hache !... Seulement cette fois
c'est à la hache du bourreau que vous en appelez et elle est
double ! tranchant, prenez-y garde !

Fausta secoua la tête d'un air de suprême dédain.

— Je reprends point par point, dit-elle de cette voix in-
flexible et métallique qui justifiait si bien la comparaison de
Guise Nous disons qu'il nous faut d'abord la mort du roi régnant... Eh bien, si je veux, Henri de Valois ne mourra pas !
En effet, si je ne leur donne pas contre-ordre, deux cavaliers
vont partir à la pointe du jour, l'un pour Blois, l'autre pour
Nantes. Je vous le répète, ces deux cavaliers, si je ne les vois
pas moi-même cette nuit, si je ne leur retire pas leurs mis-
sives, seront en route dans quelques heures Le premier porte
au roi de France la preuve que vous le voulez assassiner...

Guise grinça des dents ; et si son regard eût pu foudroyer
Fausta, elle fût tombée à l'instant.

— Le deuxième, poursuivit Fausta imperturbable, est à destination de Nantes où se trouve le roi de Navarre avec douze mille
fantassins, six mille cavaliers et trente canons. Ma dépêche le
prévient de vos intentions et lui prouve qu'il n'y a qu'un
moyen pour lui conserver la couronne à la mort d'Henri III
C'est de s'unir au roi de France et de marcher avec lui sur
Paris. M. le duc, combien avez-vous d'hommes et d'argent
pour résister aux deux armées combinées ?...

— Forte ! Très forte ! grommela Pardaillan qui ne perdait
ni un mot, ni un geste, ni un battement de paupières.

Quant au duc, un abîme soudain ouvert sous ses pieds ne
lui eût pas donné le vertige d'épouvante et de rage qu'il éprouvait à ce moment. Il souffla, et, péniblement, murmura :

— Mais, madame, en vérité, je crois que vous me menacez...

— Pas du tout. Je vous donne mes preuves. Supposons
maintenant Valois supprimé par un de ces accidents que la
Providence met parfois sur la route des rois... et des préten-
dants. Supposons aussi qu'Henri de Navarre ne bouge pas.
Bref, vous n'avez qu'à vous laisser couronner... si toutefois
vos droits sont établis...

— Il le sont ! dit vivement Guise en se raccrochant. Ils le
sont par les preuves qu'a accumulées François de Rosières
dans son livre...

— Livre dont j'ai payé l'impression sur deux cent mille
exemplaires, livre qui a été répandu dans tout le royaume par
mes agents...

— C'est vrai, madame, balbutia le duc.

— Donc vos droits ont été répandus par deux cent mille
exemplaires du livre de l'archidiacre Rosières.

— Que nul ne peut contester !...

— Nul en effet... excepté l'archidiacre lui-même, dit tranquillement Fausta.

Guise pâle comme la mort regarda fixement Fausta. Cette fois le coup était si rude qu'il en chancelait et qu'il n'osait même pas demander l'explication de ces paroles... Fausta, sans se lever, allongea le bras vers une table placée près d'elle et y prit un mince volume qu'elle tendit à Guise en disant :

— Voici, monsieur le duc, un livre nouveau de messire François de Rosières, archidiacre de Toul. Comme vous pouvez vous en rendre compte. la digne ecclésiastique y fait renonciation complète à ses erreurs, demande pardon à Dieu de s'être laissé suborner par vous, et reprenant l'un après l'autre les arguments qu'il a entassés en votre faveur, les détruit... plus facilement, il faut l'avouer, qu'il ne les a échafaudés... Ah ! monsieur le duc, il est toujours plus commode de défaire que de créer !..

Guise, plongé dans une stupeur qui tenait de l'épouvante feuilletait le volume d'une main tremblante.

— Il y a, continua Fausta, trente mille exemplaires de ce livre à Paris, quinze mille à Lyon. autant à Toulouse, cinq mille à Orléans, Tours, Angers, Rennes... partout, monsieur, il y en a partout !... Au total, quatre cent mille exemplaires dans le royaume. Que je dise un mot, et tous ces volumes sortiront des caves où ils attendent le jour .. et la lecture

Guise jeta violemment sur le parquet le livre qu'il tenait à main, et se levant se mit à marcher à grands pas dans la direction de la baie derrière les rideaux de laquelle se trouvait Pardaillan. Le Balafré était sombre. La cicatrice paraissait sanguinolente dans son visage livide. Et de ses yeux jaillissait une telle flamme qu'il était évident qu'une pensée de meurtre hantait cette tête violente.

— Oh ! oh ! murmura Pardaillan, je ne donnerais pas un denier de la vie de la belle Fausta... si je n'étais là !... Mais je suis là, et je ne veux pas qu'on me la tue...

A tout hasard, il se prépara et, la dague au poing, attendit le moment d'intervenir.

Pendant cette seconde terrible où Fausta comprit parfaitement que sa vie ne tenait qu'à un fil. elle ne fit pas un mouvement... Elle jouait à cette minute son va tout Dompter le duc... ou mourir. il n'y avait pas d'autre alternative pour elle dans la situation désespérée où la plaçait sa défaite du matin. Dans le palais désert. abandonné, quelques femmes, quelques laquais... personne dont elle pût ou voulût attendre un secours.

Guise parvint jusqu'aux grands rideaux de velours, et Pardaillan sentit sur son visage le souffle rauque de cet homme qui débattait en lui-même la mort de Fausta. Mais sans doute le Balafré comprit qu'en tuant Fausta, il se tuait lui-même ; car ayant fait demi-tour, et étant revenu à elle, il s'assit à la place qu'il occupait et gronda·

— Vous me traitez un peu durement, madame et les précautions que vous avez prises contre moi m'enlèvent tout le plaisir que j'aurais eu à m'acquitter de bon cœur envers vous. Mais venons au fait... que voulez-vous? que demandez-vous? ..

— Mes preuves vous semblent-elles suffisantes? dit Fausta. Vous ai-je bien convaincu que si je retire cette main qui vous a guidé, qui seule vous soutient, vous n'êtes pas roi . vou n'êtes plus rien... qu'un rebelle?...

— C... frémit le Balafré avec une sorte d'abattement et d'humiliation.

— Rien, dis. Et maintenant que je vous ai montré l'abîme où vous tomberez si vous cessez de vous appuyer sur *la main que je vous offre*, je vais vous montrer la gloire éblouissante qui vous attend si nous unissons à jamais nos forces... Dès le lendemain de la mort de Valois, Alexandre Farnèse entre en France.

— Farnèse! fit le duc en tressaillant.

— C'est-à-dire l'armée qui devait débarquer en Angleterre et qui, l'Invincible Armada étant détruite, attend des ordres du roi d'Espagne... à moins que je n'envoie, moi, les miens à Farnèse...

L'œil de Guise étincela.

— Je crois que nous commençons à nous entendre, dit Fausta. Donc, Valois mort, Farnèse vous apporte son épée appuyée de cinq mille lances, douze mille mousquets, dix mille estramaçons de cavalerie, et soixante-dix canons... ce qui, joint aux troupes royales dont vous devenez seul chef, vous constitue l'armée qui vous permet de vous emparer du roi de Navarre Henri de Béarn pris et... exécuté comme fauteur d'hérésie, vous gagnez les chefs huguenots en leur promettant quelques privilèges... Alors vous êtes à la tête de la plus formidable armée de l'Europe!... Alors vous allez à Reims vous faire couronner dans la vieille basilique!... Alors, par une simple marche triomphale, vous pacifiez le royaume!.. Alors enfin vous franchissez les monts. Mantoue, Vérone, Venise, Bologne, Milan, Turin, et enfin Rome tombent en votre pouvoir! Ce que n'ont pu faire ni Louis XI ni François Iᵉʳ, vous l'accomplissez; un vaste empire devient votre domaine.. Puis, par un retour foudroyant, nous traversons la France, nous marchons sur les Flandres et les Pays-B.. vous êtes un potentat plus formidable que Charles-Quint, vous reconstituez l'empire de Charlemagne et d'un froncement de sourcils vous faites trembler le monde moderne.

Guise haletant, Guise, transporté, ébloui, fasciné, prêt

à s'agenouiller devant cette femme qu'il rêvait de poignarder quelques minutes avant, Guise s'écria :

— Pardon !... oh ! pardon !.. Je vous ai méconnue !... Et
pourtant vous avez accompli déjà de grandes choses !...
Mais j'avais un bandeau sur les yeux... je ne vous voyais
pas comme je vous vois ! Vous êtes bien la souveraine non
seulement par la redoutable puissance occulte dont vous
disposez, mais par le génie, par la pensée, par la volonté qui
sont les armes des grands conquérants, comme le poignard
est l'arme des simples soldats comme moi !...

A ces mots, le Balafré jeta sa dague, s'agenouilla, courba la
tête et dit :

— Ordonnez, je suis prêt à obéir !..

Ce rêve éblouissant que Fausta venait de faire miroiter à
ses yeux, il était certes capable de le réaliser s'il en avait les
moyens, c'est-à-dire l'armée et l'argent. Il n'avait pas
seulement le courage et l'audace, il avait encore sur un champ
de bataille la sûreté du coup d'œil, la promptitude de la
décision, l'habileté du dispositif. Il avait bien toutes les
qualités ou tous les vices du *conquistador*. Chef d'État, chef
d'armée, il eût, dans une ruée à travers l'Europe, égalé ceux
que l'histoire appelle des génies conquérants. Seulement, il
lui manquait cet État, il lui manquait cette armée. Et il
n'était pas capable de se le créer : là s'arrêtait son génie...

Il y a ainsi par le monde des gens à qui il n'a manqué que
les cent mille francs de départ pour être de prodigieux
remueurs d'argent. Il y a des gens à qui il n'a manqué
qu'une armée pour être de grands remueurs de sang. Guise
était de ceux-là. Fausta le complétait. Fausta lui ouvrait
l'horizon, démolissait la barrière où il était enfermé comme
un fougueux étalon, et lui disait : Tu es libre maintenant de
dévorer l'espace en culbutant de ton vigoureux poitrail ceux
qui voudraient t'arrêter en route !...

— Duc, répondit Fausta en acceptant l'hommage du
Balafré avec cette sérénité majestueuse qui lui était particulière, duc, ce n'est pas votre obéissance que je vous demande.
Je vous ai indiqué les grandes choses que vous pouvez
accomplir, je vous ai montré que sans moi vous n'êtes rien,
qu'avec moi vous êtes maître de l'Europe...

— Que voulez-vous donc ? dit le duc en se relevant.

— Votre nom ! répondit Fausta.

— Mon nom !...

— La moitié de votre puissance. La moitié de votre gloire.
M'asseoir près de vous sur le trône où vous allez prendre
place ! Être enfin la reine comme vous allez être le roi !..
Écoutez-moi : vous avez, il me semble, des motifs de répudier
Catherine de Clèves... puisqu'elle vit encore !... Il vous
faut un mois pour obtenir cette répudiation... Dans les huit
jours qui suivent, notre mariage sera célébré. Et c'est moi,

duc, qui établirai le contrat que vous aurez à signer...

— Votre mariage ! balbutia le duc.

— Le lendemain de notre mariage, continua Fausta, nous partons pour Blois... le reste me regarde... tout le reste me regarde... Tout le reste, duc, jusqu'au jour où placé à la tête de la triple armée de Farnèse, d'Henri III et d'Henri de Béarn vous prendrez le chemin de l'Italie en laissant la régence à la reine de France couronnée comme vous... sacrée comme vous... à jamais liée à vos intérêts, à votre ambition et à votre gloire !

Fausta s'arrêta un instant, puis acheva sur un ton qui donna le frisson à Guise :

— Duc, je vous donne trois jours pour vous décider...

Le Balafré répondit :

— La réflexion est toute faite, madame !...

Fausta ne put s'empêcher de tressaillir. Car ce mot, elle l'espérait ardemment. Le duc de Guise s'était incliné. Il saisit une main de Fausta, la porta à ses lèvres avec cette grâce altière qui faisait dire qu'il était roi par l'élégance parmi les rois par naissance :

— Duchesse de Guise, dit-il reine de France, recevez l'hommage de votre époux, de votre roi qui ne veut être que le premier de vos sujets...

— Duc répondit simplement Fausta, j'accepte l'engagement que vous prenez par ces paroles. Allez donc, et dès le jour venu, prenez vos dispositions pour que vous soyez libre d'unir votre destinée à la mienne.

Étourdi, fasciné... réellement dompté par cette simplicité autant qu'il l'avait été par les menaces et par les promesses, Guise s'inclina de nouveau très bas. Puis il s'enveloppa de son manteau, et des yeux parut chercher un valet pour le reconduire jusqu'à la porte. Fausta s'était levée ; elle saisit un flambeau et se mit à marcher devant le Balafré.

— Que faites-vous, madame ? s'écria Guise

— C'est un privilège royal que d'être éclairé par le maître de la maison, répondit Fausta. Vous êtes le roi : je vous montre le chemin, sire !

Guise enivré se mit à suivre en silence, admirant la dignité, la grâce et la majesté de cette sirène, et il convint en lui-même que jamais le trône de France n'aurait été occupé par une créature plus vraiment reine par la beauté, l'attitude et la pensée.

Mais en accompagnant le duc de Guise, Fausta avait une autre idée que celle de lui rendre un royal hommage. En arrivant dans le vestibule, elle posa son flambeau sur un meuble. Elle fit signe à un laquais d'ouvrir la porte, et se tourna alors vers Guise comme pour prendre congé. Guise tressaillit... Il comprit qu'il allait apprendre quelque nouvelle...

— Adieu, monsieur le duc, dit Fausta. Mais avant votre

départ, je serais heureux de savoir ce qu'est devenu l'homme
qui a été poursuivi aujourd'hui...

— Pardaillan !...

— Oui !.. Pardaillan !...

— Il est mort. dit Guise.

Fausta ne pâlit pas. Aucun signe extérieur ne témoigna
chez elle d'une émotion quelconque.

— Cet homme a mérité son châtiment, dit-elle.

Guise franchissait la porte, et déjà faisait signe à ses gens
de lui approcher son cheval. Alors Fausta, avec la même
simplicité, ajouta :

— Il a d'autant plus mérité la mort qu'aujourd'hui même,
sous mes yeux, il a tué d'un coup de dague au cœur une pauvre jeune fille innocente.. une chanteuse... une bohémienne
nommée Violetta...

Et la porte, à cet instant, se referma !... La porte de fer
séparait maintenant ces deux êtres : Fausta et Guise. Mais
s'ils avaient pu se voir, peut-être eussent-ils eu pitié l'un de
l'autre.

— Pardaillan est mort !

— Morte !... Violetta morte !..

Ces deux pensées de douleur palpitèrent ensemble. Et tandis que Fausta, accablée par cette mort qu'elle avait pourtant voulue, regagnait en chancelant sa chambre à coucher,
le duc demeurait devant la maison comme frappé d'un coup
de foudre.

— Monseigneur, fit quelqu'un en le touchant au bras.

Un sanglot déchira la gorge du Balafré. Il releva la tête et
vit que son escorte s'était approchée. Sans prononcer un
mot, il se mit en selle, et prenant la tête de la petite troupe,
se dirigea vers l'hôtel de Guise.

— A-t-on retrouvé le corps de Pardaillan ? demanda-t-il à
Maineville lorsqu'il eut regagné son appartement.

— Non, monseigneur ..

— Tant pis ! dit le duc d'une voix étrange.

Et il s'enferma dans son cabinet pour y travailler, dit-il.
Mais lorsque son valet de chambre pénétra chez lui le lendemain, il constata que Monseigneur ne s'était pas couché,
qu'il était fort pâle et qu'il avait les yeux rouges.

XXI

La lettre

Le duc avait passé la nuit, les coudes sur la table devant
laquelle il s'était assis, la tête dans les deux mains. Au bruit

que Et le serviteur, il se réveilla de cette longue torpeur et vit qu'il faisait grand jour. Alors il se leva, et les yeux fixés sur une image qui flottait sans doute devant lui :

— Adieu, murmura-t-il, adieu, Violetta, jeunesse, amour!... Tout cela est mort!... Pensées d'amour et de jeunesse, éteignez-vous comme ces flambeaux, évanouissez-vous, et laissez la place aux rêves d'ambition!... Le duc de Guise amoureux de la petite bohémienne n'est plus... Guise le conquérant, Guise roi de France et empereur, à l'œuvre! Et puisqu'il faut commencer par marcher sur un cadavre pour marcher à la gloire et à la puissance, allons préparer la mort de Valois!...

Il fit ouvrir les portes de son cabinet, et la foule de ses gentilshommes y entra.

— Messieurs, dit le Balafré d'une voix forte, Sa Majesté le roi a convoqué les États Généraux. Le clergé, la noblesse et la bourgeoisie ont envoyé à Blois leurs députés qui déjà ont commencé les conférences. Il me semble donc que notre place est non pas à Paris, mais à Blois, où de grands événements nous attendent peut-être. A cheval, donc, messieurs, nous partons dans une heure!...

Les courtisans se retirèrent, empressés, pour faire leurs préparatifs de départ. Le duc s'assit alors et écrivit la lettre suivante :

« Madame,

« Vous m'avez si bien convaincu que je ne veux pas attendre une minute pour commencer l'exécution de l'admirable plan que vous m'avez développé. Ce n'est donc ni dans un mois ni dans huit jours que je me rendrai à Blois. J'y vais tout de ce pas. C'est donc à Blois même que j'aurai l'honneur de vous attendre, afin de hâter ces deux événements que je souhaite avec une égale ardeur : la mort de qui vous savez, et l'union des deux puissances que vous connaissez. — Henri, duc de Guise... pour le moment. »

Guise cacheta sa lettre, et regardant autour de lui, ne vit que Maurevert.

— Tiens! fit-il avec une rude ironie, vous êtes là, vous?

— Monseigneur, dit Maurevert en s'inclinant, vous m'avez ordonné qu'en dehors des missions qu'il vous plairait de me confier, je me tienne constamment près de vous...

Guise baissa la tête.

— Oui, oui, gronda-t-il en lui-même, j'étais jaloux... Il n'y a plus de motif, reprit-il tout haut et en dardant son regard sur Maurevert. Vous êtes libre, mon cher. Et savez-vous pourquoi?...

— J'attends que monseigneur me l'apprenne.

— Maurevert, je vous ai envoyé à Blois. Savez-vous pourquoi?

— Je m'en doute. Blois est loin de l'abbaye de Montmartre, n'est-ce pas, monseigneur ?

— C'est vrai ! dit Guise en pâlissant.

— Plus de soupçons ! dit Guise avec un dernier soupir à l'adresse de celle qu'il croyait morte. Et je vous le répète, Maurevert, vous reprenez votre service ordinaire. Vous êtes libre d'aller, de venir...

— Vous me voyez tout heureux d'avoir reconquis la confiance de mon maître...

— Oui, mais je ne vous ai pas dit pourquoi !... Maurevert, si je n'ai plus de soupçons, si vous êtes libre d'aller à Montmartre à votre convenance... c'est que .. elle n'est plus !...

Le visage de Maurevert n'exprima que de l'étonnement et non cette douleur que le duc attendait.

— Monseigneur veut parler de la petite chanteuse ? fit Maurevert.

— Elle est morte, te dis-je !...

— Ah ! ah !.. s'écria Maurevert de plus en plus étonné, mais sans donner le moindre signe de regret.

Guise alla à lui, et lui mettant la main sur l'épaule :

— Allons, allons, je te fais réparation, Maurevert ! Je vois que j'avais été injuste...

— Monseigneur me comble !... Ainsi cette bohémienne...

— Morte !.. fit Guise en étouffant un sanglot. Morte, mon ton ami !.. assassinée par l'infernal Pardaillan...

— Ah ah ! répéta Maurevert stupéfait.

— Heureusement, le coupable est puni... son corps servira de pâture aux poissons... mais ce n'est pas ainsi que j'eusse voulu le frapper... la mort est trop douce pour lui...

— Hum !... grogna Maurevert.

— Que dis-tu ?...

— Je dis, monseigneur, que malgré toutes les recherches, le corps de Pardaillan n'a pas été retrouvé Or, tant que je ne l'aurai pas vu mort de mes yeux, tant que je ne l'aurai pas enterré de mes mains, je m'attendrai toujours à voir le truand reparaître au moment où on l'attendra le moins...

— Je donnerais cent mille livres pour que tu ne te trompes pas !

— Et moi j'en donnerais deux cents, si je les avais... mais je ne les ai pas, bien que monseigneur me les ait promises...

— Tu les auras avant peu !

— Eh bien je les donnerais volontiers pour être sûr de me tromper.

— La peur que cet homme t'inspirait te fait radoter, mon pauvre ami. Mais n'y pensons plus. Prends cette missive.

Maurevert prit la lettre que Guise venait de cacheter.

— Au palais de la Cité, le plus tôt possible, dit le duc. Et qu'elle ne sorte pas un instant de tes mains !

— Monseigneur, je place votre lettre dans mon pourpoint,

vous voyez.. je saute à cheval, et dans un quart d'heure la
missive sera à son adresse...

Le duc approuva d'un signe de tête. Quelques instants
plus tard, Maurevert sautait en selle, et Guise l'ayant vu s'é-
lancer au galop, murmura comme jadis César :

— *Alea jacta est!*...

Maurevert, dès qu'il ne fut plus en vue de l'hôtel, passa
du galop au trot, et du trot au pas.

— Imbécile! gronda-t-il, tandis qu'un double éclair de
haine jaillissait de ses yeux. Monseigneur me rend sa confiance!... Vraiment!... Et tout est dit!... Il oublie les humi-
liations dont il m'a abreuvé! Et je dois les oublier aussi,
puisqu'il me rend sa confiance!... Ah! si j'étais sûr que Pardaillan soit mort!... Tu ne me reverrais plus, Guise! ou du
moins tu ne me reverrais que si je pouvais te rendre d'un
coup le mal que tu m'as fait!... mais s'attaquer à un duc de
Guise!... Diable!... Allons, soyons sage!...

Tout en grommelant ainsi, Maurevert gagnait non pas la
Cité, où il eût dû se rendre directement, mais son propre logis, où il ne tarda pas à arriver. Ayant mis son cheval à l'é-
curie, il monta à son appartement, s'enferma à double tour,
tira les rideaux de la fenêtre, plaça une serviette devant la
serrure de la porte, alluma un flambeau, et saisissant la lettre destinée à Fausta, se mit à l'examiner en la tournant en
tous sens.

Alors, il commença à se livrer à un singulier travail au
moyen d'une pince légère et d'un couteau à lame très fine,
instruments qu'il avait dû employer plus d'une fois, car il
les manipulait avec adresse. Au bout de cinq minutes de travail, la lettre était ouverte, le cachet intact.

Maurevert la lut et la relut vingt fois, d'abord avec une
grimace désappointée, puis avec un battement de cœur, puis
avec la sourde joie de l'homme qui a déchiffré une énigme...
Il avait compris!...

Alors, Maurevert commença à se livrer à une autre opération : il recopiait la missive, lettre par lettre, recommençant
dix fois sa copie, jusqu'à ce qu'enfin il eût obtenu une imita-
tion parfaite de l'écriture de Guise. Puis il brûla les mauvaises copies et écrasa de son pied les cendres légères qu'elles
faisaient. Puis, après un travail qui amena à son front de
grosses gouttes de sueur, il finit par enlever le cachet de la
vraie lettre et l'adapta sur la fausse.

— Ceci pour Fausta! dit-il en recachetant la fausse lettre,
c'est-à-dire sa copie.

Puis avec un sourire livide, regardant la vraie lettre, celle
qui était de la main de Guise :

— Et ceci? . Pour moi?... Non, de par l'enfer!... Ce sera
pour le roi de France!

Alors, il cacha la missive de Guise dans une poche se-

cette _e sou_ pourpoint ; et tenant à la main la copie qu'il ve
nait de faire, descendit, sauta à cheval et se rendit tout droit
au palais de la Cité. Quelques instants plus tard, la fausse
lettr était entre les mains de Fausta...

Maurevert, alors, retourna à l'hôtel de Guise, où il apprit
que le duc et sa maison étaient en route depuis près de deux
heures. Maurevert partit à fond de train, et après trois heu
res de course, rejoignit la cavalcade et se mêla aux derniers
rangs. A l'étape, il se rapprocha de Guise qui l'interrogea du
regard.

— C'est fait, monseigneur ! répondit simplement Maurevert.

XXII

La route de Dunkerque

Pardaillan, après le départ de Fausta et de Guise, était demeuré à sa place, dans la galerie, assez abasourdi de ce qu'il
venait d'entendre.

— Mort-dieu ! songea-t-il, quel dommage que cette femme
soit pétrie de méchanceté ! Du courage, de grandes pensées,
une vaste ambition, une éclatante beauté.. quel admirable
type de conquérante ! C'est vrai qu'elle a une façon spéciale
de témoigner sa reconnaissance aux gens ! A peine l'ai-je ti-
rée des mains de Sixte qu'elle lance le Balafré à mes trousses...
Mais après tout...

Pardaillan en était là de ses réflexions lorsqu'il vit rentrer
Fausta dans la salle du trône.

— Ce serait le moment, pensa-t-il, de me montrer et de lui
reprocher la vilenie qu'elle a commise à mon égard !... Mais
que diable fait-elle ? .. Elle pleure ?... Pourquoi ?...

Fausta, en effet, était tombée sur un siège, le visage dans
les deux mains, et le bruit d'un sanglot parvenait au chevalier. En proie à une émotion étrange, Pardaillan allait peut-
être s'avancer, lorsque Fausta, relevant et secouant la tête
comme pour écarter à jamais les pensées qui l'assaillaient,
appela en frappant du marteau sur un timbre.

Un laquais parut aussitôt, s'avança jusqu'à quelques pas
de Fausta et se tint immobile. Alors Fausta se mit à écrire.
Sans doute ce qu'elle écrivait était grave et difficile à dire,
car souvent elle s'arrêtait, pensive.

La lettre était longue. Ce ne fut qu'au bout d'une heure que
Fausta la cacheta. Alors elle se tourna vers le laquais, ou du
moins l'homme qui semblait être un laquais.

— Où est le comte ?

— A son poste : près de la basilique de Saint-Denis.

— Faites lui parvenir cette lettre. Qu'il l'ait demain ma
à huit heures. Qu'il se mette aussitôt en route. Qu'il gagn
Dunkerque directement. Et qu'il remette la missive à Alexan
dre Farnèse.

Le laquais prit le pli cacheté et s'éloigna.

— Dites-lui, ajouta alors Fausta en le rappelant, dites-lui
qu'à son retour, s'il ne me trouve pas ici, il devra pousser
jusqu'à Blois...

L'homme disparut.

— Bon ! pensa Pardaillan. C'est la lettre qui ordonne à
Farnèse de tenir son armée prête à entrer en France pour que
M. le duc de Guise devienne empereur de l'Europe, de l'Afri-
que et autres lieux... Allons donc !...

Bientôt Fausta se leva et se retira. Puis, au bout de quelques minutes, un autre laquais parut, qui éteignit les flambeaux. Quelques bruits qui parvenaient encore à l'oreille de
Pardaillan s'arrêtèrent l'un après l'autre, et il fut évident que
tout dormait dans le palais.

Alors Pardaillan, sa dague à la main, se mit en route. Il
marchait au hasard, s'orientant au jugé, et avec une telle lenteur, de telles précautions qu'une demi-heure s'écoula entre
le moment où il quitta son poste d'observation et celui où il
parvint dans une pièce assez vaste qu'éclairait faiblement une
lanterne accrochée au mur. Pardaillan reconnut aussitôt cette
pièce. C'était le vestibule du palais Fausta.

Soit que la surveillance parût moins urgente dans le palais soit que les deux gardiens ordinaires eussent fait partie
de la bande qu'avait entraînée Rovenni, le vestibule était désert.

La porte que du dehors on eût été obligé d'enfoncer, était
au contraire facile à ouvrir du dedans. Les énormes verrous
qui la barricadaient, soigneusement entretenus, glissaient
bien et sans bruit ; en quelques minutes, Pardaillan eut ouvert la porte et se trouva dehors.

A ce moment la demie de minuit sonnait à Notre-Dame.
Pardaillan rajusta tant bien que mal la porte, non par scru-
pule, mais dans l'espoir que l'éveil ne serait pas donné trop
tôt, et alors, ayant poussé un large soupir de satisfaction, il
prit d'un bon pas le chemin de la rue Saint-Denis, c'est-à-dire
le chemin de la Devinière, où il arriva sans encombre.

L'auberge était fermée. Mais bien que tout y parût plongé
dans un profond sommeil, Pardaillan avait une manière à
lui de frapper. Et il paraît que cette manière était la bonne,
car au bout de dix minutes, une servante mal réveillée lui
ouvrit.

— A dîner ! fit le chevalier qui mourait de faim.

— Monsieur le chevalier, je tombe de sommeil, et la pauvre servante…

Pardaillan regarda la fille de travers. Mais ayant constaté que vraiment elle ne mentait pas :

— Eh bien, fit-il en souriant, va dormir, va. Seulement, dis-moi, mon lit est-il prêt ?

— Vous n'avez qu'à vous glisser dans les draps, monsieur le chevalier.

— Fort bien. Maintenant, écoute : te charges-tu de me réveiller à six heures du matin ?

— Oui-dà, puisque je me lève à cinq.

— Bravo ! Va donc dormir. Seulement si tu oublies de me réveiller, non seulement je te fais chasser par dame Huguette, mais je te coupe les cheveux, ras comme à une nonne, en sorte que ton amoureux, si tu en as un, te tournera le dos, et que si tu n'en as pas…

— J'en ai un ! s'écria la fille en riant. Mais soyez tranquille, monsieur, on sait assez les honneurs qui vous sont dus dans cette maison où vous êtes plus maître que la maîtresse…

Sur ces mots la malicieuse servante se sauva, laissant Pardaillan presque mécontent de sa générosité.

— Ça m'apprendra, grommela-t-il, à avoir pitié du sommeil d'une maritorne… Pauvre Huguette !… Voilà sa réputation en péril… Et pourtant !… Mais je vais enrager de faim et de soif…

Et le chevalier, pénétrant dans la cuisine, alluma deux flambeaux ; puis il se défit de son épée, ôta son pourpoint et sa casaque de cuir. Puis, comme il connaissait admirablement la maison, il descendit à la cave et en remonta avec deux bouteilles. Alors, il alla au bûcher et en revint avec un fagot qu'il jeta dans l'âtre et auquel il mit le feu. La flamme pétilla. Et dans les yeux de Pardaillan pétillait aussi une flamme de bonté, de bonne humeur et d'ironie.

— Si monseigneur le duc de Guise, si Fausta, Bussi-Leclerc, et Maineville… tous ceux qui courent et ont couru après moi pour me tuer, qui n'ont pas assez de pistolets, de rapières, de dagues et d'arquebuses pour me faire la chasse, qui mettent une armée sur pied pour me prendre mort ou vif, s'ils me voyaient, dis-je, en bras de chemise, allumant le feu et me préparant à faire sauter une omelette… j'entends d'ici leur éclat de rire… s'ils me voyaient saisir le manche de cet admirable poêlon, et remplir en toute conscience, je m'en vante, le rôle d'un bon cuisinier… oui, quel éclat de rire !…

Et Pardaillan, son poêlon à la main, se mit à rire… A ce moment, derrière lui, comme un écho éclata un autre rire…

— Hein ! s'écria Pardaillan qui se retourna prêt à sauter sur son épée.

Mais il se rassura aussitôt. Le rire était sonore, frais et clair. Et il ne pouvait sortir que d'une bouche jeune et aimée…

En effet, c'était Huguette qui, arrêtée sur le seuil de la cuisine, contemplait le chevalier en riant de tout son cœur.

— Je renverrai Gillette, dit-elle en s'avançant et en arrachant le poêlon des mains de Pardaillan.

— Ma chère amie, dit Pardaillan, c'est moi qu'il faut renvoyer en ce cas. Car c'est moi qui ai forcé la pauvre fille à aller dormir, dans la crainte que, à demi sommeillante comme elle était, elle ne laissât brûler l'omelette. Mais laissez-moi faire, et vous verrez...

— Asseyez-vous, dit Huguette. Ici, c'est moi qui commande.

En un tour de main, Huguette eut mis le couvert sur une petite table qu'elle approcha de la grande flambée de l'âtre. Quelques minutes plus tard, Pardaillan, avec ce bel appétit qu'il avait aussi robuste qu'à vingt ans, attaquait l'omelette que lui servait Huguette, et vidait le verre que la bonne hôtesse venait de lui remplir ras bord.

Ce fut un dîner complet. Un des meilleurs qu'eût jamais fait Pardaillan, qui en avait fait de si bons dans sa vie. La cuisine était toute claire de la flambée. Le repas était succulent. Le vin exquis. Sous la table ronflait Pipeau, le vieux chien de Pardaillan. L'hôtesse, en jupe courte, allait et venait, souriante... Jamais Pardaillan n'avait senti un tel bien-être l'envahir peu à peu...

Huguette le contemplait en souriant. Et certes, ce regard était à ce moment plutôt celui d'une amie, d'une sœur, que d'une amante. Huguette avait bien pu, dans une terrible circonstance, laisser échapper le secret de son amour. Mais le calme revenu, la paix solidement établie pour longtemps, du moins cela lui semblait ainsi, elle redevenait ce qu'elle était en réalité, c'est-à-dire la bonne hôtesse.

Que demandait Huguette, en effet ? Pas autre chose que de voir le chevalier s'installer dans son auberge. Le voir tous les jours, tranquille, heureux, paisible, le servir, le soigner comme un enfant, cela lui semblait le plus joli rêve qu'elle pût faire, et elle n'avait pas d'autre prétention. Seulement, ce rêve ouvrait la porte à d'autres rêves...

Qui savait si un jour le chevalier ne serait pas guéri de cet amour qu'il portait au cœur et qu'elle respectait, elle, avec une piété d'autant plus sincère et avec d'autant moins de jalousie que l'objet de cet amour n'existait plus ! Quant à la distance qui pouvait séparer Pardaillan gentilhomme, de Huguette hôtesse d'auberge, le chevalier, par son attitude, par ses paroles, par son amitié, avait eu soin de l'effacer lui-même.

Mais pour le quart d'heure, l'amour d'Huguette ne se traduisait qu'en dévouement. Et c'est ce dévouement humble dans son apparence, absolu dans le fait, qu'exprimait son beau regard tandis qu'elle contemplait le chevalier.

— Savez-vous, ma chère Huguette, dit Pardaillan, que votre auberge est un véritable paradis?... Voici que je commence à me rouiller quelque peu... je suis las de la vie d'aventure ..

— Ah ! monsieur le chevalier, fit Huguette en soupirant. si cela était !...

— Et cela est, pardieu ! De vrai, le harnais commence à me peser ; toujours à cheval, toujours par monts et par vaux, par la pluie, par le vent par le soleil, ne jamais savoir le matin où l'on couchera le soir, eh bien à la longue, cela devient fatigant... je me fatigue, Huguette, je me fatigue !

— Que ne vous reposez-vous? s'écria Huguette palpitante de joie. L'auberge est bonne, l'hôtesse pas méchante : restez-y. Pour vous, monsieur, le meilleur lit de la maison sera toujours prêt, comme le meilleur jambon et la plus vieille bouteille. L'hiver, au coin d'une bonne flambée, il est doux de se reposer, tandis que la neige blanchit la chaussée et que le vent fait grincer les enseignes . Vous me raconterez vos aventures... Vous me direz : J'étais là... voici ce qui m'advint. . Je vous écouterai, et à vous entendre, je croirai parcourir le monde en croupe de votre cheval de guerre : et vous à raconter, vous croirez recommencer votre vie. .

— Ah ! Huguette, malgré le bon dîner que vous venez de m'octroyer, vous m'en faites venir l'eau à la bouche !..

— Si vous dites vrai, monsieur le chevalier, vous comblez mes vœux... Eh ! mon Dieu, ai-je besoin de vous le dire?

— Je sais, fit doucement le chevalier. Vous êtes non seulement la bonne hôtesse, mais le cœur le plus tendre, la femme la plus charmante. Savez-vous que vous êtes poète, ma chère ?...

— Moi !...

— Vous !... Vous venez de me tracer un tableau d'intérieur qui devrait faire pleurer de tendresse un vieux loup comme moi. Oui, Huguette, je vous assure que vous m'avez ému, à tel point que j'aurai toutes les peines du monde à reprendre le collier et à me mettre en selle demain matin !

— Demain matin ! murmura Huguette qui pâlit et baissa les yeux.

— Il faut qu'à sept heures je sois à Saint-Denis... j'ai envie de visiter la basilique où dorment nos vieux rois...

— Ah ! monsieur le chevalier, fit Huguette dont les beaux yeux tendres se remplirent de larmes, vous m'avez trompée... vous me laissiez espérer... c'est mal... vous reprenez la campagne!...

— Eh bien, oui, mon enfant, c'est vrai ; mais écoutez-moi. Je suis obligé, pour mon honneur et aussi pour autre chose... pour une vieille dette à régler... je suis obligé de reprendre campagne. Mais j'espère que cette campagne sera courte... Et puis... si j'en reviens, si le besoin de repos se fait sentir, si je suis debout encore après ce que je vais entreprendre, je vous promets de ne pas chercher gîte ailleurs qu'à la *Devinière*. Vous savez bien, Huguette, ajouta-t-il plus doucement, que vous êtes tout ce que j'aime au monde, maintenant. Vous êtes mon passé, ma jeunesse... ici, mon père a vécu... ici, j'ai... mais voici que je me laisse entraîner par le charme du tableau que vous m'avez fait entrevoir et il faut que demain matin à six heures je sois debout...

— Bonsoir, monsieur le chevalier, fit tristement Huguette.

— Bonsoir, ma chère hôtesse... dit gaiement le chevalier.

Quelques instant plus tard, Pardaillan était couché. Il donna un dernier souvenir à la bonne hôtesse et s'endormit paisiblement sous la protection de cette amie, sachant bien qu'à six heures son cheval aurait eu l'avoine, que sa rapière serait fourbie, et ses vêtements en bon ordre.

A six heures, en effet, la servante réveilla Pardaillan qui commença par aller seller et brider son cheval, puis déjeuna d'une tranche de pâté et d'une demi-bouteille de vin, puis fit ses adieux à Huguette en lui répétant qu'il viendrait vieillir au coin du feu de la *Devinière*. Puis il se mit en selle devant le perron de la *Devinière*. Huguette lui offrit le coup de l'étrier et, le regardant s'éloigner, demeura sur le perron aussi longtemps qu'elle put le voir.

— Le reverrai-je jamais? murmura-t-elle en rentrant dans l'auberge.

Un peu après sept heures, Pardaillan s'arrêtait près de la basilique de Saint-Denis, attachait son cheval à un anneau, et pour ne pas se faire remarquer entrait dans un bouchon d'où il se mit à surveiller attentivement la route.

A sept heures et demie, il vit arriver un cavalier venant de Paris, cavalier armé en guerre, et ayant toute la tournure d'un gentilhomme. Il le reconnut à l'instant. C'était le laquais à qui Fausta avait remis la lettre destinée à Alexandre Farnèse.

Le cavalier s'arrêta comme s'était arrêté Pardaillan. Ayant mis pied à terre à une centaine de pas du bouchon, il entra dans une maison où il resta près d'une demi-heure. Puis il sortit, se remit en selle et reprit le chemin de Paris.

— Bon, pensa le chevalier, voici la lettre entre les mains du messager. Attendons le messager!

Toute cette manœuvre, naturellement, s'était accompli sans que le cavalier venu de Paris eût eu l'air de songer à se cacher un seul instant. En effet, il ne pouvait guère supposer qu'on l'épiait.

Dix minutes après son départ, la porte charretière de la maison s'ouvrit, laissant le passage à un homme qui sortit tout à cheval et prit au pas la route de Dammartin. Il passa devant le bouchon à l'anneau auquel était attachée la monture de Pardaillan. Le chevalier sortit aussitôt, sauta en selle, et se mit à suivre de loin le cavalier.

— Le messager qui va à Dunkerque, songea-t-il. Celui que Fausta appelle le comte. Comte, bon ! Mais comte de quoi ?... Je voudrais bien savoir son nom... bah ! je m'en passerai !...

Le cavalier se mit au trot ; Pardaillan prit le trot, tout en se maintenant à distance. Cependant le cavalier ne paraissait pas très pressé. Il suivit d'un bon trot le chemin mal entretenu, souvent défoncé, et ressemblant à nos routes nationales comme le cocher peut ressembler au train rapide.

A un moment, cet homme s'aperçut sans doute qu'il était suivi ; mais au lieu de piquer son cheval, il s'arrêta court. Pardaillan s'arrêta. Le cavalier repartit au galop pour passer au trot quelques instants plus tard : Pardaillan exécuta les mêmes manœuvres. Dès lors il fut évident pour le cavalier que Pardaillan le suivait.

Il ne s'arrêta pas à Dammartin et poussa jusqu'à Senlis. A Senlis, le messager mit pied à terre devant le *Tonneau de Bacchus*, vieille hôtellerie renommée. Pardaillan entra au *Tonneau de Bacchus*. Le messager dînait dans la grande salle. Pardaillan dîna dans la grande salle. Puis le messager se retira dans sa chambre en ordonnant qu'on le laissât dormir jusqu'à huit heures du matin.

— Bon ! pensa Pardaillan, je veux être pendu si mon homme n'est pas debout à cinq heures !...

Et se retirant à son tour, il donna l'ordre qu'on tînt son cheval prêt pour cinq heures. Avant de s'endormir, Pardaillan se mit à méditer sur sa situation. Que voulait-il au bout du compte ?...

— La lettre destinée à Farnèse, pas davantage, se répondit-il.

Oui. Mais comment faire pour avoir cette lettre !... S'il ne se fût agi que de provoquer l'homme et de le tuer, la question eût été trop simple. Car c'est justement là que gisait la question pour le chevalier. Il lui répugnait de tuer ou même de blesser cet homme qui ne lui avait jamais fait de mal, qu'il ne connaissait même pas... Et pourtant il lui fallait la lettre !...

— Bah ! finit-il par se dire, je trouverai bien quelque moyen ! J'aborderai ce gentilhomme, par exemple, le chapeau à la main, et très poliment, je lui dirai : Monsieur, voulez-vous avoir l'obligeance de me remettre la lettre que vous portez au général Farnèse ? Je vous jure que vous me rendrez un service dont je vous serai fort reconnaissant. Voilà, je lui dirai cela avec mon plus agréable sourire, et nous verrons s'il a le courage de me refuser...

Content d'avoir trouvé cette solution, Pardaillan dormit d'une traite jusqu'à cinq heures du matin, moment auquel on vint le réveiller. Il sauta du lit, et avant même que de s'habiller, ouvrit la fenêtre. Tout en s'habillant, il surveillait par cette fenêtre...

— Je suis sur que mon homme ne va pas tarder à sortir, songeait-il.

Mais Pardaillan était habillé depuis longtemps et l'homme ne paraissait pas.

— Mort-dieu, songea-t-il, est ce que vraiment il va attendre huit heures ?...

A sept heures, Pardaillan n'y tint plus. Et appelant l'hôte:

— J'espère, dit-il, que vous n'oublierez pas de réveiller à huit heures ce digne gentilhomme.

— Quel gentilhomme ? fit l'hôte.

— Mais celui qui est arrivé hier en même temps, ou plutôt un peu avant moi. Je m'ennuie seul en route, et je serais fort désireux de chevaucher botte à botte avec ce cavalier dont l'air me revient tout à fait...

— En ce cas, monsieur, je suis contrarié vraiment...

— Qu'est-ce à dire ?...

— Ce gentilhomme sera plus contrarié que moi encore... Il s'est ravisé...

— Et alors ?...

— Eh bien, il est parti à trois heures du matin !...

Pardaillan retint un juron, s'élança sur son cheval qui l'attendait depuis cinq heures selon ses ordres, et prit à franc étrier la route d'Amiens. .

— Fiez vous donc aux faces hypocrites ! grommelait-il tout en dévorant l'espace. Moi qui me torturais l'esprit pour trouver un moyen poli de me faire donner cette lettre !... Et voilà par quel procédé il me récompense de ma politesse ! Mort du diable, nous allons nous fâcher, monsieur le messager !...

En grommelant ainsi, il poussait son cheval d'une pression des genoux. Le cheval filait comme le vent. Mais Pardaillan s'aperçut bien vite qu'à ce train-là, la pauvre bête serait rapidement épuisée. Une fois démonté, il n'était pas sûr de pouvoir acheter un autre cheval, outre qu'il tenait fort au sien, outre enfin que sa bourse ne lui permettait pas de dépenses exagérées.

Toutes ces raisons combinées firent que Pardaillan résolut d'abandonner la poursuite directe, et de tâcher d'arriver à Dunkerque par des voies de traverse qui abrégeraient son chemin. Mais à Montdidier, où il s'arrêta pour laisser reposer une heure son cheval, il apprit qu'un cavalier venait précisément de se rafraîchir dans la guinguette où il entra. A la description qu'il provoqua par ses questions, il reconnut que ce cavalier ne pouvait être que le messager de Fausta... Il sut en outre que son homme n'avait guère qu'une demi-heure d'avance sur lui.

— C'est le moment de prendre ma revanche du tour qu'il m'a joué ! pensa Pardaillan.

Et remontant en selle au bout de dix minutes qui furent

employés à bouchonner vigoureusement son cheval, il reprit
sa course furieuse, au risque, cette fois, de tuer sa bête.

— De deux choses l'une, se disait-il : ou celui que Fausta
appelle le comte arrivera à Amiens sans que je l'aie rejoint ;
si je le rattrape avant Amiens, je le tiens et ne le lâche plus.
S'il entre dans Amiens avant moi, comme il me serait assez
difficile de le retrouver dans la ville, je traverse sans m'arrêter... et en ce cas, je le tiens tout de même !...

Arrivé au haut d'une côte, Pardaillan jeta un regard per-
çant sur l'autre versant, mais il ne vit qu'une charrette qui
cheminait à une demi-lieue de lui. La charrette rejointe, il
apprit qu'un cavalier venait de passer il n'y avait pas un
quart d'heure. Pardaillan s'élança, demandant un dernier
effort à son cheval. Mais lorsqu'il aperçut enfin au loin dans
la plaine les clochers et les toits d'Amiens, il n'avait pas rejoint le cavalier !

— Il est dans la ville ! songea-t il.

Le soir venait. Pardaillan s'arrêta pour réfléchir. Le résultat de ses réflexions fut qu'il se remit en route au petit trot,
ce dont sa monture témoigna sa satisfaction en s'ébrouant et
en faisant sauter l'écume autour d'elle. Seulement, au lieu
d'entrer dans Amiens, Pardaillan se mit à en faire le tour, en
grommelant :

— Guette-moi bien, mon brave comte, guette bien de ta
fenêtre tout ce qui entre dans Amiens...

Il imaginait le cavalier dans l'auberge la plus rapprochée
de la porte de Paris, caché derrière les rideaux de sa fenêtre.
Et il riait en lui-même du bon tour qu'il lui préparait. Lorsque après avoir contourné la ville, Pardaillan rejoignit la
route du nord, c'est-à-dire la route de Doullens et Saint-Pol,
il mit son cheval au pas et poursuivit son chemin jusqu'au
bourg de Villers. La nuit était tout à fait noire lorsqu'il y
arriva.

Villers était à cheval sur la route. Au milieu de la grand'rue,
il y avait une auberge. Un cavalier venant d'Amiens et allant
à Saint-Pol était forcé de passer devant cette auberge.

Pardaillan mit pied à terre, fit conduire son cheval à l'écurie, le fit bouchonner devant lui, et lorsqu'il eut vu la brave
bête bien séchée, les pieds dans une bonne litière, le nez
dans la mangeoire bien garnie, il songea enfin à lui-même.
Il tombait de fatigue et de faim. Un bon dîner eut raison de
la faim. Mais après la faim, Pardaillan avait la fatigue à
vaincre. Or, son intention était de surveiller la route toute
la nuit... il le fallait.

Il se fit conduire à sa chambre, qui donnait sur la route.
Et il jeta un regard d'envie sur l'excellent lit qui l'attendait.

Pardaillan perplexe se gratta le front pour en faire jaillir
une idée.

— Veux-tu gagner deux écus? dit-il tout à coup au garçon qui lui avait indiqué la chambre.

Ce garçon en bonnet de coton et sabots, avec une figure assez niaise, ouvrit de grands yeux à la proposition du voyageur. Deux écus! Il ne les gagnait pas en quatre mois, étant appointé à la somme de trente livres avec la nourriture, une cotte, un haut-de-chausses et une paire de sabots par an.

— Deux écus ! s'écria-t-il.

— Deux écus de six livres. Les voici, dit Pardaillan qui exhiba les deux pièces d'argent.

— Que faut-il faire ?

— Ton service est fini, n'est-ce pas, car il n'y a plus personne dans l'auberge...

— J'ai encore à fermer les portes des étables et des écuries

— Va donc, et reviens vite...

Au bout de dix minutes, le jeune paysan était de retour.

— C'est fait, dit-il ; maintenant, dites-moi comment je puis gagner ces deux beaux écus.

— Où dors-tu? fit Pardaillan.

— Dans l'écurie, sur la paille.

— Eh bien, si tu veux passer la nuit dans cette chambre, sur cette chaise que je mets près de la fenêtre, tu auras les deux écus... Ce n'est pas tout. Tout en veillant, comme tu t'ennuierais toute une nuit sur cette chaise, tu t'amuseras à écouter dans la rue... Et s'il passait un cheval, à n'importe quelle heure, tu me réveillerais... un cheval venant d'Amiens et allant sur Doullens...

— J'ai compris! dit le garçon. Vous attendez quelqu'un et vous craignez que ce quelqu'un ne passe pendant la nuit !

— Mon ami, dit Pardaillan, tu auras trois écus: un écu pour ta fatigue, un pour ta complaisance, et le dernier pour ton intelligence.

Le paysan s'inclina jusqu'à terre, puis allant s'asseoir sur la chaise, et s'accotant aux vitraux de la fenêtre :

— Me voici à mon poste, dit-il. Je vous garantis que d'ici demain, il ne passera personne que vous n'en soyez aussitôt prévenu. Dormez, mon gentilhomme, moi je veille.

Pardaillan posa son pistolet d'arçon sur une table près de lui et sa rapière debout à la tête du lit, sur lequel il se jeta tout habillé avec un soupir de satisfaction. Pardaillan s'endormit aussitôt. Le paysan veilla scrupuleusement, et au petit jour, réveilla le chevalier, comme c'était convenu.

— Il n'est passé personne ? demanda Pardaillan qui se mit sur pied et remit au garçon les trois écus.

— Personne, si ce n'est quelques charrettes.

— Bon! Monte-moi donc un de ces pâtés d'Amiens dont on m'a dit grand bien à Paris et une bouteille du meilleur.

Pardaillan déjeuna près de la fenêtre et fit boire au garçon un grand verre de vin, honneur dont le digne Picard se montra aussi touché que des trois écus.

Puis, le jour étant tout à fait venu, Pardaillan sella son cheval et, posté dans la salle de l'auberge, attendit tranquillement.

Vers huit heures, un cavalier se montra au bout de la rue. Pardaillan se mit à rire... Ce cavalier, c'était celui qu'il attendait, le messager envoyé par Fausta à Alexandre Farnèse! La revanche de Pardaillan était aussi complète qu'il l'avait rêvée.

Il laissa passer le messager qui s'en allait à un petit trot raisonnable, comme un homme sûr d'avoir dépisté l'importun suiveur. Alors il n'eut plus qu'à attendre que l'homme de Fausta eût pris une certaine avance, puis il se mit en selle à son tour. Cette fois, il eut bien soin de garder cette distance suffisante pour ne pas être vu.

On traversa Doullens, on gagna Saint-Pol, puis Saint-Omer. Le cavalier passa la nuit dans cette dernière ville, et Pardaillan ne trouva rien de mieux que de se loger dans la même hôtellerie en prenant les précautions nécessaires pour ne pas être vu. Mais le lendemain matin, comme il reprenait sa poursuite, il dut sans doute commettre quelque imprudence et se laisser voir, car le cavalier, au lieu de filer droit au nord, bifurqua brusquement sur Calais en cherchant à tirer au large.

Pardaillan était résolu à l'aborder coûte que coûte. Il avait pendant tout ce voyage inutilement cherché un moyen de se faire remettre la lettre... Il la lui fallait pourtant!... Il se résigna donc à aborder le cavalier, et s'il ne se montrait de bonne composition, à lui proposer de s'arrêter quelques minutes l'épée au poing. En attendant, le messager filait ventre à terre.

Vers midi, on fut en vue de Calais. Pardaillan cherchait à rattraper l'homme qui, laissant la ville sur sa gauche, se mit à galoper sur la route qui suivait la côte d'ailleurs toute droite.

— Est-ce que je vais le laisser échapper! grommelait Pardaillan.

Il gagnait du terrain, cependant, et se rapprochait de plus en plus du messager. Tout à coup, celui-ci s'arrêta net et faisant volte-face, le pistolet au poing, attendit de pied ferme ce que voyant, le chevalier se mit au trot, puis au pas, et enfin, arrivant à quelques pas du messager, s'arrêta de son côté, ôta son chapeau, et se mit à sourire de son air le plus engageant.

Le messager de Fausta demeura stupéfait. Il était impossible d'accueillir à coups de feu un homme qui se présentait avec une telle politesse, et qui, devant le canon du pistolet braqué sur lui à cinq pas, souriait si candidement et sans es-

quiser le moindre geste de défense. Ceci dénotait tout au
moins une bravoure étrange, la témérité d'un homme supra-
mement insoucieux de la mort, à moins qu'il ne fût fou. Or,
Pardaillan pouvait ressembler à tout ce qu'on voulait, excepté
à un fou.

Le messager salua donc à son tour avec une courtoisie qui
ne manquait pas d'une certaine grâce, et remit son pistolet
dans l'une des fontes de sa selle.

— Monsieur, dit il, on m'appelle Luigi Cappello, comte
toscan. Et vous ?

— Moi, monsieur, je me nomme Jean de Margency, comte
français.

Les deux hommes ayant ainsi décliné leurs noms et titres,
politesse indispensable, se saluèrent une deuxième fois, et
comme si dès lors ils eussent pu frayer ensemble, reprirent
côte à côte, et au pas, le chemin de Gravelines, car ils se
trouvaient sur la route qui allait de Calais à ce village.

— Serait il indiscret, demanda le comte italien au bout de
quelques minutes qu'il employa à examiner son compagnon
serait il indiscret de vous demander d'où vous venez ?

— Mon Dieu, non ! fit Pardaillan. Je viens tout bonne
ment de Paris, et plus spécialement de l'île de la Cité.. en
passant par la basilique de Saint-Denis.

A ces mots, Luigi Cappello eut un tressaillement, et regardant son compagnon avec fixité, esquissa dans l'air un signe
avec sa main. Pardaillan sourit.

— Monsieur le comte, dit-il, je ne répondrai pas au signe
de reconnaissance que vous me faites, pour la raison bien
simple que j'ignore le signal de réponse que vous attendez
sans doute : je ne suis pas des vôtres.

— Fort bien. Seriez-vous, en ce cas, assez obligeant pour
me dire où vous allez ?...

— Mais... à Dunkerque où vous allez vous-même. Et de
Dunkerque, je pousserai, s'il le faut, jusqu'au camp de votre
illustre compatriote le généralissime Alexandre Farnèse.

Le messager devint pensif. Cet étranger qui le poursuivait
était-il un affilié de Fausta ?... mais alors, pourquoi ne con-
naissait-il pas le signe ?... Et d'autre part, comment était-il
si bien informé ?...

— Monsieur, reprit-il résolument, vous répondez à mes
questions avec tant de bonne grâce que je me hasarderai à
vous en poser une troisième...

— Et même une quatrième, si cela vous plaît, mais à
charge de revanche !

— C'est entendu. Donc, pourquoi me suivez-vous depuis
Dammartin ?...

— Depuis Saint-Denis, rectifia Pardaillan.

— Soit. Pourquoi depuis Saint-Denis êtes-vous sur ma

route, et pourquoi, vous ayant dépisté à Amiens, vous êtes-vous arrangé pour retrouver mes traces?

— Mais pour avoir le plaisir de voyager avec vous d'abord !

— Comment pouviez-vous savoir que j'allais au camp de Farnèse ?

— Parce que je l'ai entendu dire à la très noble signora Fausta, répondit paisiblement le chevalier.

— Ah ! Ah ! fit le messager abasourdi.

Puis il reprit :

— Soit encore. Mais vous avez dit que votre acharnement à me rattraper venait du désir que vous aviez de voyager en ma compagnie... d'abord. Il y a donc un autre motif?...

— Monsieur le comte, fit Pardaillan, à mon tour de vous questionner, voulez-vous ?

— Faites...

— Savez-vous ce que contient la lettre qui vous a été remise à Saint-Denis de la part de la signora Fausta et à destination d'Alexandre Farnèse ?

Le messager fut atterré. Il n'y avait plus de doute dans son esprit. L'étranger n'étant pas, ne pouvait pas être un envoyé de Fausta, c'était un ennemi dangereux qui avait surpris de redoutables secrets.

Il regarda autour de lui. A sa droite, c'étaient les champs. A sa gauche, les falaises au-delà desquelles on entendait se lamente la mer. Devant lui, à une demi-lieue en tirant un peu sur la droite, un clocher avec quelques chaumières de pêcheurs autour : c'était Gravelines. La solitude était complète, et l'endroit excellent pour se défendre d'un gêneur.

Le messager de Fausta regarda Pardaillan qui souriait toujours.

— Monsieur, dit-il, il me serait difficile de répondre à votre question, parce que n'étant porteur d'aucune lettre, je ne puis vous dire le contenu d'une missive qui n'existe pas.

— Ah ! monsieur le comte ! fit Pardaillan, vous récompensez bien mal ma franchise. Je vous ai dit la vérité pure... et voici que vous essayer de me tromper !

— Eh bien, gronda le messager en pâlissant, j'ai une lettre, c'est vrai. Après?...

— Je vous demande si vous savez son contenu...

— Non. Et quand je le saurais...

— Vous ne me le diriez pas, c'est entendu. Mais vous ne la savez pas. Et je vais vous le dire...

— Qui êtes-vous, monsieur ?.. cria le messager chez qui la colère montait d'instant en instant.

— Vous m'avez demandé mon nom, et je vous ai répondu que je m'appelle le comte de Margency. Quant à vous dire qui je suis, c'est autre chose !... La lettre, monsieur, ne parlons que de la lettre ! Voici ce qu'elle contient : un ordre de la signora Fausta au généralissime d'avoir à se tenir prêt à e—

trer en France et à marcher sur Paris avec son armée au premier signe qui lui en sera fait.

Le messager devint très pâle.

— Après ? gronda-t-il.

— Après ? Eh bien, mon cher monsieur, je ne veux pas que cette lettre arrive au camp de Farnèse, voilà tout !

— Vous ne... voulez pas ?...

A ces mots, le messager saisit son pistolet. Pardaillan en fit autant.

— Réfléchissez, dit-il. Remettez-moi cette lettre.

Et il braqua le canon du pistolet sur le messager. Celui-ci haussa les épaules :

— Vous ne songez pas à une chose, dit-il avec un calme que Pardaillan admira. Mais je tiens à vous le dire avant de vous tuer...

— Je suis tout oreilles.

— Eh bien, vous venez de me dire le contenu de la lettre, que j'ignorais. Je pourrais donc, si j'avais peur, vous remettre la missive, et transmettre l'ordre de vive voix...

— Non, fit Pardaillan, car le généralissime n'obéira qu'à un ordre écrit...

— En ce cas, vociféra le messager, je vous tue !...

En même temps il fit feu... Pardaillan, d'un coup d'éperon, fit faire à son cheval un écart qui eût désarçonné un cavalier ordinaire. La balle passa à deux pouces de sa tête. Presqu'aussitôt, il fit feu à son tour, non pas sur le cavalier, mais sur la monture : la bête frappée au crâne s'affaissa. Dans le même instant, le messager sauta et se trouva à pied, l'épée à la main. Pardaillan avait sauté aussi et tiré sa rapière.

— Monsieur, dit-il gravement, avant de croiser nos deux fers, veuillez m'écouter un instant. Je me suis nommé comte de Margency, et j'en ai le droit. Mais je porte aussi un autre nom : je suis le chevalier de Pardaillan...

— Ah ! ah ! je m'en étais douté un instant ! grommela furieusement le messager.

Et en même temps, il jetait un regard de curiosité et d'inquiétude sur le chevalier.

— Vous me connaissez, dit Pardaillan. Tant mieux. Cela nous évitera les longs discours. Puisque vous me connaissez, monsieur le comte, vous devez savoir que votre maîtresse, votre souveraine a voulu trois ou quatre fois déjà me faire assassiner. La dernière fois, il n'y a pas longtemps, je venais de lui sauver la vie : en signe de gratitude, elle a jeté à mes trousses tous les gens d'armes du duc de Guise... J'aurais pu la tuer. C'était mon droit. Et j'en avais la possibilité. Je n'avais qu'un bras à allonger. Ce meurtre m'a répugné, je l'avoue. Mais ce qui ne me répugne nullement, c'est de considérer Fausta comme une intraitable ennemie, c'est de renverser ses projets autant qu'il en sera en mon pouvoir, c'est enfin de considérer ses amis et serviteurs comme mes ennemis, depuis le duc de Guise jusqu'à vous. Je lis dans vos yeux l'envie que vous avez de me tuer. Vous ne me tuerez pas, monsieur ! Et comme je ne veux pas que sa lettre arrive, comme enfin vous êtes le serviteur d'une femme qui veut ma mort, c'est moi qui vais vous tuer !...

En même temps, Pardaillan tomba en garde. Les fers se croisèrent...

Le comte Luigi, en homme habile, se tint sur la défensive. En somme, il ne s'agissait pas pour lui de tuer un adversaire et de remporter une victoire. Il s'agissait simplement d'écarter ou d'arrêter un adversaire. Il s'agissait de faire parvenir la lettre.

Pardaillan, selon son habitude, attaqua par une série de coups droits foudroyants. Le messager ne dut son salut qu'à une marche en arrière. Mais tout en rompant, il se défendait avec un courage et une habileté qui pendant quelques secondes tinrent l'assaillant en respect...

— Monsieur, dit tout à coup Pardaillan, vous me paraissez homme de cœur, et je vous dois mes excuses...

— De quoi ? fit le comte Luigi.

— De vous avoir prié de me remettre votre lettre. J'aurais dû prévoir qu'un homme comme vous peut être vaincu par la fortune, mais qu'il ne courbe pas volontairement la tête...

— Merci, monsieur, dit le messager en parant vivement une nouvelle attaque.

— Recevez donc, acheva Pardaillan, toutes mes excuses pour la proposition incongrue que je vous ai faite, et tous mes regrets d'être forcé de vous traiter en ennemi...

En même temps, il se fendit à fond. Le messager jeta un cri rauque, laissa échapper son épée, tourna sur lui-même et s'abattit...

— Holà ! grommela Pardaillan, aurais-je vraiment été assez maladroit pour le tuer...

Il s'agenouilla, défit le pourpoint du comte toscan et examina la blessure en hochant la tête. A ce moment, le blessé ouvrit les yeux.

— Monsieur, dit Pardaillan, je suis maître du champ. Je puis donc vous prendre la missive que vous portez. Mais je serais au désespoir de vous quitter en ennemi, car vous êtes un brave... Voulez-vous, de bonne volonté, me remettre cette lettre ?... Voulez-vous que nous nous séparions amis ?...

Le blessé fit péniblement un geste de la main pour désigner une poche intérieure de son pourpoint.

— La lettre est là ? dit Pardaillan.

— Oui, répondit le messager par un signe de tête.

Pardaillan la prit. Les yeux du blessé indiquèrent un profond désespoir.

— Voyons, dit Pardaillan ému de pitié, qu'est-ce que cela peut vous faire, au bout du compte ?... Vous ne craignez pas, je suppose, que j'use de cette lettre comme d'une arme contre la si forte Fausta ?

— Je le crains, murmura le blessé d'une voix à peine intelligible... Vous allez . porter... cette lettre... au roi de France... je suis un homme. .déshonoré .. car je suis cause... des malheurs qui vont arriver...

— Vraiment, dit Pardaillan, vous craignez cela ?...

— Oui ! fit nettement le blessé.

— Et vous ne redoutez que cela ?

— Oui !...

— Et si je vous prouve que vous vous trompez ? que je ne rendrai nullement cette missive à Valois ?...

— Pas de preuve.. possible ! murmura le blessé.

— Si ! il y en a une, dit Pardaillan Et la voici !

À ces mots, sans l'ouvrir, sans la decacheter, sans jeter un coup d'œil sur la suscription, Pardaillan se mit à déchirer la lettre en petits morceaux. Lorsqu'elle eut été ainsi réduite en miettes certainement illisibles ces fragments minuscules, il les jeta en l'air. Le vent qui balayait la falaise les saisit et les emporta d'une seule rafale dans la mer...

Pendant cette opération. le comte Luigi avait tenu attachés sur Pardaillan ses yeux pleins de stupéfaction. Puis l'étonnement fit place à une sorte d'admiration. Et d'un ton qui traduisait toute sa reconnaissance, il murmura :

— Merci, monsieur !...

Pardaillan haussa les épaules.

— Je vous ai prévenu que j'avais seulement l'intention de jouer un tour à votre Fausta. C'est fait. Quant à me servir d'une lettre tombée en mon pouvoir pour faire assassiner une femme, ce n'est pas dans mes habitudes. Cette lettre détruite n'existe plus même dans mon souvenir. Etes-vous rassuré ?...

— Oui, monsieur .. et je vous bénis .. de m'avoir donné... une pareille assurance... avant de mourir...

— Eh ! mort-dieu, vous ne mourrez pas !

Le blessé secoua tristement la tête. Puis, épuisé par les efforts qu'il venait de faire, il s'évanouit.

Pardaillan alla à son cheval et fouilla vivement l'une des fontes. Là sous le pistolet, il y avait des bandages, de la charpie, enfin tout ce qu'il faut à un homme pour panser provisoirement une blessure

Il ne faut pas louer Pardaillan de cette précaution. Elle était commune à tous les routiers et aventuriers de cette époque qui, exposés à en découdre tous les jours emportaient généralement dans leur bagage de quoi se soigner en cas de blessure non mortelle.

Pardaillan, donc, se mit à dégringoler la falaise par un sentier presque à pic, mouilla dans l'eau de mer un fort tampon de charpie, remonta au pas de charge, lava la blessure, y appliqua de la charpie et banda le tout le plus proprement du monde.

Le blessé, soulagé par ces soins et par la fraicheur, revint à lui.

— C'est de l'eau salée, dit Pardaillan. Cela pique Mais ce n'en est que meilleur Maintenant, monsieur, attention. Je vais vous soulever et vous placer sur mon cheval... mais pourquoi diable ne m'avez-vous pas remis la lettre avant d'en arriver à ces extremités ?...

Pardaillan se baissa, plaça ses mains sous les reins du blessé et, agissant à la fois avec douceur et avec force, le souleva et l'assit sur le cheval.

— Pouvez-vous vous tenir ainsi jusqu'à Gravelines ? dit-il.

— Je le crois...

— En route donc. Si vous vous affaiblissez, appelez-moi..

Et trainant son cheval par la bride, se retournant tous les deux pas pour examiner son blessé, Pardaillan se mit en chemin au petit pas. Vingt minutes plus tard, il atteignait les premières maisons du village.

Gravelines ne se composait que d'une trentaine de cabanes de pêcheurs. Mais l'entrée de ce cheval ramenant un blessé avait attiré autour de Pardaillan quelques bonnes femmes et une bande effarée de marmots.

— L'auberge ? demanda Pardaillan.

— Il n'y a pas d'auberge ! fit l'une des femmes.

— Qui d'entre vous veut gagner dix écus ? reprit alors Pardaillan.

— Moi, dit la femme qui venait de parler. Si c'est pour loger et soigner ce cavalier, je m'en charge.

— Où demeurez-vous, ma brave femme ?

— Là ! dit-elle en désignant la chaumière devant lequel le groupe était arrêté.

Le blessé fut descendu, transporté devant la chaumière, couché sur un matelas de varech.

— Y a-t-il un chirurgien ? un médecin ? demanda Pardaillan.

— Non, mais nous avons le sorcier.

— Le sorcier ?...

— Oui. Un vieux qui sait tout, qui guérit les fièvres, redresse les foulures, et sait l'art de soigner les blessures tant des armes à feu que des armes blanches...

A ce moment, celui que dans le village on appelait le sorcier, prévenu sans doute de l'événement, faisait son entrée dans la chaumière. C'était un vieillard à physionomie intelligente, à l'œil vif et malicieux. Sans rien dire, il s'agenouilla près du blessé et défit les bandages, puis se mit à examiner la plaie.

A l'adresse que déploya cet homme, Pardaillan vit bien

qu'il était expert en la matière. Au bout de dix minutes d'examen pendant lesquelles le blessé perdit de nouveau connaissance, le sorcier remit le bandage en place et se releva.

— Qu'en dites-vous, monsieur? demanda Pardaillan.

— Je dis que c'est fort grave. Mais il en reviendra.

— Ah! fit Pardaillan avec un soupir de soulagement.

Mais aussitôt une pensée se fit jour dans sa tête. Si le blessé en revenait, il irait trouver Farnèse, et lui raconterait ce qui s'était passé en lui donnant oralement le contenu de la lettre. Alors tout ce qu'avait fait Pardaillan devenait inutile! Il attira le sorcier dans un coin.

— Vous êtes sûr, fit-il, qu'il en reviendra?

— Très sûr!

— Mais c'est que je voudrais bien que mon ami puisse continuer son voyage...

Le sorcier secoua la tête:

— S'il bouge de ce matelas avant huit jours, il meurt, dit-il. S'il essaye de marcher avant un mois, tout sera remis en question. S'il monte à cheval avant deux mois, je ne réponds de rien!...

Deux mois!...

C'était plus de temps qu'il n'en fallait à Pardaillan. Il tendit un écu au sorcier, qui refusa d'un geste en disant :

— Je n'ai pas besoin d'argent. Pour que je les soigne dans leurs maladies, les pêcheurs me donnent des poissons et du pain. Pour que je guérisse leurs blessures, les bûcherons me donnent du bois l'hiver. Pour que je ne jette pas un sort aux barques de leurs maris, les femmes me donnent du cidre et des légumes ..

— Voilà un singulier homme, dit Pardaillan qui remit son écu dans sa bourse.

Quoi qu'il en soit, le sorcier fit si bien qu'au bout de quatre jours, il put positivement déclarer le blessé hors de tout danger. Ces quatre jours, Pardaillan les avait passé dans la chaumière. Ce ne fut que lorsqu'il eut vu son blessé en voie de guérison que Pardaillan partit de Gravelines.

Sûr que le comte Luigi ne mourrait pas et serait convenablement soigné, certain d'autre part qu'il ne pourrait rejoindre et prévenir Farnèse, le chevalier, un beau matin, fit ses adieux à celui qu'il avait à moitié tué, et reprit à petites journées le chemin de Paris. Il avait une double tâche à accomplir. Retrouver Maurevert, d'abord Et ensuite pouvoir rencontrer Guise dans des circonstances qui lui permettraient de lui parler librement. Ce fut en ruminant sur ces deux points que le chevalier chemina paisiblement dans la direction de Paris.

XXIII

Blois

Pendant que Pardaillan courait sur la route de Dunkerque
et s'emparait de la lettre destinée à Farnèse (1) le duc de Guise
au milieu d'une imposante escorte, s'avançait vers Blois où
de tous les points de la France, accouraient les députés de la
noblesse, du clergé et du Tiers État pour cette suprême conférence à laquelle Henri III avait convié son peuple et qu'on
appelle les États-Généraux de Blois.

La sécurité de Guise était absolue. Maurevert lui avait
rendu un compte exact des forces dont Henri III pouvait disposer.

Ces forces étaient considérables, et de plus, elles étaient
sous la main d'un hardi capitaine qui avait fait ses preuves
sur plus d'un champ de bataille, tant comme courage que
comme stratégie... C'était le brave Crillon Les troupes de
Crillon occupaient le château et la ville. Évitant de dissémi-
ner ses soldats aux environs et de tenir campagne, Crillon
avait fait de Blois une formidable caserne, et, comme un jour
la reine mère lui demandait si le roi était en parfaite sûreté,
il avait répondu :

— Madame, si je n'étais là, il faudrait vingt mille hommes
pour atteindre le roi ; mais comme je suis là, il en faut quarante mille.

Catherine avait souri comme elle savait sourire, et elle-
même avait ajouté :

— Je suis là, moi aussi ! Et je commande à une petite armée de flacons qui vaut bien à elle seule les quarante mille
hommes dont parle le brave Crillon !

Le roi était donc défendu, bien défendu. Il pouvait même
tenter quelque coup de force si cela lui plaisait. Malgré cela
nous l'avons dit, la sécurité de Guise était complète.

Il savait en effet que chacun des cent cinquante gentilshommes qui l'accompagnaient avait mis en lui toutes ses espérances et toute sa fortune future. Il n'en était donc pas un qui
ne fût prêt à se faire massacrer pour sauver le chef. Il savait

----

(1) Alexandre Farnèse, c'est prouvé, était prêt à entrer en France
et se tenait sur le qui-vive Qui sait ce qui serait arrivé et quels
changements n'auraient été apportés à l'histoire de France s'il avait
reçu cette lettre, et s'il avait marché avec son armée pour se joindre au duc de Guise ?

en outre qu'une fois arrivé à Blois, il allait trouver les députés des trois ordres, et que parmi ces députés, seigneurs, bourgeois, prêtres, il n'en était pas un qui ne lui fût dévoué corps et âme. En réalité, donc, il allait être le véritable maître aux Etats-Généraux. Valois n'avait pour lui que les soldats, quantité négligeable si on parvenait à s'emparer de Crillon... les soldats dont la paye était d'ailleurs fort arriérée, et qui, selon le rapport de Maurevert, avaient déjà failli se mutiner.

C'est de ces diverses choses que causait Guise pendant sa dernière journée de marche. Il était entouré à ce moment de huit ou dix de ses plus intimes qui formant peleton marchaient en avant du gros de l'escorte. Et peu à peu, dans ce groupe d'intimes, une sélection s'était faite, en sorte que le duc avait fini par se trouver en avant, entre Bussi-Leclerc et Maineville ses inséparables, ceux pour qui il n'avait rien de caché.

Le gros duc de Mayenne venait vers le milieu de l'escorte, et s'enquerait déjà des gîtes qu'on pouvait trouver à Blois et de la possibilité de faire bonne chère. Le cardinal était en queue, causant avec les plus intelligents de la bande. Ainsi, des trois frères, l'un occupait les soudards, l'autre intéressait les goinfres, et le troisième réunissait autour de lui les politiques.

Dans le petit clan que formaient le duc et ses deux fidèles agents, il était tout naturellement question de Pardaillan.

— Enfin, disait Maineville, nous voilà débarrassés du quidam. Mais pour mon compte, j'en éprouve quelque regret. La noyade fut trop douce pour lui...

— C'est vrai, renchérit Bussi-Leclerc, et quant à moi, j'eusse éprouvé quelque plaisir à lui rendre...

— La leçon d'escrime qu'il te donna ? fit Maineville en riant.

— Non, pardieu! Cela, je le lui ai rendu... Ne te rappelles-tu pas que je le désarmai dans la Bastille?

— Je n'y étais pas... ainsi...

— Mais Maurevert y était !... Est-ce vrai, Maurevert ?

— Parfaitement vrai, fit Maurevert qui marchait derrière Guise. Tu lui fis sauter l'épée des mains par trois fois, et le truand dut s'avouer vaincu...

Bussi-Leclerc eut un geste de vive satisfaction et remercia Maurevert d'un regard.

— Bon ! pensa Maurevert, en voilà un qui pourra me servir mieux qu'il ne pense !

On arrivait au village de Villerbon...

— Allons, messieurs, dit Guise d'une voix sombre, ne parlons plus des morts...

Il songeait à Violetta... Un soupir étouffé gonfla sa poitrine. Puis, secouant la tête comme pour vraiment ne plus songer aux morts :

— Bussi, pique donc un galop jusqu'à ces cavaliers que tu vois là-bas, et sache ce qu'ils veulent.

Sur la place de l'Eglise dans le village, une soixantaine de cavaliers, en effet, étaient arrêtés... mais Bussi-Leclerc n'eut pas le temps d'exécuter l'ordre qu'il venait de recevoir. Les cavaliers venaient d'apercevoir la troupe de Guise et galopaient à sa rencontre. Un instant Guise se troubla et sa main descendit jusqu'à la poignée de fer de sa rapière. L'idée qu'Henri III lui avait ménagé un guet-apens passa dans son esprit comme un éclair. Mais il se rassura aussitôt. Les cavaliers étaient sur lui et criaient :

— Monseigneur, vous êtes le bienvenu !...

C'était une troupe de gentilshommes députée par les seigneurs assemblés dans Blois pour aller à sa rencontre, le saluer et l'assurer de toute fidélité... Guise rayonna, et comme ces gentilshommes se mêlaient à ceux de son escorte, il leur rendit salut pour salut et s'écria :

— Maintenant, messieurs, j'ai une escorte royale...

Le mot était peut-être dit sans intention. Mais il courut de bouche en bouche jusqu'aux derniers rangs de la cavalcade, et chacun y vit clairement les intentions secrètes du duc... Quoi qu'il en soit, ce fut donc à la tête de cette compagnie ainsi renforcée que le Balafré traversa Villerbon. Il prit alors un trot allongé, et comme midi sonnait, toute cette cavalcade parut en vue de Blois.

*   *   *   *   *   *   *   *   *

A ce moment, le roi de France, pâle et nerveux, se trouvait dans l'appartement qu'il occupait au premier étage du château, appartement que nous aurons à décrire bientôt. Pour le moment, disons seulement qu'il y avait là un vaste salon qui s'ouvrait sur un grand escalier. Cet escalier lui-même donnait sur une terrasse qui s'appelait la Perche aux Bretons.

Henri III, avec une agitation qui contrastait avec son indolence habituelle, allait et venait, s'approchait souvent d'une fenêtre d'où il pouvait voir la cour carrée et le porche majestueux du château.

Henri III attendait le duc de Guise !...

Sur la terrasse de la Perche aux Bretons, il y avait cinquante gentilshommes armés en guerre. Une compagnie de Suisse occupait la cour carrée. Le grand escalier était plein de seigneurs royalistes dont le sombre visage annonçait qu'ils n'attendaient rien de bon de l'arrivée du duc. Toutes les autres cours et les autres escaliers du château étaient occupés par des gens d'armes, archers, arquebusiers et mousquetaires. Enfin, toutes les précautions avaient été prises pour « recevoir dignement notre aimé et féal cousin de Lorraine », avait dit Catherine de Médicis.

Dans le salon lui-même, une vingtaine de gentilshommes

attendaient, silencieux et les yeux fixés sur le roi. Dans un
coin, Catherine de Médicis, causant avec son confesseur
contrastait par sa sérénité et sa gaieté avec toute cette som
bre impatience

— Où est Biron ? est-il de retour ? fit tout à coup Henri III
après avoir jeté pour la vingtième fois un regard par cette
fenêtre d'où il apercevait le porche, et au delà du porche
grand ouvert, une belle place où Crillon, en ce moment
achevait de ranger trois compagnies de gardes.

— Sire, me voici, fit le maréchal de Biron

Armand de Gontaut, baron de Biron était alors âgé de
soixante-quatre ans : mais il portait encore la cuirasse avec
une facilité que lui enviaient de plus jeunes.

Il avait mieux que la force : il avait la fierté paisible d'un
honnête homme. Catholique, il avait fait partie de cette fai
ble minorité de vaillants qui avaient essayé de s'opposer aux
massacres de la Saint-Barthélémy. C'est ainsi qu'en sa qua
lité de grand maître de l'artillerie, il avait pu soustraire, à
l'Arsenal où il était logé, une quarantaine de malheureux
Huguenots à l'horrible soif des buveurs de sang.

— Ah ! te voilà, mon vieux brave ! dit Henri III. Je crai
gnais que tu ne fusses pas ici aujourd'hui, car je t'avai
donné congé pour huit jours...

— Oui, mais j'ai appris l'arrivée de M. le duc. Parbleu, sire
je n'aurais eu garde de manquer une si belle occasion de lu
présenter mes respects ! .. Je suis revenu d'Amboise tou
d'une traite...

Le roi se mit à rire, les gentilshommes éclatèrent, et Ca
therine murmura à son confesseur :

— Allons, voici l'enfant qui reprend courage !

— Et sire, vous voyez que je suis arrivé à temps...

En effet, à ce moment même, une rumeur montait de la
cour carrée : c'était un bruit de chevaux qui passaient sous le
porche, un cliquetis d'armes et d'éperons de cavaliers met
tant pied à terre... Henri III pâlit. Mais on peut dire que
c'était la rage contenue plus encore que la crainte.

— Comte de Loignes, dit-il d'une voix altérée, voyez donc
ce qui se passe dans la cour.

Il le savait très bien. Il devinait que c'était Guise qui ar
rivait. Et avant d'avoir reçu aucune réponse, il se dirigea
vers un grand fauteuil placé sur une estrade et formant trône
Il s'y assit et, d'un geste rageur, enfonça son chapeau sur son
front.

— Sire, s'écria Chalabre qui s'était précipité à la fenêtre
en même temps que Loignes, c'est M. le duc de Guise, que
Dieu le tienne en sa garde !

— A moins que le diable ne l'emporte ! murmura Mont
mery près du roi.

— Ah ! fit Henri III d'un ton d'indifférence si parfaitement

jouée qu'il stupéfia jusqu'à sa mère... Tiens ! le duc de
Guise ?.. Et que peut-il venir faire céans ?..

— Nous allons le savoir, sire, car le voici qui monte le
grand escalier...

C'était vrai. Dans le grand escalier, on entendait la rumeur confuse d'une foule qui monte. Cette foule, c'était toute
l'escorte du duc qui l'accompagnait jusqu'à la porte du roi...
Il y avait là une menace qui n'échappa point à Crillon.. Celui-ci donc s'était mis à marcher devant le duc de Guise,
sous prétexte de lui faire honneur. Arrivé devant la porte du
salon, il se tourna vers les gentilshommes guisards et dit :

— Monseigneur, monsieur le duc de Mayenne, monsieur
le cardinal, le roi m'a chargé de vous faire savoir qu'il vous
accorde audience. Quant à vous, messieurs, veuillez attendre...

— Quoi ! gronda Bussi Leclerc, sur l'escalier !...

— Où vous voudrez ! fit Crillon en fronçant les sourcils.

— La paix, Bussi ! dit le duc de Guise. Messieurs veuillez m'attendre... Monsieur de Crillon, puisque Sa Majesté
daigne nous recevoir, nous sommes prêts à vous suivre.

L'escorte demeura donc échelonnée dans l'escalier. Et
comme cet escalier était déjà occupé par un grand nombre
de seigneurs royalistes et de gens d'armes, il en résulta qu'il
se trouva pleins de gens qui se regardaient de travers et qui,
sur un mot, sur un signe, se fussent rués les uns sur les autres. Cependant, tous observaient le plus grand silence non
seulement par respect, mais pour tâcher d'entendre quelque
éclat de voix qui leur apprendrait la tournure que prenait
l'audience.

Crillon avait ouvert la porte, fait entrer messieurs de Lorraine et soigneusement refermé lui-même la porte.

Les trois frères s'avancèrent vers le fauteuil où Henri III,
le chapeau sur la tête, le coude sur le bras du trône, le menton dans la main, les regardait venir sans un geste, sans un
tressaillement de la physionomie. Le duc marchait le premier. Mayenne et le cardinal venaient ensuite sur la même
ligne, Mayenne roulant de gros yeux, et au fond de lui-même
envoyant la politique et l'ambition de ses frères à tous les
diables ; le cardinal, la tête haute, la main à la garde de
l'épée, son regard noir fixé sur le roi.

Le duc de Guise, moins habile qu'Henri III à dissimuler
ses sentiments, n'avait pu s'empêcher de pâlir devant la réception hautaine et glaciale qui lui était faite. Il s'arrêta à
trois pas du trône et s'inclina profondément, ainsi que ses
frères. Puis, se relevant, il attendit que le roi lui adressât la
parole.

Il y eut un instant de silence terrible et tragique où l'on
eût entendu voler une mouche dans ce salon rempli de gentilshommes. Enfin le roi abaissa son regard sur le duc, et dé-

sa voix légèrement nasillante, d'une rare impertinence quand
il le voulait, il demanda :

— C'est vous, monsieur le duc?... Qu'avez-vous à nous
dire ?

Cependant, comme il n'était pas prêt, comme cet homme
que l'histoire nous donne pour un chef d'une expérience consommée passa toute sa vie à hésiter, il résolut d'atermoyer
encore s'il le pouvait, et répondit :

— Sire, je pourrais vous dire que députe de la noblesse au
même titre que tant d'autres seigneurs, j'ai pu, j'ai dû me
rendre à la convocation que Votre Majesté...

— Il ne s'agit pas de votre présence aux Etats-Généraux,
interrompit le roi qui avait l'obstination froide, terrible et
parfois cruelle. Il s'agit de votre présence ici, chez moi, chez
le roi ! Qu'y venez-vous faire?...

Ces paroles étaient effrayantes. La situation l'était plus encore. Guise, éperdu, balbutia quelques paroles confuses. Son
frère le cardinal lui marcha rudement sur le pied, d'un air
qui voulait dire :

— Qu'attendez-vous? Dégainons, morbleu!...

L'angoisse qui pesait sur cette scène d'une terrible violence
dans le calme apparent des personnages fut portée à son
comble par ces paroles qu'Henri III, plus nasillant que jamais, ajouta tout à coup :

— En tout cas, j'ai pu voir que vous êtes venu en bonne et
nombreuse compagnie. Peste! je vous en fais mon compliment A nous voir l'un et l'autre, des gens peu au fait de vos
intentions et des réalités pourraient croire que je ne suis
presque plus roi et que vous êtes déjà presque roi.

— Sire... intervint la reine-mère.

— Laissez, madame !... Par les saints, il y a ici un roi ; il
n y a qu'un roi ; et quand le roi parle, tout le monde doit se
taire, même vous, madame!... Mon cher cousin, je vous fai
sais donc compliment sur votre escorte. Mais, dites-moi, il
me semble qu'il y manque quelqu'un...

— Qui cela, sire? dit le duc de Guise en devenant livide.

— Mais... le moine qui devait m'occire en la cathédrale
de Chartres. L'avez-vous donc oublié à Paris?...

Ces paroles éclatèrent comme un coup de tonnerre. Un
sourd grondement de mort, précurseur de la tempête, parcourut les gentilshommes royalistes. Chalabre tira à demi sa
rapière e comte de Loignes tira tout à fait sa dague et se
mit à se curer les ongles avec la pointe, en fixant sur Guise
un regard de vengeance féroce...

Déjà le duc de Guise se tournait vers la porte. Déjà il allai
pousser le cri de rescousse, et qui peut savoir ce qui se fû
alors passé?... lorsque tout à coup, Catherine de Médicis,
allongeant son bras maigre, laissa tomber ces mots, de cette
voix de suprême autorité dont elle usait bien rarement :

et peut s'en fallut qu'il n'eut à ce moment la parole irrévocable.

— S'il fait un signe suspect, pensa-t-il rapidement, j'appelle mes gentilshommes... et... bataille !...

XXIV

Réconciliation

Ces paroles du roi firent passer un frisson parmi les assistants, — tous royalistes ; et les trois frères purent entendre ce frémissement des épées qui se heurtaient comme des feuilles d'acier. Il sembla à tous qu'Henri III allait se révéler par un coup de force et l'écraser tandis qu'il le tenait. Les seigneurs se préparèrent donc et portèrent la main à leurs dagues ou à leurs rapières. De là cette agitation de l'acier qu'on s'apprête à sortir des fourreaux...

Mayenne fit un pas en arrière et grommela une sourde imprécation. Le cardinal de Guise se redressa et jeta autour de lui un regard de défi et de dédain foudroyant. Le duc seul garda un calme parfait qui semblait en harmonie avec le calme apparent du roi.

— Sire, dit-il d'une voix assurée, vous savez que mon frère le cardinal est président du clergé en même temps que monseigneur le cardinal de Bourbon. Il n'y a donc rien que de naturel à sa présence aux Etats que Votre Majesté a daigné convoquer en cette ville...

— Et vous, monsieur le duc ? reprit Henri III avec la même impertinence.

— Sire, continua Guise, vous savez que mon frère Mayenne est président de la noblesse en même temps que M. le maréchal comte de Brissac...

— Maréchal de barricades, comme M. de Bourbon est cardinal de conspiration ! dit sourdement le roi.

Et cette fois Guise pâlit. Car l'attaque était directe, et sûrement l'orage allait crever...

— Mais, reprit le roi, il ne s'agit pas de vos deux frères. Il s'agit de vous. Je suis bien aise de les voir près de vous... de vous voir tous trois ensemble... mais je vous demande spécialement à vous : que venez-vous faire ici ?...

A ce moment, Catherine de Médicis se rapprocha du roi et se tint debout près de l'estrade. Cette sombre figure de spectre qui apparut soudain à Guise lui sembla le mauvais augure de quelque catastrophe. Il jeta autour de lui un rapide regard, il vit les seigneurs royalistes prêts à sauter sur lui,

— Messieurs de Lorraine, écoutez-moi, écoutez la reine!..
Je roi veut bien que je parle. N'est-ce pas que vous le voulez, mon fils?

— Par Notre-Dame, gronda Henri III, j'ai donné le coup
de boutoir, tâchez de le recoudre, si cela vous convient...
Parlez, madame, on vous écoute!

Les personnages qui assistaient à cette scène demeurèrent
figés dans l'attitude qu'ils venaient de prendre. Seul le duc
de Guise fit un demi-tour vers la reine-mère. Alors Catherine
de Médicis continua :

— Monsieur le duc, vous ignorez sûrement que nous avons
découvert à Chartres un complot contre Sa Majesté; un
moine, en effet, un moine s'était vanté de frapper le roi...
mais Dieu veille sur le fils aîné de l'Eglise... le complot
avorta... Toujours est-il que ce moine, pour pénétrer dans
Chartres, s'était glissé à votre insu dans les rangs de la
grande procession... C'est cela que Sa Majesté a voulu dire...

— J'ignorais, en effet, balbutia le duc, qu'il pût y avoir
dans tout le royaume un être assez criminel, assez insensé
pour oser porter la main sur la personne royale...

— Maintenant, reprit Catherine avec son plus gracieux
sourire, le roi ayant accordé audience à notre cher cousin, lui
demande simplement quel est le but spécial de cette audience... Sa question n'a pas d'autre portée.

Guise regarda Henri III, qui craignant d'avoir été trop
loin et de n'être pas en mesure de sortir d'un mauvais pas,
fit un signe de tête affirmatif. Une détente se produisit aussitôt dans l'assemblée . on comprit que le roi venait de reculer. Loignes ayant terminé sa petite besogne, rengaîna sa
dague. Mayenne poussa un soupir qui pouvait à la rigueur
passer pour le mugissement d'un bœuf. Le cardinal de Guise
eut un pâle sourire. Le roi se renversa dans son fauteuil,
croisa sa jambe droite sur sa gauche, et bâilla.

— Sire, dit alors Guise d'une voix raffermie, et vous, madame et reine, l'audience que Votre Majesté a bien voulu
nous accorder a en effet un but spécial. Je suis venu non pas
à Blois, mais précisément au château de Blois. Je suis venu
non pas aux conférences, mais justement chez Sa Majesté.
Et si j'ai prié mes deux frères de m'accompagner, si j'ai invité tout ce que je connaissais de gentilshommes amis à me
suivre ici, c'est que j'avais à dire des paroles solennelles... et
j'eusse voulu que toute la noblesse de France fût présente
dans ce salon...

— Qu'à cela ne tienne! dit hardiment le roi. Qu'on ouvre
les portes, et qu'on fasse entrer tout le monde!...

Cet ordre fut immédiatement exécuté. La porte du salon
ouverte à double battant, un huissier cria :

— Messieurs, le roi veut vous voir!...

Alors, tous les seigneurs qui attendaient dans l'escalier et

sur la terrasse entrèrent. Le salon fut bientôt bondé. Ceux
qui ne purent entrer s'arrêtèrent sur le palier et jusque sur
les marches de l'escalier. Une intense curiosité pesait sur
cette foule assemblée

— Mon cousin, dit le roi, vous avez maintenant un audi-
toire à souhait. Parlez donc hardiment.

— Je parlerai avec plus de franchise encore que de hardiesse, dit le duc de Guise. Sire, lorsque j'ai eu l'honneur de
vous voir à Chartres, je vous ai dit que votre ville de Paris
réclamait à grands cris la présence de son roi dont elle ne
peut se passer, sous peine de dépérir. Maintenant, sire, j'ajoute
joute : c'est le royaume entier qui réclame la fin des dis-
cordes, et supplie Sa Majesté de reprendre visiblement les
rênes du gouvernement. A tort, bien à tort, sire, moi Henri Iᵉʳ
de Lorraine, duc de Guise, j'ai été considéré comme un
brandon de guerre civile. A mon grand regret, ceux qui voulaient porter le trouble dans le royaume ont espéré trouver
en moi un chef de révolte, alors que je suis seulement le chef
de l'une des armées royales. Ces espérances des fauteurs de
troubles seraient encouragées par moi si d'une voix haute je
n'y mettais un terme. Sire, je suis venu loyalement et franchement déposer mon épée à vos pieds et vous proposer une
réconciliation solennelle, si toutefois il y a jamais eu de véritable querelle...

— Et il n'y en a jamais eu ! cria la reine-mère.

Il serait difficile de donner une idée exacte de la stupéfaction qui se peignit sur le visage des gentilshommes tant guisards que royalistes, lorsque le duc de Guise eut achevé de
parler. Pour les uns, c'était l'effondrement subit, inexplicable et inexpliqué d'une conspiration qui durait depuis quinze
ans. Pour les autres, c'était une instinctive méfiance devant
une attitude si nouvelle chez l'orgueilleux duc.

Une vingtaine seulement des plus intimes du duc de Guise
demeurèrent parfaitement calmes. Ceux-là savaient à quoi
en tenir. Quant à Henri III, s'il fut étonné, joyeux ou non,
nul ne put le savoir, car son visage demeura impénétrable.
Seulement, il regarda sa mère qui lui fit un signe et qui dit :

— Voilà de nobles paroles que vient de prononcer là notre
cousin... Quel dommage qu'une scène aussi attendrissante
n'ait pas le seigneur Dieu pour témoin !...

Le roi était dès longtemps habitué à comprendre sa mère
à demi-mot. Se levant donc et se campant le poing sur la
hanche, par une attitude qui lui était naturelle, il dit :

— Monsieur le duc, seriez-vous disposé à répéter ces paroles devant le Saint-Sacrement ?

Le duc eut une hésitation inappréciable, puis répondit :

— Certainement, sire ! Quand Votre Majesté voudra...

— Ainsi, vous seriez prêt à faire serment de réconciliation et de bonne amitié, sur le Saint-Sacrement exposé à l'autel ?...

— Je suis prêt, sire... Dès que nous serons rentrés à Paris, s'il plaît à Votre Majesté, nous irons à Notre-Dame, et...

— Monsieur le duc, interrompit le roi, il y a partout des autels, et partout on trouve Dieu quand on le cherche. La cathédrale de Blois me paraît tout aussi favorable que Notre-Dame pour un tel serment...

— Je ne demande pas mieux, sire... Quand Votre Majesté voudra... dès demain...

— Demain !... qui sait où nous serons demain ? C'est tout de suite, monsieur le duc, c'est dans l'heure qui commence que nous devons aller au pied de l'autel...

Guise eut une nouvelle hésitation ; et cette fois, si courte qu'elle eût été, Catherine qui le dévorait des yeux la remarqua. Mais déjà le duc répondait d'une voix ferme :

— Tout de suite, si cela plaît à Votre Majesté !

— Crillon, dit le roi, nous allons à la cathédrale. Messieurs, vous en êtes tous. Il faut que ce soit un spectacle dont il soit parlé dans tout le royaume et dont l'histoire garde le souvenir. Et maintenant, qu'on me laisse seul.

Tout le monde sortit, les gentilshommes guisards ou royalistes pour se préparer à la cavalcade projetée. Guise pour s'entretenir dans la cour carrée avec ses deux frères et quelques conseillers, Crillon pour préparer l'escorte royale et montrer aux Lorrains qu'il était en état de ne rien redouter. La reine mère demeura seule auprès d'Henri III.

— Eh bien, ma mère, dit gaiement le roi, nous allons donc rentrer à Paris ?..

Catherine demeura silencieuse.

— Dès que les conférences seront terminées, continua Henri, nous nous mettrons en route. Eh bien, je vous avoue que j'y songe avec plaisir. Je commençais à m'ennuyer !

— Oui, dit alors la vieille reine, voilà ce qui vous tient le plus à cœur. Rentrer dans Paris ! Reprendre vos amusements favoris dans le Louvre et ailleurs, courir les travestissements, préparer fêtes sur fêtes, au risque de voir se déchaîner encore les bourgeois las de payer vos folies et d'entretenir vos mignons !...

Henri III bâilla. Il subissait les mercuriales de sa mère comme des radotages de vieille femme.

— La belle avance, reprit durement Catherine, de rentrer au Louvre, si vous y rentrez diminué, fantôme de roi n'ayant plus qu'une ombre de pouvoir !

— Et pourquoi serais-je diminué ? Voyons, expliquez-moi cela, ma mère. Vous savez la confiance que j'ai en votre jugement et en vos sages avis.

— Oubliez-vous donc que les États-Généraux sont réunis et que la liste des doléances et réclamations, si vous y faites droit, suffit à vous réduire à l'état de roi sans royaume !

— Bon ! pour un ou deux d'Epernon qu'on me demande de renvoyer !...

— Et le reste ! les garanties exigées ! le droit accordé à vos pires ennemis de vérifier les finances...

— Le reste ne compte pas, madame ! Nul ne songe sérieusement à ces doléances qui étaient une façon de me faire sentir la mauvaise humeur de la seigneurie... mais puisque me voici réconcilié avec les Lorrains...

— Vous croyez donc à cette réconciliation ?

— Pourquoi n'y croirais-je pas, si M. de Guise le jure sur le Saint-Sacrement ? dit Henri III avec une sincérité qui fit sourire amèrement Catherine.

Henri III qui fut à coup sûr un roi débauché — Henri III, qui ne cachait nullement son goût pour la débauche, fut certainement le roi le plus sincèrement croyant qu'il y ait eu en France. Sa piété égalait celle de Louis XI. Un serment sur le Saint-Sacrement était donc pour lui la preuve irréfutable de la bonne foi de Guise.

— Ce n'est pas, ajouta-t-il, que je croie beaucoup aux bons sentiments naturels de monsieur le duc : je pense au contraire qu'il ne fait ce serment que contraint et forcé. A quoi peut-il aboutir, s'il ne se réconcilie avec moi ? Poussé par la Ligue, il faut qu'il se déclare ou rebelle ou sujet fidèle. Il sait trop ce que la rébellion lui coûterait, et il fait sa soumission. Je ne lui en ai donc aucune reconnaissance : mais toujours est-il que s'il jure la main sur l'autel, je serai bien forcé de le croire !

— Prenez garde, mon fils !...

— Oh ! madame, fit le roi se méprenant au sens de cet avertissement, Crillon aura certainement pris les précautions nécessaires... et justement le voici ! ajouta-t-il pour couper court à l'entretien.

Catherine de Médicis poussa un soupir, jeta un profond regard sur son fils et se retira lentement, tandis que Crillon faisait en effet son entrée dans le salon et annonçait au roi qu'on n'attendait plus que son bon plaisir pour se mettre en route vers la cathédrale...

Le roi descendit aussitôt dans la cour carrée et sourit à la vue de ses gentilshommes qui formaient une masse imposante, à la vue plus imposante encore des gens d'armes que Crillon avait disposés. Il monta à cheval. Tous l'imitèrent aussitôt.

Le roi sortit du château précédé d'une fanfare de trompettes, d'une compagnie de mousquetaires et encadré par un triple rang de ses gentilshommes. Le duc de Guise venait immédiatement derrière lui et se trouvait ainsi séparé de ses partisans. Toute cette formidable et brillante cavalcade se dirigea vers la cathédrale dans une sorte de recueillement in-

quiet. On n'osait parler. Chacun se demandait si cette cérémonie ne cachait pas un guet-apens.

Le chapitre de la cathédrale prévenu en toute hâte s'était
réuni, et, revêtu de ses ornements sacerdotaux, attendait Sa
Majesté.

Le roi mit pied à terre devant l'église où il entra aussitôt
toujours silencieux, et suivi par cette foule non moins silencieuse. Guise marchait près de lui, un peu en arrière.

En un instant la cathédrale se trouva remplie. Le roi et
Guise marchèrent jusqu'au maître autel. Le curé doyen de la
cathédrale s'agenouilla alors, entouré de ses vicaires, fit une
courte oraison. Puis il monta les degrés de l'autel, ouvrit le
tabernacle, découvrit l'ostensoir d'or enrichi de pierres précieuses, et, tandis que les prêtres entonnaient le *Tantum
ergo*, il se retourna en soulevant l'emblème dans ses mains
levées

Toute l'assistance était tombée à genoux ; le roi avait le
premier donné l'exemple et se frappait la poitrine avec une
ferveur qui, à en juger par la violence des coups de poing
qu'il s'administrait au cœur, devait lui attirer sans aucun
doute des indulgences toutes spéciales. Enfin l'ostensoir ayant
été exposé sur l'autel, le roi se releva

— Mais, dit-il, je ne vois pas le saint Evangile. Pour un
serment de cette importance, le livre sacré ne sera pas de
trop à côté du très Saint-Sacrement...

Le curé doyen se hâta d'obéir et, près de l'ostensoir, ex-
posa le volume tout ouvert sur son pupitre après l'avoir découvert de l'enveloppe de velours qui le protégeait. Le roi
alors regarda fixement le duc de Guise. Celui-ci, d'un pas ferme, monta les degrés de l'autel et étendit la main droite. Un
silence de mort s'étendit sur toute la cathédrale.

— Sur l'Evangile et le Saint-Sacrement, dit le duc d'une
voix que tout le monde put entendre, tant en mon nom
qu'au nom de la Ligue dont je suis lieutenant général, je jure
réconciliation et parfaite amitié *à Sa Majesté le Roi*...

Henri III qui jusque là avait conservé un doute rayonna de
joie, et montant à son tour, il étendit la main et dit :

— Sur l'Evangile et le Saint-Sacrement, je jure réconciliation et parfaite amitié à mon féal cousin duc de Guise et
à messieurs de la Ligue...

Alors des vivats éclatèrent parmi les royalistes, tandis que
les gentilshommes guisards demeuraient sombres et silencieux. Le roi tendit la main au duc qui, profondément, s'inclina. La réconciliation était scellée !...

Radieux et réellement délivré des noirs soucis qui l'a-
vaient accablé, Henri III ordonna à Crillon et à ses gentilshommes de rentrer au château séance tenante. Il lui fallut
répéter l'ordre deux fois. Mais force fut bien à Crillon d'obéir,
et le roi demeura seul parmi les guisards ;

— Messieurs, dit-il, puisque nous sommes réconciliés, il
n'y a plus ni ligueurs ni royalistes ; il n'y a ici qu'un roi
plein de confiance en ses gentilshommes.

— Vive le roi ! crièrent les guisards avec plus de politesse
que d'enthousiasme.

— Monsieur le duc, reprit Henri III, veuillez m'accompagner au château avec quelques-uns de ces messieurs. Quant
à vous, monsieur le cardinal, et vous monsieur de Mayenne,
vous rejoindrez votre bien-aimé frère à l'heure du dîner, je
vous veux tous à ma table, ce soir, et morbleu, nous célébre-
rons ce beau jour comme la plus belle victoire de notre
règne !...

— Vive le roi ! répétèrent les guisards, tandis qu'Henri III
s'éloignait escorté par Guise et une vingtaine de ligueurs.

Lorsqu'ils furent partis, le cardinal de Guise, d'un geste,
retint dans la cathédrale quelques gentilhommes qui, sur
un mot de lui, se glissèrent rapidement parmi les ligueurs
dont le flot s'écoulait, morne et désespéré comme d'une
trahison. De ces allées et venues, il résulta qu'environ deux
cents des principaux guisards demeurèrent dans la cathédrale
dont toutes les portes furent soigneusement fermées. Lorsqu'on
se fut assuré qu'il ne restait plus dans l'église personne qui
ne fût affilié, le cardinal prononça ces mots.

— Messieurs, vous avez entendu le duc mon frère.

Des cris, des grondements furieux l'interrompirent
aussitôt.

— C'est une infâme trahison !

— Il ne devait jurer qu'en son nom !

— Il sera condamné comme Valois !...

Le cardinal souriait en homme sûr de son effet, heureux
de cette explosion de fureur. Quand la tempête se fut calmée,
il reprit :

— Je vois, messieurs, que vous avez mal entendu le duc
mon frère Il a juré amitié parfaite et réconciliation, oui
mais à qui ?...

— Au roi !... Au roi !... vociférèrent les ligueurs.

— En effet, messieurs, au roi !... mais non au roi
Henri III !... Mais non à Valois !... Puisque nous avons
condamné Valois, Henri III n'est plus roi !... C'est donc
seulement au roi de la Ligue, au roi que vous choisirez,
messieurs, que le duc de Guise a juré parfaite amitié sur
l'évangile et le saint-sacrement. Et à mon tour je vous jure
que ce serment là, mais celui-là seulement, il est résolu à le
tenir !...

XXV

La lettre

Les seigneurs guisards, qui étaient devenus mornes comme
s'ils eussent perdu père et mère, en entendant le serment,
devinrent instantanément radieux dès qu'ils eurent compris qu'il s'agissait tout bonnement d'un faux. Il ne fut
pas besoin d'autre explication. Le serment de reconcilia-
tion ne détruisait rien... au contraire, il arrangeait tout.

Le soir, donc, pendant la grande réception qui eut lieu ι.
château, les gens de la Ligue montrèrent un visage serein,
joyeux, et même quelque peu moqueur quand leurs yeux
s'arrêtaient sur Henri III

Le roi qui dînait d'assez bon appétit contre son habitude,
ne remarquait nullement ce qu'il y avait de singulier dans
cette attitude des guisards. Mais d'autres le remarquaient
pour lui. Et parmi ces autres se trouvaient Ruggieri et
Catherine de Médicis.

L'astrologue assistait au dîner du roi du fond d'un cabinet
percé d'un invisible judas à travers lequel il pouvait tout
voir Catherine l'avait mis là en lui recommandant d'étudier
la physionomie des Guises. Jamais la vieille reine n'avait
éprouvé angoisse pareille. Il y avait un malheur dans l'air.
Et ce malheur, elle en lisait la menace sur le visage des
guisards.

Quant au roi, il était tout à la joie de cette réconciliation,
non pas parce qu'elle mettait un terme aux maux dont
souffrait le royaume, mais parce qu'elle allait lui permettre de
rentrer à Paris.

A la même table que lui avaient pris place le maréchal de
Biron, Villequier, d'Aumont, du Guast, Crillon les trois
Lorrains et quelques seigneurs de la Ligue. Les convives
étaient fraternellement mêlés les uns aux autres, et si le roi
n'eût été assis sur un fauteuil un peu plus élevé que les
autres, on ne l'eût pas distingué de ses invités.

Le reste des seigneurs autorisé à regarder le roi manger,
se tenait dans la salle du festin, mais parmi eux la fusion ne
se faisait pas; les guisards demeuraient ensemble et les
royalistes s'étaient massés d'autre part. C'est ainsi qu'un
groupe où se trouvaient Deseffrenat, Chalabre, Montsery
Sainte-Maline et quelques autres des Quarante-Cinq échan-
geait des regards de provocation avec le groupe de ligueur
où se trouvaient Brissac, Maineville, Bussi-Leclerc, Bois

Dauphin. Quant a Maurevert, il était là aussi, mais sa physionomie demeurait indéchiffrable.

— Par Notre-Dame de Chartres, à qui en partant j'ai fait cadeau d'une belle chape de drap d'or ! s'écriait à un moment le roi de France, je voudrais bien savoir la figure que ferait le maudit Béarnais s'il nous voyait réunis à la même table !... J'en ris rien que d'y penser !

Le roi se mit à éclater. Le duc de Guise éclata aussi, puis toute la tablée, puis tous les seigneurs debout.

— Il me semble que je l'entends, continua le roi. Il en pousserait un Ventre-Saint-Gris !...

Et Henri III répéta le juron favori du Béarnais en imitant si bien son accent gascon que cette fois les rires partirent d'eux-mêmes et de bon cœur.

— A propos, sire, savez-vous ce qu'il fait en ce moment ? demanda le cardinal de Guise.

— Ma foi non. Et vous, duc, le savez-vous ?

— Non, sire, répondit Henri de Guise qui riait encore, mais mon frère va nous l'apprendre.

— Eh bien, sire, reprit le cardinal, il est retourné à la Rochelle où il va présider l'assemblée générale des protestants.

— Quelque chose comme les Etats-Généraux de la huguenoterie, fit le roi.

Lorsque se fut apaisé le murmure d'admiration qu'avait provoqué ce mot de Sa Majesté, Henri III reprit:

— Nous ne le craignons plus. Qu'il assemble tout ce qu'il voudra. Nous marcherons contre lui, et avec l'aide de Dieu, avec l'aide de notre ami (il regardait le duc), nous le taillerons en pièces.

— Sire, dit le duc de Guise, s'il plaît à Votre Majesté, nous préparerons cette expédition...

— Dès notre rentrée à Paris, dit le roi. Nous n'aurons pas de repos tant que la Rochelle sera aux mains des huguenots.

Ayant dit, le roi but un grand verre de vin, et tous les convives l'imitèrent. Ce fut ainsi que se passa ce dîner, où il fut question de tout, excepté des Etats-Généraux pour lesquels tout ce monde était réuni. Après le dîner, il y eut jeu dans le grand salon d'honneur. Enfin, le moment vint où le roi voulut aller se coucher. Les trois frères de Guise s'approchèrent de lui pour lui faire leur compliment. Mais comme le duc s'inclinait, le roi le saisit par la main et dit:

— Embrassons-nous, mon cousin, puisque nous sommes amis...

Guise reçut l'accolade en pâlissant. Puis le roi, précédé de ses porte-flambeaux et escorté de son service d'honneur, gagna sa chambre à coucher. Les Guises se retirèrent. Les courtisans s'éloignèrent à leur tour l'un après l'autre.

Catherine de Médicis, malgré son âge, malgré sa faiblesse, était restée jusqu'à la fin. Quand elle fut seule, elle entra

dans la salle à manger et se dirigea vers le cabinet où elle
avait laissé Ruggieri ...A ce moment, dans la demi-obscurité,
un gentilhomme se dressa près d'elle...

— Maurevert ! dit sourdement la reine.

— Oui, madame, dit Maurevert en s'inclinant profondément.

Puis il se redressa, regarda la reine dans les yeux et reprit :

— Ce même Maurevert qui tira sur l'amiral Coligny ce
coup d'arquebuse que vous n'avez pas oublié, sans doute. Ce
même Maurevert qui vous apporta au Louvre, par un soir
rouge de sang, noir de fumée, la tête de l'amiral, et qui sur
vos ordres, ma reine, porta cette tête jusqu'à Rome... Ces
temps sont lointains... Ces époques où tous les fidèles serviteurs de l'Eglise et de la monarchie risquaient leur vie se sont
peu à peu effacées de la mémoire de ceux-là mêmes qui ont
pour mission en ce monde de se souvenir. .Aussi, madame, je
craignais fort que mes traits ne rappelassent plus rien au souvenir de Votre Majesté... je vois avec bonheur qu'il n'en est
rien...

Catherine de Médicis fixait un sombre regard sur l'homme
qui lui parlait avec une sorte d'insolente familiarité. Mais
ce n'est pas Maurevert qu'elle voyait... C'était le passé formidable évoqué soudain par la présence de cet homme.

Un instant, elle revécut les terribles journées où la Seine
rouge de sang charriait des cadavres, où les incendies faisaient
dans la nuit, sur tous les horizons de Paris, de sinistres au-
rores boréales, où dans l'énorme fournaise retentissaient les
cris des mourants, les plaintes des femmes qu'on tuait, les
clameurs d'effroi de ceux qu'on poursuivait... Et cette pâleur spéciale des vieillards qui chez elle était presque livide,
se colora d'une furtive rougeur, comme si son cœur glacé dès
longtemps se fût mis à battre plus fort.

Un long soupir gonfla sa poitrine décharnée, sous les vêtements noirs qu'elle portait avec une majesté funèbre. Une
seconde, elle baissa la tête, dans une fugitive rêverie comme
si ce passé eût été bien lourd à porter. Ces rêveries-là, chez
les grands criminels, ressemblent parfois au remords... Mais
Catherine n'était pas femme à se laisser abattre par de vagues
regrets — si toutefois ces regrets existaient en elle. Elle examina donc attentivement Maurevert et lui dit :

— Oui, vous avez été un bon serviteur. Vous avez fait
beaucoup pour mon fils Charles IX.

— Non, madame, dit Maurevert : c'est pour vous ce qui
j'ai fait..

— Vous êtes un de ces fidèles soutiens du trône dont vous
parliez tout à l'heure...

— Non, madame : mais votre serviteur à vous !..

Catherine demeura pensive devant cette insistance. Elle

connaissait Maurevert pour un des plus **mystérieux** et des
plus terribles serviteurs qui eussent évolué jadis dans son or-
bite. Elle savait qu'il ne faisait rien sans motif

— Monsieur de Maurevert, reprit-elle tout à coup, où étiez-
vous le jour des Barricades ?

— Je vous comprends, madame, fit Maurevert. J'étais avec
cette tourbe de mariniers qui repoussa Crillon jusque dans
l'hôtel de ville. J'ai donc aidé les Parisiens dans leur rébellion. Je suis donc de ceux qui ont forcé le roi de France à
sortir précipitamment de Paris. Voici ce que veut dire Votre Majesté !

— Monsieur de Maurevert, continua la reine, que faites-
vous depuis le jour des Barricades ?...

— Je vous comprends encore, madame ! J'ai servi le duc
de Guise. Je l'ai servi avec ardeur et fidélité. J'ai fait pour
la réussite de ses projets autant que je fis jadis pour la réussite des vôtres. Depuis le jour des Barricades, je suis donc
un ennemi du roi votre fils et de vous-même Est-ce bien là
ce qu'a voulu dire Votre Majesté ?...

— Mais avant, monsieur de Maurevert, depuis une dizaine
d'années, qu'êtes-vous devenu ?...

— Je vous comprends encore, madame. Depuis une dizaine
d'années, je suis l'un des plus actifs propagateurs de la Ligue.
Je suis donc un des plus fermes soutiens des prétentions des
Lorrains. Et si par hasard le roi se décidait à faire couper le
cou à M. de Guise, il est sûr que je serais, moi, à tout le
moins pendu C'est bien là la pensée de Votre Majesté ?

— Je vois, monsieur de Maurevert, que vous êtes toujours
très intelligent, dit la reine avec un sourire mortel. Mais enfin, je suppose que ce n'est pas pour me prouver votre intelligence que vous m'êtes venu trouver ?...

— Non, madame, car je savais que mon intelligence était
depuis longtemps connue de Votre Majesté...

— Que voulez-vous donc? Parlez. Je ne vous recommande
pas la hardiesse, car vous me semblez ce soir étrangement
hardi. Au moins puis-je vous ordonner la franchise...

— J'attendais cet ordre de Votre Majesté, dit Maurevert.
Voici donc, madame, ce que je suis venu vous dire. Lorsque
nous exterminâmes les huguenots, lorsque pour vous, pour
vous seule, je risquai mon sang, ma vie, non pas une fois,
mais dix fois, sans compter, Votre Majesté m'a fait certaines
promesses J'en ai attendu l'exécution pendant six ans. Un
jour je me mis sur votre passage, et votre regard me fit comprendre que j'y lis oublié... J'ai tenu à vous dire, madame
pourquoi je me suis jeté dans le parti de la Ligue, pourquoi
j'ai tout fait pour soutenir les prétentions avouées ou secrètes
de M. de Guise, pourquoi enfin je suis devenu un ennemi de
la fortune des Valois...

— Vraiment, monsieur, vous avez tenu à me dire cela ! gronda Catherine.

— Oui, madame, fit Maurevert avec calme. Et maintenant que je me suis soulagé, Votre Majesté peut appeler son capitaine des gardes et me faire arrêter... Mais vous saurez que si je vous ai trahie, c'est que vous m'avez trompé, vous ! que si je vous ai fait du mal, plus de mal que vous ne croyez, c'est que vous avez oublié, vous, de payer le fidèle et loyal serviteur que je fus jadis...

— Ah ! vipère ! murmura sourdement la reine... Il faut bien que votre Guise soit redoutable pour que vous osiez parler ainsi à votre reine ! Il faut bien que vous lui ayez rendu de rudes services pour être aussi sûr qu'il vous délivrera si je vous fais arrêter... Je ne vous fais donc pas arrêter... mais je vous chasse ! Vous parlez comme un laquais ; je vous traite comme un laquais... sortez !...

La vieille reine, livide de se voir si faible après avoir été si puissante, eut cependant un de ces gestes de majestueuse dignité comme elle en avait autrefois. Mais Maurevert, après avoir fait un profond salut, demeura à sa place.

— Eh quoi, monsieur ! gronda la reine avec un éclat de voix qui devait sûrement attirer du monde, n'avez-vous pas entendu que je vous chasse ?... Faut-il appeler nos gens pour vous bâtonner ?...

A ce moment une voix à la fois grave, humble et caressante se fit entendre :

— Madame et reine vénérée, pardonnez-moi si j'ose m'interposer entre votre auguste colère et ce gentilhomme. Restez, monsieur de Maurevert. La reine vous y autorise...

C'était Ruggieri ! Il avait tout vu et tout entendu de son cabinet... Il fit un signe rapide à Catherine de Médicis. Et la reine, changeant de ton et de visage avec cette admirable facilité qui prouvait combien toujours elle était maîtresse de ses passions, prononça :

— Monsieur de Maurevert, je vous pardonne ce que votre attitude et vos paroles ont pu avoir d'étrange...

Maurevert mit un genou à terre et dit :

— Je crois maintenant que je puis dire à la reine tout ce que j'étais venu lui dire.

Et il se releva. La reine étonnée, hésitante, comprenant à l'attitude de l'astrologue qu'elle se trouvait en présence d'un mystère, reprit avec un charmant sourire :

— Vous avez donc encore quelque chose sur le cœur, mon cher monsieur de Maurevert ?...

— Eh ! s'écria Ruggieri, c'est bien simple. Il a sur le cœur de ne pas avoir été récompensé selon son mérite.

La reine regarda Maurevert qui s'inclina.

— Et il faut le récompenser, ce digne gentilhomme, reprit Ruggieri. N'est-ce pas, monsieur ?

Maurevert s'inclina encore.

— Et sans doute que pour être plus sûr d'obtenir une récompense digne de vous, continua l'astrologue, sans doute
que vous apportez quelque chose à la reine?...

— En effet, monsieur... j'apporte quelque chose à Sa Majesté... je lui apporte... ce que je lui apportai jadis au Louvre, le dimanche soir de Saint-Barthélemy...

— Quoi donc? fit Ruggieri, tandis que la reine pâlissait.

— Une tête, répondit Maurevert.

Un flot de joie sinistre monta à la tête de Catherine, qui
en elle-même gronda:

— Une tête!... La tête de Guise!... Oh! je vieillis, puisque je n'ai pas compris tout de suite que si Maurevert se ris-
quait en ma présence, c'était pour trahir son maître! Monsieur, continua-t-elle à haute voix, veuillez me suivre. Et toi
aussi, mon bon Ruggieri. Tu ne seras pas de trop pour ce qui
va se dire...

La reine traversa la salle à manger, puis le salon où le roi,
dans la journée, avait reçu les Guises ; puis elle descendit
non par le grand escalier qui donnait sur la cour carrée, mais
par un escalier dérobé qui donnait sur son appartement. Cet
appartement, situé au rez-de-chaussée, se trouvait juste au-
dessous de l'appartement du roi, et en reproduisait la disposition.

Seulement, au lieu qu'elle dormit dans la chambre qui cor-
respondait à la chambre à coucher de son fils, elle avait fait
établir son lit dans une pièce qui était placée au-dessous d'un
petit salon qui précédait la chambre royale. Ces détails sont
utiles pour la suite de notre récit.

Catherine de Médicis fit entrer Ruggieri et Maurevert dans
un petit oratoire et, ayant renvoyé ses suivantes, s'étant assurée qu'on ne pouvait ni les voir ni les entendre, prit place
dans un fauteuil, tandis que les deux hommes demeuraient
debout.

— Que voulez-vous? dit la vieille reine en fixant son regard sur Maurevert.

— Pardon, madame, intervint Ruggieri, Votre Majesté
veut-elle me permettre de placer ici un mot?

— Parle, mon brave et fidèle ami... parle... tes paroles
sont généralement l'écho de ma pensée.

— Eh bien, fit l'astrologue, il me semble qu'avant de demander à ce gentilhomme ce qu'il veut, nous devons lui demander ce qu'il donne...

Catherine secoua la tête. Là, elle reprenait toute l'am-
pleur de sa pensée. Elle devenait supérieure à Ruggieri.

— Que voulez-vous ? répéta-t-elle à Maurevert.

— Peu de chose, madame, dit Maurevert. Je me contenterai de trois cent mille livres.

— C'est peu en effet, dit Catherine pensive.

— Cela me suffit pourtant !...

Et il ajouta :

— Ce que j'apporte vaut en effet un million. Et ne demandant que trois cent mille livres, j'estime donc à sept cent mille livres le plaisir que j'ai à servir les intérêts de Votre Majesté...

— Bon ! pensa Marcine prompte à comprendre Il paraît que tu as une rude dent contre le Guise, et qu'au besoin tu le trahirais pour rien !... Ruggieri, ajouta-t-elle tout haut, fouille dans ce meuble... là... le troisième tiroir... et donne-moi l'un de ces parchemins que tu vois...

Ruggieri obéit et plaça sur la table, devant la reine, un des parchemins demandés Ces parchemins, c'étaient des bons sur la cassette royale tout préparés d'avance, scellés du sceau d'Henri III et signés de sa main. La reine le remplit, et la feuille se trouva alors ainsi libellée :

— « *Bon pour la somme de cinq cen' mille livres que notre trésorier versera, au vu des présentes, ès main du sir de Maurevert, pour services particuliers rendus à nous...* »

Catherine tendit le *bon* à Maurevert qui n'eut pas un tressaillement, bien qu'il eût aussitôt remarqué la majoration énorme de la somme qu'il avait indiquée lui-même.

— Votre Majesté est la générosité même, se contenta-t-il de dire.

Mais comme il disait ces mots, il eut un frémissement. En effet, le libellé du *bon* portait au bas cette formule écrite d'avance :

« *Ladite somme payable à, ... le.....* »

Ni le nom de la ville ni la date n'avaient été remplis par Catherine de Médicis. Dès lors, le *bon* n'avait aucune valeur. Catherine qui, des yeux, suivait attentivement la physionomie de Maurevert, sourit et dit :

— Rendez-moi ce *bon*, monsieur ; je crois que j'ai oublié...

— En effet, dit Maurevert en replaçant le parchemin sur la table, Votre Majesté a omis la date et le lieu du payement...

Ruggieri qui connaissait le tréfonds de Catherine et savait toutes les ressources de cet esprit astucieux, assistait à cette scène avec l'impassibilité d'un spectateur qui connaît déjà le dénouement de la comédie qu'on lui joue.

— Où voulez-vous être payé, mon cher monsieur de Maurevert ? demanda la reine avec un charmant sourire.

— Mais à Paris, s'il plaît à Votre Majesté... répondit Maurevert.

— A Paris. Bien. Vous voyez, j'écris : Payable à Paris... Reste la date... Quand voulez-vous être payé ?...

— Le plus tôt possible, fit Maurevert en riant. J'avoue à Votre Majesté que j'attends avec impatience...

— Le plus tôt *possible*, dit la reine. Très bien. Voyez :
j'indique la date la plus rapprochée *possible*, c'est-à-dire le
jour même où le roi pourra disposer à son gré de ses finances...
c'est-à-dire...

Et Catherine les lèvres serrées, les sourcils contractés, la
physionomie devenue soudain terrible, acheva d'écrire :

« *Payable à Paris*, le LENDEMAIN DE LA MORT DE M. LE DUC
DE GUISE. »

— Catherine, dit Ruggieri en employant pour prononcer
ces mots une sorte de patois à demi-italien qui n'était compris que d'elle et de lui, Catherine, êtes-vous folle ? Songez-
vous que cet homme peut porter ce papier au duc qui le
payera un million et qui ameutera toute la seigneurie contre votre fils !

— Oui, si cet homme ne voulait que de l'argent. Mais il
veut de l'argent et la vengeance... Et même, pour la vengeance,
il laisserait l'argent. Je vois qu'il en veut mortellement au
duc. Tais-toi. Je le connais...

Catherine ne se trompait pas. Dans cette affaire, Maurevert cherchait deux choses : D'abord une somme d'argent suffisante pour s'expatrier et échapper tout à fait à Pardaillan
au cas où celui-ci ne serait pas mort. Or, cette somme, il se
l'était fixée à lui-même à deux cent mille livres Il en avait
demandé trois cents. On lui en offrait cinq cents !... Ensuite, Maurevert voulait réellement se venger de Guise

Guise l'avait humilié. Guise, dans la période où il recher-
chait Violetta, avait eu pour Maurevert cette attitude insolente, cette défiance outrageante, ces précautions soupçon-
neuses qui accumulent dans un cœur de formidables rancu-
nes. La reine l'avait donc admirablement jugé.

Maurevert lut sans surprise les mots que Catherine venait
d'écrire. Il prit le *bon*, le plia froidement, le fit disparaître
dans une poche de son pourpoint, et dit :

— Je remercie Votre Majesté. La date qu'elle indique me
convient parfaitement.

— Cette date est donc bien rapprochée ? demanda la reine
palpitante.

— Oh ! cela ne dépend pas de moi, madame ! Car moi, je
ne suis ni Dieu pour décréter la mort de monseigneur de
Guise... ni le roi... pour l'envoyer à l'échafaud...

— L'échafaud ! dit sourdement Catherine qui se redressa
livide...

Ruggieri considérait ardemment Maurevert.

— Expliquez-vous nettement, dit à son tour l'astrologue...
il ne s'agit donc pas...

— D'une arquebusade dans le genre de celle que j'envoyai
à Coligny ? fit Maurevert. Nullement. Aussi, au lieu d'écrire
« Payable au lendemain *de la mort* ». Votre Majesté eût

plus justement écrit « Payable le lendemain de *l'exécution*,
de M. de Guise. »

— Maurevert, dit la vieille reine haletante, tu aurais donc
vraiment le moyen de porter quelque terrible accusation
contre le duc ?... Parle, mon ami !... Je t'ai oublié jadis, c'est
vrai... Mais si tu rendais un pareil service à mon fils... ce
n'est pas cinq cent mille livres que tu pourrais espérer... en-
tends-tu ?...

— J'entends, Majesté. Mais je me contenterai de ce que
vous avez bien voulu m'offrir, dit Maurevert. Il me reste
donc à vous remettre papier pour papier... Vous m'avez donné
un bon pour cinq cent mille livres. Je vais vous donner un
bon pour une tête... Lisez ceci, madame...

A ces mots, en effet, il tira de sa poche une lettre qu'il remit à la reine. Catherine y jeta un avide regard et murmura

— L'écriture de Guise...

Catherine et Ruggieri se penchèrent en même temps sur la
lettre posée sur la table. Leurs deux têtes, qui se touchaient
presque, formaient dans la pénombre un de ces tableaux que
Rembrandt seul eût été capable de traduire. Il se dégageait
une puissante et pénible impression, une sorte de poésie farouche, de ces deux têtes vieillies, ridées, d'une pâleur de
marbre, mais où éclatait une joie funeste et terrible. Et ce
spectacle eût impressionné tout autre que Maurevert... Voici
ce que contenait la lettre :

« Madame

« Vous m'avez si bien convaincu que je ne veux pas atten-
« dre une minute pour commencer l'exécution de l'admirable
« plan que vous m'avez développé. Ce n'est donc ni dans un
« mois ni dans huit jours que je me rendrai à Blois. J'y vais
« tout de ce pas. C'est donc à Blois même que j'aurai l'hon-
« neur de vous attendre afin de hâter ces deux événements
« que je souhaite avec une égale ardeur : la mort de qui vous
« savez, et l'union des deux puissances que vous connaissez.

« Henri, duc de Guise... pour le moment. »

Cette lettre, c'était celle-là même que Guise avait remise à
Maurevert pour Fausta. Maurevert avait copié la lettre, re-
mis la copie parfaitement imitée à Fausta et gardé l'original
pour lui. La signature « Henri, duc de Guise... POUR LE MO-
MENT » constituait l'aveu échappé à la prudence du duc.
Ce mot éclairait la lettre. « Qui vous savez », c'était le roi !...

Lorsque Catherine eut lu et relu cette lettre non pour en
découvrir le sens, car ce sens lui apparaissait très clair, à
elle, mais pour y chercher la possibilité d'accabler le duc sous
une accusation capitale, elle demanda :

— A qui était adressée cette lettre ?

— A la princesse Fausta. . dit Maurevert.

— Donc, elle ne l'a pas reçue ?...

— Pardon, madame. La princesse Fausta a reçu la lettre..,
ou une copie de la lettre.

Catherine le regarda avec une certaine admiration.

— Vous êtes sûr que nul autre que vous n'a vu cette lettre, reprit-elle.

— Parfaitement sûr, madame !...

Catherine appuya son coude sur la table, sa tête sur sa
main, et les yeux fixés sur le papier, se plongea en une profonde rêverie.

— La princesse Fausta ! murmura-t-elle enfin.

A quoi songeait-elle donc en prononçant ce nom ?...

XXVI

Pardaillan au couvent

Nous laisserons Catherine de Médicis à sa rêverie, nous réservant de raconter plus tard ce qui advint de la trahison de
Maurevert. Passons donc, avec la magique rapidité de la
pensée, de Blois à Paris.

Quelques jours se sont passés depuis le départ du duc de
Guise. Paris est inquiet.

Au palais Fausta, une douzaine de jours après le départ
des Lorrains, un mouvement se produit. Fausta a lu la
lettre que Guise lui a fait remettre par Maurevert. Fausta a
pris la résolution de rejoindre le duc à Blois. Elle y voit un
double avantage : d'abord, surveiller de près celui qui va devenir le roi de France, le pousser, surchauffer cet esprit si
mobile quand il ne se trouve pas jeté dans l'action immédiate
et violente; ensuite, cacher au duc cette sorte de faiblesse où
elle se trouve depuis la trahison de Revenni...

Tout est donc prêt pour le voyage. Une litière attend devant la porte. Douze hommes d'armes recrutés depuis peu lui
serviront d'escorte. Depuis quatre jours, deux domestiques
de confiance sont partis à Blois pour préparer les logis de la
souveraine. Fausta monte dans la litière avec ses deux suivantes. Myrthis et Léa sont heureuses de ce voyage et enchantées de quitter. ne fût-ce que pour quelques jours, la
sombre demeure.

Au moment du départ, Fausta jette un long regard sur ce
palais où elle a pensé, aimé, souffert, calculé, combiné la
plus formidable des conspirations. L'image de Pardaillan
passe dans son esprit assombri. Mais elle secoue la tête... Il
est mort... elle est délivrée !...

Enfin, elle donne le signal du départ, détourne ses yeux

de ce palais où tant de choses se sont passées, et le cœur serré par un vague pressentiment, elle laisse tomber la ridelle de la litière. Une heure plus tard, Fausta et son escorte sont sur la route de Blois.

. . . .

Or, à l'heure même où Fausta sortait de Paris par la porte *Notre-Dame-des-Champs* après une courte station au couvent des jacobins situé dans le voisinage de cette porte, le chevalier de Pardaillan rentrait dans la ville par la porte Saint Denis, c'est-à-dire par l'extrémité opposée.

Il s'en était venu à petites journées de Gravelines qu'il n'avait quitté qu'après s'être assuré de la prochaine guérison du messager à qui il avait fourni un si joli coup d'épée. A Amiens, Pardaillan s'était arrêté deux jours. Il éprouvait une certaine lassitude, non pas de la route ou des batailles auxquelles sa destinée, disait-il, le mêlait malgré lui, mais de cette solitude où il se trouvait. Solitude d'âme et de corps... Il était seul dans la vie...

En somme, il s'intéressait à deux choses : d'abord frapper Maurevert, car c'eût été pour lui la pire et la plus affreuse défaite que de disparaître ou de mourir sans avoir écrasé cette vipère. Ensuite, faire rentrer dans la gorge du duc, moyennant sa bonne rapière, les insultes que Guise avait proférées contre lui, le jour où, pour sauver Huguette, le chevalier s'était rendu.

C'était donc surtout dans un moment d'indécision, que Pardaillan s'était arrêté à Amiens. Etendu sur le lit d'une pauvre chambre d'auberge, les bras croisés, les yeux fixes, il songeait.

— Supposons, disait-il que je verrasse Maurevert. et Guise et Fausta. Que ferai-je après ?

Voilà où était la question... Que faire de sa vie?... Et la question était effroyable car Pardaillan ne savait que faire de sa vie!...

Il s'ennuyait et s'ennuyait tout simplement parce que la vieille cicatrice de son cœur n'était pas fermée encore, et parce qu'il ne savait où aller quand il aurait enfin réglé ses comptes, — s'il y arrivait.

— Que ferai-je ?... Où irai-je? Demanderai-je l'hospitalité au petit duc, et me laisserai-je vieillir dans l'espoir d'enseigner les mystères du contre de sixte aux enfants de Violetta ? Hum!.. Perspective peu attrayante. Et puis les gens heureux sont assommants... M'en irai-je donc vieillir auprès d'Huguette ?

Longtemps, Pardaillan s'arrêta sur cette pensée avec un inexprimable attendrissement, qui adoucissait la fixité désespérée de son regard, à ce moment dardé sur une toile d'araignée du plafond.

— Après tout, finit-il par se dire, il y a encore des grandes routes en France et ailleurs. Il y aura toujours des arbres e long de ces routes, du soleil dans l'air, à moins que ce soit de la pluie...

Il s'arrêta encore là-dessus. Et à vrai dire, la pensée reprendre le harnais, de s'en aller au hasard, frottant les i solents, donnant la main au pauvre diable, allant et venar à sa guise, sans maître, sans obligation d'aucune sorte, c'é tait cette pensée seule qui ramenait un sourire sur ses lèvres.

Lorsque Pardaillan reprit son chemin vers Paris, il n'ava en somme décidé qu'une chose ; c'est qu'il surveillerait d près les faits et gestes de M. de Guise. Aussi, en arrivant à peu près à la même heure où Fausta sortait de Paris, lors qu'il eut appris par le premier bourgeois venu que le duc de Guise était à Blois, Pardaillan se dit :

— Eh bien, je continue ma route jusqu'à Blois.

Mais sans doute une réflexion qui traversa son esprit le fi changer d'idée. Seulement, il évita de passer par la rue Saint-Denis ; il ne voulait pas s'arrêter à la *Devinière*, peut-être dans la crainte d'être retenu par Huguette.

Parvenu à la Seine, Pardaillan traversa le pont Notre-Dame, longea la rue de la Juiverie, puis par le Petit-Pont, aboutit directement à la rue Saint Jacques qui traversait toute l'Université. Tout en haut de la rue Saint-Jacques et près des remparts, il arrêta son cheval devant le porche du couvent des jacobins, mit pied à terre, et attacha sa monture à un anneau de fer, comme il y en avait à tous les murs à cette époque où il y avait autant de cavaliers dans la rue que de piétons. Alors, il heurta le marteau de la porte.

Un judas s'entr'ouvrit, à travers lequel le frère portier lui demanda ce qu'il voulait, l'informant aussitôt qu'on ne recevait ni pèlerins ni voyageurs dans ce couvent, — ce qui était vrai.

Mais Pardaillan ayant répondu qu'il ne venait ni faire une neuvaine ni demander l'hospitalité, mais qu'il venait simplement faire visite à un révérend père, le portier l'informa alors qu'il était interdit aux moines de communiquer avec les laïcs, — ce qui n'était pas vrai. Enfin, Pardaillan d'abord désappointé ayant fini par prononcer le nom de frère Jacques Clément, le portier, avec un empressement qui parut bizarre à Pardaillan, ouvrit la porte et le pria d'entrer.

— Et mon cheval ? demanda Pardaillan.

— N'en ayez souci. Cette digne bête va être conduite à l'écurie de notre très révérend prieur où elle se trouvera en bonne et sainte compagnie.

— Amen ! dit le chevalier en éclatant de rire.

— Veuillez attendre dans ce parloir, reprit le moine ébahi. Notre bon frère Clément va être prévenu.

Et le frère portier partit en toute hâte, laissant le visiteur sous la surveillance d'un *frater ad succurrendum* qui l'aidait dans ses fonctions. Seulement, ce ne fut pas vers la cellule de Jacques Clément qu'il se dirigea, mais vers l'appartement du prieur Bourgoing à qui il raconta qu'un laïc, un homme de guerre, voulait voir le frère Clément.

Bourgoing ne douta pas un instant que ce visiteur ne fût un homme envoyé dans le but de s'aboucher avec Jacques Clément en vue du grand œuvre, c'est-à-dire l'assassinat d'Henri III. Il donna donc l'ordre non pas de faire venir frère Jacques au parloir, mais bien de conduire le visiteur à la cellule du révérend. Le digne prieur se promettait bien d'ailleurs d'aller examiner de près cet inconnu, et d'assister sans se faire voir à l'entretien qu'il aurait avec Clément.

Il faut ajouter que ces allées et venues avaient peu surpris Pardaillan, et qu'il n'y avait prêté qu'une médiocre attention. Lorsque le frère portier revint donc lui annoncer qu'il était autorisé à pénétrer dans le couvent et allait être conduit à la cellule du révérend, il se contenta donc de remercier d'un signe de tête et se mit à suivre le moine qui le conduisait. Après de nombreux tours et détours, ce moine s'arrêta devant la porte entre-bâillée d'une cellule et dit:

— C'est ici, vous pouvez entrer, mon frère...

Pardaillan poussa la porte, entra, et vit Jacques Clément qui, assis à une petite table, écrivait. Jacques Clément, comme nous l'avons dit, jouissait de faveurs et de libertés qui n'étaient pas accordées aux autres moines. Il pouvait notamment écrire à sa guise et avoir dans sa cellule de l'encre et du papier.

Lorsque le chevalier entra, le moine se retourna, l'aperçut, cacha précipitamment sous un livre ce qu'il écrivait, et une vive rougeur envahit ses joues pâles. Il se leva et s'avança vers Pardaillan les mains tendues.

— Que Dieu soit loué, dit-il de cette voix de profonde sensibilité comme en ont les gens que mine quelque maladie et dont la nervosité est surexcitée par une idée fixe.

— Mort-dieu ! fit Pardaillan qui serra les mains du moine, qu'on a donc du mal à parvenir jusqu'à vous !... Ouf! vous permettez que je m'installe ?

Il dégrafa son épée, s'assit sur le bord du lit, et jetant un regard autour de lui:

— Comment pouvez-vous vivre ici ? fit-il avec un frisson. C'est le tombeau anticipé... pour des gens comme vous qui prennent les choses trop à cœur. Que n'imitez-vous votre digne confrère le portier ?... A la bonne heure ! En voilà un qui vous a une figure enluminée à donner envie de s'enterrer vif dans un couvent !

Clément eut un sourire amer.

— Cher et digne ami, fit-il, vous êtes en effet comme un rayon de soleil qui entrerait dans une tombe. Dès que vous paraissez, tout s'éclaire et sourit... C'est si triste, ici !

— Pourquoi y restez-vous ?

— Ce n'est pas moi qui l'ai voulu ainsi. Elevé dans un couvent, j'ai vécu au couvent, comme le lierre vit attaché à l'arbre au pied duquel il est né. Je ne vais pas, chevalier : je suis ma destinée...

— Que faisiez-vous donc quand je suis entré ? reprit curieusement Pardaillan au bout d'un instant de silence.

Jacques Clément rougit encore.

— C'est bien, c'est bien, fit le chevalier, je ne vous demande pas vos secrets.

Mais en même temps, il jeta un rapide regard sur le bas de la feuille que le moine avait caché, et qui dépassait sous le livre. Et il eut un sourire de stupéfaction.

— Des vers ! s'écria-t-il. Vous ne m'aviez pas dit que vous étiez poète !

En effet, c'étaient des vers qu'écrivait le jeune moine. A l'exclamation de Pardaillan, il demeura tout interdit.

— Oh ! oh ! continuait le chevalier, qui sans façon avait saisi la feuille et la parcourait, quel zèle... religieux ! Car je suppose que cet amour dont il est ici question ne peut être que l'amour de Dieu... et de Marie... Or ça... quelle est cette Marie ?...

Le moine avait pâli.

— Je me distrais parfois, balbutia-t-il, à ces amusements profanes...

Le chevalier tournait et retournait le papier en tous sens. Soudain, il tressaillit et murmura :

— Marie de Montpensier !.. Ah ! ah !... C'est à la duchesse de Montpensier qu'il fait ces déclarations enflammées !...

Pardaillan demeura quelques instants pensif.

— Est-ce que cette grande haine contre Henri III, songea-t-il... Oui, pardieu ! j'y suis !... Je sais maintenant qui a persuadé à ce malheureux de tuer le roi de France !... Tenez, ajouta-t-il tout haut en rendant le papier à Jacques Clément, je ne me connais guère en poésie ; mais je trouve ces vers admirables, et il faudra que la personne à qui ils sont destinés soit bien difficile de n'être pas de mon avis...

Le moine reprit sa feuille de papier, et la cacha cette fois dans son sein.

— Voyons, dit alors le chevalier, avez-vous un peu abandonné ces idées effrayantes qui vous bouleversaient quand nous nous rencontrâmes à Chartres ?

— Quelles idées ? murmura sourdement le moine.

— Mais, par exemple, celle de...

Et Pardaillan fit le geste de l'homme qui donne un coup de dague.

— Vous voulez parler, dit Jacques Clément d'une voix basse, mais ferme et tranquille, de ma résolution de tuer Valois ?...

— Oui, dit Pardaillan étonné de ce calme farouche, tragique.

— Pourquoi y aurais-je renoncé?... Valois est condamné... Valois mourra!... J'ai, pour vous, pour l'infinie gratitude que je vous dois, reculé l'heure de l'exécution. Mais cette heure viendra!..

Pardaillan frissonna. Il y avait dans l'attitude et la voix du moine une effrayante résolution. Ce n'était plus de la haine qui poussait Jacques Clément. C'était un étrange sentiment où il y avait comme de l'extase. Le chevalier comprit que jamais il n'arriverait à ébranler une pareille résolution. Et de quel droit, d'ailleurs, l'eût-il essayé? Que lui importait le roi de France?...

— Pardaillan, reprit Jacques Clément, vous m'avez demandé d'attendre. Vous m'avez dit que l'existence du roi vous était utile jusqu'au jour où Guise ne pourrait plus profiter de la mort de Valois... Je n'ai pas sondé vos desseins, mon ami. Et vous auriez besoin de mon aide pour faire vivre Valois tant que cette vie vous sera utile, je vous dirais: Me voici prêt. J'obéirai aveuglément... Mais à votre tour, quand vos desseins sur Guise seront accomplis, laissez-moi marcher à ma destinée... La mère du roi a tué ma mère... Eh bien, le fils d'Alice tuera le fils de Catherine!... Et rien, rien, entendez-vous, ne peut le sauver si vous êtes venu me dire: Allez! la vie de Valois m'est à cette heure inutile!... Est-ce à ce que vous êtes venu me dire, chevalier?...

— Non, répondit Pardaillan, pas encore!...

A ce moment, le prieur Bourgoing entra dans la galerie, sur laquelle s'ouvraient les portes des cellules et, à pas étouffés, s'approcha de façon à écouter ce qui se disait chez Jacques Clément.

— J'attendrai donc, reprenait celui-ci. J'attendrai. Mais les paroles que vous m'apporterez seront le signal de la mort de Valois.

— C'est bien ce que je pensais! songea le prieur. Ce gentilhomme est de la conspiration, et c'est sans doute lui qui doit guider Jacques Clément. C'est lui qui doit lui donner le signal!...

— Voyons, reprit Pardaillan, j'étais venu vous faire une proposition. Je souhaite qu'elle vous agrée...

— Voyons la proposition, fit le moine avec un sourire.

— C'est de m'accompagner à Blois où je me rends tout de ce pas.

— Parfait! songea le prieur dans la galerie.

— A Blois! s'écria sourdement Jacques Clément.

— Mon Dieu, oui. Figurez-vous, mon cher ami, que je m'ennuie depuis quelque temps. Alors, pour me distraire, j'ai entrepris de voyager. J'ai poussé jusqu'à Dunkerque, et puis je suis revenu. En route, je me suis aperçu que je m'en-

nuyais encore plus à voyager seul. Alors, je me suis
vous consentiriez peut-être à me tenir compagnie...

— A Blois ! répéta Jacques Clément avec un frisson.

— Oui, à Blois, fit négligemment le chevalier ! Mais pourquoi à Blois, me direz-vous ?... C'est que je me suis laissé raconter que Blois est en ce moment la ville du royaume la plus amusante. D'abord on y voit le roi...

— Bravo ! cria en lui-même le prieur Bourgoing, de plus en plus persuadé que le visiteur cherchait à entraîner le moine à l'exécution de l'acte attendu.

— Ensuite, continua Pardaillan, on y voit toute la noblesse du royaume assemblée pour les États-Généraux, sans compter Messieurs du tiers-état et du clergé. Enfin, on y voit M. de Guise, le Grand, l'illustre duc de Guise...

— Brave gentilhomme ! murmura le prieur.

— Et autour de monseigneur le duc, acheva Pardaillan, une suite brillante, aimable, spirituelle. M. de Bussi-Leclerc, M. Maineville, M. de Maurevert. M. le cardinal, M. de Mayenne, sans compter de belles et nobles dames comme la duchesse de Montpensier !...

Le chevalier lança ce dernier trait dans un éclat de rire. Jacques Clément pâlit affreusement, saisit la main du chevalier et murmura d'une voix éteinte :

— Vous êtes sûr... que celle... que vous dites...

— Est à Blois ?... Dame ! Où voulez-vous qu'elle soit ? Pas dans ce couvent, je suppose !... Allons, laissez-vous emmener par moi. Nous nous distrairons l'un l'autre... Mais au fait, j'y songe... peut-être ne pouvez-vous pas à votre gré sortir d'ici ?..

A ce moment, quelqu'un parut, qui s'avança avec un large sourire de bienveillance. C'était le prieur.

— Eh bien, fit-il, mon cher frère, êtes-vous content ?... Et vous, monsieur, êtes-vous satisfait de la visite ?

— Mille grâces, mon digne père, fit Pardaillan.

— Et vous, mon frère ?... Oui, je vois que vous êtes content. Je suis certain que ce gentilhomme a dû vous donner d'excellents conseils... Il faut les suivre, mon enfant, il faut écouter ce gentilhomme...

— Mais, mon révérend, murmura Jacques Clément stupéfait.

— Pas de mais, fit Bourgoing. Ce gentilhomme, j'en suis sûr, n'a pu que vous conseiller des choses utiles, excellentes...

— Ma foi, mon révérend, dit Pardaillan passablement étonné lui aussi, je lui conseillais tout simplement de voyager...

— Digne conseil ! s'écria Bourgoing. Mais de quel côté ? Toute la question est là, voyez-vous !

— Je lui conseillais d'aller à Blois...

— C'est admirablement conseillé. L'air de Blois est sublime. Du moins, on me l'a assuré. Or, notre cher frère est
malade, très malade... il lui faut un air pur et fortifiant.

— C'est ce que je lui disais, fit Pardaillan...

— Et moi, je lui ordonne de vous écouter. Vous entendez,
mon frère ? Je vous ordonne de vous conformer rigoureuse-
ment à tous les conseils de ce gentilhomme. Faites donc à
l'instant vos préparatifs de départ. Moi je vais commander
qu'on vous selle mon meilleur cheval de route. Recevez ma
bénédiction, mon frère, et vous aussi, monsieur.

Et le prieur Bourgoing, laissant le chevalier stupéfait, se
hâta de sortir en murmurant :

— Le grand jour est proche...

Pardaillan éclata de rire.

— Sur ma parole, dit-il, voilà le plus agréable moine que
j'aie rencontré de ma vie. C'est votre supérieur ? Eh bien, je
vous félicite d'avoir un supérieur d'aussi bonne composition.
Ainsi donc, nous partons ?

— Oui, dit Jacques Clément qui tremblait légèrement.

— Et nous allons à Blois ensemble ?...

Jacques Clément devint plus pâle encore, et fit oui de la
tête.

Une demi-heure plus tard, au parloir où Pardaillan était
descendu, le moine parut, vêtu de cet habit de cavalier qu'il
portait pendant son voyage à Chartres. Devant la porte du
couvent, un cheval attendait, tout sellé, près de celui de
Pardaillan. Le chevalier et le moine se mirent en selle.

XXVII

Mourir ou tuer ?

Peut-être Pardaillan avait-il une idée de derrière la tête
en entraînant Jacques Clément à Blois. Toujours est-il qu'ils
sortirent ensemble de Paris et prirent aussitôt le chemin de
Chartres pour de là se rendre au but de leur voyage.

Il n'y avait pas une heure qu'ils avaient quitté le couvent
des jacobins lorsqu'un cavalier en sortit à son tour. Ce cavalier n'était autre que le frère portier en personne, lequel,
monté sur une excellente mule, s'en allait à Blois pour son
compte ou plutôt pour le compte du prieur Bourgoing.

Le moine portait une lettre cachée sous son froc. La lettre
était à l'adresse de la duchesse de Montpensier. Par surcroît
de précaution, le prieur avait recommandé au digne portier
de ne pas dépasser les deux cavaliers qui couraient devant

lui sur la même route. Recommandation d'ailleurs inutile, songeait Bourgoing, car il était peu probable que le moine, avec sa mule, pût rejoindre Jacques Clément et son compagnon montés sur de bons chevaux.

Ceci posé, nous laisserons Jacques Clément et Pardaillan à cheval, et le frère portier à mulet continuer leur chemin, et nous reviendrons à Blois, dans la chambre du roi. La scène que nous allons retracer se passait une semaine après la remise à Catherine de Médicis de la lettre payée à Maurevert vingt cent mille livres.

Pendant cette semaine, la vieille reine avait hésité, réfléchi, étudiant de près l'attitude des Guises et cherchant à surprendre sur leur visage le secret du crime qu'ils méditaient.

Ce jour-là, donc, c'était le dimanche 12 novembre. Un épais brouillard montait de la Loire, à l'assaut de la colline sur laquelle s'étagent les rues de Blois. Il y avait eu repos, c'est à-dire que les députés ne s'étaient pas réunis comme de coutume pour continuer l'élaboration du nouveau régime qu'on voulait arracher au roi. Dans les rues de Blois, on ne voyait personne. Par contre, le château était encombré de seigneurs et il y avait foule dans les appartements royaux.

Un courrier venait d'arriver de la Rochelle, au grand étonnement des courtisans royalistes ou guisards unis dans une haine commune contre les huguenots. Que pouvait bien vouloir le Béarnais ?...

Comme preuve de confiance et de grande amitié, le roi avait ouvert devant tous la missive d'Henri de Navarre. Et il la lut à haute voix. En résumé, le Béarnais parlant au nom des protestants rassemblés à la Rochelle faisait une double demande :

1° Il demandait qu'on restituât aux huguenots les biens qui leur avaient été confisqués ; 2° il réclamait pour eux la liberté de conscience.

Cette lecture faite, comme nous avons dit, à haute voix par le roi lui-même, fut accueillie par des huées, des rires, des menaces contre le messager, qui très calme et très digne attendait la réponse. De l'avis unanime, la première de ces deux demandes fut jugée impertinente et la deuxième extravagante.

— Que dois-je répondre au roi mon maître ? demanda le huguenot quand la tempête des rires et des menaces se fut un peu apaisée.

— Dites au roi de Navarre, dit Henri III, que nous réfléchirons aux questions qu'il nous soumet, et que quand nous aurons pris une décision, c'est M. le duc de Guise, lieutenant général de nos armées, qui lui portera notre réponse...

Ces paroles soulevèrent des acclamations furieuses ; c'était la guerre déclarée aux huguenots, et la guerre conduite par Guise, le pilier de l'Église !...

Cette réponse devait avoir d'incalculables conséquences.

C'est en effet après l'avoir reçue qu'Henri de Navarre prit la campagne avec son armée, résolu à conquérir les armes à la main ce qu'on lui refusait de bonne foi.

Quant à son messager, il s'était froidement incliné devant Henri III, et se retournant, avait traversé les groupes de rieurs ou de furieux d'un tel air que les plus enragés lui avaient fait place. Dix minutes plus tard, sans se reposer, il remontait à cheval dans la cour carrée et sortait aussitôt de Blois. Ce messager s'appelait Agrippa d'Aubigne...

Voilà quels événements s'étaient passés en cette soirée de novembre.

Le roi, mis de bonne humeur par les acclamations qui avaient accueilli sa réponse, était resté jusqu'à dix heures, causant de préférence avec les gentilshommes de la Ligue, et faisant toutes sortes de caresses au duc de Guise Enfin, le signal de la retraite avait été donné. Les appartements royaux s'étaient vidés. Le roi était dans sa chambre, aux mains de son valet qui préparait son coucher. Lorsque les préparatifs furent terminés, ce qui n'était pas une petite affaire, le roi enveloppé d'une vaste robe renvoya son valet de chambre en lui disant qu'il l'appellerait lorsqu'il serait temps d'éteindre les lumières.

A ce moment, la reine mère entra. Henri III, qui ne la voyait jamais en tête à tête qu'avec ennui ou avec une sourde terreur, ne put s'empêcher de faire une grimace.

— Mais, madame, fit-il sans se donner la peine de dissimuler, je m'allais mettre au lit après avoir quelque peu examiné ce cahier des Parisiens. C'est inconcevable, madame, tout ce qu'ils demandent ! Ah ! les misérables !... que je remette seulement les pieds dans Paris avec une bonne et solide armée...

Catherine de Médicis s'était assise silencieusement. Et il est certain que dans sa robe noire, avec sa tête pâle, ses yeux gris demeurés étrangement clairs, elle pouvait assez produire l'impression d'un fantôme. En la voyant s'asseoir, Henri III se jeta rageusement dans un fauteuil d'un air qui signifiait :

— Allons ! avalons le calice jusqu'au bout !

— Henri, dit la vieille reine d'une voix douloureuse et presque tremblante, bientôt je n'y serai plus. Bientôt la mort vous aura débarrassé de moi Alors vous me regretterez peut-être. Alors vous songerez à votre vieille mère qui veillait sur vous et s'exposait à vos rebuffades... Alors, peut-être, vous rendrez justice au sentiment qui m'a toujours guidée et qui est celui d'une affection... indestructible, puisque votre ingratitude n'a pu l'atténuer...

— Je sais que vous m'aimez, ma mère, dit Henri III d'une voix caressante.

— Ma mère ! fit Catherine. Il vous arrive bien rarement de m'appeler ainsi. Henri et ce mot est doux à mon cœur. Oui, je vou aime, et profondément. Mais vous, Henri, vous ne m'aimez pas. Vous me supportez avec impatience J'ai trouvé plus d'affection chez Charles et chez François que je n'aimais guère, vous le savez... et pourtant, ajouta t elle sourdement, je les ai .. laissé mourir... parce que je voulais vous voir sur le trône ..

Catherine baissa la tête, et plus sourdement, pour elle, ajouta :

— Ceci est mon châtiment !... Je souffre depuis seize ans à chaque jour, à chaque heure de ma vie... Je souffre de voir que je fais peur à mon fils bien-aimé... Henri !... savez-vous le premier mot que me dit votre père lorsqu'il m'épousa ?...

— Non, madame, mais je pense que ce fut une parole d'amour .. fit Henri III en baillant.

— J'étais jeune. , presque une enfant, j'arrivais d'Italie tout enfiévrée par la joie de voir Paris, d'être la reine dans ce grand beau royaume de France... J'étais belle.. Je venais, décidée à aimer de tout mon cœur cet époux qui était un si grand roi et qu'on disait si aimable.. J'avais mille choses dans la tête et dans le cœur... Un sourire, un mot d'amour eussent fait de moi la femme la plus soumise, la plus heureuse... Or, nous fûmes mariés ; lorsque nous fûmes seuls dans la chambre nuptiale, je vis avec un frémissement de douce émotion votre père s'approcher de moi . Je le vois encore... Il était habillé tout de satin blanc... Il s'approcha donc, m'examina cinq minutes... Je défaillis presque... Et quand il m'eut bien examinée, il se pencha sur moi et me dit : *Mais, madame, vous sentez la mort !..*

Henri III pâlit. Catherine de Médicis releva sa tête où ses deux yeux mettaient une double flamme.

— Et votre père sortit de la chambre nuptiale, ajouta t elle Ce fut une triste vie que la mienne jusqu'au jour où le coup de lance de M de Montgomery me fit veuve... Eh bien, Henri, ma vieillesse est aussi triste que le fut ma jeunesse..

— Madame, balbutia Henri III, ma mère...

Catherine l'arrêta d'un geste.

— Je sais quels sont vos sentiments Epargnez-vous toute contrainte. Votre père me l'a dit : je sens la mort, et toute ma vie s'est résumée dans cette question qui s'est dressée devant moi tous les jours : Tuer ou être tuée !.. Mourir ou tuer !...

— Que voulez-vous dire ? s'écria Henri, pris de cette sorte de terreur que lui inspirait si souvent sa mère.

— Je veux dire que toute ma vie, j'ai dû tuer pour ne pas

j'être... J'ai dû tuer pour que ne mourussent pas ceux que j'aime... Il faut que je tue encore pour que vous ne mouriez pas vous que j'aime... vous, mon fils !..

Cette fois, Henri III, ne songea plus à déguiser l'épouvante qui s'emparait de lui

— Je dois donc mourir ! fit-il d'une voix étranglée. On veut donc me tuer !...

— Vous l'eussiez été cent fois déjà, si je n'avais été là !... Et maintenant encore, la question terrible se pose pour moi. Si on vous tue, mon fils, je mourrai... Donc, c'est encore, c'est toujours pour moi : mourir ou tuer !... Quand je vous dis que je sens la mort !...

Henri III fut secoué par un frisson ; sa mère ne l'ennuyait plus... elle l'épouvantait. Tout ce mystère dont s'enveloppait Catherine et qui lui donnait des allures de sibylle, ces paroles de terreur et de mort qu'elle prononçait d'une voix funèbre, ces attitudes qu'elle prenait naturellement, comme une bonne comédienne qui ne peut plus se défaire des gestes scéniques, tout cet ensemble produisait sur le roi une profonde impression.

— Or reprit Catherine avec un sourire amer, puisque votre père a déclaré que je sens la mort, je ne dois pas le faire mentir, car il serait capable de venir me tirer par les pieds, à l'heure des minuits terribles...

— Madame, fit sourdement Henri III, croyez-vous donc vraiment que les morts peuvent sortir de leurs tombes pour venir tourmenter les vivants ?...

— Pourquoi non ? dit Catherine en pâlissant davantage.

Henri III regarda autour de lui avec une évidente inquiétude.

— Que craignez vous ? demanda Catherine.

Elle étendit la main comme pour une adjuration.

— Je vous comprends. Je lis sur votre visage bouleversé que vous redoutez la visite de votre frère Charles...

— Madame ! balbutia Henri en s'essuyant le front.

— Ou de Coligny, ou de l'un de ceux du grand massacre.. Eh bien, rassurez vous ! Je prends sur moi toutes ces morts. Tous ces spectres, je les ai conjurés, avec l'aide de Ruggieri. Et si jamais ils viennent nous demander des comptes, c'est à moi.. à moi seule qu'ils devront s'adresser. Je suis de taille à les recevoir et à leur répondre.

En parlant ainsi, la vieille reine se redressa. Et vraiment on l'eût prise pour un spectre conjurant d'autres spectres. Henri la considérait avec une admiration mêlée d'effroi. Il eût tout donné pour que sa mère s'en allât. Et pourtant, il ne pouvait l'empêcher de lui trouver une sorte de grandeur tragique.

— Que disions-nous ? reprit Catherine. Oui... que les morts sortent parfois de la tombe, et que je ne voulais pas faire mentir votre père. Je dois répandre autour de moi de la mort. Quand je regarde mon passé, Henri, j'y vois une innombrable quantité de morts. Ma vie... la vôtre . notre vie est faite de morts... Et aujourd'hui encore, la terrible question revient plus pressante, plus âpre que jamais : mourir ou tuer !... Mon fils, voulez-vous mourir ? Voulez-vous tuer ?... Choisissez !...

— Au nom de Notre-Dame ! murmura Henri en faisant un signe de croix, expliquez-vous, ma mère !

— Je m'explique. Si vous n'êtes décidé à tuer, il faut vous préparer à mourir !...

— Tuer !... Mais qui ?...

— Ceux qui veulent votre mort, à vous !

— Et qui sont ceux-là ? haleta le roi.

— Lisez ! répondit la reine-mère.

Catherine tira un papier de dessous les voiles noirs qui l'enveloppaient et le tendit à Henri, qui le saisit avidement, s'approcha d'un flambleau et se mit à lire. C'était la lettre que Maurevert avait remise à la vieille reine. Quand il eut fini sa lecture, Henri se tourna vers sa mère. Il était livide, et ses mains tremblaient.

— Ainsi, gronda-t-il, Guise veut m'assassiner malgré son serment d'amitié. Car je ne le comprends que trop. Cette mort dont il est ici question, c'est la mienne, n'est-ce pas ?...

Catherine fit un signe de tête affirmatif.

— Qui vous a remis cette lettre ? reprit Henri III.

— Un serviteur de Guise, un traître, car il a ses traîtres autour de lui, comme nous avons eu les nôtres... le sire de Maurevert.

— Il faut récompenser cet homme, madame !

— C'est fait.

— Et depuis quand avez-vous cette lettre ? reprit le roi, chez qui l'épouvante faisait place maintenant à un accès de colère furieuse.

— Depuis huit jours, répondit Catherine.

Elle n'eut pas plus tôt prononcé ces mots qu'elle s'en repentit et se mordit les lèvres... En effet, le roi s'était écrié :

— Huit jours !... La lettre est donc antérieure au serment d'amitié !...

— Oui ! répondit Catherine. Mais qu'importe ! Si vous croyez que Guise a voulu vous tuer, qu'importe le moment où il l'a voulu !... Ah ! prenez garde ! je vois que déjà votre colère tombe, que votre terreur s'évanouit... Insensé !... prenez garde, vous dis-je. Si vous ne voulez pas mourir, il faut tuer !...

— Madame, dit froidement Henri III, vos soupçons vous égarent. Rien dans cette lettre ne prouve positivement que le duc a pu concevoir ce forfait. Et l'eût-il conçu, le serment efface tout. Eh ! n'ai-je pas voulu le tuer moi-même ?... Cela m'empêcha-t-il de tenir mon serment de bonne foi ? Il est impossible qu'un homme dans son bon sens s'expose à la vengeance qui l'atteindrait sûrement s'il parjurait un serment fait sur le Saint Sacrement et l'Évangile. La terre s'entr'ouvrirait sous ses pieds, et le ciel foudroierait l'impie...

Catherine frémissait.

— Aveugle ! murmura-t-elle. Ainsi, vous refusez de me croire mon fils !

— Je crois, dit Henri fermement, que votre affection vous rend injuste. Croyez-vous, madame, que j'éprouve une amitié pour le duc ? ou que je croie à la sienne ? Non, je le subis, voilà tout. Il est fort, il tient le royaume avec sa Ligue. Si je veux rentrer à Paris en roi, je dois plier aujourd'hui, quitte à prendre ma revanche plus tard. Vous-même ne m'avez-vous pas mille fois enseigné cette politique ?... Quant à supposer un seul instant qu'il veuille se parjurer, ceci, madame, est tout à fait impossible !

— Et si je vous le prouvais, Henri !... Si je vous apportais cette preuve qu'aujourd'hui comme avant le serment, le duc veut votre mort, que feriez-vous ?..

Henri frappa ses mains l'une contre l'autre.

— Oh ! grinça-t-il, malheur à lui, en ce cas ! Car je serais pour lui la foudre du ciel et je croirais non pas seulement me préserver, mais venger la majesté divine en le frappant. Ce que je ferais ?... Je réunirais à l'instant les plus braves de mes gentilshommes et je leur dirais : Allez ! et ne revenez qu'avec sa tête !

— Sire, dit Catherine en se levant ; je vous demande trois jours ; dans trois jours, je vous apporterai la preuve !

— Malheur ! répéta le roi. Malheur sur lui ! La preuve !... et je lâche ma meute sur ce sanglier !

— Et voilà ce qu'il ne faut pas faire, Henri ! dit vivement la vieille reine. Si je vous prouve que Guise est parjure, qu'il veut vous tuer, que vous devez tuer pour ne pas mourir, si je prouve cela, sire, il faut plus que jamais le caresser ! Il faut ruser, patienter, attendre le moment favorable et préparer nos filets de sorte que ni lui ni aucun des siens ne nous échappe. Sire, c'est ici une nouvelle Saint-Barthélemy qu'il nous faut ! Les trois Lorrains doivent mourir, si vous voulez vivre ! Les chefs de la Ligue doivent mourir ! Tous ces insolents ligueurs qui vous rient au nez doivent mourir !... Laissez-moi faire... Laissez-moi tout préparer, tout combiner !... Il suffira qu'au dernier moment vous donniez l'ordre et le signal... Adieu, mon fils. Méditez mes paroles... et puisqu'il s'agit de semer la mort autour de nous, laissez agir celle qui sent la mort !...

En même temps qu'elle parlait, Catherine s'était rentement reculée vers la porte... en sorte qu'aux derniers mots elle parut s'effacer, s'évanouir dans l'ombre... Et à ce moment, dans le grand silence qui pesait sur le château de Blois, la grande horloge se mit à sonner.

Henri haletant, les cheveux collés au front par la sueur, compta les coups...

— Minuit ! murmura-t-il quand le bronze à son tour eut fait silence. L'heure où les morts sortent de leurs tombes... Est-ce bien ma mère... est-ce un spectre qui était là, à l'instant, et qui vient de me dire ces terribles paroles : Tuer !... Toujours tuer !...

Dans cette seconde, une clameur étouffée parvint jusqu'à Henri III, une plainte au loin traversa l'espace... Quelque chose comme le cri d'agonie d'un homme qu'on tue... Les cheveux d'Henri se dressèrent sur sa tête.

Il demeura immobile à la même place, à demi penché, haletant.

Il écouta... Mais la plainte ne se renouvela pas. Le triste silence de novembre enveloppait toutes choses, comme si les brouillards de la Loire eussent ouaté la ville et la campagne. Dans le château ce silence était plus lourd encore, et nul ne semblait s'être inquiété de ce cri d'homme qu'on égorge...

Alors une sorte de terreur superstitieuse s'empara du roi... Il lui sembla que c'était lui-même qui, dans la nuit, avait poussé cette plainte... Et que c'était lui qu'on égorgeait... Un faible soupir gonfla sa poitrine, et il s'évanouit dans son fauteuil...

XXVIII

Les fossés du château

Or, en ce même dimanche dont nous venons d'esquisser la soirée, tandis que se passaient les événements que nous venons de raconter une autre scène bien différente se déroulait dans une autre partie de la ville.

Vers quatre heures et demie, en effet, c'est-à-dire à l'heure où la nuit commençait à tomber et où déjà le crépuscule s'étendait sur la campagne de Blois, un moine monté sur une mule s'approchait au petit trot de la porte de la ville. Ce moine n'était autre que le frère portier du couvent des Jacobins, celui-là même que le prieur Bourgoing avait chargé d'une mission de confiance pour la duchesse de Montpensier.

Frère Timothée avait plus d'une fois déjà servi de messager au prieur Bourgoing, et il avait mainte expédition sur ses états de service. C'était un ancien reître qui avait fait les guerres de religion et n'avait pas encore tout à fait dépouillé le vieil homme. C'est-à-dire qu'il avait conservé des habitudes de pillard qui lui avaient été fort chères dans sa jeunesse.

Frère Timothée, donc, monté sur sa mule, avait fait le voyage de Blois en sept jours, c'est-à-dire sans trop se presser; d'abord parce qu'il lui était recommandé de ne pas dépasser Jacques Clément, ensuite parce qu'il avait fait des stations innombrables dans les auberges du chemin, surtout dans celles où les servantes se montraient disposées à répondre à ses grosses plaisanteries.

Lorsqu'il arriva enfin en vue de Blois, par une brumeuse soirée de novembre, le soleil venait de se coucher, et la nuit venait rapidement, en sorte qu'il entra dans la ville comme on allait fermer les portes. A l'intérieur des murs, frère Timothée mit pied à terre, et traînant sa mule par la bride s'en alla par les rues, au hasard, à la recherche d'une auberge qui fût à sa convenance.

Notre homme avisa une auberge qui se trouvait placée par son enseigne, sous la protection du grand saint Mathieu, protection qui devait être des plus efficaces à en juger par le nombre de gentilshommes qui montaient le perron, par l'activité qui régnait dans la grande salle, par le bruit joyeux des pots, et par les fumets qui s'échappaient de la cuisine. Le moine s'approcha en reniflant ces odeurs qui sont si chères au voyageur affamé.

Mais ayant jeté par la fenêtre grillée du rez-de-chaussée un coup d'œil dans la grande salle, il poussa un soupir en constatant que cette auberge n'était point le fait d'un pauvre moine.

Autour des tables chargées de venaisons fumantes, de pâtés de volailles dorées, de cruches de vin, une quarantaine de gentilshommes avaient pris place et jurant, sacrant, pinçant les servantes, riant à gorge déployée, s'interpellant les uns les autres, faisaient joyeuse ripaille. Ces gentilshommes étaient tous de la suite de Guise, et leur conversation qui roulait sur les Etats-Généraux, tantôt sur le roi lui-même était pleine de sous entendus menaçants à l'adresse d'Henri III.

Le moine n'entendait rien. Mais il voyait les visages illuminés par le vin les pourpoints qui se dégrafaient, les mâchoires qui fonctionnaient avec frénésie, et il se disait :

— Ce doit être bien bon!..

A ce moment, comme il poussait un deuxième soupir et qu'il allait se remettre en quête d'une auberge plus modeste il tressaillit, et ses yeux se fixèrent sur un gentilhomme qui assis à l'écart à une table où cinq ou six couverts étaient dressés, attendait sans doute des convives pour commencer à dîner

— Que vois-je? murmura le moine dont le cœur — c'est-à

aire l'estomac — se mit à battre d'espoir. Ne serait-ce pas ce bon M. de Maurevert ? ce fidèle ami de notre grand Henri ?... C'est bien lui, de par Saint-Mathieu, patron de cette auberge !... Aussi, comme je ne connais personne en cette ville et comme je puis très bien me confier à M. de Maurevert qui est un de nos fidèles, un intime du révérend Bourgoing, je vais lui demander où je pourrai bien trouver la duchesse de Montpensier... Et comme il m'estime, peut-être m'invitera-t-il à partager avec lui les choses succulentes dont, selon toute vraisemblance, il va se nourrir ce soir... Allons !...

Cela dit, frère Timothée, qui en sa double qualité d'ancien reître et de moine était doublement impudent, attacha sa mule à l'un des anneaux du perron, entra majestueusement dans la salle, et le visage épanoui par l'accent circonflexe immense d'un sourire qui allait d'une oreille à l'autre, il se dirigea droit sur Maurevert.

Maurevert, qui en effet était en relations suivies avec le prieur Bourgoing, de même que les gentilshommes du service de Guise, reconnut parfaitement le frère portier des jacobins. L'entrée de frère Timothée était d'ailleurs demeurée inaperçue dans le nombre de gens qui allaient, entraient, sortaient.

— Ah ! monsieur le marquis de Maurevert, commença le moine, la bouche en cœur et les yeux luisants.

— Je ne suis pas marquis, fit Maurevert.

— Monsieur le baron, alors, je suis bien heureux...

— Je ne suis pas baron, interrompit Maurevert.

Le moine qui avait mis dans sa tête que Maurevert payerait l'écot de son dîner, ne se laissa pas intimider par cet accueil sévère. Tirant donc à lui un escabeau, il s'assit sans y être invité.

— Mon gentilhomme, dit-il, je suis sûr que le révérend Bourgoing serait bien heureux s'il apprenait en ce moment en quelle excellente compagnie je me trouve. Pare celle-là ! ajouta Timothée en lui-même.

En effet, Maurevert, qui devant l'insistance du moine fronçait déjà les sourcils et s'apprêtait à lui faire rudement sentir la distance qui sépare un frocard d'un gentilhomme, se dérida soudainement au nom de Bourgoing et prêta l'oreille.

— Est-ce donc à dire, fit-il, en essayant de démêler les intentions du frère portier, que le prieur vous adresse à moi ?...

— Pas tout à fait... mais presque... Daignez permettre, mon gentilhomme, je meurs de soif.

En même temps, Timothée remplit un gobelet jusqu'aux bords et le vida d'un seul trait.

— A votre santé, à celle de la Ligue, murmura-t-il en clignant de l'œil, et à la mort du tyran !...

Maurevert tressaillit... Il se pencha vers le moine et d'une voix basse, rapide :

— Est-ce pour cela que vous venez à Blois?...

Timothée, encore, cligna de l'œil, réponse qu'il jugeait apte à concilier son désir de bien dîner et sa complète ignorance de la mission dont il était chargé... il portait une lettre, voilà tout. Mais cette réponse, Maurevert l'interpréta dans le sens de l'affirmative. Et dès lors, il résolut de savoir à quoi s'en tenir.

Sa haine contre le duc de Guise, plus encore que le désir de passer le plus tôt possible chez le trésorier royal, lui faisait souhaiter ardemment la mort du duc. Or, depuis huit jours que sa trahison était consommée, il avait beau étudier les visages, soupeser les moindres incidents, recueillir tous les bruits, il n'avait encore pu saisir le moindre indice que le roi fût décidé à se débarrasser de Guise.

On conçoit l'intérêt énorme que prit tout à coup à ses yeux frère Timothée, envoyé de Bourgoing, c'est-à-dire d'un ligueur enragé, frère Timothée venu du couvent des Jacobins, c'est-à-dire de l'un des centres les plus actifs de la conspiration.

— Buvez, puisque vous avez soif, dit-il d'une voix très doucie.

Et il versa lui-même une nouvelle rasade au moine, qui alors s'installa et avoua :

— Je ne meurs pas seulement de soif, mais aussi de faim. Songez donc, messire, que j'ai fait en moins de quatre jours le voyage de Paris à Blois... Cette fois, songea-t-il, tu m'invites à dîner !

Et un troisième clignement des yeux indiqua toute l'importance de la mission qu'il venait remplir à Blois.

— C'est donc bien pressé ? fit Maurevert qui pâlit à cette idée que Guise, peut être, allait agir le premier... Voyons, vous savez que je suis bon catholique, bon ligueur, intime de monseigneur de Guise et de votre prieur. Au nom des grands intérêts que vous connaissez, si vous m'êtes envoyé, je vous somme de parler. Et si ce n'est pas moi que vous cherchez, je vous en prie...

— Mon cher monsieur de Maurevert, dit le moine, c'est bien vous que je cherchais car voilà quatre heures que je cours après vous. Le révérend prieur m'a expressément recommandé de ne rien faire sans vos avis. Je parlerai donc. Mais je vous avoue qu'avant dîner, mes idées ne sont jamais bien nettes.

— Venez ! dit Maurevert qui tout à coup se leva et gagna rapidement la porte, de façon qu'on vît bien qu'il ne sortait pas en compagnie du moine.

Frère Timothée demeura un instant abasourdi, jeta un dernier regard navré du côté de la cuisine, acheva par acquit

ne conscience le pot de vin qui était devant lui, et sortit à
son tour sans avoir été autrement remarqué. Dans la rue, il
détacha sa mule et, mélancolique, s'apprêta à suivre Maurevert qui l'attendait.

— Je vous eux traiter, dit Maurevert, selon vos mérites,
c'est-à-dire beaucoup mieux qu'en cette auberge. Suivez-moi
donc à quelques pas, car il importe qu'on ne nous voie pas
ensemble, vous comprenez ?

— Si je comprends ! s'écria Timothée qui prit au même
instant une figure rayonnante. Marche, ajouta-t-il en lui-
même. Je te suis. Et je comprends admirablement que je
vais dîner comme un prince.

La nuit était tout à fait venue. Les rues étroites de Blois
étaient plongées dans les ténèbres que le brouillard faisait
plus intenses. Pourtant, des passants assez nombreux se montraient, pareils à des fantômes, bourgeois qui regagnaient
leurs logis, ou seigneurs qui se rendaient à la réception royale.
C'est à la lueur des falots de ces passants que Timothée pouvait suivre Maurevert, qui montait une ruelle escarpée, pa-
vée de cailloux pointus destinés à aider la descente des chevaux.

— Si cet imbécile est porteur de quelque ordre grave, je le
saurai, réfléchissait Maurevert. Et je préviendrai la vieille
Médicis. Alors, de deux choses l'une : ou c'est le roi qui agit
le premier, ou c'est Guise qui tue Valois. Dans le premier
cas, j'aurai rendu un immense service à la monarchie, et il
faudra bien qu'on m'en tienne compte. Dans le deuxième
cas, j'en serai quitte pour attendre une nouvelle occasion de
prouver à Guise qu'on ne me traite pas impunément comme
un valet. Et comme il ne sait rien, comme il ne peut rien
savoir, je demeure son intime !

Maurevert s'arrêta devant une auberge de médiocre apparence. C'est là qu'il avait son logis. Timothée fit la grimace
et soupira :

— L'auberge du grand Saint-Mathieu me paraissait infiniment plus respectable.

— Ne vous fiez pas aux apparences, ricana Maurevert d'un
ton qui un instant donna le frisson à Timothée. Je vous ai
promis de vous traiter selon vos mérites, et je vous jure que
vous le serez. Entrez donc, faites mettre votre mule à l'écurie,
puis traversez la salle, montez l'escalier qui se trouve au fond,
et faites-vous donner la chambre n° 8.

Timothée commençait à se repentir d'avoir suivi Maurevert.
Il éprouvait un étrange malaise. En somme il eût bien voulu
s'en aller, quitte à mal dîner. Mais la rue était déserte. Maurevert le surveillait. Et puis, enfin, il n'y avait aucune probabilité que Maurevert, ami de Guise et de Bourgoing, lui
voulût du mal.

Il se conforma donc aux instructions qu'il venait de rece-

voir. Ayant appelé, il donna l'ordre qu'on conduisît sa mule
à l'écurie ; puis il entra, et sans s'inquiéter des questions de
l'hôtesse, demanda une chambre, la chambre n° 3 qu'on lui
avait recommandée

L'hôtesse le conduisit donc à la chambre en question, et se
retira en emportant la bénédiction du moine qui demeura
seul. Une demi-heure se passa.

— Par les tripes de saint Pancrace ! gronda le moine, qui à
de certains moments redevenait reître et sacrait comme un
hérétique

Ayant proféré ce juron peu élégant, mais énergique, frère
Timothée ajouta :

— Est-ce que par hasard ce monsieur de Maurevert, qui
n'est ni marquis ni baron, serait un rien du tout qui se mo-
querait de moi ? Oui ?... C'est ce qu'on verra, car du moment
que l'honneur des jacobins est en jeu...

A ce moment, la porte s'ouvrit, et Maurevert parut, en
mettant un doigt sur sa bouche, ce qui dans toutes les panto-
mimes a toujours signifié : Tais-toi !... Le moine se contenta
donc de suivre Maurevert, qui par un deuxième geste l'invi-
tait à venir avec lui.

Le gentilhomme traversa le couloir sur lequel s'ouvraient
diverses chambres de l'hôtellerie, et pénétra dans le logement
situé juste en face de celui qu'occupait le moine. Dès lors, le
visage du frère Timothée rayonna plus que jamais, et de ru-
bicond qu'il était, devint incandescent.

En effet, au beau milieu de cette pièce où Maurevert venait d'entrer, une table toute dressée offrait aux regards les
éléments d'un dîner près duquel ceux du Grand Saint-Mathieu n'eussent été que de simples hors-d'œuvre Dans le coin
de la cheminée, une douzaine de flacons en rang de bataille
attendaient.

— Ah ! ah ! fit simplement frère Timothée en claquant de
la langue. — mais ce claquement de langue était à lui seul
un poème.

— Mon cher hôte, dit Maurevert, asseyez-vous, et usez sans
façon d'une hospitalité qui vous est offerte de même...

— En ce cas je me débarrasserai de ce froc qui me gêne
pour manger. Nous autres anciens soldats, nous ne pouvons
nous habituer tout à fait à ces longues robes, si nuisibles dans
toutes les batailles, surtout les batailles de la table ; car
un dîner, mon gentilhomme, c'est une bataille qu'il faut gagner !

En même temps, le digne frère portier, ayant jeté son froc
en travers du lit, apparut en jaquette de cuir et s'assit résolument, le couteau au poing, jetant sur un pâté un regard de
défi.

— Attaquons ! dit Maurevert... Mais je vois que vous avez

conserve quelques habitudes de votre ancien métier puisque vous portez jaquette de cuir.

— Simple précaution, fit Timothée la bouche pleine. Un coup de poignard est si vite reçu, par le temps qui court !

Maurevert tressaillit et approuva d'un geste.

— Mais, reprit-il, vous avez donc été soldat avant d'être jacobin ?...

— Saint-Denis, Jarnac, Moncontour, Dormans, Coutras... énuméra le moine en brandissant son couteau.

Le repas se continua parmi ces propos et d'autres. Tout à fait revenu de ses préventions, le moine mangeait comme deux hommes raisonnables et buvait comme quatre. Il narrait ses exploits, enchanté de la patience avec laquelle Maurevert l'écoutait.

Le moment vint où celui-ci s'aperçut que son convive était juste dans l'état d'esprit où il l'avait désiré, c'est-à-dire assez ivre pour éprouver le besoin de soulager son esprit de tout secret.

— Et vous disiez donc, commença-t-il, que le révérend Bourgoing vous adressait à moi ?

— Pas tout à fait ; mais vous pouvez m'aider, mon gentilhomme ; que Dieu vous bénisse pour cette admirable ripaille que vous venez de m'octroyer ! Je disais donc que je suis venu voir la duchesse de Montpensier.

— Pourquoi ? demanda Maurevert en débouchant un nouveau flacon.

— Pourquoi ? bredouilla frère Timothée. Je n'en sais rien.

— Diable ! Je suppose que pourtant, ce n'est pas pour lui faire une déclaration d'amour ?

— Eh ! eh !... je pourrais plus mal tomber ! fit le moine avec l'outrageuse fatuité des ivrognes. Mais enfin, la vérité est que je lui porte une lettre et que j'ignore ce qu'il y a dans cette lettre, et que j'ignore où et quand je pourrai rencontrer la duchesse, et que j'ai compté sur vous pour...

— Remettre la lettre ? Je m'en charge ! fit vivement Maurevert.

— Non, non, s'écria le moine. Le très révérend Bourgoing m'a bien dit : « Timothée, plutôt que de parler à qui que ce soit de cette lettre, arrachez-vous la langue !... »

— Mais, objecta Maurevert, puisqu'il vous a dit de m'en parler

— Il a ajouté, continua le moine, qui pris à son propre mensonge, jugea convenable de ne pas entendre cette interruption. il a ajouté : « Timothée, plutôt que de vous laisser prendre cette lettre, faites-vous tuer. Mais avant de mourir, avalez-la ! » Je ne puis donc, mon gentilhomme, ni vous montrer, ni vous remettre cette missive... Elle est là, cousue à l'intérieur de mon froc...

— Alors, que voulez-vous de moi ?

— Mais... que vous me conduisiez à la duchesse... que vous me fassiez parvenir jusqu'à elle...

— Diable !.. Ce sera difficile, car sûrement la duchesse dort en ce moment...

— Aussi n'ai-je pas dit ce soir, tout de suite... Il suffira que je la puisse voir après-demain...

— Il sera trop tard, fit Maurevert en secouant la tête.

— Demain matin, alors ! dit le moine avec un commencement d'inquiétude.

— Trop tard encore !... La duchesse quitte Blois demain matin à la première heure. Je le tiens de M. le duc de Guise, lui-même, qui me l'a confié pas plus tard qu'aujourd'hui...

Le moine s'était effondré. Il était devenu pâle.

— Bah ! ajouta Maurevert, vous en serez quitte pour attendre son retour. Car le duc m'a affirmé qu'elle ne serait pas plus d'un mois ou deux absente...

— Trop tard ! trop tard ! gémit le moine en faisant le geste de s'arracher les cheveux. Ah ! maudite idée que j'ai eu de m'arrêter deux jours parce qu'une servante ne voulait pas m'embrasser à... j'ai oublié le nom !... Que vais je dire au révérend ?... Il va me chasser ! ou peut-être, pis encore !

— C'est probable, dit froidement Maurevert. Mais voyons, votre chagrin me fend le cœur. Peut-être y a-t-il un moyen de tout arranger...

— Ah ! vous me sauveriez la vie !... Voyons le moyen ?...

— Ce serait de voir la duchesse tout de suite. Je suis assez bien en cour pour prendre sur moi de la faire éveiller.

— Partons ! dit le moine. Où demeure la duchesse ?

— Près du château, répondit Maurevert. Allons, remettez votre froc, et prenez courage : je me charge de tout.

— Ah ! je puis dire que c'est une heureuse idée que j'ai eue d'entrer au Grand Saint-Matthiou ! En rentrant au couvent, je mettrai un cierge à la chapelle de ce digne saint dont la protection se manifeste ici...

— A votre place, j'en mettrais deux, dit Maurevert avec un livide sourire d'ironie. Partons. Suivez moi, et ne faites pas de bruit. Il est inutile de réveiller l'auberge, vous comprenez ?

— Mais comment allons-nous sortir ?

— Vous l'allez voir, dit Maurevert qui, traversant le couloir après avoir éteint les flambeaux, pénétra dans la chambre qui portait le numéro 3, c'est-à-dire la chambre que le moine, sur sa recommandation, avait demandée.

Maurevert ouvrit la fenêtre. Et alors, frère Timothée put se rendre compte qu'un de ces escaliers extérieurs, comme il y en avait à bien des maisons, partait de cette fenêtre pour aboutir à la rue.

Si le moine eût été moins tourmenté, et par ses pensées et par le vin, il eût pu s'étonner que Maurevert lui eût justement recommandé cette chambre et non une autre. Mais il n'en pensait pas si long. Il descendit et Maurevert le suivit, en laissant la fenêtre ouverte derrière lui.

A ce moment-là, il était près de minuit. Loin de se dissiper comme cela arrive quelquefois dans la nuit, le brouillard était devenu plus opaque. L'obscurité était profonde. Dans les rues de Blois, pas un être vivant ne se montrait. Frère Timothée marchait gravement près de Maurevert

— A quoi pense-t-il ? se demandait celui-ci. Se doute-t-il?...

Frère Timothée ne pensait à rien : il cherchait simplement à conserver son équilibre, car le froid le surprenant au sortir de l'hôtellerie, la tête commençait à lui tourner. Maurevert gagna les abords du château, et se mit à contourner les fossés remplis d'eau. Tout à coup, il s'arrêta, et d'une voix étrange :

— Alors, vous dites que cette lettre est cousue dans l'intérieur de votre froc?

— Là ! fit le moine avec un rire épais. Bien malin qui viendrait la chercher là !

Et il se touchait la poitrine.

— Et vous dites que c'est grave?...

— Tout... ce qu'il y a... de plus grave !

— Et que vous ne la donneriez à personne au monde?...

— Pas même... à vous !...

— Eh bien ! tu me la donneras tout de même, gronda sourdement Maurevert.

En même temps, son bras se leva. L'éclair de sa dague traversa l'espace. Au même instant, le moine jeta un grand cri et s'affaissa. La dague de Maurevert avait pénétré dans la gorge de frère Timothée au-dessus de la cuirasse...

Maurevert regarda autour de lui. Rien ne bougeait... Le cri du malheureux moine, s'il avait été entendu, n'avait éveillé aucune alerte. Froidement, Maurevert se baissa, tâta le froc, sentit le papier, déchira l'étoffe du bout de sa dague, et saisit la lettre... Puis, soulevant le cadavre, il le dépouilla de son froc, et alors il le poussa dans l'eau du fossé. Quant au froc, il l'emporta chez lui.

C'est ainsi que périt frère Timothée, victime de sa gourmandise et de son dévouement.

Rentré dans sa chambre, Maurevert ouvrit tranquillement la lettre et se mit à la lire. Voici ce qu'elle contenait :

« Madame,

« J'ai l'honneur et la joie d'aviser Votre Altesse Royale que notre homme s'est soudainement décidé à se mettre en route pour Blois. Il emporte le poignard, le fameux poignard qui lui fut octroyé par l'ange que vous connaissez.

« Si Valois en réchappe, cette fois, il faudra qu'il ait le diable au corps. Je ne sais si l'homme aura le courage de vous venir voir, et c'est pourquoi je vous préviens. Il serait souhaiter que Votre Altesse Royale pût le découvrir dans Blois et lever ses derniers scrupules, s'il en a : je crois qu'un regard de vous y suffira.

« Je vous prie d'observer qu'il est accompagné d'un gentil-homme qui sans aucun doute est des nôtres. Grand, robuste, fière tournure, œil froid et moqueur, ce gentilhomme m'a paru posséder toutes les qualités d'audace, de vigueur et de sang-froid nécessaires pour le grand acte.

« Je suis, madame, de Votre Altesse Royale, le très dé-voué serviteur, et j'espère qu'au jour prochain de la victoire, je ne serai pas oublié dans les prières que vous adresserez à votre illustre frère. En attendant, j'adresse les miennes au ciel. »

La lettre portait comme signature un signe sans doute con-venu et servant de pseudonyme. Comme on le voit, Bour-going donnait déjà de l'Altesse royale à la duchesse, comme si Guise eût été sur le trône.

Ayant achevé sa lecture, Maurevert replia la lettre, la plaça dans son pourpoint, s'enveloppa de sa cape, éteignit le flam-beau qu'il avait allumé, et murmura :

— Il faut que la vieille Médicis ait cela tout de suite... d'abord parce que cette lettre complète la première, ensuite parce qu'il faut que je m'en débarrasse à l'instant... Allons au château !

Malgré ces paroles, il ne bougea pas. Debout dans les té-nèbres, enveloppé de son manteau, il réfléchissait profondé-ment. Et parfois un frisson le parcourait. Un quart d'heure se passa sans qu'il eût fait un geste.

— Voyons, gronda-t-il tout à coup, relisons. C'est une pen-sée insensée qui m'a traversé l'esprit quand j'ai lu ces mots...

Il battit le briquet et ralluma son flambeau. Et il se remit à lire, la tête dans ses deux mains. Il ne relisait qu'un pas-sage, toujours le même. Et tout ce qui était relatif au meur-tre du roi lui était indifférent.

Un bruit dans le couloir, une planche qui venait de cra-quer sans doute, le fit tressaillir violemment. Il se leva d'un bond, la dague au poing, l'œil exorbité, la sueur au front...

— On a marché là !... qui vient de marcher ?...

Au bout d'un temps qui fut sans doute assez long, ses nerfs se détendirent... Le flambeau à la main, il alla examiner le couloir... Il n'y avait personne. Alors, de nouveau, il plaça la lettre dans sa poitrine, éteignit la lumière, et comme tout à l'heure, murmura :

— Allons...

Mais il ne bougea pas. Et dans les ténèbres profondes, seul, immobile, le menton dans une de ses mains, il se reprit à méditer.

Est-ce que Maurevert avait des remords ?... Se repentait-il de sa trahison ?... Était-ce le spectre du moine qui déjà assiégeait sa conscience ?... Ou simplement cherchait-il le parti qu'il pouvait tirer de la lettre ?... Balançait-il, au dernier moment, entre Guise et Valois ?... Rien... non ! rien de cela !...

Ce n'était ni le calcul de l'ambition ou du lucre, ni le remords qui l'immobilisait dans les ténèbres... c'était la peur !... Car lorsqu'il se décida enfin à se mettre en route, bas, très bas, comme s'il eût redouté de s'entendre lui-même, il murmura :

— Celui qui doit tuer le roi est accompagné d'un gentilhomme... l'œil froid et moqueur... fière tournure... grand... robuste... qui est-ce gentilhomme ?...

Lorsqu'il eut descendu l'escalier extérieur qui aboutissait à la chambre n° 3, lorsqu'il eut fait cent pas dans la rue, il s'arrêta encore et haussa violemment les épaules :

— Allons donc ! gronda-t-il. Ce ne peut être lui !... Pourquoi serait-ce lui ?...

Et arrivé devant le porche du château, vers lequel il s'était machinalement dirigé sans doute, la même préoccupation n'avait cessé de le hanter jusqu'à lui faire oublier le motif de sa visite nocturne, car il prononça sourdement :

— La Cité était cernée de toutes parts. Un renard n'eût pas trouvé le moyen d'en sortir. La Seine était surveillée. Près de quatre cents hommes sont restés sur les bords et dans les barques jusqu'au soir. Il est mort..

Furieusement, il crispa les poings et gronda :

— Oui !... Mais alors... pourquoi n'a-t-on pas retrouvé le cadavre ?...

— Au large ! cria une voix dans la nuit.

C'était la sentinelle placée devant le porche, qui venait d'apercevoir Maurevert. Celui-ci tressaillit, s'enveloppa de son manteau jusqu'à cacher son visage et, de sa place, dit tranquillement :

— Prévenez M. Larchant qu'il y a un courrier pour Sa Majesté.

Larchant, c'était le capitaine des gardes qui, sous le commandement direct de Crillon, veillait à la sûreté du château.

Ces mots « arrivée d'un courrier pour le roi » avaient le pouvoir de tout mettre en mouvement. Maurevert le savait.

La sentinelle appela. Il y eut des allées et venues de lanternes. Et enfin, au bout d'une demi-heure, le capitaine Larchant parut, s'approcha de Maurevert et, dans la nuit, chercha à le reconnaître.

— Monsieur, dit Maurevert en dissimulant son visage et changeant de voix, veuillez aller prévenir Sa Majesté la reine mère qu'il lui arrive une nouvelle missive semblable à celle qu'elle reçue il y a huit jours.

— Monsieur, dit Larchant, êtes-vous fou ? ou vous moquez-vous de moi ?

— Monsieur, reprit Maurevert, prévenez à l'instant la reine

qu'il faut qu'elle reçoive l'homme à qui elle a acheté cin
cent mille livres un morceau de papier..

— Monsieur, dit le capitaine, vous avez perdu la tête. Estimez-vous heureux que je ne vous fasse pas arrêter. Bonsoir!

— C'est vous qui êtes fou, dit Maurevert froidement. Car
si demain il arrive un malheur dans le château, je dirai que
vous m'avez empêché de prévenir Sa Majesté, et vous serez
arrêté comme complice. Bonsoir!

— Holà, un instant, monsieur. J'y vais. Mais je vous préviens que si la reine ne vous reçoit pas, et qu'elle soit mécontente d'être éveillée à deux heures du matin, je vous coupe
les oreilles. Entrez au corps de garde.

Maurevert haussa les épaules et dit:

— J'attendrai dans la cour carrée. Il y a trop de lumière
dans votre corps de garde. Maintenant, un dernier mot, capitaine: si je m'aperçois que vous m'avez reconnu, je serai
forcé de vous tuer sur-le-champ.

Le capitaine fronça les sourcils, le sang lui monta au visage
et il fut sur le point de sauter à la gorge de l'inconnu. Mais
il réfléchit que s'il le tuait, ce malheur dont il avait parlé ne
pourrait être évité, sans doute. Il le fit donc entrer dans la
cour carrée, le mit sous la surveillance de quatre gardes, et
s'éloigna rapidement. Un quart d'heure plus tard, il était de
retour.

— Venez, monsieur, dit-il d'un ton d'étonnement, venez et
et excusez-moi. La reine vous attend.

Lorsque Maurevert fut en présence de Catherine de Médicis dans l'oratoire du rez-de-chaussée, il lui tendit la lettre en
disant:

— Du prieur des jacobins à Mme la duchesse de Montpensier...

La reine dévora la terrible lettre d'un regard. Mais elle
garda pour elle ses impressions.

— Il faut vous assurer de l'homme qui a apporté cette missive, dit-elle simplement.

— C'est fait, madame.

— Où est-il?...

— Dans les fossés du château, où il boit de l'eau par sa
gorge ouverte pour avoir bu trop de vin chez moi.

La reine tressaillit, et jeta un regard pensif sur Maurevert.

— Celui-là a été à mon école! songea-t-elle.

Dix minutes plus tard, Catherine de Médicis entrait dans
la chambre du roi, le réveillait, et lui mettant sous les yeux
la lettre de Bourgoing, lui disait:

— Sire! Nous avons demandé trois jours pour vous apporter la preuve, trois heures m'ont suffi. Maintenant, il n'y a
plus une minute à perdre!...

XXIX

Les clefs du château

Le surlendemain, il y eut, sur convocation du roi, séance solennelle des États-Généraux. Après la messe qui fut célébrée par le vieux cardinal de Bourbon, Henri III se rendit à la salle des séances.

Comme pour bien marquer un contraste avec le duc de Guise, qui ne venait jamais au château qu'avec une imposante escorte, le roi avait donné l'ordre de placer dans la grande salle le nombre de gardes strictement exigé par l'étiquette. Cette preuve de confiance absolue inquiéta la noblesse et stupéfia le clergé. Le Tiers fut le seul à l'approuver par l'attitude plus déférente qu'il prit.

Quant à Guise, en voyant que le roi ne venait escorté que de quelques gardes, il pâlit et expédia aussitôt Mayenne dans la cour carrée pour recommander à ses gentilshommes de se tenir prêts à tout.

Le roi prit place sur son trône, et Guise, en sa qualité de grand maître, s'assit devant lui, au pied des degrés. Alors le roi commença un assez long discours dans lequel il établit en substance que le royaume était fatigué de ces luttes intestines, et qu'il fallait en finir. Il adjura fortement les trois ordres de l'aider à pacifier les consciences, et pour preuve de cette pacification des consciences, se déclara prêt à entreprendre l'extermination de l'hérésie. Puis il affirma qu'il rendait les députés responsables devant Dieu et les hommes s'ils ne le secondaient loyalement dans ses intentions.

En quittant la salle des séances, le roi avait regagné ses appartements et tenu réception dans le salon d'honneur qu'on montre encore aux voyageurs visitant le château de Blois. Peut-être le duc de Guise avait-il répandu quelque mot d'ordre parmi les siens, car les députés de la noblesse se montraient joyeux et empressés, ce qui terrorisait le malheureux roi en proie aux affres de l'épouvante et s'attendant à chaque instant à recevoir le coup de poignard.

Cependant, Henri III faisait bon visage parmi tous ces ennemis mortels qui lui souriaient. Et c'eût été un effroyable spectacle pour l'Asmodée qui eût pu, sous ces masques, lire clairement la terreur et la haine. Et il ne fallait pas peu de courage à Henri III pour se montrer paisible. Il était d'ailleurs soutenu par le regard fixe et ferme de Catherine qui ne le quittait pas des yeux et jouait cette suprême partie avec la force d'âme et l'intrépidité d'une mère qui veut sauver son fils..

Son plan était admirable. Il consistait à inspirer à Guise une sécurité absolue.

Le roi commença par prendre à part le duc de Mayenne et lui promit le gouvernement du Lyonnais. Mayenne se confondit en remerciements sincères, et dans son gros bon sens pensa :

— Ouais !... Si Henri tient parole, il me donne plus que ne me donnerait mon frère. Seulement .. tiendra-il parole ?...

Au cardinal de Guise, Henri III promit la légation d'Avignon. A M. d'Espinac qui venait de lancer un libelle contre lui, il dit à haute voix :

— Un homme de votre valeur est précieux. A dater d'aujourd'hui, vous faites partie de mon conseil privé.

Rencontraut Maineville, il ajouta :

— Je sais combien M. le duc vous estime. Cela seul me serait un garant si je n'avais pour vous la même estime. Monsieur de Maineville, j'ai donné l'ordre à ma chancellerie de préparer votre brevet de nomination au Conseil d'Etat.

Pendant une heure, selon une liste arrêtée dans la nuit même, le roi fit pleuvoir les faveurs autour de lui... Les royalistes enrageaient, les ligueurs allaient d'étonnement en stupéfaction... Guise songeait :

— Il se livre à nous pieds et poings liés...

Enfin, après avoir évolué, souri, chuchoté des promesses, distribué des rentes, Henri III, sur un signe de sa mère, porta le dernier coup.

— Monsieur le duc ? fit-il à haute voix.

— Me voici, sire ! dit le duc de Guise qui, tout en surveillant ces évolutions du coin de l'œil, causait d'un air riant avec Crillon.

A l'appel du roi, le Balafré s'élança et s'inclina devant Sa Majesté.

— Vous êtes grand-maître, duc ? fit le roi.

— Je le suis en effet. répondit Guise.

— Comment se fait-il, en ce cas, que vous ne jouissiez pas pleinement de toutes les prérogatives attachées à votre dignité ?...

— Sire... je ne comprends pas, dit le Balafré sur ses gardes.

— Morbieu ! reprit Henri III en jetant un regard de colère sur sa mère et sur Crillon, je veux que toutes ces défiances cessent ! Je veux que la paix ne soit pas seulement dans les paroles, mais dans les actes ! .. Je ne veux plus de ces suspicions qui me rompent la tête, et puisque c'est le grand-maître qui doit tenir les clefs du château, dès ce soir, duc, vous aurez les clefs !...

A ces mots, il se fit un grand silence, puis presque

aussitôt un grand murmure où il y avait de la stupéfaction chez les royalistes, une joie sourde chez les guisards, et presque de l'admiration pour tant de confiance.

C'était en effet une des prérogatives du grand-maître que de détenir et d'emporter tous les soirs les clefs du château. Mais jamais Guise n'eût osé la réclamer, cette prérogative sous peine d'avouer ouvertement qu'il avait de mauvais desseins contre le roi. Henri III, en offrant lui-même de confier les clefs du château au duc de Guise en de pareilles circonstances, faisait donc preuve ou d'une sublime confiance, ou d'un incroyable aveuglement.

On peut dire que c'était là un coup d'une prodigieuse habileté. Ses résultats immédiats furent : d'une part, que les seigneurs royalistes se promirent de veiller plus que jamais à la sûreté du roi : d'autre part, que les Guises se trouvèrent comme déroutés, désemparés. Leur plan d'attaque était changé : il fallait ou se servir de ce nouvel avantage, ou étudier les pièges qu'il pouvait cacher.

Cette nouvelle situation des esprits se traduisit par une sorte de trêve tacite, comme était tacite le formidable duel engagé entre les deux partis.

Le roi avait-il préparé un guet-apens ? Ou bien réellement se livrait-il ?... Voilà la question qui se posait.

La trêve dura un mois, c'est-à-dire jusqu'aux environs de la Noël. Pendant ce temps, il y eut force conciliabules en différentes maisons de la ville. Pendant ce temps aussi, la duchesse de Nemours, mère des Guises, arriva à Blois. Pendant ce temps, enfin, le roi accumula les preuves de son effacement, on eût pu dire de son écroulement.

Il n'en est pas dans l'histoire de beaucoup plus dramatiques et émouvantes que celle-ci.

Pour revenir à la scène que nous racontions, le duc de Guise, lorsque le roi eut fini de parler, dut faire un violent effort sur lui-même pour ne trahir ni la joie ni l'inquiétude qui l'envahissait à la fois. Ce qui lui parut le plus favorable dans cette minute critique, ce fut d'être aussi naturel que le roi l'avait été. En conséquence, il s'inclina de l'air d'un homme qu'une pareille proposition n'avait pu surprendre, et dit :

— Je remercie Votre Majesté de l'honneur qu'elle veut bien me faire. Je garderai les clefs du château, puisque le roi le veut. Mais je ne les garderai qu'autant que cela plaira à Votre Majesté, car il n'est jamais entré en mon esprit de réclamer pour moi l'application d'un privilège aussi périlleux...

Guise, comme nous avons pu le voir déjà, manquait d'à-propos dans ses réparties. Peu s'en fallut que le roi ne lui répondît : Mais monsieur, c'est non seulement un privilège pour vous, mais encore un devoir de garder les clefs ;

car en votre qualité de grand-maître, vous êtes préposé à ma
sûreté personnelle...

Un regard de Catherine arrêta le roi à temps. Il se
contenta de sourire et, ayant fait appeler le capitaine Larchant, lui donna l'ordre de remettre tous les soirs au duc de
Guise les clefs de la forteresse.

XXX

Aux approches de Noël

Le 15 décembre 1588, il gela à pierre fendre. Le roi fit
annoncer qu'il était malade et qu'il n'y aurait point conseil.
En conséquence, le duc de Guise, qui au matin s'était présenté
comme d'habitude aux appartements royaux, s'en retourna
chez lui avec ses frères. L'escorte composée d'une centaine de
gentilshommes qui ne le quittaient jamais sortit du château
avec les Guises. Les courtisans royalistes s'en allèrent aussi,
le roi ayant dit qu'il ne quitterait pas la chambre. Bientôt il
n'y eut plus dans le château que les gens d'armes, les sentinelles et les patrouilles parcourant d'un pas pesant les cours
et les couloirs de quart d'heure en quart d'heure. Dans les
appartements du roi, il n'y eut plus que le service ordinaire
de Sa Majesté. Quant à la ville, elle était déserte. Chacun
demeurait chez soi. Le froid semblait avoir arrêté tout mouvement. Il ne neigeait pas, mais le ciel était gris et triste.
La Loire charriait des glaçons. Un lourd silence pesait sur
le château, la ville et sur toutes choses...

Et c'était un silence d'une infinie tristesse, lourd d'angoisse
et de menaces.

Dans la chambre du roi, un bon feu de hêtre flambait au
fond de la cheminée monumentale. Henri III, pensif et pâle,
était assis près de la cheminée ; parfois il jetait un regard sur
la fenêtre comme pour interroger le silence extérieur. Il était
assis à droite du feu, face à la fenêtre. A gauche de la
cheminée était assise Catherine de Médicis, plus immobile,
plus pâle dans ses voiles noirs, plus spectrale que jamais. Et
elle était là comme la figuration visible de ce silence glacé,
de cette angoisse et de cette menace qui étaient au fond de
l'air, au fond de toutes choses..

Un gentilhomme entra. Il était si bien enveloppé dans son
manteau qu'il eût été impossible de voir son visage. Mais le
roi et la vieille reine n'avaient pas besoin de le voir sans
doute.

— C'est pour bientôt, dit le gentilhomme à voix basse.

— Quand ? demanda Catherine, tandis que frissonnait le roi.

— Je ne sais pas le jour exact, qui n'est pas fixé. Mais ce sera avant Noël. Dès que le jour sera fixé, vous le saurez, Majestés.

Le roi remercia de la tête, sans un mot. Et la reine dit :

— Vous pouvez vous retirer. Toujours par le petit escalier...

Le gentilhomme s'inclina et sortit. Alors le roi murmura :

— Un fier sacripant, ce Maurevert !...

La reine, cependant, s'était levée et avait ouvert une porte. Le roi n'avait pas bougé de son coin de cheminée, et tendait les mains vers le feu, bien qu'en réalité il fît chaud dans la chambre. Alors un certain nombre de gentilshommes, une quinzaine environ, entrèrent chez le roi, et la vieille reine elle-même referma la porte. Il faut ajouter que les deux pièces sur lesquelles ouvrait la chambre, l'une vers les jardins, l'autre vers la cour étaient gardées, non par des gens d'armes ou des valets, mais par des gentilshommes, de façon que nul au monde ne pût approcher et entendre ce qui allait se dire. Lorsqu'elle eut refermé la porte et rejoint sa place, Catherine se tourna vers ceux qui venaient d'entrer et dit :

— Asseyez-vous, messieurs...

Les gentilshommes s'assirent sans objection, car il semblait que la distance qui les séparait du roi eût été sinon effacée, du moins très amoindrie. Parmi ces gentilshommes, il y avait Crillon, le capitaine Larchant, Montsery, Sainte-Maline, Chalabre, Loignes, Deffrenat, Biron, Du Guast, d'Aumont, et d'autres. Quand ils furent tous assis, le roi qui était à demi penché vers la flamme du foyer se redressa, les regarda un moment et dit d'une voix très calme :

— Messieurs, le duc de Guise veut m'assassiner...

Il serait difficile de donner une idée de l'effet produit par ces paroles. Pourtant, tous savaient depuis longtemps quelle était la crainte du roi. Bien mieux, ils savaient que cela allait leur être dit, avant d'entrer dans la chambre. Et pourtant, ces paroles furent comme un coup de tonnerre. Jamais le roi n'avait parlé de ces choses avec une telle netteté, et ils comprirent que la situation était soudainement devenue terrible. Ils se regardèrent donc, tout pâles, et quelques-uns d'entre eux, se levant, dégainèrent comme si le duc de Guise fût été là... Le roi les calma d'un geste et ajouta :

— Tant que j'ai pu douter, tant que j'ai pu fermer les yeux, je me suis refusé à croire à la méditation d'un tel crime chez un homme que j'ai comblé de mes bienfaits. Aujourd'hui, messieurs, il faut que je prenne une décision, car je dois être tué avant la Noël... Or, je vous ai réunis pour vous demander votre aide et vos avis. Parlez le premier, Crillon.

— Sire, dit Crillon, s'il s'agissait d'un plan de bataille, je

vous donnerais mon avis, comme c'est mon métier de frapper
de l'épée, et de préparer des embuscades à l'ennemi. Mais il
s'agit d'un crime, et il me semble que cela regarde vos gens
de loi ..

— Ainsi, fit le roi, vous me conseillez de traduire le duc
devant une cour de justice?

— C'est ainsi que l'on procède pour tous les criminels, sire
L'accusé se défend. Si son crime est prouvé, on le condamn
et on l'exécute...

Biron et quelques autres appuyèrent d'un geste.

— A moins, dit Henri III avec un pâle sourire, à moins que
les amis de l'accusé ne l'enlèvent pendant le jugement et
n'exécutent l'accusateur. Votre conseil ne vaut rien, Crillon!

— Sire, je suis soldat...

— Donc, reprit le roi après un moment de silence, en dehors du jugement, vous ne voyez pas ce qu'on peut faire à un
traître, à un félon qui conspire contre la vie de son roi?

— Non, sire, dit froidement Crillon. Plus le crime est
énorme, plus il est de l'intérêt du roi de le faire éclater au
grand jour.

— Mauvais conseil répéta Henri III de sa voix lente et
basse. Ce qu'il faut faire, je vais vous le dire, moi!... Celui
qui veut tuer, on le tue!... Vous parliez d'embuscade contre
l'ennemi... eh bien, on dresse une embuscade, on y attire le
félon, et on le tue comme une mauvaise bête... Vous en
chargez-vous, Crillon?

Le rude capitaine s'inclina, secoua la tête, et dit :

— Sire, ordonnez-moi de provoquer le duc de Guise. Je le
provoquerai au milieu de ses gentilshommes. Et quand nous
aurons croisé le fer, en plein jour, devant tous, Dieu décidera
entre sa cause et la mienne...

— Je me méfie de Dieu en pareille occasion, dit sourdement le roi.

— C'est-à-dire que Votre Majesté se méfie de mon épée!
Je puis être vaincu, c'est vrai, car le duc est un rude maître
en fait d'armes. Mais si je suis vainqueur, j'aurai sauvé mon
roi sans scandale. Et si je meurs, quelque autre se trouvera
qui ramassera mon épée...

Le roi ébranlé jeta un regard à Catherine de Médicis qui
fit un signe imperceptible.

— Non, reprit-il alors, non, mon brave Crillon. Je ne veux
pas vous exposer, précieux que vous êtes à ma couronne ; et
d'autre part, je ne veux pas livrer une telle querelle au sort
des armes trop souvent injuste. Allez, Crillon, je vous donne
congé...

Crillon vit bien que le plan du roi était arrêté d'avance.

— Sire, dit-il d'une voix émue, prenez garde à la responsa-
bilité que vous allez prendre devant Dieu et les hommes...

Que si Votre Majesté change d'avis, je suis toujours prêt à dégainer en son honneur.

Le vieux capitaine s'inclina et sortit alors.

— Peut-être, murmura Catherine du bout des lèvres, serait-il bon de s'assurer de ce brave pendant quelques jours...

— Allons donc, madame! fit le roi. Un secret dans le cœur de Crillon, c'est un secret dans une tombe... Et vous, Biron, que me conseillez-vous ?

— Votre Majesté est-elle parfaitement sûre des méchants desseins de M. de Guise ? dit le maréchal.

— Aussi sûr que vous l'êtes vous-même. Car tous autant que vous êtes ici, vous savez mieux que moi qu'un serment sur les autels n'est pas fait pour arrêter le duc de Guise...

— Eh bien, c'est vrai, Majesté. Et je n'ai pas été le dernier à vous conseiller de vous mettre en garde. Je dis donc que je suis de l'avis de Crillon : que le duc soit jugé et qu'il soit tiré un terrible châtiment de sa félonie...

— Et qui le jugera? fit amèrement le roi.

— Le parlement de Paris?

— Et qui le traînera devant le Parlement ?...

— Moi, sire! Que Votre Majesté m'en donne l'ordre, et je vais de ce pas arrêter le duc de Guise!... c'est-à-dire pourvu que je sois muni d'un ordre d'arrestation. Je me fais fort de le conduire à Paris...

— Qui se lèvera en masse pour le délivrer, dit Catherine de Médicis, qui mettra le feu au Palais de Justice, qui démolira le Louvre pour en faire des barricades, qui nous pillera et nous tuera tous, maréchal, depuis le roi jusqu'au dernier de nos soldats...

Biron baissa la tête, tandis qu'un frémissement parcourait les autres membres de cet étrange et terrible conseil privé.

— Je crois, reprit le maréchal, que Votre Majesté a raison en partie. Et cependant, je persiste à conseiller au roi une action ouverte, afin que le royaume et le monde sachent que si le duc de Guise meurt, il avait mérité la mort. .

— Merci, Biron, merci, dit le roi affectueusement. Je comprends vos scrupules, puisque je les ai eus. Mais l'heure des scrupules est passée. Veuillez donc vous retirer, car je ne veux pas que ce qui va se décider ici retombe sur un autre que moi.

— Sire, dit Biron, je me retire, mais pour ne pas m'éloigner. A partir de cette minute, je ne quitte plus votre antichambre; la nuit, je dormirai en travers de la porte; homme ou diable, il faudra me passer sur le ventre pour arriver à Votre Majesté...

— Que dommage, fit la vieille reine en soupirant, lorsque le maréchal fut sorti, quel dommage que d'aussi braves gens, armés d'un bras si sûr et si fidèle pour l'action, aient si peu de cervelle dans le conseil !...

Après Biron, d'Aumont, interrogé à son tour, fit des réponses semblables, et se retira également. Puis ce fut Matignon qui sortit.

Il est à noter qu'Henri III avait une confiance illimitée dans ces quatre hommes, et que cette confiance était pleinement justifiée. Comme il l'avait dit, la tombe n'était pas plus sûre que le cœur de Crillon, de Biron, d'Aumont et de Matignon. S'il y avait bataille ou bagarre, on pouvait compter sur eux jusqu'à la mort. Ils n'étaient pas pour le guet-apens, voilà tout.

Après le départ de Matignon, personne ne sortit, tous ceux qui restaient étaient d'accord. En effet, le comte de Loignes ayant été interrogé à son tour par le roi, répondit tranquillement :

— Sire, je ne m'élèverai pas contre les avis qui viennent d'être donnés à Votre Majesté. Ce sont de bons et fidèles serviteurs que ceux qui sortent d'ici, et on peut être assuré qu'ils veilleront sur les jours du roi. Je pense donc que les choses sont en parfait état, puisque chacun aura sa besogne : Crillon, le maréchal de Matignon et d'Aumont vont faire à Votre Majesté une garde comme jamais roi n'en a eu. Et nous, l'esprit libre de ce côté, nous n'aurons plus qu'à agir. Or, en fait d'action, je n'en connais qu'une ! En fait de juges, je n'en connais qu'un ! Le voici...

En même temps, il tira son poignard.

— A mort ! dit Chalabre. A mort, sire ! Il n'y a que les morts qui ne frappent pas !

— Eh ! pardieu, s'écria Montsery, faut-il tant discuter pour découdre un sanglier qui montre ses défenses !

— Je vous assure, sire, fit Sainte-Maline à son tour, que nous nous chargeons et du jugement et de l'exécution !...

Pendant quelques minutes, il y eut dans la chambre du roi une rumeur assourdie, chacun voulant dire son mot, chacun proposant son plan d'attaque. Enfin Catherine de Médicis, qui avait écouté toute cette explosion en souriant, les calma d'un geste et dit :

— Mes braves amis, vous êtes de hardis compagnons, tous, et le roi vous devra la vie... il ne l'oubliera pas...

— Sa Majesté est libre d'oublier ! s'écria Deseffrenat, l'un des quarante-cinq.

— Oui, oui ! Nous marchons pour notre compte autant que pour celui du roi !...

— Nous haïssons le Guise jusqu'à la male mort !...

— Il m'a donné, dit Loignes, un coup de dague dont je souffre encore, et cela sous le dérisoire prétexte que j'embrassais sa femme. A ce compte, il lui faudrait daguer toute la seigneurie qui l'entoure !

— Il nous a jetés dans la Bastille dont nous ne sommes sortis que par vrai miracle ajouta Sainte-Maline.

La reine savait parfaitement de quelle haine étaient animés ces gentilshommes. Mais il ne lui déplaisait pas d'en avoir provoqué l'explosion. Elle reprit :

— Nous sommes donc tous d'accord ? Il faut que Guise meure ?...

— Qu'il meure !...

Le roi s'était tourné vers le feu et chauffait ses mains pâles.

Il semblait se désintéresser de l'effrayante question qui s'agitait autour de lui.

— Il reste donc à savoir où, quand, comment le scélérat félon sera frappé, continua Catherine.

— Tout de suite ! s'écria Montsery.

— Chez lui ! ajouta Loignes.

— A coups de dague !

— Mes bons et braves amis, dit Catherine, ce n'est pas le tout que de tailler, il faut encore savoir recoudre. C'est à quoi le roi et moi nous devons songer. Il faut donc que toutes nos précautions soient prises pour l'heure même qui suivra la mort du duc. Or, nous avons encore deux ou trois jours devant nous. Ne précipitons rien et faisons les choses raisonnablement. Nous avons trois points à élucider : Où ? Quand ? Comment ?...

Il s'était fait un grand silence. Tous s'étaient rapprochés de la cheminée, car Catherine parlait à voix basse, malgré la précaution prise de faire garder les pièces voisines par des gens sûrs. Et c'était autour de la vieille reine, debout dans ses vêtements noirs, un demi-cercle de têtes penchées, de visages pâles et de regards flamboyants. Le roi seul, assis près du feu, semblait ne vouloir ni entendre ni voir... La reine alors acheva :

— Où ?... Ni chez lui, ni dans la rue : c'est ici même, dans l'appartement du roi, que doit se faire la chose. Quand ? Nous le saurons peut-être demain matin. Comment ? C'est le plan que je vais vous exposer...

XXXI

Aux approches de Noël (suite)

Le soir de ce jour où des décisions suprêmes furent prises chez le roi, nous pénétrons dans une auberge d'assez pauvre apparence, qui avoisine le château, et qui s'appelait à cause de cela l'hôtellerie du Château.

Dans une chambre du premier étage, le chevalier de Par-

daillan allait et venait, à la lueur d'une chandelle fumeuse
qui semblait n'être là que pour mieux montrer les ténèbres.
Cependant, la table était dressée et toute servie, comme si
Pardaillan eût attendu un convive C'est à-dire que sur cette
table, il y avait de quoi apaiser la fringale de trois ou quatre
bons mangeurs Pardaillan était ainsi prodigue et outrancier
dès qu'il traitait quelqu'un.

Ce quelqu'un arriva enfin, et Pardaillan appelant une servante fit aussitôt renforcer l'éclairage par deux ou trois flam
beaux. Alors, à la lumière plus vive qui inonda la chambre,
le visiteur de Pardaillan — son convive — apparut, et ayant
laissé tomber son manteau, montra les rudes moustaches et
le front cicatrisé, couturé de balafres, et le regard loyal du
brave Crillon... C'était Crillon qui rendait visite à Pardaillan !

Pourquoi? dans quel but?... Nous allons le savoir.

Le matin, Crillon, comme on l'a vu, avait quitté la chambre royale, pour ne pas assister aux préparatifs d'un guet
apens qu'il réprouvait. Crillon était d'ailleurs parfaitement
d'avis qu'il fallait frapper Guise et s'en débarrasser à jamais
par quelque bon coup d'épée... mais non par un coup de
dague donné par derrière. Crillon admettait le duel : il ne
voulait pas de l'assassinat. Le vieux capitaine avait donc
quitté l'appartement royal d'assez mauvaise humeur.

— Tous ces mignons et ordinaires, grommelait-il, sont en
train de faire faire une grosse sottise au pauvre Henri. Guise
tué en duel était bien mort. Mais je crains que Guise tué en
embuscade par les Quarante-Cinq ne meure pas tout à fait, ou
que mort, il soit plus redoutable encore qu'il n'était vivant.

Crillon, là-dessus, avait soigneusement visité les postes. Il
renforça les points faibles. Il doubla le nombre des patrouilles
En sorte qu'à partir de ce moment, le château ne retentit
plus que du pas des soldats et du bruit des armes.

— Jolie idée qu'il a eue de confier les clefs à Guise !... reprit bientôt le brave Crillon. Cette façon de se livrer, de se
mettre soi-même la tête dans la gueule de loup, et puis de
crier : Au loup ! Oui, tout cela est trop habile pour moi.
Cela sent d'une lieue son Ruggieri .. Morbleu, c'était pour
tant bien simple et facile, ce que je proposais !...

On voit que le brave Crillon était à la fois mécontent et
inquiet. Lorsqu'il eut donné les mots d'ordre et changé les
consignes, Crillon sortit du château, dans l'intention d'en
faire le tour et de s'assurer qu'aucun coup de main n'était
possible. Comme il quittait l'esplanade qui s'étendait devant
le porche, il s'aperçut qu'on le suivait à distance. Il s'arrêta
en fronçant les sourcils

— Si c'est un guisard et qu'il me cherche querelle, mau-
gréa-t-il, le guisard tombe bien. Ah ! tête et ventre ! je don-

nerais bien dix sous pour pouvoir dégainer sur-le-champ et calmer la démangeaison que j'ai d'en découdre...

Cependant, l'homme qui semblait le suivre s'était rapproché de Crillon et marchait droit sur lui, enveloppé dans sa cape jusqu'aux yeux, car le froid était violent, et un petit vent du nord balayait le plateau.

— Parbleu, monsieur, dit Crillon quand l'inconnu ne fut plus qu'à deux pas, est-ce à moi que vous en voulez ?

— Oui, sire Louis de Crillon, fit tranquillement l'homme.

Mais en même temps, cet homme laissa son visage à découvert et se mit à regarder Crillon en souriant. Crillon le reconnut aussitôt et tendit sa main d'un mouvement cordial.

— Le chevalier de Pardaillan ! s'écria-t-il...

— Lui-même, capitaine, et qui court après vous...

— Après moi ?...

— Oui. Pour vous rappeler une promesse que vous me fîtes...

— Laquelle ?...

— Celle de me présenter au roi.

— Ah ! par la mort-bœuf, ce n'est pas trop tôt ! fit Crillon avec un large sourire de bienveillance. Vous y venez donc enfin !...

— Que voulez-vous ?... J'éprouve le besoin de voir de près une figure de roi ; cela ne m'est jamais arrivé, et je suppose que ce doit être curieux...

— Il suffit, mon digne ami. Peu m'importe les motifs pour lesquels vous avez besoin de voir le roi Il suffit que vous souhaitiez être présenté à Sa Majesté. Ce sera fait. C'est moi qui m'en charge. Seulement, je dois vous prévenir d'une chose... c'est que si vous ne connaissez pas le roi, le roi vous connaît parfaitement...

— En effet, je ne savais pas avoir l'honneur d'être connu de notre sire...

— Je lui ai dix fois raconté la manière dont vous m'avez aidé à sortir de Paris. Mordieu ! ce fut un beau fait d'armes Je vous vois encore levant haut votre rapière et donnant le signal de la marche en avant. Je vous entends encore crier *Trompettes, sonnez la marche royale !*... Oui, ce fut beau et moi qui ai vu maint fait d'armes, je n'ai rien vu qui m'ai ému autant que cette sortie de Paris...

— Vous me comblez, mon cher monsieur de Crillon, dit Pardaillan ; vous me comblez vraiment d'éloges que peut-être je ne mérite pas...

— Et qu'est devenu, reprit Crillon à voix basse, qu'est devenu ce jeune brave qui n'avait qu'un malheur contre lui... c'est d'être de la famille royale...

— Vous voulez parler du petit duc d'Angoulême ?

— Oui : le neveu du roi !... le fils... de l'autre !

— Eh bien, il a fait une triste fin...

— Ah ! mon Dieu ! s'écria Crillon. Et que lui est-il arrivé ?

— Il s'est marié, fit Pardaillan. Du moins je suppose que ce doit être fait à cette heure... Mais, mon cher monsieur de Crillon, ne croyez-vous pas qu'il serait digne de nous et de notre amitié de célébrer à table notre rencontre ?...

— Mortbœuf, je le veux de tout mon cœur, dit Crillon, car je ne connais personne à qui je serais aussi heureux de rendre raison.

— Vous me voyez bien content de votre amitié, fit gravement le chevalier ; bien content et bien honoré, car ce n'est pas en vain qu'on vous appelle le Brave Crillon.

Cet échange de politesse était de rigueur à cette époque. Mais ce n'était pas seulement à la mode chevaleresque que Pardaillan et Crillon obéissaient en cette occasion. Vraiment ils avaient l'un pour l'autre une vive et sincère estime.

— Donc, reprit Pardaillan, puisque cela vous agrée, je vous attendrai ce soir en mon hôtellerie dont vous voyez d'ici l'enseigne.

— L'hôtellerie du château, fit Crillon ; je connais cela ; on y boit d'excellent andrésy.

— A quelle heure vous attendrai-je ?

— Mais entre le service de jour et le service de nuit, c'est-à-dire que je serai libre environ de six à sept heures ce soir.

— Ce sera peu, mais nous tâcherons que cela suffise, dit Pardaillan.

— Nous arrêterons le jour où vous désirez être présenté à Sa Majesté...

— C'est justement à quoi je songeais, dit Pardaillan avec un sourire.

Là-dessus les deux hommes se serrèrent les mains et Pardaillan revint sur ses pas, tandis que Crillon continuait sa ronde autour du château.

— Présenté ! songeait le brave capitaine. Certes, on en a présenté qui ne le valaient pas. Et pourtant je l'aimais mieux tel qu'il m'apparut autrefois, le lendemain de la journée des Barricades, fier, et ne songeant guère à réclamer le prix du service rendu... Il a changé d'avis, et par Notre-Dame, s'il veut faire son chemin à la cour, je jure bien de m'y employer de mon mieux.

Cependant Pardaillan était rentré à l'hôtellerie du château. Dans sa chambre, un homme l'attendait, assis auprès du feu qu'il regardait fixement, comme s'il eût cherché dans les braises ardentes un signe quelconque de sa destinée. Cet homme, c'était Jacques Clément. Il portait ce costume de drap noir que nous lui avons déjà vu et qui lui donnait une sorte d'élégance funèbre. A l'entrée de Pardaillan, le moine releva vivement la tête et sourit.

— Savez-vous qui je reçois à dîner ce soir ? dit Pardaillan.

— Comment le saurais-je, mon ami ?

— Crillon. Le brave Crillon en personne. C'est-à-dire le gouverneur du château de Blois.

Négligemment, il ajouta :

— Crillon doit me présenter au roi...

Jacques Clément tressaillit, regarda fixement le chevalier comme pour l'interroger, puis baissant sa tête pensive :

— Pardaillan, dit-il, il se passe en ce moment des choses que je ne comprends pas.

— Bah ! laissez faire... tout s'éclaircit à la fin.

— Pardaillan, qu'est-ce que le frère portier des jacobins était venu faire à Blois ?

— Ça, je n'en sais rien, mon ami...

— Pardaillan, qui a tué frère Timothée ?...

— D'abord, êtes-vous bien sûr que le cadavre des fossés fût celui de ce digne moine ?

— Parfaitement sûr, et vous-même, Pardaillan, l'avez reconnu, bien que vous n'ayez vu cet homme que peu d'instants...

— Oui, ce fut lui qui me conduisit à vous.

— Vous l'avez reconnu n'est-ce pas ?

— Ma foi... je n'en jurerais pas.

— Oui, mais moi, je l'ai parfaitement reconnu. C'était frère Timothée. Or, qui a eu intérêt à tuer frère Timothée ? Et qu'est-ce qu'il venait faire à Blois ?

— Eh ! mort du diable, à quoi vous servirait de savoir cela ! Frère Timothée est mort, qu'il aille en paix !

— Rien ne m'ôtera de l'idée, reprit Jacques Clément, que le frère portier courait après moi et avait des instructions à me donner. Qui sait si ce qui m'arrive aujourd'hui n'eût pas été évité si j'avais vu le moine avant sa mort...

— Puisque je vous dis que tout s'arrangera ! fit Pardaillan avec un sourire.

— Tout peut s'arranger, en effet, dit Jacques Clément d'une voix morne, tout, excepté les désespoirs d'amour. Ah ! si vous aviez vu de quel air de mépris elle m'a reçu !...

— La duchesse de Montpensier ?

Jacques Clément ne parut pas avoir entendu. Il avait laissé tomber sa tête dans sa main et, le regard fixé sur le feu dont les reflets coloraient sa tête pâle, il songeait. Et, par moment, une sorte de contraction douloureuse venait donner à son visage une expression d'indicible souffrance. Ce fut d'une voix sombre qu'il continua :

— On n'a plus besoin de moi, Pardaillan ! J'ai hésité à frapper, et on me rejette comme une mauvaise gaine de cuir où on avait espéré trouver une bonne lame d'acier. Tout m'échappe donc à la fois : et l'amour et la vengeance...

— Je comprends que l'amour vous échappe, dit Pardaillan. D'après ce que vous m'avez raconté de votre visite, cette jolie diablesse que vous appelez un ange, vous a quelque peu mal mené. Laissez-moi vous dire que vous n'y perdez pas grand-chose, si toutefois vous la perdez...

— Que voulez-vous dire ? balbutia Jacques Clément.

— Que vous ne la perdez pas — malheureusement pour vous — qu'elle vous reviendra !...

— Oh ! si cela était !... Si je pouvais revivre !... la revoir !... l'aimer encore !

— Et moi je vous dis que vous la reverrez, que vous l'aimerez, qu'elle vous aimera, enfin, bref, que vous connaîtrez jusqu'où peut aller l'humeur de la jolie duchesse. Mais à supposer que l'amour vous échappe, comme il vous plaît à dire, comment votre vengeance vous échappe-t-elle en même temps ?...

— Ne vous ai-je pas raconté toute la scène à laquelle j'ai assisté ? Henri III est condamné. Il va être frappé ! Mais ce sera par un autre que moi. Et dès lors, que m'importe sa mort, si je ne puis me dresser devant la vieille Médicis et lui dire : Vous avez tué ma mère, et moi je viens de vous poignarder au cœur en tuant votre fils... »

— Cher ami, répondit Pardaillan, sachez que ce soir, je reçois à dîner le brave Crillon.

— Oui, vous me l'avez déjà dit, et je crois entrevoir votre pensée. Vous voulez vous faire présenter au roi, et le prévenir de ce que les Guises tramant contre lui...

· Allons ! fit Pardaillan, que ce soit cela ou autre chose, prenez patience et espoir. Seulement il ne faut pas que Crillon nous voit ensemble. Vous aurez donc l'obligeance de vous retirer au plus tôt dans votre chambre, et d'y attendre que je vous y vienne chercher ou que je vous appelle.

Jacques Clément approuva d'un signe de tête. Les deux hommes déjeunèrent ensemble. Ou plutôt, Pardaillan mangea pour deux. Quant à Jacques Clément, il était plongé en des idées funèbres, et bientôt, selon ce qui avait été convenu, il se retira dans sa chambre.

Pardaillan s'assit près du feu et se mit à méditer profondément. Il prenait des notes sur un morceau de papier ; il raturait ; il recommençait. Quant enfin il eut fini ce singulier travail, il relut avec un sourire de complaisance et murmura :

— Je crois que ce ne sera pas trop mal ainsi.

Ce que Pardaillan venait de méditer avec tant d'attention, c'était le menu du dîner du soir. Il appela donc l'hôte et lui donna les instructions nécessaires pour que ce menu fût exécuté scrupuleusement. Aussi, lorsque Crillon apparut, la table était toute dressée et servie.

— Ah ! ah ! s'écria le brave Crillon, il paraît que vous me voulez traiter comme un prince.

— Non pas, dit Pardaillan, car alors je ne me fusse pas mis en frais... Mais dîner de prince ou de roi, ou de simple gourmet, il faut qu'il se mange. Asseyez-vous donc ici, mon cher sire, le dos au feu, et moi là, devant vous.

Crillon obéit en prenant la place que lui indiquait Pardaillan. Nous n'en suivrons pas les péripéties, nous contentant de noter l'entretien des deux convives. En effet, en même temps que Crillon, bon mangeur, bon buveur, attaquait les victuailles, Pardaillan attaquait son hôte par ces mots jetés froidement et tout à coup :

— A propos, messire, vous savez qu'on veut tuer le roi ?...

Crillon, qui portait son verre à sa bouche, s'arrêta dans ce mouvement et considéra Pardaillan avec des yeux de stupeur et presque d'effroi.

— Bah ! reprit le chevalier, on dirait que cela vous étonne, ce que je viens de vous dire...

— Cela ne m'étonne pas, mon digne ami ; seulement, je dois vous prévenir que si on vous entend parler ainsi, et cette auberge est un nid à espions, votre tête sera fort menacée...

— On ne nous entendra pas, dit Pardaillan qui sourit ; je suis un vieux routier d'embuscades, et j'ai placé des sentinelles avancées ; croyez-vous donc que sans de telles précautions, j'eusse proféré des paroles capables de compromettre un hôte ?... Quant à moi, je ne crains rien...

Pardaillan parlait sincèrement. Il avait eu réellement le souci de ne pas compromettre Crillon. Mais il arriva que sa sincérité le servit, ainsi que cela arrive souvent, mieux qu'une ruse machiavélique. En effet Crillon, en vieux brave, s'indigna qu'on n'eût pris de précautions que pour lui.

— Mortbœuf, s'écria-t-il en vidant cette fois son verre de vin, croyez-vous donc que, par hasard, j'ai peur, moi ?...

— Non, capitaine. On sait assez que vous n'avez pas peur. Sans quoi on ne vous appellerait pas le brave Crillon. Je disais simplement que j'ai pris des mesures pour que nul ne puisse nous entendre, et ce parce que j'ai des choses fort graves à vous dire. Et la première, c'est celle-ci : on veut tuer le roi !

— Et comment le savez-vous ? dit Crillon.

— Peu importe. Croyez-vous ce que je vous dis ?...

— Certes !... Je ne le sais que trop, par la tête et le ventre !...

— Bon. Du moment que vous savez cela, je passe tout de suite à la deuxième chose grave que je voulais vous dire... chose plus grave peut-être que la première.

— Diable ! Vous me faites frémir, dit Crillon. Et quelle est cette nouvelle plus grave que celle des complots qu'on fait pour la mort du roi ?...

— La voici, dit Pardaillan : je ne veux pas que le roi soit tué...

Crillon considéra son hôte avec une stupéfaction grandissante. Dans l'unique occasion qu'il avait eue de parler au chevalier, en sortant de Paris, il lui avait entendu dire deux ou trois choses qui l'avaient étonné. Cette sorte d'étonnement continuait.

— Serait-il un peu fou ?...

Cette question que se posait le brave Crillon devait se lire sans doute sur son visage, car le chevalier eut un sourire et reprit tranquillement :

— Il me semble pourtant que je n'ai dit jusqu'ici que des paroles très raisonnables ; premièrement, qu'on veut tuer le roi ; et secondement, que je ne veux pas, moi !

— Mais enfin, dit Crillon assourdi, comm ent savez-vous qu'on veut tuer le roi ?...

— Je vois qu'il faut satisfaire votre curiosité, car voilà la deuxième fois que vous me le demandez. Sachez donc qu' j'ai assisté à la dernière réunion des gens qui veulent tuer le roi...

— Qui sont ces gens ? Et Crillon devenu pâle.

— Messire, si vous ne saviez pas leurs noms, je ne vous les dirais pas ; mais comme vous les savez aussi bien que moi et qu'il s'agit seulement de vous prouver que je sais aussi, moi, parmi tant de nous, je vous en dirai un qui les résume : le duc de Guise ..

— Et vous dites, reprit Crillon qui ne songeait plus ni à boire ni à manger, vous dites que ces gens se sont réunis ?...

— Pour décider la mort du roi, oui ! .

— Et que vous avez tout vu, tout entendu ? .

— C'est uniquement pour cela que je vous ai cherché, mon cher monsieur de Crillon, et c'est aussi pour cela que je vous ai prié à dîner, outre le plaisir et l'honneur de vous avoir à ma table. Mais buvez donc... ou je croirai que vous trouver le vin mauvais et mon dîner détestable.

Crillon demeura pensif quelques minutes.

— Voilà donc, reprit-il tout à coup, pourquoi vous voulez être présenté au roi ?

— Fi ! monsieur... je ne suis pas un prévôt pour aller raconter à Sa Majesté ce que j'ai pu entendre M de Guise veut tuer le roi. C'est son affaire... Et cela ne me regarde pas. Mais ce qui me regarde, c'est que je ne veux pas que le roi soit tué, et c'est pourquoi j'interviens ..

— Je ne comprends pas, dit Crillon.

— Vous comprendrez sûrement un jour ou l'autre. L'essentiel est ici : croyez-vous qu'on veut tuer le roi ?

— Oui ! Car je le savais.

— Croyez-vous que, de bonne foi, je ne veux pas qu'on le tue ?...

— Oui, puisque vous le dites !

— Ma ref, capitaine Eh bien, si vous êtes croyant sur ces deux points, le reste ira tout seul.

— Le reste ?...

— Mais oui : je veux vous persuader simplement que je

puis et que je dois sauver Sa Majesté, si toutefois vous
m'y aidez... et vous ne pouvez m'aider que d'une seule manière : en me présentant... non pas au roi, comme je le disais, mais chez le roi...

— En me cachant ou sans me cacher, peu importe. Seulement, il est certain que si le duc de Guise ou quelqu'un des
siens me voit rôder autour des appartements royaux, cela
pourra peut-être contrarier mon projet...

Crillon, pensif, examinait avec une sorte d'émotion la physionomie paisible de cet homme qui lui parlait aussi simplement d'aussi redoutables circonstances.

— Savez-vous, dit-il enfin, que c'est bien grave ce que vous
me demandez là ?

— J'ai commencé par proclamer moi-même la gravité de
la chose... ainsi !...

— Savez-vous qu'en somme je ne vous connais pas beaucoup?

— Oui, mais moi, je vous connais, et c'est l'essentiel...
Voyons, qu'avez-vous sur la conscience? Parlez sans crainte
de me vexer...

— Je vais vous dire une chose que je ne pense pas, dit
Crillon : donc elle ne peut vous blesser, et j'aimerais autant
me traiter moi-même de félon que de porter contre vous une
accusation.

— Dites toujours, fit le chevalier en souriant.

— Eh bien, mon cher, vous auriez envie de tuer le roi que
vous n'agiriez pas autrement.

— Dame... c'est bien possible. Il est certain que la volonté de tuer et la volonté de sauver peuvent se traduire par
des gestes à peu près semblables. Donc, je comprends et
approuve votre doute...

— Vraiment? s'écria le brave Crillon rayonnant.

— Pourquoi pas ? Seulement je vous préviens que si vous
ne m'introduisez pas au château, je serai forcé d'y entrer tout
de même et malgré vous. Or, dans une embuscade de ce
genre, j'eusse préféré vous avoir comme ami...

— Et aussi le suis-je, par le mortbœuf! Voyons. Je me fie
à vous entièrement. Que voulez-vous?

— Entrer au château le jour et l'heure qui seront nécessaires. Y entrer secrètement, et être placé de telle sorte que
pour arriver au roi, il faille d'abord me rencontrer.

— Je m'y engage sur ma parole, dit Crillon. Seulement,
comment serai-je prévenu de ce jour et de cette heure?..

— Je vous enverrai quelqu'un de confiance.

Ces mots une fois prononcés, les deux convives parlèrent
d'autre chose. Crillon comprenait que c'était une résolution
suprême qu'il venait de prendre et que ce qui se préparait,
c'était un de ces actes qui changent le sort des Etats. Pardaillan, de son côté, ayant la parole de Crillon, se garda

d'insister. Enfin, comme sept heures approchaient, Crillon se leva en disant :

— Voici le moment d'aller établir le service de nuit... Si vous allez recevoir la visite de votre homme de confiance, j'avais besoin de vous voir ou de vous parler ?...

— Ici, mon cher capitaine. Je n'en bouge pas. J'y suis reclus comme un moine en cellule.

Les deux hommes se serrèrent une dernière fois la main en s'assurant de leur mutuelle estime. Lorsque Crillon fut parti, Jacques Clément entra.

— Vous avez entendu ? demanda Pardaillan.

— Tout, dit Jacques Clément. Entendu et compris.

XXXII

Aux approches de Noël (fin)

Dans un de ces vieux hôtels comme il en existe encore à Blois, il y avait en cette soirée une réunion brillante par la qualité des gens qui la composaient, mais peu nombreuse. Les abords de cet hôtel étaient soigneusement surveillés par une triple chaîne de sentinelles perdues, c'est-à-dire de gentilshommes disposés de distance en distance.

Nous suivrons un homme qui, vers huit heures du soir, sortit de cette mauvaise hôtellerie où le malheureux frère Timothée avait fait son dernier repas que, pour comble, il n'avait même pas eu le temps de digérer. Cet homme, c'était Maurevert. Il s'avançait avec d'étranges précautions. Sous son manteau, il tenait sa dague à la main. Il sondait pour ainsi dire le terrain, et ne s'aventurait dans les opaques ténèbres glaciales qu'avec la certitude de n'y être point heurté par quelque ennemi ou truand.

Pourtant, il n'y avait pas de coupe-jarrets ni de coupe-bourse... Ou s'il y en avait, ce n'était pas cette sorte de gens que redoutait Maurevert, avec une terreur qui le faisait s'arrêter parfois et regarder derrière lui, et d'autres fois se coller soudain contre un mur. Il faisait grand froid. Mais Maurevert essuyait la sueur qui coulait de son front. Quelquefois il haussait les épaules et murmurait :

— Je suis fou... Si c'était de lui que parlait la lettre du prieur, je l'aurais déjà vu... j'ai battu Blois de fond en comble...

En même temps, Maurevert distingua une ombre qui lui barrait le passage de l'étroite rue. Maurevert avait bondi ; mais en reconnaissant que cette voix, toute menaçante qu'elle fût, n'était pas celle qu'il attendait, il se rassura aussitôt et répondit :

— Pourquoi ne passerais-je pas? Est-ce que Léa l'aurait défendu ?

— Non, monsieur, si vous me dites chez qui vous allez.

— Je vais chez Myrthis, dit Maurevert.

— C'est bien. Passez, fit la sentinelle inconnue

Une fois encore, Maurevert fut arrêté dans la rue et donna un deuxième mot de passe. Enfin, à la porte de l'hôtel où avait lieu la réunion que nous avons citée, il échangea une troisième parole de reconnaissance.

Lorsque Maurevert fut à l'intérieur de l'hôtel, nul ne s'occupa de lui : du moment qu'il était parvenu jusque-là, il devait connaître parfaitement la maison. D'ailleurs, à peine le vestibule du rez de-chaussée franchi. Maurevert ne trouva personne pour le guider. Mais il paraît qu'il n'avait nullement besoin d'etre guidé, car il monta hardiment le large escalier monumental qui s'ouvrait presque sur le vestibule.

Cet hôtel paraissait désert. Il y régnait un profond silence. Et si le vestibule était à peine éclairé par un falot accroché au mur, le reste de l'hôtel ne l'était pas du tout.

Maurevert monta jusqu'au premier étage. Partout même silence et mêmes ténèbres.

Au deuxième étage qu'il gagna, aucun changement : la solitude absolue, et même un air de moisi, comme si l'hôtel eût été inhabité depuis de longues années.

Maurevert monta plus haut. C'est-à-dire qu'il gagna les combles. Là, du fond d'un couloir, sortait une sorte de rumeur confuse comme celle de plusieurs personnes qui parlent. Ce fut vers ce fond de couloir que se dirigea Maurevert.

Mais au lieu de pousser la porte derrière laquelle s'élevait cette confuse rumeur, il tourna brusquement à droite, dans un embranchement de couloir. Ce couloir contournait une salle immense qui était le grenier de cet hôtel. C'est dans ce grenier qu'avait lieu la réunion.

Maurevert, avons-nous dit, contourna, par un étroit couloir, et aboutit dans une petite pièce, étroite, sombre, qui ne devait guère être habitée que par les souris ou les araignées. Il n'y avait pas de porte à ce réduit. C'est-à-dire qu'on y entrait directement au bout du couloir en question.

Maurevert alla jusqu'au fond de la pièce. Là, dans le mur, à peu près à hauteur d'homme, il dérangea une brique. Et alors un rayon de lumière tamisée passa par ce trou. Ce trou était masqué dans l'autre salle par un treillis qui se confondait avec les tapisseries.

De là, Maurevert pouvait voir et entendre tout ce qui se disait et se passait dans le grand grenier. Il se mit donc à écouter et à regarder, puisqu'il n'était venu que pour cela.

Nous avons dit que la réunion était peu nombreuse, mais

qu'en revanche elle était fort brillante par la qualité des gens
qui s'y trouvaient. C'était d'abord la duchesse de Nemours,
accourue à Blois depuis peu. Les trois frères : le duc de Guise,
le duc de Mayenne et le cardinal. Puis le duc de Bourbon.
Plus la duchesse de Montpensier.

C'était, en somme, un conseil de famille. Il paraît que
Maurevert arrivait trop tard et que la conférence était finie,
car au moment même où il dérangeait la brique, la duchesse
de Nemours, le cardinal de Bourbon, le duc de Mayenne et
le cardinal de Guise se retiraient. Il ne resta que le duc de
Guise et Marie de Montpensier. Celle-ci, alors, se dirigea
vers une porte qu'elle ouvrit, et dit :

— Vous pouvez entrer, messieurs...

Un certain nombre de gentilshommes, parmi lesquels se
trouvaient Maineville, Bussi-Leclerc, Bois Dauphin, Espinac
et d'autres pénétrèrent aussitôt dans le grenier.

— Nous sommes au complet ? dit le duc.

— Il manque Maurevert, fit Maineville.

— Maurevert, s'écria la duchesse de Montpensier, je ne
l'ai pas convoqué et ne lui ai pas fait parvenir les mots de
passe. Il a depuis longtemps de singulières attitudes. Un
homme à surveiller, messieurs...

Maineville eut une légère contraction des sourcils. Ce n'est
pas qu'il s'indignât de l'accusation portée contre son ami;
mais il s'en inquiétait, car il avait lui-même, dans la journée, donné ses mots à Maurevert. Cependant, il ne dit rien
et garda pour lui ses appréhensions.

— Messieurs, dit le duc de Guise, nous avons reçu des
renseignements du château. Il paraît qu'il y a chez Sa Majesté de forts soupçons contre moi, et ce, malgré le serment
que j'ai fait de bonne amitié au roi...

Il y eut des ricanements.

— Que devons-nous faire en pareille occurrence ? reprit
Guise.

— Monseigneur, fit l'un des conjurés, vous connaissez du
Guast. C'est un ambitieux et un esprit cauteleux. Il sert le roi
pour le moment. Mais je suis arrivé à lui arracher quelques
mots qui valent en ce moment tout un conseil...

— Et quels sont ces mots, Neuilli ?...

— Les voici, monseigneur, dit Neuilli d'une voix émue :
« Dites à votre duc — c'est du Guast qui parle, vous comprenez — dites à votre duc qu'il ferait bien d'aller faire un
tour à Paris. L'air de Noël ne vaut rien sur les bords de la
Loire... » Voilà ce qu'a dit du Guast.

— Et vous concluez ?...

— Je conclus, monseigneur, que non seulement Valois a
des soupçons, mais que peut-être il vous veut devancer. Je
conclus que nous devons remettre la partie...

— Qui quitte la partie la perd ! s'écria aigrement la duchesse en agitant ses ciseaux d'or.

— Cependant, madame, si l'illustre duc qui est le chef suprême de la Ligue venait à périr, faute d'un peu de patience, que deviendrions-nous, tous autant que nous sommes ?... Monseigneur, je renouvelle mon avis, et vous supplie de quitter Blois dès demain, car je crois en mon âme et conscience qu' danger de mort, à cette heure, est aussi grand pour vous que pour Valois...

— Neuilli, fit le duc, quand je verrais la mort entrer par cette fenêtre, ce ne serait pas une raison pour que je sorte par cette porte. S'il doit y avoir bataille, tant mieux, de par Notre-Dame !... Mais pour vous dire mon sentiment, je crois bien que Valois a des soupçons, mais qu'il ne peut prendre contre moi aucune résolution mortelle...

— Vous en prenez bien contre lui ! Pourquoi n'en prendrait-il pas contre vous ?

— Il n'oserait ! répondit Guise avec cette superbe assurance qui était le fond de son caractère. Messieurs, ajouta-t-il, puis-je compter sur vous ?

Tous étendirent la main. Il y eut un instant de poignante émotion.

— A la vie jusqu'à la mort ! dit Bussi-Leclerc.

— Jusqu'à la mort ! répétèrent les autres.

— Eh bien, puisqu'il en est ainsi, je dois vous dire que le jour et l'heure sont désormais arrêtés et que rien maintenant ne saurait empêcher Henri de Valois de succomber le 23 de décembre à dix heures du soir... rien ! sauf une intervention du ciel..

Les gens qui entouraient Guise ne purent s'empêcher de pâlir et de frissonner tant le duc avait mis d'âpre solennité dans ces paroles.

Devant le fait à accomplir, peut-être en voyaient-ils l'énormité. Jusque-là, toutes leurs réunions, leurs résolutions n'avaient abouti qu'à du vague. Cette fois, c'était précis, formel, terrible : La chose devait avoir lieu le 23 décembre à dix heures du soir. La date exacte étant connue, le meurtre de Valois sortait déjà du domaine des irréalités.

— Voici comment il sera procédé, reprit le duc. C'est ce qui vient d'être arrêté entre mes frères et moi. Chacun de vous, messieurs, est chef d'une compagnie de gentilshommes dont vous aurez la liste à l'instant...

La duchesse de Montpensier remit à chacun des assistants une feuille de papier sur laquelle étaient inscrits des noms.

— Messieurs, continua alors le duc, vous étudierez soigneusement ces listes, et vous en ôterez de votre pleine volonté ceux qui ne vous semblent pas décidés à mourir s'il faut mourir. Vous avez ainsi chacun de trente à quarante gentilshommes sous vos ordres. Vous les préviendrez dans l'après midi du 23 décembre qu'ils aient à se tenir prêts à huit heures du soir, à l'endroit spécifié pour chaque compagnie. Ces endroits ne sont pas encore convenus, messieurs. Chacun de vous les connaîtra le 23 à midi...

Ils écoutaient en silence, en ces attitudes raidies que donne l'émotion des choses irrévocables. La voix de Guise qui retentissait seule dans ce silence, avait on ne sait quoi de solennel et de funèbre. Le Balafré continua :

— L'attaque se fera sur trois points; il y aura donc trois corps d'attaque : un sous les ordres du cardinal, un autre dirigé par Mayenne, et le troisième commandé par moi. Lorsque chacune de vos compagnies seront réunies à huit heures du soir, vous saurez avec quel corps chacun de vous devra marcher. Voilà, messieurs, dans ses lignes principales, le plan d'attaque dont j'espère que nous verrons l'entière exécution dans le château...

Et avec une sorte d'ironie plus funèbre :

— L'exécution de ce plan nous a été inspirée par ce fait que les clefs du château sont en notre pouvoir tous les soirs. Il n'y aura donc qu'à entrer... et...

— Tuer ! dit violemment Bussi-Leclerc... Tuer tout !... Mort du diable ! la belle tuerie que nous allons avoir !

Maurevert avait assisté à toute cette scène, avait tout vu, tout entendu. Aux derniers mots du Balafré, il comprit que la conférence allait être terminée. Il remit donc en place la brique qu'il avait dérangée, s'enveloppa de son manteau et s'éloigna rapidement. Dans le vestibule, il eut à donner pour sortir un mot de passe qui n'était pas celui qu'on donnait pour entrer.

La rue était libre. Maurevert regagna en courant son hôtellerie où il entra sans réveiller personne grâce à l'escalier extérieur. Il se coucha à tâtons, sans allumer de flambeau, et le coude sur le traversin de son lit, l'oreille tendue, il écouta...

Maurevert avait sagement fait de se hâter. En effet, après quelques mots que Guise avait ajoutés, les conjurés s'étaient dispersés. Maineville, en sortant du mystérieux hôtel, s'était dirigé en courant vers l'hôtellerie où logeait Maurevert.

Il réveilla l'hôte à grand vacarme et se fit conduire aussitôt à la chambre de Maurevert. La porte n'était pas fermée à clef. Il ouvrit brusquement et entrant une lampe à la main, jeta un regard avide sur le lit, comme s'il eût pensé de n'y pas trouver Maurevert .. Mais Maurevert était là . profondément endormi.

Maineville referma la porte, posa sa lampe sur la table, et s'approchant du lit, examina un instant ce compagnon d'armes dont il était l'ami depuis si longtemps. Évidemment, Maurevert était couché depuis le commencement de la soirée... Il dormait régulièrement d'un sommeil paisible. Maineville songea :

— Je veux que le diable m'étripe si Maurevert songe à trahir ! Et pourquoi trahirait-il ? Tous ses intérêts sont du côté de Guise... Comme il dort !.. Et moi qui courais dans la pensée de le surprendre !.. Pauvre Maurevert ! Après tout, il m'a rendu plus d'un service, et je ne veux pas qu'il lui arrive de mal ! Holà, Maurevert !...

Par un excès d'habileté, Maurevert, au lieu de se faire appeler plusieurs fois, ouvrait les yeux à l'instant, et ne témoigna même pas de surprise. Il se contenta de dire :

— Tiens ! c'est toi !... Qu'y a-t il ?... As-tu besoin d'argent ? As tu perdu au jeu ?... Ma bourse est là, à gauche, sur la cheminée... allons, va-t'en au diable, et me laisse dormir...

— Maurevert, fit Maineville, pourquoi n'es-tu pas venu à la réunion de ce soir ?

— Quelle réunion ?...

— Eh ! celle dont je t'ai donné les mots de passe, ce matin !

— Ah ! oui ! Eh bien ?... Pourquoi y aurais-je été ?... Est-ce que mon absence a été remarquée ?

— Oui, Maurevert, ton absence a été remarquée... par le duc.

— Eh bien ! fit Maurevert en s'accoudant et comme s'il eût pris son parti d'un entretien forcé, eh bien, tu peux dire au cher duc qu'il remarquera mon absence plus d'une fois. Tiens ! pourquoi ne suis-je pas convoqué comme les autres ? Prétend-il que je viendrai honteusement, et par une porte de derrière ?... Non non ! je ne bouge plus tant qu'il ne m'aura pas envoyé chercher...

Maineville s'assit sur le bord du lit. Ces paroles eussent dissipé en lui tout soupçon, s'il lui en était resté. Mais Maineville n'avait plus maintenant aucun soupçon contre Maurevert... Mais il savait aussi qu'un homme soupçonné de trahison par Guise en des circonstances aussi tragiques était un homme perdu. Maineville avait pour Maurevert cette sorte de rude affection qui unit les gens ayant couru les mêmes dangers... Il résolut de sauver Maurevert.

— Sais-tu, demanda-t-il, pourquoi tu n'as pas été convoqué ?

— Non, je ne le sais pas ! Et je ne donnerais pas un blanc pour le savoir. Le duc, plusieurs fois déjà, m'a battu froid, puis il est revenu. Il reviendra cette fois encore.

— Cette fois, c'est grave, mon ami : tu es soupçonné.

— Soupçonné ?... Et de quoi donc ?

— De tout et de rien, ce qui est bien pis qu'une accusation précise. Si on disait franchement : Maurevert a dit ceci, Maurevert a fait cela, tu pourrais te défendre. Mais on ne dit rien. On dit simplement qu'il faut se défier de toi !...

— Et qui dit cela ?...

— La duchesse aux ciseaux d'or.

— La boiteuse ? Cette vipère ? Cette tête éventrée qui perdra son frère ? Eh bien, qu'elle m'accuse. Je ne me défendrai même pas !...

— Maurevert, un conseil...

— A... ! cher ami, il est bien tard... attends à demain !...

— Demain, il sera trop tard. Je t'inflige mon conseil à l'instant.

— Je suis prêt, dit Maurevert en baissant la tête avec une résignation si comique que Maineville éclata de rire et songea :

— Oui, vraiment, il faut que la damnée duchesse soit une vraie vipère !...

Et Maineville continua :

— En tous cas, voici le conseil : tu avais fort envie de voyager ; eh bien, voyage !

— Excellent ! Et quand, d'après toi, quand dois-je fuir ?... Car c'est une fuite que tu me proposes.

— Tout de suite. Dès cette nuit. Sur l'heure même, mon bon ami.

— Charmant ! Et où faut-il aller ? A Paris ? ou chez les Turcs ?...

— Où tu voudras, pourvu que ce soit loin, très loin de Guise.

— Merveilleux ! Et avec quoi voyagerai-je ?

— Avec quoi ?.. Avec ton cheval, pardieu ! Ton cheval, ta rapière et tes pistolets d'arçon.

— Oui, mais avec quel argent ? Est-ce avec les deux mille livres que le duc me doit et qu'il me devra longtemps encore hélas ? Est-ce avec ma paye d'officier qui est en retard de cinq mois ?

Maineville eut une minute d'hésitation, poussa un soupir, et proféra enfin :

— Ecoute, j'ai quelque chose comme deux cents pistoles qui s'ennuient dans mon porte-manteau. Fais-les voyager, cela nous rendra service à tous les trois : à toi qui auras de quoi voyager, aux pistoles qui verront du pays, et à moi qui ne serai plus tenté de jouer à la bassette.

Le cœur sec de Maurevert eut comme un battement. Dans cet esprit de ténèbres, une lueur plus douce brilla un instant. Mais cette émotion dura le temps d'un éclair, et il se la reprocha violemment en se disant :

— Triple sot ! Ton Maineville est en train de t'enferrer ! Il est là pour savoir si tu conspires et te livrer ensuite. Ne t'a-t-il pas un jour menacé de sa dague si tu touchais au duc ou à son argent ?

En même temps qu'il pensait cela Maurevert tendait sa main à Maineville et disait :

— Merci, ami ! C'est entre nous à la vie à la mort. Mais je n'userai pas de ta générosité. Je reste !

— Tu as tort ! Je te dis que tu es véhémentement soupçonné de trahir. Demain, au point du jour, je recevrai peut-être l'ordre de te poignarder. Tu vois combien ce serait triste pour moi.

— Le ferais-tu donc ?... Maineville, tu aurais le courage de frapper ton plus vieil ami ?

— Oui, si on m'en donne l'ordre, dit Maineville.

Cette fois, Maurevert baissa la tête. La sincérité de Maineville était au-dessus de ce qu'il pouvait comprendre.

— A défaut de moi, reprit Maineville, Bussi, vingt autres le feront. En ce moment, tu vaux encore deux cents pistoles puisque je te les offre ; dans deux ou trois heures, tu ne vaudras pas un sou parisis.

— Voilà donc, dit amèrement Maurevert, à quoi auront abouti dix ans de bons services. Je suis obligé de fuir comme un vrai félon, comme un traître !

— Je me charge de ta rentrée en grâce, dit Maineville avec vivacité. Je prouverai ton innocence. Et le danger écarté, tu reviendras. Est-ce dit ?... Pars-tu ?..

— Il le faut bien, mort du diable !

— C'est bien. Dans vingt minutes, tu as les deux cents pistoles.

— Cent me suffisent. Je n'irai pas loin. J'irai... tiens : j'irai à Chambord et je t'attendrai là.

— A merveille, dit Maineville qui s'éloigna aussitôt.

Maurevert s'habilla aussitôt, serra précieusement sur lui divers papiers et notamment le bon de cinq cent mille livres payable le lendemain de la mort de Guise. Bientôt Maineville reparut. Il apportait les deux cents pistoles. Maurevert en prit cent. Les deux amis s'embrassèrent, puis descendirent ensemble.

— As-tu le mot de passe pour te faire ouvrir la porte ? demanda Maineville.

— Nou... Je ne me souviens même pas de ceux que tu me donnas dans la matinée.

— Catherine et Coutras. Et maintenant, adieu. Si par hasard il t'arrivait un accident avant d'atteindre la porte, songe que tu ne m'as pas vu...

Là-dessus, Maineville jeta un regard inquiet dans la rue pleine de ténèbres, et ayant serré une dernière fois la main de Maurevert, s'éloigna rapidement en se glissant le long des murailles.

Maurevert demeura immobile jusqu'à ce qu'il fût bien sûr que son ami s'était réellement éloigné. Alors, à son tour il se mit en route. Seulement, ce ne fut pas vers les portes de la ville qu'il se dirigea, mais vers le château. Il n'avait pas fait dix pas qu'il se frappa le front et revint en grommelant :

— Imbécile! si je laisse mon cheval, Maineville saura que je ne suis pas parti. Et s'il va demander demain matin si quelqu'un a franchi la porte pendant la nuit?

Il sella et brida son cheval, sortit, et marcha à pied jusqu'au château, en traînant la bête par la bride. Un quart d'heure plus tard, il se trouvait dans l'oratoire de la reine. Catherine de Médicis, réveillée sur son ordre (car maintenant on lui obéissait d'après un mot convenu), ne tarda pas à se montrer et l'interrogea du regard.

— Madame, dit Maurevert, je sais le jour et l'heure et comment la chose doit se faire.

Catherine eut un tremblement d'émotion. Pour elle aussi, la minute était terrible d'angoisse. Et pourtant il y en avait eu de plus terribles dans sa vie !

— Parlez, dit elle, dévorant du regard celui qui portait une telle nouvelle.

— Avant tout, fit Maurevert, je prierai Votre Majesté de faire sortir de Blois dès cet instant même un officier quelconque qui devra monter le cheval que j'ai laissé dans la cour carrée et se couvrir de ce manteau. Il est essentiel pour moi que cet homme, quel qu'il soit, parte bientôt.

— Larchant ! appela la reine.

Le capitaine entra, tandis que Maurevert se rejetait dans un coin d'ombre.

— Larchant, dit Catherine, j'apprends qu'il y a des rassemblements de huguenots du côté de Tours. Envoyez à l'instant même quelqu'un de sûr pour voir ce qu'il en est et surveiller le pays une bonne nuitaine. Votre messager trouvera un cheval tout sellé dans la cour carrée... et voici un manteau pour lui... Que dans cinq minutes il soit parti.

Larchant prit le manteau jeté sur un fauteuil et sortit passivement, sans un mot.

— Maintenant, reprit Maurevert, maintenant que je sors de Blois et que je fuis, il faut que Votre Majesté m'assure pour quelques jours l'hospitalité dans le château.

— Ruggieri ! appela la reine, décidée à donner entière satisfaction à Maurevert.

Une minute s'écoula, et déjà Catherine fronçait le sourcil lorsque l'astrologue parut en disant :

— On vient de m'éveiller, et j'accours, Majesté.

En effet, une fois pour toutes, la reine avait donné ordre que Ruggieri fût aussitôt appelé dès qu'il survenait un messager pour elle, jour ou nuit.

— Ruggieri, dit-elle, où es-tu logé ?

— Mais, fit l'astrologue étonné, dans les combles, c'est-à-dire plus loin possible de la terre et le plus près possible des étoiles.

— Es-tu souvent espionné là-haut ?

Ruggieri sourit :

— Nul n'y vient qu'en tremblant ; nul n'y vient s'il n'y est forcé. Vous savez que je passe pour un esprit malfaisant capable de jeter un mauvais sort.

— En effet, dit Catherine avec conviction, ces pauvres ignorants r peuvent savoir quelle haute utilité on peut tirer de la fréquentation d Haniel, Haziel, Elubel et Asmodel. . Mon bon Ruggieri, tu cacheras ce gentilhomme dans tes appartements et il y sera mieux à l'abri de la curiosité que dans l appartement du roi

Ruggieri fit un signe pour dire qu'il avait compris. A ce moment la reine pâlit et s'affaissa dans un fauteuil Ses yeux se révulsèrent. Un tremblement mortel agita ses mains Ruggieri s'élança vers elle, sortit vivement un flacon de son aumônière et laissa tomber quelques gouttes de son contenu sur les lèvres de Catherine Bientôt celle-ci respira plus librement.

— Tu vois ! fit-elle avec un morne désespoir, c'est la fin qui approche...

Maurevert contemplait cette scène avec une sombre curiosité. Ce mal qui saisissait la vieille reine, juste à ce moment où d'effroyables tragédies étaient dans l'air, où sur la ville de Blois endormie parmi les brouillards les fantômes de meurtre et les génies de bataille éployaient leurs ailes silencieuses. cette scène imprévue était faite pour frapper.

La reine, peu à peu, revenait à elle et reprenait cette énergie de vitalité qui étonnait chez cette femme aussi usée par plus d'un demi-siècle de luttes terribles, renouvelées chaque jour, avec de distance en distance des coups de tonnerre, comme la mort d'Henri II, la Saint-Barthelemy, la mort de Charles IX, la fuite d Henri III...

— Ruggieri, dit-elle, est-ce que je vais mourir ? Dis-le sans crainte...

— Non ! fit l'astrologue. Non, madame, rassurez-vous. La mort n'est pas encore dans ce château...

— As-tu consulté les astres, comme je t'avais prié de le faire ?

— Je vous affirme que vous n'êtes pas à la fin, dit Ruggieri. Votre horoscope est formel là-dessus.

— Je te crois, reprit la reine, qui sentait la vie lui revenir. Ce n'est encore qu'une alerte Mais je suis bien faible. Ce cordial que tu devais me composer et pour lequel tu m as demandé la septième pierre de mon talisman ?

— Vous l'aurez demain, ma reine, demain à la première heure.

Catherine se tourna alors vers Maurevert, qui pendant toute cette scène était demeuré immobile et silencieux.

— Eh bien, monsieur, dit-elle, vous pouvez parler maintenant...

Maurevert commença son rapport qui dura une heure environ et que Catherine écouta la tête dans les deux mains,

sans donner le moindre signe d'étonnement ou d'émotion.
Quand Maurevert se tut, elle releva lentement la tête et dit :

— Ruggieri, es-tu sûr que je puis vivre encore jusqu'au
23 décembre ?

— Je jure à Votre Majesté que cette année-ci mourra avant
elle, dit l'astrologue.

— Bon ! fit-elle avec un pâle sourire, tu me donnes huit
jours de plus que je ne demandais... Allez, monsieur de
Maurevert, suivez Ruggieri. Vous serez bien caché là où il
vous mettra, et vous y resterez autant que vous croirez de
voir le faire. Quand vous vous en irez, ne partez pas sans
me revoir.

La reine rentra dans sa chambre et se remit au lit avec les
premiers symptômes de la fièvre. Maurevert suivit Ruggieri,
qui lui fit monter des escaliers interminables et parvint enfin dans les combles. L'astrologue conduisit son compagnon
jusqu'à une chambre fort spacieuse et fort bien meublée.

— On vous apportera vos repas ici, dit-il. Voici sur ce
rayon des livres, dans cette armoire quelques flacons de bon
vin. Le jour, vous aurez encore pour vous distraire cette fenêtre d'où l'on voit la Loire et le Cosson, les bois de Chau-
mont et Fliessy et la forêt de Boulogne. Mais faites attention
que qui regarde peut être regardé...

Maurevert remercia son hôte, l'assura que les paysages le
laissaient indifférent, qu'il ne toucherait pas aux livres, et
qu'il se contenterait de tenir compagnie aux flacons de bon
vin. C'est ainsi que Maurevert fut installé dans l'appartement de Ruggieri.

La lendemain, l'astrologue descendit pour prendre des nouvelles de la reine, qui ne se ressentait plus, en apparence du
moins, de sa crise nocturne. En remontant chez lui, Ruggieri rencontra Crillon qui l'aborda poliment, le salua, et lui
dit :

— Monsieur le nécroman, vous souvient-il, soit dit sans
vous les reprocher, de quelques menus services que je fus
heureux de vous rendre en diverses occasions ?..

— Oui-dà, fit l'astrologue. Serais-je assez heureux à mon
tour pour que vous ayez besoin de moi ?

— Justement, mon digne souffleur. Et j'avoue que je vous
cherchais...

— De quoi s'agit-il ?..

— Voici. Pour des raisons que vous saurez plus tard, mais
qui concernent le service et la sûreté du roi, j'aurais besoin
de cacher pour quelques jours dans le château un homme à
moi... un mien parent. Comme je sais que vous vivez retiré et que nul ne vient vous déranger, j'avais pensé que
votre appartement ferait justement l'affaire..

Ruggieri fut étonné, mais ne manifesta pas son étonnement, et il se contenta de penser :

— Bon. Je mettrai auprès de Maurevert le parent du brave Crillon, et j'aurai deux hôtes au lieu d'un. Eh bien ! j'accepte, ajouta-t-il tout haut. Amenez-moi votre homme, capitaine.

— Et vous vous faites fort de le cacher ?

— Autant qu'il sera en mon pouvoir, la présence de votre parent au château ne sera connue de personne.

— Merci, mon digne astrologue.

— Enchanté de vous être agréable, mon digne capitaine.

Dans la journée, Crillon sortit du château et se rendit à l'hôtellerie où il avait dîné avec Pardaillan. Comme il l'avait dit, le chevalier ne bougeait plus de l'hôtellerie. Crillon le trouva qui vidait à petits coups une bouteille de muscat d'Espagne. Pardaillan, en voyant entrer Crillon, se contenta de prendre un verre qu'il posa devant le capitaine et qu'il remplit.

— Ce qu'il y a d'admirable avec vous, dit Crillon, c'est que vous devinez du premier coup ce qui peut faire plaisir aux gens.

— Oui, fit Pardaillan, à votre air, j'ai vu que vous aviez soif. Dès lors, remplir un verre de cet excellent muscat et vous l'offrir, ce n'est même plus de la politesse, mais un devoir.

— Savez-vous pourquoi je viens ?

— Pour me dire que vous avez trouvé un moyen de m'introduire au château et de m'y tenir caché ?

— C'est cela même. Et quand vous voudrez...

— Pourquoi pas aujourd'hui ?

— Si cela peut vous être utile.

— A moi, non !... Au roi, oui ! Vous savez ce que je vous ai dit...

— Eh bien, fit Crillon, ce soir, à la nuit. Trouvez-vous donc sur le coup de six heures devant la porte du château ; je me charge du reste.

.   .   .   .

Le soir, à six heures, c'est-à-dire à la nuit noire en cette saison, Pardaillan soigneusement enveloppé faisait les cent pas devant le porche du château. Bientôt Crillon arriva.

— Nous allons entrer, dit le capitaine.

— Entrons, fit Pardaillan.

— Vous me jurez que...

— Je ne vous jure rien, interrompit Pardaillan. Je vous répète seulement deux choses : la première, c'est qu'on veut tuer le roi ; la deuxième, c'est que je ne veux pas qu'on le tue.

— Venez !..

Crillon passa son bras sous celui de Pardaillan, et causant gaiement avec lui, franchit le porche tandis que les sentinelles lui présentaient les armes. Ils montèrent par un escalier dérobé, et au second étage seulement Crillon s'arrêta,

— Maintenant nous sommes sauvés.

— Où allez-vous me cacher ? demanda Pardaillan.

— Chez Ruggieri, fit Crillon. Vous pourrez vous faire tirer votre horoscope, si le cœur vous en dit.

Pardaillan tressaillit et pâlit un peu, mais répondit avec flegme :

— Ma foi, ce n'est pas de refus ; j'ai eu toujours envie de savoir ce qu'on pense de moi au ciel, car d'aller y voir moi-même, je ne crois pas que cela m'arrive de sitôt.

Lorsqu'ils furent arrivés dans les combles, Crillon poussa une porte, et Pardaillan, dans la pièce sévèrement meublée, aperçut l'astrologue qui lisait dans un grand livre à couvercle de bois.

Crillon présenta le chevalier comme son parent, et il ajouta à l'oreille de Ruggieri qu'il comptait fort sur ce parent là pour le service du roi. Puis il se retira.

Ruggieri avait jeté sur Pardaillan un vif et profond regard. Mais soit que la physionomie du chevalier eût bien changé depuis seize ans, soit que l'âge eût diminué en lui la faculté de se souvenir, il ne reconnut pas l'homme du pressoir de fer... celui dont jadis, il avait essayé de faire couler le sang pour l'œuvre de transfusion hermétique.

— Venez, monsieur, se contenta-t-il de dire.

Et il le conduisit dans une chambre voisine en lui disant :

— Vous êtes ici chez vous. Cette porte donne sur mon cabinet de travail que nous venons de quitter ; celle-ci donne sur le couloir ; cette troisième, enfin, est condamnée et donne sur une chambre semblable à celle-ci. A ce propos, si vous tenez absolument à garder le secret rigoureux, je vous engage à ne pas faire de bruit, car justement dans cette chambre, j'ai logé un gentilhomme qui, comme vous, se cache quelques jours dans le château.

Là dessus, Ruggieri salua et s'en alla.

— Tiens ! songea Pardaillan, qui peut être ce gentilhomme qui comme moi a besoin de se cacher ici ?

XXXIII

Duchesse de Guise

La scène qui va suivre se passe dans la nuit du 21 décembre 1588, en cet hôtel si bien gardé où nous avons vu Maurevert assister à une réunion de conjurés. Mais cette fois, ce n'est plus dans les greniers de l'hôtel que nous conduisons le lecteur

Au premier étage, un de ces immenses salons d'autrefois occupait presque toute la longueur de l'hôtel, avec six fenêtres donnant sur la cour d'honneur. Précédant ce salon, et lui servant pour ainsi dire d'antichambre, se trouvait une pièce de modestes dimensions. C'est là que nous pénétrons, vers dix heures du soir.

Une femme assise dans un fauteuil s'entretenait avec un homme debout devant elle. L'homme venait de fournir une longue course. Ses habits étaient tachés de boue. Il semblait très fatigué.

Cette femme, c'était Fausta.

Cet homme, c'était un courrier qui arrivait de Rome.

Fausta conservait cette physionomie impénétrable qui avait fini par devenir sa vraie physionomie. Mais son regard qui brillait d'un éclat plus fiévreux, une légère rougeur qui couvrait ses joues eussent appris à ceux qui la connaissaient bien quelle profonde émotion elle essayait de cacher. L'homme parlait. Et voici ce qu'il disait :

— Je suis arrivé à Rome le 20 de novembre, porteur de vos instructions orales et écrites. Faut-il vous dire quelles démarches j'ai dû faire ?

— Passe, et arrive au principal. Sois bref et clair.

— Ce fut le cardinal Rovenni qui au bout de trois jours m'introduisit auprès de Sixte. Je n'avais pas le choix des moyens et je dus accepter l'aide que m'offrit le traître, dans l'espoir, sans doute, de se réconcilier avec vous.

— Peu importe qui t'a aidé.

— Donc, je vis le pape Je l'ai vu quatre fois de suite. La première fois, lorsque je lui ai dit que j'étais votre envoyé, il commença par me faire saisir et déclara que ma mort seule était un châtiment suffisant de mon audace. Je fus jeté dans un cachot du château Saint-Ange... Là, Sixte vint me voir le lendemain, et brusquement me demanda ce que la révoltée, rebelle, relapse, hérétique pouvait avoir à lui communiquer. Je lui répondis que j'apportais la paix, mais que je ne dirais rien tant que je serais détenu prisonnier, et que vous représentant, je voulais traiter de puissance à puissance...

— Et que dit alors le vieux gardeur de pourceaux ?

— Il me tourna le dos et sortit en disant : Qu'il crève comme un chien !... Mais le lendemain, des gardes m'ouvrirent le cachot. Je fus conduis dans un oratoire où Sixte était seul. Il m'examina longtemps, puis d'un ton rude, il me dit : Parle, tu es libre... Alors j'exposai votre renonciation Je répétai vos offres. Il écouta attentivement Je l'assurai que jamais vous ne reviendriez en Italie, et que vous feriez tous vos efforts pour sauvegarder sa puissance temporelle ou spirituelle. J'ajoutai que j'avais mis en lieu sûr un parchemin signé de vous ratifiant toutes les renonciations que j'énumérais de vive voix... Alors, il me demanda ce que vous attendiez en retour, et je lui répondis: Une chose unique, une bulle de divorce cassant le mariage du duc de Guise et de Catherine de Clèves... Il ne parut pas surpris.. Il me dit de revenir trois jours plus tard. Au jour dit, je me présentai au Vatican, et je revis Sixte seul à seul... Longtemps il se promena sans me regarder. Puis tout à coup il s'arrêta devant moi, et me dit: Où sont ces parchemins que tu dois me remettre?... Je lui répondis, que je les apporterais dès que je serais d'accord avec lui. Alors il ouvrit une cassette, en tira un étui d'argent. De l'étui, il sortit un parchemin et le mit sous mes yeux... C'était la bulle de divorce... Puis il remit le parchemin dans l'étui, et me tendit l'étui en me disant: Je suis plus confiant que ta maîtresse. Voici ce qu'elle me demande, et ma bénédiction par-dessus le marché Va me chercher les papiers que tu m'as promis... « Je les sortis de ma poitrine, je mis un genou à terre et les lui tendis en disant: « Je les avais sur moi, Sainteté.. » Il sourit, et prenant les parchemins, les parcourut d'un regard indifférent. Mais au soupir qu'il poussa, je vis combien il était heureux... Je sortis alors du Vatican, et bientôt je repris à toute étrier la route de France.

En achevant ce récit, l'homme mit un genou sur le tapis, comme il avait fait devant le pape, sortit de son pourpoint un étui d'argent qu'il portait attaché par une chaînette placée autour du cou. Fausta prit l'étui sans que rien pût faire comprendre si elle était satisfaite, ou simplement émue.

— C'est bien, dit-elle, retire-toi, et va te reposer Tu as agi en fidèle serviteur et en bon diplomate.

L'homme se releva, s'inclina devant Fausta et disparut. Alors Fausta demeura pensive.

Elle considérait cet étui d'argent d'un regard morne, et comme s'il eût contenu sa condamnation. Enfin, elle l'ouvrit, en tira un parchemin scellé aux armes pontificales de Sixte-Quint, et le lut attentivement par deux fois

C'était bien ce que le messager avait annoncé: l'acte cassant le mariage du duc de Guise et de Catherine de Clèves. Il n'y manquait que la signature du duc.

Lorsqu'elle eut terminé cette lecture Fausta appela. Sa suivante Myrthis parut.

— Est-ce qu'il est venu? demanda-t-elle.

— Pas encore, répondit la suivante.

— Et le vieux Bourbon?

— Il ne doit venir qu'à onze heures et demie..

— Quand il arrivera, fais le entrer où tu sais, ainsi que Mayenne et le cardinal de Guise. Je pense que tout a été apprêté dans le grand salon?

— Vos instructions ont été suivies à la lettre.

— Dès que le duc arrivera, fais-le entrer ici. Et les autres là...

Myrms se retira Fausta alla ouvrir la porte qui ouvrait sur le grand salon. Il régnait là une demi-obscurité. Deux flambeaux étaient allumés. Mais cette faible lumière suffisait sans doute à Fausta, qui, de la porte, sans s'avancer examina quelques minutes l'immense salle déserte

Alors, elle poussa un long soupir, referma la porte avec beaucoup de soin, et revint y placer dans le fauteuil qu'elle occupait tout à l'heure.

— Le 23, à dix heures du soir ! murmura-t-elle sourdement, résumant dans ce mot les pensées qui l'assiégaient.

Cela voulait dire : Ce jour-là, Henri de Valois sera mort. Ce jour-là, Henri de Guise sera roi, et moi reine de France.

— Reine ! poursuivit-elle. Reine de ce beau royaume ôtée d'une puissance qui, dans mes mains, peut devenir un instrument redoutable ! Oui, c'est quelque chose .. mais ce n'est pas tout !.

— Monseigneur le duc de Guise ! annonça une voix.

Fausta releva lentement la tête, et vit le duc qui s'inclinait devant elle. Il était nerveux, agité. Cette fièvre spéciale qui saisit les grands criminels au moment de l'action irréparable mettait une flamme sombre dans son regard, et sur son front couvert d'une ardente rougeur, la large cicatrice de sa blessure apparaissait livide.

— Me voici à vos ordres, madame, dit le duc d'une voix où perçait une sourde impatience. Mais vraiment n'eût-il pas mieux valu ne plus nous voir jusqu'au jour...

Il s'interrompit.

— Jusqu'au jour où Henri III va succomber, acheva la Fausta avec une froideur glaciale.

Le duc s'inclina.

— C'est-à-dire, continua-t-elle, jusqu'au jour où je dois unir ma destinée à la vôtre, duc !

Guise tressaillit. Il y eut entre ces deux personnages un moment de silence gros de menaces. Ainsi, dans les ciels de plomb qui pèsent parfois sur la terre, règnent de ces silences angoissants, à la minute qui précède le coup de tonnerre. Voyant que Guise ne relevait pas les paroles qu'elle venait de prononcer, Fausta reprit :

— Ainsi, mon duc, tout est prêt... grâce à moi. Le filet est bien tendu. La trame en est serrée. Valois doit mourir. Ce que vous n'eussiez jamais osé préparer, je l'ai préparé, moi. J'ai distribué à chacun son rôle. J'ai disposé le guet-apens de façon que pas même l'intervention divine ne puisse sauver Valois, c'est-à-dire vous empêcher d'être roi, vous !

— Tout cela est vrai, madame, dit Henri de Guise d'une voix altérée, et ses sourcils se froncèrent. C'est vrai, là où nous autres hommes nous hésitions, vous avez déployé l'audace froide et l'implacable méthode d'une grande conquérante. Là où nos cerveaux, à nous autres batailleurs, s'obs-

ouroissaient, le vôtre a vu clair. Vous avez tout prévu, tout
agencé dans les moindres détails. Je le confesse, madame...
Si Valois meurt, c'est peut-être mon bras qui le frappe, mais
c'est vous qui le tuez.

— Je voulais vous entendre dire ces vérités, dit Fausta.
Mais vous savez que ce n'est pas tout. Vous savez que j'ai
envoyé un courrier à Alexandre Farnèse. D'après les dates
que j'avais prévues, Alexandre Farnèse, à cette heure, est sûrement en France et marche sur Paris. J'ai donc fait plus
que de déblayer le trône : je vous donne une armée...

— C'est encore vrai, madame. Mais n'avons-nous pas déjà
convenu ce que nous devons faire de cette armée ?

— Oui, réduire le Béarnais, ramener à vous les huguenots
qui sont de rudes soldats, entreprendre la conquête de l'Italie
d'abord, des Flandres ensuite...

L'œil de Guise étincela.

— Ah ! s'écria-t-il, tout cela je l'accomplirai, madame !
Roi de France, avec l'instrument que vous me donnez, animé
de l'esprit que soufflent vos ardentes paroles, je me sens de
taille à soulever un monde...

Fausta laissa déborder cet enthousiasme qu'elle venait de
provoquer. Et tout à coup, elle reprit doucement :

— Et moi, duc, quelle sera ma part ?...

— Ceci n'est-il pas convenu aussi ? Ne vous ai-je pas juré
que vous seriez reine dans ce royaume dont je serai roi, impératrice dans ce vaste empire que votre cœur intrépide a
osé concevoir !... En un mot, ne devons-nous pas nous unir
par les liens sacrés du mariage ?...

— C'est vrai, duc... mais quand ?...

— Quand ? fit le duc assombri. Dès que, roi de France,
j'aurai répudié Catherine de Clèves.

— C'est bien loin, duc !... Et puis, tenez, vous connaissez
ma franchise. J'ai peur... vous pouvez m'oublier...

— J'ai juré ! dit le duc.

— Et moi, dit la Fausta dans un grondement terrible, je
ne crois pas aux serments des princes... Oh ! ne pâlissez pas
inutilement Dites-vous seulement que j'ai appris à lire dans
le cœur des hommes...

— Et qu'avez-vous lu dans le mien ? bégaya le duc avec
un livide sourire.

— Que le poignard qui va frapper Valois peut aussi bien
frapper Fausta !...

— Madame...

— Que l'instrument peut être brisé quand il a servi !...
Que ma part peut vous sembler trop belle quand je vous aurai couvert de la pourpre ! Que vous êtes aujourd'hui à ma
hauteur et que vous me voyez face à face, mais que vos regards passeront par-dessus moi quand je vous aurai hissé sur
le trône ! Alors, vous n'aurez qu'un geste à faire pour me

noyer dans ce sang d'où émergera le trône sur lequel vous serez aussi ! Voilà ce que j'ai lu dans votre cœur !...

— Madame... je vous écoute et n'en crois pas mes sens...

— Pourtant, c'est la vérité qui frappe vos oreilles. Duc, la minute est effroyable pour vous. Je puis d'un mot vous rejeter à l'abîme. Valois, si je veux, sera prévenu dans une heure. Et demain, duc, ce n'est pas sur le trône que vous montez, c'est sur l'échafaud...

— Par le sang du Christ ! rugit le duc partagé entre la fureur, l'étonnement et l'épouvante. Que vous faut-il donc ?...

— Ma part, dit simplement Fausta. Et toute ma part, à moi, tient dans ce mot : Oui ou non, suis-je dès cet instant duchesse de Guise ?...

— Ceci est insensé, madame ! Catherine de Clèves est vivante encore !

— Oui... mais si vous le voulez, Catherine de Clèves n'est plus votre femme. Duc, voici la bulle de divorce qui casse votre mariage : c'est le cadeau de noces que me fait, à moi, mon vieil ami Sixte Quint, pape par la grâce de Dieu !...

En même temps, Fausta ouvrit l'étui, en tira le parchemin, le déploya et le tendit au duc de Guise. Celui-ci le saisit d'une main tremblante, rapprocha violemment un flambeau et se mit à lire. Quand il eut achevé sa lecture, quand il eut constaté que le parchemin aux armes pontificales était parfaitement authentique, il le laissa tomber sur la table et baissa la tête dans un morne silence. Le coup était terrible.

Mais ce qui paralysait le duc à ce moment, ce qui le faisait trembler, ce qui mettait sur son visage cette pâleur mortelle, c'était un prodigieux étonnement. Devant cette femme il se sentait faible et impuissant. Une telle audace, une telle promptitude, une telle profondeur dans la conception, une si effrayante rapidité dans l'action lui paraissaient inconcevables, impossibles... Et pourtant, cela était !...

Fausta, sur la table, prit une plume, et la présenta au duc de Guise, qui la saisit machinalement. Puis posant son doigt à l'endroit du parchemin réservé pour la signature de Guise, elle dit :

— Signez !...

Le Balafré la considéra un instant avec des yeux hagards. Il était en proie à une de ces rages froides qui, lorsqu'elles éclatent, tuent. Non qu'il regrettât de répudier Catherine de Clèves qui le trompait et faisait de lui le mari le plus ridicule de France, mais il se voyait deviné par la terrible Fausta, et il était dès lors en son pouvoir.

Le regard qu'il jeta à Fausta fut tel que celle-ci vit clairement que la corde était tendue à se rompre, et que le Balafré était sur le point de lui sauter à la gorge. Mais elle était de ces intrépides joueuses qui risquent le tout pour le tout. Monrir o t s'assurer de la puissance ! Elle appuya plus rudement son doigt sur le parchemin et répéta :

— Signez !... Signez, duc. Dans quelques minutes, il sera trop tard !

Le Balafré grinça les dents. Il se courba lentement sur la table, et de sa grosse écriture violente signa !... Alors Fausta alla ouvrir la porte du grand salon à double battant. Et le salon immense apparut, vivement éclairé.

Aux yeux de Guise, alors, un spectacle étrange se montra. Au fond du salon, un autel avait été dressé.. ce n'était plus un salon, c'était une chapelle !... Sur l'autel, près du tabernacle, le vieux cardinal de Bourbon attendait, prêt à célébrer la messe.

Le cardinal de Guise, le duc de Mayenne, la duchesse de Nemours, la duchesse de Montpensier étaient assis dans des fauteuils et semblaient attendre une cérémonie qu'ils connaissaient d'avance. Alors Fausta se tourna vers le Balafré, atterré de ce qu'il voyait et devinait, et elle dit :

— Duc, donnez la main à votre fiancée et conduisez-la à l'autel !...

Le duc eut un mouvement de recul, avec un soupir, une sorte de râle furieux. Une fois encore, son regard de meurtre se posa sur Fausta. . Mais comme tout à l'heure, cette résistance se brisa sous le regard noir, flamboyant et dominateur de Fausta. Et livide, la rage au cœur, il tendit sa main à Fausta...

Ils marchèrent à l'autel.

Le premier geste de Fausta fut de tendre au cardinal de Bourbon le bullé de divorce. Et alors la messe commença.. la messe de mariage qui unissait Fausta au duc de Guise !..

— Maintenant, gronda-t-elle en elle-même, maintenant, je suis reine de France ! Maintenant, je tiens le pouvoir ! Maintenant le monde va connaître la conquérante. Maintenant, nulle puissance ne peut m'empêcher de devenir la suprême impératrice dans l'empire de Charlemagne reconstitué par moi !...

XXXI

L'effondrement

La chambre du roi donnait sur la cour carrée. En avant, il y avait une antichambre. Et en avant de cette antichambre, c'était le salon dans lequel nous avons introduit le lecteur. Ainsi donc, après avoir franchi le porche du château de filois et monté le grand escalier, où arrivait à ce salon. Nos lecteurs n'ont pas oublié que lorsque le roi tenait conseil dans le salon, les gentilshommes de Guise l'attendaient sur l'escalier, ou sur la terrasse de la Perche aux Bretons, ou enfin dans la cour carrée.

En entrant dans le salon et en allant chercher la porte du fond à droite, on se trouvait dans l'antichambre du roi. C'est cette antichambre qui devient en ce moment le centre de notre scène. Il s'y ouvrait trois portes. L'une par laquelle nous venons d'entrer et qui ouvrait sur le salon. La deuxième en face, qui ouvrait sur la chambre à coucher du roi. La troisième, à gauche, qui ouvrait sur un cabinet donnant sur une cour intérieure.

A la suite de ce cabinet, qui était vaste et spacieux, il y avait une autre pièce qui donnait sur un escalier d'intérieur. Cet escalier aboutissait en haut aux combles du château, et en bas à l'appartement de Catherine de Médicis.

Maintenant, retenez ceci : lorsque Guise, ayant monté l'escalier, trouvait le roi dans le salon, il s'arrêtait là, naturellement, et laissait dans l'escalier la formidable escorte qu'il amenait toujours avec lui. Mais lorsque le conseil privé ne se tenait pas dans le salon, le Balafré gagnait l'antichambre royale après avoir fait entrer son escorte dans le salon.

Dans l'antichambre, voici ce qui se passait régulièrement. Il y avait là toujours des courtisans, et Guise demandait :

— Où est Sa Majesté

Alors quelqu'un montrait toujours du doigt soit la porte de la chambre à coucher, soit la porte du cabinet de travail. Selon l'une ou l'autre indication, le Balafré traversait l'antichambre, soit droit devant lui pour aller à la chambre du roi, soit en obliquant à gauche pour gagner le cabinet. Et il entrait familièrement, car le roi le lui avait commandé une fois pour toutes, en lui disant que pour son féal cousin de Lorraine, la nuit ou le jour, il serait toujours là.

Ce matin-là, comme de coutume, les postes furent relevés et changés par le capitaine Larchant. Seulement, on ne plaça que des postes simples. Au grand porche, notamment, où il y avait toujours quarante hommes de garde, il n'y en eut que dix. Il en fut de même à tous les autres postes. En sorte que le château semblait dégarni de ses ordinaires défenses

Seulement, celui qui eût jeté un coup d'œil sur cette cour intérieure que l'on voyait par la fenêtre du cabinet de travail, eût aperçu là trois cents hommes d'armes immobiles et silencieux. Tous étaient armés d'arquebuses.

Seulement, aussi, celui qui eût pu entrer dans une vaste salle située près du corps de garde et qui servait ordinairement de magasin d'armes, eût aperçu là quatre couleuvrines de campagne montées sur leurs affûts. Les couleuvrines étaient chargées. Autour de chacune d'elles, les quatre ser-

vants étaient à leur poste, et huit hommes attelés à des cordes étaient prêts, dès que la grande porte du magasin s'ouvrirait, à traîner chaque couleuvrine dans la cour et à l'y
mettre en batterie.

Dans la cour carrée, Crillon allait et venait en sacrant
sourdement et en mordant sa moustache avec fureur. De-ci
de-là, quelques officiers désœuvrés, quelques sentinelles nonchalantes, quelques gentilshommes causant chasse à courre.
Dans le grand escalier, comme à l'habitude, des courtisans
montant et descendant. Dans le salon, personne, si ce n'est
quelque laquais, rapide et silencieux. Au total, les abords
de l'appartement royal avaient leur aspect ordinaire.

Traversons maintenant le salon et pénétrons dans cette antichambre que nous avons dit être le centre de la scène que
nous essayons de mettre en place. Là, une trentaine de gentilshommes attendent, — de ceux que le roi appelait ses ordinaires.. de ceux que le peuple appelait les Quarante-cinq
assassins. Ils sont vêtus comme d'habitude. Mais sous le
pourpoint de soie ou de velours, tous ont endossé la cuirasse
de cuir ou la cotte de mailles.

Entrons dans la chambre du roi. Comme le soir où les
grandes décisions ont été prises, Henri III est assis près du
feu vers lequel il tend ses mains pâles. Debout près de lui,
Catherine de Médicis, pareille à un spectre noir, Catherine
livide sous ses voiles de deuil, Catherine affreusement malade,
mais debout à son poste par un terrible effort de son énergie
agonisante.

Dehors, il fait un froid noir. Un ciel d'une infinie tristesse,
un large silence pesant sur toutes choses. Au loin, ce silence
et cette solitude du ciel sont parfois rompus par des vols de
corneilles ou de corbeaux qui passent en bandes en secouant
lourdement leurs ailes funèbres, comme s'ils jetaient sur la
terre des pensées de mort.

Catherine de Médicis et le roi — deux fantômes — se parlent. Ils se parlent à voix basse et lente. Ils se disent les
choses irrévocables

— C'est le jour, dit Catherine, le grand jour...

— Le jour du meurtre, dit sourdement le roi.

— Le jour de votre délivrance, mon fils. Ce soir, à dix
heures, comme une bande de loups rués dans les ténèbres, les
gens de Guise doivent se précipiter sur ce château dont ils
ont les clefs. Ce soir, à dix heures, leur troupe altérée de sang
royal doit se glisser le long de cet escalier. Ce soir, à dix
heures, on égorgera tout ce qui tentera de s'opposer à la marche des assassins... on enfoncera la porte de cette chambre...
on poignardera le roi dans son lit ..

Henri III frissonne. Une sorte de gémissement râle dans
sa gorge. Et il lève sur sa mère des yeux d'épouvante.

— Ce soir, continue Catherine de Médicis, ce soir le roi
de France sera égorgé... si...

Elle s'arrête sur ce si, avec un sourire qui ferait reculer dix
hommes d'armes, et elle achève :

— Si la mère du roi ne veillait !.. Mais elle veille !... Venez, messieurs les égorgeurs, et vous allez voir de quoi la
vieille est capable !.. Me tuer mon fils !..

Elle éclate de rire... d'un rire silencieux et fantastique sur
cette figure livide de spectre.

— Henri, reprend elle, es-tu prêt, mon fils ?

— Oui, ma mère ! répond le roi d'une voix tragique.

— Eh bien, embrasse-moi ! Puis, taisons-nous et donnons
la parole à Dieu !...

Pâle et chancelant, Henri III se lève. Sa mère le prend
dans ses bras, et longuement, frénétiquement, d'une sauvage
étreinte où éclate la seule passion sincère de sa vie, elle le
serre sur sa poitrine.

— Tu ne bougeras pas d'ici, murmure Catherine. Tu
entends ?

— Oui, ma mère balbutie Henri III.

— Il suffit que d'un mot tu donnes l'ordre suprême à ces
gentilshommes qui attendent là .. le reste me regarde !..

Alors elle desserre son étreinte. Lentement, elle va ouvrir
la porte. Les trente qui attendent dans l'antichambre
frémissent. Le roi s'avance jusqu'à la porte et dit :

— Messieurs, je vous commande d'obéir à la reine mère
dans tout ce qu'elle vous dira...

Puis il recule jusqu'à la fenêtre de sa chambre en frissonnant, soulève les rideaux, et se met à regarder dans la cour
carrée, les yeux fixés sur le porche du château. Catherine de
Médicis passe en revue d'un regard rapide les gentilshommes
de l'antichambre. Elle en touche un à la poitrine, puis un
autre... elle en touche dix. Et à ces dix, elle dit :

— Votre poste est dans la chambre du roi. L'épée et la
dague à la main, messieurs !

Les dix obéissent.

— Dans la chambre, continua Catherine, barricadez-vous.
Quoi que vous entendiez, ne bougez pas Et s'il arrive un
malheur, mourez jusqu'au dernier avant qu'on ne touche au
roi. Jurez !...

— Nous jurons ! répondent les dix d'une voix sourde.

— Entrez !... Et que Dieu vous tienne en sa sainte
garde !..

Les dix pénètrent dans la chambre royale, l'épée et
la dague à la main. Un instant plus tard, on les entend qui,
à l'intérieur, barricadent la porte. Catherine pousse un
profond soupir. Alors Catherine recommence son inspection.
Elle touche un gentilhomme à la poitrine, puis un autre, elle
en touche dix

— Vous, dit-elle, dans le salon. Dès qu'il sera dans l'antichambre, fermez la porte et placez-vous devant, l'épée et la dague à la main. Si on essaye de forcer la porte de l'antichambre, si le salon est envahi, mourez jusqu'au dernier avant qu'on ne puisse ouvrir... Jurez !...

— Nous jurons ! répondent les dix.

— Allez donc prendre votre poste dans le salon; et que Dieu vous tienne en sa sainte garde !...

Les dix passent dans le salon, et tout aussitôt s'y disposent par petits groupes, riant et causant de choses indifférentes. Alors, Catherine touche trois des gentilshommes restant dans l'antichambre. Ce sont Chalabre, Sainte-Maline et Montsery.

— Vous, dit-elle, entrez dans le cabinet et attendez-moi.

Sainte-Maline, Chalabre et Montsery obéissent aussitôt et passent dans le grand cabinet de travail. Dans l'antichambre, il ne reste plus que sept gentilshommes, parmi lesquels Deseffrenat et le comte de Loignes.

— Vous, dit Catherine, écoutez: *il* entrera ici, ne trouvant pas le roi dans le salon, et *il* vous demandera: Où est Sa Majesté ?.. Vous répondrez : Sa Majesté est dans son cabinet, monseigneur. Alors il entrera dans le cabinet. Si on vous appelle à l'aide, vous entrerez dans le cabinet, et vous achèverez l'homme. Si on ne vous appelle pas, vous resterez ici. Au cas où ceux du salon seraient attaqués, vous barricadez la porte et vous mourez jusqu'au dernier avant qu'on ne puisse atteindre la porte du roi... Jurez !...

— Nous jurons, répondirent les sept.

— Adieu donc, et que Dieu vous tienne en sa sainte garde !...

Alors, lente et toute raide dans ses voiles de deuil, la vieille reine passe dans le grand cabinet où attendent Chalabre, Montsery et Sainte-Maline.

— Vous, dit-elle, je vous ai choisis entre tous. Le duc vous a embastillés. Le duc vous a menacés de mort. Est-ce vrai ?

Les trois s'inclinèrent.

— A telles enseignes, dit Montsery, que le jour de notre exécution était décidé.

— Et que nous nous confessâmes l'un à l'autre, ajouta Chalabre.

— Et qu'il fallut un vrai miracle pour que nous soyons ici aujourd'hui à faire notre révérence à Sa Majesté, acheva Sainte-Maline.

— Quoi qu'il en soit, dit Catherine, vous avez été choisis parce qu'on a supposé qu'à votre dévouement pour le roi se joignait en vous une haine naturelle contre celui qui a voulu vous mettre à mort. Eh bien, il va venir. Le salon est gardé. L'antichambre est gardé. La chambre du roi est gardée. Le duc doit aboutir ici... Il ne faut pas qu'il en sorte vivant...

Les trois se regardèrent, les yeux flamboyants, les lèvres crispées par ces sourires terribles qu'on a dans les moments suprêmes. Catherine les vit décidés. Elle dema la...

— Le roi, messieurs, peut il compter sur vous?

Ils tirèrent leurs dagues d'un mouvement spontané.

— Si le duc entre ici, il est mort, dirent-ils.

— C'est bien, dit Catherine. Attendez donc .. car il va venir! Adieu, messieurs. Moi, je vais prier Dieu pour le roi et pour vous...

Elle passa devant les trois gentilshommes inclinés, et disparut dans le petit escalier intérieur. Arrivée à son oratoire, elle trouva Ruggieri qui l'attendait.

— Majesté, dit l'astrologue, on a mis des gardes partout excepté à votre appartement. S'il y a bataille, qui donc vous gardera, vous?

Catherine leva lentement son doigt vers le christ d'ivoire qui, dans le sombre oratoire, faisait sur le mur une tache livide... Et, s'agenouillant sur le prie-dieu, elle parut s'abîmer dans une méditation profonde. Elle ne bougeait plus. Il n'y avait pas un frisson dans les plis de son voile noir...

« Elle écoutait!... Toutes ses forces, toute son énergie étaient concentrées dans le sens de l'ouïe .. Elle écoutait ce qui allait se passer en haut, au-dessus de sa tête . car l'oratoire était au rez-de-chaussée la pièce correspondant au cabinet du premier étage, au cabinet où on allait tuer Guise!...

Là haut, dans le cabinet, Chalabre, Sainte-Maline et Montsery prenaient leurs dispositions, — ce qu'on pourrait appeler le branle-bas de l'assassinat. Ils poussèrent la table contre la fenêtre. Ils entassèrent chaises et fauteuils dans un angle, de façon que la pièce fut entièrement libre, et que Guise ne trouvât rien derrière quoi s'abriter et se défendre. Alors ils convinrent de leurs gestes. Sainte-Maline, le plus hardi des trois, prit naturellement la direction du combat.

— Moi, dit-il, j'ouvre la porte quand il arrive. Toi, Chalabre, tu te tiens ici, au milieu du cabinet. Toi, Montsery, tu te places ici contre la porte. J'ouvre donc et je dis: Entrez, mon seigneur. Et je recule Il entre. Alors toi, Montsery, tu pousses la porte, et tu mets le verrou. Chalabre et moi, nous l'attaquons par devant. Et toi, tu sautes sur lui par derrière. Est-ce convenu?

— Convenu ..

— Chacun à notre place, donc, et ne bougeons plus.

Chalabre se posta au milieu du cabinet. Montsery contre la porte de façon à être masqué quand elle s'ouvrirait. Sainte Maline devant la porte, prêt à ouvrir. Et pâles, la main à leurs poignards, ils attendirent

— Diable ! fit tout à coup Montsery, et la porte du petit escalier ?

— Il n'y a qu'à pousser le verrou, dit Sainte-Maline. Vas-y, Chalabre, et reprends ta place.

Chalabre se dirigea vivement vers la porte de l'escalier. Comme il mettait la main sur le verrou, la porte s'ouvrit et un homme entra en disant :

— Bonjour, messieurs !... Comment vous portez-vous depuis la Bastille ?...

— Pardaillan ! s'écria sourdement Chalabre en reculant.

— Pardaillan ! répétèrent les deux autres.

Pardaillan était entré. Il avait fermé la porte, tranquillement.

— Monsieur, dit Sainte-Maline d'une voix qui tremblait d'impatience, sortez à l'instant, quoi que vous ayez à nous dire, il nous est impossible de vous écouter en ce moment.

— Bah ! fit Pardaillan, avant que le Balafré n'entre ici nous avons bien quelques minutes. Vous m'écouterez...

— Oh ! gronda furieusement Chalabre, vous savez donc..

— Que vous êtes ici pour tuer le duc de Guise, oui, messieurs !...

Les trois hommes échangèrent un regard de rage folle.

— Messieurs, dit Pardaillan, laissez vos poignards tranquilles. Si vous m'attaquez, je suis capable de vous tuer tous les trois, et alors, vous ne pourrez pas tuer le duc. De plus je vous préviens que si je n'arrive pas à vous tuer, je pourrai toujours ouvrir cette fenêtre, et jeter un cri qui sera entendu parce qu'il est étendu. Et alors, messieurs, celui qui entendra ce cri se précipitera au devant du Balafré et lui criera: N'entrez pas au château, car on veut vous tuer. . Et rien messieurs ne pourra empêcher mon ami de prévenir le duc car mon ami est à Blois pour sauver le duc et tuer le roi... vous le connaissez ! Vous l'avez vu à Chartres ! Il s'appelle Jacques Clément !...

Les trois devinrent livides. Jacques Clément qu'ils avaient juré de tuer ! Jacques Clément qu'ils avaient affirmé mort sous leurs coups... En mettant les choses au mieux, en supposant que le roi ne serait pas tué, Henri III ou Catherine apprendrait que Jacques Clément vivait. C'était pour eux la potence ou l'échafaud !

— Parlez donc ! dit Chalabre en grinçant les dents. Que voulez-vous ?

— Messieurs, dit Pardaillan, vous me devez encore une vie. Je viens vous réclamer le payement immédiat de votre dette. Je viens vous demander cette vie.

— La vie de qui ! rugit Sainte-Maline fou de désespoir devant ce qu'il entrevoyait

— La vie d'Henri de Guise, répondit simplement Pardaillan.

Sainte-Maline baissa la tête et pleura.

Chalabre dit à Montsery :

— Si nous tuons le duc malgré notre dette, nous sommes déshonorés. Si nous ne le tuons pas, nous sommes perdus. Montsery, rends-moi le service de me poignarder.

— Et moi, dit Montsery, qui me poignardera. Tiens! tu es bon, toi !...

Sainte-Maline pleurait.

— Messieurs, dit Pardaillan, je vois que vous êtes décidés à payer. Mais je vois aussi que c'est trop vous demander. Je vais donc vous proposer un arrangement.

Ils se rapprochèrent, une flamme d'espoir dans les yeux.

— Monsieur, dit Sainte-Maline d'une voix qui était comme un râle, si vous nous abandonnez Guise, nous faisons serment de mettre nos trois existences à votre disposition...

— Je n'accepte pas, dit Pardaillan. Voici ce que je vous propose. Au lieu de vous réclamer la vie de Guise, je me contente de ne vous demander que dix minutes de cette vie.

Ils le regardèrent, hagards, sans comprendre.

— Eh oui, reprit Pardaillan. Je veux dire quelques mots au duc de Guise. Cet entretien durera dix minutes. Après quoi, je vous tiendrai quittes. Ecoutez-moi. Le duc va entrer ici, n'est-ce pas ?

— Oui, firent-ils haletants.

— Vous admettez qu'une fois entré, il ne peut plus sortir par l'antichambre ?

— Oui ! mais il peut sortir par le petit escalier !...

— Eh bien, justement. Vous allez vous placer tous les trois dans le petit escalier. Donc, toute retraite est coupée... et...

A ce moment un grand bruit de chevaux, d'épées qui se heurtent, de cliquetis d'éperons se fit entendre.

— C'est lui ! dit froidement Pardaillan. Messieurs, sortez !... A la dixième minute, au plus tard, Guise vous appartient... Mais pendant ces dix minutes, il est à moi... Sortez.

Pardaillan s'était redressé. Et il y avait une telle flamme dans son regard, une si sombre et si violente volonté sur sa physionomie, une telle autorité dans son geste et sa parole qu'ils comprirent que l'attitude du chevalier cachait quelque secret terrible ; et que cet entretien qu'il voulait avoir avec le duc était un entretien de vie ou de mort ; et que Pardaillan, dans cette minute suprême, n'était plus un homme, mais une incarnation de la fatalité, un de ces météores qui ne se révèlent, comme la foudre, que lorsqu'ils frappent...

Livides, haletants, hagards, faibles comme des enfants devant cette force, ils reculèrent, franchirent la porte et se postèrent dans le petit escalier.

— Dix minutes ! balbutia Sainte-Maline.

— Dix minutes, pas plus ! dit Pardaillan.

Et il ferma la porte de l'escalier. Alors, il eut un long sou-

pir et un sourire. Et, les bras croisés, il se tourna vers la
porte de l'antichambre au moment où les bruits lointains s'é-
teignaient, et où une voix, dans l'antichambre, disait :

— Dans le cabinet, monseigneur ! Sa Majesté vous attend
dans le cabinet.

Puis un silence effrayant pesa sur le château Pardaillan
entendit le pas lourd et violent qui traversait l'antichambre
La porte s'ouvrit. Le duc de Guise parut et fit deux pas.

En une seconde, Guise vit que le roi n'était pas dans le cabinet. Il vit Pardaillan debout, immobile, les bras croisés. Il
pâlit légèrement, et d'un mouvement rapide, se retourna
vers la porte pour sortir. Au même instant cette porte se referma, et Guise sentit qu'on la retenait fermée, de l'antichambre. Alors, il se tourna vers Pardaillan, redressa son
buste, rejeta la tête en arrière par un mouvement de dédain
qui lui était habituel, et dit :

— Qui êtes-vous ? Que voulez-vous ? Que faites vous là ?

— Mon nom est inutile, dit Pardaillan. Vous me recon-
naissez. Je suis celui qui, dans la cour de l'hôtel Coligny,
voici seize ans de cela, vous a souffleté.

Guise grinça des dents.

— Je suis celui qui, sur la place de Grève, voici huit mois
de cela, vous a crié devant dix mille personnes que vous
vous appeliez Henri le Souffleté, et non Henri le Balafré...

— Enfer ! rugit Guise.

— Je suis celui qui, dans la rue Saint-Denis pour sauver
une pauvre femme, s'est rendu à vous, celui que vous avez
appelé lâche, celui qui vous a déclaré alors qu'il vous rentr-
rait ce mot dans la gorge, et que vous ne péririez que de sa
main... Henri de Guise ! Henri le Souffleté ! Ce que je veux ?
Ton sang pour laver l'insulte !... Henri de Guise ! Assassin
de Coligny et de tant de malheureux seigneurs, ce que je fais
ici ? Je t'y attends pour t'offrir un combat loyal, épée contre
épée, dague contre dague, cœur contre cœur !...

— Vous êtes fou, mon maître ! grinça le duc. Holà ! Du
monde pour arrêter ce fou !...

Et Guise voulut ouvrir cette porte. Mais alors, derrière
cette porte, il entendit des voix rauques !

— Tue ! Tue ! Mort à Guise ! Hardi, Chalabre ! Hardi,
Sainte-Maline ! ..

Guise devint livide... dans un éclair, il comprit tout !...

— Monsieur, dit Pardaillan, il ne vous reste qu'un espoir ;
c'est de sortir par cet escalier en tuant les trois gentilshommes qui vous y attendent... après m'avoir tué moi-même,
toutefois !... Décidez ! Je vous offre le combat loyal... Si vous
refusez, j'ouvre ces portes, je laisse entrer les bandes d'assassins, et je leur crie : Tuez cet homme ! Il est trop lâche pour
se défendre !...

Le Balafré ent autour de lui ce regard morne qui semble

attendre, appeler une intervention surnaturelle. Dans cet instant tragique, il comprit quel guet-apens avait été préparé contre lui. Il éprouva le regret désespéré de n'avoir pas agi plus tôt... le roi le devançait... il était perdu ! Et ce fut alors, quand il se fut rendu compte qu'il n'avait plus d'espoir que dans la force de son bras, ce fut alors qu'il recouvra cette bravoure qui sur les champs de bataille faisait de lui un incomparable soldat.

Tuer cet homme... ce misérable Pardaillan... puis se jeter dans l'escalier, renverser tout ce qui lui ferait obstacle... passer par l'appartement de la reine, et tout sanglant, pareil à la foudre, tomber dans la cour carrée, appeler ses hommes aux armes, envahir le château, parvenir jusqu'au roi et le poignarder de sa main... tel fut le plan qui s'imposa à lui, en cette seconde où littéralement il devait vaincre ou mourir.

Sans dire un mot, donc, il tira son épée et fondit sur Pardaillan, dans l'espoir que celui-ci n'aurait pas le temps de dégainer. Pardaillan se rejeta d'un bond en arrière, et dans le même instant, Guise le vit en garde, la rapière au poing.

Ce fut bref, terrible, foudroyant. Pardaillan sans une feinte, sans un battement, risquant vie pour vie, se fendit d'un coup droit, un seul coup furieux, irrésistible, et le Balafré lâcha son épée, battit l'air de ses bras et tomba en arrière : il avait la poitrine traversée de part en part... Alors Pardaillan rengaina sa rapière, se pencha sur le duc, demeura une minute immobile, pensif, puis murmura :

— Il est mort... mort d'un mot qu'il m'a dit un jour devant la Davinière... Adieu, monseigneur duc. Un coup d'épée pour un mot, est-ce trop ? Non sans doute. Seulement votre mot ne faisait que changer un peu la pensée du pauvre chevalier errant que je suis, et mon coup d'épée à moi change la face du royaume.

Ayant ainsi philosophé à sa façon, Pardaillan s'étant assuré d'un dernier regard que le duc était bien mort, ouvrit la porte du petit escalier et vit les trois têtes livides dans la pénombre.

— Messieurs, dit-il, les dix minutes ne sont pas écoulées. N'importe, vous pouvez entrer. Je vous tiens quittes de votre dette, et je vous rends le duc de Guise.

Et il se mit à monter tranquillement l'escalier. Chalabre, Sainte-Maline et Montsery se ruèrent dans le cabinet, le poignard à la main. Ils virent le duc étendu, sans mouvement et perdant son sang par sa blessure.

Ils s'arrêtèrent, frappés de vertige et contemplant le cadavre de leurs yeux exorbités.

Que s'était-il donc passé entre Pardaillan et le duc ? Ils pouvaient à peine l'imaginer, si rapide, foudroyante et silencieuse avait été la scène du duel. Mais à ce moment, ce que davre fit un mouvement... Guise n'était pas mort!... Il ouvrit les yeux, essaya de se soulever, poussa un gémissement et parvint à murmurer :

— A moi !... On me tue !...

Ces paroles furent entendues de l'antichambre. Et alors les sept qui étaient là aux aguets se mirent à hurler :

— Tue ! Tue ! Achève !..

Et alors, un frénésie s'empara des trois spadassins. D'un même mouvement, ils se jetèrent sur le duc et le labourèrent de coups de poignard.

— Messieurs... messieurs... put encore bégayer le duc, qui d'un suprême effort essaya de se traîner.

Les trois se mirent à vociférer. Et la contagion de la frénésie gagna l'antichambre La porte fut violemment ouverte. Loignes, Déseffrenat et les autres se ruèrent.

Alors, l'horreur emplit cette pièce La haine accumulée, la rage des terreurs passées, la vue du sang déchaînèrent en ces hommes l'esprit des tigres qui s'acharnent sur la proie. Guise n'était plus qu'un cadavre. Et toujours ils frappaient...

Puis, ceux du salon, ceux de la chambre du roi accoururent. Ce fut une effroyable mêlée d'insultes, de hurlements, un bondissement de démons, une ruée fantastique sur le cadavre. Et tous avaient du sang aux mains et au visage. Ils le traînèrent dans l'antichambre.

Le roi sortit, le contempla un instant, et murmura .

— Comme il est grand !... Mort, il paraît plus grand que lorsqu'il vivait...

Puis, Henri III eut un sourire qui tordit ses lèvres pâles Brusquement, il posa son pied sur la tête du cadavre et dit.

— Maintenant, je suis seul roi de France !...

Il y avait seize ans, dit un historien avec une sorte de sombre et vengeresse mélancolie, il y avait seize ans, le duc de Guise avait, lui aussi, posé son pied sur la tête sanglante d'un cadavre...

Cependant, des cris, des hurlements éclataient partout dans le château. Le bruit de la mort du duc se répandait en quelques instants Les guisards, frappés de terreur, affolés par ce coup imprévu, attaqués par les gens du roi, fuyaient de toutes parts. Des troupes s'élançaient pour saisir le duc de Mayenne, le cardinal de Guise, le vieux cardinal de Bourbon et les principaux de la Ligue. Le tocsin se mit à sonner. En quelques minutes la ville fut pleine de tumulte, de coups d'arquebuse de plaintes et d'imprécations. On vit passer des bandes affolées de ligueurs qui fuyaient vers les portes...

Et Catherine de Médicis râlait dans son lit, agonisante, comme si elle n'eût attendu que ce dernier coup de son froyable génie pour mourir...

Pardaillan, avons-nous dit, avait remonté l'escalier. Sans

se soucier du tumulte qui se déchaînait dans le château, il montait sans hâte, et bientôt il parvint à la chambre que grâce à la recommandation du brave Crillon, Ruggieri lui avait donnée dans son propre appartement. Tout droit, sans s'arrêter, il alla à la porte qui faisait communiquer cette chambre avec la pièce voisine.

Cette porte était condamnée lorsque Pardaillan avait pris possession de la chambre. Mais sans doute il était parvenu à l'ouvrir, car il n'eut qu'à la pousser du pied, et il passa dans la pièce voisine. Là, sur le lit, un homme était étendu, bâillonné, garrotté, dans l'impossibilité de faire un mouvement. C'était Maurevert.

Pardaillan délia les jambes d'abord, puis les bras de Maurevert. Puis il lui retira son bâillon. Pâle comme la mort, Maurevert ne bougeait pas.

— Levez-vous, dit Pardaillan.

Maurevert obéit. Il tremblait de tous ses membres. Pardaillan était étrangement calme. Mais sa voix frémissait, et un frisson, par moments, passait sur son visage. Il tira son poignard et le montra à Maurevert.

— Grâce! dit celui-ci d'une voix si faible qu'à peine on l'entendait.

— Donnez-moi le bras, dit Pardaillan.

Et comme Maurevert, dans le vertige de l'épouvante, ne bougeait pas, il lui prit le bras et le mit sous son bras gauche. De la main droite, il tenait son poignard sous son manteau qu'il venait de jeter sur ses épaules.

— Là, dit-il alors. Maintenant, suivez-moi. Et pas un mot, pas un geste ! C'est dans votre intérêt.

Et il lui montra la pointe de sa dague. Maurevert fit signe qu'il obéirait. Pardaillan se mit en marche, traînant Maurevert, le serrant contre lui et le soutenant comme un ami bien cher.

Il se mit à descendre, mais cette fois par le grand escalier. Le château était plein de rumeurs sauvages, de hurlements les gens qui poursuivaient, des cris de miséricorde des gens qui étaient poursuivis. Dans ce tumulte, Pardaillan et Maurevert, presque enlacés, passèrent comme des spectres.

Dans la cour carrée Maurevert eut un commencement de mouvement. Pardaillan s'arrêta et le regarda en face, en souriant. Ce sourire était terrible... Maurevert baissa la tête et poussa un faible gémissement.

— Allons ! dit Pardaillan qui se remit en route.

Près du porche, Crillon, l'épée à la main, criait des ordres. Des soldats croisèrent la pique devant Pardaillan.

— Monsieur de Crillon, dit Pardaillan, il faut que je sorte.

Crillon regarda Pardaillan une minute avec une sorte d'effroi et d'étonnement mêlés. Puis il se découvrit et prononça·

— Laissez passer la justice royale!...

Les gardes se rangèrent et présentèrent les armes. Pardaillan franchit le porche, entraînant et soutenant Maurevert ..

Sur l'esplanade, à vingt pas du porche, un homme se plaça près de Maurevert et se mit à marcher sans dire un mot. Tous les trois : Maurevert encadré entre Pardaillan et le nouveau venu — franchirent la porte de Russy, passèrent le pont et se mirent à remonter la Loire.

A une lieue environ du pont de Blois, ils s'arrêtèrent devant une masure abandonnée. Deux chevaux tout sellés étaient attachés à un restant de palissade qui avait dû entourer un jardinet attenant à la masure. Pardaillan poussa Maurevert dans l'unique pièce. L'inconnu entra derrière eux et ferma la porte.

— Asseyez-vous, dit Pardaillan à Maurevert en lui désignant un escabeau. Maurevert obéit. Il claquait des dents et sûrement il ne restait de vie en lui que ce qui peut en rester au condamné à mort, à trois pas de l'échafaud. Pardaillan lui lia les jambes solidement, et dès lors une lueur d'espoir se fit jour dans l'esprit de Maurevert, car du moment qu'on le liait c'est qu'on ne devait pas le tuer tout de suite.

— Messire Clément, dit alors Pardaillan, puis-je vraiment compter sur vous?

— Cher ami, dit Jacques Clément, soyez tranquille, et allez sans crainte à vos affaires. Je jure Dieu que vous retrouverez l'homme où vous le laissez.

Pardaillan fit un signe de tête comme pour dire qu'il avait confiance dans ce serment. Il sortit sans jeter un regard à Maurevert et reprit en toute hâte le chemin de Blois. Jacques Clément tira son poignard et s'assit devant Maurevert.

XXXV

Le dernier geste de Fausta

Fausta, dès le matin, avait pris ses dernières dispositions. Elle avait expédié divers courriers, et entre autres, un cavalier chargé de courir au-devant de Farnèse pour lui dire de hâter sa marche sur Paris, car elle ne doutait nullement qu'Alexandre Farnèse ne fût entré en France depuis plusieurs jours déjà.

Puis elle avait tout fait préparer pour son départ le soir même. En effet, elle avait convenu avec Guise qu'aussitôt après le meurtre du roi, c'est-à-dire dans la nuit même, il

marcheraient sur Beaugency, Orléans, et de là sur Paris.
Ce devait être une marche triomphale, pendant laquelle le
duc de Guise devait proclamer ses droits à la couronne.

A Paris devait avoir lieu le couronnement, et Guise devait,
dans Notre-Dame, présenter Fausta comme la reine de
France.

C'est sur ce grand acte que se concentrait maintenant tout
l'effort de Fausta. Tant que Guise ne lui aurait pas mis la
couronne sur la tête, elle pouvait craindre qu'il n'essayât
d'éluder ses engagements. Pourtant ce n'était guère possible.
Tout, au contraire, laissait présager à Fausta un triomphe
définitif après lequel commencerait une série d'autres triom-
phes.

Ces derniers ordres donnés, ses derniers courriers expédiés,
Fausta attendait donc vers huit heures du matin dans ce
grand salon où le cardinal de Bourbon avait célébré son mariage. Elle attendait que Guise vînt lui dire :

— Tout est prêt, madame, ce soir vous serez reine!

Un vague sourire détendait ses lèvres orgueilleuses. Elle
souriait à cet avenir splendide qui s'ouvrait devant elle, et
elle portait un défi suprême à la destinée.

Tout à coup, des bruits confus parvinrent jusqu'à elle. Et
d'abord, elle n'y prêta pas attention, car les bourgeois criaient
souvent par les rues. Puis, brusquement, elle se dressa. Des
coups d'arquebuses éclataient. Elle entendait des piétine-
ments de chevaux, des cris de terreurs, des hurlements de
bataille. Une sueur froide pointa à son front. Que se passait-il? Il lui eût été facile de le savoir en envoyant un valet interroger le premier venu dans la rue. Mais Fausta ne
voulait pas savoir.

Elle en arrivait à deviner la vérité, à reconstituer l'effroyable vérité. Mais cette vérité, elle essayait d'en retarder et,
elle l'explosion. Haletante, pâle comme une morte, à demi
penchée, elle écoutait ces bruits de dehors ; des paroles lui
parvenaient, qui confirmaient la supposition atroce. Elle
ne pensait plus ; dans sa tête, c'était un vertige, un chaos
d'idées entrechoquées ; elle frissonnait convulsivement et ses
dents grinçaient...

Près de deux heures s'écoulèrent. Les bruits, peu à peu,
s'éloignaient... Fausta pressa son front à deux mains et murmura :

— Aurai-je le courage de savoir ce qui se passe!... Quoi?...
Est-ce possible?... Un tel effondrement si près du triomphe!... Folie!... Allons... c'est une échauffourée de bourgeois... Guise est en sûreté... ce soir, à dix heures, ce qui
doit être sera!...

Elle frappa fortement sur un timbre et un laquais apparut. Et comme elle allait lui donner l'ordre de s'enquérir de
la cause des bruits qui agitaient la ville, le laquais lui dit:

— Madame, un gentilhomme est là, qui ne veut pas dire son nom et veut parler à Votre Seigneurie.

— Qu'il entre! dit Fausta d'une voix faible, et presque malgré elle.

Et à peine eut-elle dit cela qu'elle s'en repentit. La pensée était en elle que ce gentilhomme inconnu allait la lui dire, la cause des bruits, et que cette cause était terrible.

Au même instant, Pardaillan entra dans le salon. Fausta fut secouée d'une sorte de frisson nerveux et fixa sur lui des yeux exorbités par une indicible épouvante. Elle voulut pousser un cri, et sa bouche demeura entr'ouverte sans proférer aucun son. Elle voulut reculer comme devant une apparition d'outre-tombe, et elle ne put que se cramponner des deux mains au dossier d'un fauteuil. Pardaillan s'approcha d'elle, le chapeau à la main, s'inclina profondément et dit:

— Madame, j'ai l'honneur de vous annoncer que je viens de tuer M. le duc de Guise...

Un soupir atroce gonfla la poitrine de Fausta. Elle se sentait mourir. Et la présence de Pardaillan... Pardaillan vivant! Pardaillan qu'elle croyait au fond de la Seine... cette présence se combinant, formant un tout avec l'annonce de la catastrophe, l'arrachait au domaine de la réalité pour la pousser dans le fantastique. Elle rêvait... C'était un rêve hideux, inconcevable, mais ce n'était qu'un rêve... Sûrement elle allait se réveiller!

— Madame, continua Pardaillan, il m'a paru que c'était une légitime satisfaction que je me donnais à moi-même en venant vous annoncer ce que j'ai fait. Je vous avais prévenu jadis que, moi vivant, Guise ne serait pas roi, et que vous ne seriez pas reine.

Un sourd gémissement s'échappa des lèvres blêmes de Fausta, et elle put murmurer:

— Pardaillan!..

— Moi-même, madame. Je conçois votre étonnement, puisque, après avoir voulu m'assassiner un certain nombre de fois, vous m'avez livré aux gens de Guise le jour même où je vous arrachais aux griffes de Sixte.

— Pardaillan! répéta Fausta dans un souffle.

— En chair et os, madame, n'en doutez pas. Tenez, je vais vous dire. Dans l'abbaye de Montmartre, le jour où vous avez crucifié la pauvre petite Violetta, je vous ai vue si courageuse au milieu des traîtres, si orgueilleuse devant la mort, que sans doute ce jour-là, je vous aurais pardonné tout le reste, et par la même occasion, j'eusse pardonné à Guise. Mais vous m'avez obligé à faire un deuxième voyage dans la nasse. Ce n'était pas de jeu, madame. J'ai compris que vous étiez une force inhumaine, et qu'il fallait vous écraser. Eh bien, je vous écrase un mot y suffit. Guise est mort, madame! mort quel-

ques heures avant d'être roi et de vous couronner reine. Et
c'est moi qui l'ai tué...

Il se vit et considéra Fausta avec cette tranquillité modeste
qui était peut-être la plus redoutable des ironies. Fausta, alors,
parla, d'une voix basse et pénible, comme si les mots eussent
eu de la peine à sortir. Elle dit à peu près ceci :

— Puisque vous vivez, *vous*, il n'est pas étonnant que je
sois écrasée, *moi*, et que du haut de la plus étincelante desti
née entrevue, je sois précipitée dans un abîme de honte et de
douleur. Lorsque j'ai entendu crier dans la rue, j'ai vu Guise
mort... et je vous ai vu. En vain j'ai repoussé votre image
maudite... je savais que vous étiez là !...

Elle s'arrêta, grelottante : une flamme de folie passa dans
ses yeux.

— Mon malheur est complet, reprit-elle. J'étais tout. Je ne
suis rien. Mais vous qui venez vous repaître de ma
douleur, vous qui m'écrasez et trouvez en vous le courage de vous réjouir de l'écrasement d'une femme, vous
l'hypocrite qui jouez à la générosité, vous le faux chevalier
qui venez insulter à ma misère, sachez-le, vous êtes plus bas
que moi. Misérable spadassin, plus vil que le dernier bravo,
vous avez mis votre rapière au service de vos vengeances ;
vous croyez porter l'épée, vous ne tenez qu'un couteau. Que
faites vous ici ? Dehors ! J'ai voulu vous tuer quand j'ai cru
que vous étiez un homme. Vous êtes un laquais qui, par derrière et dans l'ombre, a frappé un maître, et je vous chasse.
Dehors ! Allez demander à Valois le prix de votre assassinat !

Elle parlait d'une voix rauque et si précipitée qu'à peine
elle était intelligible. Son bras tendu vers la porte tremblait.
Pardaillan avait baissé la tête, pensif.

Soudain, en la relevant, il vit Fausta qui marchait sur lui
le poignard à la main. Elle rugissait. Une mousse légère blan-
chissait le coin de ses lèvres, et ses yeux noirs brillaient d'un
éclat dévorant. Il la laissa s'approcher. Et au moment où elle
levait le bras, il n'eut qu'un geste : il saisit le poignet de
Fausta et le maintint rudement dans ses doigts.

— Que faites-vous ? dit-il. Allons, madame, on ne me tue
pas ainsi, moi ! Car mon heure n'est pas venue. Tenez, je
vous lâche : osez me frapper !

Il la lâcha et se croisa les bras. Fausta le regarda. Elle le
vit si calme, si étincelant de bravoure, vraiment plus fort
que la mort et avec une telle pitié dans les yeux, qu'elle
laissa tomber son arme ; elle recula et éclata en sanglots.

— Madame, dit Pardaillan, avec une grande douceur, la
scène de la cathédrale de Chartres est vivante dans mon esprit ; vos lèvres ont touché mes lèvres, et c'est pour cela que
je suis ici. Que je me sois donné la satisfaction de vous annoncer la mort de Guise, ce n'est pas injuste. Mais vous avez

raison . peut-être n'est-ce pas généreux. Laissez moi donc vous dire qu'en venant ici, j'avais un double but. D'abord, vous dire que vous ne serez pas reine, et après tout, générosité à part, il fallait bien vous prouver que je tenais ma parole puisque dès notre première rencontre, je vous ai dit : Je ne veux pas que Guise soit roi !... Ensuite, madame, au château, j'ai vu arrêter sous mes yeux, le cardinal de Guise, et M. d'Espignac, et M. de Bourbon, et d'autres. Et j'ai entendu le cardinal de Guise crier à M. d'Aumont qui l'arrêtait : « C'est une trahison de la Fausta... » J'ai pensé, madame, qu'on viendrait vous saisir, vous aussi, et cette épée qui a brisé votre royaume, je me suis dit que je devais la mettre au service de votre vie et de votre liberté. Car vous êtes jeune et belle. Vous pouvez, vous devez vous refaire une existence, et si vous n'avez pas trouvé le pouvoir, peut-être trouverez-vous le bonheur. A une lieue de Blois, j'ai préparé deux chevaux, un pour vous, un pour quelque serviteur qui vous accompagnera. Hâtez-vous de me suivre, tandis qu'il en est encore temps.

A mesure que Pardaillan parlait, les passions déchaînées dans l'âme de Fausta prenaient un autre cours. Avec l'extraordinaire promptitude de décision qui la rendait si supérieure, elle prenait son parti de l'abominable aventure. Elle s'apaisait. Elle rayait Guise de son esprit, et la souveraineté de ses espérances. Son imagination ardente échafaudait déjà un plan de vie nouvelle

Vivre ! Être heureuse ! Renoncer au pouvoir pour chercher le bonheur ! Et comme dans la cathédrale de Chartres, c'est dans l'amour qu'elle entrevoyait ce bonheur.

Il ne serait pas juste de dire que sa passion pour Pardaillan se réveillait, car en réalité, elle n'avait jamais cessé de l'aimer. Mais qui savait s'il ne l'aimait pas, lui, à présent? .. Qui savait si ce n'était pas une jalousie inavouée qui avait armé son bras contre Guise ?...

Pourquoi donc venait-il la sauver ?... Est-ce que ce n'était pas là un indice de sentiments que peut-être il ignorait lui-même ?

Pourquoi lui parlait-il si doucement, avec une telle douceur après qu'elle l'avait trahi ? après qu'elle avait tenté de le tuer ?... Pourquoi lui disait il : Vous êtes jeune et belle...

Ainsi, une espérance nouvelle battait des ailes, éperdument, dans l'imagination de Fausta. . Ainsi, elle se raccrochait à une raison d'être, et son orgueil qui surnageait à son naufrage lui montrait une vie d'amour plus éclatante que toutes les vies d'amour !... Elle laissa tomber ses deux mains qu'elle avait placées sur ses yeux, ses lèvres s'agitèrent, elle allait parler... tout à coup, des coups sourds ébranlèrent la porte du vieil hôtel

Elle bondit vers une des fenêtres qui donnaient sur la cour

intérieure. En quelques instants, la porte céda, et une troupe nombreuse envahit la cour, sous la conduite du capitaine Larchant qui cria :

— Qu'on fouille cet hôtel, et qu'on arrête tout ce qui s'y trouve, hommes et femmes !

Fausta se retourna vers Pardaillan qui n'avait pas bougé de sa place.

— On envahit l'hôtel, n'est-ce pas ? dit Pardaillan.

— Oui !

— Là ! que vous disais-je !...

Elle s'élança vers lui, saisit ses deux mains, et d'une voix ardente murmura :

— Tout à l'heure, je voulais mourir. Maintenant, je veux vivre encore ! Pardaillan, sauvez-moi !...

— Moi vivant, nul ne portera la main sur vous, dit Pardaillan.

Mais ces paroles, il les prononça avec une si glaciale froideur, qu'elle sentit le désespoir l'envahir. Puis elle secoua la tête, comme pour écarter les pensées de tristesse affreuse qui l'assaillaient...

— Pouvez-vous monter à cheval ? dit Pardaillan.

— Je suis prête ! répondit Fausta.

— Où trouverai-je des chevaux ?

— Dans l'angle gauche de la cour est l'écurie. Il y a quatre chevaux tout sellés, et une litière attelée.

En effet, Fausta, nous l'avons dit, avait voulu que dès le matin, et en prévision de tout événement, son départ fut préparé. Elle s'était vêtue en cavalier comme elle en avait l'habitude toutes les fois qu'elle prévoyait une expédition où quelque danger pouvait surgir. Ce costume, d'ailleurs, lui seyait à merveille, et elle portait l'épée au côté avec autant d'aisance que n'importe lequel des Quarante-Cinq ou des gentilshommes de Guise. Pardaillan reprit :

— Y a-t-il quelque escalier dérobé qui nous permette de gagner l'écurie ?

Elle secoua négativement la tête.

— Soit ! fit simplement Pardaillan.

Cependant, la troupe de Larchant pénétrait avec prudence dans l'hôtel ; les soldats avaient commencé par visiter le rez-de-chaussée. Ils y avaient trouvé quelques laquais et quelques femmes, notamment Myrthis et Léa, les deux suivantes favorites de Fausta. Femmes et laquais avaient été aussitôt saisis et emmenés hors de l'hôtel. Maintenant, les soldats montaient lentement le grand escalier, Larchant à leur tête.

— Madame, dit Pardaillan, vous allez me suivre. Je vais tenter de faire une trouée parmi ces soudards qui montent l'escalier. Serrez-moi de près. A peine dans la cour, gagnez l'écurie, sortez-en deux de vos chevaux et sautez sur l'un, le reste me regarde. Mais pour Dieu, ne gênez pas mes mouve-

ments en essayant d'estocader. Gardez cette jolie épée au
fourreau. Tout votre courage, en cette rencontre toute votre
énergie et votre sang-froid doivent tendre à vous maintenir
derrière moi sans qu'on puisse nous couper. Êtes-vous prête ?

— Je le suis, dit Fausta

Pardaillan, de ces gestes rapides qu'ont les gens au moment de l'action, resserra sa ceinture de cuir, assura son
chapeau, dégagea un peu sa rapière, et se dirigea sur la porte
qu'il ouvrit. D'un coup d'œil, il embrassa l'escalier où une
vingtaine de soldats montaient, et le large palier orné d'une
banquette, de deux statues de marbre et d'un lampadaire de
bronze qui surmontait le tournant de la rampe en fer forgé.
A l'apparition de Pardaillan. le capitaine Larchant s'était
arrêté, à dix ou douze marches du palier.

— Holà, monsieur, cria Pardaillan êtes-vous Espagnol et
sommes-nous donc en ville conquise ? Que faites-vous ceans?
Et qui vous a donné mandat de briser es portes des maisons
paisibles et d'entrer en bande armée ?..

— Au nom du roi, monsieur! répondit Larchant. Je viens
au nom du roi !...

— Ah ! C'est différent. Vous venez au nom du roi ?...

— Oui, monsieur, pour arrêter ici une femme rebelle, ins-
tigatrice de complot. accusée de haute trahison et tentative
de meurtre envers la personne royale. Je vous somme donc,
si vous êtes de ses gens, de me rendre votre épée, si vous ne
voulez être arrêté comme complice. Je vous somme, au nom
du roi ! ..

— Très bien, monsieur. Et moi, je vous somme de vous
retirer à l'instant. Et je vous somme au nom de moi !

— Vous faites donc rébellion au roi ! hurla le capitaine.

— Vous faites bien rébellion à moi ! répondit Pardaillan.

— Gardes, en avant ! vociféra Larchant.

— Gardes, garde à vous ! tonna Pardaillan.

En même temps, il saisit dans ses bras puissants la banquette du palier, banquette en chêne massif, longue et large,
et pesante ; et il la souleva, la mit debout .. A l'instant où
les soldats, à la suite de Larchant, s'élançaient à l'assaut,
Pardaillan imprima une violente poussée à la banquette, et,
a toute volée, l'envoya dans l'escalier.

La banquette bondit dans l espace. Il y eut n hurlement
d'imprécations sauvages. des menaces apocalyptiques éclatèrent dans l escalier où la dégringolade épouvantée des gardes
déchaîna un tumulte. Larchant avait bondi en arrière et,
aplati contre le mur. avait vu passer à quelques pouces de
son visage le formidable engin. Quand le tumulte s apaisa, il
constata que l'un des gardes gisait, le crâne fracassé. et que
quatre autres, contus, moulus, se retiraient de la bagarre en
gémissant

Fausta avait assisté à cette débandade avec un étrange

sourire. Elle vit les gardes se retourner. Elle entendit le capitaine Larchant hurler furieusement :

— En avant, misérables lâches ! En avant, ou je vous
étripe !...

Et de nouveau la ruée des gardes à l'assaut remplit l'escalier de vociférations. Alors, elle vit ceci :

Pardaillan se retournait vers l'une des statues de marbre
qui garnissaient le palier, statue presque de grandeur nature.
Elle représentait Pallas, déesse de la sagesse.

Et Pardaillan empoignait la belle Pallas, la déracinait de
son socle, la soulevait dans ses bras, et brusquement, au
moment où les gardes allaient atteindre le palier, Pallas dé-
crivait dans l'air une parabole, rebondissait, sautait de marche en marche, et finalement se brisait à grand fracas, parmi
les plaintes des éclopés, les rugissements de Larchant, la
fuite affolée des survivants...

Pardaillan se pencha. La troupe à demi décimée s'était
massée au bas de l'escalier.

— Monsieur le capitaine, cria Pardaillan, voulez-vous nous
laisser sortir ? Je vous préviens que j'ai encore un Bacchus,
un Mercure et un Jupiter à vous briser sur la tête...

Fausta songeait :

— Les erreurs du hasard ont d'incalculables répercussions.
Supposons que j'aie rencontré Pardaillan au lieu de Guise,
il y a trois ans ; aujourd'hui, je serais maîtresse de l'univers
chrétien...

— Monsieur, répondait Larchant, je vais vous charger, et
tout ce que je puis faire pour vous en estime de votre courage, c'est de vous prendre mort pour ne pas vous livrer vivant au supplice qui vous attend.

— Allons, rendez-vous ! dit Pardaillan avec une tranquillité qui fit écumer le capitaine.

— Par la tête et le ventre ! par les tripes ! par les cornes !
rugit Larchant, il ferait beau voir que quinze gardes se ren-
dissent à un seul homme ! Attention, vous autres !

Ivre de fureur, Larchant se mit à ranger ses hommes et
leur donna ses instructions. Il finissait à peine, qu'un horrible fracas retentit au-dessus de sa tête ; une chose énorme
tombait en se heurtant à la rampe... c'était le lampadaire.

Cette magnifique pièce de l'art renaissance consistait en un
fût de colonne supportant sept branches ; le fût était vissé au
tournant de rampe du palier ; et Pardaillan, tandis qu'il parlait au capitaine, s'était mis à dévisser le monstre de bronze.
Au moment où Larchant achevait de ranger ses hommes,
Pardaillan imprima une secousse violente au lampadaire qui
tomba, s'abattit, pareil à un gigantesque oiseau de mort...
et cette fois, ce fut effroyable... Larchant s'abattit, une jambe
brisée, trois hommes s'affaissèrent, tués net, quatre autres,
blessés, se mirent à hurler et les derniers, après un moment

de stupeur épouvantée, reculèrent en désordre jusque dans la cour.

— Suivez-moi ! dit Pardaillan d'un ton bref.

Il s'élança, la rapière au poing, et Fausta derrière lui. En quelques secondes, ils furent dans la cour.

— Aux chevaux ! cria Pardaillan à Fausta.

En même temps, il fonçait sur les dix ou douze gardes rassemblés dans la cour.

— Tue ! tue ! vociféra Larchant en essayant de se relever.

Fausta bondit jusqu'à l'écurie, en sortit deux chevaux et sauta sur l'un d'eux.

— A sac ! à mort ! hurlaient les gardes en tâchant d'entourer Pardaillan.

Celui-ci reculait jusqu'au cheval. Sa rapière voltigeait, cinglait, piquait... Tout à coup, il sauta en selle, et piquant des deux, bondit au milieu des gardes.

— La porte ! Fermez la porte ! hurla le capitaine Larchant

Mais déjà Pardaillan l'avait franchie, en assénant un dernier coup de pommeau à un garde qui saisissait la bride de son cheval. Il s'élança à fond de train, suivi de Fausta. A ce moment une troupe de quarante hommes d'armes commandés par Crillon en personne et montés sur de solides chevaux apparaissait à un bout de la rue, tandis que Pardaillan et Fausta disparaissaient à l'autre bout.

Crillon, prévenu de la résistance désespérée qui était opposée aux gens du roi dans l'hôtel de Fausta, était accouru. Dans la cour, il vit le désordre des gardes effarés. Dans le vestibule de l'escalier, il vit les morts, les blessés · sur les marches, il vit les débris de marbre et de bronze.

— Un damné, gronda Larchant. Un démon ! Un fou furieux ! Je crois bien, monsieur de Crillon, que c'est votre protégé !...

— Pardaillan !...

— C'est cela même ! Ah ! l'infernal truand !... Courez !...

— En voyant ce massacre, dit Crillon, son nom m'est venu au bout de la langue. Voilà un tableau qui ne pouvait être que signé Pardaillan.

— Courez ! Mais courez donc ! fit Larchant furieux, oubliant qu'il parlait à son chef.

— Bah ! fit Crillon, il est loin !...

— Monsieur, dit une voix près de lui.

Crillon se retourna et dit :

— Que vous plaît-il, Monsieur de Maineville ?...

— Monsieur de Crillon, fit Maineville, nous sommes vos prisonniers, n'est-ce pas ?

— Oui. Après ?..

— Vous nous conduisez à Loches ?

— Oui. Après ?..

— Eh bien, monsieur, voici M. de Bussi-Leclerc et moi,

Maineville, qui avons déjà un vieux compte à régler avec le
Pardaillan. Maintenant que notre seigneur le duc de Guise
est mort, ce compte devient terrible...

— Après ? fit Crillon.

— Laissez-moi courir après le Pardaillan. Nous vous en-
gageons notre parole d'honneur de revenir nous rendre prisonniers, et nous vous rapporterons la tête du truand...

— Crillon ! Crillon ! vociféra Larchant, laissez courir ces
gentilshommes. Je me porte caution ! Et s'ils ramènent le
misérable, je m'engage à obtenir leur liberté du roi.

— Allez messieurs ! dit Crillon d'un ton goguenard, et tâchez de vaincre !

Maineville et Bussi-Leclerc s'élancèrent. Alors, Crillon se
baissa vers Larchant.

— Il t'a donc mis à mal ? fit-il en riant.

— Une jambe cassée, dit Larchant furieux. Mais en rase
campagne, il ne pourra tenir contre ces deux gentilshommes.

— Bon ! maintenant qu'ils sont partis, grâce à tes ins-
tances, veux tu que je te dise ce que j'en pense ?

— Dites...

— Eh bien, mon vieux compère, ils ne reviendront pas.

— Allons donc ! Ils ont donné leur parole d'honneur.

— Oh ! je ne doute pas de leur parole ; mais s'ils ont le
malheur de rejoindre Pardaillan, ils n'auront plus jamais
occasion de la tenir... ou, du moins, s'ils reviennent, ils seront fort éclopés, et ne ramèneront qu'eux-mêmes.

— Ah çà ! c'est donc un terrible, ce Pardaillan ?

— Tu en sais quelque chose, mon camarade ! Et maintenant, veux tu que je te dise mieux encore ?

— Parlez...

— Eh bien, si le hasard voulait qu'ils ramènent Pardaillan prisonnier, que comptes-tu en faire ?

— Pardieu ! le faire pendre haut et court aux créneaux du
donjon !

— Diable ! Tu veux faire pendre un connétable ?

— Çà ! devenez-vous fou... ou bien ai-je le délire ?... Pardaillan connétable ?...

— Oui. Toi tu veux le pendre. Et le roi le fait chercher
pour le créer connétable.

— Et pourquoi ? rugit Larchant, dont la tête s'égarait.

— Parce que si le roi est vivant, si le roi est encore roi,
c'est à Pardaillan qu'il le doit ! Parce que c'est Pardaillan qui
a tué le duc de Guise !..

Larchant poussa un rauque soupir comme s'il venait de
recevoir sur la tête un lampadaire de bronze ou une Pallas
de marbre, et cette fois, écrasé, il s'évanouit. Crillon se mit
à rire et donna l'ordre de transporter le capitaine au château.

Cependant, Pardaillan suivi de Fausta s'était élancé vers
la porte de la ville qu'il franchit sans obstacle et avait enfilé

le pont de la Loire. Fausta, jusque-là, avait galopé en silence, les yeux fixés sur l'homme étrange qui la perdait et
la sauvait.

Elle était sombre. Les diamants noirs de ses yeux jetaient
des feux d'un insoutenable éclat. Dans le court trajet qu'elle
venait d'accomplir, elle avait eu avec elle-même une longue
discussion.

Longue parce qu'à certains moments l'esprit pense double...
mais courte en réalité, puisque quelques minutes à peine
venaient de s'écouler depuis le moment où elle était sortie de
l'hôtel.

Quelle était cette discussion ? Quelles orageuses et suprêmes pensées se déchaînaient dans l'âme de la terrible vierge ?
Et quel était cet avenir qu'avec la prodigieuse activité de
son imagination, elle combinait déjà ?...

Cet avenir évoluait tout entier autour d'un homme... au
sentiment qui fleurissait, comme une fleur somptueuse et sauvage sur les ruines de son passé... un nom qu'elle murmurait de ses lèvres enfiévrées... Pardaillan !

Elle ne vivait plus qu'en lui, elle transposait en lui sa
vie... Et sa voix parut âpre, violente, amère, et douce, d'une
vertigineuse douceur, lorsque s'arrêtant tout à coup, elle prononça :

— Avant d'aller plus loin, chevalier, écoutez-moi.

Pardaillan s'arrêta. Ils étaient au milieu du pont. Devant eux,
de l'autre côté de la Loire, c'était l'espace libre. Derrière eux,
la ville de Blois que dominait la masse du château, titan sé-
culaire dont les proportions stupéfient le voyageur et font
rêver le poète. Au-dessous d'eux, la Loire gonflée par les pluies
d'hiver, la Loire débordée tortueuse, fangeuse, roulait ses
eaux grises en tourbillons plaintifs.

— Mais, madame, dit Pardaillan, il me semble que nous
devons piquer au contraire. On peut nous poursuivre...

— Il faut que je parle avant d'aller plus loin, dit Fausta.

Pardaillan s'inclina, salua et répondit :

— Je suis donc prêt à vous entendre.

Fausta baissa un instant la tête. Sans doute l'instant était
suprême pour elle, car Pardaillan la vit frissonner. Tout à
coup, cette tête pâle si belle, si orgueilleuse, et en ce moment pleine d'une sorte de sérénité majestueuse, se redressa,
et ses yeux noirs se fixèrent sur les yeux de Pardaillan.

— Chevalier, dit-elle, vous aviez préparé, m'avez-vous dit,
deux chevaux pour ma fuite ?...

— Oui. Et ils vous attendent. Mais ils sont inutiles. Je le garderai donc pour moi.

— Un de ces deux chevaux, reprit Fausta, il y en avait un
pour moi, n'est-ce pas ?

— Certes, madame.

— Et l’autre? dit Fausta avec un étrange frémissement. L’autre, pour qui était-il, selon vos prévisions?...

— Mais, dit Pardaillan, pour un de vos serviteurs... je vous l’ai dit.

— Ainsi, reprit lentement Fausta, ce cheval n’était pas pour vous?...

Pardaillan tressaillit et regarda fixement Fausta. Une minute, leurs regards se croisèrent. Fausta était pâle comme la mort. Une étrange émotion venue de très loin, des mystérieuses profondeurs de ce cœur humain qui est un abîme insondable ; oui, à cette minute solennelle, perverse, tragique et angoissante, Pardaillan sentit cette émotion-là dans son âme.

Quelque chose comme un sourd battement de son cœur l’avertit qu’il subissait une redoutable crise de sentiment. Et dans cette minute aussi, il reconnut ce qu’il ne savait pas encore, car il n’avait jamais regardé en lui-même, étant la nature la plus simple et la plus impulsive,... Il reconnut *qu’il était l’homme du sentiment.*

Que toute sa vie avait été un acte de sentiment. Que tous les gestes de son bras avaient été des pensées de sentiment...

Il se raidit. Il ne voulait pas se rendre. Il appela à son aide l’horreur que devait lui inspirer Fausta, et en lui-même, il ne trouva plus d’horreur. . Pourtant il ne se livrait pas. Il demeurait glacial, un coin de songerie seulement au fond des yeux.

— Monsieur, dit Fausta d’une voix intraduisible, comme pourrait en avoir une morte, si les morts parlaient, monsieur, plus ne m’est rien, rien ne m’est plus. Je ne suis vivante qu’en vous. M’acceptez-vous telle que je suis dans votre pensée, dans votre cœur, dans votre vie ?... Telle que je suis, criminelle, peut être, hideuse, sans doute, capable sûrement d’inspirer l’effroi et l’horreur par mes actes, car mes actes viennent de pensées incompréhensibles. Telle que je suis... c’est-à-dire une passion en marche, car j’ai tout fait, tout pensé, tout agi avec passion. Non responsable, dis-je, de mes gestes extérieurs qui ont pu étonner le vulgaire, mais qu’un homme comme vous peut comprendre... Un mot : m’acceptez-vous ? Je vis ! Vous écartez-vous de moi ? Je suis morte... Un mot ? Non ! Pas même : un geste. Si je dois vivre, tendez-moi la main...

Pardaillan eut un long frémissement. Sa main s’agita faiblement comme pour se tendre vers la main de Fausta. Puis tout à coup, cette main demeura immobile. Le visage de Pardaillan se fit plus fermé, plus glacial. Cette pensée foudroyante venait de traverser son cerveau :

— Elle ment ! Ce n’est pas sa mort qu’elle veut ! C’est la mienne..

Et il ne bougea plus... Fausta poussa un soupir atroce

Elle leva vers le ciel noir et chargé de neige ses yeux profonds.
Et au bord de ses paupières, Pardaillan vit scintiller deux
larmes, diamants purs qui se volatilisèrent au feu de ses joues
enfiévrées...

En même temps, Fausta rassembla les rênes de son cheval.
Puis, brusquement, elle frappa la bête d'un coup d'éperon
furieux, en la maintenant tête au parapet du pont Et elle
lâcha les rênes. Le cheval se cabra, hennit de douleur, et
dans le même instant, franchit le parapet, sauta, tomba
dans le vide... Dans la seconde qui suivit, Fausta disparut
dans les tourbillons de la Loire

— Fausta ! hurla Pardaillan.

Et ce nom qu'il prononçait ainsi pour la première fois, ce
nom retentit en lui-même comme un coup de tonnerre qui
suit l'éclair. Or, à la lueur de cet éclair qui incendiait sa
pensée, Pardaillan lut dans son esprit ce sentiment qui l'ac-
cabla de stupeur et d'épouvante :

— Je ne veux pas qu'elle meure ! Je n'ai jamais voulu
qu'elle meure !

Dans le même moment, Pardaillan sauta par-dessus le pa
rapet; en un temps inappréciable, de sa selle, il bondit sur
le rebord de pierre, et de là, dans le vide... dans la Loire !...
Pardaillan alla d'abord au fond de l'eau. Mais il garda la
conscience précise de tous ses faits et gestes.

L'eau grondait à ses oreilles Il était aveuglé. Ses vêtements
le gênaient. Mais d'un vigoureux coup de talon, il remonta
à la surface ; un remous le prit alors, et pendant quelques
instants, il disparut encore sous les eaux grises...puis sa tête
se montra, il jeta un rapide regard devant lui, et vit le che
val de Fausta qui, nageant vigoureusement, essayait de se
diriger vers le bord...

Mais elle ! oh ! elle !... il ne la vit pas. Et de cette même
voix d'angoisse et de sanglots qui l'avait épouvanté, il cria
éperdument !

— Fausta !...

Tout à coup, il la vit !... Elle roulait avec les flots sales de
la Loire. Elle se laissait entraîner. On ne voyait en elle aucun de ces gestes instinctifs qu'ont tous ceux qui se noient
même quant ils ont voulu fortement la mort. Peut-être était
elle morte déjà...

Pardaillan se mit à nager vers elle, dans une telle ruée,
dans une si violente volonté de la rejoindre, qu'il semblait
fendre les eaux. Au moment où Fausta allait s'abîmer tout
à fait sous les flots, il la saisit par un bras...

.   .   .   .

Quelques minutes plus tard, Pardaillan prenait pied sur
un rivage bas et sablonneux, non loin de l'endroit où le cheval de Fausta venait lui-même de regagner le bord et se secouait. Fausta n'était pas évanouie. Elle venait d'ouvrir les

yeux et considérait Pardaillan avec une mortelle expression
de désespoir et de reproche. Elle se releva enfin et, lurement, demanda :

— Pourquoi ? De quel droit m'avez-vous empêchée de
mourir ?. .

— Appuyez vous sur mon bras, dit Pardaillan avec une
grande douceur, *avec une voix que Fausta ne lui connaissait pas*. Appuyez-vous sur mon bras, et je vous conduirai
jusqu'à cette cabane de mariniers... nous nous sécherons.

Il se mit à rire en ajoutant :

— Vous ne nierez pas que nous avons besoin de nous
sécher ?

Ce fut tout. Fausta se mit à pleurer. Elle mit son bras sur
le bras de Pardaillan et s'appuya sur lui comme il avait dit
Ils tremblaient tous les deux En marchant, ou plutôt en se
laissant traîner, elle pleurait, et il lui semblait que c'était
toute sa vie passée qui s'en allait avec ses larmes. Parfois,
elle levait les yeux sur Pardaillan... non plus ses yeux de
diamants noirs, mais des yeux où il y avait comme une timidité..

Deux ou *trois* fois ils se sourirent... Et lorsqu'elle fut convaincue, lorsqu'elle eut compris qu'un grand bouleversement s'était fait dans l'âme de Pardaillan, Fausta, tout à
coup, éclata en sanglots, murmura : Seigneur !... et s'évanouit..

Alors Pardaillan prit dans ses bras ce corps de vierge aux
formes si pures... la tête de Fausta retomba sur son épaule,
et fermant les yeux avec un long frissonnement, il approcha
ses lèvres de son front... Alors, il marcha à la cabane qu'il
avait aperçue, déposa Fausta devant le foyer, offrit une
pièce d'or aux habitants de la masure, et les pria de faire un
grand feu qui bientôt flamba...

. . . .

Une heure plus tard, Fausta et Pardaillan, complètement
séchés, étaient assis devant la haute flamme claire du foyer.
Ils n'avaient échangé que peu de paroles, — et des paroles
indifférentes.

— Il faut que vous partiez, dit enfin Pardaillan. Les gens
de Blois pourraient avoir envie de vous poursuivre.

— Où irais-je ? demanda Fausta, comme si désormais Pardaillan eût le droit de lui indiquer ses désirs ou sa volonté.

Ne pourriez-vous m'attendre ? fit Pardaillan. J'ai diverses affaires à régler *en France*.

Je puis vous attendre en Italie, dit Fausta.

Ils causaient paisiblement Car toute leur conversation était
dans leurs yeux, non dans leurs paroles. Elle reprit.

— Rome est un séjour dangereux pour moi, à cause de
Sixte qui ne pardonne pas. Mais j'ai un palais à Florence

Le palais Borgia. Il me vient de mon aïeule. Je vous attendrai là, si vous voulez.

— A Florence, palais Borgia, bien ! dit Pardaillan. Mais cette route est longue... ne craignez-vous pas...

Elle l'arrêta d'un sourire. D'ailleurs, elle ne lui demanda pas la promesse de venir : toute l'attitude de Pardaillan était une promesse.

— Oh ! fit-il tout à coup. Et de l'argent ?...

Elle sourit de nouveau.

— J'ai de l'argent à Orléans, dit-elle ; j'en ai à Lyon ; j'en ai à Avignon. Une seule chose me gêne. On a arrêté mes deux pauvres suivantes...

— Je les ferai relâcher, dit vivement le chevalier.

— Si cela est, qu'elles me rejoignent à Orléans où je les attendrai cinq jours... elles savent où.

Ils sortirent de la cabane en remerciant leur hôte, — un homme et une jeune femme, de pauvres gens. Fausta fouilla ses poches, et ne trouvant rien, défit la boucle de sa ceinture et la tendit à la femme du marinier stupéfaite... La boucle était en diamants et valait cent mille livres.

— Ma chère, dit Fausta, quand je reviendrai en France, je vous demanderai un service.

— Tout à vos ordres, madame, dit la femme éblouie.

— Ce sera, dit Fausta, de me vendre cette cabane. Je vous la paierai cent mille livres, elle vaut pour moi cent fois cette somme...

Et laissant les pauvres gens stupéfiés, chancelants comme s'ils eussent reçu la visite d'un génie fabuleux, elle se dirigea rapidement vers son cheval qui, après avoir pris terre, mordillait des ronces d'hiver le long d'un champ. Légèrement, elle se mit en selle, laissa tomber un long regard sur Pardaillan, et dit :

— A Florence, palais Borgia...

Pardaillan inclina la tête...

— Oui, répondit-il.

Ils ne se touchèrent pas la main. Elle partit au pas, sans tourner la tête, puis se mit au trot puis prit le galop et disparut sur la route au loin.

Pardaillan était demeuré à la même place immobile, comme pétrifié... Pendant une heure, il demeura là, en tête à tête avec lui-même.

Tout à coup, une main se posa sur son épaule. Pardaillan tressaillit violemment, sortit de son rêve, regarda autour de lui. Et il vit Bussi-Leclerc avec Maineville.

XXXVI

La poursuite

En ce moment, Pardaillan pensait ceci : Sauvée de l'ambition, débarrassée de cet ulcère, cette femme devient un être d'amour et de beauté. Quant à ce qu'elle éprouve pour moi, bientôt elle aura oublié... Florence !... J'irai, certes, mais pour achever la guérison de ce cœur. Entre elle et moi, une belle amitié peut remplacer la haine... c'est tout ! Mais j'aurai sauvé une femme digne de l'être... tiens ! j'ai bien sauvé jadis mon chien Pipeau qu'on voulait noyer !

Cette pensée amena un sourire sur son visage et éclaira ses yeux. Ce fut à cet instant que Maineville lui posa la main sur l'épaule.

— Bonjour, monsieur de Pardaillan, fit Maineville.

— Mes saluts à mon ancien prisonnier, ajouta Bussi-Leclerc.

— Messieurs, je vous salue, dit Pardaillan, que puis-je pour votre service ?

— Nous accorder cinq minutes d'entretien, fit Bussi-Leclerc.

— Ah ! ah !...

— Mon Dieu, oui, mais pas ici ! ajouta vivement Maineville.

— Et où cela, Messieurs ?...

— A Blois, où on vous cherche pour acte de rébellion, dit Bussi-Leclerc. Suivez-nous, monsieur, vous êtes notre prisonnier.

— Décidément, il y a du sbire en vous, dit tranquillement le chevalier. Tantôt vous êtes geôlier en chef, tantôt vous devenez pourvoyeur de bourreau. Mes compliments.

— Allons, suivez-nous ! reprit Bussi en grinçant des dents. Cette fois, mon brave, nous vous tenons !

— Messieurs, dit Pardaillan, je veux bien vous suivre, mais non à Blois. Ce sera plutôt dans la direction de ce joli moulin dont on voit d'ici tourner les ailes et qui ressemble si bien au moulin de la butte Saint-Roch.

Maineville eut un pâle sourire plein de menaces, et Bussi-Leclerc se mit à sacrer comme un païen.

— Décidez-vous, messieurs, continua Pardaillan. Allons-nous au moulin ? Je vous suis. Voulez-vous aller à Blois ? Je vous tire ma révérence, car je suis pressé.

— Par la mort-bœuf, grogna Bussi-Leclerc, si vous ne nous suivez, je vais vous charger !

— Faites, monsieur, riposta Pardaillan qui, dans le même moment, tira sa rapière et tomba en garde.

Bussi-Leclerc dégaina et Maineville en fit autant. Tous deux attaquèrent furieusement, sans nulle honte, d'ailleurs, d'être à deux contre un. Mais à peine les fers s'étaient-ils froissés que Bussi jeta un cri de rage : pour la troisième fois, depuis ses diverses rencontres avec Pardaillan, son épée venait de lui sauter de la main et, décrivant une large parabole, allait tomber dans un fossé.

— Ton poignard, Bussi ! cria Maineville.

Mais l'ancien gouverneur de la Bastille, ivre de fureur et blême de honte, n'entendait rien et courait ramasser son épée. En deux secondes, il l'eut reprise, au fond du fossé, se releva et bondit : à ce moment, il vit Maineville qui battait l'air de ses bras et s'affaissait lourdement, vomissant un flot de sang par la bouche. Un instant, il se tordit, frappa le sol du talon, laboura la poussière de ses ongles, puis il demeura immobile : Maineville était mort...

Bussi-Leclerc demeura quelques secondes hébété de stupeur. Puis, avec une sorte de sanglot terrible, il se rua sur Pardaillan qui l'attendait de pied ferme.

— Cette fois, dit Pardaillan, j'envoie votre épée dans la Loire...

Et, en effet, il achevait à peine de parler que le fer de Bussi sauta et alla tomber, non pas dans l'eau, mais sur le sable du rivage.

— Ramassez ! dit Pardaillan.

Bussi-Leclerc s'assit au rebord du fossé, mit sa tête dans ses deux mains et pleura. Pardaillan rengaina sa rapière

— Excusez-moi, monsieur, dit-il, mais à chacune de nos rencontres vous avez voulu me tuer ; moi je n'ai fait qu'exercer vos jambes, avouez que j'en use sans haine avec vous, et pardonnez moi d'être plus agile que vous.. ce n'est pas ma faute... allons, ne pleurez pas ainsi, le seul témoin de votre défaite est mort.

— Je suis déshonoré ! gronda Bussi-Leclerc à travers ses larmes.

— Si vous voulez que nous recommencions, peut-être serez-vous plus heureux, dit Pardaillan dans la sincérité de son âme.

Bussi lui jeta un regard furieux.

— Adieu, donc ! acheva Pardaillan. Je ne vous en veux pas. J'ai sept ou huit manières de faire sauter une épée. Si vous voulez, je vous les enseignerai, et alors nous serons à armes égales pour une prochaine rencontre...

— Dites vous vrai? s'écria Bussi qui se releva, haletant, vaincu peut-être par la générosité de son adversaire.

— Monsieur, dit Pardaillan, croyez que je ne plaisante pas avec une chose aussi sérieuse qu'une passe d'armes d'où la vie d'un homme peut dépendre. Quand vous voudrez, je vous montrerai mes sept manières... vous en savez une déjà.

— Par tous les diables, s'écria Bussi, vous êtes un honnête homme, monsieur ; et c'est grand dommage que nous ne vous ayons pas eu avec nous. Votre main, s'il vous plaît ?

Pardaillan tendit sa main que Bussi Leclerc serra avec une sorte d'admiration mêlée d'effroi.

— Nous ne sommes donc plus ennemis ? reprit le chevalier en souriant.

— Non ! Et même, si vous le permettez, je me déclare votre ami. Mais vous me promettez...

— De vous enseigner ces quelques bottes : c'est entendu je les tiens de mon père qui, sans avoir votre réputation, n'en avait pas moins appris le fin du métier des armes. Adieu, monsieur. Je vous retrouverai à Paris...

Là-dessus Pardaillan salua et s'éloigna à grands pas en remontant le cours de la Loire, laissant Bussi-Leclerc contempler d'un air chagrin le cadavre de son compagnon Maineville.

— A Maurevert, maintenant ! murmura Pardaillan dont le visage s'assombrit.

Et il hâta le pas vers la masure dans laquelle il avait laissé Maurevert sous la garde de Jacques Clément. Comme il n'était plus qu'à deux ou trois cents pas de la masure, il vit un homme qui, dehors, sur le pas de la porte, allait et venait avec agitation. Bientôt, il reconnut que cet homme, c'était Jacques Clément. Le cœur de Pardaillan se mit à battre. Il prit le pas de course et rejoignit Jacques Clément qui, à son approche, fit un signe de désespoir.

— Maurevert ! hurla Pardaillan.

— Echappé ! répondit Jacques Clément.

— Malédiction !...

Pardaillan bondit dans la masure, et vit qu'elle était vide. Il ressortit, et vit que l'un des deux chevaux qui étaient attachés à la haie n'y était plus !... Une effrayante expression de colère désespérée — peut-être le premier mouvement de colère qu'il eût eu de sa vie — bouleversa son visage. Puis, peu à peu, il reprit son calme ordinaire...

— Quel malheur ! fit Jacques Clément. Ah ! mon ami, je ne me pardonnerai jamais !...

— C'est un malheur, en effet, dit froidement Pardaillan. Mais comment a-t-il pu arriver ?...

— C'est d'une terrible simplicité, dit Jacques Clément... Je m'étais assis devant le misérable, mon poignard à la main. Vous savez qu'il avait les pieds liés, mais les mains libres... J'attendais. A force d'attendre... et puis la physiono-mie

livide de cet homme finissait par me faire mal... À force
d'attendre, donc, j'ai voulu voir si vous arriviez. Je tenais
mon poignard à la main Je le déposai machinalement sur
cette table... Je me levai, j'allai jusqu'à la porte.. à peine y
restai-je quelques instants... mais ces instants lui ont
suffi, à lui !...

— Oui, fit Pardaillan, j'aurais dû prévoir qu'un homme
qui veut se sauver guette avec plus d'ardeur et de patience
que l'homme qui garde... Il a pris le poignard et a coupé ses
liens, n'est-ce pas ?...

— Oui !... Au moment où je me retournais pour rentrer,
j'ai reçu sur la tête un coup violent, et une poussée plus violente
encore m'a envoyé rouler dans la poussière... Quand je me
suis relevé, j'ai vu Maurevert qui sautait sur l'un des
chevaux et partait ventre à terre. .

— C'est bien, dit Pardaillan Nous devions retourner
ensemble à Paris, retournez-y seul. Je vous y reverrai.

— Vous courez à sa poursuite ?

— Parbleu !... fit Pardaillan en détachant et en enfourchant
le cheval restant ; quelle direction a-t-il prise ?

— Il s'est élancé vers Beaugency... Où vous retrou-
verai-je ?...

— Au couvent des Jacobins, si vous voulez. Adieu ! Je ne
m'arrête pas tant que je ne l'aurai pas rejoint...

— Un dernier mot, fit Jacques Clément, dont la sombre
figure s'illumina d'un éclair. Suis-je libre *maintenant* ?...

— Libre de quoi ?...

— De tuer Valois !...

Pardaillan frissonna. Il demeura un instant pensif, puis
murmura :

— Accomplissez donc votre destinée, puisqu'il le faut ...

Jacques Clément serra convulsivement la main que lui
tendait le chevalier, puis, d'un pas rapide, prit le chemin de
Blois. Pardaillan poussa un soupir, le regarda s'éloigner
pendant quelques minutes, puis, se tournant vers le point de
l'horizon que lui avait montré Jacques Clément, piqua des
deux et se lança dans un galop effréné

À deux lieues de là, il rencontra un paysan qui conduisait
une charrette attelée de deux bœufs Pardaillan s'arrêta et
interrogea le paysan en lui faisant une description exacte de
Maurevert et de son costume. Le paysan lui montra à cent
pas en avant une route qui s'éloignait perpendiculairement
de la Loire.

— J'ai rencontré le cavalier que vous dites sur cette route
que je viens de quitter, dit-il.

— Et cette route ?...

— Elle s'enfonce de cinq lieues dans les terres, puis tourne
à droite, et conduit à Tours...

Pardaillan jeta une pièce d'argent au paysan, alla rejoindre

la route qui venait de lui être signalée et reprit son allure de
galop furieux

La manœuvre de Maurevert était facile à comprendre : il
s'était élancé comme pour gagner Orléans, et, persuadé qu'on
le poursuivrait, il avait, par un mouvement tournant, pris
une direction opposée. Bientôt, pourtant le chevalier dut
modérer son allure, sous peine de crever son cheval. Lorsqu'il
atteignit le croisement des routes qui lui avait été signalé
par le paysan, la pauvre bête était déjà bien fatiguée par un
temps de galop d'environ six lieues.

Pardaillan mit donc pied à terre devant une misérable
auberge qui, placée au carrefour, s'appelait l'auberge des
Quatre-Chemins. L'aubergiste, interrogé, prit un air très
étonné et répondit hardiment qu'il n'avait vu passer aucun
cavalier.

Pardaillan frissonna. Ainsi donc Maurevert lui échappait
encore et cette fois, sans doute, pour toujours !

Le chevalier sentit une sorte d'accablement s'emparer de
lui. Il ne dit rien, pourtant, et, s'étant occupé de faire donner
des soins à son cheval, s'assit près du feu et commanda qu'on
lui servit à manger. La nuit venait, le temps était triste
Pardaillan résolut de passer la nuit dans cette auberge..
Tout en mangeant, il examinait du coin de l'œil l'aubergiste.
et se disait :

— Quelle figure de truand est-ce là ?...

En effet, l'homme avait fort mauvaise mine. De plus, il y
avait deux garçons dans l'auberge, luxe insolite pour ce
malheureux bouchon perdu en pleine campagne et où ne
devaient guère s'arrêter que les rares rouliers faisant le
service d'Orléans à Tours. Et ces deux hommes avaient, eux
aussi, de ces physionomies louches, qui inspirent tout de
suite au voyageur la pensée d'aller coucher ailleurs. L'auberge
avait décidement les allures d'un coupe-gorge. Pardaillan
d'ailleurs, s'inquiétait assez peu de ce détail. Lorsqu'il eut
fini de manger. il s'accouda à la table, les bottes au feu.
L'aubergiste plaça sur la table une chandelle fumeuse, et se
retira

Pardaillan vit qu'il était seul. Il était las Sa pensée si
vivante d'ordinaire, et si méthodique, devenait lourde. Peu
à peu, il s'assoupissait. Et comme il faisait un effort pour
garder les yeux ouverts, son regard, tout à coup, tomba sur
un fragment de miroir accroché devant lui, un peu au-dessus
de sa tête.

Ce miroir, réfléchissait la salle vaguement éclairée par
feu mourant et par la chandelle. Comme il allait refermer
les yeux, il vit dans le miroir s'entr'ouvrir doucement la porte
du fond de la salle. C'était vague, imprécis ; mais c'était assez pour éveiller l'attention de Pardaillan, qui, à demi endormi, regardait comme on regarde dans les rêves.

La porte s'était ouverte sans bruit. Il sembla à Pardaillan qu'il apercevait alors la figure louche de l'aubergiste, dont les yeux de braise étaient fixés sur lui. Pardaillan s'immobilisa, le coude sur la table, la tête sur la main. Pendant une longue minute, il eut la sensation de ces yeux fixés sur lui par derrière. Et si brave qu'il fût, dans ce silence, dans cette solitude, dans cette obscurité qui s'épaississait, il eut un rapide frisson.

Tout à coup, il vit que l'aubergiste se mettait en mouvement. Il devait être pieds nus, car le chevalier n'entendit pas le moindre bruit. Et voici que derrière le maître de l'auberge apparurent les deux garçons, autres ombres silencieuses, sournoises. Et Pardaillan entendit ceci :

— Il dort... c'est le moment...

De quoi était-ce le moment ? Pardaillan se le demanda dans cette rapide et fugitive seconde où la pensée s'exaspère, où les sens acquièrent une acuité anormale. Il vit les trois ombres se glisser vers lui avec cette lenteur qui crée l'épouvante, et, à cet instant, il lui sembla que quelque chose comme un couteau ou un poignard venait de jeter une lueur soudaine, et que le bras de l'aubergiste se levait.

— Je crois en effet que c'est le moment ! pensa Pardaillan.

Au même instant, il se leva brusquement, se retourna et renversa la table d'une violente poussée. Aux dernières lueurs de l'âtre, il vit l'aubergiste, un couteau à la main et ses deux garçon portant des cordes. Les trois hommes étaient demeurés pétrifiés de stupeur.

— Eh bien ? fit Pardaillan qui éclata de rire, qu'attendez-vous pour me garrotter, vous deux ?... Et vous, est-ce bien le moment de me saigner ?...

En même temps, il s'élança et projeta ses deux poings en avant; les deux garçons poussèrent un cri de douleur, et déjà Pardaillan se retournait vers l'aubergiste, lorsque celui-ci, jetant son couteau, tomba à genoux et s'écria :

— Grâce, monseigneur, je vous dirai tout !...

— Comment, tu me diras tout... tu n'avais donc pas seulement l'intention de me voler?

— Monseigneur, j'avais l'intention de vous tuer ! fit piteusement l'aubergiste.

— J'entends bien. Mais pour me voler ?...

— Hum ! sans doute... Mais aussi pour obéir à un gentilhomme qui m'a payé.

— Ah ! ah ! voilà qui devient intéressant. Relève-toi, l'ami ; et vous deux, maroufles, disparaissez, car vous saignez du nez comme des gorets égorgés...

Les deux garçons obéirent à cet ordre avec un évident plaisir et se précipitèrent au dehors. L'aubergiste se releva en disant :

— Vous ne me ferez pas de mal ?

— Si tu dis la vérité. Mais si je m'aperçois que tu mens,

je t'attache sur cette chaise avec les cordes que tu avais apportées pour m'y attacher moi-même, et je te coupe les deux oreilles avec ce couteau que tu tenais pour m'occire. Maintenant, rallume la chandelle et va chercher du vin...

L'aubergiste exécuta ces deux ordres avec promptitude.

— Parle, maintenant, dit Pardaillan, quand il fut installé devant son verre plein.

— Eh bien, monseigneur, voici la vérité pure: j'ai vu, en effet, ce gentilhomme dont vous m'avez parlé en arrivant...

Pardaillan pâlit. Il saisit l'aubergiste à la gorge :

— Misérable! dit-il, sais-tu bien que j'ai fort envie de t'étrangler ?...

Et il disait cela avec une si terrible froideur, et sa main de fer étreignait si violemment la gorge, que l'homme crut sa dernière heure arrivée.

— Monseigneur, put-il râler, vous m'avez promis de me faire grâce si je vous disais toute la vérité...

— Et quelle preuve aurai-je de ta bonne foi, scélérat?

— La peur que vous me faites, dit l'aubergiste en claquant des dents.

Pardaillan le lâcha.

— Continue donc, fit-il d'une voix sombre.

— Donc, ce gentilhomme que vous m'avez décrit s'est arrêté comme vous à mon auberge.

— Quand cela ?...

— Environ cinq heures avant vous.

Pardaillan calcula que Maurevert avait donc près de huit heures d'avance sur lui...

— Il est entré, continua l'aubergiste, s'est assis à cette table même que vous venez de renverser et, après m'avoir fait boire avec lui, il m'a fait de Votre Seigneurie une si exacte portraicture que je vous ai reconnu à l'instant même où vous avez mis pied à terre devant l'auberge...

— Et alors ?...

— Alors, il m'a affirmé que vous me demanderiez par où il était passé, et il m'a donné trois écus pour vous répondre que je ne l'avais pas vu...

— Soit ! Mais je pense qu'il ne t'a pas chargé de m'assassiner ? Car c'est, au fond, un digne gentilhomme, incapable d'une méchante action...

— Lui! s'écria l'aubergiste en regardant Pardaillan d'un air de pitié. Eh bien, monseigneur, permettez-moi de vous dire que j'ai rarement vu un homme aussi fort que vous pour les bras, mais aussi...

— Aussi faible d'esprit, hein? Ne te gêne pas, dit froidement le chevalier.

— Ma foi... je n'osais pas le dire!

— Heureusement que toi, tu es plus fort par l'esprit que par les bras. Et tu as donc deviné?...

— J'ai deviné tout de suite que ce gentilhomme avait contre vous une haine mortelle. Et en effet, après avoir longtemps tourné autour du pot, il a fini par sortir de sa ceinture cinq écus d'or et m'a chargé, sinon de vous tuer, du moins de vous blesser, de façon que vous soyez retenu une bonne quinzaine ici...

— Tu vois donc bien que ce brave gentilhomme ne veut pas ma mort !

L'aubergiste cligna des yeux.

— Rien ne prouve que vous ne seriez pas mort de votre blessure, fit-il avec cette effroyable naïveté du bravo de l'époque.

Pardaillan demeura silencieux quelques minutes. Discuter avec cette brute lui parut œuvre inutile.

— Monseigneur, reprit timidement l'aubergiste, je pense que vous avez confiance dans ce que je vous ai dit ?... Je vous vois réfléchir... et...

— Et tu crois que je me demande si je ne dois pas achever de t'étrangler ? Eh bien, rassure-toi, je te donne vie sauve, à condition que tu me dises par où il est parti. Seulement, songe que si tu me trompes, tu me reverras, fût-ce dans six mois, et, que, même si tu n'es plus ici, je saurai te retrouver...

— Ma foi, s'écria l'aubergiste, vaille que vaille, je vous dirai la vérité. Car j'ai plus de sympathie pour vous que pour ce gentilhomme.

— Merci. Pourquoi ?

— Parce que vous êtes l'homme le plus fort que j'ai jamais vu. Eh bien, il m'a chargé de vous dire, au cas où vous me rosseriez au lieu de vous laisser tuer... car il prévoit tout, lui !

— On voit qu'il a de l'esprit, hein ?

— Il m'a donc chargé de vous dire qu'il file sur Tours par le grand chemin qui passe à ma porte.

— Tandis qu'au contraire ?

— Il a repris le sentier qui rejoint la route de Beaugency...

— Y a-t-il, à Beaugency, un pont sur la Loire ?

— Il y a le bac, monseigneur.

— C'est bien. Prépare-moi un lit, si c'est possible. Et demain matin, tu me reveilleras à l'aube.

L'aubergiste s'inclina et sortit. Dix minutes plus tard, il vint annoncer à Pardaillan que son lit était prêt. Le chevalier suivit l'homme et pénétra dans une chambre qu'il fut étonné de trouver assez propre.

L'aubergiste montra à Pardaillan qu'il y avait un fort verrou à la porte.

— Pourquoi faire ? dit Pardaillan. Comment veux-tu me réveiller si je ne laisse pas la porte ouverte ?...

L'aubergiste se retira ébahi.

— Décidément, pensa-t-il, sa force n'est pas dans son esprit, car je l'eusse aussi bien éveillé en cognant à la porte ; mais il faut qu' soit bien brave, car enfin, j'ai voulu le tuer. . et qui lui prouve que je n'essaierai pas de prendre ma revanche pendant son sommei' ?

Il paraît que Pardaillan, si faible d'esprit qu'il eût semblé, connaissait tout de même les hommes et qu'il avait eu le temps d'étudier l'aubergiste. Car, bien qu'il eût laissé sa porte ouverte, non seulement cet homme ne fit aucune tentative contre lui, mais encore il monta la garde toute la nuit, de crainte que ses deux acolytes n'essayassent d'entrer. Pardaillan dormit donc tranquillement, sous la garde de l'homme que Maurevert avait payé pour l'assassiner. Vers sept heures du matin, il se remit en route, non sans avoir sondé une dernière fois l'aubergiste :

— Mais enfin, lui dit-il en le quittant, pourquoi, pour un peu d'argent, as-tu voulu tuer un homme qui ne t'a jamais fait aucun mal ?

— Que voulez-vous, monseigneur, fit l'aubergiste, on ne mange pas tous les jours à sa faim : la misère est dure Pillé par les huguenots, pillé par les catholiques, j'en suis tombé à essayer de tous les métiers.

— Y compris celui d'assassin à gages. Voici un écu pour toi, outre l'écot que je t'ai payé. Tâche, une autre fois, de bien regarder les gens à qui tu as affaire, et rappelle-toi que la vie d'un homme vaut qu'on la respecte. Cinq écus d'or, ajouta Pardaillan avec son sourire figue et raisin, cinq écus d'or, morbleu ! ce n'était pas assez !

Et laissant l'aubergiste, perplexe, se demander à quel diable d'homme il avait eu affaire, Pardaillan prit d'un bon trot le sentier qui lui avait été indiqué.

Ce sentier coupait à travers les champs, en diagonale, et se dirigeait vers la Loire. Deux heures plus tard. Pardaillan retomba donc sur le chemin qu'il avait quitté la veille Il piqua sur Beaugency, qu'il ne tarda pas à apercevoir de l'autre côté du fleuve.

Comme il passait près d'un gros bouquet de bouleaux et d'ormes qui semblait être un prolongement de la forêt de Reusy, une détonation éclata soudain, sur sa droite, et la balle de l'arquebusade brisa une branche près de lui. Pardaillan sauta à terre et s'élança sous bois, dans la direction de la fumée, qui, à vingt pas de là, se dissipait lentement. Mais il eut beau battre les environs, il ne trouva personne ; et, tout pensif, revint à son cheval, arrêté sur le chemin.

Qui avait tiré ? Etait-ce l'un de ces innombrables malandrins qu' nfestaient les routes ? Maurevert avait-il payé et aposté l'un de ces brigands de grand chemin, en prévision que Pardaillan pût échapper à l'aubergiste et retrouver sa piste ? C'est ce qu'il était impossible de savoir.

Il se remit donc en selle et se lança au galop jusqu'à ce qu'il se trouva en face de Beaugency. Comme on le lui avait dit, il y avait un bac, à cet endroit, servant pour le passage des piétons, des chevaux et des voitures. Le passeur se trouvait justement sur la rive gauche de la Loire, c'est-à-dire sur la rive où était Pardaillan lui-même. Il n'eut donc qu'à embarquer. Et le passeur commença à haler sur la corde

Pardaillan l'interrogea. Un cavalier avait-il, la veille au soir, franchi la Loire ? Si oui, le passeur avait-il remarqué dans quelle direction se dirigeait ce cavalier ? Le passeur répondit qu'aucun cavalier n'avait franchi le fleuve : mais que, se trouvant la veille au soir sur la rive gauche, il avait été interpellé par un gentilhomme fait comme celui dont on lui parlait ; et que ce gentilhomme lui avait demandé si la route se prolongeait bien jusqu'à Orléans...

— Bon, pensa Pardaillan, je rejoindrai par la rive droite Orléans, tandis qu'il aura rejoint par la rive gauche.

Mais comme il songeait ainsi et qu'on se trouvait à ce moment au beau milieu de la Loire, le passeur imprima au bac un mouvement si maladroit que le cheval de Pardaillan fut précipité à l'eau.

Pardaillan était resté à cheval comme le faisaient les cavaliers pressés sur ces larges bateaux plats. En sentant que son cheval s'enfonçait, il se débarrassa vivement des étriers et s'accrocha à la crinière du cheval qui libre de ses mouvements, se mit à nager vigoureusement vers la rive droite.

Il n'y avait personne en vue, le bac abordant un peu au-dessous de Beaugency. Pourtant, au moment où Pardaillan ayant d'abord plongé, revint à la surface et s'accrocha à la crinière, deux coups d'arquebuse partirent de la rive droite, et le cheval, frappé à la tête, disparut sous les flots.

Pardaillan plongea. Il éprouvait une sorte de colère furieuse car, cette fois, il lui semblait manifeste que les arquebusiers avaient été apostés par Maurevert, et que le passeur était complice. Mais, malgré cette fureur, il conserva tout son sang froid. L'essentiel, pour le moment, était d'échapper aux assassins. Ensuite, on verrait...

Pardaillan resta sous l'eau aussi longtemps qu'il put et entraîné par un courant très rapide, ne reparut à la surface que cinquante pieds plus bas.

Un rapide regard jeté sur la rive la lui montra déserte comme précédemment. Dans ce même coup d'œil, il vit que le passeur s'était arrêté au milieu du fleuve et examinait cette scène sans manifester aucune intention de lui porter secours. La complicité du passeur était évidente.

— Toi, murmura Pardaillan entre ses dents serrées toi, tu me payeras ta trahison !

Il nageait avec effort, gêné qu'il était par ses habits, mais suivant une diagonale allongée, il se rapprochait tout de même de la rive, lorsque deux nouveaux coups de feu éclatèrent... L'eau, frappée par les balles, rejaillit autour de Pardaillan. Alors, une rage s'empara de lui.

Il comprit qu'il fallait tout risquer et tenter d'aborder au plus tôt : sa vie ne tenait qu'à un coup de chance. Si l'un des invisibles tireurs était adroit, Pardaillan était un homme mort. Il se mit à nager furieusement, coupant, cette fois, le plus droit qu'il pouvait.

Une fois encore, après un temps pendant lequel les assassins avaient rechargé leurs armes, deux détonations éclatèrent, sans qu'il fût touché... Il touchait presque au rivage et en trois brasses, il prit pied. Alors, il s'élança, se secoua furieusement et regarda au loin dans la direction des coups de feu. Mais il ne vit personne !... Il se mit à courir, battit les environs et ne trouva rien. Alors il se dirigea vers Beaugency, en grommelant :

— Ah ça ! est-ce que je vais souvent être obligé de me baigner ainsi ?...

Dans la première auberge qu'il rencontra, il entra tout mouillé, et, s'étant fait donner une chambre, se déshabilla et fit sécher ses vêtements devant un grand feu... Lorsque Pardaillan se fut rhabillé, il sortit de la petite ville, non sans avoir vidé, pour combattre l'effet du bain, une bouteille de ce vin de Beaugency qui jouissait alors d'une excellente réputation.

XXXVII

La forêt de Marchenoir

Le chevalier gagna rapidement le point d'atterrissage du bac sur la rive droite, c'est-à-dire qu'il descendit le fleuve d'un quart de lieue environ. De loin, il put constater que le passeur se trouvait à ce moment sur la rive gauche, attendant des clients. Pardaillan attendit patiemment.

Au bout d'une heure, deux paysans, conduisant une petite charrette attelée d'un âne, se présentèrent pour passer.

Charrette, âne et paysans embarquèrent et le bateau commença sa traversée le long de la corde. Lorsqu'il fut sur le point de toucher terre, Pardaillan accourut, et, tranquillement, prit place dans le bac au moment où les deux paysans s'en éloignaient. Le passeur le reconnut, et, devenant très pâle, se mit à trembler.

— Allons, fit Pardaillan du ton le plus paisible, dépose-moi sur l'autre bord et tâche d'être plus adroit que tout

l'heure, sans quoi je ne te paierai pas ; au contraire, je te ferai payer mon cheval.

— Ah ! monsieur, s'écria le passeur entièrement rassuré, ce
ne fut pas de ma faute, allez, et je puis dire que j'ai eu bien
peur pour vous, surtout quand j'ai entendu l'arquebusade.
Mais j'espère, puisque vous voilà sain et sauf que vous a
rejoint ces deux misérables ?...

— Tiens ! Comment sais-tu qu'ils étaient deux ?..

— Je les ai aperçus, balbutia le passeur interloqué.

— Ah ! c'est juste. Eh bien, moi, je n'ai pu les voir, et les
deux scélérats m'ont échappé...

Entièrement rassuré, le passeur se mit à manœuvrer, et
Pardaillan s'assit sur un banc, très indifférent en apparence.
Seulement lorsque le bac fut à peu près au milieu du fleuve,
c'est-à-dire à l'endroit même où cheval et cavalier avaient été
précipités dans l'eau, Pardaillan se leva, marcha résolument
sur l'homme, le poussa violemment par-dessus bord. Au même
instant, il le saisit par le collet, et le maintint plongé dans
l'eau jusqu'au cou.

— Grâce ! cria le passeur livide de terreur. Laissez-moi remonter, je ne sais pas nager !...

— Tu ne sais pas nager ? Eh bien, cela tombe à merveille...

— Grâce...

— Scélérat, avoue que tu as voulu me noyer...

— Non ! gémit le passeur, fou d'épouvante.

Pardaillan lui plongea la tête dans l'eau, puis le retira à
demi suffoqué.

— Avoue que tu connais ceux qui m'ont arquebusé ! Avoue
que tu as été payé pour me tuer !...

— Non ! Non !... je ..

Un nouveau plongeon interrompit l'infortuné. Cependant,
étant parvenu à redresser la tête hors de l'eau, il râla :

— Grâce ! Je dirai tout !...

— Parle donc !

— Quoi ! Dans l'eau ?

— Mieux vaut parler dans l'eau que d'y être arquebusé
comme moi, je pense. En tout cas, si tu ne te décides, je te
remets la tête sous l'eau.

— Et si je parle ?

— Tu auras vie sauve, foi de Pardaillan.

— Pardaillan ! C'est bien ce nom que M. de Maurevert m'a
dit !.

— Tu le connais donc ?

— Depuis huit ans que je fais partie de la sainte ligue, dit
le passeur en essayant d'esquisser un signe de croix. Eh bien
M. de Maurevert vint hier, et me parla d'un terrible par-
paillot qui avait tenté d'assassiner notre grand Henri...

— Le duc de Guise ?...

— Oui, monsieur ! Il paraît que vous avez manqué votre coup. Là-dessus, M. de Maurevert et d'autres se sont mis en campagne pour vous rattraper et ont donné le mot d'ordre à tous les fidèles ligueurs. Vous voyez bien qu'en tous cas, ce n'était pas un péché que de vous noyer...

— Au contraire ! dit Pardaillan qui aida alors le passeur à remonter dans son bac.

— Maurevert s'est menti, ait-il, je ne suis pas huguenot.

— Ah ! catholique, alors ?

— Non plus, mais, dis-moi, Maurevert s'est-il dirigé sur Orléans comme tu le prétendais ? Ne mens pas ! Tu sais que la sainte Église le défend !...

— Eh bien ! fit le passeur après une courte hésitation, la vérité, c'est que je l'ai passé et qu'il est entré dans Beaugency où je sais qu'il a passé la nuit au « Lion d'Or ».

Pardaillan frémit.

— Ramène-moi au bord ! fit-il d'une voix rauque.

— Vers Beaugency ?.

— Oui !...

Quelques minutes plus tard, sans plus s'inquiéter du passeur, Pardaillan courait vers la ville et se mettait en quête de l'auberge du « Lion d Or ». Il apprit qu'elle était située à l'extrémité de la ville, dans la direction de Châteaudun. Pardaillan traversa Beaugency au pas de course. Nul, d'ailleurs ne fit attention à lui : la ville, depuis quelques instants, s'était emplie de rumeurs ; des bourgeois, la poitrine barrée par la croix de Lorraine, sortaient en armes. Des groupes, sur le pas des portes, s'entretenaient avec animation... On entendait des sanglots, des imprécations, des gémissements...

Que se passait-il dans Beaugency ?... Tout simplement, la nouvelle venait de s'y répandre que le duc de Guise avait été tué la veille. Pardaillan le comprit à quelques mots qu'il entendit en passant

Il atteignit enfin l'auberge du « Lion d'Or » qui était la première maison de la ville en arrivant à Châteaudun. Là comme dans toute la ville, l'émotion était à son comble. Pardaillan se dirigea droit sur l'hôtesse, vigoureuse commère qui pérorait au milieu d'un groupe de bourgeois qu'elle excitait à s'armer et à marcher sur Blois.

— Madame, dit-il, j'arrive de Blois, où le duc de Guise a été tué...

Aussitôt, Pardaillan, entouré et supplié de donner des détails, raconta en quelques mots le meurtre de Guise. Il ajouta qu'il était chargé de courir après l'un des meurtriers, et fit une description si exacte de Maurevert que l'hôtesse écria :

— Mais cet homme était là, il n y a qu'un quart d'heure !... Ah ! le misérable ! Je comprends pourquoi il est remonté si précipitamment à cheval !...

— Comment cela?...

— Oui : deux hommes, deux de ses complices, sans doute, sont venus lui parler mystérieusement et aussitôt il a fait seller son cheval.

Pardaillan comprit que ces deux complices n'étaient autres que ceux qui l'avaient arquebusé. Il comprit que Maurevert, certain d'être débarrassé de son ennemi, s'était arrêté à Beaugency pour réfléchir ; la nouvelle que Pardaillan le serrait de près dans cette fantastique poursuite, malgré les tours et détours, malgré les traquenards prodigués sur la route, cette nouvelle avait dû le frapper d'un coup de foudre, et il avait fui !...

— Madame, s'écria le chevalier, il faut que je rattrape cet homme. Quelle direction a-t-il prise?...

— La route de Châteaudun...

— Avez-vous un bon cheval contre les cinquante écus de six livres que voici?...

— Et même sans écus ! Et un fameux, qui file comme le vent !...

La commère, qui toute bonne guisarde qu'elle était n'en perdait pas pour cela la tête, rafla les écus et donna un ordre à un garçon. Quelques instants plus tard, Pardaillan s'élançait sur un cheval que d'un coup d'œil il reconnut bon coureur.

— Ramenez l'homme, qu'on le pende ! cria l'hôtesse au moment où le chevalier partait à fond de train sur la route de Châteaudun.

Bientôt Pardaillan vit se dessiner à l'horizon les premiers plans d'une masse d'arbres dépouillés de leur feuillage et dont les branches nues se tordaient dans le ciel triste, comme des bras éplorés. C'était la forêt de Marcheuoir qu'il lui fallait traverser d'un bout à l'autre.

La poursuite devenait enragée. Le cheval, sous la pression de fer des genoux de son cavalier, bondissait en avant et secouait de l'écume autour de lui. Pâle, penché sur l'encolure, les rênes prêtes, semblant ne faire qu'un corps avec son cheval, Pardaillan dévorait la route de son regard flamboyant.

Il y avait vingt minutes qu'il était entré sous bois. La forêt de hêtres et d'ormes s'animait, autour de lui, d'une vie fantastique. Les bouleaux fuyaient derrière lui, pareils à des fantômes blancs. En avant ! Le cheval bondissait, fendait l'air et dévorait l'espace. Son souffle rauque et bref commençait à révéler l'effort suprême...

Soudain Pardaillan frissonna des pieds à la tête et devint pâle comme un mort : à une faible distance devant lui, derrière un tournant du bois, il entendit un hennissement...

Deux minutes plus tard, il aperçut le cavalier qui courait devant lui, et un sourire terrible, féroce, effrayant, tordit ses lèvres... Ce cavalier c'était Maurevert !...

Maurevert galopait sans tourner la tête. Il se savait poursuivi. Il savait que celui qui était là, sur son dos, prêt à l'atteindre, c'était Pardaillan !.. Il savait qu'il allait mourir !...
Il galopait, ou plutôt se laissait entraîner par son cheval qu'il ne frappait même plus.

L'énergie s'abolissait en lui... L'abominable menace suspendue sur sa tête depuis seize ans allait donc éclater !... Cette poursuite allait donc se terminer !... Maurevert songeait ces choses vaguement, confusément...

Son visage d'une pâleur de cadavre avait parfois d'effrayantes contractions .. et parfois aussi, il lui semblait que son cœur s'arrêtait de battre, puis, brusquement, ce cœur se mettait à frapper des coups terribles dans sa poitrine, et bondissait, affolé, éperdu...

Une sorte de gémissement ininterrompu s'échappait des lèvres de Maurevert Il subissait à ce moment la plus effroyable pression de terreur que puisse supporter un cerveau humain.

Depuis seize ans, Maurevert avait peur... peur de Pardaillan ! Non pas peur de la mort, mais peur de la mort que lui donnerait Pardaillan ; non pas peur de se battre, mais peur de se battre avec Pardaillan. Et cette peur spéciale, affreuse comme une agonie qui durerait des années, atteignait alors son maximum d'intensité.

Tout à coup, son cheval qu'il ne soutenait plus butta et tomba sans essayer de se relever, fourbu qu'il était. Maurevert ne se fit pas de mal en tombant. Il put se relever.

Il n'avait plus aucune idée, aucune pensée. Ses lèvres blanches tremblaient convulsivement. Il vit Pardaillan, à trente pas de lui, qui mettait pied à terre.

Cette vue ranima en lui une étincelle d'énergie ; il se baissa vivement, tira un pistolet des fontes de sa selle, mit un genou à terre et visa Pardaillan. Le chevalier marcha sur lui, tout droit, d'un bon pas, et quand il fut à dix pas, il dit :

— Tire, mais tu vas me manquer...

Maurevert le regarda une seconde. Pardaillan lui apparut dans une sorte de nuage flamboyant où il ne distinguait que l'éclair des deux yeux et l'effrayante menace du sourire. Il fit feu... Et il vit qu'il avait manqué Pardaillan !... Il jeta son pistolet, se releva avec un soupir atroce, et reculant à mesure que Pardaillan marchait sur lui, il eut cette hideuse sensation qu'il avait devant lui un spectre.

Un arbre se trouva derrière lui, qui l'arrêta. Il s'appuya au tronc, et demeura immobile, ses yeux exorbités fixés sur Pardaillan.

— Lors de notre rencontre sur les pentes de Montmartre, je t'avais fait grâce, dit Pardaillan. Pourquoi as-tu essayé encore de m'assassiner ?...

Maurevert ne répondit pas. Il souffrait horriblement, voilà

tout, et son cœur faisait de tels bonds dans sa poitrine qu'on voyait son pourpoint se gonfler et sursauter. Pardaillan reprit :

— Assassin de Loïse qui ne t'avait fait aucun mal, assassin probablement de mon père qui ne t'avait pas fait de mal, assassin de moi qui ne t'avais pas fait de mal, toi qui, pouvant fuir et trouvant peut-être ton salut dans la fuite, as payé l'aubergiste des Quatre-Chemins pour m'égorger, payé des gens pour m'arquebuser, payé le passeur pour me noyer, réponds, assassin de Loïse, que te ferai-je, moi, pour toute la souffrance injuste que tu m'as infligée ? Je te laisse le soin de déterminer ton châtiment. Réponds...

Maurevert garda le silence. Pardaillan ne s'apercevait pas que le souffle du condamné devenait plus bref, plus pénible, et tournait au râle d'agonie... Maurevert ne vivait plus... il était en agonie.. Pardaillan le considéra un instant. Une sorte de pitié emplit ses yeux. Il se rapprocha d'un pas, jusqu'à toucher presque Maurevert, et alors, d'une voix étrange à la fois rude et douce, il prononça :

— Puisque tu ne réponds pas, c'est moi qui choisirai ton supplice. Et le voici...

A ces mots, Pardaillan toucha du bout du doigt la poitrine de Maurevert, à l'endroit où il voyait battre le cœur. A ce contact, ce cœur eut un sursaut terrible. Maurevert ouvrit la bouche toute grande, et ses yeux se révulsèrent .. Il demeura appuyé au tronc d'arbre, sur ses jambes fléchissantes, et il semblait n'être plus maintenu que par le doigt de Pardaillan appuyé sur sa poitrine. Pardaillan ne vit aucun de ces signes... Il regardait en lui même...

— Ton supplice, continua-t-il, le voici : il durera des années ; il durera tant que tu vivras ; c'est un supplice de honte ; toute ta vie, tu te diras que t'ayant haï, t'ayant poursuivi, t'ayant atteint, t'ayant tenu en mon pouvoir, je t'ai méprisé assez pour te laisser vivre !... Maurevert, tu ne mourras pas !... Assassin de Loïse, voici ton châtiment, Pardaillan te fait grâce !

A ce moment, aussi, le cadavre de Maurevert n'étant plus soutenu, s'inclina sur le côté et s'affaissa mollement...

Pardaillan tressaillit, se pencha sur lui avec une curiosité presque morbide, avec une sorte d'étonnement mystérieux, et alors, seulement, il vit que Maurevert était mort !...

Mort !...

Maurevert ne venait pas de mourir lorsque Pardaillan était reculé... Maurevert était mort depuis quelques instants déjà... Maurevert était mort à l'instant précis où le doigt de Pardaillan s'était appuyé sur sa poitrine... ce contact avait foudroyé son cœur...

Un médecin qui eût disséqué le corps de Maurevert eût sans doute trouvé qu'il avait succombé à la rupture de quel-

que vaisseau sanguin. Quant à nous, nous dirons simplement
que Maurevert était mort de peur.

XXXVIII

Un spectre qui s'évanouit

Pardaillan demeura une heure immobile près de ce cadavre. Une profonde rêverie l'emportait vers les lointains horizons de sa jeunesse. C'était Maurevert qu'il avait sous les
yeux et c'était Loïse qu'il voyait. Il la voyait telle qu'il l'a-
vait vue à la minute de sa mort, au moment où la pauvre
petite avait, dans un dernier effort, jeté ses bras autour de
son cou et avait fixé sur lui ses yeux désespérés et anxieux,
contenant tout le rayonnement de l'amour le plus pur et tout
le désespoir de l'éternelle séparation...

Il la voyait étendue sur sa couche, toute blanche parmi les
fleurs blanches qu'on avait effeuillées sur elle .. Maintenant,
Loïse dormait dans le petit cimetière de Margency où elle
avait voulu être enterrée... Et maintenant, aussi, l'assassin
de Loïse gisait à ses pieds, Maurevert était mort!...

Alors il sembla à Pardaillan qu'il n'avait plus rien à faire
dans la vie. Mortes ses amours, mortes ses haines il se
voyait seul, affreusement seul, n'ayant plus rien pour le soutenir...

Un instant, l'image de Fausta passa devant ses yeux, mais
cette image, il la regarda passer avec une morne indifférence.
Puis ce fut Violetta, le petit duc d'Angoulême, et quelque
chose comme un triste sourire erra sur ses lèvres...

Puis ce fut le doux visage d'Huguette, de la bonne hôtesse,
et Pardaillan murmura :

— Là, peut-être, trouverai-je réellement la pierre où le
voyageur repose sa tête fatiguée...

Longtemps, il fut en proie à cette dangereuse rêverie qui
pouvait le conduire à nier la vie et à désespérer de tout, lui
qui était une vibrante synthèse de vie, une espérance vivante
et agissante. Le pas alourdi d'un bûcheron qui passait l'arracha à sa contemplation.

Il se réveilla, se secoua, et, appelant le bûcheron, le pria
de lui prêter une pioche qu'il portait, et lui offrit un écu en
récompense. Le bûcheron, apercevant le cadavre, obéit en
tremblant. Pardaillan creusa une fosse dans la terre dure de
gelée. Quand elle fut assez profonde, il y plaça le cadavre de
son ennemi, le recouvrit avec la couverture de selle du cheval

de Maureve   ; puis il combla la fosse et rendit la pioche au
bûcheron,   .i lui dit :

— Ce cheval est fourbu... Puis-je le prendre !

— Oui, dit Pardaillan, car son cavalier n'en a plus besoin.

Il se dirigea alors vers son propre cheval, que cette halte
prolongée avait reposé ; il passa la bride sous son bras ; et, à
pied, suivi par la bête il prit le chemin de Châteaudun.

Une lieue plus loin, il se remit en selle, et, d'un temps de
trot, gagna Châteaudun, où tout était sens dessus dessous,
comme à Beaugency, à cause de la nouvelle qui, partie de
Blois, se répandait à travers la France dans tous les horizons
comme les ondulations de l'eau où on vient de jeter une pierre.
Là, comme partout ailleurs, les partisans de Guise s'armaient,
sanglotaient et criaient vengeance.

— Que m'arriverait-il, songea Pardaillan, si, m'avançant
vers ces gens, je leur disais : « C'est moi qui ai tué votre duc
en loyal combat ?... »

Il s'arrêta dans une bonne auberge et y passa la nuit. Le
lendemain matin, étant remonté à cheval, il reprit le chemin
de Blois, où la première figure qu'il vit en entrant fut celle
de Crillon, le brave Crillon, occupé à refouler une foule de
bourgeois qui criaient à tue-tête :

— Mort à Valois ! Vengeons notre duc !...

— Eh , monsieur de Crillon ! cria Pardaillan lorsqu'il vit
que la besogne était terminée et que la rue était libre.

Crillon aperçut Pardaillan et, poussant vers lui son cheval,
lui tendit la main.

— J'ai un service à vous demander, dit Pardaillan.

— Dix, si vous voulez !

— Un suffira, mais je vous en serai dix fois reconnaissant
On a arrêté l'autre jour, dans l'hôtel de la signora Fausta,
deux pauvres filles qui n'y doivent rien comprendre. Je vou
Irais obtenir leur liberté...

— Dans une heure, elles seront libres, dit Crillon. Je les
conduirai moi-même hors la ville

— Merci. Voulez-vous avoir l'obligeance de leur dire qu'on
les attend à Orléans, elles savent où ?...

— Ce sera fait, dit Crillon. Mais vous, mon digne ami, prenez garde à Larchant,

— Bah ! Il vent donc être éclopé des deux jambes ?...

Crillon se mit à rire.

— D'ailleurs, reprit-il, Sa Majesté vous protégerait au besoin. Venez, je vais vous présenter...

— Pourquoi faire ?...

— Mais, fit Crillon stupéfait, parce que le roi veut vous
voir et récompenser celui qui...,

— Oui, mais moi je ne veux pas voir le Valois. Il a une
triste figure. Monsieur de Crillon, si on vous parle de moi
rendez-moi le service de dire que vous ne m'avez pas vu.

— Soit ! fit Crillon ébahi.

Ils se serrèrent la main, et Pardaillan gagna tranquillement l'intérieur de la ville, où régnait ce grand silence, coupé parfois par de soudaines rumeurs d'imprécations, comme on voit dans les villes au moment des émeutes.

— Drôle d'homme ! maugréa Crillon en regardant Pardaillan s'éloigner. Du diable si j'arrive jamais à comprendre une pareille nature...

Pardaillan se dirigeait vers l'auberge du « Château », où on se rappelle qu'il logeait avant que Crillon ne l'eût conduit à l'appartement de Ruggieri... Il y chercha Jacques Clément, et ne l'y trouva pas.

— Bon ! pensa-t-il, il sera reparti pour Paris...

Et il reprit la chambre qu'il avait occupée précédemment avec l'idée de se remettre en route après deux jours de halte.

Pardaillan se donnait à lui-même comme prétexte qu'il avait besoin de repos. En réalité, il avait surtout besoin de réfléchir, de se retrouver, de voir clair en lui-même et de prendre une décision d'où il sentait que sa vie à venir allait dépendre.

En ce jour, Pardaillan apprit que la duchesse de Montpensier avait pu fuir, que le duc de Mayenne s'était également échappé de Blois, ainsi que tous les seigneurs de marque qui avaient afflué dans la ville au moment des Etats-Généraux. Ainsi, Henri III n'avait pas profité de sa victoire.

Seul, le cardinal de Guise avait succombé ; il avait été lardé de coups de poignard le jour même où Pardaillan rentra dans Blois.

Le surlendemain de sa rentrée à Blois, Pardaillan apprit que le roi était parti pour Amboise. Henri III disait qu'il voulait voir ses prisonniers. En réalité, il n'était pas fâché de s'éloigner de Blois ; en effet la ville réduite au silence par Crillon, la ville où régnaient cet *ordre* et cette *tranquillité* terribles qui laissent présager un prochain éclat de colère, n'inspirait qu'une médiocre confiance au roi.

Pardaillan, lui, après s'être promis de partir au bout de quarante heures, resta. D'abord parce qu'il était indécis, irrésolu, et qu'il écartait de sa pensée ce point d'interrogation formidable qui l'obsédait :

— Irai-je ou n'irai-je pas à Florence ?

Ensuite, parce qu'il s'était lié d'étroite amitié avec le brave Crillon qui, pendant l'absence du roi, était gouverneur du château et de la ville de Blois. Pardaillan, conduit par Crillon, avait fait visite au capitaine Larchant et lui avait dit:

— Je regrette d'avoir jeté ce lampadaire avec assez de maladresse pour vous casser une jambe.

— Alors que vous vouliez simplement m'assommer, fit Larchant qui, étendu dans son lit, et la jambe bandée, pestait fort contre cette infirmité temporaire.

Pardaillan avait souri et ajouté :

— Si j'éprouve du regret pour votre jambe cassée, c'est un vrai désespoir que m'eût causé l'assommade d un grand capitaine comme vous. .

Quelques jours s'écoulèrent. La fin de l'année se passa dans une tranquillité relative Cependant, on apprit le 3 janvier que Mayenne avait réuni une armée et qu il se dirigeait sur Paris, acclamé tout le long du chemin par les populations révoltées. Crillon avait environ dix mille hommes de troupes campées sous Blois. Il se tint prêt à tout événement .. mais le roi ne rentrait toujours pas

Cependant, le 5 au matin, Pardaillan étant descendu dans la grande salle pour se rendre ensuite au château où tous les jours il allait voir Crillon, apprit que le roi était revenu dans la nuit. Du moins, c'était la rumeur qui courait dans l'auberge. Comme il allait sortir, il vit entrer par la porte du fond de la salle qui communiquait avec l escalier du premier étage, un moine qui le capuchon rabattu sur le visage. s'avançait vers la porte de sortie.

— Je connais cette tournure-là ! fit en lui-même Pardaillan qui tressaillit.

Et il se plaça devant le moine qui traversait la salle. Le moine s'arrêta un instant, puis murmura :

— Venez...

Pardaillan reconnut la voix de Jacques Clément !... Et rapprochant dans son esprit cette soudaine apparition du moine avec le bruit qui courait du retour d'Henri III...

— Diable ! songea-t-il, je crois que je vais assister à quelque grand événement, et que si ma rapière a déjà changé la face de l'histoire de ces temps en rencontrant la poitrine du chef de la Sainte Ligue, il y a sous cette robe de bure un poignard qui, en prenant contact avec la poitrine de Valois, pourrait bien changer l'histoire de la monarchie. Il faut que je vois cela !

Et il se mit à suivre Jacques Clément qui était sorti. Sur la place à vingt pas du porche du château, Jacques Clément s'arrêta.

— Ainsi, dit Pardaillan, vous êtes revenu a Blois ?

— Je ne suis pas revenu, dit le moine d'une voix sombre ; je ne me suis pas eloigné un instant de ma chambre ; je savais que vous étiez dans l'auberge ; mais j'ai voulu être seul... seul avec moi-même, seul avec ma conscience, seul avec Dieu qui me parlait !

Ah ! fit Pardaillan narquois, et, que vous disait-il ?...

— Qui cela ? demanda Jacques Clément de cette voix fiévreuse et affolée qu il avait par moment.

— Mais Dieu !... Ne venez-vous pas de me dire que vous aviez eu un entretien avec lui dans cette chambre d auberge où vous étiez terré ?... Allons, tenez, rentrons, vous grelottez

la fièvre... cela vient de l'eau que vous buvez en abondance
et de la famine que vous vous infligez..

Pardaillan, gronda le moine en saisissant la main du chevalier, l'heure est venue... Rien ni personne ne pourra m'empêcher de tuer Valois ce matin. Voilà quinze jours que je
guette son retour... Dieu me l'envoie enfin ! .. Et Dieu a voulu
aussi vous faire rester à Blois afin que vous m'aidiez...

— Hein ? s'écria Pardaillan étourdi.

— J'ai compté sur vous ! dit le moine. Oui, j'ai la fièvre;
oui, ma tête brûle, mais mes pensées sont d'une clarté terrible
Je vous ai guetté, j'ai vu l'amitié qui vous lie à ce soudard
de Crillon ; et moi, qui doutais de Dieu dans mes insomnies
effroyables, moi, qui cherchais en vain le moyen de pénétrer
au château, j'ai vu dans cette amitié l'intervention divine...

— Diable, diable ! Vous croyez ?...

Pardaillan, il faut que vous me fassiez rentrer au château Présentez-moi à Crillon comme un de vos amis, faites
ce que vous voudrez, mais il faut que j'entre...

— Ainsi, vous avez compté sur moi pour vous aider à tuer
le roi

Pardaillan devint grave et réfléchit une minute, non sur
la décision qu'il allait prendre, mais sur la manière de communiquer cette décision à Jacques Clément.

— Mon cher ami, dit-il enfin, écoutez-moi bien. Si vous me
disiez : « Tout à l'heure, je me bats en duel, veuillez vous aligner avec le témoin de mon adversaire », je vous répondrais ·
« Très bien, allons-nous couper la gorge avec cet inconnu.
Si vous étiez attaqué, fût-ce par dix rois, et que vous m'appeliez à l'aide, je tomberais sur les dix rois à bras raccourcis,
et si Valois était dans le tas, peut-être aurait-il à se repentir
d'avoir porté la main sur vous. Mais vous me demandez de
vous conduire par la main jusqu'à celui que vous voulez
tuer, non pas en duel, mais d'un coup porté au moment où il
s'y attendra le moins... et... que voulez-vous que je vous dise?
Cela me dérange dans mes habitudes...

— Vous refusez ?

— De vous aider dans un assassinat, oui, dit Pardaillan
avec une grande douceur.

Jacques Clément demeura atterré et passa une main sur
son front livide

— Malédiction ! murmura-t-il sourdement.

A ce moment précis, Pardaillan vit Crillon sortir du porche et s'avancer vivement vers lui.

— Vous connaissez ce révérend père? dit le capitaine en
rejoignant le chevalier.

— Je le connais, dit Pardaillan.

— Cela suffit, reprit Crillon. Mon père, ajouta-t-il en se
tournant vers Jacques Clément, le chapelain n'est pas au
château. La reine-mère, malade, demande un confesseur à

l'instant même Suivez-moi, je vous prie... C'est Illé? qui
vous envoie!...

Jacques Clément saisit le bras de Pardaillan stupéfait, et,
d'une voix qui le fit frissonner :

— Vous entendez ?... C'est Dieu qui m'envoie!...

Et le moine, à grands pas, suivit Crillon.

— Fatalité! murmura Pardaillan pétrifié, frappé d'une
sorte d'horreur.

. . . .

Jacques Clément entra dans le château à la suite de Crillon, qui, rapidement, se dirigeait vers l'appartement de Catherine de Médicis, situé au rez-de-chaussée.

Chose étrange : personne ne semblait se préoccuper de
cette maladie de la vieille reine, qui pourtant devait être
bien grave, puisque Catherine voulait un confesseur. Et, en
effet, depuis huit jours que la mère du roi était malade, c'est
à peine si on s'en était inquiété dans le château. Les laquais
eux-mêmes et les servantes n'accomplissaient leur office
qu'avec une sorte de répulsion.

Ce fut une chose effrayante que cette indifférence de tous
devant l'agonie de Catherine de Médicis Seul, Ruggieri lui
demeura fidèle jusqu'au bout.

Cette femme qui avait fait trembler la France, qui avait
tenu dans sa main la destinée du royaume, s'éteignait sans
que nul songeât à elle... Elle représentait une autre époque...
Son fils Henri... ce fils qu'elle avait tant aimé, ne la suppor-
tait plus qu'avec une visible impatience... A la cour, c'était
une mode de traiter la reine-mère en intruse qui ne se décide
pas à prendre congé.

Avec Catherine mourait l'âge de fer... C'était un spectre du
passé qui entrait dans l'oubli... Crillon, en allant chercher
un confesseur pour Catherine mourante, accomplit donc un
acte de brave homme... une espèce de charité

Jacques Clément, en approchant de l'appartement de la
reine, remarqua parfaitement cette solitude, cette indifférence,
tandis que le reste du château retentissait du bruit des armes,
des conversations et même d'éclats de rire. Au moment où
Crillon allait pénétrer dans l'antichambre, le moine l'arrêta
en le touchant au bras.

— Où est-il ? demanda-t-il.

— Il ne s'agit pas du roi, messire, dit l'homme d'armes;
c'est la vieille reine qui est malade.

— Oui. Mais où est le roi ?..

— Le roi?... Au château d'Amboise. Entrez je vous prie...

Jacques Clément avait grincé des dents.

— Le roi n'est pas rentré cette nuit, comme on le disait ?
gronda-t-il.

— Non. Mais entrez...

Jacques Clément étouffa un rugissement de désespoir. Mais

comme Crillon ouvrait une porte, il eut un geste d'imprécation, et, sombre, farouche, entra. Crillon se retira...

Jacques Clément se trouvait dans une pièce obscure où pesait une infinie tristesse. Bien qu'il fît jour au dehors, les rideaux étaient fermés et un flambeau de cire se consumait sur la cheminée. On eût dit que cette funèbre lueur était là pour montrer les ténèbres qui s'épaississaient aux angles...

Au bout de quelques instants, le moine vit un lit... J dans ce lit, une femme vieille, ridée, livide, qui le regardait de ses grands yeux étrangement lumineux. Et cette clarté funeste dans ce visage immobile donnait à cette tête le masque d'une morte qui ouvrirait les yeux pour contempler les mystères d'outre-tombe. Il s'en dégageait une morne tristesse qui ne ressemblait pas à la tristesse d'une figure humaine.

Autour du lit, il y avait comme une magnétique irradiation de terreur et les ténèbres amoncelées dans les angles vibraient de l'épouvante. Mais Jacques Clément était alors inaccessible à la peur... Il songeait seulement ceci :

— La mère de Henri III meurt; et celui qui la voit mourir, c'est le fils d'Alice de Lux...

Cependant, un mouvement de la vieille reine l'arracha brusquement à sa rêverie. D'un geste lent de sa main affaiblie, Catherine lui faisait signe d'approcher. Elle murmura:

— Plus près, mon père, plus près...

Il vint à pas lents et s'arrêta tout contre elle au chevet du lit. Catherine de Médicis le regarda, et, dans son souffle haletant, dans cet indistinct murmure qu'ont les agonisants, reprit :

— Vous n'êtes pas le chapelain du château...

— Non, madame, dit Jacques Clément; le chapelain est absent; je passais par hasard devant le château, et c'est moi qu'on a appelé pour assister la mère du roi de France.

— Tant mieux, murmura Catherine. peut-être parce qu'elle préférait se confesser à un moine inconnu, ou peut-être parce qu'elle disait une chose qui répondait à une pensée d'agonie.

Mais Jacques Clément frémit et répéta :

— Oui... tant mieux...

— Mon fils, demanda la mourante. Où est mon fils?...

— Le roi est à Amboise, madame...

Elle demeura une minute silencieuse, les yeux fermés. De ces paupières soudées descendaient des larmes qui creusaient le sillon des rides... Et elle dit :

— Je ne le verrai donc plus?... Je meurs, et mon fils n'est pas là... Parmi tant de morts horribles que j'ai redoutées, celle-ci est la plus terrible. O mon fils, je t'ai tant aimé... et mes yeux, en se fermant pour toujours, n'emporteront pas ton image dans la tombe...

Puis elle se mit à parler d'une voix rapide et indistincte,

Le moine, penché sur elle, ne put saisir au passage que quelques mots, des noms plutôt...

— Diane de France... Montgomery... ce n'est pas vrai... et puis vous, Coligny... je ne veux pas . Écoute, Maurevert...

Jacques Clément écoutait ardemment .. Dans ces lambeaux de pensée, il attendait une pensée; dans cette chevauchée des remords défilant dans l'esprit de la mourante, il guettait un remords... Tout à coup Catherine s'arrêta. Elle ouvrit des yeux étonnés, et s'arrangeant sur ses oreillers, dans un retour d'énergie vitale :

— Qu'ai-je dit? demanda-t-elle rudement.

— Rien, madame, fit le moine. J'attends qu'il plaise à Votre Majesté de me confier les secrets de son âme, afin que je les dépose au pied du redoutable trône du justicier qui voit, qui entend, qui pardonne... ou condamne.

La vieille reine se souleva, avec un long frisson. Elle fixa sur le confesseur un regard ardent:

— Mon père, dit-elle, si je me repens de mes fautes, Dieu me pardonnera-t-il?...

— Si vous les avouez, oui !

— Écoutez donc, puisqu'il le faut.

Le moine se recueillit, s'immobilisa, à demi penché pour recueillir les suprêmes aveux de la reine. Elle haletait. Sa main droite allait et venait machinalement sur la courtepointe, dans ce geste d'agonie que le peuple, en son langage terriblement imagé, appelle « faire ses paquets », expression formidablement comique et funèbre, d'une poignante justesse de coloris.

— Voilà, dit l'agonisante dans un râle, à peine perceptible, j'ai tué ou fait tuer quelques douzaines de pauvres diables, jeunes seigneurs un peu têtus qui s'obstinaient à ne pas écouter mes avis, bourgeois ou manants..., la hache, la corde, les oubliettes, le poison, j'ai dû employer tous ces moyens. J'avoue que j'eusse pu éviter ces meurtres, mais au détriment du bon gouvernement de l'État...

— Assez, madame, dit le moine, ceci est peu de chose...

Catherine tressaillit de joie. Elle reprit avec plus d'hésitation :

— Montgomery tua mon époux Henri deuxième... j'avoue que ce coup de lance malheureux n'était pas tout à fait dû au hasard...

— Le roi votre époux vous a fait subir mille avanies; quelqu'énorme que soit le crime, il se conçoit et je crois que vous pouvez passer à d'autres événements...

Catherine respira soulagée.

— Jeanne d'Albret, continua-t-elle, est morte d'une fièvre qui la prit soudain au Louvre; j'avoue que si je ne lui avais pas envoyé certaine boîte de gants, la fièvre n'eût peut-être pas été mortelle,...

— Passez, madame ! gronda le moine.

— Mon fils, haleta la mourante, mon fils Charles IX eût peut-être longtemps vécu si je n'avais eu un ardent désir de voir Henri sur le trône...

Un sanglot expira sur les lèvres de la reine en même temps qu'elle prononçait le nom d'Henri ..

— Coligny, continua-t-elle d'une voix plus faible, plus lointaine ; oh ! que de gens l'entourent ! ils sont des centaines... mon père... ils sont des milliers... c'est moi qui les fis mourir... mais c'était pour sauver l'Eglise !

— Ensuite ? demanda le moine.

— C'est tout ! râla Catherine, dont la tête se perdait. C'est out !.. Quelques meurtres de faible importance, des mensonges .. oui... pour le bien de l'Etat ..

— Ensuite ! gronda le moine en se redressant.

— C'est tout ! Je le jure, pantelait la vieille reine en essayant de se soulever, mon père, par grâce ! par pitié !... L'absolution, ou je meurs maudite !...

— Meurs donc maudite ! rugit le moine. Meurs maudite sous mes yeux ! Meurs sans absolution ! Meurs pour subir les affres éternelles de l'éternel châtiment !...

— Miséricorde ! murmura la reine dans le hoquet de l'agonie. Quel est ce moine !... Damnée ! Maudite !

— Damnée et maudite à jamais ! Car de tous tes crimes plus nombreux que les grains de sable dont parle l'évangile, plus atroces, plus hideux que tous les crimes de Paris en cent ans, de tous tes forfaits qui font de ton âme une cour des Miracles de la scélératesse, écoute, reine ! Tu as oublié le plus hideux, le plus atroce !...

— Oh ! hurla la reine démente de terreur et d'angoisse, qui es-tu ?... Au nom de quel spectre viens-tu ?... Que m'annonces-tu ?...

— Ce que je t'annonce ! tonna le moine plus livide que la mourante. Je t'annonce ceci : que ton fils, ton bien-aimé Henri va mourir !... Mourir de ma main ! Mourir maudit comme toi !...

Un cri déchirant, lugubre, insensé, jaillit des lèvres de l'agonisante. Elle tenta un suprême effort pour se jeter sur le moine, et retomba, avec un hoquet funèbre.

— Au nom de qui je viens ! continua le moine parvenu au paroxysme de l'exaltation. Au nom de l'une de tes victimes ! La plus belle ! la plus innocente ! Celle dont tu as broyé le cœur, celle que tu as assassinée par la plus effroyable torture... Alice de Lux !...

Une dernière clameur traversa l'espace... Catherine affaissée sur son lit parvint à joindre les mains, et ses yeux fixés sur le moine dégagèrent les effluves d'une surhumaine épouvante.

— Qui je suis ! acheva le moine en rabattant son capuchon. Regarde ! Je suis celui qui seul pouvait te refuser l'absolution, te déclarer maudite et damnée au nom du Dieu vivant, et te conduire par la main jusqu'aux portes de l'enfer. Catherine de Médicis, je suis le justicier ! Je suis le vengeur de ma mère ! Je suis Jacques Clément, fils d'Alice de Lux !...

Un troisième cri, plus effrayant que les deux premiers, jaillit de la gorge de la vieille reine.. Dans le suprême sursaut de l'agonie, elle se leva presque droite, puis retomba sur le lit, le visage convulsé par le délire des angoisses sans nom ; elle balbutia :

— Seigneur... tu es grand... tu es juste !... Seigneur, j'ai mérité cette expiation ! Seigneur, je meurs... je meurs maudite... damnée !..

— Damnée ! répéta Jacques Clément comme un écho des épouvantes d'outre-tombe.

Une faible secousse agita la reine. Puis elle se tint à jamais immobile. Catherine de Médicis était morte...

Henri III revint à Blois le lendemain. Lorsqu'on lui apprit la mort de sa mère, il répondit :

— Ah ! Eh bien qu'on l'enterre !

Un chroniqueur du temps rapporte qu'il ne prit aucun soin des funérailles, et que, pendant la nuit, elle fut jetée *comme une charogne (sic)* dans un bateau. On creusa une fosse dans un coin obscur, et on y enterra la reine-mère. Ce ne fut qu'en 1609 que son corps fut retiré de là, transporté à Saint-Denis et placé dans le magnifique tombeau que Catherine s'était fait construire dans la basilique.

Jacques Clément, lorsqu'il eut vu que la vieille reine était morte, sortit de la chambre funèbre. A ce moment, un homme y entra, s'agenouilla près du lit et se prit à sangloter. C'était Ruggieri... le seul qui eût aimé Catherine de Médicis. Le soir même de ce jour l'astrologue partit de Blois, et personne n'en eut plus jamais de nouvelles.

Jacques Clément sortit du château sans être inquiété. Sur la place, il retrouva Pardaillan, qui ne lui posa aucune question et se contenta de lui dire :

— Le roi n'est pas à Blois...

— Je sais : il est encore à Amboise, dit Jacques Clément.

— Oui ! mais ce que vous ne savez pas et ce que vient de m'apprendre Crillon, c'est que l'armée royale va se mettre en marche sur Paris et tâcher de rencontrer l'armée de Mayenne.

— J'irai donc à Paris, fit simplement le moine.

Il rentra dans l'auberge, paya ses dépenses, se défit de sa robe de moine et, reparaissant en cavalier, fit ses adieux à Pardaillan en quelques mots brefs.

— Nous retrouverons-nous jamais ? demanda le chevalier,

qui ne put s'empêcher de frémir à voir ce visage ascétique ravagé par les formidables émotions que le moine venait d'éprouver.

— Dieu le sait ! répondit Jacques Clément en levant un doigt au ciel

Il monta à cheval, fit un dernier signe d'adieu et disparut bientôt au coin de la première ruelle. Pardaillan, tout son cœur, rentra dans l'auberge du Château Quelques minutes plus tard, il ressortait, traînant son cheval par la bride. Crillon, installé sous le porche en cas d'alerte bourgeoise, l'aperçut et vint à lui.

— Vous partez ?...

— Je pars ! dit Pardaillan. Je m'ennuie, la grande route me distraira

— Restez ! Le roi vous donnera un régiment à commander.

— Bah ! j'ai déjà bien du mal à me commander moi-même. . Adieu !

— Adieu, donc ! Où allez-vous ?...

— Tiens ! Au fait ! fit Pardaillan. Où vais-je ? ..

Il ôta son chapeau et l'éleva en l'air au bout de son bras

— Connaissez-vous la rose des vents ? dit-il.

— Oui, fit Crillon ébahi Pourquoi ?

— Faites-moi l'amitié de me dire de quel côté le vent pousse la plume de mon chapeau.

— Ah ! ah ! dit le brave Crillon, les yeux écarquillés de surprise.

— Eh bien ?...

— Eh bien, donc, voici .. Voyons, de ce côté, Paris... par là, Orléans... par là, Tours. . et de ce côté-ci... monsieur de Pardaillan, la plume de votre chapeau va vers l'Italie.

— L'Italie ! fit Pardaillan avec un rire étrange. Eh bien pourquoi pas ? Va pour l'Italie ! Merci de votre complaisance, monsieur de Crillon.

Et Pardaillan, ayant remis son chapeau sur sa tête, serra les mains du brave capitaine, sauta légèrement en selle et s'éloigna en sifflant une fanfare du temps du roi Charles IX.

XXXIX

Les frais de route de Pardaillan

Pardaillan avait quitté Blois au moment où Henri III s'en approchait, revenant d'Amboise où il avait été voir ses prisonniers, le cardinal de Bourbon, l'archevêque de Lyon, le

duc de Nemours, frère utérin des Guises, le jeune prince de
Joinville, le duc d'Elbeuf, Péricard, secrétaire d'Henri de
Guise, La Chapelle-Marteau, président du Tiers, Brissac et
Bois-Dauphin. Car c'est là tout ce qu'on avait pu arrêter. les
autres ligueurs ayant eu le temps de prendre la fuite

Le chevalier partait avec une sorte de joie allégement,
sans remords. Il venait de régler deux vieux comptes de
haines qui, pendant seize ans, avaient pesé sur sa vie : le duc
de Guise tué en combat loyal, et Maurevert mort dans la forêt a Marchenoir.

Le troid était sec ; les sabots de son cheval résonnaient sur
la terre durcie ; il trottait en fredonnant, souriant au ciel
gris, aux arbres dépouillés, aux chevreuils qui le regardaient
passer en allongeant leurs cous gracieux, aux corbeaux majestueux et rusés qui s'envolaient, à tous ces êtres animés ou
inanimés qui étaient les vieux amis du coureur de route...

Il se retrouvait. Il renaissait. Il respirait à pleins poumons la joyeuse ivresse de s'en aller libre, indépendant de
tout et de tous, au seul gré de sa fantaisie. Il écartait d'ailleurs avec soin toute pensée encombrante, refusait de songer
à demain et prenait de l'heure présente tout ce qu'elle pouvait
contenir de contentement

Excitant donc parfois son cheval d'un appel de langue, il
suivait la route qui de Blois allait à Beaugency, Meung et
Orléans par la rive droite de la Loire. Arrivé à Orléans, Pardaillan se dirigea tout droit sur l'hôtel d'Angoulême, et ce
fut avec un battement de cœur qu'il approcha de la maison
amie, où il allait revoir ce petit duc auquel il s'était si bien
attaché, cette Violetta qu'il avait arrachée à la mort, et cette
poétique Marie Touchet. à laquelle il rattachait le   me
à ses souvenirs de jeunesse.

Le logis était vaste et entouré d'un grand jardin qui, p
le moment, offrait aux regards ses massifs couverts de givre,
fleurs de glace, dentelles blanches, parure de l hiver, qui permet à la nature de dire à l'homme : Regarde donc comme je
suis coquette et jolie en toute saison... C'était une maison de
briques rouges à encadrement de pierre blanche, avec des
balcons de fer forgé, aux courbes gracieuses, telles qu'on en
voit aux constructions du temps de la Renaissance.

Pardaillan mit pied à terre dans la cour ; sur un signe que
fit un suisse majestueux, deux laquais s'élancèrent pour
s'emparer de son cheval et le conduire aux écuries Alors,
seulement, ' suisse de cet hospitalier logis s'enquit du nom
du visiteur.

Le chevalier, sans répondre, regardait autour de lui, lorsque d'une porte surgit un être immense, porteur d'une superbe livrée soie galonnée, bouffi de graisse, avec des bras
gros comme des cuisses, et des cuisses grosses comme des
fûts de colonne. Cet être, en apercevant Pardaillan, ôta son

chapeau, s'approcha en donnant tous les signes d'une respec-
tueuse jubilation, et d'une voix de basse-taille s'écria :

— Dieu me pardonne!... Mais, c'est M. le chevalier lui-
même!...

Pardaillan considéra le phénomène sans le reconnaître.
L'homme souriait d'un large sourire qui donnait à son visage
l'aspect d'une citrouille entr'ouverte d'un coup de sabre.

— Est-il possible que M. le chevalier ne me reconnaisse
pas! continua le phénomène. Surtout, nous avons fait la
guerre ensemble. En avons-nous donné de ces coups d'estoc
et de taille! A la chapelle Saint-Roch, à l'abbaye de Montmartre, à l'auberge de la Devinière, en avons-nous taillé en
pièces et mis en déroute! Tous les soirs, à l'office, je passe
deux heures à raconter mes hauts faits et les vôtres, monsieur. Et je n'ai pas fini, n'est-ce pas, monsieur le suisse ?

Le suisse grommela quelques mots et tourna le dos. Le
suisse était jaloux: il n'avait que cinq pieds et six pouces de
taille, tandis que le phénomène mesurait plus de six pieds

— J'y suis! fit Pardaillan. Je vous reconnais à la voix,
monsieur de Croasse. Excusez-moi de ne pas vous avoir remis aussitôt. C'est que vous étiez maigre il y a quelques
mois, tandis que maintenant...

— Oui, fit Croasse avec désinvolture, la maison est bonne,
Dieu merci. Plus de sabres à avaler, ni de cailloux, ni d'é-
toupes enflammées, mais de bons gigots de cerf, de bonnes
tranches de sanglier, de bons...

Pardaillan écoutait avec une inaltérable complaisance. Et
il eut écouté longtemps sans doute si un troisième géant,
mais un géant maigre, cette fois, ne fut brusquement apparu:
c'était Picouic.

— Mo' sieur le chevalier, dit-il en s'inclinant, daignez pardonner le bavardage de cet imbécile que la vie de cocagne a
rendu positivement idiot et qui laisse dans la cour le meilleur ami de Monseigneur. Monseigneur finira par nous chasser, cuistre, si tu continues...

Et Picouic, se précipitant, montra le chemin à Pardaillan,
et laissa Croasse en butte aux sarcasmes du suisse Pardaillan, donc, suivant son conducteur, traversa un vaste salon
d'honneur sur le grand panneau duquel se détachait un portrait en pied du roi Charles IX, monta un bel escalier de
chêne ciré, et entra enfin dans une petite pièce où il y avait
comme un parfum d'intimité charmante.

— Monsieur le chevalier de Pardaillan! annonça le serviteur du ton avec lequel les huissiers de la cour eussent crié:
« Messieurs, le roi!... »

Un jeune homme qui écrivait à une petite table, le dos
tourné à la porte, bondit sur sa chaise, se leva précipitamment, se tourna, tout pâle, vers le chevalier, demeura un instant immobile, puis courut se jeter dans les bras de Pardail-

lan, qui, doucement ému par cette joie visible, par ce bonheur et cette amitié, rendit étreinte pour étreinte. .

— Vous enfin ! s'écria alors Charles d'Angoulême. Cher
ami... mon bon, mon grand frère, vous venez donc enfin contempler le bonheur qui est votre œuvre !...

C'est-à-dire, fit le chevalier en souriant, je passais par
Orléans, venant d'un désert et allant à un autre désert... j'ai
voulu m'arrêter dans une oasis...

Déjà le jeune duc s'était élancé en appelant, et quelques
instants plus tard, Violetta entrait, toute rose d'émotion,
s'approchant de Pardaillan, et lui tendait son front en murmurant:

— Il ne manque donc plus rien au bonheur de mon noble
époux et au mien, puisque vous voici !...

Pardaillan, plus ému et plus étonné au fond qu'il n'eût
voulu l'être de cette explosion de gratitude et de fraternelle
amitié, embrassa sur les deux joues la gracieuse jeune femme.
Au même instant apparut Marie Touchet, la mère de Charles, et comme Pardaillan s'inclinait profondément, elle fit
trois pas rapides, le saisit dans ses bras, et, les larmes aux
yeux, l'étreignit sur son cœur en disant :

— Je suis heureuse, mon cher fils, heureuse de pouvoir vous
dire tout haut ce que je dis tout bas à Dieu dans mes prières
de chaque soir: « Que le Seigneur protège le dernier représentant de la vieille chevalerie !... »

Et se tournant vers un autre portrait de Charles IX, plus
petit que celui du salon :

— Hélas ! ajouta-t-elle avec un soupir, il n'est pas là pour
remercier le sauveur de son enfant. Mais je vous aimerai
pour deux, chevalier, et ce double fardeau de reconnaissance
ne sera pas de trop pour mon cœur ..

— Madame, dit le chevalier, en cherchant à dissimuler la
joie puissante que lui procurait cette adorable minute, Madame, je me trouve royalement récompensé puisque je vois
un rayon de bonheur dans vos yeux et un sourire sur vos
lèvres...

Après les premiers moments d'effusion, ces quatre personnages s'assirent, et Pardaillan, accablé de questions, dut raconter ce qui lui était arrivé depuis la scène de l'abbaye de
Montmartre. Il le fit avec cette simplicité qui donnait un si
grand prix à ses récits, raconta la mort de Guise, celle de
Maurevert, et enfin celle de Catherine de Médicis, mais ne
fit pas un mot de Fausta.

Tout en parlant, il en veillait du coin de l'œil, tantôt
Violetta, tantôt le jeune duc, tantôt Marie Touchet, et il put
se convaincre que s'il y avait trois êtres heureux dans le
monde, ces trois êtres étaient réunis sous ses yeux.

— Pourvu que cela dure ! songea-t-il, avec une sorte de

prescience divinatoire des aventures où l'inquiétude et l'ambition devaient plus tard jeter le fils de Charles IX.

— Ainsi, dit Marie Touchet, la vieille reine est morte...

— Et le duc de Guise a succombé sous votre épée, ajouta Charles.

— Deux des ennemis que vous aviez maudits et gravement Pardaillan. Quant au troisième, quant au roi Henri de Valois, il est bien bas, et je crois que si vous vouliez tirer de lui une vengeance, vous n'arriveriez pas à temps, car il est escorté d'une ombre qui ne le quitte pas, d'un spectre qui guette le moment de lui poser sur l'épaule sa main de fer et de l'entraîner avec lui dans le néant... Guise est mort, la vieille reine est morte, et le roi marche à la mort... Ainsi, votre triple besogne se trouve accomplie sans que vous ayez eu à vous en mêler, et il ne vous reste qu'à garder votre bonheur contre les embûches de la vie et les traquenards de l'ambition...

Le jeune duc écouta ces paroles prophétiques d'un air pensif, et Violetta se serrant doucement contre lui, lui jeta un regard si tendre, si timide et si inquiet que Charles s'écria :

— Oui, oui, chevalier... et vous, ma douce amie... et vous, ma mère... c'est dans notre mutuelle affection et là seulement que nous devons chercher le bonheur de la vie !..

Il s'ensuivit une soirée charmante. Il y eut dîner de gala auquel furent invités les notables seigneurs d'Orléans. A table, Pardaillan, malgré sa résistance, fut placé dans le fauteuil du maître ; et comme s'il eût été le maître, l'écuyer tranchant, le majordome et le maître-d'hôtel se tinrent constamment derrière lui. A l'attitude des convives, à la curiosité passionnée qui bouleversait la maison depuis les invités jusqu'au dernier marmiton de cuisine, on eût pu croire que le réfectoire de l'hôtel d'Angoulême avait ce soir-là l'honneur d'héberger un empereur.

— Vous voyez que vous êtes connu ici, lui dit tout bas Marie Touchet. Dans cet hôtel et chez tous ceux qui nous connaissent, on parle de vous comme on parlerait d'un héros de la Table-Ronde. Dans les veillées d'hiver, on me prie de raconter vos exploits, depuis le jour où vous sauvâtes la reine Jeanne d'Albret, jusqu'au jour où vous avez arraché à la mort la fille du prince Farnèse, ma chère petite Violetta. Et quand je parle de vous, chevalier, on m'écoute comme jadis au fond des manoirs on écoutait les trouvères chanter d'héroïques épisodes...

Ce fut pour Pardaillan une inoubliable soirée. Mais le lendemain, lorsque Charles d'Angoulême pénétra dans la chambre du chevalier pour lui annoncer qu'il avait préparé à son intention une partie de chasse, Pardaillan répondit qu'il allait partir.

— Partir ! fit le jeune duc en pâlissant, mais pour quelques heures, sans doute ?... Vous serez de retour pour le dîner ?...

Pardaillan secoua la tête.

— Car vous nous restez, continua Charles. Vous vous établissez ici . Nous ne nous séparons plus...

— Un jour, peut être, viendrai-je vous demander une plus longue hospitalité, répondit Pardaillan ; pour le moment, il faut que je vous dise adieu ..

Ni les supplications de Marie Touchet, ni les larmes de Violetta ne purent retenir le chevalier. Et, comme ils étaient tous les trois autour de lui, dans une belle explosion de tendresse désolée, le pressant et le suppliant de revenir bientôt, Pardaillan, violemment ému, serra leurs mains en disant :

— Eh bien ! oui, mes amis, mes chers amis, je vous promets que si jamais je me trouve malheureux, c'est ici que je viendrai reposer ma tête et chercher la consolation de mes vieux jours...

Il les serra dans ses bras et partit.

— Maintenant, murmura-t-il quand il fut loin, je puis me vanter d'avoir vu de près ce que c'est que le bonheur.

Et avec un de ces sourires qui en disaient long:

— Pourvu que cela dure ! ajouta-t il.

A midi, il s'arrêta dans une auberge pour dîner et faire reposer son cheval. Ayant alors fouillé sa ceinture de cuir, il constata qu'il ne lui restait plus que sept écus de six livres pour faire le voyage qu'il entreprenait.

— Diable ! murmura-t-il avec une grimace. Et il faut qu'avec cela j'aille jusqu'à Florence... et que j'en revienne !... Diable !...

Et comme il eut besoin de fouiller dans ses fontes, il y trouva une boîte assez volumineuse qui contenait une miniature, une lettre, et cinq rouleaux de monnaie. Pardaillan ouvrit les rouleaux et constata qu'ils étaient de cent écus d'or chacun. Il regarda la miniature : c'était un portrait de Marie Touchet, du temps où elle habitait dans la rue des Barrés la maison bourgeoise où Charles IX venait respirer en paix. Ce portrait se trouvait placé dans un cadre de vieil or où s'enchâssaient douze diamants: c'était un présent de Charles X. Alors Pardaillan ouvrit la lettre, et voici ce qu'il lu .

Vous partez pour un long voyage. Mon cher fils, mon cœur a pensé que j'avais le droit de veiller à vos frais de route, comme j'ai, en d'autres circonstances, veillé aux frais de route de mon autre fils, votre frère Charles. Quant au portrait, il m'a été donné en cette année 1572 que vous avez peut-être oubliée, mais dont je garde l'impérissable mémoire. C'est le plus cher de tous les souvenirs qui me rattachent à celui que j'ai aimé. Je vous le donne donc. Car il vous était

destiné comme étant, selon mon cœur, l'aîné de mes enfants.
Adieu, mon cher fils. Ce me sera grande joie et consolation
de vous revoir avant de mourir... Songez-y ! et que Dieu vous
garde comme vous nous avez gardés... »

Pardaillan demeura une heure, cette lettre à la main, dans
le coin d'écurie où cela se passait, absorbé dans une profonde
rêverie. Le garçon d'auberge qui vint le chercher pour lui
dire que son dîner était à point le vit immobile, la tête
penchée sur la poitrine, et des larmes aux yeux.

XL

Le Palais-Riant

Pardaillan arriva à Florence à la fin d'avril, ce qui prouve
qu'il prit le chemin des écoliers, — le plus long, mais aussi
le plus amusant. Or Pardaillan, qui ne s'ennuyait jamais
nulle part, s'amusait surtout quand il était seul sur les
grandes routes, un bon cheval entre les genoux, le ciel sur
la tête, l'espace libre devant lui. Il adorait l'imprévu du
vagabondage, et sans doute il tenait cela de son père. Il
aimait la bonne et la mauvaise fortune des étapes inconnues,
le plaisir si précieux d'arriver au gîte et de sécher devant le
grand feu le manteau ruisselant de pluie, tandis que la servante dresse le couvert. Enfin, c'était un routier. Voyager,
c'était pour lui une joie : se rendre d'un point à un autre
n'était que le côté subalterne du voyage...

Par petites journées donc, s'arrêtant ici un jour ou deux,
faisant là un crochet conseillé par le caprice, battant l'estrade
et faisant en somme l'école buissonnière, Pardaillan avait
gagné Lyon, descendu le Rhône et suivi les bords de la
Méditerranée, éternel enchantement du voyageur, jusqu'à
Livourne, où il s'enfonça dans les terres pour gagner Florence.

Le lendemain de son arrivée, il se rendit au palais que lui
avait indiqué Fausta. Il trouva à la porte d'entrée une sorte
de suisse qui lui demanda s'il était bien l'illustre seigneur de
Pardaillan. Le chevalier, ayant déjà vu la belle Italie, ne
s'étonna pas de l'excessive politesse du serviteur et répondit
qu'il avait en effet l'honneur d'être le sire de Pardaillan, bien
qu'il ignorât qu'il fût illustre. Ce à quoi le brave gardien du
palais ne répliqua rien ; mais, allant à un meuble qu'il
ouvrit, il sortit d'un tiroir une missive cachetée, que le chevalier ouvrit séance tenante. Elle ne contenait que ces
quatre mots :

« Roma. Palais Riant — Fausta. »

— Ainsi, dit Pardaillan, la signora Fausta m'attend à
Rome ?

Mais le suisse protesta qu'il était simplement chargé de
remettre cette missive à illustrissime seigneur de Pardaillan
et qu'il n'en dirait pas un iota de plus, quand bien même
Son Excellence daignerait lui ouvrir le ventre pour en savoir
plus long.

Pardaillan qui, comme nous venons de l'expliquer, était en
veine d'école buissonnière, fut d'ailleurs enchanté d'avoir à
prolonger son voyage ; au fond, il n'était pas fâché de reculer
l'entrevue avec Fausta. Le lecteur logique pourra nous faire
observer que, s'il déplaisait à Pardaillan de se rencontrer
avec Fausta, il n'avait qu'à ne pas y aller. Ce raisonnement
est si limpide et si naturel qu'il se présenta de lui-même à
l'esprit de Pardaillan.

— Que diable suis-je venu faire en Italie ? grommelait-il
le lendemain en chevauchant le long d'une jolie route em-
baumée par les premières fleurs et inondée par les rayons du
soleil de mai. Quoi ! Parce que j'ai eu une minute d'émotion
et de pitié lorsque j'ai vu le courage désespéré de cette femme,
lorsque, enlevant son cheval d'un coup d'éperon, elle sauta
par dessus le parapet du pont de Blois, je me crois forcé de
me trouver à son rendez-vous ? Eh !... qui m'empêche de
tourner bride et de reprendre le chemin d'Orléans où je serais
si bien, l'hiver les pieds au feu, l'automne à chasser le cerf,
et l'été à écrire mes mémoires à l'ombre des grands tilleuls ?
Tiens ! Pourquoi n'écrirais-je pas mes mémoires, tout comme
monsieur de Thou, le seigneur de Brantôme et le sire du
Bartas et tant d'autres ?

Pardaillan se mit à rire à l'idée d'écrire ses mémoires. Il
devait pourtant les écrire, pour le plus grand plaisir des
lecteurs qui auraient la pensée de les feuilleter, et pour la
plus grande joie de l'auteur de ce récit, qui devait y trouver
de précieuses pages à démarquer. Car il faut démarquer.
Quand on démarque, on cesse d'être un plagiaire : cent
auteurs vous l'affirmeront comme nous.

Le chevalier, donc, tout en bavardant avec lui-même, tout
en s'affirmant qu'il était bien libre, après tout, de faire
décrire à sa monture une demi-volte qui lui tournerait le nez
vers la France, n'en continuait pas moins à trotter dans la
direction de Rome.

Pardaillan fit son entrée dans Rome par une magnifique
soirée du 11 mai de l'an 1589, vers cette heure ineffable où
les rayons du soleil couchant incendient d'une gloire triomphale la cité des souvenirs héroïques, la ville aux ruines
séculaires, heure mélancolique où tintent les angelus de mille
clochers, où l'Aventin, le Cœlius et l'Esquilin semblent
rayonner au-dessus des lacs d'ombre qui s'étendent sur les
vallées.

Pardaillan prit gîte à l'auberge du *Franc Parisien*, mots qui, écrits en français sur l'enseigne, lui parurent de bon augure et l'invitèrent à mettre pied à terre devant l'hôtellerie d'accueillante apparence. L'hôte, en effet, était Français à demi, c'est-à-dire Parisien de la rue Mortellerie ; il s'était établi depuis quinze ans à Rome où il faisait tout doucement fortune en faisant manger aux Romains de la cuisine parisienne et aux Français qui tombaient chez lui de la cuisine romaine, ce qui prétendait-il, devait infailliblement amener tôt ou tard une alliance entre les peuples de Paris et de Rome.

Pardaillan dîna du meilleur appétit ; puis il s'alla prosaïquement coucher en refusant d'aller contempler *Il Coliseo* au clair de la lune, bien que l'hôte lui eût juré que c'était là le premier soin de tout étranger de marque débarquant à Rome.

Le chevalier dormit tout d'un traite jusqu'à huit heures du matin, s'habilla soigneusement, et après dîner s'enquit de la situation du Palais Riant, où Fausta lui avait donné rendez-vous. L'hôte lui indiqua le chemin à suivre et ajouta :

— Un monument qui a dû être bien beau dans le temps, mais qui tombe en ruines, car il a été saccagé sous le pontificat d'Alexandre VI, et à peine restauré ; depuis Lucrèce Borgia il est inhabité.

Mais déjà Pardaillan était en route et, suivant une rue parallèle au cours du Tibre, il ne tarda pas à se trouver devant le Palais Riant, magnifique édifice, rutilant et sombre comme un caprice de Lucrèce Borgia, orné de statues et de bas-reliefs qui en faisaient la splendeur, et couvert de poussière, les fenêtres fermées, le grand atrium extérieur ravagé, la porte murée, ce qui lui donnait cette sombre physionomie dont nous parlons.

— Il me semble, murmura Pardaillan, que c'est ici la répétition du Palais de la Cité... Pourvu qu'il n'y ait pas de salle des grappilleurs, ni masse de fer !..

Il s'approcha curieusement du vieux palais que nous avons eu occasion de décrire avec soin dans un de nos précédents ouvrages. Comme il était là, assez embarrassé d'y entrer, puisque la porte était murée et qu'il n'avait même pas la ressource d'escalader les fenêtres condamnées, un homme passa près de lui, le toucha légèrement du coude, et murmura :

— Suivez-moi... »

« Il paraît que j'étais attendu, murmura Pardaillan qui se mit à suivre sans faire d'observation, mais qui, en même temps, s'assura rapidement que sa dague était à sa place, à sa ceinture.

L'homme enfila une sorte d'étroit passage qui limitait le Palais-Riant sur son côté droit et aboutissait au Tibre. Vers le milieu du passage il disparut par une porte basse, et Par-

daillan entra derrière lui. L'un marchant devant et l'autre
suivant, toujours silencieux, ils longèrent un long couloir et
débouchèrent enfin dans un immense vestibule qui évidem
ment occupait tout le rez-de-chaussée de la facade. Jadis, tou
ce que Rome comptait de grands seigneurs de princes ecclé-
siastiques, de poètes, de peintres, d'artistes en renom s'était
promené sur la mosaïque de ce vestibule en attendan, d'être
reçu par Lucrèce Borgia. Maintenant ce n était qu'un désert
de marbre, peuplé par des statues impassibles qui toutes
avaient subi quelque convulsion populaire, car à l'une il
manquait un bras, à l'autre la tête. Les fenêtres étaient condamnées, la grande porte murée. Des lampadaires tordus, des
corniches ruinées, des colonnes jetées bas, les murs noirci
par des traces de flammes semblaient indiquer que quelque
drame avait dû dérouler là ses sombres péripéties

Pardaillan à la suite de son conducteur franchit encore
une salle qui était en aussi triste état, puis, par une porte de
bronze, pénétra dans une partie du Palais où se retrouvaient
toute la magnificence et tout le faste grandiose dont la princesse Fausta aimait à s'entourer. Il s'arrêta et s'aperçut soudain que son conducteur avait disparu. Il attendit donc, les
yeux fixés sur un tableau de Raphaël d'Urbin qui représentait une jeune femme d'une éclatante beauté, à l'œil noir, au
sourire impérieux, aux formes à la fois délicates et emprein-
tes de majesté : c'était un portrait de Lucrèce Borgia l'aïeule
de Fausta. Comme il rêvait devant l image de cette fille de
pape, dont la destinée fulgurante avait ébloui le monde, il
entendit derrière lui un léger bruit, se retourna, et, dans
l'encadrement de velours d'une portière, il vit une jeune
femme qui le contemplait ; et c'était la même beauté fatale,
les mêmes yeux de mystère que la femme du tableau... Pardaillan reconnut la descendante de Lucrèce et s'inclina profondément.

— Vous regardiez mon aïeule ? dit Fausta en s avançant
alors sans autre bienvenue qu'une légère inclination de la
tête. Par d'autres voies que les miennes, par des moyens plus
sûrs, elle a pu pendant quelques années réaliser mon rêve.
Par son frère César, elle a dominé l'Italie ; par son père
Alexandre, elle a dominé la chrétienté. Ce palais qui vous
apparaît bien triste et bien abandonné, qui ressemble à la
tombe d'une gloire défunte, était alors le centre des plaisirs
et de la toute-puissance, la mélodie des violes s'y faisait entendre, une armée de serviteurs animait ces salles désertes,
la foule des courtisans, des princes, des ambassadeurs de tous
pays, des monarques mêmes, passait sous ces lambris ; de
cette salle, Lucrèce faisait trembler le monde. que reste-t-il
de tout cela ? des ombres qui vivent dans mon imagination.
Le soir, solitaire, j'aime à parcourir ces pièces immenses où
la fille du pape, la sœur de César, plus papesse et plus prin

cesse guerrière qu'ils n'étaient pape et capitaine, promenait sa rêverie somptueuse parmi les parfums des fleurs rares, tandis que les plus illustres, les rois des arts, les génies de la guerre s'inclinaient sur son passage et mendiaient un de ses sourires. Quelle vie enivrante c'eût été là, si j'avais pu, moi aussi, monter au faîte de la puissance, et, si sous la protection d'une épée invincible, d'un homme fort et brave entre les hommes, j'habitais ce palais en souveraine redoutée, non en proscrite qui se cache!...

Fausta, en parlant ainsi avec une sombre mélancolie, avait pris place dans un fauteuil et, d'un signe, avait invité Pardaillan à s'asseoir également.

— Madame, dit le chevalier, il me semblait que les terribles expériences que vous venez de faire au delà des Alpes avaient dû pour toujours arracher de votre pensée ce levain d'ambition qui vous ronge et vous tuera. La vie si compliquée, si rude, si hargneuse et méchante aux esprits despotiques est au contraire si facile et si douce à ceux qui ont bien voulu s'apercevoir qu'il n'y a rien de bon et de beau hormis le plaisir de vivre, je veux dire de prendre la vie pour ce qu'elle est : un court passage d'un être parmi d'autres êtres. A quoi bon se tant démener pour dominer, c'est à dire pour faire le malheur des autres ? Je m'arrête, madame : j'aurais l'air de prêcher. De tout ce que vous venez de dire, je ne veux donc retenir qu'une chose : c'est que vous êtes ici, vous cachant, et proscrite... Je croyais que vous aviez fait votre paix avec Sixte ?

Fausta secoua la tête avec une amertume désespérée.

— Entre Sixte et moi, dit-elle, c'est un duel à mort. J'ai cru un moment que tout était fini. Chevalier, écoutez-moi bien, car ce sont des paroles définitives que nous allons échanger. Tant que j'ai été en France, donc, depuis Blois, j'ai cru que je marchais à une vie nouvelle. Je me suis dit qu'un abîme s'était creusé entre mon passé et mon avenir. Mais, en mettant le pied sur la terre d'Italie, j'ai compris que j'étais toujours la petite-fille de Lucrèce et que je ne pouvais rien oublier. Vaincue, soit, je l'ai été ! Vaincue surtout parce que vous vous êtes trouvé sur mon chemin... Mais si vous n'étiez plus contre moi ! Si vous étiez avec moi ! Si je pouvais faire passer en vous le feu qui me dévore !... Oh ! je recommencerais la lutte... je la voudrais acharnée, impitoyable, et cette fois je serais victorieuse. .

Fausta s'arrêta un instant comme pour attendre un mot, un signe d'approbation. Mais Pardaillan demeura glacial. En lui aussi, l'illusion était détruite. Sur la route de Blois il avait eu l'impression que Fausta redevenait une femme. . et il se heurtait à la statue qui, en s'appuyant sur lui, pouvait l'écraser.

— Quant à Sixte, reprit Fausta, même si j'avais pour toujours renoncé à la lutte, il n'aurait pas, lui, renoncé à sa vengeance Vous êtes vous demandé pourquoi je ne vous ai pas atter¨u à Florence ?

— ¨ï ¨¨ me suis rien demandé, madame, vous m'attendiez à Rome, je suis venu à Rome... j'eusse été au bout du monde.

Si Fausta avait bien connu Pardaillan, cette banale hyperbole lui eût justement démontré la froideur du chevalier. Mais tressaillant de joie, elle continua d'une voix ardente:

— Si ce que vous dites est vrai, je puis espérer encore Nous pouvons, ensemble, accomplir de grandes choses. Mais sachez d'abord que si j'ai quitté Florence où je vous attendais, c'est que j'y étais traquée par les sbires de Sixte. Non, cet homme n'a pas renoncé à la haine que je lui inspire. Sur le bord de la tombe, il songe à m'y entraîner avec lui. A Florence, mon palais a été cerné, j étais sur le point d'être prise... j'ai fui.

— Et ¨ est à Rome que vous avez cherché un refuge !...

— Oui, dit simplement Fausta. Je serai cherchée partout excepté dans l'ombre du château de Saint-Ange Sixte jette au loin son regard pour deviner ma retraite, il oubliera de regarder à ses pieds.

— Bien joué ! fit Pardaillan qui ne put s'empêcher de rire.

Et pourtant il éprouvait un exprimable malaise. Cette femme si belle en vérité, cette vierge trop vierge et si peu femme, qui, vaincue, méditait quelque terrible revanche, celle enfin pour qui, sur le pont de Blois, il avait senti, ne fût-ce qu'un instant, battre son cœur. . Fausta ne lui inspirait maintenant qu'une sorte de répulsion. Il eût beaucoup donné pour n'être pas venu, et il se mêlait une vague terreur aux sentiments qu'il dissimulait soigneusement.

— Chevalier, reprit Fausta avec une douceur qui était comme accablante, lorsque j'ai su que vous aviez tué le duc de Guise, lorsque j'ai compris que vous étiez une de ces forces de la nature contre lesquelles on ne peut rien, j'ai cru que ma destinée était finie. Sur le pont de Blois, j'ai voulu mourir, et vous m'avez arrachée à la mort. Dans cette heure-là, chevalier, il s'est passé entre nous un événement grave... et sur cet événement, j'ai rebâti mon avenir. Je vais donc, comme à mon associé, comme à celui pour qui désormais je ne dois rien avoir de secret, révéler mon plan tout entier... Ne protestez pas, taisez-vous... Quand j'aurai parlé vous direz oui ou non..

— En ce cas, j'écoute, madame, et, quoi qu'il arrive, vous pouvez compter que vos secrets seront aussi en sûreté dans ma tête que dans votre propre cœur...

Fausta se recueillit une minute, puis, fixant son regard de flamme sur le chevalier :

— Voici, dit-elle. J'ai un peu partout, en Italie, des amis puissants. Epars disséminés, découragés par le triomphe de

Sixte, ils deviendront une formidable armée prête à tout entreprendre si je remporte ici une seule victoire. A Rome, deux mille hommes d'armes sont prêts à former le premier noyau de cette armée, et j'ai des intelligences dans le château Saint-Ange même. Que Sixte vienne à mourir...

Pardaillan fit un mouvement.

— Ou simplement que je m'empare de lui, que je le tienne ici prisonnier, et je suis maîtresse absolue de la situation. Chevalier, j'ai compté sur vous pour prendre Sixte dans son Vatican, le faire prisonnier de guerre et me l'amener ici. Ni l'argent ni les hommes ne vous manqueront pour mener à bien cette tentative. Vous paraît-elle possible ?

— Tout est possible, madame.

— Bien, dit Fausta, dont l'œil s'illumina d'un éclair. Une fois Sixte pris, avec mes deux mille lettres, vous tenez Rome, et moi je prends possession du Vatican. Les amis dont je vous parlais se rallient alors et m'amènent chacun leur contingent : au bout d'un mois, nous avons dans la campagne romaine une armée que j'évalue à trente mille fantassins, quinze mille cavaliers et quarante canons. Avec cette armée, chevalier, je puis rentrer en France et y prendre une décisive revanche ; mais à cette armée il faut un chef. Ce chef, je l'ai trouvé : c'est vous... Voilà pour le moment. Ce n'est là que le premier plan du tableau que je vous découvrirai tout entier lorsqu'il en sera temps. Que dites-vous de cela ?

— Je dis, madame, que tout est possible, répéta Pardaillan, mais cette fois avec une si visible froideur que Fausta se sentit mordue au cœur par un doute effroyable.

Elle demeura quelques instants plongée dans une sombre rêverie. Puis, lentement, elle reprit :

— Tout cet échafaudage est bâti sur un sentiment...

— Nous y voici, attention ! songea Pardaillan.

Fausta se leva. Elle tremblait légèrement. Elle était pâle. Des paroles qu'elle eût voulu dire et qu'elle renfonçait se pressaient sur ses lèvres. Enfin, prenant une soudaine décision :

— Chevalier, dit-elle, tout dépend de la réponse que vous devez me faire. Cette réponse, je ne la veux pas tout de suite. Revenez dans trois jours et je parlerai. Si vous dites oui, mon triomphe et le vôtre sont assurés. Si vous dites non, vous reprendrez le chemin de la France et nous serons jamais séparés... oh ! taisez-vous, maintenant... trois jours... encore trois jours de rêve...

Elle allait se laisser entraîner. Elle se domina et, plus froidement, ajouta :

— J'ai besoin de ces trois jours pour prendre mes dernières dispositions. Vous en avez besoin, vous, pour réfléchir avant de vous engager... dans trois jours, au moment de la nuit, chevalier... adieu !

A ces mots, elle disparut derrière une tenture, et Pardaillan vit entrer Myrthis qui lui fit signe de la suivre. Il obéit, étourdi de ce qu'il venait d'entendre. Quelques minutes plus tard, il était dans la rue et regagnait l'auberge du *Franc-Parisien*

   — Que diable suis-je venu faire ici? murmura-t-il quand il fut seul et enfermé dans sa chambre. La tigresse est restée tigresse. J'aurais dû m'en douter. . Trois jours! Je ferais bien de les mettre à profit pour prendre du champ... Bah! J'aurais l'air de fuir!...

Cependant, Fausta s'était jetée sur un lit de repos, et la tête enfouie dans les coussins, livide de l'effort qu'elle venait de faire pour se contenir, grondait:

   Rien! Rien! Rien! Pas un battement, pas un tressaillement!... Oh! oui, qu'il réfléchisse, car c'est sa vie qui est en jeu! Qu'il réfléchisse et prenne garde! Car maintenant, c'est moi qui le tiens!...

   Que se passa-t-il au Palais-Riant pendant ces trois journées? Quels préparatifs y furent faits? Quels ordres donna Fausta?... Dans le courant du troisième jour, d'étranges allées et venues se produisirent au rez-de-chaussée. Le soir venu, les vingt serviteurs qui étaient enfermés dans le palais, hommes ou femmes, en sortirent comme d'un lieu pestiféré et s'éloignèrent en hâte. Dans le Palais-Riant, il n'y a plus que Fausta et sa suivante Myrthis.

Environ une demi-heure après le départ des serviteurs, c'est-à-dire au moment où la nuit commençait à étendre ses voiles sur la Ville éternelle, Pardaillan, selon sa promesse, se présenta à la petite porte du passage, et fut introduit par Myrthis. Seulement, cette fois, on lui fit monter un escalier dérobé, et on le conduisit au premier étage. En sortant de son auberge, Pardaillan avait dit à son hôte:

— Préparez-moi ma note, car je partirai demain matin au point du jour.

— Quoi! s'était récrié le Parisien, monsieur nous quitte déjà? Mais monsieur n'a encore rien vu!

— Pardon, mon cher hôte, j'y ai vu et vais revoir le monument le plus curieux non seulement de Rome, mais de toute l'Italie. Ainsi, veillez à ce que l'avoine soit donnée demain à mon cheval dès cinq heures du matin...

Et Pardaillan avait pris à pied le chemin du Palais-Riant.

XLI

Fin du Palais-Riant

Madame, dit Pardaillan lorsqu'il fut en présence de
Fausta, je vous dois une explication aussi franche que celles
que nous avons eu déjà à diverses reprises. Je commence par
vous dire ceci: demain matin, je reprendrai la route de
France. Maintenant, j'ajoute : Pendant ces trois jours, je
me suis interrogé en toute conscience à l'égard des offres que
vous avez bien voulu me faire, et à toutes mes questions je
me suis répondu non. C'est ce *non* qu'il faut que je vous
explique. Vous allez sans doute me demander: « Alors, qu'é-
tes-vous venu faire à Florence d'abord, à Rome ensuite ? »
Et c'est aussi ce que je n'ai pas manqué de me demander. Je
ne fais donc que vous répéter la réponse que je me suis donnée.
La voici: Je suis venu à vous parce qu'il m'avait semblé sur
le pont de Blois, d'abord, et ensuite chez ces pêcheurs de la
Loire à qui vous fîtes un si magnifique présent, il m'avait
semblé, dis-je, qu'un bouleversement s'était fait en vous, et
qu'un rayon de lumière avait enfin pénétré les ténèbres de
cette âme que je ne comprends pas. Et alors, je m'étais dit
que la simple et loyale parole d'un ennemi devenu votre ami,
d'un adversaire devenu votre dévoué serviteur, pouvait achever peut-être l'œuvre qui s'ébauchait en vous. J'avoue que
j'ai été d'une outrecuidante fatuité. J'ai mal vu. J'ai mal
pensé. J'ai conclu à tort que j'avais sans doute une influence
sur votre esprit, et que vous ramenant fraternellement à la
bonté, je pouvais éviter bien des malheurs à vous même et à
d'autres. Ce sont ces fraternelles paroles, madame, que
j'étais venu vous dire. Or, votre seul aspect m'a prouvé que
j'étais dans l'erreur et m'a glacé. Vos paroles m'ont convaincu que Fausta est plus que jamais Fausta. Et alors, excusez-moi, madame, vous recommencez à m'effrayer, je recommence à ne plus vous comprendre, et ce que j'avais pris pour
un rayon de soleil pénétrant votre âme, n'était que l'éclair
de foudre des pensées nouvelles que vous méditiez.. Maintenant madame, je vous dois des raisons. Non, je n'irai pas
au château de Saint-Ange pour m'emparer de Sixte. Non, je
ne commanderai pas vos deux mille reîtres pour tenir Rome
sous votre pouvoir. Non, je ne serai pas le chef de l'armée
que vous comptez rassembler. Et les raisons, les voici: Je ne
vous donne pas de défaites; je ne vous dis pas que je me sens
fatigué ou indigne de commander une armée. Je vous donne

dans leur simplicité les raisons de mon cœur. J'ai horreur,
madame, de ces gens qui se mettent à la tête de cinquante
ou soixante mille hommes pour piller, tuer, ravager, incen-
dier, traverser des contrées comme des météores après le passage desquels il n'y a plus que dévastation. Si bonne que soit
leur cause, s'il y a seulement une pauvre fille ou un malheureux paysan qui souffre et meurt, c'est une cause maudite.
J'ai donc toujours maudit ces gens-là, madame, ayant horreur de ce qui tue. Madame, toute ma sympathie et toute
ma pitié vont au pauvre diable dont le sang va couler, et je
considère que l'auréole du conquérant, rouge de sang, est un
carcan de gloire plus hideux que le carcan d'infamie des
gens qu'on expose au pilori. Ce n'est pas tout, madame ; j'ai
aussi horreur de commander, et puisque j'éprouve une joie
infinie à faire ce que je veux, je suppose que, bâti sur le
même modèle que les autres hommes, je ne dois pas les empêcher de faire ce qu'ils veulent.

« Ce sont là de pauvres raisons qu'un esprit politique tel
que le vôtre doit tenir en piètre estime. Ce sont pourtant
mes raisons. J'en ai d'autres. Et si je passe du général au
simple, si j'envisage le fait d'armes que vous me proposez,
j'ai horreur de préparer un guet-apens contre un vieillard
qui ne gêne en rien ma vie et ma liberté. Sixte ne m'a rien
fait, à moi. Sa querelle avec vous ne me regarde pas. Lorsque j'ai eu à me venger de Guise, je l'ai guetté, je l'ai attendu, et je lui ai dit : Défends-toi... Et Guise, madame, comme
Maurevert, savait tenir une épée. Mais Sixte ! Pourquoi, de
quel droit, pour quelle injure, pour quel attentat contre moi
lui voudrais-je du mal ? Voilà, madame, les raisons pour lesquelles je suis forcé de répondre non à votre proposition et
pour lesquelles, demain matin à cinq heures, je monterai à
cheval et prendrai la route de France. Il me reste deux choses à ajouter, madame : c'est que je partirai heureux si je
sais que nous nous séparons amis ; et ensuite, c'est que, si
ma franchise me vaut votre haine, je ne serai jamais, moi,
votre ennemi, résolu que je suis à oublier et la nasse de fer, et
les hommes de Guise lancés à mes trousses, et tout le reste
pour me souvenir seulement du pont de Blois. »

Pardaillan s'arrêta et respira, soulagé ; la sueur perlait à
son front.

— Mort du diable ! songeait-il, des duels à l'épée, à la dague, à l'arquebuse, au canon, si l'on veut, mais des duels de
paroles, jamais plus je n'en accepterai : c'est le dernier !

Fausta avait écouté Pardaillan les yeux fermés. Pas un frémissement n'avait agité le marbre de ce front pur demeuré
aussi serein que si elle eût entendu quelque flatterie de cour-
tisan et de poète. Seulement, lorsque Pardaillan eut fini de
parler, elle ouvrit les yeux et, d'un geste nonchalant, frappa

sur un timbre. Myrthis apparut aussitôt. Evidemment elle
se tenait derrière la porte.

— Fais ce que je t'ai ordonné, dit Fausta, et puis, tu sorti-
ras du palais.

Pardaillan remarqua que Myrthis pâlissait et que ses lèvres s'agitaient comme pour une réponse : un regard foudroyant de Fausta arrêta cette réponse, prête à sortir. Myrthis jeta un coup d'œil étrange sur le chevalier, puis elle
s'éloigna...

Pardaillan assura son épée, sa dague, et se tint prêt à tout
événement. Une pensée rapide comme l'éclair venait d'illu-
miner son cerveau, et il se disait que Fausta venait de donner l'ordre de le tuer : sans aucun doute, il allait voir entrer
une douzaine de spadassins chargés de le dépêcher...

Fausta, l'oreille aux aguets, parut écouter un bruit lointain. Pardaillan se leva. Elle aussi. Et un instant, ils demeurèrent face à face, avec des pensées terribles.

— Madame, dit Pardaillan d'une voix assurée, mais basse
et menaçante, quel est cet ordre que doit exécuter votre servante ?

Fausta, en ce moment, cessait d'écouter. Elle tourna vers le
chevalier un visage qu'il ne reconnut pas...

Tout ce que la passion déchaînée dans le cœur d'une femme
peut avoir de splendide et d'affolant, de radieux et de terrible, éclatait, flamboyait sur ce visage ; le sourire des lèvres
pourpres, desséchées par la fièvre, tremblait comme un frisson d'amour surhumain ; la lave du regard brûlait ; la vierge
pure, la vierge dédaigneuse et hautaine, par une transforma-
tion effrayante de soudaineté, devenait la plus impure et la
plus rutilante des ribaudes... D'un seul geste, elle fit tomber
sa robe de lin toute blanche et sa miraculeuse nudité apparut aux yeux de Pardaillan ébloui, fasciné, éperdu, comme
la sublime création de quelque Michel-Ange en délire...

Elle parla alors... Elle parla d'une voix de douceur étrange, rauque d'amour, haletante, brûlante...

— Je t'aime, dit-elle, je t'aime, et tu me repousses... Je
t'aime, et tu m'as repoussée... Je t'aime, moi, la vierge qui
portait dans son âme orgueilleuse le souverain mépris de
l'homme... je t'aime et je me donne à toi... prends-moi, je
t'appartiens... je suis à toi tout entière, et j'ai juré que pour
une heure tu serais à moi tout entier...

Elle jeta ses bras autour de son cou, l'enlaça étroitement...

— Fausta !... bégaya Pardaillan insensé de cette passion
qui le pénétrait comme le plus subtil des poisons.

Elle approcha ses lèvres de ses lèvres... Un instant, dans
un sinistre éclair de sa raison, le chevalier entrevit qu'il courait un effroyable danger . Mais plus étroitement, avec une
sorte de rudesse farouche elle l'enlaça, et son étreinte se fit

plus furieuse. Alors le chevalier haleta. . Sa tête se perdit. Il oublia tout au monde. L'amour, pour une minute, l'amour pareil à une fleur monstrueuse qu'un soleil inconnu ferait éclore en un instant, l'amour plein d'angoisse et de vertige s'empara de sa pensée, de son cœur, de son âme et de son corps...

— Vaincue ! murmurait la vierge, vaincue par toi, j'obtiens dans ma défaite la plus éclatante victoire... écoute... Sais-tu ce que j'ai fait pour te posséder !...

— Oh ! balbutia le chevalier. qu'importe ! Ce rêve qui s'ouvre à mes yeux éblouis efface tous les rêves...

— Il faut que tu saches... j'ai voulu ta mort... oui, ta mort dans le premier baiser de passion que la vierge immaculée offre à un homme... hier. . oh ! écoute... hier, des fascines ont été entassées dans la salle de ce palais...

Pardaillan écoutait à peine. Peut-être n'entendait-il pas. Il avait parlé de rêve. Et c'était bien un rêve étincelant, magique, ineffable qu'il vivait de toutes les fibres de son être stupéfié par l'amour comme il l'eût été par un puissant narcotique. Plus belle, plus passionnée, plus resplendissante de seconde en seconde, Fausta continuait :

— Myrthis a mis le feu.. tu comprends ?... Et maintenant, ce palais brûle !... Myrthis est sortie en fermant toutes les portes... conçois-tu ?... et maintenant, nous sommes seuls... seuls au-dessus d'un immense brasier d'incendie. . seuls dans un somptueux brasier d'amour !... Pardaillan ! Pardaillan !... Tu m'aimes !...

— Je t'aime ! bégaya Pardaillan. La mort !... Un brasier !... Soit !... Mourir ainsi, ce n'est pas mourir, c'est passer d'un rêve à des rêves inconnus ..

Leurs lèvres s'unirent Le temps s'écoula... une heure, peut-être... Pardaillan n'en eut pas conscience.

Lorsque Pardaillan sortit de ce délire qu'avait créé la magnifique passion de Fausta et qui avait peut-être été provoqué par des émanations de parfums dont le secret est perdu, lorsqu'il revint à lui, Pardaillan jeta des yeux hagards dans la chambre et il vit qu'une âcre fumée l'emplissait en pénétrant par les fissures des portes. Il chercha Fausta près de lui et, avec un rire étrange, murmura :

— Mourir dans tes bras, mourir dans l'amour et les flammes !... Ce sera une belle fin de ma vie tourmentée !

Et près de lui, il ne trouva pas Fausta !... A son rire étouffé répondit un éclat de rire strident. Alors la raison rentra à flots pressés dans son esprit, et, avec la raison, la terreur. Cet éclat de rire dans cette fumée, alors qu'au loin, dans le palais, ronflaient les flammes du vaste incendie, avait on ne sait quoi d'affreux et d'extrahumain qui distillait de l'épouvante..

Pardaillan se souleva d'un bond. Il entendit les sifflements de l'incendie, les craquements des poutres, le grondement des rumeurs lointaines; et, dans le palais même, sous ces bruits énormes, le silence de toute créature vivante...

La hideuse vérité se présenta à lui tout entière... il était enfermé avec Fausta dans le Palais Riant! Et le palais brûlait!.. Il était seul avec elle! Et ils allaient mourir!..

Et dans cette minute d'horreur, alors que déjà il suffoquait, alors que des serpents écarlates commençaient à se rouler autour de lui, alors que le feu l'enveloppait, ce fut une pensée de pitié, une pensée de pardon et de dévouement qui se fit jour en lui et éclata dans ce cri :

— Fausta!.. Fausta...

La sauver!... Sauver la vierge qui avait voulu sa mort, qui le tuait, mais qui s'était donnée à lui!...

— Fausta!.. Fausta!...

Ce même éclat de rire infernal lui répondit... et tout à coup il la vit!... il la vit dans la fumée, au fond d'une vapeur rousse et noire, à peine visible, pareille à un être de mystère qui, sortie du mystère, rentre dans le mystère; il la vit comme dans un éloignement, avec des lignes imprécises, un visage à peine deviné où flamboyaient les deux diamants noirs les deux diamants funèbres de ses yeux, fantôme qui s'éteint magicienne qui rentre dans la nuée qui la vomie créature indéchiffrable, enveloppée d'énigme... Pardaillan s'avança titubant à demi aveuglé, et râla :

— Viens!. Fuyons!. Oh! je te sauverai!... Tu vivras ?...

Et du nuage de fumée, en même temps que l'éclair de ses yeux, sortit la voix de Fausta, la voix calme, glaciale, impérieuse douce et rude, la voix souveraine :

— Je vivrai!.. Oui, Pardaillan!... Mais toi, tu meurs!.. Vaincue tout à l'heure encore une dernière fois, je prends ma revanche, et c'est mon baiser d'amour qui t'assassine, puisque tu es invulnérable à l'acier! Adieu, Pardaillan! Commence à mourir! Et que ta dernière pensée soit celle-ci « C'est Fausta qui me tue! Je meurs parce que Fausta a voulu ma mort!... »

A mesure qu'elle parlait, Fausta semblait s'éloigner, se confondre avec la fumée, se fondre dans le nuage, et sa voix elle-même s'affaiblissait.. Au dernier mot, elle disparut tout à fait..

Instant, hors de lui, fou furieux devant cette trahison suprême, Pardaillan s'élança la dague au poing.. et alla se heurter contre une porte de fer que dissimulait une tenture.. Sans aucun doute, la terrible vierge qui se vengeait si effroyablement du refus de Pardaillan avait disparu derrière cette porte de fer! Sans aucun doute, elle s'était assuré le moyen de se sauver!... Elle était en sûreté!...

Pardaillan comprit qu'il allait mourir seul!...Mourir, oui

Car la fumée le suffoquait, les flammes rampaient sous la
porte par laquelle il était entré, et toute issue lui était fermée, puisqu'une porte de fer le séparait du chemin qu'avait
pris Fausta. Pardaillan marcha résolument vers les flammes.
Au moment où il allait atteindre la porte par où il avait pénétré dans cette chambre, cette porte s'écroula... Il recula...

Devant lui, c'était le brasier immense, la fournaise rouge
d'un escalier qui brûlait, escalier de chêne dont chaque marche flambait, c'était l'horreur incula des crépitements secs,
des détonations sourdes, des sifflements aigus et des ronfle-
ments graves, et sur cette vision d'enfer, cet homme qui regardait... et pensait encore! qui ne renonçait pas à la vie! qui
calculait les aspirations de sa poitrine pour se ménager un
peu d'air respirable! qui étudiait la chance infinitésimale de
vivre avec un sublime entêtement!

A cet instant, c'est-à-dire moins de dix secondes après la
disparition de Fausta, à cet instant où Pardaillan comprenait qu'il allait sombrer, que sa gorge n'avait plus d'air, qu'il
étouffait, à cet instant, figurez-vous, un bruit effroyable domina tous les tumultes, dans ce choc énorme de bruits qu'é-
tait l'incendie. L'escalier s'écroulait!.. Il y eut un trou
noir de fumée, un puits de vapeurs surchauffées. Dans la
même seconde, les flammes furent étouffées par l'écroulement...
étouffées pour quelques instants à peine.

Et à ce moment où Pardaillan vacillait, où il sentait sa
tête tourner et où le vertige de la mort s'emparait de lui, tout
à coup, il respira plus facilement, comme si un grand coup
de vent eût dissipé la fumée... et délirant, écumant, les nerfs
tendus à se rompre, il vit... oui, de l'autre côté de cet abîme
de l'escalier écroulé, sur un pan de mur noirci il vit une fenêtre dont les vitraux venaient de sauter, dont les châssis
venaient de tomber en même temps que l'escalier... Pardaillan se pencha davantage. Il calcula l'espace qui le séparait
de cette fenêtre...

Ce fut un instant d'horreur indescriptible...

Dix à douze pieds le séparaient de la fenêtre, ou peut-être
plus, il ne savait pas... Tout ce qu'il savait, c'est que s'il
tombait il descendait dans le puits de fumée, il allait s'en-
gloutir dans la mer de flammes dont les vagues écarlates, un
instant abattues, se soulevaient plus furieuses.

Pardaillan se défit de son épée, de son pourpoint, et recula
jusqu'à la porte de fer... Et il s'élança!... Il s'élança au moment où le jet des flammes montait en se tordant en spira-
les pourpres.

L'instant d'après, il se trouva accroché au rebord intérieur
de la fenêtre...

Il avait franchi l'abîme! Il avait sauté! Comment? par
quelle prodigieuse détente de ses muscles prodigieusement
tendus? par quel élan de folie admirablement calculée?..

Il était sur la fenêtre...

Au dehors, à ses pieds, très loin, une foule énorme grouillait, et ce fut, à ses yeux, dans cette tragique seconde, le panorama sublime, exorbitant, mystérieux et flamboyant de flamme, des clochers, des coupoles, des colonnes, des temples aux arêtes de pourpre dans la nuit noire... En dedans, c'était la cage de l'escalier, la fournaise, le palais qui flambait, les torrents de fumée noire et rouge, les crépitements, les tumultes de l'effroyable bataille de feu, les grondements de tonnerre des pans de murs qui s'abattaient... la fin, la destruction de ce qui avait été le Palais Riant!...

Pardaillan posa les pieds sur une large corniche qui régnait le long des fenêtres à l'extérieur. Il respirait à pleins poumons.

Adossé au mur brûlant, la face tournée vers le vide, il avançait de côté.. Il allait... Il s'écartait du foyer central... de plus en plus le sang froid lui revenait... il ne regardait pas le vide, il ne regardait rien... Brusquement, il atteignit le tournant de la corniche, et ayant jeté ses yeux un instant à ses pieds, il vit qu'il dominait le Tibre...

— Je suis sauvé, murmura-t-il Et je veux que le diable m'étripe si dorénavant je ne me défie pas des femmes comme me le recommandait mon pauvre père!..

Il était sauvé en effet. !... Cette partie du Palais-Riant n'était pas encore atteinte par les flammes · à la première fenêtre qu'il rencontra, Pardaillan fit sauter les vitraux sauta dans un escalier qu'il descendit en quelques bonds et se trouva dans une vaste salle dallée dont la porte du fond donnait sur le Tibre...

Il se jeta à la nage... Dix minutes plus tard, il abordait à une sorte de petit quai, et un quart d'heure après il rentrait à l'hôtellerie du *Franc-Parisien* · tout le monde avait été voir l'incendie. Pardaillan put se glisser jusqu'à sa chambre, sans être vu. .

Il se mit au lit et, presque aussitôt, s'endormit d'un sommeil de plomb.

Pardaillan fut réveillé à cinq heures du matin par l'hôte en personne qui, avec le sourire spécial de tous les hôteliers dans l'exercice de leurs fonctions lui présenta sa note Le chevalier l'envoya lui procurer un pourpoint, une rapière et un chapeau Le Parisien s'acquitta de ces commissions et revint avec une cargaison dans laquelle Pardaillan put faire son choix tout en expliquant qu'il avait, dans la nuit, perdu ses objets de nécessité en se défendant contre une troupe de malandrins.

— Monsieur n'a pas vu le feu ? demanda l'hôte, qui assistait au grand lever du chevalier.

— Non, dit Pardaillan, mais voici les dix sous et trois li

res que porte votre nom. Et maintenant voici un noble d'or pour que vous me racontiez l'incendie, car vous contez à merveille..

— Ah ! monsieur fit le Parisien courbé en deux, c'est là un compliment qui vaut dix nobles à lui tout seul

Et l'hôte se lança dans un pittoresque récit que Pardaillan écouta très attentivement.

— Mais figurez-vous, mon gentilhomme, dit-il en terminant, figurez-vous que ce palais qu'on croyait désert depuis Lucrèce Borgia était habité.. et qui plus est, habité par un personnage considérable, une femme... une femme, monsieur, sur laquelle courent toutes sortes de bruits et qui était une façon de rebelle en révolte ouverte contre l'autorité de notre Saint-Père..

— Vous dites : qui était..

— C'est que cette femme a péri dans les flammes, monsieur, à ce que tout le monde assure.

Pardaillan se détourna vivement, tandis que l'hôte continuait son élégante narration.

Le chevalier avait senti qu'il devenait tout pâle. Ainsi Fausta était morte !... Morte de cette mort effrayante dans le brasier allumé par elle pour lui !... Pendant quelques minutes, Pardaillan demeura pensif, donnant un dernier souvenir à celle qui avait voulu le tuer, mais qui l'avait aimé. Puis il secoua la tête en murmurant :

— Morte Fausta, mort le passé... tâchons de regarder dans l'avenir !

Lorsqu'il fut à cheval, l'hôte lui offrit lui-même le coup de l'étrier, un verre d'un certain vin de Bourgogne qu'il gardait pour les grandes circonstances Une demi-heure plus tard, Pardaillan trottait sur le chemin du retour.

Fausta n'était pas morte Au moment où Pardaillan s'éloignait de Rome, elle était enfermée et gardée à vue dans une chambre du château Saint Ange avec sa suivante Myrthys. Myrthis, après avoir mis le feu aux fascines accumulées au rez-de-chaussée, était sortie en fermant les portes, selon les instructions qu'elle avait reçues et avait attendu sa maîtresse, devant une porte basse de l'aile gauche que le feu ne pouvait que difficilement gagner. L'incendie se déclara La foule accourut, et, naturellement, se porta vers la façade où le feu était dans toute sa force La suivante vit bien quelques louches figures rôder autour d'elle, mais dans l'angoisse de ce qui allait se passer, elle n'y prêta aucune attention. Cependant, peu à peu, le feu commençait à gagner l'aile gauche, et Myrthis se désespérait lorsque la porte basse s'ouvrit, Fausta parut, et rejoignit aussitôt Myrthis.

A ce moment, ces gens qui avaient rôdé autour de la suivante s'approchèrent vivement, enveloppant ces deux légumes, et l'un d'eux, passant sa main sur l'épaule de Fausta, lui dit à voix basse :

— Vous êtes la princesse Fausta ! Depuis huit jours, nous surveillons le palais. Au nom de Sa Sainteté, madame, je vous arrête. Veuillez nous suivre sans scandale, si vous voulez garder quelque chance de vous entendre avec le Saint Père.

Fausta leva un regard flamboyant vers le ciel menaçant où l'incendie mettait l'effroyable splendeur de son immense lueur de brasier... en même temps, elle fut entraînée.

XLII

Ventre Saint-Gris !...

Pendant la première étape, Pardaillan se sentit accablé de tristesse en songeant à la mort affreuse de Fausta, et cette tristesse était, en somme, une suprême générosité, car tout bien compté, Fausta, par divers moyens plus ingénieux les uns que les autres, avait par cinq fois essayé de l'occire.

Pardaillan était généreux, mais il était juste. Il résulta de cette générosité qu'il fut triste pendant la première étape, et il résulta de cette justice, qu'à la deuxième étape, il commença à se morigéner au sujet de cette tristesse.

Plus il s'éloignait de Rome, plus il reprenait cet esprit d'insouciance raisonnée qui le faisait si fort dans la vie. Lorsqu'il rentra en France, la scène du Palais-Riant ne vivait plus en lui que comme un rêve lointain qui s'efface de plus en plus. D'ailleurs, les étranges nouvelles qu'il recueillait en route, à mesure qu'il avançait, suffisaient à elles seules à donner un nouveau cours à ses pensées.

Il apprit que le vieux cardinal de Bourbon avait été proclamé roi de France sous le nom de Charles X, que Mayenne tenait Paris, qu'Henri III était aux abois, que le roi de Navarre tenait la campagne vers Saumur avec une forte armée, que Chartres, le Mans, Angers, Rouen, Evreux, Lisieux, Saint-Lô, Alençon et d'autres villes étaient en état de révolte armée contre le roi légitime ; bref, le royaume était à feu et à sang, et la grande bataille, la bataille définitive commençait pour savoir à qui serait ce royaume.

Pardaillan songeait à Jacques Clément. Avant de se décider à rentrer soit à Paris, soit à Orléans, il résolut de se rapprocher d'Henri III, agacé par les cris perpétuels de : « Vive la Ligue ! » et de « Mort à Hérode ! » et songeant peut-être vaguement à sauver Valois. Vers le 20 juin, il était à Blois.

Là, il apprit que le roi, avec une armée bien réduite,

campait entre Tours et Amboise. Le lendemain, il se mit
donc à descendre la Loire, et au delà d'Amboise, rencontra un
fort détachement de royalistes battant l'estrade. A la tête de
ce détachement, il reconnut Crillon à son cimier et piqua
vers lui. Le brave capitaine poussa un cri de joie en revoyant
le chevalier; il confia sa troupe à l'un de ses officiers et
proposa à Pardaillan de le suivre au camp royal, ce qu'accepta
le chevalier.

Après les premiers moments consacrés à l'échange de ces
politesses qui avaient cours à cette époque, où l'on avait
encore le temps de causer aimablement, Crillon poussa un
profond soupir qui fit trembler sur ses épaules sa cuirasse de
fer.

— Il me paraît, capitaine, dit Pardaillan, que vous n'êtes
pas parfaitement heureux?

— Si fait, mort diable, je suis heureux, au contraire. Nous
commençons la campagne. Il va y avoir des coups à donner
et à recevoir, de belles charges de cavalerie, de superbes
arquebusades, et tout cela, voyez-vous, c'est mon élément.

— Alors, vous écumez de joie?

— Non, par la mort bœuf!

— Alors, vous êtes amoureux?

Crillon souleva la visière de son casque et montra au chevalier un visage tout couturé d'entailles.

— Avec cette figure-là? fit-il en éclatant de rire. Non,
chevalier, je soupire parce que je vois les affaires de mon
pauvre Valois en fort vilaine posture. Que voulez-vous, on a
beau l'appeler Hérodes, c'est de lui que je tiens mon épée de
commandement, et il m'a fait chevalier de l'ordre. En sorte
que je lui suis dévoué unguibus et rostro, avec le bec et les
ongles, et que je suis tout à fait marri de voir la couronne
chanceler sur sa tête. Ah! si vous vouliez, chevalier...

— Si je voulais quoi, capitaine?

— Eh bien, dit Crillon, les hommes de haute bravoure
manquent autour de pauvre Valois que tout abandonne. J'ai
bien quelques régiments encore solides qui se feront tuer sur
place; mais des gens capables d'entreprises extraordinaires,
nous n'en avons pas. Chevalier, si vous vouliez entrer au
service du roi...

— Merci, dit Pardaillan, de la bonne opinion que vous
avez de moi; si une cause pouvait me tenter en ce moment
certes la cause de Valois me plairait à soutenir, parce qu'elle
est désespérée. Mais je veux rester libre.

— C'est votre dernier mot?...

Pardaillan s'inclina. Crillon demeura tout songeur.

— Mais, reprit alors le chevalier, puisque tout le royaume
est soulevé contre Valois, puisque avec ses faibles ressources
il ne peut tenir tête à Mayenne, je sais bien ce que ferais à
sa place.

— Que ferez-vous ? demanda vivement Crillon

— Je chercherais des alliances. Henri de Béarn a une solide armée...

— Eh, pardieu ! Valois ne le sait que trop, et ce n'est pas l'envie qui lui manque de crier au secours. Mais il a peur. Un refus du Béarnais serait une telle honte !... Chevalier, savez-vous que j'ai pensé à aller trouver moi-même le Béarnais ? Mais s'il me refuse... le refus atteindra le roi, car je suis au roi !

— Eh bien, envoyez quelqu'un qui ne soit pas au roi, fit tranquillement Pardaillan.

— Oui, mais qui ? La chose est délicate en diable, et si elle échoue, je vois d'ici le panse de ce gros bouffi de Mayenne railler de rire...

— J'irai, moi, si cela peut vous plaire. Vous m'avez rendu service en me faisant accorder l'hospitalité par Roggieri ; mon tour est venu.

— Oh ! vous êtes en avance, et je vous dois plus que vous ne me devez, fit Crillon. Mais enfin, si vous consentiez.

— Je m'en charge, dit Pardaillan avec fermeté. Les propositions viendront du Béarnais à Valois..

— Morbœuf ! Si vous faisiez une chose pareille !.. Le roi serait sauvé !

— Vous croyez ? fit Pardaillan avec un étrange sourire.

— Ainsi vous consentez ? reprit Crillon qui tremblait d'émotion.

— J'y vais de ce pas. A une condition, pourtant : c'est que vous n'en parlerez pas au roi. Je me charge de mettre les deux Majestés en présence, voilà tout. Et après cela qu'elles se débrouillent !

— Il suffit que Valois puisse voir Henri de Béarn sans avoir sollicité l'entrevue.. Car du moment où le Béarnais acceptera de parler au roi, il est trop fin pour ne pas avoir résolu d'avance la fin de l'entrevue, c'est-à-dire son alliance apportée à nos armes. Chevalier, vous sauvez la monarchie et vous décidez le renard de Navarre.. mais nous voici au camp royal. Vous ne voulez pas être présenté à Sa Majesté ?..

— Non, mais je veux bien que vous m'invitiez à dîner, car je meurs de faim et de soif.

— Bon ! fit le brave Crillon tout joyeux. Je vous promets bombance, mon digne compagnon.

Il y eu en effet bombance sous la tente de Crillon qui tint à honneur de faire au chevalier une réception aussi opulente que le permettait la vie du camp.

— Je vois, dit Pardaillan, que vous me traitez en ambassadeur de Sa Majesté. Mais qui eût dit à mon père qu'un jour son fils finirait dans la diplomatie ! Enfin, tout est bon qui peut obliger un ami.

Et Crillon ne savait ce qu'il devait le plus admirer dans le chevalier : de son intrépidité à table au moins égale à son courage dans les passes d'armes, ou de la bonhomie avec laquelle il parlait de cette mission extraordinaire où dépendait le sort du roi et du royaume. Aussi, lorsque le lendemain matin, Pardaillan se mit en route pour gagner Saumur, où le roi de Béarn était campé, Crillon entra dans la tente de Henri III qu'il trouva tout triste et dolent, en train de se faire friser, car la toilette ne perdait jamais ses droits avec lui.

— Sire, dit le capitaine, si l'astrologue Ruggieri était avec nous, il annoncerait sans doute à Votre Majesté un grand événement qui va changer la face des choses. Je ne puis vous en dire plus long, sire, mais je puis bien, je crois, sans crainte de me tromper, affirmer au roi que sous deux jours, il sera aussi joyeux qu'il est triste maintenant.

Dans la même journée, Pardaillan atteignit le camp du Béarnais qui, n'ayant pu entrer dans Saumur, s'était avancé dans la direction de Tours, pour surveiller de plus près les événements. Comme il approchait du camp, il vit deux officiers subalternes à tenue toute râpée et rapiécée qui, venant sans doute de pousser une reconnaissance, regagnaient leurs tentes au pas de leurs chevaux.

L'un d'eux, surtout, paraissait plus minable ; il n'avait pas d'armure comme son compagnon ; sa jaquette était trouée aux coudes ; le pourpoint était usé aux épaules, sans doute par l'usage de la cuirasse ; il portait un haut-de-chausses de velours feuille morte, aussi usé que le reste du costume ; seulement deux détails apparaissaient dans cet ensemble et tranchaient sur le reste : ce cavalier portait, en effet, sur les épaules un grand manteau écarlate, et sur la tête, un chapeau gris à panache blanc.

L'autre cavalier portait sur la cuirasse une écharpe blanche, mais n'avait pas de panache à son casque.

Pardaillan s'était approché de ces deux officiers dans l'intention de leur demander le moyen de pénétrer dans le camp et de voir le roi de Béarn. Ils continuaient leur chemin sans faire attention à lui et causaient vivement entre eux avec cet accent pimenté qui ferait reconnaître un Gascon au milieu d'une armée. Cependant on approchait du camp, on rencontrait de nombreux officiers ou soldats et Pardaillan remarqua que ces gens saluaient le cavalier au panache blanc.

— Messieurs, dit le chevalier en mettant sa monture à hauteur des deux hommes et en soulevant son chapeau, je désirerais pénétrer dans le camp.

Le cavalier au panache se retourna vers Pardaillan, qu'il reconnut alors...

— Le roi de Béarn ! murmura-t-il en lui-même.

Le futur Henri IV jeta sur Pardaillan un regard plus rusé que profond.

— Pourquoi voulez-vous entrer au camp ? fit-il d'un ton bref.

— Pour voir Sa Majesté le roi de Navarre.

— Et que lui voulez-vous, à Sa Majesté ? fit le Béarnais un ton narquois.

— Lui faire une proposition qui l'intéresse seul.

— De quelle part ?

— De ma part, monsieur, dit Pardaillan.

Le roi de Navarre tressaillit et considéra le chevalier avec plus d'attention. Sans doute cette physionomie à la fois étincelante et calme lui produisit une heureuse impression, car il reprit :

— Venez donc. Et je vous présenterai au roi, monsieur...?

— Le chevalier de Pardaillan qui vous rend mille grâces ..

Le Béarnais fit un signe de tête et se mit à marcher. Pardaillan suivit. Au bout de dix minutes, le roi s'arrêta devant une grande tente, mit pied à terre, et invita le chevalier à entrer avec lui.

— Monsieur, dit le Béarnais lorsqu'ils furent seuls, on ne parle pas ainsi au roi. Mais si vous voulez me dire quelle est la proposition que vous voulez faire à Sa Majesté, je me charge de la lui transmettre.

— Sire, répondit Pardaillan qui s'inclina avec cette sorte de hautaine politesse qui n'était qu'à lui, je vois que nous sommes seuls. Je crois me connaître en courage. Je me permets donc, Sire, de vous faire mon compliment, car enfin je pouvais être animé de mauvaises intentions...

Le roi de Navarre garda une minute le silence ; il ne parut aucunement troublé des paroles qu'il venait d'entendre. Après cette minute pendant laquelle il étudia le chevalier :

— Ainsi, dit-il, vous m'avez reconnu ?

— A ce panache blanc auquel se rallient les braves dans la bataille, oui, sire.

Le roi eut un sourire, déposa le fameux chapeau de feutre gris sur une mauvaise table, s'assit sur une caisse, et reprit :

— Et maintenant que je n'ai plus le panache, me reconnaissez-vous ?

— Oui, sire, à la pauvreté de votre costume, à la richesse des pensées que je lis dans vos yeux.

— Ventre Saint-Gris ! fit le Béarnais, vous me plaisez fort, monsieur de Pardaillan.

— Sire, en 72, voilà de cela seize ans passés, j'ai entendu votre illustre mère, madame d'Albret, m'honorer d'une bonne parole à peu près semblable à celle que vous venez de prononcer.

Le Béarnais se leva, plus ému qu'on n'eût pu l'attendre de lui.

— Ma mère, fit-il... l'an 1572... Pardaillan... attendez donc... Oh ! seriez-vous ce Pardaillan qui, un jour d'émeute, sauva Mme d'Albret et qui...

— Sire, dit Pardaillan en souriant à son tour, je vois que je suis reconnu aussi... et pourtant je n'ai pas de panache blanc à mon chapeau.

— Touchez là, monsieur ! dit le roi de Navarre avec cette familiarité qui, plus tard, devait faire le plus clair de sa popularité. Si fait ! voici ma main. Je suis roi par la naissance, vous l'êtes par le cœur. Cent fois avant sa mort, la reine me parla de vous... et j'ai de la mémoire, monsieur !

Pardaillan serra dans la sienne la main que lui tendait le roi de Navarre, qui se mit à crier :

— Agrippa !... Holà !... Aubigné !...

L'officier qui escortait le roi au moment où Pardaillan les avait rencontrés apparut dans la tente.

— Agrippa, dit le Béarnais, fais-moi donc envoyer, s'il m'en reste, une bonne bouteille de saumurois, afin que j'aie le plaisir de choquer mon verre contre celui de monsieur que voici et qui est un ami à moi, un ami de madame ma mère...

L'officier jeta un regard d'étonnement sur Pardaillan et sortit. Bientôt un soldat entra, déposa sur la table une bouteille et deux verres, puis disparut. Le Béarnais saisit lui-même la bouteille et remplit les deux verres. Pardaillan le regardait faire.

— Que pensez-vous, monsieur ? demanda le roi.

— Que si Votre Majesté est coutumière de cette simplicité plus que royale, votre fortune est assurée, sire.

— Il serait temps que je fisse fortune, ventre-saint-gris ! À votre santé, monsieur !

— A la vôtre, sire ! dit Pardaillan.

Et ce fut vraiment un curieux épisode que celui de ce roi poussant sa familiarité rusée jusqu'à proposer la santé d'un pauvre aventurier, et de l'aventurier, le routier sans sou ni maille étonnant le roi qui avait cru l'étonner :

— A la vôtre, sire !...

— Fameux ! dit le roi en claquant sa langue, mais nous avons mieux aux environs de Nérac.

— J'en doute, sire, dit Pardaillan avec ce flegme qui eût pu paraître sublime en ce moment ; les vins de votre Midi sont âpres, épais, et de lourde fumée au cerveau ; ce petit saumur léger, pétillant et mousseux est une merveille... le vrai vin de France, sire !

— Ah ! oui... un vin français ! fit le Béarnais avec un soupir. Un vin qui ne sera jamais à moi !

— Il ne tient qu'à vous, sire !

— Et comment ?... Voyons, vous êtes un hardi compère, à tel point que vous pouvez vous vanter d'avoir étonné le Béarnais. Parlez donc franchement. Si loin qu'aille votre franchise, ajouta-t-il, l'ombre de Jeanne d'Albret vous couvre ici. Ainsi donc, quelle est cette proposition ?... Que m'apportez-vous ?...

Pardaillan, à ces mots « l'ombre de Jeanne d'Albret vous couvre » avait dressé l'oreille. C'était une leçon qu'on infligeait à sa simplicité robuste et libre. Il lui fallait une forte revanche.

— Voyons, dit le Béarnais avec sa bonhomie aigre-douce, que m'apportez-vous ?

— Sire, dit Pardaillan, je vous apporte la couronne de France et le droit d'attacher à vos domaines les vignobles de Saumur qui sont bien supérieurs à ceux de Nérac.

Le Béarnais considéra l'aventurier, puis, d'un accent d'admiration, vaincu peut-être, car il devinait qu'un tel homme ne hasardait pas en vain une aussi formidable promesse, il s'écria :

— Ouf !... ventre-saint-gris, monsieur !...

XLIII

Deux dynasties en présence

— Expliquez-vous, monsieur, dit le Béarnais lorsqu'il fut un peu revenu de la stupeur que les derniers mots de Pardaillan lui avaient causée.

— Sire, dit Pardaillan, l'explication sera courte, parce qu'un esprit tel que le vôtre a dû assurément évoquer plus d'une fois les raisons que je vais vous soumettre.

Et tandis que le chevalier parlait, le roi admirait sa tranquille aisance, sa simplicité parfaite : il semblait traiter d'égal à égal.

— Sire, continua le chevalier, vous avez une armée très forte par le nombre, par l'ordre qui y règne et par l'enthousiasme de vos soldats. Sûrement, ces officiers que j'ai vus et ces soldats déguenillés, avec leurs becs d'aigles et leurs yeux luisants sont capables de se faire tuer jusqu'au dernier autour de votre panache blanc. Mais ils ne sont pas capables de vous conquérir le royaume de France, ou, l'ayant conquis, de vous le garder.

— Pourquoi, monsieur ?... dit le roi qui suivait avec une profonde attention.

— Parce qu'une armée telle que la vôtre peut détruire une armée, celle d'Henri III, par exemple, puis une autre armée, celle de M. de Mayenne, puis d'autres armées encore. Mais plus elle en détruira, plus il y en aura à détruire. Si bien qu'à la fin, il ne vous restera plus de soldats, à moins que vous ne détruisiez jusqu'au dernier paysan de France, et alors, sur quoi régnerez-vous ?

— Mais pourquoi ? Pourquoi, monsieur ?

— Parce que vous vous heurtez à une passion, à la plus terrible, à la plus irréductible des passions : la passion religieuse.

Le Béarnais poussa un soupir et baissa la tête.

— Je crois, reprit Pardaillan, que Votre Majesté m'a compris. Je dis donc que votre armée de huguenots pourra vous gagner des batailles tant que vous voudrez, mais que derrière vous, les morts se lèveront du champ de bataille ; qu'elle peut vous gagner des villes, mais que vous parti, les villes se révolteront. Parce que vous êtes le roi des huguenots !

— C'est d'une politique simple et large comme toute politique de vérité. Vous avez raison, monsieur. Jamais je ne régnerai en France

— Si fait, sire, vous régnerez, mais à deux conditions. La première : Henri de Valois est au désespoir ; il n'a plus que cinq ou six mille hommes autour de lui. Henri de Valois est condamné. Henri de Valois n'est plus qu'un fantôme de roi. Mais Henri de Valois, sire, représente en France un principe. On pourra tuer le roi, mais le principe a encore la vie dure. Même si on le découronne, la parole du roi de France aura force de loi pour une foule de seigneurs et de bourgeois disséminés un peu partout sur la surface du royaume. Si demain Henri de Valois déclarait que le chevalier de Pardaillan est apte à lui succéder, demain j'aurais cinq cent mille partisans même parmi les ennemis de Valois. Si Henri III déclare que vous êtes apte à lui succéder, s'il vous désigne, demain, sire, la moitié de la France sera pour vous.

— Monsieur, dit le Béarnais qui se leva et se promena avec agitation, vous m'expliquez avec une aveuglante clarté des choses que je me suis dites mille fois avec des réticences. Mais enfin, pour que Valois me désigne, que faudrait-il faire ?

— Profiter de sa situation embarrassée pour lui offrir une aide spontanée ; aller le trouver et lui dire : « Mon frère, vous êtes malheureux, je viens à votre secours ; vous n'avez pas de soldats, je vous amène les miens. »

— Et vous croyez que le roi de France accueillerait une telle ouverture ?

— J'en réponds.

— Monsieur, soyez franc. La minute est solennelle. Oui ou non, venez-vous de la part d'Henri III ?

— Sire, dit Pardaillan, je viens de ma part, et c'est bien assez. Mais je réponds que le roi de France vous accueillera avec des transports de gratitude et que dans sa joie, dans sa haine contre Mayenne, il vous désignera pour son successeur. Et Henri III, sire, est bien malade,

— Oh! si j'en étais sûr, murmura le Béarnais dont le front était inondé de sueur.

— Sire, je m'engage à vous accompagner jusqu'auprès d'Henri III Si vos offres sont repoussées, je consens à être passé par les armes !

— Soit !... Eh bien, supposons la chose faite. Me voici l'allié du roi de France. Il me désigne. Il meurt. J'ai pour moi la moitié de la France, comme vous disiez. Mais l'autre moitié Devrai-je donc passer ma vie à faire la guerre civile ?

— La guerre civile cessera quand l'autre moitié de la France vous acceptera ; et cette deuxième moitié vous acceptera quand vous voudrez, fit tranquillement le chevalier.

— Comment ! comment ! s'écria le Béarnais avec impétuosité.

— Je vous ai dit, sire, que vous règneriez moyennant deux conditions. Je vous ai exposé la première. Voici la seconde : moi, sire, je suis honteux de l'avouer, je ne suis ni huguenot ni catholique, j'en parle donc fort à mon aise. Sire, quand vous aurez été proclamé roi de France, quand vous aurez la moitié de la France pour vous, quand vous aurez déchaîné la guerre civile pour conquérir l'autre moitié, quand vous aurez bien constaté que la guerre civile n'avance pas vos affaires et que Paris demeure irréductible, alors, sire, vous vous ferez catholique.

— Jamais ! dit le Béarnais avec plus de force apparente que de conviction réelle.

— Pardon, sire, dit Pardaillan, je croyais que vous vouliez régner ! Mettons que je n'ai rien dit

— Renoncer à la religion de mes pères !...

— Pour assurer une couronne à vos enfants,

— Capituler ainsi devant ces Parisiens !...

— Eh ! sire ! Paris vaut bien une messe !

— Ventre-Saint-Gris ! fit le Béarnais en éclatant de rire. Je répéterai le mot !...

— Quand vous irez à Notre-Dame !...

— Chut !... Ne parlons pas de cela... Parlons des secours que je puis porter à Henri III. Quant à me faire catholique, je verrai cela à la dernière minute. En attendant, huguenot je suis, huguenot je reste.

— Bon ! pensa Pardaillan. Il est déjà converti. Et dire que le dernier garde d'écurie de ce roi se ferait hacher menu plutôt que de renoncer à la religion de ses pères, comme il disait !

— Monsieur, reprit le roi, vous êtes mon hôte pour quelques jours. Je vais expédier M. d'Aubigné au camp du roi de France.

— Bon !... Il me garde prisonnier. Mais je m'en irai si je veux... Oui, mais je veux voir la fin de la comédie. Sire, ajouta tout haut Pardaillan, j'accepte l'hospitalité que Votre Majesté veut bien m'offrir jusqu'au moment où elle se sera entendue avec l'autre Majesté...

Le Béarnais eut un de ces sourires aigus qui illuminaient sa figure astucieuse. Il jeta un appel. Un officier parut

— Monsieur du Bartas, dit-il, je vous confie M. le chevalier de Pardaillan qui était des amis de Mme d'Albret et qui est des miens. Traitez-le donc de votre mieux, c'est-à-dire comme vous me traiteriez moi-même.

Une heure plus tard, Agrippa d'Aubigné partait pour le camp d'Henri III porteur des propositions d'alliance du Béarnais. Le lendemain soir, il était de retour et apportait la réponse de Valois : le roi de France donnait rendez-vous au roi de Navarre au château de Plessis-les-Tours.

La nouvelle se répandit aussitôt dans le camp huguenot. Le Béarnais prit immédiatement ses dispositions. Il annonça qu'il partirait avec vingt officiers et cent hommes d'armes. Le reste de l'armée suivrait sans se hâter. Il y eut un conseil de guerre où tous les conseillers s'efforcèrent de prouver à Henri de Béarn qu'il courait à un guet-apens où il laisserait sa vie. Mais le roi tint bon et, le lendemain, partit avec la faible escorte qu'il avait indiquée, tandis que son armée s'ébranlait lentement. Pardaillan trottait parmi les officiers du roi qui, parfois, l'appelait près de lui et l'interrogeait.

Lorsqu'on arriva devant le château de Plessis, on vit que toute l'armée d'Henri III était campée là. Les officiers frémirent et, plus que jamais, conseillèrent au roi de s'abstenir.

— Au moins, s'écria l'un d'eux, allons-y tous ensemble, et, par la Mort-Dieu, nous verrons ce que cent huguenots peuvent faire en cas d'alarme.

— Et vous, monsieur de Pardaillan, que me conseillez-vous ? dit le roi.

— D'y aller seul, sire ! Seul avec cinq ou six de vos gentilshommes. S'il y a guet-apens, cent ne feront pas plus que six devant six mille hommes ; et si Henri de France est loyal, vous lui aurez prouvé que vous aviez mis en lui toute votre confiance.

Le roi approuva d'un signe de tête et choisit trois officiers pour l'escorter, c'est-à-dire Agrippa d'Aubigné, du Bartas et Pardaillan lui-même. Les autres mirent pied à terre à trois cents pas du château.

— Ventre-saint-gris ! dit le Béarnais, au moins si je vais à la mort, j'y aurai été en bonne compagnie !

Et il jeta un dernier regard à Pardaillan qui répondit :

— Sire, c'est au trône et non à la mort que vous allez. Mais, si, par hasard, c'était à la mort, vous auriez le regret de ne pas y aller en ma compagnie, car je vous y précéderais.

Et ils s'avancèrent tous les quatre, le Béarnais en tête

Cependant le bruit d'une entrevue entre le roi de Navarre et le roi de France s'était répandu à Tours et dans les environs. Une multitude de peuple s'était approchée du château, et, comme on avait laissé les portes grandes ouvertes, s'était massée aux abords d'un grand et magnifique jardin, les uns grimpant sur les statues de marbre, d'autres se juchant dans les arbres.

Henri III attendait dans le jardin, vêtu d'un magnifique costume de satin blanc, portant au cou le grand collier de l'ordre dont il était le fondateur, appuyant sa main sur une poignée d'épée toute constellee de diamants, et les épaules couvertes d'un court manteau de soie cerise. Derrière lui, sur quinze ou vingt rangs de profondeur, ses courtisans et ses officiers revêtus de leurs habits de cérémonie lui formaient un cadre d'une splendeur étrange. En arrière de cette masse de costumes chatoyants, à gauche et à droite, un double rang de hallebardiers en costume de cour majestueux et imposants, fermaient trois côtés d'un grand carré dont un seul était ouvert. Enfin, derrière les hallebardiers trois régiments en tenue de campagne : au fond, les arquebusiers ; à droite et à gauche, les pertuisaniers. Au milieu de cette énorme mise en scène que contemplait la foule, Henri III, seul dans un espace vide, attendait immobile.

Le Béarnais s'avança, suivi de son escorte de trois hommes tout poussiéreux de la route qu'ils venaient de faire. Un rapide sourire balafra le visage astucieux du Gascon lorsqu'il vit le déploiement de forces et de magnificences imaginé par Henri III. Il voulut que le contraste fût plus violent encore entre cette richesse qui demandait grâce et sa pauvreté qui venait au secours de cette splendeur... D'un geste, il arrêta ses trois compagnons, et s'avança seul.

Un silence de plomb s'abattit sur toute cette cour et sur le peuple attentif, lorsque le Béarnais s'arrêta à trois pas d'Henri III, tout seul, avec son vieux pourpoint usé, son chapeau gris orné d'une belle médaille, — son seul luxe, — ses bottes aux semelles déculées, aux éperons rouillés. Une minute pendant laquelle on eût entendu le vol des papillons qui se poursuivaient au grand soleil de juillet, une minute qui fut un siècle d'angoisse et d'attente tragique, les deux rois se regardèrent sans pleurer.

Brusquement, le Béarnais ouvrit ses bras. Henri de Valois, la poitrine oppressée, fit trois pas rapides et s'y jeta en murmurant :

— Mon frère ! Ah ! mon frère !... je suis bien malheureux !...

A ce spectacle, un frémissement prolongé parcourut les rangs de la cour et des soldats, gagna le peuple, s'accentua comme le bruit des feuilles quand vient le coup de vent, monta, gonfla, et soudain, tandis que toutes les têtes se découvraient, éclata en une immense acclamation de : Vive le Roi !... Et

alors, à ce cri qu'il n'avait pas entendu depuis bien longtemps,
Henri III se mit à pleurer.

— Eh ! ventre-saint-gris ! fit joyeusement le roi de Navarre,
prenez courage, mon frère ! Avec l'aide de mes montagnards,
je vous ramènerai dans Paris jusque dans votre Louvre

Henri III embrassa encore le Béarnais, puis le prit par le
bras et l'emmena vers une salle du château où une collation
avait été préparée... C'en était fait ! Dix minutes plus tard,
les cent hommes laissés à la porte, et qu'on alla chercher,
furent amenés en triomphe, et le lendemain, lorsque l'armée
du roi de Navarre arriva, officiers et soldats royalistes frater-
nisaient avec les officiers et les soldats huguenots... L'alliance
était consommée : cette alliance devait conduire le Béarnais
sur le trône et instaurer la dynastie des Bourbons.

Trois jours plus tard, les deux armées combinées marchaient
ensemble, repoussaient à Tours les troupes de Mayenne, marchaient sur Paris, faisaient une apparition jusque dans le
faubourg Saint-Jacques, puis, maîtres de l'Oise, se rabattaient
sur Saint-Cloud, s'emparaient du pont et établissaient leurs
quartiers depuis Saint-Cloud jusqu'à Vaugirard. Paris, terri-
fié de ces succès foudroyants, allait succomber... une énorme
effervescence s'y produisait, et déjà quelques-uns des principaux parmi les bourgeois commençaient à dire que mieux valait ouvrir les portes tout de suite, et réconcilier Paris avec
son roi...

●

XLIV

Jacques Clément

Pardaillan avait suivi jusqu'à Saint-Cloud les alliés, en
spectateur indépendant et curieux d'examiner quelque temps
le résultat de son alliance qui était son œuvre. Mais c'est en
vain que le Béarnais et Henri III le firent chercher. Il ne se
montra dans la tente d'aucun des deux rois. Il allait de Crillon
à du Bartas, devenu son ami, et de du Bartas à Crillon, son
vieil ami. Bien entendu, les deux officiers prévinrent chacun
son maître que Pardaillan suivait l'armée. Le Béarnais, par
du Bartas, lui fit offrir un poste dans son conseil intime, ce
qui était une façon de lui donner peut-être la situation que
devait occuper plus tard Sully. Et il la lui offrit, dit du Bartas, comme au plus fin et au plus loyal diplomate qu'il eût
connu. Pardaillan se mit à rire et répondit qu'il avait déjà
assez de mal à se conseiller lui-même. Henri III lui fit offrir
par Crillon une épée de maréchal dans ses armées, comme au

plus intrépide homme d'armes qu'il eût jamais vu. Mais Pardaillan répondit qu'il prétendait se contenter de sa bonne rapière.

Le 2 août, après avoir dîné avec Crillon et du Bartas, Pardaillan leur fit ses adieux en leur disant qu'il partait pour un lointain pays. Les deux officiers le pressèrent en vain de rester et, voyant qu'il était inébranlable, le serrèrent dans leurs bras. Pardaillan monta à cheval et, franchissant le pont de Saint-Cloud, se dirigea vers Paris, sans savoir d'ailleurs, s'il y pourrait rentrer. D'ailleurs sa pensée n'était pas fixée. S'il parvenait à entrer à Paris, il comptait simplement se reposer deux ou trois mois à l'auberge de la *Devinière*. Il était riche, grâce à Marie Touchet. Avant de reprendre ses courses à travers le monde et se jeter sans doute en de nouvelles aventures, il lui était doux de songer à quelques mois, peut être une année passée paisiblement chez la bonne hôtesse, la bonne Huguette à laquelle il ne pensait pas sans un battement de cœur. Après ce repos bien gagné, on verrait...

Pardaillan, donc, s'en allait au pas de son cheval, tout pensif, tantôt rêvant à ce passé si rempli, et tantôt à cet avenir qui se trouvait si vide.

— Seul au monde, songeait-il, sans pouvoir me fixer nulle part, rien dans le cœur, que me restera-t-il ?... Bon ! Il me restera toujours un bien qui en vaut d'autres... tous les autres ensemble: l'indépendance.

A ce moment, et comme le soleil déclinait à l'horizon, son cheval fit tout à coup un écart. Pardaillan, arraché à sa songerie, ramassa les rênes, se remit d'aplomb et, jetant les yeux autour de lui, vit que ce qui avait effrayé sa bête, c'était un homme qui venait de s'arrêter devant lui et lui souriait. Cet homme portait le costume des Jacobins. Pardaillan tressaillit en reconnaissant Jacques Clément. Il mit pied à terre et serra les deux mains que lui tendait le moine.

— Où allez-vous ainsi, cher ami ? s'écria Jacques Clément d'une voix si claire, si sonore et joyeuse que Pardaillan en fut stupéfait et songea :

— Allons, il a renoncé ! Tant mieux, morbleu, pour lui... et surtout pour l'autre. Je vais à Paris, fit-il tout haut. Jamais je ne vous ai vu le teint si coloré, les yeux si brillants, et surtout un pareil sourire aux lèvres. Vous êtes donc heureux ?

— Au delà de toute expression, mon ami, mon cher ami...

— Ah ! ah ! fit le chevalier étourdi, et d'où venez-vous ainsi ?

— De l'amour, dit Jacques Clément.

— Mort-diable, à la bonne heure !... Et où allez-vous de ce pas ?

— A la mort, dit Jacques Clément.

Pardaillan demeura soudain glacé. Il regarda mieux le

moine Et dans ses yeux brillants, il entrevit un abîme.
Sous cette coloration du visage, il vit la pâleur spectrale d'un
homme qui fait le sacrifice de sa vie. Et pourtant, cette joie
intense, furieuse, farouche qui éclatait chez le moine était
sincère.

— Mais, reprit Jacques Clément en clignant des yeux d'un
air malicieux, comment entrerez-vous à Paris ?

— Dame, je demanderai la permission à messieurs les
bourgeois de garde, voilà tout.

— Rien n'entre, rien ne sort. Allons, laissez-moi vous rendre un tout petit service. Prenez cette médaille; avec cela,
non seulement vous pourrez franchir les portes, mais passer
partout dans Paris.

Pardaillan prit la médaille.

— Elle devait me servir pour rentrer, continua Jacques
Clément... mais je ne rentrerai pas, moi !...

Pardaillan frémit et pâlit. Il posa sa main sur l'épaule du
moine.

— Ecoutez-moi, dit-il.

— Taisez-vous, interrompit sourdement Jacques Clément,
dont les yeux s'éteignirent soudain et devinrent vitreux, dont
le visage se fit livide, dont la voix devint âpre, rauque et glaciale. Taisez-vous. Tout ce que vous allez me dire, je le sais.
Rien au monde, rien, entendez-vous, ne peut m'empêcher
l'aller où je vais ! Si ma mère se levait de sa tombe pour me
dire : N'y va pas ! je repousserais ma mère et j'irais ! Pardaillan, les destinées vont s'accomplir... taisez-vous !...

Pardaillan jeta un coup d'œil sur le moine et, sur ce visage
enflammé, lut une si implacable résolution qu'il comprit
qu'en effet toute parole serait vaine. Il fit donc en peu de
mots ses adieux à Jacques Clément et remonta sur son cheval.

— Hum ! murmura-t-il en considérant le moine qui s'éloignait à grand pas vers Saint-Cloud, je ne donnerais pas un
liard de la peau de Valois... à moins que ce ne soit de celle
de ce moine... Pauvre être !... oui, oui... ses destinées vont
s'accomplir, comme il disait de cette voix qui me faisait
passer un frisson sur la nuque. Et quelle que soit cette destinée, elle est terrible ! Adieu, fils d'Alice de Lux !...

Il poussa un soupir et se mit en route vers Paris où ce fut
en effet grâce à la médaille du moine qu'il put entrer sans
difficulté

Il faut savoir que le Parlement de Paris avait été arrêté en
masse un mois environ après la mort du duc de Guise. Cette
arrestation, qui fut le chef-d'œuvre de Bussi-Leclerc, rentré
à Paris en janvier, donna lieu à une jolie page d'histoire que
nous nous contenterons d'esquisser.

Le Parlement donc étant en séance toutes chambres réunies, s'occupait de rédiger une adresse à Henri III pour le ro-

mercier des concessions, qu'il avait faites au Tiers pendant les États. Il ne fallait pas peu de courage pour témoigner cette sympathie au roi au moment même où Paris brûlait les effigies de Valois, jetait bas ses statues, effaçait son nom de tous les monuments. Mayenne alla trouver à la Bastille Bussi-Leclerc, qui y avait repris ses fonctions, et lui dit :

— Combien logeriez-vous bien de robins dans votre Bastille ?

— J'en logerai dix mille s'il le faut, dussé-je les empiler les uns sur les autres.

— Eh bien ! il faut que ce soir, messieurs du Parlement soient vos hôtes, sans quoi ils vont nous faire une guerre civile dans Paris.

— Je m'en charge, dit Bussi Leclerc.

Et prenant cinq cents hommes d'armes des milices, il marcha sur le palais, entra dans la grande chambre le chapeau sur la tête et les pistolets aux poings. Il y eut grand tumulte; le président demanda rudement à Bussi de quel droit il en trait ainsi.

— Du droit du plus fort, répondit Leclerc.

Beaucoup de conseillers essayèrent de se sauver, mais se heurtèrent aux piques et aux hallebardes des gens d'armes qui occupaient le palais. Bussi-Leclerc, alors, cria à haute voix :

— Messieurs, n'ayez pas peur, suivez-moi seulement à l'hôtel de ville où l'on a quelque chose à vous dire.

Les membres du Parlement, tout pâles, interrogèrent leur président qui eut un mot superbe:

— Messieurs, dit-il, allons délibérer à l'hôtel de ville puisque cette enceinte a été souillée. Monsieur Bussi-Leclerc vous devez les honneurs au Parlement : veillez donc à ce que nous soyons convenablement escortés.

Les conseillers se mirent alors en rangs et sortirent entre une double haie de soldats. Cette escorte, d'ailleurs, ne servit pas seulement à leur arrestation : elle leur sauva la vie, car dehors, une bande de mariniers ameuta le peuple qui voulut lapider les malheureux.

Deux heures plus tard, tout le Parlement était sous clef, réparti en diverses chambres de la Bastille. Bussi-Leclerc, qui était facétieux par moments, imagina de mettre les conseillers au pain sec et à l'eau, ce qui fit qu'on le surnomma le grand pénitencier du Parlement.

Or, pendant les mois qui suivirent, ces malheureux, n'ayant plus d'espoir d'être mis en liberté que par le roi, passèrent leur temps à essayer de correspondre avec lui. Mais ils étaient étroitement surveillés. Enfin, à la fin de juillet, un conseiller malade demanda un confesseur, que Bussi-Leclerc lui accorda généreusement Ce confesseur fut un capucin que le conseiller sonda adroitement. Le capucin avoua qu'il était au roi

dans l'âme Le conseiller avoua alors qu'il n'était pas malade,
et demanda n confesseur s'il voulait se charger de faire parvenir au roi n certain nombr de lettres.

Le capucin accepta avec enthousiasme, partit en cacnant
les lettres sous son froc, et... les porta tout droit chez
Mayenne où se tenait un conseil auquel assistait la duchesse
de Montpensier Ceci se passait le 31 de juillet. Le duc de
Mayenne lut tout haut les lettres, et ajouta qu'il fallait les
brûler.

— Il faut les envoyer à Valois! s'écria la duchesse de Montpensier. Messieurs, je réponds que nous sommes sauvés, que
dans trois jours Paris ne sera plus assiégé, et que demain
nous pourrons prier le diable pour l'âme d'Hérodes!

Dans la soirée même, Jacques Clément avait les lettres
Marie de Montpensier resta avec lui cette nuit-là et une partie de la journée du lendemain, et sans doute, elle employa
activement ces heures à développer un plan de meurtre que
le jeune moine finit par comprendre, car il se mit en route...

Ce sont ces lettres des conseillers toujours enfermés à la
Bastille que Jacques Clément portait à Saint-Cloud. Mais il
portait aussi le poignard que, sur le coup de minuit, dans la
chapelle des Jacobins, un ange avait jeté à ses pieds.

Le soleil venait de se coucher lorsque le moine atteignit le
pont de Saint-Cloud. Le pont était gardé par trois canons
braqués dans la direction de Paris et un régiment d'arquebusiers — royalistes et huguenots mêlés. Un officier interrogea
Jacques Clément qui répondit tranquillement qu'il se rendait
à Saint Cloud pour voir une de ses parentes gravement malade. A la grande surprise et à la sourde joie du moine, on le
laissa passer : un religieux tout seul qui va consoler les derniers moments d'une parente, cela n'inspire pas défiance.

Arrivé à Saint Cloud, le premier soin de Jacques Clément
fut de s'enquérir du roi. Le roi était à Meudon où le Béarnais
avait établi son quartier... Le moine se fit montrer la maison qu'habitait Henri de Valois. C'était une maison d'assez
belle apparence, toute en rez-de-chaussée d'ailleurs. L'entrée
n était gardée par cinquante hommes.

Jacques Clément attendit non loin de cette porte jusqu'à
onze heures du soir, heure à laquelle il vit déboucher dans la
rue une nombreuse troupe de cavalerie précédée et flanquée
de porteurs de torches. Cette troupe s'avança au grand trot,
dans un grand bruit des sabots et des armes... Jacques Clément vit tout à coup le roi qui mettait pied à terre; sa figure
fardée lui apparut dans la lumière des torches, tandis que les
gens de l'escorte se rangeaient en demi-cercle et rendaient
les honneurs.

Henri III souleva lentement son chapeau et entra dans le

maison ; l'escorte se retira ; la lumière des torches s'éteignit
dans le lointain... tout retomba au silence et à l'obscurité.

Jacques Clément se mit en marche dans les ténèbres. Sa
tête était brûlante, et ses mains glacées.

Il marcha le long de la rue ; puis ne voulant pas s'écarter
du logis du roi, il revint sur ses pas et aperçut alors une
grange ouverte. Il y entra, s'étendit sur des bottes de paille,
et, les yeux fixés devant lui, dans la nuit, la main crispée
sur le manche de la dague sacrée que Dieu lui avait envoyée,
il évoqua puissamment la figure de l'ange qui lui avait donné
le poignard... et quand l'image de Marie de Montpensier fut
devant lui, il sourit d'un sourire terrible et doux...

A l'aube, comme les trompettes sonnaient, comme tout
s'ébrouait et s'éveillait dans ce vaste camp qui s'étendait
d'Argenteuil à Saint-Cloud et de Saint-Cloud à Vaugirard,
Jacques Clément se leva. Il grelottait et claquait des dents.
Il s'aperçut alors que cette grange où il venait de passer la
nuit attenait à une auberge. Il entra dans la salle de l'auberge, où une servante allumait le feu. La servante se retourna vers le moine et demeura toute saisie :

— Comme vous êtes pâle, mon père... on dirait que vous
venez de tuer quelqu'un...

Jacques Clément n'eut pas un tressaillement. Il sourit faiblement et répondit :

— C'est le froid du matin. Un bon verre de vin me rendra
mes couleurs.

La servante lui apporta une bouteille dont il but la moitié.
Puis, ayant payé, il sortit et se mit à errer dans Saint-Cloud.
Au bout d'une heure de cette promenade morne, il s'aperçut
qu'il avait grand'faim. Il eut un mouvement comme pour se
diriger vers une auberge, puis s'arrêtant court :

— Est-ce bien la peine ? murmura-t-il.

Vers neuf heures du matin, il se trouvait devant la porte
du logis royal. A chaque instant, des courriers y arrivaient
ou en sortaient. Jacques Clément demeura une heure à considérer ces allées et venues, ce mouvement qui se faisait autour de la maison. Il regardait ces choses. Mais en réalité, il
ne les voyait pas. Il songeait... Il regardait en lui-même. Enfin, un long frémissement l'agita. Son regard, jusque-là vitreux, s'emplit d'une intense lumière qui rayonna. Ce regard,
il le darda vers le ciel éclatant, comme s'il y eût une dernière
fois cherché l'image de l'ange et, d'un pas ferme, il marcha
à la porte du logis.

— Au large ! cria la sentinelle, en croisant sa pique.

Jacques Clément eut un geste d'impatience et parut un
moment déconcerté, comme s'il se fut attendu à entrer tout
droit sans aucun obstacle possible.

— Au large ! répéta la sentinelle, en même temps que plusieurs soldats s'approchaient et commençaient à le repousser sans ménagement pour sa robe de moine.

— Je veux voir le roi! cria Jacques Clément.

A ce moment, Henri III passait dans l'entrée de la maison, d'une pièce à l'autre.

— Que veut cet homme? demanda-t-il à un officier.

— Je vais m'en enquérir, sire, répondit l'officier.

— Surtout, reprit Henri III, qu'on ne le rudoie pas; on dirait que je ne veux plus voir de moines parce que je suis avec les huguenots.

— Que voulez-vous, mon digne père? demanda l'officier en s'approchant de Jacques Clément.

— Parler au roi, dit le moine d'une voix ferme.

— On n'entre pas ainsi chez Sa Majesté.

— Je viens de Paris, dit alors Jacques Clément; au péril de ma vie, j'apporte au roi des lettres importantes.

— Des lettres de Paris! Oh! C'est différent!... Donnez, messire, donnez!...

Jacques Clément tira de son froc un paquet de sept ou huit lettres, en prit une au hasard et la tendit à l'officier en lui disant:

— Que le roi lise celle-ci. S'il trouve que cela en vaille la peine, il m'appellera; mais je jure que c'est moi seul qui lui remettrai les autres.

L'officier persuadé que le moine ne voulait pas manquer une bonne occasion de récompense approuva d'un signe de tête et porta la lettre à Henri III... Quelques minutes, Jacques Clément demeura devant l'entrée sous l'œil des gardes. Mais il avait une physionomie si souriante, si vraiment radieuse que les soldats se disaient: « Sûrement, il y a quelque bonne nouvelle pour Sa Majesté... » L'officier reparut à ce moment et lui fit signe... le moine se redressa... les gardes ne reconnurent pas ce visage livide, un visage de cadavre où la mort parlait... Jacques Clément entra!...

Dans la pièce où on l'introduisit, il vit Henri III assis dans un fauteuil et entouré d'une douzaine de ses principaux officiers. Le roi jeta à peine un coup d'œil sur le moine, et, d'un ton nonchalant, demanda:

— Il paraît que vous avez d'autres lettres? Donnez.

— Sire, dit Jacques Clément d'une voix contrainte, basse et rauque, une voix qui fit frissonner les assistants, sire, les lettres ne sont rien, ce que j'ai à vous dire est tout.

— Parlez donc... vous venez de Paris?... vous êtes entré à la Bastille?...

— Sire, je ne puis parler que seul à seul avec Votre Majesté. Ce que j'ai à dire est d'une importance mortelle...

Henri III fit un geste. Les officiers hésitèrent. Mais le roi ayant répété le geste, ils sortirent. Jacques Clément les suivit des yeux... la porte se ferma.

— Voici les lettres, sire, dit Jacques Clément qui tendit le paquet.

Le roi commença à décacheter et à lire la première en disant :

— Bien... très bien... Oh! mais c'est admirable... et vous, messire, qu'aviez-vous à ajouter?... Je vous...

Un cri terrible jaillit de la gorge du roi, interrompant sa phrase : il venait de voir un poignard dans la main du moine, et le moine, le visage convulsé, effrayant, se pencher sur lui en grondant :

— Hérodes ! J'ai à te dire de par Dieu que ta dernière heure est venue ! ..

Au même instant, Henri III sentit comme un froid le pénétrer au ventre. Il voulut se lever et retomba ; en même temps, il s'aperçut qu'il était inondé de sang et qu'il portait au bas ventre un poignard enfoncé jusqu'au manche : le moine n'avait fait qu'un geste et s'était reculé, les bras croisés.

Tout cela, depuis la remise des lettres, avait à peine duré deux secondes, et déjà, au cri poussé par le roi, la chambre se remplissait d'officiers et de gardes qui saisissaient le moine.

— Sire ! demanda Crillon, qu'y a-t-il ? Cet homme vous a-t-il insulté ?

Alors tous virent ce qu'ils n'avaient pas aperçu d'abord ; le poignard enfoncé dans le ventre du roi, qui, d'un œil éteinte, murmura :

— Ah ! le méchant moine !... il m'a tué !...

Dans le même moment, Jacques Clément tomba assommé par un coup de masse que lui porta un garde ; un autre lui déchargea son pistolet à bout portant dans l'oreille ; trois ou quatre autres le lardèrent de coups d'épée ; en une minute, ce corps ne fut plus qu'une plaie affreuse, et tout pantelant encore, fut traîné dehors, livré à la foule énorme qui accourait, déchiqueté, démembré, réduit en bouillie. Les cris de désespoir, les imprécations, les jurons, les menaces contre Paris, pendant deux ou trois minutes, emplirent la maison, la rue, se répandirent par le village et se propagèrent par tout le camp.

Cependant, des courriers partaient dans toutes les directions; une heure plus tard, le roi de Navarre arrivait ventre à terre, et sautait d'un bond dans la chambre où Henri III, étendu sur un lit de camp, était évanoui, tandis que deux chirurgiens pansaient la blessure...

Alors un morne silence tomba sur le camp...

Ce ne fut que dans la soirée qu'Henri III reprit connaissance. Il déclara courageusement à tous ceux qui l'entouraient que ce n'était rien, qu'il avait la vie dure et qu'il en reviendrait. Puis il ordonna qu'on le laissât seul avec le roi de Navarre et qu'on lui apportât de quoi écrire.

— Sire, dit Henri d'une voix ferme ..

— Mon frère ! interrompit le Béarnais en pleurant.

— Sire !... écoutez moi. Je vais mourir. J'ai une heure de vie environ. C'est suffisant pour rédiger l'acte qui vous désigne pour mon unique successeur au trône de France !...

Et saisissant la plume, il ajouta avec un sourire :

— Le roi va mourir... vive le roi !... Adieu Valois, vive Bourbon !...

XLV

La bonne hôtesse

Pardaillan comme nous l'avons dit, était entré dans Paris, et, grâce à la médaille que lui avait remis Jacques Clément, avait pu circuler. En effet, les postes de bourgeois guerriers étaient innombrables; chaque rue était barrée en deux ou trois endroits différents.

Pardaillan put parvenir jusqu'aux *Deux morts qui parlent*, un cabaret qu'il avait autrefois fréquenté, lorsqu'il était tenu par la digne Catho. C'était une auberge de bas étage et très mal famée. Ribaudes et coupe-jarrets, telle était sa clientèle. Pardaillan n'avait pas peur pour sa dignité. Quant à avoir peur pour sa peau, il n'avait jamais eu le temps d'y songer. De temps à autre, il aimait à se plonger dans ces cloaques. Cette nature fine et délicate ne répugnait pas au contact des natures grossières... C'était un des côtés incompréhensibles de son caractère. Pour le quart d'heure, d'ailleurs, il ne cherchait dans ce cabaret que la tranquillité absolue qu'il était sûr d'y rencontrer — tranquillité de l'esprit dans le tapage et les chants avinés qui ne le gênaient nullement.

Il demeura deux jours enfermé là, riant et plaisantant avec les hôtes peu recommandables de l'endroit, et réfléchissant parfois à ce qu'il allait devenir. Car c'était un peu pour réfléchir à son aise qu'il s'était réfugié en ce cabaret.

— Que diable vais-je faire de moi?... Fausta a voulu faire de moi un chef d'armée, un chef de conquérants ou de brigands, je ne sais plus au juste, et je n'ai pas voulu; Sa Majesté de Navarre a voulu faire de moi quelque chose comme un ministre, un pédant, un donneur de conseils ou d'eau bénite, je ne me souviens plus, et je n'a pas voulu ; Valois a voulu faire de moi un maréchal, un assommeur de Parisiens, un pendeur de guisards, ou je ne sais plus trop quoi de pareil, et je n'ai pas voulu. Mais moi, que vais-je faire de moi ?...

Au fond, Pardaillan se sentait sollicité par deux résolutions qui ne le satisfaisaient ni l'une ni l'autre; la première, c'était d'accepter l'hospitalité qui lui avait été offerte à Orléans par Charles d'Angoulême et sa mère; la deuxième, c'était, comme il l'avait promis à Huguette, et comme il y songeait lui-même, d'aller se reposer à la *Devinière*. Il écarta promptement la première solution. Et quant à la deuxième, il demeura en suspens.

Le matin du troisième jour, Pardaillan sortit à pied et s'en alla à la *Devinière*. Paris était en rumeur. Une joie énorme éclatait par les rues. On dansait, on tirait des bombardes; les gens portaient des écharpes vertes couleur d'espérance qui avaient été distribuées par Mme de Nemours et sa fille la duchesse de Montpensier... Cette joie, ces écharpes vertes, ces danses, ces clameurs, cette ivresse de tout un peuple, c'était Paris qui portait le deuil de la dynastie des Valois. Aux premiers cris qu'il entendit, Pardaillan comprit que *c'était fait*. On vendait des placards où était imprimé le portrait de Jacques Clément, martyr et sauveur du peuple. Et comme on n'avait certes pas eu le temps de les imprimer depuis deux jours, Pardaillan en conclut que ces placards avaient été préparés d'avance.

– Pauvre malheureux ! songea le chevalier, en voilà un qui aura payé cher quelques baisers de la boiteuse... oh ! oh ! que diable s'est-il passé à la *Devinière* ?

Il était arrivé rue Saint-Denis, devant le perron de la fameuse auberge autrefois baptisée par maître Rabelais en personne, du temps de Grégoire l'ancêtre. La porte de la cuisine était murée. Au lieu de la porte vitrée qui surmontait le perron, c'était une belle porte en chêne plein, ornée de clous. Le perron lui même était modifié et enrichi d'une belle rampe en fer forgé; l'enseigne avait disparu ; la maison repeinte, avec des fenêtres neuves, vous avait un air bourgeois des plus cossus. Pardaillan demeura dix minutes tout étourdi et quelque peu chagrin.

La *Devinière* n'est plus ! fit il dans un soupir. Voilà bien la gloire de ce monde !... Adieu, paniers ; vendanges sont faites !

Il allait se retirer tout triste, lorsque sur le côté gauche de la belle porte en chêne, il remarqua une plaque de marbre sur laquelle était gravée une inscription. Il s'approcha curieusement et lut ces mots :

LOGIS PARDAILLAN

– Logis Pardaillan ! répéta le chevalier avec stupeur. Ah ça ! j'ai un logis à Paris, moi? Et je n'en savais rien ? Il faut pardieu, que j'aie le cœur net de cette énigme

Il escalada le perron et heurta le marteau. Une accorte

servante ouvrit aussitôt, l'examina un instant, et le pria d'entrer.

— Pardieu ! songea le chevalier, puisque c'est mon logis !...

Et il entra dans la grande salle où une nouvelle surprise le fit cligner des yeux : en effet, si l'auberge n'était plus auberge à l'extérieur, elle l'était encore et plus que jamais à l'intérieur : rien n'était changé à la grande salle. C'étaient les mêmes tables en chêne noirci par le temps et ciré par les coudes des buveurs, avec leurs pieds tordus ; c'étaient les mêmes chaises à dossiers sculptés, les mêmes cuivres accrochés et reluisant comme de l'or ; et, au fond, la même cuisine, avec le même âtre où flambait un bon feu ; Pipeau, le vieux chien Pipeau se roulait à ses pieds et se lamentait de joie, et Huguette, la bonne hôtesse, apparaissait, souriante, les bras nus, telle qu'il l'avait vue cent fois, et comme autrefois, elle l'accueillait en bonne hôtesse, en lui disant :

— Ah! monsieur le chevalier, c'est donc vous?... Vite, Margot, une bonne omelette pour M. le chevalier qui doit avoir faim ; vite, Gillette, à la cave, car M. le chevalier doit avoir soif...

Et Huguette s'avançait les mains tendues vers Pardaillan, lui l'embrassa sur les deux joues.

— Voyons, chère amie, dit alors le chevalier. je n'ai pas faim et je ne mangerai pas votre omelette, je n'ai pas soif et je ne boirai pas votre vin ; mais je suis affamé, assoiffé de curiosité, expliquez-moi donc...

— Tout ce que vous voudrez, fit Huguette en souriant.

Et tout à coup elle rougit, puis elle pâlit, son sourire devint triste et inquiet; et ce fut d'une voix plus tremblante qu'elle ajouta :

— Voyons, que voulez-vous savoir ?

— Vous avez donc fermé la *Devinière* ? demanda Pardaillan devenu pensif.

— Mon Dieu, oui, monsieur. J'ai acquis une honnête aisance, et j'ai pensé... cette idée-là m'est venue un soir, au coin du feu, en regardant Pipeau... j'ai pensé que je ne voulais plus être l'hôtesse dont le logis est ouvert à tout venant...

— Mais cette salle demeurée salle d'auberge ?...

Huguette dressa la tête.

— C'est, fit-elle, que si la *Devinière* n'existe plus pour personne au monde, j'ai voulu qu'elle existât toujours et que toujours, moi vivante, elle fût le bon gîte pour quelqu'un qui m'a promis de venir s'y reposer... M. le chevalier, ajouta-t-elle en relevant la tête et en fixant sur lui ses beaux yeux humides de larmes, Huguette ne remplira plus jamais le verre de personne, si ce n'est le vôtre, Huguette ne dressera plus jamais la table, si ce n'est pour vous; la *Devinière* n'est plus l'auberge de la rue Saint-Denis, elle est la bonne auberge réservée à vous seul, elle est... le logis de Pardaillan...

Que voulez-vous, lecteur. Cette fidélité, cette constance
d'une si jolie naïveté, cette touchante délicatesse, cette idée
adorable de fermer l'auberge et d'en faire tout de même une
auberge réservée à lui seul... et puis l'hôtesse était charmante...
et puis Pipeau le sollicitait de ses appements plaintifs et
joyeux... et puis ce coin lui faisait revivre au cœur toute la
poésie de sa jeunesse... bref, mon cher lecteur, Pardaillan
ouvrit ses bras, Huguette s'y jeta toute tremblante et pleura
longtemps.

— Ni ministre, ni chef d'armée, ni maréchal, songeait Pardaillan, un bon bourgeois, voilà tout, et c'est bien assez !

.   .   .   .

Un mois plus tard eut lieu le mariage d'Huguette la bonne
hôtesse avec le chevalier de Pardaillan. Si Huguette fut glo-
rieuse, et heureuse, et fière et extasiée d'avoir un tel mari,
c'est ce qu'il est à peine besoin d'affirmer Quant à Pardaillan, il fut assez généreux pour se montrer plus heureux encore qu'Huguette. Il avait accroché sa rapière dans sa chambre, et ce n'est que lorsqu'il était seul qu'un soupir lui
échappait parfois, et alors s'il s'interrogeait, il était bien
forcé de s'avouer que ce bonheur paisible ennuyait un peu
le chevalier errant, l'aventurier, le chercheur d'inconnu qu'il
n'avait cessé d'être...

Au mois de décembre suivant, Pipeau mourut d'âge et de
félicité. Il mourut des suites d'une indigestion, ayant un soir
dévoré une dinde que, fidèle à ses vieux instincts de marau-
deur, il avait volée dans un placard.

.   .   .   .

La pauvre Huguette ne devait pas jouir longtemps du
bonheur qu'elle s'était créé par sa gentillesse et sa gracieuse
constance. A peu près à l'époque où mourut Pipeau, elle gagna un refroidissement et déclina rapidement. Pardaillan
s'installa à son chevet, dormant à peine quelques heures par-ci
par là, et soignant la bonne hôtesse non pas même comme un
bon mari ou un bon frère, mais comme un amant passionné.

Si bien qu'Huguette eut une agonie merveilleuse de
bonheur. Malgré tout, elle avait jusque-là douté de l'amour
du chevalier. En le voyant si désespéré, si empressé aux
mille soins de sa maladie, toujours là, toujours s'ingéniant
à la consoler, à faire rire, à lui prouver qu'elle vivrait et
serait heureuse, elle ne douta plus, et dès lors, elle fut en
effet parfaitement heureuse.

— Ah ! cher ami murmurait-elle parfois, que ne puis-je
mourir cent fois pour avoir cent agonies pareilles !

Elle mourut pourtant, la bonne hôtesse !... Elle mourut, ses
jolies lèvres souriantes, le visage extasié de bonheur et d'a-
mour, elle mourut dans un baiser que son cher, son grand
ami, comme elle disait, imprima sur sa bouche à l'instant
suprême. Elle mourut, disons nous, sans secousse et sans souf-

france, demeurée enfant jusqu'au bout, comme une enfant qui s'endort dans un beau rêve...

Le chevalier ferma pieusement ces yeux qui tant de fois lui avait souri. Il pleura pendant des jours et des jours. Les heures qui suivirent l'enterrement de la bonne hôtesse furent pour lui des heures de détresse et de désolation, et il en arrivait à souhaiter la mort, lui aussi, afin d'échapper à cette angoisse de sa vie maintenant si navrée. Peu à peu cependant, ces impressions s'atténuèrent Un mois après la mort d'Huguette, Pardaillan ouvrit le testament qu'avait laissé la bonne hôtesse.

« Je laisse mes biens, meubles et immeubles à mon bien cher époux le chevalier de Pardaillan... »

C'est par ces mots que commençait le testament. Suivait l'énumération des desdits biens, meubles et immeubles, dont le total faisait la somme ronde de deux cent vingt mille livres.

Pardaillan parcourut alors ce qui avait été l'auberge de la *Devinière* et assembla quelques menus souvenirs, notamment un petit portrait d Huguette, qu'il fit enfermer dans un médaillon d'or. Puis il se rendit chez le premier tabellion, lui montra le testament et lui déclara qu à son tour il faisait don desdits biens, meubles et immeubles aux pauvres du quartier Saint-Denis.

L'auberge de la *Devinière* fut donc transformée en un hospice pour vieillards et indigents. Pardaillan avait stipulé que la grande salle et la cuisine demeureraient intactes et qu'une partie des rentes serait affectée à la confection quotidienne d'une bonne soupe qui serait distribuée gratuitement aux misérables sans feu ni lieu.

— Du moins, songeait-il, je ne pense pas que ma bonne hôtesse eût voulu faire un meilleur emploi de son argent.

Ayant ainsi arrangé son affaire, Pardaillan monta à cheval et sortit de Paris

C'était par une soirée de février; un petit vent piquant lui égratignait le visage ; il trottait sur la route, et les sabots de son cheval résonnaient sur la terre durcie par la gelée.

Où allait-il ?...

Il ne savait pas... il allait, voilà tout !...

Une sourde et puissante joie montait dans ses veines comme la sève aux premiers bourgeons des arbres ; parfois, d'un appel de langue, il excitait son cheval ; pauvre, fier, seul, tout seul, il s'en allait au hasard, sachant bien au fond, que partout sur la surface de la terre il y a des orgueilleux et des méchants à combattre, et des pauvres êtres en l'honneur de qui c'est une infinie satisfaction de tirer au soleil la bonne rapière qui lui battait les flancs.

Quelquefois, il murmurait ce mot qui semblait contenir toute sa pensée et résumer son passé, son présent, son ave-

tir... un mot qu'il prononçait sans amertume, avec une sorte
de joie et de fierté :

— SEUL !...

Le soleil se coucha. Le soir tomba. Le paysage était mélancolique et brumeux. L'espace s'étendait devant lui...
Pardaillan s'enfonça vers les lointains horizons, seul dans la
nuit qui venait, seul dans la vaste étendue où nul ne se montrait, seul dans la vie... Peu à peu sa silhouette s'effaça au
fond de l'inconnu.

XLVI

En ce même mois de février, il se passa à Rome un événement que nous devons signaler à nos lecteurs. Nous les prie-
rons donc de nous suivre au château Saint-Ange. Là, dans
une chambre pauvrement meublée, sur un lit étroit, une
femme était couchée. Ses yeux de mystère songeurs et fixes,
évocateurs de rêves plus gigantesques et splendides que les
rêves de Borgia et de Sixte, les yeux de cette femme à la tête
sculpturale, à l'opulente chevelure noire dénouée sur les
épaules de marbre, les yeux de cette femme aux attitudes de
force et de grandeur, même dans cette heure où elle gisait
abattue par la nature, elle qui avait rêvé le triomphe sur
l'humanité, ces yeux de diamants funèbres s'attachaient,
graves, profonds, sur un enfant qui dormait près d'elle, un
enfant, un tout petit être solide, musclé, aux poings énergi-
quement fermés. Une servante penchée sur le lit regardait.
Et ce tableau, même dans le clair obscur de cette chambre à
l'unique fenêtre grillée d'épais barreaux, silencieuse au milieu des rumeurs du formidable château, c'était un rêve...

Cette chambre était une prison. Cette servante, c'était
Myrthis. La femme couchée, c'était Fausta. L'enfant, c'était
le fils de Fausta et de Pardaillan.

Fausta arrêtée par les sbires de Sixte dans la nuit de l'incendie du Palais Riant avait été enfermée au château Saint-
Ange où, pour unique faveur, on lui avait accordé de garder
Myrthis près d'elle. Myrthis ne reconnaissait au monde d'autre maîtresse que Fausta qu'elle considérait comme une sorte
de divinité. Fausta prisonnière, elle partagea donc tout naturellement sa captivité.

Sixte rassembla un concile secret qui eut à juger la rebelle. Plus de deux cents questions furent posées à ce tribunal exceptionnel. A toutes les questions, il fut répondu à l'u-
nanimité que Fausta était coupable. En conséquence, au

mois d'août 1589, elle fut condamnée à être décapitée, puis brûlée et ses cendres jetées au vent. Ce fut le 15 août que cette sentence fut communiquée à Fausta dans la chambre où elle était détenue prisonnière. Elle l'écouta sans un frémissement ; mais un pli de son front orgueilleux, le dédain de ses lèvres indiquèrent qu'elle sortait de la vie avec cette sorte d'indifférence hautaine et glaciale qui avait présidé jusque-là à ses actes. L'exécution devait avoir lieu le lendemain matin.

Quand les juges se furent retirés, Myrthis s'agenouilla en sanglotant aux pieds de sa maîtresse et murmura :

— Quel horrible supplice ! ô maîtresse, est-il possible !...

Fausta sourit, releva sa suivante, tira de son sein un médaillon d'or qu'elle ouvrit, et en montra l'intérieur à Myrthis.

— Rassure-toi, dit-elle, je ne serai pas suppliciée ; ils n'auront que mon cadavre ; vois-tu ces grains ? Un suffit pour endormir, et on dort plusieurs jours ; deux endorment aussi, mais on ne se réveille plus ; trois foudroient en un temps plus rapide que le plus rapide éclair, et on meurt sans souffrance.

— Maîtresse, dit Myrthis, en essuyant ses larmes, il y a six grains. Vous morte, ma vie ne serait plus qu'une agonie ; maîtresse adorée, il y a trois grains pour vous et trois pour votre fidèle servante.

— Soit, dit simplement Fausta. Apprête-toi donc à mourir comme je vais mourir moi-même.

— Je suis prête, dit Myrthis.

Fausta versa les trois grains de poison dans une coupe et trois dans une autre coupe. Myrthis s'apprêta à verser un peu d'eau dans les coupes... A ce moment, Fausta devint affreusement pâle, un tressaillement prolongé la secoua jusqu'au fond de son être, elle porta les mains à ses flancs, et un cri rauque, un cri où il y avait de l'angoisse, de la terreur, de l'étonnement, de l'horreur jaillit de ses lèvres blanches...

— Arrête ! gronda-t-elle. *Je n'ai pas le droit de mourir encore !...*

Les six grains de poison furent remis dans le médaillon d'or que Fausta cacha dans son sein.

Toute la nuit, Fausta parut s'interroger, écouter en elle-même, et doucement, de ses mains, elle caressait ses flancs ; et son visage exprimait tantôt un étonnement infini, tantôt un sombre désespoir, et tantôt une sorte de ravissement, comme un ciel de crépuscule où passeraient tour à tour de légères vapeurs dorées par le soleil disparu, et des nuées noires d'ouragan.

Le matin, des pas nombreux s'approchèrent de la porte, et Myrthis, ignorant ce qui se passait dans l'être de Fausta, se reprit à pleurer, car on venait chercher sa maîtresse pour

conduire au supplice. C'étaient les juges, en effet, les juges
et des gardes, les gardes et le bourreau. L'un des juges déplia
un parchemin et fit une nouvelle lecture de la sentence.
Alors le bourreau s'avança pour se saisir de Fausta et l'entraîner. Mais elle l'écarta d'un geste, et, sereine, glaciale,
orgueilleuse, telle qu'elle avait toujours été, elle prononça :

— Bourreau, il n'est pas temps encore de remplir ton office.
Juges, vous ne pouvez me tuer encore...

— Pourquoi ? demanda le juge qui avait lu la sentence.

Et Fausta répondit :

— Parce que vous ne pouvez tuer deux vies n'en ayant
condamné qu'une, parce que mes flancs portent une vie nouvelle qui échappe à votre justice, parce que je ne suis plus
la vierge, parce que je vais être mère !...

Les juges s'inclinèrent et sortirent. C'était en effet une loi
sacrée, dominant toutes les lois dans tous les pays d'Europe,
qu'une femme enceinte ne pût être exécutée.. C'était un cas
de grâce contre lequel se brisait la volonté des rois et des papes... Mais Sixte-Quint tourna la difficulté : il obtint du tribunal qui avait condamné la rebelle qu'il ne lui fût pas fait
grâce de la vie, mais qu'il fût sursis à l'exécution jusqu'à la
naissance de l'enfant. Cette sentence nouvelle fut communiquée à Fausta vers la fin de septembre : elle l'accueillit en
souriant...

Il y avait trois jours que l'enfant était né. Tout, dans ce
petit être, dénonçait une étrange vigueur, un furieux appétit
de la vie ; il fermait les poings, se raidissait, criait comme
d'autres enfants à trois mois; il fallait lui obéir aussitôt, lorsqu'il réclamait à boire; Myrthis ravie, extasiée d'admiration,
le nourrissait avec du lait que le geôlier lui remettait. Il
était de ces enfants râblés dont les mères disent avec orgueil :
Ah! il ne sera pas commode à élever, celui-là !...

Mais Fausta ne disait rien, elle!... Seulement, dès que
Myrthis avait satisfait l'appétit glouton et impérieux du nou-
veau-né, elle le faisait déposer près d'elle sur l'oreiller, et,
des heures entières, elle le regardait dormir d'un sommeil
solide et robuste.

— Voyez, maîtresse, disait Myrthis en adoration, voyez, il
a déjà des cheveux d'un beau noir... Oh ! mais il ouvre les
yeux !... il voit ! Oh! il me mord le doigt !...

Fausta ne souriait pas, ne disait pas un mot. Pendant ces
trois jours, elle ne dormit pas ; elle demeura à contempler
son fils, d'un regard étrange ; pas une fois elle ne posa ses lèvres sur le front ou les mains du petit être, comme font toutes les mères.

Le soir du troisième jour, la même sinistre cérémonie qui
s'était accomplie se reproduisit dans cette chambre : les ju-

ges vinrent accompagnés du bourreau, et annoncèrent à
Fausta qu'elle était assez forte pour marcher au supplice le
lendemain matin à l'aube. Seulement, ils ajoutèrent que
l'enfant de la rebelle serait exposé, à moins que quelque âme
charitable ne le revendiquât. Puis ils se retirèrent.

La nuit s'écoula sans que la condamnee cessât de fixer sur
l'enfant un regard de mystère par lequel on eût dit qu'elle es
sayait de lui communiquer sa volonté Six heures du matin
sonnèrent à une horloge lointaine. Alors, Fausta appela My-
this et lui ordonna de verser dans une coupe les six grains
de poison. Myrthis obéit en pleurant... elle ne parlait plus
de mourir elle-même, car elle comprenait qu'il fallait vivre
pour l'enfant

— Tu le prendras, dit en effet Fausta d'une voix aussi calme que lorsqu'elle parlait en souveraine, tu le prendras, tu
l'éléveras, tu l'emporteras à Paris, je veux qu'il soit élevé à
Paris et qu'il y vive. Puis, quand il sera homme, tu lui diras
qui il est, et mon histoire et l'histoire de son pere...

— Je jure de vous obéir, sanglota Myrthis.

Fausta fit signe de la tête que c'était bien, jeta un coup
d'œil sur le verre de poison qui était sur une petite table à
portée de sa main, et alors, pour la première fois, elle prit
l'enfant dans ses bras. Plus ardemment, elle fixa son regard
de flammes sur l'enfant qu'elle tenait dans ses mains, en le
soulevant au bout de ses bras. L'enfant s'éveilla et ses yeux
clignotants parurent regarder... et alors Fausta lui parla :

« Fils de Fausta.. fils de Pardaillan.. que seras-tu ?..
Te dresseras tu un jour devant ton père ?... Seras-tu le ven
geur de ta mère ?.. Fils de Fausta et de Pardaillan, puisses-
tu avoi le cœur cuirassé d'un triple airain ! Puisse ton âme
inaccessible ignorer à jamais la pitié, l'amour, les sentiments
de faiblesse et d'esclavage ! Puisses-tu passer dans la vie com
me un brûlant météore que pousse la fatalité ! Adieu, fils de
Pardaillan ! Ta mère en mourant te donne le baiser d'orgueil
et de force par quoi elle espère que son âme passera dans ton
être !... Fils de Pardaillan et Fausta, que seras-tu ?.. »

En même temps, elle saisit la coupe de poison, la vida d'un
trait, la rejeta, et, violemment, dans le spasme suprême de
la mort, imprima son baiser comme une morsure indélébile
sur le front de l'enfant...

Et elle retomba sur l'oreiller... elle était morte.

.   .   .   .

.   .   .   .

.   .   .   .

Que devait-il devenir, en effet, cet enfant, issu de deux
êtres de force et de vie intense, aussi formidables l'un que
l'autre, mais l'un, type de chevalerie, synthèse de générosité ;
l'autre, type d'ambition, synthèse d'orgueil ? Oui, que devait

figurer dans la vie, ce produit de deux figures si dissemblables,

LE FILS DE PARDAILLAN

l'enfant qui trouvait l'effroyable imprécation d'une Fausta au
seuil de la vie, qui héritait peut-être de l'incalculable force
de mal qui résidait dans l'esprit de Fausta, et en qui palpitait peut-être l'âme magnanime de Pardaillan?... Que devaient produire, au choc des passions, ces deux forces enne-
mies qui s'unissaient dans le même sang : l'intrépide, l'éclatante bonté du père... l'éclatante, l'intrépide malfaisance de
la mère...

C'est ce qu'un jour ou l'autre nous raconterons peut-être
aux lecteurs amis qui ont bien voulu s'intéresser à l'histoire
de Pardaillan et de Fausta.

FIN.

LE LIVRE POPULAIRE

Volumes Parus

1. **Chaste et Flétrie**, par Charles Mérouvel.
2. **Le Crime d'une Sainte**, par Pierre Decourcelle.
3. **La Corde au Cou**, par Emile Gaboriau.
4. **Aimé de son Concierge**, par Chavette.
5. **Le Péché de la Générale**, par Charles Mérouvel.
6. **Mignon**, par Michel Morphy.
7. **La Femme de Feu**, par Bélot.
8. **Les Noces de Mignon**, par Michel Morphy.
9. **Aveugle**, par Pont-Jest.
10. **Le Bossu**, par Paul Féval.
11. **Le Chevalier de Lagardère**, par Paul Féval.
12. **Mortel Amour**, par Charles Mérouvel.
13. **La Chambre d'Amour**, par Pierre Decourcelle.
14. **Le Petit Muet**, par Henri Kéroul.
15. **Le Dossier n° 113**, par Emile Gaboriau.
16. **Borgia !** par Michel Zévaco.
17. **Les Filles du Saltimbanque**, par X. de Montépin.
18. **La Môme aux beaux yeux**, par Pierre Decourcelle.
19. **Le Péché de Marthe**, par Paul Bertnay.
20. **Le Capitaine Fantôme**, par Paul Féval.
21. **La Fille sans nom**, par Charles Mérouvel.
22. **Les Pardaillan**, par Michel Zévaco.
23. **L'Epopée d'amour**, par Michel Zévaco.
24. **La Faute de Jeannine**, par Paul Rouget
25. **Les Ouvrières de Paris**, par Pierre Decourcelle.
26. **Mortes et Vivantes**, par Charles Mérouvel.
27. **Les Mystères de Paris**, par Eugène Süe.
28. **Mademoiselle Cent Millions**, par Michel Morphy.
29. **La Porteuse de Pain**, par Xavier de Montépin.
30. **Le Capitan**, par Michel Zévaco.
31. **La Buveuse de larmes**, par Pierre Decourcelle.
32. **Le Louveteau**, par Paul Bertnay.
33. **Monsieur Lecoq**, par Emile Gaboriau.
34. **Sa Majesté l'Argent**, par Xavier de Montépin.
35. **La Fausta**, par Michel Zévaco.
36. **Fausta vaincue**, par Michel Zévaco.
37. **La Mère Coupe-Toujours**, par Pierre Decourcelle.
38. **La Dame aux « Ouistitis »**, par Georges Le Faure.
39. **Fille d'Eve**, par Paul Rouget.
40. **Le Juif Errant**, par Eugène Süe.
41. **Les Deux Gosses**, par Pierre Decourcelle.
42. **Fanfan et Claudinet**, par Pierre Decourcelle
43. **Le Caporal**, par L. V. Meunier.
44. **Nostradamus**, par Michel Zévaco.
45. **L'Espionne du Bourget**, par Paul Bertnay.
46. **L'Auberge de Peirebeilhe**, par Jules Baudouin.

LE LIVRE POPULAIRE (Suite)

47. Les Mystères de Londres, par Paul Féval.
48. Le Pont des Soupirs, par Michel Zévaco.
49. Les Amants de Venise, par Michel Zévaco.
50. La Voleuse d'Honneur, par Pierre Decourcelle.
51. La Mie aux Baisers, par Michel Morphy.
52. L'Affaire Lerouge, par E. Gaboriau.
53. Gigolette, par Pierre Decourcelle.
54. Amour de Fille, par Pierre Decourcelle.
55. La Fée Printemps, par Jules Mary.
56. L'Héroïne, par Michel Zévaco.
57. Le Roi Mystère, par Gaston Leroux.
58. Les Habits Noirs, par Paul Féval.
59. La Femme de l'Autre, par Paul Rouget.
60. Triboulet, par Michel Zévaco.
61. La Cour des Miracles, par Michel Zévaco.
62. Le Million de la bonne, par Pierre Decourcelle.
63. Le Gosse de Paris, par Michel Morphy.
64. L'Enfant de l'Amour, par Paul Bertnay.
65. Le Masque de fer, par Ladoucette.
66. La Guerre des Camisards, par Ladoucette.
67. L'Anneau d'argent, par de Boistorêt.
68. Guet-Apens, par Jules Mary.
69. Le bon Roi Henriot, par Louis Launay.
70. Larrons d'Amour, par Paul Junka.
71. L'Hôtel Saint-Pol, par Michel Zévaco.
72. Jean Sans-Peur, par Michel Zévaco.
73. La Mendiante d'amour, par Pierre Decourcelle.
74. Un Homme dans la Nuit, par G. Leroux.
75. Fiancée Maudite, par Michel Morphy.
76. Chantereine, par de Labruyère.
77. Mam'zelle Flamberge, par Paul Féval fils.
78. La Boscotte, par Maldague.
79. Deux Innocents, par Jules Mary.
80. Orphelins d'Alsace, par Paul Bertnay.
81. Les Millions de l'Oncle Fritz, par Paul Bertnay.
82. La Marquise de Pompadour, par Michel Zévaco.
83. Le Rival du Roi, par Michel Zévaco.
84. Cadet Fripouille, par Ponson du Terrail.
85. La Fille de Mignon, par M. Morphy.
86. La Reine des Cambrioleurs, par L. Launay
87. Mam'zelle Trottin, par Maldague.
88. Diane de Briolles, par Charles Mérouvel.
89. Mignon vengée, par Michel Morphy
90. Le Roi des Halles, par Ladoucette.
91. La Revanche de Mazarin, par Ladoucette.
92. Le Wagon 303, par Jules Mary.
93. Le Passeur de la Moselle, par Paul Bertnay.
94. Le secret de Thérèse, par Paul Bertnay.
95. La Reine d' Sabbat, par G. Leroux.
96. Belle Amie, par Paul Rouget.

LE LIVRE POPULAIRE *(Suite)*

97 Le Crime d'Orcival, par E. Gaboriau.
98 Les Possédées de Paris, par G. de Labruyère
99 La Parigote, par G. Maldague.
100 Fille d'Alsace, par P. Decourcelle.
101. Pardaillan et Fausta, par Michel Zévaco.
102. Les Amours du Chico, par Michel Zévaco.
103. Mirette, par Michel Morphy.
104. La Belle Ténébreuse, par Jules Mary.
105. La Pécheresse, par Paul Bertnay.
106. Arlette Saphir, par Paul Bertnay.
107. L'Orpheline de Bazeilles, par E. Ladoucette.
108. Le Mort qu'on tue, par Pierre Decourcelle.
109. Vengée, par H. Germain.
110. Chéri-Bibi, par G. Leroux.
111. Fille de Soldat, par Pierre Sales.
112. Les Chevauchées de Lagardère, par Paul Féval fils.
113. Cocardasse et Passepoil, par Paul Féval fils.
114. Les Deux Bâtards, par Georges Maldague.
115. Les Damnées de Paris, par Jules Mary.
116. Réveil d'Amour, par Georges Spitzmuller.
117. La Course aux Millions, par Pierre Sales.
118. La Mariquita, par Pierre Sales.
119. Le Secret de la Flamme, par Paul Bertnay.
120. L'Outragée, par Jules Mary.
121. Sous la Dague, par Gustave Gailhard.
122 Midinette et Nouvelle Riche, par Emile Richebourg.
123 La Comtesse Paule, par Marcel Allain.
124. Le Chemin des Larmes, par Emile Richebourg.
125 Vidocq, par Marc Maric et Louis Launay.
126. La Jolie Boiteuse, par Jules Mary.
127 Le Chiffonnier de Paris, par Michel Morphy et Félix Pyat
128. La Mendigote, par Georges Spitzmuller.
129. Les Lèvres Closes, par Paul Bertnay.
130 L'Argentier de Milan, par Pierre Sales.
La Rançon du Bonheur, par Yves Mora.
La Princesse Milliard, par Pierre Decourcelle

LES MAITRES DU ROMAN POPULAIRE

1 franc le volume

VOLUMES PARUS :

Marcel ALLAIN :
L'Amour est maître.
Pour son Amour.
Chagrin d'Amour

Camille AUDIGIER :
Pour mieux la conquérir.

Adolphe BELOT :
Une Affolée d'Amour.

Paul BERTNAY :
L'Heure Héroïque.
A travers le Masque.
Voleuse d'Amour.
Cœurs fidèles.
Poste restante.
Sacrifice d'Amour.
Impossible bonheur.

Marius BOISSON :
Le Beau Christian.
La petite Aimée.

Jean BONNERY :
Le Masque de honte.
Le Silence Fatal
Entre deux amours.
Aimer ?... Haïr ?...
Le Martyre de deux cœurs.

**Jean BONNERY
et J. MARC-PY :**
Le Baiser dans la Nuit.

Rodolphe BRINGER :
Le Cœur de Suzy.

Jules CARDOZE :
Héritage d'amour.
Le Monde où l'on aime.
Le Capitaine Grandcœur.

Henry de CHAZEL :
Le Cœur endormi.

Edouard CONTINO :
Cendrillon d'Amour

P. DECOURCELLE :
Les Deux Frangines
Les Requins de Paris.
La Main sur la Bouche
Le Droit de la Mère.
Le Curé du Moulin-Rouge.
Seule au Monde !
Les Fêtards de Paris.
La Marchande de Printemps.

Charles ESQUIER :
Amant et Juge.
Père et Mère inconnus

**Charles ESQUIER
et Henry de FORGE :**
Roulbosse le saltimbanque

**Henry de FORGE
et Fernand DACRE :**
Un cœur qui s'éveille.

Hector FRANCE :
Crime de Boche !

Claude FREMY :
Celles qui aiment.

Gustave GAILHARD :
Du fond de l'ombre.

Henry GALLUS :
L'Amour sous les balles

Arnould GALOPIN :
Les Poilus de la 9°.
Les Amours d'un fusilier marin.

LES MAITRES DU ROMAN POPULAIRE (*Suite*)

Jules de GASTYNE :

La Nuit rouge.
Pour l'Honneur d'une mère.
Le Calvaire d'une mère.
La Femme en noir.
La Charmeuse d'hommes.
Après l'outrage.
L'Amour pardonne.
Blondinette.
Sanctuaire d'Amour.
L'Homme de la Nuit.
Martyre de Mère.
L'Amour en pleurs.
Le Nom fatal.
Le Char de la Nuit.
Le Crime de Reine.
Reines de Paris.
La Cassette de Perles.
Le Secret du Condamné.
La Revenante.
Quand l'amour parle...

Henri GERMAIN :

Rivalité d'amour.
La Belle Lorraine.
La Fille du Boche.
Crimes d'Espions.
Une Nuit de Noces.
Amour et Dévouement.

Victor GOEDORP :

L'Enigme rouge.

Louis d'HEE :

Le Cœur de Liette.

Henri KEROUL :

Flora Printemps.

Ed. LADOUCETTE :

L'Amour et l'Argent.

Fern. LAFARGUE :

Floraison d'amours.
Dépravée !

Maurice LANDAY :

Les Amours d'une dactylo.
L'Orphelin de Termonde.
Sauvagette.
Le Cœur de ma Mie.
Un cœur triomphe.
Catherinette.

Maxime LA TOUR :

Mariée à son patron.
Princesse et Fille du Peuple.
La Marraine du Poilu.
Mariée le 1er août 1914.
Aimer... à en mourir.
Cœur tendre. Cœur meurtri.
Brin de Lilas.
Papa Bon Cœur.
Celle qu'on n'épouse pas.
Bonheur volé.
Cœur en détresse.
Torture d'amour.
La Dame Mystérieuse.
Cœur d'épouse.
Folie d'un Soir.

F.-M. LAUMANN :

Tu es toute ma vie.

**F.-M. LAUMANN
et Jean BOUVIER :**

Amour et Larmes.
La Rançon.

**F.-M. LAUMANN
et Léonce PERRET :**

N'oublions jamais !

Louis LAUNAY :

Le Calvaire de Marthe.

Charles LE FACKY :

Passionnément.
L'Heureux amour d'Ariette.

Gaston LEROUX :

La Colonne infernale.
La Terrible Aventure.